HEYNE <

ELLEN ALPSTEN

DIE ZARIN

Roman

WILHELM HEYNE VERLAG
MÜNCHEN

Sollte diese Publikation Links auf Webseiten Dritter enthalten,
so übernehmen wir für deren Inhalte keine Haftung,
da wir uns diese nicht zu eigen machen, sondern lediglich auf
deren Stand zum Zeitpunkt der Erstveröffentlichung verweisen.

Verlagsgruppe Random House FSC® N001967

Deutsche Erstausgabe 11/2020
Copyright © 2020 by Ellen Alpsten
Copyright © 2020 der deutschsprachigen Ausgabe
by Wilhelm Heyne Verlag, München,
in der Verlagsgruppe Random House GmbH,
Neumarkter Str. 28, 81673 München
Redaktion: Friedel Wahren
Umschlaggestaltung: Nele Schütz Design unter Verwendung von
Arcangel/Malgorzata Maj und Bridgeman/Gemälde von Sadonikov,
Vasili Semenovich »View of the Mary Cascade«
Satz: Uhl+Massopust, Aalen
Druck und Bindung: CPI books GmbH, Leck
Printed in Germany
ISBN: 978-3-453-42357-2

www.heyne.de

»*Dieses Buch sollte mit einem Warnhinweis für Suchtgefährdung versehen werden – wenn man einmal anfängt zu lesen, kann man nicht mehr aufhören.*«
 Hannah Rothschild, Autorin von Die Launenhaftigkeit der Liebe

»*Einfach großartig: Alpsten hat eindeutig brillant recherchiert. Dieses Buch liest sich wie* Game of Thrones, *nur ohne Drachen.*«
 Natasha Pulley, Autorin von The Watchmaker of Filigree Street

»*Was für ein köstlicher, sinnlicher Borschtsch von einem Buch. Dies ist die ultimative Aschenputtel-Geschichte eines ungebildeten Bauernmädchens, das zur Kaiserin von Russland wird. Daneben ist Game of Thrones ein Kinderreim.*«
 Daisy Goodwin, Bestseller-Autorin von Der Besuch der Kaiserin

»*In dieser faszinierenden Geschichte der zweiten Frau Peters des Großen – einer Frau, deren leidenschaftlicher Überlebenswille sie bis ins Bett des Zaren und zu einem gefährlichen Schachzug zur Thronbesteigung führt – gehen Intrigen, Rivalität und prachtvolle Dekadenz Hand in Hand. Die Beschreibungen vom prächtigen Marmor des Winterpalastes bis zur Armut Russlands im 18. Jahrhundert und die Erzählung des gefährlichen Aufstiegs der ersten Zarin ist eine fesselnde und unvergessliche Reise.*«
 C. W. Gortner, Autor von Marlene und die Suche nach Liebe

»*Ellen Alpstens Zarin erweckt das dramatische Leben von Katharina I., der Ehefrau Peters des Großen und Zarin von Russland, zum Leben. Sie zeichnet das farbenfrohe Bild der damaligen Zeit und dieser bemerkenswerten Frau in Form eines Romans, wobei sie sich durchweg auf Fakten stützt. Da Katharinas Karriere so melodramatisch war wie die einer Romanheldin, erweist sich dies als ein höchst wirksames Mittel.*«
 Graf Nikolai Tolstoi, Historiker und Schriftsteller

»Die Zarin *ist ein üppiger Roman. So detailliert wie die Juwelenbesetzung und Emaillearbeiten auf den Kreationen von Fabergé erzählt Ellen Alpsten die Geschichte von Katharina, die arm und mit einem Hunger nach Macht und Reichtum geboren wurde, der sie antreibt. Dieser Hunger setzt alles in Bewegung, was in der russischen Geschichte folgen wird, einschließlich der Herrschaft von Katharina der Großen. Sie werden staunen angesichts dieser lebendigen, glamourösen, farbenprächtigen und von Emotionen und Elan durchzogenen Darstellung der Geschichte.«*

Adriana Trigiani, Bestsellerautorin von *The Shoemaker's Wife*

»*Was für eine fesselnde Lektüre! In* Die Zarin *erweckt Ellen Alpsten die unglaubliche Geschichte von Katharina I., der wohl fesselndsten Aschenputtel-Saga der Geschichte, in ihrer ganzen prächtigen, glorreichen Komplexität zum Leben. Liebe, Erotik und Loyalität wetteifern mit Krieg, Intrigen und Verrat. Dabei wird eine epische Erzählung geschaffen, die so exotisch, sinnlich und mächtig ist wie das Russland des achtzehnten Jahrhunderts selbst. Meisterhaft recherchiert und wunderschön geschrieben, ist dieser historische Roman vom Feinsten.«*

Nancy Goldstone,
Autorin von *Daughters of the Winter Queen* und *Rival Queens*

Für Tobias: Danke

PROLOG

Im Winterpalast, 1725

Er ist tot. Mein geliebter Mann, der mächtige Zar aller Russen, ist gestorben, und das gerade zur rechten Zeit.

Als Peter im Augenblick vor seinem Tod, dort in seinem Schlafzimmer in den oberen Räumen des Winterpalastes, noch nach Feder und Papier verlangt hatte, stolperte mir der Herzschlag. Nein, er hatte nicht vergessen. Er wollte mich mit sich ziehen – in die Dunkelheit, in den Tod, in das Vergessen. Doch die Feder war seinen Fingern während seines letzten tödlichen Schwächeanfalls entglitten; auf den Laken sah ich Spritzer von schwarzer Tinte. Der späte Abend hielt den Atem an. Was hatte der Zar mit einem letzten Aufbäumen seines ungeheuren Willens noch regeln wollen?

Ich kannte die Antwort auf diese Frage.

Die Kerzen in den hohen Leuchtern füllten den Raum mit ihrem würzigen Duft und tauchten ihn in ein unstetes Licht. Ihr Schein erweckte die Schatten in den Ecken wie auch die gewebten Figuren auf den flämischen Gobelins zum Leben und zeichnete Pein und Unverständnis auf die groben Gesichter. Draußen vor der Tür hörte ich dieselben Stimmen, die dort schon die ganze Nacht hindurch gemurmelt und geflüstert hatten; sie mischten sich in das Heulen des kalten Februarwindes, der zornig an den fest geschlossenen Fensterläden rüttelte.

Die Zeit zog Ringe, so wie Öl auf Wasser. Peter hatte Russlands Seele geprägt wie sein Siegelring heißes Wachs. Es schien unglaublich, dass sich nichts verändert haben sollte. Mein Mann, der Russland seinen Willen wie kein anderer Zar je aufgezwungen hatte, war mehr als unser größter Herrscher gewesen. Er war unser aller Schicksal – und das meinige auch weiterhin.

Die Ärzte Blumentrost, Paulsen und Horn standen schweigend um Peters Bett. Der Zar hätte mit Medizin im Wert von fünf Kopeken gerettet werden können. Hofften sie auf einen weiteren Atemzug? Gott sei gedankt für die Pfuscherei dieser Quacksalber, dachte ich. Ihr werdet besser bezahlt, wenn er wirklich tot ist.

Ich wusste, dass sowohl Feofan Prokopowitsch als auch Alexander Menschikow mich beobachteten. Prokopowitsch, der Erzbischof von Nowgorod, hatte Peters Träume in Worte gefasst und ihnen damit Bestand verliehen. Peter und Russland hatten ihm viel zu verdanken. Menschikow dagegen... nun, da lagen die Dinge genau andersherum. Er, der reichste und mächtigste Mann des Russischen Reiches, wäre ohne Peter weniger wert gewesen als der Dreck zwischen den Klauen einer Sau. Aber wie hatte Peter einmal gesagt, als man Alexander Danilowitsch wegen seiner vielen undurchsichtigen Geschäfte bei ihm anschwärzen wollte? »Menschikow bleibt Menschikow, was auch immer er tut.« Damit war der Fall erledigt gewesen.

Der Arzt Paulsen mochte ihm die Augen geschlossen und die Hände auf der Brust gekreuzt haben, aber er hatte es nicht gewagt, den klammen Fingern des Zaren seinen Letzten Willen zu entziehen. Peters Hände, die für seinen mächtigen Körper viel zu zart wirkten und die nun zu früh zu schwach geworden waren für alles, was er noch hatte vollbringen wollen. Diese Hände nun so kraftlos zu sehen rührte mich. Ich vergaß die Angst der vergangenen Monate und bemühte mich um die letzten verbliebenen Regungen von Liebe. Vor nur wenigen Wochen hatte er genau diese Hände in meinem Haar vergraben, meine dichten Locken um die Finger geschlungen, ihren Duft nach Sandelholz und Orangenwasser eingesogen und mich angelächelt. »Meine Katharina. Wie bringst du das nur zuwege? Du bist noch immer eine Schönheit. Doch wie wirst du wohl als Nonne im Kloster aussehen, kahl geschoren und in einer groben Kutte? Die Kälte dort wird selbst dich niederringen, obwohl du stark bist wie ein Ross. Ewdokia, die Arme, schreibt mir noch immer und fleht um einen zweiten Pelz. Ihr Gejammer ist schwer erträglich. Zum Glück kannst du wenigstens nicht schreiben.«

Ewdokia, die unglückliche Frau, die ihm als junges Mädchen angetraut worden war. Ich hatte sie nur einmal gesehen, seitdem sie fast dreißig Jahre zuvor in ein Kloster verbannt worden war. Der Irrsinn leuchtete ihr aus den Augen, und ihr kahl geschorener Schädel war von Kälte und Schmutz mit Beulen und Pusteln übersät. Eine buckelige Zwergin, der Peter die Zunge aus dem Rachen hatte schneiden lassen, leistete ihr als Dienerin Gesellschaft. Ewdokias endlose Klagen beantwortete sie nur mit einem Lallen. Ewdokia nur dieses eine Mal zu sehen, so hatte Peter zu Recht angenommen, sollte mich für den Rest meines Lebens mit Schrecken erfüllen.

Ich sank neben Peters Lager auf die Knie, und die drei Ärzte wichen wie vom Feld aufgescheuchte Krähen in den Halbschatten des Raumes zurück. Die Vögel, die Peter in den letzten Jahren seines Lebens am meisten gefürchtet hatte. Er hatte im ganzen Reich zur Jagd auf die schwarzen Vögel blasen lassen, und die Bauern fingen sie gegen eine Belohnung, um sie zu töten, zu rupfen und zu braten. Doch umsonst. Der Vogel glitt still durch Wände und die verriegelten Türen seines Schlafgemaches und verdunkelte mit seinen Ebenholzschwingen das Licht in Peters nächtlichen Träumen. Im kühlen Schatten seines Fluges wollte das Blut an des Zaren Händen niemals trocknen.

Noch war seine Hand nicht die eines Toten, sondern weich und warm, als ich seine Finger an meine Lippen führte. Ich ahnte den vertrauten Geruch seiner Haut – Tabak, Tinte, Leder und die Parfumtinktur, die er eigens in Grasse hatte anfertigen lassen.

Das Papier ließ sich leicht aus seinem Griff lösen, obwohl mein Blut sich vor Furcht verdickte und meine Adern sich mit Frost und Reif überzogen wie die Äste meines baltischen Winters. Es war wichtig, allen zu zeigen, dass mir allein diese Geste zustand. Mir, seiner Gattin und der Mutter seiner Kinder. Zwölfmal war ich niedergekommen.

Das Papier raschelte, als ich es entrollte, und ich schämte mich einmal mehr, nicht lesen zu können. Und so reichte ich Feofan Prokopowitsch Peters Letzten Willen. Wenigstens war Menschikow genauso unwissend wie ich. Seit dem Augenblick, da Peter uns in seinen

Bannkreis gezwungen hatte, waren wir wie zwei Kinder, die sich um die Liebe und die Aufmerksamkeit des Vaters balgten. *Batjuschka*, Zar, wie sein Volk ihn nannte, unser Väterchen Zar. Prokopowitsch dagegen hatte ich stets gefürchtet, sein Wissen und seinen scharfen Witz, ihn, dem himmlische und weltliche Reiche vertraut waren. Was bitte sollte ein einzelner Mann mit dreitausend Büchern anfangen? Denn so viele – so schwor es mir zumindest meine Vertraute Darja – standen in seiner Bibliothek. Hatte er sie alle gelesen? Wie fand er noch Zeit für alle seine anderen Interessen, die Gedichte, die Geschichte und die Mathematik? Wusste er, welches Schicksal Peter nach den letzten Wochen für mich vorgesehen hatte?

Er neigte den Kopf, und die Rolle lag leicht in seinen von Altersflecken übersäten Händen. Alter Fuchs. Schließlich hatte er selbst dem Zaren vor zwei Jahren geholfen, eine unerhörte Entscheidung zu treffen. Peter hatte sich über jede Sitte und jedes Gesetz hinweggesetzt, und wollte seine Nachfolge selbst bestimmen. Er wollte sein Reich eher einem würdigen Fremden hinterlassen als einem zwar leiblichen, aber unwürdigen Kind.

Sein Kind Alexej. Wie scheu er bei unserem ersten Treffen gewesen war und mit seinem schwimmenden, von dichten Wimpern verhangenen Blick und seiner hohen, gewölbten Stirn seiner Mutter Ewdokia wie aus dem Gesicht geschnitten. Damals hatte er nicht gerade sitzen können, nachdem Menschikow ihm den Rücken und das Hinterteil blutig und entzündet gestäupt hatte. Erst als sein Schicksal entschieden war, verstand Alexej. Für seinen Traum von einem starken Russland war Peter kein Preis zu hoch gewesen, und er schonte niemanden, weder sich selber noch seinen Sohn. Du warst kein Blut von meinem Blut, kein Fleisch von meinem Fleisch, Alexej. So konnte ich ruhig schlafen, trotz allem, was geschehen ist. Wie sagte mein Vater in der schlichten Weisheit der *Seelen* – der Leibeigenen – immer? »Anderer Leute Tränen sind nur Wasser.«

Peter jedoch schlief nie wieder ohne den Alb auf seiner Brust.

Unter meiner nur leicht geschnürten Korsage schlug mein Herz so heftig, dass mir das Blut in den Ohren rauschte, doch ich sah Feofan Prokopowitsch gelassen an. Ich konnte mir keine Ohnmacht leisten und bewegte meine Zehen in den vor Stickereien und Edelsteinen steifen Pantoffeln. Obwohl ich den Zobelpelz enger um die Schultern zog, bildete sich unter dem seidenen Stoff meines Kleides eine Gänsehaut auf den Armen. Prokopowitschs Lächeln war so dünn wie die Hostien seiner Kirche. Er kannte die Geheimnisse des menschlichen Herzens. Alle. Vor allen Dingen die meinen.

»Lies, Feofan!«, bat ich leise.

Er gehorchte. »Gebt alles an…« Er stockte und sah auf. »An…«

Menschikow fuhr auf, so als hätte man ihm wie in den guten alten Tagen eins mit der Peitsche übergezogen.

»An wen?«, fuhr er Prokopowitsch an. »Sag schon, Feofan, an wen?«

Der Pelz lag plötzlich viel zu heiß auf meiner Haut.

Feofan zuckte mit den Schultern. »Der Zar hat den Satz nicht mehr zu Ende geschrieben. Das ist alles.« Täuschte ich mich, oder huschte wieder ein Lächeln über sein zerfurchtes Gesicht? Feofan senkte den Blick.

Natürlich! Nichts hatte Peter zu Lebzeiten besser gefallen, als die Welt auf den Kopf zu stellen. Ich begriff, dass er uns über den Tod hinaus beherrschte. Meine Gedanken überschlugen sich. Peter war tot und seine Nachfolge nicht geregelt. Doch dies bedeutete nicht, dass ich mich in Sicherheit wiegen konnte. Ganz im Gegenteil.

»Das soll alles sein?« Menschikow riss Feofan das Papier aus der Hand und starrte auf die Buchstaben.

Prokopowitsch nahm ihm das Blatt wieder ab. »Das hast du nun davon, dass du immer Besseres zu tun hattest, als lesen und schreiben zu lernen, Alexander Danilowitsch.«

Männer, dachte ich. Dies war nicht der Augenblick für Streitereien, wollte ich nicht doch noch Ewdokias Schicksal teilen, auf einen Schlitten nach Sibirien steigen oder – schlimmer noch – mit dem Gesicht nach unten zwischen den schweren Eisschollen auf der Newa treiben. »Feofan, sag mir, ist der Zar gestorben, ohne einen Erben zu benennen?«

Er nickte. Seine Augen waren von den langen Stunden der Wache am Bett seines Herrn blutunterlaufen. Nach Art der Popen trug er sein dunkles Haar ungepudert. Von grauen Strähnen durchzogen, lag es ihm glatt bis auf die Schultern. Sein schlichter schwarzer Kittel war der eines einfachen Geistlichen. Nichts an ihm verriet die Ehren und Ämter, mit denen Peter ihn belohnt hatte. Eine Ausnahme bildete nur das schwere goldene und edelsteinbesetzte Kreuz auf seiner Brust, die *panagia*, die ihn als Erzbischof von Nowgorod auszeichnete. Feofan war alt, doch er war einer jener Männer, die leicht noch vielen Zaren dienen konnten. Er verneigte sich und reichte mir die Rolle aus Papier. Ich schob sie wie nebensächlich in den schmalen Ärmel meines Kleides.

Feofan richtete sich auf. »Zarina. Ich lege die Zukunft Russlands in deine Hände.«

Mir stockte der Atem, als er mich mit diesem Titel ansprach. Wie ein Bluthund, der eine Spur aufnimmt, hob Menschikow aufmerksam den Kopf und ließ uns nicht aus den Augen.

»Geh nach Hause, Feofan!«, sagte ich vernehmlich. »Du brauchst deinen Schlaf. Ich lasse dich rufen. Bis dahin vergiss nicht, dass nur wir drei die letzten Worte des Zaren kennen.«

»Meine immerwährende Treue und Bewunderung«, sagte er mit klarer Stimme.

»Ich verleihe dir den Sankt-Andreas-Orden«, bot ich ihm leise an. »Zudem schenke ich dir ein Landgut bei Kiew mit tausend, nein, mit zweitausend *Seelen*.« Ich überlegte rasch, wen ich dazu ins Exil schicken, wem ich seine Güter entziehen musste. An einem Tag wie diesem, an dem Geschichte geschrieben wurde und an dem Vergangenheit und Zukunft sich die Waage hielten, sollte sich leicht eine Lösung finden lassen. Beständigkeit war der Schlüssel zur Treue von Prokopowitsch, dem Weisen. Sein Blick begegnete dem meinen, und was wir uns zu sagen hatten, bedurfte keiner Worte. Zwanzig Jahre gemeinsamer Kampf verbanden uns unlösbar. Ich winkte dem Diener, der stumm und starr neben der Tür stand. Hatte er unser Flüstern verstanden? Hoffentlich nicht.

»Lass den Schlitten von Feofan Prokopowitsch anspannen! Hilf ihm nach unten! Niemand darf mit ihm sprechen. Hörst du?« Er nickte. Seine langen Wimpern warfen Schatten auf seine rosigen Wangen. Hübsch.

Doch plötzlich erinnerte er mich an einen anderen Mann. An das Antlitz eines Toten, das ich zu viele Tage und Nächte hindurch neben meinem Bett hatte betrachten müssen, wo Peter mir den enthaupteten Kopf hatte hinstellen lassen. Er trieb in einem schweren Glas mit Alkohol, ganz so, wie man Äpfel über den Winter in Wodka einlegte. Die weit aufgerissenen glasigen Augen starrten mich traurig an. Die im Leben weichen Lippen waren blutleer, schmal geschrumpft und im Todesschmerz von den weißen Zähnen zurückgezogen, die ihm in den langen Stunden der Folter zum Teil ausgeschlagen worden waren. Als ich im ersten Entsetzen das Gefäß von meiner Zofe entfernen lassen wollte, drohte Peter mir mit dem Kloster und der Peitsche. So stand es viele Wochen lang neben meinem Bett.

Feofan lächelte, und vor lauter Falten zersprang sein Gesicht wie in tausend Splitter. »Keine Angst, Zarin. Komm, Junge, reich einem alten Mann deinen Arm!« Beide Männer traten auf den Korridor. Ich stand in der offenen Tür, und dank meiner üppigen Formen versperrte ich dabei den Blick auf das Bett des Zaren. Dabei sah ich in verschreckte, blasse Gesichter. Adlige wie Diener saßen dort wie Kaninchen in der Falle. Madame de la Tour, die dürre französische Erzieherin, hielt meine jüngste Tochter Natalja an sich gedrückt. Was hatte sie hier mit der Kleinen zu suchen? Es war viel zu kalt im Korridor, und am Vortag hatte Natalja bereits gehustet. Ihre älteren Schwestern Elisabeth und Anna standen neben ihr, doch ich mied auch ihre Blicke. Sie waren so jung. Wie konnten sie verstehen, was hier geschah? Noch wusste niemand, ob ich es war, die sie zu fürchten hatten. Mein Blick schweifte durch die Menge und suchte den kleinen Petruschka, Peters Enkelsohn, und seine Anhänger, die Prinzen Dolgoruki. Sie waren nirgends zu sehen. Wo waren sie? Heckten sie gerade ihre Pläne zur Übernahme des Thrones aus? Ich musste ihrer so schnell wie möglich habhaft werden.

»Ruf mir den Obersten Rat, die Grafen Peter Andrejewitsch Tolstoi und Apraxin, den Baron Ostermann und Pawel Jaguschinski! Spute dich! Befehl des Zaren!«, rief ich und achtete darauf, dass meine Worte im Korridor gehört wurden. Sobald sich die Untergebenen aus ihrer Verbeugung wieder aufrichteten, steckten sie die Köpfe zusammen.

Zurück in Peters Sterbezimmer, zwinkerte Menschikow mir zu.

»Komm mit nach nebenan, in die kleine Bibliothek«, sagte ich. Er nahm seinen bestickten Rock aus grünem Brokat vom Stuhl, auf dem er seit zwei Tagen und Nächten Wache an Peters Lager gehalten hatte. Die in den Stoff eingewebten Silberfäden hätten einer Bauernfamilie ohne Weiteres zwei Jahre ihr Auskommen gesichert. Seinen Stock mit dem Griff aus Elfenbein klemmte er sich unter den Arm.

Ich wandte mich an die Ärzte. »Blumentrost! Niemand verlässt diesen Raum, bevor ich es erlaube.«

»Aber...«, begann er.

Ich hieß ihn schweigen. »Niemand darf erfahren, dass der Zar gestorben ist. Kein Wort! Oder du wirst in Russland nie wieder als Arzt arbeiten. Habe ich mich klar genug ausgedrückt?« Mit diesem Ton wäre auch Peter einverstanden gewesen.

»Wie Ihr befehlt.« Blumentrost verneigte sich.

»Gut. Du wirst später entlohnt. Für deine Kollegen gilt dasselbe.«

Menschikow wartete bei der Tür, die sich in der Wandtäfelung verbarg und die in Peters kleine Bibliothek führte. Dabei schwankte er leicht. War er vor Müdigkeit unsicher auf den Beinen? Oder hatte er… Angst? Ich ging ihm in den dunklen kleinen Raum voran, und er griff nach einer Karaffe Burgunder und einigen Pokalen aus buntem venezianischem Glas. Ich runzelte die Stirn, doch er lächelte. »Jetzt ist weder Zeit für Geiz noch für Nüchternheit.« Mit diesen Worten stieß er mit der Ferse die Tür hinter uns zu, als befände er sich in einem Wirtshaus.

Das Kaminfeuer war niedergebrannt, doch die holzgetäfelten Wände speicherten die Wärme. Der Boden war mit den bunten Teppichen ausgelegt, die von unserem Feldzug in Persien stammten. Unser Zug war dadurch um mehr als ein Dutzend Wagen länger geworden, doch ihre Schönheit und die Muster mit all den Blumen und Vögeln aus Gottes Schöpfung waren es Peter wert gewesen. Die schlichten Stühle, die vor dem Schreibtisch, dem Kamin und vor den Regalen standen, hatte Peter selbst gezimmert. Manchmal hobelte und hämmerte er bis weit nach Mitternacht, denn das Schreinern vertrieb seine Dämonen und schenkte ihm die besten Einfälle. Nichts fürchteten seine Minister so sehr wie eine durchzimmerte Nacht. Oft war Peter vor Erschöpfung über seiner Hobelbank eingeschlafen. Nur Menschikow war stark genug, sich den Zaren dann über die Schultern zu legen und ihn zu Bett zu bringen. Wenn ich dort nicht auf ihn wartete, schlief Peter auf dem Bauch eines jungen Kammerherrn als Kopfkissen. Haut an seiner

Haut hielt seine Angst in Bann. Vor den hohen Fenstern hingen die Vorhänge, die er noch vor dem Jahrzehnte andauernden Großen Nordischen Krieg – dem Kampf ums Überleben und die Vormacht im Westen des Reiches gegen die Schweden – als junger Mann auf seiner Reise nach Holland gekauft hatte. Die Regale bogen sich unter der Last der Bücher. Es waren Reiseberichte, Schriften über die Seefahrt, Schlachten zu Wasser und zu Lande, Erinnerungen an Herrscher und Lehren über das Herrschen wie auch religiöse Werke. In jedem Buch hatte er immer wieder und wieder geblättert und gelesen, wenn eine Stelle ihn gefangen nahm. Es war eine Welt, in die ich ihm nie hatte folgen können, von der ich ausgeschlossen blieb. Schriften lagen noch aufgeschlagen auf seinem Schreibtisch oder stapelten sich in den Ecken. Einige davon waren gedruckt und in dickes Schweinsleder gebunden, andere vor langer Zeit von Hand in den Klöstern geschrieben. Auf dem Kaminsims stand ein naturgetreues Modell der *Natalja*, Peters stolzer Fregatte, und darüber hing ein Bild meines Sohnes Peter Petrowitsch. Gemalt worden war es Monate vor seinem plötzlichen Tod, der seinem Vater und mir das Herz zerrissen hatte. Ich hatte den Raum lange Zeit gemieden, denn das Gemälde war allzu lebensnah, so als wolle mein Sohn mir seinen roten Lederball gleich zuwerfen. Seine blonden Locken fielen auf ein weißes Spitzenhemd, und hinter seinem Lächeln war eine Reihe perlender kleiner Zähne zu erahnen.

Ich hätte mein Leben gegeben, um ihn hierzuhaben und zum Zaren von Russland auszurufen. Ein Kind noch, sicherlich. Aber doch ein Sohn von meinem und deinem Blut, Peter. Eine Dynastie. Wünscht sich das nicht jeder Herrscher? Nun waren nur Töchter übrig... und der gefürchtete, ungeliebte Enkel Petruschka.

Der Gedanke an Petruschka erschreckte mich. Peter hatte ihn nach seiner Geburt in die Arme genommen und sich von der unglücklichen Mutter abgewandt. Arme Sophie Charlotte. Sie wirkte stets wie ein aufgescheuchtes edles Pferd, und genau wie ein Ross hatte ihr Vater sie aus dem heiteren Braunschweig an den russischen Hof verkauft. Wo war ihr kleiner Sohn nun? Im Dolgoruki-Palast? In den Kasernen? Draußen vor der Tür? Petruschka war gerade erst zwölf Jahre alt, doch ich fürchtete ihn mehr als den Teufel. Dabei hatte Peter ihm nicht einmal den Titel eines Zarewitsch zugestanden.

Menschikow stellte den Wein und die Pokale neben dem Kamin ab und lächelte. »Des alten Narren Feofan hast du dich ja geschickt entledigt.«

»Die Narren sind wir«, sagte ich. »Ich hoffe, er hält sein Wort.«

»Welches Wort hat er dir gegeben?«,

»Du hörst nur die Worte, die gesprochen werden. Aber es wird so viel mehr gesagt als das.« Ich fasste ihn am Hemdkragen, der sich in einem Wasserfall aus Spitze über seine eng geschnittene Weste ergoss. Er hob die Hände so unvermittelt, dass seine weiten Manschetten flogen, doch er wehrte sich nicht.

»Menschikow, wir sitzen beide im selben Boot. Gnade dir Gott für jede Sekunde, die du verschwendest. Weißt du, wen ich dort draußen im Korridor nicht gesehen habe?«

Er schüttelte den Kopf, denn zum Reden fehlte ihm der Atem.

»Weder den kleinen Petruschka noch seine liebenswerten Ratgeber. Und weshalb hält sich der rechtmäßige Erbe des Zaren aller Russen nicht am Sterbebett seines Großvaters auf, wo er sein müsste?«

Schweiß glänzte auf Menschikows Stirn.

»Weil er wohl in den kaiserlichen Kasernen weilt, wo ihn die Truppen bald hochleben lassen. Bald, wenn Peters Tod bekannt wird. Was geschieht dann mit uns? Wird er sich erinnern, wer seinen Vater gerichtet hat? Petruschka muss doch wissen, wer Alexejs Urteil als Erster unterzeichnet hat, wenn auch nur mit einem Kreuz neben dem Namenszug. Schließlich kannst du ja nicht schreiben.« Ich ließ ihn los, und er schenkte sich mit unsteten Fingern den Pokal voll. Doch ich war noch nicht fertig mit ihm. »Menschikow! Guter Gott, Sibirien wird ihnen zu gut für uns sein. Die Dolgorukis werden unsere Asche in alle Winde verstreuen. Niemand außer uns weiß, dass der Zar tot ist«, flüsterte ich. »Wir haben einige Stunden Vorsprung. Das Geheimnis gewährt uns Zeit.«

Zeit bis zum Morgen, der sich bleiern über Peters Stadt wölben sollte.

Menschikow fuhr sich mit seinen starken Fingern, an denen mehrere Ringe steckten, über seine Lider. War meine Furcht ansteckend? Nein, Menschikow, der so viele Schlachten zum Besseren gewendet hatte, der so oft seinen Kopf aus den widrigsten Schlingen gezogen hatte, wirkte wie betäubt. Er fiel in einen Lehnstuhl vor dem Kamin, den Peter aus Versailles mitgebracht hatte, streckte mit einem Seufzer seine noch immer wohlgeformten Beine aus und lehnte sich im Sessel zurück. Ein Wunder, dass das zarte Möbelstück ihn aushielt.

Er trank einige Schlucke, schweigend, und drehte das bunte Glas vor dem Feuer hin und her. Die Flammen leuchteten durch seinen farbigen Schliff, und der Becher sah aus wie mit Blut gefüllt. Ich setzte mich ihm gegenüber, nippte aber nur an meinem Wein. In dieser Nacht würde es keine Trinkspiele geben. Menschikow hob seinen Pokal.

»Ich trinke auf dich, Katharina Alexejewna. Für mich hat es sich gelohnt, auf dich zu setzen, meine Fürstin. Auf dich, meinen schmerzlichsten Verlust. Auf dich, meinen höchsten Gewinn.«

Plötzlich lachte er; lachte so sehr, dass ihm die Perücke über die Augen glitt und er sie sich vom Kopf riss. Es klang wie ein Wolfsrudel in unserem Winter, hoch und höhnisch. Ich nahm seine Frechheit gelassen hin. Peter hätte ihm dafür die Knute gegeben, die allzeit bereit an seiner Seite gehangen hatte. Menschikow litt wie ein Hund, und sein Leid machte ihn unberechenbar. Auch sein Herr war soeben gestorben. Was stand nun für ihn in den Sternen? Ich brauchte ihn dringend. Ihn, den Geheimen Rat und die Truppen. Das Testament des Zaren raschelte in meinem Ärmel auf der nackten Haut.

Menschikow beruhigte sich, sein Gesicht unter dem struppigen, noch immer aschblonden Haarschopf war rot, als er mich unsicher, aber auch trotzig über den Rand seines Glases hinweg ansah. »Hier sitzen wir nun. Welch außergewöhnliche Zeit. Welch außergewöhnliches Leben, meine Fürstin. Es lässt sich nur mit göttlicher Vorsehung erklären.«

Ich schwieg. Außergewöhnlich? Ja, das sagte man wohl an den Höfen Europas, wo man über mich lachte und spottete. Ich war ein gelungener Scherz, der bei den

Gesandten immer für beste Laune sorgte. Nur Peter fand immer das gewöhnlich, was gerade seinem Willen entsprach. Was sollte nun geschehen? Und stand es in meiner Macht? Ich konnte frei sein. Der größte Wunsch aller Leibeigenen, der *Seelen. Wolja,* die vollkommene, wilde, große Freiheit; mir nun zum Greifen nahe und doch schmerzlich weit entfernt.

Menschikows Glas entglitt seinen Händen. Das Kinn sank ihm auf die Brust. Der Wein hinterließ einen großen roten Fleck auf seinem weißen Spitzenhemd und der blauen Weste. Er war eingeschlafen. Die vergangenen Tage und Wochen holten ihn ein. Er schnarchte und hing schlaff wie eine Puppe im Sessel. Einige Minuten Rast, bevor Tolstoi kam, wollte ich ihm gönnen. Dann hieß es handeln. Später sollte man ihn in seinen Palast tragen, wo er den Rausch ausschlafen konnte. Den Sankt-Andreas-Orden besaß Menschikow bereits, und dazu mehr Leibeigene und Titel, als ich sie ihm je geben konnte. Ich konnte ihm nichts versprechen, doch er würde aus freien Stücken bleiben. Nichts bindet stärker als die Angst ums Überleben, schien Peter mir ins Ohr zu flüstern. Ich trat an ein Fenster, das einen der Innenhöfe des Winterpalastes überblickte. Die kleinen goldenen Ikonen, die zu Dutzenden an den Saum meines Kleides genäht waren, klirrten leise bei jedem Schritt. Als die junge Prinzessin Wilhelmine von Preußen mich damals in Berlin in diesem Aufzug gesehen hatte, hatte sie lachend mit dem Finger auf mich gedeutet. »Die Kaiserin von Russland sieht aus wie eine Spielmannsbraut!«

Ich schob den abgefütterten Stoff vor dem Fenster beiseite, der die tintenschwarze Kälte der Winternacht von

Sankt Petersburg – unserer Stadt, Peter! Unser Traum! – aus dem Gemach fernhielt. Die Nacht, die dich nun auf ewig in ihren Armen hielt, hüllte auch die Wasser der Newa und den Großen Prospekt, die Allee zum Newski-Kloster, in Dunkelheit. Das eisige Grün des Flusses passte vollkommen zu den ebenen Hausfassaden, die im Morgengrauen dann in allen Farben des Regenbogens leuchten würden. Diese Stadt, die du mit deinem schieren, unbeugsamen Willen und unter hunderttausendfachem Leid deiner Untertanen, Adligen wie *Seelen*, aus dem sumpfigen Boden gestampft hattest. Die Knochen unzähliger Zwangsarbeiter, die in der marschigen Erde begraben lagen, bildeten ihr Fundament. Doch wer erinnerte sich ihrer angesichts dieser Pracht? Männer, Frauen, Kinder – alle ohne Namen und ohne Gesicht. Wenn es in Russland eines im Überfluss gab, dann war es menschliches Leben.

Der Morgen wird sich erst fahl und kühl, dann aber in blass brennender Glut auf den hellen, ebenen Wänden der Paläste spiegeln. Du hast das Licht hierhergelockt, Peter, und ihm eine Heimat gegeben. Was wird nun geschehen? Hilf mir!

Hinter den Fensterscheiben der Häuser gegenüber dem Palast wanderte Kerzenlicht, wie von Geisterhand getragen, durch die Gänge und Räume, ein furchtsames und doch forderndes Flackern. Im Hof stand ein Posten über seinem Bajonett zusammengekrümmt, doch plötzlich stürzten Soldaten aus dem Schloss. Pferdehufe klapperten, Funken stoben auf dem Kopfsteinpflaster, Rosse wieherten, und Reiter preschten zum Tor hinaus. Meine Finger krampften sich um den Fenstergriff. Hatte Blumentrost sich an meinen Befehl gehalten? Waren diese Boten mir treu? Oder wollten sie der Welt das schier Unglaubliche verkünden? Der russische Riese war tot.

Doch was sollte nun geschehen? *Wolja* oder die Verbannung und der Tod? Ich drehte mich vom Fenster weg und sank an der Wandtäfelung in die Knie. Mein Mund wurde trocken vor Furcht, die Zunge klebte mir am Gaumen. Ich hatte schon lange keine echte Furcht mehr verspürt. Dieses beißende Gefühl, das den Magen verknotet, den Schweiß sauer macht und die Gedärme öffnet. Nicht mehr seit … Halt! Ich musste den Kopf frei halten. In meinem ungeschulten Geist konnte ich nur eines auf einmal tun, während Peter wie ein Akrobat mit zehn Einfällen und Vorhaben gleichzeitig jonglierte.

Menschikow murmelte im Schlaf. Wenn nur Tolstoi und der Rat bald kämen! Die Stadt lauerte dunkel draußen vor den Fenstern und gab mir keine Antwort.

Ich nagte an einem Fingernagel, bis ich Blut schmeckte, und stand auf. Wie schwer mein Kleid auf meinen müden Knochen wog, als ich mich Menschikow gegenübersetzte und aus meinen Pantoffeln schlüpfte. Die Wärme der Flammen kroch mir durch die Glieder in den Kopf. Der Februar war einer der kältesten Monate in Sankt Petersburg. Vielleicht sollte ich mir heißen Wein und Brezeln bestellen, was mir immer einen schnellen, leichten Rausch schenkte. Hoffentlich war Peter im Nebenzimmer warm genug. Wenn er eines nicht hatte ausstehen können, dann war es zu frieren. Im Feld war uns stets kalt gewesen. Nichts ist frostiger als der Morgen vor einer Schlacht. Nur in der Nacht konnte ich ihn warm halten, und er schlug sein Lager in den Grübchen meines Körpers auf.

Menschen, die schlafen, sehen entweder lächerlich oder rührend aus, so wie Menschikow nun, der mit offenem Mund schnarchte. Ich zog Peters Letzten Willen aus dem Ärmel und hielt die Zukunft aller Russen in meinen Händen. Ich schloss die Augen, denn nun kamen mir brennend die Tränen. Endlich! Echte, unverfälschte Tränen voll tiefster Verzweiflung und Trauer, trotz aller Erleichterung. Vor mir lagen noch lange Stunden der Nacht, ein langer Tag und lange Wochen. Für diese Zeit benötigte ich viele Tränen, denn das Volk und der Hof wünschten sich eine trauernde, liebende Frau mit zerrauftem Haar, zerkratzten Wangen, gebrochener Stimme und verquollenen Augen. Meine Trauer und meine Liebe allein gaben mir das Recht, das Unerhörte zu tun, und waren mächtiger, als jeder Stammbaum es sein konnte. Schwer fielen mir die Tränen nicht. In nur einigen Stunden war ich entweder tot, wünschte mir den Tod herbei, oder ich war die mächtigste Frau in ganz Russland. Niemand sollte mich hören in dieser einen Nacht.

1. Kapitel

Mein Leben begann mit einem Verbrechen. Natürlich meine ich nicht den Augenblick meiner Geburt, denn wer erinnert sich schon genau an seine frühen Jahre? Über das Leben als Leibeigene, als sogenannte *Seele*, ist es besser, nichts als nur wenig zu wissen. Unser Dasein als deutsche *Seelen*, den *nemzy* in russischem Kirchenbesitz, war noch elender, als man es sich vorstellen kann. Wo lag das Nest, in dem ich aufwuchs? Irgendwo, verloren in den Weiten Schwedisch-Livlands. Ein Dorf wie auch ein Land, die es nicht mehr gibt. Stehen seine *isby* noch? Es kümmert mich nicht, was aus den armseligen Hütten geworden ist, denn ich habe in meinem Herzen eine Heimat gefunden. Als ich jung war, waren die *isby* entlang der roten Erde der Dorfstraße, die dort aufgereiht waren wie die Perlen am Rosenkranz der Mönche, meine Welt. Wie die Russen verwendete ich für beides ein und dasselbe Wort: *mir*. Unser Dorf war eines von so vielen anderen kleinen Dörfern im schwedisch beherrschten Livland, einer jener baltischen Provinzen, wo Polen, Letten, Russen, Schweden und Deutsche mehr oder minder friedlich zusammenlebten. Damals.

Die Dorfstraße hielt unser Leben zusammen wie ein Gürtel unsere losen Sarafane, die Schürzenkleider, die wir Mädchen trugen. Im Frühling, nach der Schmelze, oder nach den ersten heftigen Regengüssen im Herbst wateten wir bis zu den Knien im Matsch von unserer *isba* zu den Feldern und dem Fluss, der Vaïna. Im Sommer verwandelte sich die Straße in Wolken aus rotem Staub, der sich in die aufgesprungene Haut unserer Fußsohlen fraß. Im Winter dagegen versanken wir bei jedem Schritt bis zu den Oberschenkeln im Schnee, oder wir rutschten auf spiegelglattem Eis nach Hause. Hühner und Schweine liefen über die Straße. Dreck hing ihnen in den Federn und den Borsten. Kinder mit verfilztem und verlaustem Haar spielten dort, solange sie klein waren. Mit acht oder neun Jahren mussten die Jungen auf die Felder, um mit Stöcken und Steinen die Vögel zu verjagen, bevor sie säen und ernten halfen. Die Mädchen dagegen saßen an den Webstühlen des Klosters, wo ihre kleinen Finger für den feinsten Stoff bürgten. Ich selbst half in der Waschküche des Klosters aus, seit ich neun Jahre alt war. Dann und wann rollte ein voll beladener Karren durch das Dorf, vor den Rosse mit langen Mähnen und schweren Hufen gespannt waren. Er lud Waren am Kloster ab und brachte andere Güter zum Markt. Ansonsten geschah nichts.

An einem Tag im April, kurz vor Ostern – laut dem Kalender, den Zar Peter für seine Untertanen eingeführt hatte, war es das Jahr 1699 –, liefen meine jüngere Schwester Christina und ich die Straße entlang. Nach der letzten geduckten *isba* aus Holz, Lehm und Stroh weitete sich die Straße und führte an den Feldern vorbei zum Fluss. Es war der erste echte Frühlingstag, und die reine Luft roch noch nach dem größten Wunder unserer baltischen Länder, der *ottepel*, der Schmelze. Christina tanzte, drehte sich um die eigene Achse und klatschte in die Hände, und die Freude am Ende der langen, dunklen Wintermonate war ihr anzusehen. Ich versuchte, sie trotz des schweren Bündels Wäsche in meinem Arm einzufangen, aber sie entzog sich geschickt meinem Griff.

Den Winter über ruhte alles Leben im *mir*, ähnlich dem flachen Atem eines Bären, der das Fett unter seinem Fell bis zum Frühjahr aufbraucht. Das bleierne Licht der langen Jahreszeit lähmte unseren Geist, und wir versanken in einer schlaffen, stumpfsinnigen Düsterkeit, durch die Schwaden von *kwass* trieben. Wodka konnte sich niemand leisten, und das bittere, hefige Getränk aus altem Brot war genauso berauschend. Wir lebten überhaupt beinahe nur von Korn, von Hafer, Roggen, Gerste, Weizen und Dinkel, das wir zu ungesäuerten Brotfladen buken oder an Festtagen als Teig dünn rollten und mit eingekochtem Gemüse und Pilzen füllten. Unseren Brei, den *kascha*, süßten wir mit Honig und trockenen Beeren oder salzten ihn mit Speckrinden und dem Kraut, das wir im Herbst in Mengen klein schnitten, salzten und einstampften. Jeden Winter dachte ich mich vor lauter Sauerkraut übergeben zu müssen, doch ich zwang mich zum Essen. Es half uns, der Kälte zu widerstehen, die den Schleim im Rachen gefrieren ließ, bevor man ihn ausspucken konnte.

Gerade wenn Schnee und Frost zur Gewohnheit des Unerträglichen wurden, schwand die Kälte unmerklich. Erst herrschte nur einen Hahnenschrei länger Tageslicht, dann bog sich ein Zweig nach dem anderen nicht mehr unter der Schneelast. Gerade wenn wir nicht glauben konnten, dass die *ottepel*, die große Schmelze und das Wunder unserer Länder, je kommen sollte, hörten wir das mächtige Krachen, mit welchem das Eis auf der Vaïna brach. Die Wassermassen spritzten auf, wild und befreit, und trieben die letzten Eisplatten mit mächtigen Schnellen stromabwärts. Nichts konnte sich ihrer Gewalt widersetzen, selbst kleinste Bäche schwollen an, traten über ihre Ufer, und die starken, schuppigen Fische der Vaïna sprangen wie von selbst in unsere Netze.

In den fiebrigen Sommermonaten waren die Blätter an den Bäumen dicht und von dunklem Grün. Schmetterlinge torkelten in der Luft, die Bienen hatten es viel zu eilig, um lange auf einer Blüte zu verweilen, bevor sie weiterflogen, vom Nektar berauscht und die Beine schwer von Pollen. Selbst die Vögel sangen unbeirrt die weißen Nächte hindurch. Niemand wollte auch nur einen Augenblick dieses Wunders verpassen. Und unsere Welt war wie gefangen in einem plötzlichen Rausch der Fruchtbarkeit und des Lebens.

»Glaubst du, es liegt noch Eis auf dem Fluss, Martha?«, fragte mich Christina zum mindestens zehnten Mal. Martha, so hieß ich damals, und am nächsten Tag sollte das große Frühlingsfest stattfinden. Seit Wochen sprachen wir von nichts anderem. Wir konnten es kaum abwarten, nach dem Waschen der Kleider selbst ins Wasser zu springen und uns den klebrigen, nach Rauch riechenden Winter von der Haut zu schrubben. Beim Fest am nächsten Tag erwarteten uns ungeahnte Wunder und Köstlichkeiten, von denen wir uns vielleicht einige leisten konnten. Die Leute aus den umliegenden *miry* kamen ebenso wie vielleicht ein unbekannter, gut aussehender Mann. So hofften wir zumindest.

»Lass uns um die Wette rennen!«, schlug Christina

vor und lief los. Ich aber stellte ihr ein Bein und fing sie gerade noch auf, ehe sie stolperte und fiel. Sie klammerte sich an mich wie ein Bub, der einen Bullen reitet. Wir verloren lachend und uns drehend und balgend das Gleichgewicht und fielen die Böschung hinunter, wo schon erste Primeln und wilde Kresse blühten. Das scharfe junge Gras kitzelte mich an meinen nackten Armen und Beinen, als ich aufstehen wollte. Oje! Die Kleider lagen über die ganze staubige Straße verteilt. Nun hatten wir wirklich einen guten Grund zum Waschen. Wenigstens konnten wir am Fluss arbeiten. Vor einigen Wochen noch hatte ich am Bottich hinter der *isba* mit der Axt das Eis aufhacken und beim Schrubben die Eisstücke beiseiteschieben müssen. Die Hände froren mir blau dabei, und Frostbeulen heilten nur langsam und schmerzhaft.

»Komm, ich helfe dir«, sagte Christina, sah aber doch rasch zum Dorf zurück. Gut, wir waren außer Sichtweite der *isba*.

»Du musst mir nicht helfen«, versicherte ich ihr aus falschem Stolz. Die Wäsche wog schwer auf meinem Arm.

»Sei nicht albern! Je schneller wir waschen, umso schneller können wir baden«, widersprach sie und nahm die Hälfte der Wäsche aus meiner Armbeuge.

Christina musste eigentlich keine Wäsche tragen, denn sie war die Tochter der Frau meines Vaters, Tanja. Ich dagegen war ihm von einem Mädchen im Nachbardorf neun Monate nach Mittsommer geboren worden. Da er schon mit Tanja verlobt gewesen war, hatte er meine Mutter nicht heiraten müssen. Die Mönche hatten das letzte Wort und verheirateten ihn natürlich lieber mit einem ihrer Mädchen. Meine Mutter starb bei meiner Geburt, und Tanja hatte keine andere Wahl, als mich aufzunehmen. Die Familie meiner Mutter hielt ihr auf der Schwelle der *isba* mein Bündel Leben entgegen. Sonst hätten sie mich am Waldrand ausgesetzt.

Tanja behandelte mich nicht ausgesprochen schlecht. Wir mussten alle hart arbeiten. Nur wenn sie ärgerlich war oder zu viel *kwass* getrunken hatte, zog sie mich an den Haaren, kniff mich in den Arm und zischte dann: »Du hast schlechtes Blut. Wer weiß schon, wo du wirklich herkommst? Schau dich doch an! Haare schwarz wie Rabenschwingen. Deine Mutter hat für alle die Beine breit gemacht. Pass nur auf, du Hurenbalg!«

War mein Vater in der Stube, so schwieg er, sah dann aber noch trauriger aus als sonst. Sein Rücken war von der Arbeit auf den Feldern des Klosters gebeugt, und erst nach mehreren Bechern *kwass* konnte er zahnlos lachen. Der Trank aus vergorenem Brot brachte ein stumpfes Licht in seine eingefallenen Augen.

Ehe wir weitergingen, drehte Christina mich zur Sonne. »Eins, zwei, drei... wer länger in die Sonne sehen kann!«, rief sie, noch atemlos von unserer Rauferei. »Schau hin, auch wenn es dir die Lider versengt! Zwischen den Flecken, die in deinen Augen tanzen, siehst du den Mann, den du heiraten wirst.«

Der Mann, den du heiraten wirst. Mehr hielt das Schicksal für Mädchen wie uns nicht bereit, und wir wollten der Zukunft in die Karten sehen. Um Mitternacht stellten wir drei wertvolle Lichter um eine Schale Wasser und legten einen Kohlekreis darum, doch kein Gesicht außer dem unseren spiegelte sich auf der Wasseroberfläche. Kein Mittsommer verging, ohne dass wir sieben Sorten Wildblumen pflückten und den Strauß unter unser Kopfkissen schoben. Unser Zukünftiger wanderte dennoch nicht durch unsere Träume.

Ich gehorchte und schloss die Augen. Die Nachmittagssonne stand warm am Himmel, und Flecken tanzten sinnlos golden unter meinen Lidern. Ich küsste Christina auf die Wange. »Lass uns gehen! Ich will mich nach dem Baden auf den warmen Steinen am Ufer trocknen.«

Wir teilten die Wäsche und liefen Hand in Hand an den Feldern vorbei, wo die *Seelen* mit gebeugtem Rücken bei der Arbeit waren. Ich erkannte meinen Vater unter ihnen. Im Frühling wurde nur ein Teil des Feldes für die erste Ernte bestellt. Auf einem zweiten Teil wurden im Sommer Rüben, Bete und Kraut gepflanzt, alles, was man auch bei hart gefrorener Wintererde ernten konnte. Das letzte Drittel Erde ruhte bis zum folgenden Jahr. Die Zeit, in der wir für den Rest des Jahres vorsorgen konnten, war kurz, und einige vertrödelte Tage konnten eine Hungersnot bedeuten. Im August blieb mein Vater leicht achtzehn Stunden auf den Feldern. Die Erde, die uns ernährte, liebten wir nicht, im Gegenteil: Sie war uns eine mitleidlose Herrin. Sechs Tage der Woche gehörten dem Kloster, der siebte dann uns. Für *Seelen* hatte Gott keinen Ruhetag vorgesehen. Die Mönche in ihren langen dunklen Gewändern liefen zwischen den Arbeitern hin und her und hielten ein scharfes Auge auf ihr Eigentum – das Land wie auch die *Seelen*, die es beackerten.

»Was, glaubst du, hat ein Mönch unter seiner Kutte?«, neckte mich Christina.

Ich hob die Schultern. »Viel kann es nicht sein, sonst sähe man es doch durch.«

»Das stimmt. Vor allen Dingen, wenn sie dich sehen«, antwortete sie.

Ich dachte an Tanjas Art, meine Mutter zu beleidigen. »Was meinst du damit?«, fragte ich vorsichtig.

»Martha! Und du willst älter sein als ich?«, rief sie, bevor sie ihren Knoten löste und die langen blonden Haare schüttelte. »Auf dem Jahrmarkt werden alle Männer mit dir tanzen wollen, und mich wird keiner beachten.«

»Unsinn! Du siehst aus wie ein Engel. Allerdings wie ein Engel, der dringend ein Bad benötigt. Komm jetzt!«

Wir fanden die seichte Stelle vom vorigen Jahr am Fluss sofort wieder. Ein kleiner Weg führte durch einen Birkenhain und niedriges Gebüsch bis dorthin. Ich sah erste Knospen an allen Zweigen. Bald sollten wilde Iris und Labkraut hier blühen. Beim Abstieg zum Ufer setzten wir vorsichtig einen Fuß vor den anderen. Am Fluss angekommen, ordnete ich die Wäsche und legte die guten Leinenhemden und Hosen der Männer auf die eine Seite, die Sarafane und Leinentuniken, die wir Frauen an Feiertagen trugen, auf die andere. An den langen Winterabenden hatten wir ihre Kragen, Ärmel- und Rocksäume ebenso wie die Biesen unserer gesmokten Leinenblusen farbenfroh bestickt. Die Muster, die oft wie eine geheime Sprache in der Familie von Mutter zu Tochter weitergegeben wurden, leuchteten in den Nachmittag. Vielleicht konnten wir auf dem Jahrmarkt neues, buntes Garn gegen einige von Vaters Schnitzereien – Löffel und Becher – eintauschen.

Ich schlang mein Haar zu einem losen Knoten, damit es nicht in den schmutzigen Schaum hing, und faltete mein ausgeblichenes Kopftuch zum Schutz gegen die Sonne. Dann zog ich an den Bändern, die in die Ärmelnähte meiner Bluse eingelassen waren. Ihr Stoff bauschte sich in unzähligen Falten, als ich den Rock meines wegen der noch frischen Temperaturen gefütterten und gesteppten Sarafans um meine Schenkel knotete. Aus der Entfernung sah ich wahrscheinlich wie eine Wolke auf zwei Beinen aus.

»Lass uns anfangen!«, schlug ich vor, griff nach dem ersten Hemd, und Christina reichte mir das wertvolle Stück Seife. Ich tauchte das Waschbrett in das klare Wasser und rieb die Seife sorgsam über seine scharfen Rippen, bis sie alle dick mit einer glitschigen Schicht bedeckt waren. Seife kochen war harte Arbeit, nach der einem alle Glieder schmerzten. Trug Tanja sie deshalb mir mit Vorliebe auf? Die beste Zeit dazu war der Herbst, nach den Schlachttagen des Klosters, wenn die Mönche das Fleisch für den Winter salzten, pökelten und räucherten und es Unmengen von Knochen gab. Oder der Frühling mit der gesammelten Asche des Winters. Alle Frauen des *mir* kochten in großen Kesseln eine beißende Lauge aus Regenwasser und Asche, zusammen mit dem angesammelten Schweine- oder Rinderfett und Pferdeknochen, stundenlang ein. Die schleimige graue Brühe mit den großen heißen Blasen auf der Oberfläche, die laut und spritzend aufplatzten, wurde nur langsam von Stunde zu Stunde dicker. Wir mussten sie ständig umrühren, damit sie nicht anlegte. Es fühlte sich an, als wollten uns die Arme abfallen. Am Abend schütteten wir die Masse in Formen aus Holz. Hatten wir Salz, das wir dazugeben konnten, bekamen wir einen festen Brocken Seife. Aber Salz war oft zu wertvoll dafür. Wir benötigten es für die Tiere und um Fleisch und Kraut für den Winter haltbar zu machen. So war die Seife oft nur ein Schleim, den wir dem Waschwasser zusetzten.

Der Fluss glitzerte verlockend in der Aprilsonne. Christina und ich arbeiteten rasch. Bei der lockenden Aussicht auf ein Bad tauchten wir die Kleider eifrig ein, schrubbten kräftig und schlugen sie auf die flachen Steine. »Stell dir vor, es ist der Abt!«, trieb ich Christina an, härter zu schlagen, auszuwringen und über die tief hängenden Zweige der Böschung zum Trocknen zu hängen.

»Auf die Plätze, fertig, los!«, rief Christina plötzlich, als ich noch das letzte Hemd glatt strich. Sie löste den Knoten in ihrem Gürtel, zog sich im Laufen den Sarafan und die Bluse über den Kopf und stand nackt in der Frühlingssonne. Wie anders sie aussah als ich! Christinas Haut war hell wie Rahm – *smetana* –, ihr Körper schlank, mit schmalen Hüften und knospenden kleinen Brüsten, die wohl genau in ihre hohle Hand passten. Ihre Brustwarzen erinnerten mich an Himbeeren. Dennoch konnte sie schon Kinder haben. Ihr Blut hatte im letzten Jahr zu fließen begonnen. Ich selbst dagegen… nun, Tanja hatte schon recht. Meine Haare waren schwarz und voll, meine Haut schimmerte matt wie Tonerde… oder getrockneter Rotz, wie Tanja es nannte. Meine Hüften waren breit, meine Brüste groß und fest.

Christina planschte in der seichten Uferströmung. Ihr Kopf tauchte zwischen den Felsen auf und ab, dort wo sich das Wasser in Teichen sammelte. Unter ihren Füßen leuchtete weiß der Sand des Flussbettes. »Komm, worauf wartest du?«, rief sie lachend, stürzte sich kopfüber in die Wellen und trieb zum Tiefen hin ab. Ich zog mich so schnell wie möglich aus, löste mein Haar und eilte ihr nach. Wie lange wir dort badeten, tauchten und uns – wunderbar verboten! – die Körper mit der kostbaren Seife abschrubbten, weiß ich nicht mehr. Unter Wasser öffnete ich die Augen, haschte nach Wasserschnecken, brach am Ufer spitze Schilfrohre ab, um einen Aal zu spießen, und zwickte Christina in die Zehen, als wäre ich ein dicker Fisch. Das Wasser war noch immer eisig. Auf meiner Haut bildete sich sofort eine Gänsehaut, als ich als Erste aus dem Fluss kam. Ich schüttelte mein Haar aus, und die fliegenden Tropfen funkelten in der Sonne, bevor ich es zu einem losen Knoten schlang.

»Besser als das Badehaus«, gurgelte Christina, die noch im Seichten trieb. »Wenigstens wird man nicht mit Zweigen beinahe blutig gepeitscht.«

»Das kann ich ändern«, sagte ich und brach einen Zweig von einem Busch. Christina quietschte und tauchte unter.

»Keine Sorge! Zu viel Baden und Peitschen kann nicht gut sein«, entschied ich, als ich Geräusche von der Straße her hörte. Pferde wieherten. Kies knirschte unter Karrenrädern. Männer sprachen. »Bleib im Wasser!«, wies ich Christina an und trat einen Schritt zur Seite, um den Weg überblicken zu können. Drei bewaffnete Reiter kreisten um einen Karren, der mit einer hellen Plane bedeckt war. Auf dem Kutschbock hielt ein Mann die Zügel in den Händen. Ich hatte das Gefühl, dass er mich trotz der Entfernung musterte, und ich wünschte mir sehnlich mein langes Hemd herbei.

»Wer ist das?« Christina ließ sich, auf dem Bauch liegend, in der seichten Strömung hin und her treiben, das Gesicht halb im Wasser.

»Pst! Ich weiß es nicht! Bleib, wo du bist!«

Zu meinem Schrecken sah ich, dass der Mann vom Kutschbock stieg. Er warf einem seiner Begleiter die Zügel zu und schlug den kleinen Weg zum Ufer ein. Ich rannte zu dem Busch, auf dem mein frisches Hemd trocknete. Es war noch immer feucht, aber ich schlüpfte hinein. Es gelang mir gerade noch, es über meine Schenkel zu ziehen, doch es klebte überall an meiner feuchten, sandigen Haut.

Kurz darauf stand der Mann vor mir. Er mochte so alt sein wie mein Vater, hatte in seinem Leben aber sicher weniger hart gearbeitet. Ein dunkler Fellkragen lag auf den Schultern seines langen russischen Mantels, und seine Hose war aus weichem Leder gefertigt. Der Gürtel war reich bestickt, doch seine hohen Stiefel waren mit Matsch und Kot bespritzt. Ich legte mir die flache Hand über die Augen. Trotz des Schattens, den sein flacher Hut aus Biberfell auf sein Gesicht warf, standen ihm Schweißperlen auf der Stirn. Wie alle Russen damals trug er einen Vollbart. Sein Blick glitt abschätzend über mich hinweg, bevor er seine Handschuhe auszog. An seinen kurzen dicken Fingern trug er mehrere Ringe mit bunten Steinen. Selbst der Abt trug nicht so viel Schmuck. Ich trat einen Schritt zurück, doch zu meinem Entsetzen folgte er mir.

»Kannst du mir den Weg zum Kloster sagen, Mädchen?«, fragte er mich in hartem Deutsch.

Er hatte noch alle Zähne im Mund, doch sein Zahnfleisch war dunkelrot vom Kautabak. Nach dem langen Ritt roch er nach Schweiß, aber hätte ich das Gesicht verzogen, wäre ich einem Fremden und Reisenden gegenüber unhöflich gewesen. Dennoch, seine Art, mich zu mustern, bereitete mir Unbehagen. Ich spürte, dass meine Brüste sich unter dem dünnen, nassen Leinen abzeichneten. Schlimmer noch, mein Haar glitt aus dem Knoten, den ich zu hastig geschlungen hatte. Als ich nach den losen Strähnen griff, rutschte mir die Bluse von den Schultern.

Der Fremde fuhr sich mit der Zunge über die Lippen. Sein Anblick erinnerte mich an die Schlange, die mein Bruder Fjodor und ich im letzten Sommer im Gestrüpp unseres Gemüsefeldes entdeckt hatten. Sie war hellgrün und fast durchsichtig gewesen, sodass ihre Gedärme dunkel durch die Haut schimmerten, als sie gefährlich langsam auf uns zuglitt. Sie sah giftig aus, tödlich. Obwohl Fjodor kleiner war als ich, hatte er mich hinter sich geschoben, sich gebückt und nach einem schweren Stein gegriffen. In dem Augenblick, als die Schlange mit geöffnetem Kiefer nach vorn geschossen war, hatte er ihr den Kopf zerschmettert. Der tote Körper zuckte und wand sich noch, als Fjodor ihn mit einem Stock in die Büsche warf.

Der Mann kam einen Schritt auf mich zu.

»Martha, gib acht!«, schrie Christina aus dem Wasser.

Der Mann wandte den Kopf und sah zu ihr hinunter. Ich nutzte den Augenblick, bückte mich und hob einen bemoosten Stein auf. Ich war noch Jungfrau, aber schließlich hatten wir Hennen und Hahn im Hinterhof und oft genug Hengste die Stuten auf den Weiden des Klosters besteigen sehen. Außerdem gab es in den *isby*, in denen die ganze Familie Körper an Körper, Atem an Atem auf dem flachen Ofen schlief, nur wenig menschliche Geheimnisse. Ich wusste genau, was er wollte.

»Das Kloster liegt die Straße geradeaus weiter. Du bist bald dort, wenn du dich beeilst.« Es ärgerte mich, dass meine Stimme zitterte.

Er kam noch einen Schritt näher auf mich zu. »Deine Augen haben dieselbe Farbe wie der Fluss. Was gibt es sonst noch an dir zu entdecken?«, fragte er und zupfte an meinem Hemd.

Nur ein Atemzug trennte uns. Ich wich nicht zurück, sondern zischte ihn an. »Wenn du näher kommst, schlage ich dir den Schädel ein. Mach, dass du auf deine Kutsche und zu den verfluchten Mönchen kommst!« Ich wog den Stein drohend in meiner Hand.

Aus den Augenwinkeln nahm ich wahr, dass seine drei Begleiter nun ebenfalls abstiegen. Sie schüttelten die Glieder wie nach einem langen Ritt und ließen ihre Pferde grasen. Ich biss mir auf die Lippen. Einen Schädel konnte ich einschlagen, aber gegen vier Männer war jede Gegenwehr sinnlos. Mein Mut schwand, und mein Herz schlug hart in meiner Brust. Der erste der Männer schien sich an den Abstieg zu machen.

Der Fremde lächelte siegesgewiss. In diesem Augenblick hörte ich, wie Christina im Wasser leise zu weinen begann. Ihr Schluchzen machte mich wütend. Der Zorn verlieh mir neue Kraft und neuen Mut. »Mach, dass du wegkommst, Russe!«, herrschte ich ihn an.

Er zögerte, befahl dem anderen Mann mit einem Handzeichen, er möge verharren, und grinste. »Bei Gott, du machst mir Spaß, Mädchen! Wir werden uns wiedersehen, und dann wirst du freundlicher zu mir sein.«

Er streckte eine Hand aus, so als wolle er auch noch mein Haar berühren. Christina schrie auf. Ich spuckte ihm vor die Füße. Sein Gesicht wurde hart. »Warte nur!«, drohte er. »Martha, hm? So hat sie dich doch genannt, die Kleine im Wasser, oder?«

Ich schwieg, stumm vor Furcht, doch er drehte sich um und stieg die Böschung hinauf. Erst als er die Pferde vor dem Karren mit einem Zungenschnalzen angetrieben hatte und das Geklapper der Hufe wie auch das Rattern der Räder verklungen waren, ließ ich den Stein aus den verschwitzten Fingern gleiten und sank in dem groben grauen Sand in die Knie. Ich zitterte am ganzen Körper.

Christina watete aus dem Wasser zu mir. Sie umschlang mich und weinte. Wir hielten einander fest, bis ich nur noch vor Kälte und nicht mehr vor Furcht zitterte. Sie strich mir über das Haar. »Mein Gott, bist du mutig, Martha! Ich hätte es nie gewagt, den Mann mit dem lächerlichen kleinen Stein zu bedrohen.«

Ich sah auf den Stein neben mir. Er sah wirklich klein und lächerlich aus.

»Meinst du, wir müssen ihn fürchten?«, fragte sie dann.

Er hatte nach dem Kloster gefragt, dem wir gehörten. Unsere *isba*, unser Land, das Hemd auf meinem Körper ebenso wie wir selbst. Ich verjagte den Gedanken. »Unsinn! Den Fettsack sehen wir nie wieder. Hoffentlich fällt er vom Kutschbock und bricht sich den Hals.« Ich versuchte zu lachen, doch es gelang mir nicht. Christina nickte. Sehr überzeugt wirkte sie ebenfalls nicht.

Wolken zogen vor die Sonne. Das erste zarte Blau der Dämmerung verschleierte das Tageslicht. Mir wurde kalt in dem feuchten Hemd, an dem nun wieder Schmutz klebte. So ein Unfug. Nun durfte ich es am nächsten Tag vor dem Fest noch einmal waschen. Ich klopfte mir Sand und Kieselsteine von den Schienbeinen.

»Lass uns gehen! Es wird dunkel«, sagte ich.

Schweigend schlüpften wir in unsere alten Kleider und sammelten die feuchte Wäsche ein, um sie über den flachen Ofen zu hängen, obwohl dadurch die Luft in der Hütte schwül wurde und Fjodor husten musste.

»Wir erzählen niemandem, was wir erlebt haben, nicht wahr?«, bat ich Christina. Vielleicht hoffte ich, das Treffen am Fluss ungeschehen machen zu können. Insgeheim aber ahnte ich bereits, dass der Vorfall Folgen haben würde. Nichts auf dieser Welt ereignet sich ohne Grund. An jenem Nachmittag am Fluss schlug mein Leben eine andere Richtung ein, so wie der Wetterhahn auf dem Dach des Klosters, der sich in einem unerwarteten Sturmwind drehte.

2. Kapitel

Es hatte geregnet in der Nacht vor dem Frühlingsfest. Die Mönche zwangen uns *nemzy* am Sonntag nicht wie ihre anderen *Seelen* in ihre Kirche. Wir waren katholisch getauft, doch Glaube war für mich nur Bitten, Beschwörung und das stete Schlagen des Kreuzes mit drei Fingern. Am Tag unseres Todes, so hofften wir *Seelen* wenigstens, sollte das genügen, um uns in den Himmel der Freigeborenen zu bringen.

Unsere nackten Füße sanken mit einem leisen, schmatzenden Geräusch in den weichen, warmen Schlamm des Weges hin zur Dorfwiese. Die Sandalen aus Bast und Holz trugen wir in den Händen, um sie vor dem Fest nicht zu verschmutzen. Tanja, Christina, meine jüngste Schwester Marie und ich liefen gemeinsam zur Festwiese neben dem Kloster. Marie konnte mit ihren vier Jahren kaum mit uns Schritt halten. Ich nahm sie an der Hand und passte meine Schritte ihrem Getrippel an.

Nach dem feuchten Morgen war der Nachmittag nun sonnig und der Himmel weit und blau. Männer bereiteten neben der Festwiese den Tanzboden für den Abend vor, und Frauen spannten zwischen den Birken rings um die Lichtung Seile straff, auf denen die Kinder schaukeln konnten. Andere standen in ihren langen bunten

Kleidern beisammen, lachten, redeten, sangen Lieder und klatschten dabei in die Hände.

Auf der Festwiese selbst herrschte ein buntes Durcheinander. Menschen aus der ganzen Provinz waren zum Markt und zum Fest am Kloster gekommen. Vor dem ersten Zelt, an dem ich vorbeikam, war ein Bär angepflockt. Sein Fell war schmutzig und zerzaust. Als er sein Maul öffnete, sah man seine stumpf gefeilten Zähne. Auch seine Klauen waren beinahe bis zum Fleisch zurückgeschnitten. Von den gefangenen Tieren hielt ich mich besser fern. Ihre zornige, unberechenbare Natur schlummerte nur und war durch die Ketten nicht besänftigt. Im Winter fanden die fahrenden Händler, die sie gefangen hielten, oft keine Unterkunft und erfroren am Wegrand. Die Bären rissen ihre Kette aus den Händen des Toten, und der Hunger trieb sie in die nächstgelegenen Häuser und Höfe. So machten Anna und ich einen ehrerbietigen Bogen um den Petz, der seine Klauen sinnlos an einem Pfosten wetzte.

Marie sah sich rasch nach Tanja um, doch die bestaunte an einem Stand Ketten und Armbänder. Sie legte den kleinen Finger an die Lippen und hob dann neugierig die Klappe eines mit bunten Flicken besetzten Zeltes an.

»Marie!«, wollte ich sie mahnen, als sie schon nach Luft rang und entsetzt zurückwich. Ich nahm neugierig ihren Platz ein und erschrak ebenfalls. In der Mitte des Zeltes war ein schauriges Geschöpf angebunden. Es verschlug mir den Atem. Was war das dort? Etwa ein Mensch? Das Wesen hatte zwei Köpfe, vier Arme und zwei Beine. Ich unterdrückte einen entsetzten Ausruf, als ein Kopf uns ansah, während der andere hilflos zur Seite hing. Aus dem schlaffen Mund rann Speichel, während so etwas wie ein Lächeln das zweite traurige, leicht schiefe Gesicht verzog. Eine Hand regte sich, die Finger streckten sich nach mir aus. Ich zählte sie ab. Es waren sechs! Ich wich einen Schritt zurück. Es war schauerlich, doch ich konnte den Blick nicht abwenden, und auch Marie drückte sich wieder neben mich.

»Aha, die jungen Damen! Schon neugierig auf mein Zelt der Wunder?«, rief da jemand.

Vor Schreck fielen wir fast vornüber in den Eingang des Zeltes. Der Mann, der hinter uns stand, hielt einen Zwerg an einer kurzen Kette, die um dessen Hals lag. Auf seiner anderen Seite stand ein Mädchen in einem Kleid aus leuchtend grünen und blauen Flicken. Als Gürtel trug sie ein Seil um die Mitte, und um ihr Haar war der Fetzen eines Fischernetzes geschlungen. Sie sah entsetzlich aus – ihr Gesicht wirkte wie in körniges Mehl gedrückt, die Wangen waren mit zwei grellroten Flecken bemalt, und die Brauen und die Augen hatte sie mit einem Stück Kohle nachgezogen. Zum ersten Mal sah ich eine geschminkte Frau.

Der Mann verneigte sich spaßhaft und stellte sich vor. »Ich bin Meister Lampert, der die Wunder der Welt in euer Dorf bringt.« Er trat den Zwerg in die Seite, woraufhin dieser einen Purzelbaum schlug. Die Schellen und stumpfen Münzen an seiner Jacke klirrten dabei heiter. »Niemand sonst hat Zwerge, Meerjungfrauen und schauerliche Geschöpfe wie ich. Kommt heute Abend in meine Vorstellung, meine Damen!«

Damen! Marie und ich kicherten. So hatte uns noch niemand genannt, doch Meister Lampert schien unsere Albernheit nicht zu bemerken. »Es gibt ein Wettschießen mit faulem Obst auf mein Ungetüm. So etwas habt ihr in eurem Kaff noch nie erlebt«, prahlte er stattdessen. Unser Kaff? Was fiel ihm ein? Wir selbst durften schlecht über den *mir* sprechen, aber gewiss kein Fremder. Ich blickte zu dem unglücklichen Geschöpf in der Zeltmitte hinüber. Es ließ nun beide Köpfe hängen und schlenkerte hilflos mit den Armen. Die Meerjungfrau – was immer das heißen sollte – lächelte mich an und entblößte dabei schwarze Zahnstümpfe.

Mein Gott, war ich froh, als mich in diesem Augenblick Tanja zornig ins Freie zog und Marie hinterherstolperte!

»Was trödelst du bei dem fahrenden Volk herum? Bist wohl eine der Ihren, oder? Komm, Christina und ich sehen uns den Feuerschlucker an!«, fauchte Tanja, schob mir aber eine Handvoll honiggesüßte Nüsse zu. Wie hatte sie das Geld dafür an Vater vorbeigeschmuggelt? Ohne Zweifel war es ein Festtag.

Eine bunte Musikantentruppe kam auf den festgetretenen Wegen zwischen den Zelten und Buden auf uns zu, und der Lärm der Trommeln, Flöten und Schellen schluckte gnädigerweise Tanjas Gekeife. Ich gab einige der Nüsse an Marie weiter und folgte Christina zu den Buden der Feuerschlucker, der Gaukler und des Zauberers. Der holte gerade einem Bauern einen roten Ball aus dem schmutzigen Ohr. Die Menge lachte und klatschte wie toll. Andere Männer drängten sich nach vorn, um sich auch einen Ball aus dem Ohr zaubern zu lassen.

Christina deutete auf den Feuerschlucker. »Hast du die Muskeln gesehen? Die müssen von dem vielen Feuer kommen, das er schluckt«, kicherte sie.

Ich seufzte innerlich. Wenn die Mönche nicht bald

unter ihren Leibeigenen einen Ehemann für Christina fanden, mussten wir bald ein Bündel am Waldrand aussetzen.

Ich schlenderte einige Schritte weiter zu einem Gaukler mit sonnengegerbter nackter Brust und einem langen weißen Bart. Auf die Stirn hatte er sich einen zinnoberroten Punkt gemalt, und schwere Ringe zogen seine Ohrläppchen in lange Schlaufen. Das weiße Haar trug er im Nacken zu einem Zopf gebunden. Ich konnte sein Alter nicht schätzen, denn seine Augen leuchteten hell und klar. Wie viel er in seinem Leben schon gesehen haben musste! Ich hingegen würde immer nur hier in diesem Dorf bleiben, in meinem *mir*.

Gerade brachte er die Menge mit einer Handbewegung zum Schweigen und nahm zu seinen drei Keulen noch eine vierte und fünfte mit dazu. Sein Geselle polierte derweil weitere Kegel, bis sie glänzten. Der Alte prahlte in gebrochenem Deutsch: »Zwei Kegel… für Kleinkinder! Drei Kegel… für Narren! Vier Kegel… ist gut! Fünf Kegel… für Meister!« Die Umstehenden klatschten, und Christina drückte sich neben mich. Maries Fingerchen stahlen sich in meine Hand, und Tanja gesellte sich ebenfalls zu uns. Die Keulen flogen steil in die Luft, sodass unsere Augen sie im Flug nicht mehr unterscheiden konnten. Die Sonne brach sich auf dem schimmernden Holz, und der Alte ließ sich im Werfen noch ein sechstes und siebtes Holz reichen. Die Zuschauer waren atemlos vor Staunen, und die bunten Musikanten zogen wieder mit Getöse an uns vorbei. Als der junge Helfer seine Mütze zog und um Geld bat, gingen wir weiter, am Bader vorbei. Vor seiner Bude standen die Leute mit allerlei Gebrechen Schlange. Hinter mir hörte ich das entsetzte Gurgeln und Protestieren eines Mannes, als man ihm den falschen Zahn zog. Vom Stand der Puppenspieler vernahm ich Jubel, der mich anzog.

Das Schauspiel war in vollem Gang. Wir ließen uns zusammen mit anderen Zuschauern im Gras nieder. Ein wenig konnten wir schon zusehen, ohne zahlen zu müssen. Das Schauspiel schien in einer Festung stattzufinden. Auf der Bühne trug eine Puppe eine runde, hohe und glitzernde Kappe, und auf ihrem Wams war der russische Doppeladler eingestickt. Das musste der junge russische Zar sein, dem gerade von der Marionette eines einfachen Soldaten der Durchgang verwehrt wurde. Der Mann neben mir lachte Tränen. »Worum geht es? Ist das der Zar?«, fragte ich flüsternd.

Er nickte. »Ja. Zar Peter wollte auf seinen Reisen vor zwei Jahren die Feste von Riga besuchen. Er ist kaum je in Moskau, wusstest du das?«

Ich hob die Schultern. Was ging mich der Verbleib des Zaren an? Doch er sprach weiter. »Aber die Schweden haben ihm den Besuch nicht gestattet. Ein einfacher Soldat hat den Zaren Aller Reußen aus den Mauern gejagt. Der König von Schweden stimmte seinem Mann bei.« Hier deutete er auf eine zweite Puppe, die auf einem Stuhl saß. »Der Zar soll noch immer vor Wut schäumen und hat allen Schweden Rache geschworen.«

Er schnäuzte sich in die Finger. Die Zarenpuppe hatte gerade einen Wutanfall und zertrat wild stampfend ihre Krone. Ich lachte laut mit den anderen und fütterte Marie mit den letzten süßen Nüssen. In diesem Augenblick fiel ein Schatten auf mich.

»Das ist sie«, sagte eine Stimme auf Russisch.

Ich sah auf. Es war der Mann vom Fluss.

3. Kapitel

Er stand dort mit seinen drei Begleitern sowie mehreren Mönchen und sah in seinem Mantel aus dunkelgrünem Samt noch wohlhabender aus als am Vortag, hier, inmitten der *Seelen*, Bauern, Lumpen und Tagedieben. Sein tief geschnürter Gürtel war reich bestickt und der weite Kragen seines Mantels trotz der warmen Frühlingssonne mit Pelz verbrämt. Tanja sprang auf und zog mich mit sich.

Einer der Mönche wies auf mich. »Tanja, ist das deine Tochter?«

»Nein, *otez*.« Die Anrede *Vater* verwendeten wir für jeden, der Macht über uns hatte. »Martha ist die Tochter meines Mannes. Aber ich habe sie aufgezogen. Was nicht heißt, dass man einer wie ihr Manieren beibringen kann«, fügte sie hinzu. Ihr Griff um mein Handgelenk schmerzte wie ihre Antwort. »Hat sie etwas angestellt?«, fragte sie streng.

Der Russe strich sich über den Bart und lächelte mich an. Seine Augen konnte ich dabei nicht erkennen, denn sie lagen im Schatten seines großen flachen Hutes aus Biberfell. Der Mönch griff mir unters Kinn, und ich kräuselte die Nase. Er stank nach eingelegten Zwiebeln und zu lange getragener Leibwäsche. Konnten sich die Pfaffen denn nicht einmal am Festtag waschen oder zumindest die Wäsche wechseln? Der Pope musterte mich frech, ehe er mich losließ. Er wandte sich an Tanja. »Geht nach Hause. Wir kommen am frühen Abend in deine *isba*.«

»Aber heute Abend ist doch Tanz. Darauf habe ich mich den ganzen Winter über gefreut!«, rief Christina entsetzt. Darauf hatten wir alle uns den ganzen Winter über gefreut!

Der Mönch musterte Tanja mit eindringlichem Blick. Ihr Gesicht wurde leer und ausdruckslos. Stumpfsinn war die einzige und älteste Waffe der Leibeigenen gegen die Willkür der Herren. Wie oft scheiterten deren Befehle an der vollkommenen geistigen Leere, in der wir Zuflucht suchten. Die Macht unserer Herren machte sie unweigerlich zu unseren Feinden. Wir mussten mit Geduld ertragen, dass sie ständig in unsere heiligen Bereiche eingriffen – in die Familie und die Arbeit.

Was sonst blieb Tanja übrig? Wir gehörten dem Kloster. So gingen wir nach Hause. Christina schmollte, wagte mich aber nicht anzusehen. Tanjas Gesicht war vor Zorn verkniffen, und im Gehen spuckte sie mehrmals geräuschvoll aus. Wie sollte ich ihr den Vorfall am Fluss erklären? »Halt den Mund! Ich wusste es doch! Jemand wie du macht uns nur Ärger«, sagte sie, als ich es ihr erklären wollte.

Marie weinte und fiel dreimal auf dem kurzen Nachhauseweg hin. Beim dritten Mal nahm ich sie auf meine Hüfte. Ihr warmer kleiner Körper drückte sich an mich, und ich ahnte bereits, dass ich sie zum letzten Mal so spürte.

Als es gegen Abend endlich an die Tür unserer Hütte klopfte, war ich beinahe erleichtert. Warten auf das Ungewisse ist eine Strafe für sich.

Draußen zwischen den Hütten war es unwirklich still. Alles, was im *mir* Beine hatte und laufen konnte, befand sich auf dem Fest. Mein Vater hatte einige Male gefragt, was denn geschehen sei. Er erfuhr aber nur, dass die Mönche mich sehen wollten. Schließlich seufzte er, erhob sich vom Ofen, auf dem er lag, und schenkte sich in eine flache Schale etwas *kwass* nach. Dann setzte er sich auf die Bank in der roten – also der guten und sauberen – Ecke der Hütte und staubte widerwillig die Ikone des heiligen Nikolaus ab. Sie war mit billigen Erdfarben auf eine raue, flache Holzplatte gepinselt. Dann betrachtete er das schlichte Holzkreuz, das danebenhing, und überlegte kurz. Schließlich hob er die Schultern und ließ beide nebeneinander hängen.

Mein Vater klopfte auf die Bank neben sich, und ich setzte mich zu ihm. Zu meiner Überraschung lächelte er. »Was hast du denn ausgefressen, Martha? Mir kannst du's ruhig sagen.«

Ich zuckte die Achseln. »Nichts Besonderes. Ein Russe, der bei den Mönchen wohnt, wollte mich vor zwei Tagen am Fluss angreifen. Da habe ich gedroht, ihm den Schädel einzuschlagen.«

Mein Vater lachte so sehr, dass er husten musste. Er war schon lange krank von dem Rauch, der stetig vom flachen Ofen in unsere Hütte zog.

»Nichts Besonderes nennst du das? Gut. Du machst mir Spaß, Mädchen«, sagte er, als er wieder Atem schöpfen konnte.

Wir schwiegen, bis sie kamen. Tanja musterte mich kalt und abschätzend.

Die Männer stießen die Tür von selbst auf. Das Gesicht meines Vaters wurde leer und ähnelte Tanjas Miene zuvor. Sie kamen über die erhöhte Schwelle, die Matsch und Regen aus der *isba* fernhielt, in unsere Stube. Mein Vater stand kurz auf, bekreuzigte sich auf russische Weise mit drei Fingern und sank dann wieder nieder.

Der Russe vergrub seine Nase angewidert in seine Armbeuge. Aus der frischen Luft kommend, traf ihn der Geruch in der *isba* wahrscheinlich wie ein Schlag. Angewidert sah er sich zwischen den vier Wänden um, die unser erbärmliches Leben zusammenhielten. Zwischen den Balken der Wand steckte gekochtes Moos, das die Kakerlaken fernhielt. Am Boden neben dem großen Ofen, auf dem wir schliefen, falteten wir die bescheidenen Bündel von Kleidern und Decken zusammen. In der Ecke neben dem Bottich mit Wasser stapelten sich unsere sechs Schalen aus grob geschnitztem Holz. In einem zweiten Eimer erleichterten wir uns und leerten ihn dann auf die Straße. Angeekelt zog der Mann die Mundwinkel nach unten und wischte seinen schmutzigen, verkoteten Absatz am Stroh auf dem Boden ab. Ich hasste ihn für diesen Hochmut. Es war doch mein Heim.

»*Brat*«, begrüßte der Mönch meinen Vater. *Bruder.*

Mein Vater antwortete mit einem gemurmelten »Willkommen, *otez*«. Er sprach den Mönch mit *Vater* an.

Der verneigte sich vor unserer Ikone und bekreuzigte sich. Nun konnte der Besuch beginnen. »Gut, dass du deine Ikone sauber hältst.«

Mein Vater lächelte stumm, ich aber konnte mir das bekannte Bauernsprichwort nicht verkneifen. »Pah, Ikonen! Wenn sie nicht zum Beten taugen, dann kann man damit die Nachttöpfe zudecken. Die Nachttöpfe.«

Marie kicherte, doch der Mönch runzelte die Stirn und wandte sich an meinen Vater. »Wir haben einen Gast im Kloster, Wassili Gregorowitsch Petrow. Wassili ist Kaufmann in Walk und benötigt dort eine Dienstmagd. Dabei hatte er die Gnade, an deine Familie zu denken.«

Die Gnade. Ich verschluckte mich fast vor Zorn. Wassili musterte mich eindringlich.

Tanja aber sprang auf und schob Christina nach vorn, verneigte sich leicht vor Wassili und leckte sich die Lippen. Dabei sah sie aus wie eine Eidechse, die nach einer Fliege schnappt. »Herr, in einem großen Haus braucht man Hilfe. Ich sage dir, Herr, niemand arbeitet so hart, niemand ist so geschickt wie meine Christina. Sieh sie dir an, Herr! Ist sie nicht ein Engel?« Sie zerrte und rupfte an Christinas Zopf, bis deren blonde Locken ihr lose über die Schultern fielen. »Schau doch! Ihre zarte Haut und die schönen Zähne!« Nun zwang sie Christinas schmal geschwungenen Kiefer auf, sodass ihre Zähne sichtbar wurden. Es war widerlich. Wie auf dem Viehmarkt im Frühling! Selbst der Mönch zog die Augenbrauen hoch. Mein Vater drehte das Gesicht zur Wand.

Wassili aber griff abschätzend nach Christinas Handgelenk und drehte es um. Die Adern darin schimmerten blau durch ihre helle Haut. Er schüttelte den Kopf. »Nein, die ist mir zu schwach. Sie stirbt nach einem Winter. Ich kann es mir nicht leisten, nutzlose Esser durchzufüttern.« Dann kniff er sie in die schmalen Hüften. »Zum Kinderkriegen taugt sie auch nicht.«

Der Mönch strich sich über den verfilzten Bart.

»Nein, die da will ich haben. Sie ist stark und gesund wie ein Ross«, sagte Wassili und deutete auf mich. Mir wurde schwindelig. Tanja mischte sich abermals ein. »Nein, sie hat schlechtes Blut. Und dazu ist sie noch dumm und faul.« So leicht wollte sie wohl nicht aufgeben.

»Halt den Mund!«, knurrte Wassili und griff in den Lederbeutel, der neben einem Degen und einer Pistole an seinem Gürtel hing. Die Reise mit einem Wagen voller Güter war lang und gefährlich. Er reichte dem Mönch einige Münzen.

Tanja schob sich wieder nach vorn. »Und wir? Wir verlieren eine Arbeitskraft, wenn sie geht.« Fordernd streckte sie die Hand aus. Mein Vater hatte noch immer vor Scham das Gesicht abgewandt. Wassili zögerte kurz. Der Mönch zuckte mit den Achseln, und so gab er Tanja eine silberne Münze. Sie biss kurz darauf und steckte sie zufrieden ein. Mehr war ich ihr also nicht wert.

»Pack deine Sachen, Mädchen!«, wies mich Wassili an. »Mein Wagen steht schon draußen. Wir brechen sofort auf.«

Tanja half mir mit einem leichten Stoß nach. Viel zu packen hatte ich nicht. Ich trug meine gute, am Kragen mit Blumen bestickte Leinenbluse über einem sauberen Sarafan. Bei der Reise würde sie in Mitleidenschaft gezogen werden, denn Walk lag etwa drei Tagesritte entfernt. So schnürte ich meinen Gürtel auf. Der Mönch wandte sich ab, Wassili aber musterte mich von oben bis unten, als ich vor seinen Augen aus dem Hemd schlüpfte und mir meine schlichte Bluse und einen alten, weiten Sarafan überzog. Die Wangen brannten mir vor Scham, als ich meinen Zopf zum Knoten schlang und das Kopftuch fest um die Stirn band. Leicht sollte er es nicht haben, das schwor ich mir.

»Ich bin fertig«, sagte ich dann nur.

Bevor ich die Tür erreichte, umarmte mich mein Vater zum ersten Mal in meinem Leben. »Gib auf dich acht, mein Kind! Deine Mutter war eine gute Frau. Wir sehen uns im nächsten Leben, so Gott will«, flüsterte er mir ins Ohr.

»Was mag ich Gott schon bedeuten?«, zischte ich, um die Tränen zu unterdrücken.

Wassili packte mich am Handgelenk, und Marie heulte laut auf. Tanja gab ihr eine Ohrfeige, worauf die Kleine noch gellender schrie. Einer der Mönche schlug segnend ein Kreuz über mich. Ich fauchte ihn an.

Dann war ich zur Tür hinaus und saß neben Wassili auf dem Kutschbock. Seine drei Begleiter waren nicht einmal abgestiegen und musterten mich nur kurz. Sie wussten wohl schon vorher, dass der Handel schnell abgeschlossen sein würde. Ich fühlte mich krank vor Demütigung.

Auf der Reise nach Walk weinte ich meist. Wassili sprach kein Wort mit mir. Ab und an schnalzte er mit der Zunge nach den Pferden und trieb sie zu einem raschen Trab über die Wege zwischen den Feldern an, deren Schollen bereits trocken glänzten. Auf den Ebenen ritten seine Begleiter vor und hinter dem Wagen, sodass wir aus der Ferne aussehen mochten wie ein Zug Wildgänse am Himmel. Im Wald wurde der Karren von den Pferdeleibern geschützt, um Diebe und Wölfe abzuwehren. Ich wagte mich kaum umzusehen. Ich kannte nichts als unseren *mir*, mein Dorf und meine Welt. Im Gasthaus, in dem wir übernachteten, hatte ich meine eigene Kammer – zum ersten Mal in meinem Leben! –, in die Wassili mich einsperrte. Das Bett war ein Strohlager, aber es war bequemer als der harte Ofen, auf dem ich daheim geschlafen hatte. Einer seiner Begleiter ruhte auf meiner Schwelle, die beiden anderen bewachten den Karren. Natürlich hatte Wassili Angst, dass ich weglief.

Ich aber wusste nicht einmal, wohin ich sollte.

Es gab kein Zurück.

4. Kapitel

Der erste Anblick, den Walk bot, war überwältigend. Die Häuser waren viel größer als in meinem *mir* und als unsere *isba*. Viele standen groß und behäbig zwischen Wiesen und Feldern auf Stelzen, um vor der Überschwemmung während der *ottepel* sicher zu sein. Ringsum lagen zu Dutzenden die Hütten ihrer *Seelen*. Die meisten Menschen aber wohnten geschützt innerhalb der Mauern von Walk. Ich versuchte, die Schornsteine der Stadt zu zählen, gab es aber auf, als wir auf unserem Karren durch das Tor rollten. Es war Markttag, und das Gewimmel auf den Straßen erinnerte mich an die Ameisenhaufen, die wir im Herbst ausräucherten, bis die Insekten lustig in alle Richtungen flohen. Menschen drängten sich überall. Bauern trugen Käfige mit Federvieh auf den Schultern oder trieben Kälber und Schweine vor sich her. Feine Herrschaften mieden mit ihren sauber geknöpften Röcken und Schuhen aus glänzendem Leder den Schmutz der Straße. Einfache Frauen eilten mit ihren Einkäufen vom Markt nach Hause. Jungen priesen mit lauter Stimme, roten Backen und einem vollen Bauchladen frische Backwaren an. Bettler und Lumpenvolk ließen hier einen Apfel, dort eine gefüllte Börse mitgehen. Hunde keilten sich kläffend um den Abfall, der vor die Häuser geworfen wurde, und die Kutscher anderer Karren ließen die Peitsche knallen und bahnten sich fluchend ihren Weg durch das Gewühl. Mir schwindelte. Was ich hier sah, war noch viel besser als Meister Lamperts Zelt der Wunder. Wassili antwortete mir auf meine Fragen, die ich mir nicht verkneifen konnte, nur knapp und mürrisch. Ja, das dort, in den eng anliegenden knielangen Hosen und den Strümpfen über den Schienbeinen, den Schuhen mit Schnallen aus Metall und den schmalen, langen Jacken, das waren Polen. »Sie halten sich alle für etwas Besseres, heimatloses Volk!« Dort drüben, das waren dann Tataren aus dem Osten. »Blutrünstiges, faules Gesindel. Denen kann man nicht über den Weg trauen.« Scheu musterte ich die Männer mit den schrägen Augen, den hohen Wangenknochen und den grob gegerbten und um die Waden gewickelten Fellen. Die schwedischen Soldaten der kleinen Garnison der Stadt waren hochgewachsen und blond. Sie zwinkerten mir zu, bevor sie die deutschen Bürgersfräulein anlachten, die zusammen mit ihren Müttern und Mägden von Bude zu Bude schlenderten. Was hätte ich dafür gegeben, wie sie zu sein – frei und doch behütet! Ich musterte sie voll Neugierde: Ihr Haar war sauber unter einer steifen, gebauschten Haube verborgen, doch ihre Leibesmitte war in den Kleidern mit den langen, weiten Röcken geradezu unanständig eng geschnürt, sodass sich ihr Busen und Oberkörper deutlich und unanständig unter dem Leibchen abzeichnete. Eine Gruppe russischer Priester, die Popen, grüßte Wassili, und ich sah weitere Russen in schleppenden Gewändern mit breiten Kragen und verfilzten Bärten, in denen noch die Mittagssuppe hing. Nur wenige Monate später befahl ihnen der Zar, sich die Bärte abzuschneiden, obwohl glatt rasiert zu sein für einen Russen Gotteslästerung war. Christus selbst war auf allen ihren Ikonen bärtig zu sehen. Peter musste wahnsinnig geworden sein oder eben doch ein Wechselbalg, den seine verzweifelte Mutter nach der Geburt einer Tochter aus der deutschen Vorstadt von Moskau eingeschmuggelt hatte. Ja, sicher, so musste es sein! Peter war ein falscher Zar, der unter dem Einfluss seiner deutschen Geliebten stand, der Hure Anna Mons. Dabei hatte er doch eine gute Frau geheiratet, Ewdokia, eine adlige Russin, die ihm dazu noch einen gesunden Thronerben geschenkt hatte, den Prinzen Alexej.

Mich grinsten die Russen frech an, doch ich streckte hinter ihrem Rücken die Zunge heraus. Meine Nase war bald stumpf von den Gerüchen der Stadt. In unserem *mir* hatte sich all dies – Schweiß, Schmutzwasser, das Vieh, das offen streunte, und unser Unrat, der auf die Straße geleert wurde – in den Weiten unserer Ebenen verloren. Hier hingegen sammelte die Mittagssonne die Luft in erstickend warmen Wolken in den Gassen. Die Bewohner leerten ihre Nachttöpfe aus den Fenstern den Fußgängern einfach auf den Kopf und über die Kleidung. Es duftete aber auch köstlich nach Erbsensuppe, nach Sauerkraut, nach *kascha*, den mit Kohl und Fleisch gefüllten *pirogi*, gebratenem Huhn und frischem Fladenbrot. Es gab noch viele andere Düfte, die ich in meiner Unbedarftheit jedoch nicht beim Namen nennen konnte.

»Ist es noch weit?«, wagte ich schließlich zu fragen. Ich hatte jeden Sinn für Woher und Wohin verloren. Der Himmel war nur ein blauer Flecken über meinem Kopf, und ich sah weder Wald noch Flur oder Fluss, die mir sonst den Weg wiesen. In welche Richtung ich mich auch wandte, überall gab es nur Häuser, Gassen und Menschen.

Wassili zog an den Zügeln und pfiff. In einer langen, hohen Mauer öffnete sich ein Tor. Die Pferde warfen schnaubend die Köpfe hoch und bogen mit klappernden Hufen in einen gepflasterten Hof ein.

»Wir sind da«, sagte er knapp.

Das Haus lag innerhalb der Stadtmauern und doch dicht am Fluss. Es kam mir riesig vor. Wie viele Familien wohl darin lebten? Unter und zwischen den Pfählen, auf denen das Gebäude stand, waren Schweine und Hühner eingepfercht. Rechts vom Haus lag der Pferdestall mit Unterstand für den Karren. Dahinter war ein großer Gemüsegarten angelegt, größer als für alle unsere *isby* zusammen. Es roch warm nach Tierleibern, als Wassili einem jungen Knecht die Zügel zuwarf und mich vom Kutschbock hob. Dabei streifte seine Hand meine Brust, und ich erschauerte. Er aber blieb völlig ungerührt. »Da kommt Nadja. Geh mit ihr ins Haus!«, befahl er.

Ich umklammerte mein Bündel und drehte mich um. Eine Frau kam über den Hof auf uns zu. Ihr dunkles Haar war von grauen Strähnen durchzogen, und ihre Augen traten leicht aus den Höhlen hervor. Ihr Gesicht erinnerte mich an einen der dicken Frösche, die wir Kinder mit Halmen aufbliesen, bis sie mit einem Knall zerplatzten. Auf einer Warze an ihrem Doppelkinn sprossen drei Haare, und an ihren Händen wie auch an der Schürze, die sie über den dicken Leib gebunden hatte, klebten frisches Blut und Federn. Sie runzelte die Stirn. »Wer ist das, Herr?«, fragte sie über meinen Kopf hinweg und stemmte die Hände in die fetten Hüften.

»Eine neue Magd, Nadja.« Wassili mied ihren Blick. »Sie heißt Martha.«

»Martha … wie noch?«

Er zuckte mit den Achseln. »Das weiß ich nicht. Ist das denn wichtig?«

Nadja führte mich in meine Kammer. Sie war außer Atem, als wir den zugigen kleinen Raum erreichten, denn die Stiege, die hoch unter das Dach führte, war steil und schmal. Blanke Bohlen lagen auf dem Boden, und zwischen zwei schmalen Bettstellen stand eine Truhe russischer Art, aus Eichenholz gezimmert und mit Schiefer und Eisenbändern beschlagen. Im Eck entdeckte ich einen Eimer. Als wir hereinkamen, stand ein anderes Mädchen von dem zweiten Bett auf. Sie faltete den Sarafan, den sie gerade bestickte, und legte ihn in die offene Truhe. Ich bemerkte das teure farbige Garn, mit dem sie arbeitete, als sie vor Nadja knickste.

»Mach Platz in der Truhe, Olga!«, verlangte Nadja. »Wir haben ein neues Mädchen.« Als sie mein Gesicht sah, keckerte sie. »Was hast du erwartet? Eine ganze Zimmerflucht für dich allein? Olga ist ebenfalls Küchenmagd. Sie kann dir gewiss das eine oder andere zeigen.« Olga errötete. Wie zart sie neben der mächtigen Nadja wirkte! Ihre Schlüsselbeine stachen wie zwei Kanten durch die blasse Haut unterhalb ihres langen schlanken Halses, und ihre knochigen Gelenke wirkten durchscheinend, als sie die Hände dicht neben ihren dicken blonden Zopfspitzen faltete. »Mach dir's bequem, Martha, und gib mir keinen Grund zur Klage!«, sagte Nadja und wollte gehen.

»Gewiss nicht«, antwortete ich. »Ich habe in den

Klosterküchen gearbeitet und in der Speisekammer der Mönche hausgehalten...«

»Umso besser«, unterbrach mich Nadja und sah zu, wie Olga ihre Habseligkeiten in eine Ecke der Truhe schob. Meine saubere Bluse und der Sarafan, die ich am Fest getragen hatte, nahmen gewiss nicht viel Platz weg. Doch als ich meine Sachen ablegte, sah ich in der Truhe noch mehr Dinge liegen – ein Kleid, das nach westlicher Art geschnitten war, Wollknäuel in tiefen, wertvollen Farben, einen Kamm aus einem dunklen, harten und schimmernden Material wie auch ein Dutzend Knöpfe, die zur späteren Verwendung wie ein Strauß Blumen zusammengebunden waren. Woher hatte Olga diese Schätze?

»Noch Fragen?« Nadja rasselte mit dem Schlüsselbund an ihrem Gurt. Es war klar, wer hier im Haushalt das Sagen hatte.

»Ja«, sagte ich.

Sie hob die Brauen. »Nämlich?«

»Wie soll ich mich hier nicht verlaufen? Das Haus ist riesig.«

Olga kicherte, und Nadja hatte gleich eine Antwort. »Du Landei bleibst am besten bei mir in der Küche.«

Nichts, was Nadja je sagte, duldete Widerspruch. Vielleicht konnte mich ihr Wohlwollen wie auch Olgas Gegenwart in der Kammer vor Wassili schützen, so hoffte ich zumindest. Doch mein Magen verknotete sich vor Furcht. Wie sollte ich hier ein Auge zutun und dennoch die Kraft haben, meine Aufgaben zu erledigen? Ich dachte an Wassilis Worte am Fluss. Er wirkte nicht wie ein Mann, der leere Drohungen ausstieß.

5. Kapitel

Wir pökelten Fisch und Fleisch, legten Pilze und Nüsse ein, marinierten Obst, Gemüse und Heringe mit Alkohol, Senf und Essig und füllten ganze Werst an Schafsdärmen mit würzigem Fleisch zu Wurst. Hühner, Gänse und Ferkel liefen mir in der Küche zwischen den Füßen herum, und der stetig glühende Ofen steigerte die Hitze jenes Sommers ins Unerträgliche. Sobald Nadja mir den Rücken zuwandte, naschte ich und hatte beim Kochen ständig meine Finger in den Töpfen.

»Nasch nicht zu viel, sonst schlachtet Nadja dich im Herbst gleich mit«, neckte mich Olga, doch ich konnte nicht anders. Ich hatte ja nicht geahnt, dass es solche Köstlichkeiten gab. Früher, an Festtagen, hatte ich in der Küche des Klosters ausgeholfen. Aber was war die magere Kost der Mönche gegen dieses Himmelreich?

Wassilis Vorratskammer musste für seine vielen Gäste, die oft über Tage hinweg blieben, gut gefüllt sein. Auf den Regalen standen Flaschen mit Essig und Öl, saure Gurken waren in hohen Gläsern eingelegt. Milch säuerte in Fässern zu Kefir, wenn Nadja mich den Rahm nicht zu salziger Butter schlagen ließ. Oder die Milch hing in Musselintüchern zu Käse ab. In Säcken lagerten Grieben, Mehl, rote und weiße Zwiebeln, Nüsse, Linsen, Erbsen und Bohnen, schmale grüne ebenso wie die dicken weißen, aus denen Tanja früher schleimigen Eintopf gekocht hatte. Neben den zart-salzigen Schinkenseiten hingen Gewürzbündel von der Decke herab. Nur den Safran sperrte Nadja in einer Schatulle weg. Er stammte aus einem Land mit Namen Indien und wurde auf dem Markt mit Gold aufgewogen. »Einmal hat eine Magd doch davon gestohlen. Wassili befahl mir, ihr die Finger zu brechen. Nur wuchsen sie dem dummen Ding nicht wieder gerade zusammen, und wir mussten sie davonjagen«, erinnerte sich Nadja gleichmütig.

Wenn ich nicht in der Küche half, dann klopfte ich Felle und Teppiche aus und wendete oder wechselte das Stroh auf dem Boden. Ich wachste die Bohlen, bis sie wie Gold glänzten und nach Honig dufteten, und staubte die vergoldeten Rahmen der Ikonen an den holz- und lederverkleideten Wänden ab. Mir war zwar unbehaglich zumute, wenn ich am Morgen Wassilis Schlafzimmer säuberte und sein Bett lüftete, aber ich strich auch ehrfürchtig über die gestärkten und nach Kräutern duftenden Laken. Nadja ließ mich das Leinen vor dem Bügeln mit dem heißen Eisen mit Wasser besprengen, in dem sie geschälte Kartoffeln hatte quellen lassen. Selbst die Mönche des Klosters ruhten auf kargen Pritschen, und in unserer *isba* hatte ich mich zum Schlafen zusammen mit den anderen Familienmitgliedern wie eine Sau im Stall tief in das warme Stroh auf dem großen flachen Ofen gewühlt. Ich versuchte, mir den Gedanken an meine Familie und an mein Leben in der *isba* zu verbieten. Doch sie fehlten mir so sehr, dass mir selbst die Erinnerung an Tanjas ständiges Gemecker und ihre Beleidigungen erträglich vorkamen. Abends weinte ich oft, doch Olga tröstete mich nicht, sondern lag nur auf ihrer Pritsche, die Augen geschlossen und die Hände wie zum Gebet gefaltet.

Wassili handelte mit allem, was Geld brachte: mit derbem Leinen aus Russland, mit Samt aus Frankreich und einem Stoff, der Seide hieß. Einmal nahm Olga einen Ballen von den Regalen und hielt ihn sich an die Wange. Sie seufzte vor Behagen, als der schimmernde Stoff ihren blassen Wangen Farbe verlieh. »Weißt du, dass die Seidenfaser weder wie Flachs für das Leinen auf den Feldern noch wie Wolle auf den Schafen wächst?«, fragte sie. »Ach? Woher kommt sie dann? Fällt sie vom Himmel, oder was?«, fragte ich. »So ungefähr. Wassili sagt, dass dicke, fette Larven sich darin einspinnen, die den ganzen Tag nichts anderes tun, als an einem ganz bestimmten Baum zu hängen und die Blätter zu essen.« Ich lachte. »So ein Unsinn. Für wie dumm hältst du mich? So eine Larve wollte ich auch gern mal sein«, hielt ich dagegen. »Ja, das könnte uns wohl allen gefallen«, erwiderte Olga mit klarer Stimme.

Wassili führte genau Buch über seine Güter: Wachs und Honig, Salz, Zucker und Mehl. Meerschaum, Fette und Öle, Leder, Stoff und die kleinen Beutel mit einem seltsamen weißen Pulver, das berauschend wirkte. Ich merkte sofort, wenn Wassili davon geschnupft hatte. Er lachte dann unaufhörlich und machte sich zusammen mit seinen Freunden zum Feiern auf. Seine Gerte tanzte dann eine Polka auf dem Schaft seiner glänzend polierten Stiefel, ganz im Takt seiner Schritte.

Einen zweiten Lagerraum hielt er jedoch fest verschlossen.

»Was ist darin?«, fragte ich Nadja bei meinem ersten Besuch im Lagerhaus.

»Ich riskiere Kopf und Kragen, wenn ich es dir sage«, knurrte Nadja, verriet es dann natürlich doch, stolz über ihr Wissen. Dort verbargen sich verbotene Schätze: Zobel, Nerz, Wodka und Tiegel voller Eis, das den darin gelagerten Kaviar kühl hielt. Wassili setzte mit diesem geheimen Handel sein Leben aufs Spiel, denn er war allein dem Zaren vorbehalten. Selbst hier, außerhalb des Russischen Reiches, konnte man ihm dafür die Nase abschneiden oder ihn rädern. Wenn es um sein Einkommen ging, war mit keinem Zaren zu scherzen, auch mit Peter nicht. Denn sonst hörten wir nur die seltsamsten Geschichten über diesen Zaren. Wenn Wassilis Kunden ankamen, drängten Olga und ich uns am Fensterbrett der Küche und lockten sie mit Rufen, Gelächter und in die Luft geworfenen Küssen zu uns. Bei einem Becher *kwass* erzählten sie uns dann alles, was wir wissen wollten.

»Mädchen, du glaubst es nicht. Der Zar soll nicht mehr in Russland sein. Er reist durch Europa, nennt sich Peter Michailow, frisst nur Kohl wie du und ich und lernt in Holland, wie man Boote baut.« Was für ein Unsinn, dachte ich, schwieg aber höflich. Niemand, der recht bei Trost war, würde das reichste aller Leben gegen unser elendes Dasein eintauschen. Oder: »Wenn Peter so weitermacht, dann wird es uns der König von Schweden noch zeigen. Karl der Zwölfte ist noch ein Kind, aber er exerziert von früh bis spät mit seinen Truppen, baumlangen, bärenstarken Kerlen. Sie machen zehn Schritte, wenn wir nur einen machen. *Er* ist ein echter König.«

Doch eines Abends Ende Mai, als sowohl die Sehnsucht nach meiner Familie wie auch die Furcht vor Wassili mich in den weißen Nächten wach hielten – hatte ich mich je nach ihnen und ihrem Zauber gesehnt? –, da hörte ich die Bohlen unserer Kammer unter leisen Schritten knarren. Ich schreckte augenblicklich zusammen und hielt mit dem Weinen inne. Mein Herz raste. War Wassili nun doch gekommen? Mir kam es so vor, als seien das Warten und die Ungewissheit Teil seiner Strafe für mich, während es ihm Vergnügen bereitete. Ich kniff die Augen zusammen, doch als ich aufzusehen wagte, stand Olga neben meinem Bett. Das Mondlicht bildete Pfützen um ihre Füße, und ihr Nachthemd hing schlaff wie eine Flagge bei Windstille an ihrem mageren Körper.

»Was ist?«, schniefte ich, setzte mich aber auf. Ich hörte die Herausforderung in meiner Stimme. Wollte sie sich über mich lustig machen, oder gab es einen Grund, mich bei Nadja für meine Traurigkeit zu verpetzen? Ich wurde auch schon zur Russin, denn im Zarenreich traute niemand dem anderen auch nur einen Fußbreit über den Weg. Doch statt mich zu verspotten oder mich zu verraten, strich mir Olga über das Haar. Ich hielt den Atem an. Ihre Berührung, die meine Locken streifte, war so flüchtig wie eine Vogelschwinge. Doch ihre Geste bedeutete mehr für mich als ein Trank klaren Wassers an einem heißen Sommertag oder ein Pelzmantel im Winter.

»Weine nicht, Martha!«, flüsterte sie. »Du brauchst deine Kraft, und du musst stark sein. Für uns *Seelen* sind die Dinge, wie sie sind. Nichts wird sich je ändern.« Ich wischte mir die Tränen von den Wangen. Am liebsten hätte ich sie an mich gezogen und sie gebeten, mich zu halten, doch mein Stolz verbot es mir. Ich konnte nur auf das Beste hoffen, was immer das in diesem Haus bedeutete, wo ich Wassili auf Gedeih und Verderb ausgeliefert war. Olga lächelte mich noch einmal an. Es war nicht mehr als ein Schatten in ihren Mundwinkeln, und ihr Gesicht war hell und durchsichtig wie ein Schleier in der lichten Nacht. Dann kehrte sie in ihr Bett zurück. Sie hatte nur Worte zu geben, doch diese Worte trösteten mich. Ich fiel in einen tiefen Schlaf, erschöpft von allem, was geschehen war, und all dem Neuen, das es zu lernen gab.

Vielleicht waren es ihre Zärtlichkeit und ihr Trost, die mich so tief schlafen ließen, dass ich die Schritte nicht hörte, die in derselben Nacht die schmale, steile Stiege heraufkamen, Schritte schwer von Trank und Lust. Ich erwachte erst, als die Tür so laut in den Angeln quietschte, wie es bei Tag nie der Fall war. Das Geräusch ging mir in der Stille der Nacht durch Mark und Bein. Als ich aufschreckte, stand die Tür bereits weit offen, und Wassili taumelte über die Schwelle. Das Mondlicht wies ihm den Weg durch die milchige Nacht, herüber zu meinem Bett.

Meine Gedanken rasten, und das Blut stockte in meinen Adern. Kälte breitete sich in meinem Innern aus. Der Augenblick, den ich so gefürchtet hatte, war gekommen. Sein Abwarten war wie ein Spiel für ihn gewesen – nicht anders, als eine Katze eine Maus quält. Nun war das Spiel vorbei. Was genau sollte geschehen? Ich wollte nicht daran denken. Wenn er mich nur leben ließ, flehte ich stumm und geriet in heftiges Zittern. Wassili schwankte auf der Schwelle und stützte sich mit einer haarigen Hand am Türstock ab. Es gab kein

Entkommen. Vor lauter Angst zog ich die Knie ans Kinn und umschlang sie, obwohl ich zitterte wie Espenlaub. Selbst meine Zähne schlugen aufeinander, und ich hörte es in der Stille wie das Klappern eines Mühlrades. Wassili war vom Aufstieg zu unsrer Kammer noch außer Atem. Ich zog mir die Decke über den Kopf und rollte mich wie ein Kind zusammen. Meine Augen waren fest zusammengepresst, um mich vor seinem Anblick zu schützen, so wie meine Arme seine Schläge abwehren wollten, falls er mich am Nacken packte und aus dem Bett zerrte. Ich wollte ihn nicht kommen sehen, es war grässlich genug, ihn zu spüren und ihn seine Rache nehmen zu lassen. Ja, das Warten war Teil seiner Strafe für mich gewesen. »Komm her!«, lallte er mit einer Stimme, schwer vor Trunkenheit. »Oder soll ich dich etwa holen kommen, Mädchen?«

6. Kapitel

Bitte nicht!, flehte ich stumm und schob mir die Finger tief in den Mund, um meine Angst zu ersticken. Ich musste würgen, aber es hinderte auch meine Zähne am Klappern. Mein Handrücken schmeckte nach Salz von meinen Tränen und meinem Schweiß. Aber noch ein anderer metallischer Geschmack mischte sich darunter. Ich biss mich bis aufs Blut vor Angst und wimmerte, denn ich wusste, dies war nur der Anfang aller Qual. Trotz der weichen Luft der Maiennacht brach mir der Schweiß aus allen Poren. Vielleicht wäre es besser, einfach nachzugeben? Ich fürchtete Schmerz und konnte auf keine Hilfe hoffen. In Olgas Bett war alles still. Lag sie dort vor Angst, so starr wie ich selbst? Gegen alle Vernunft wollte ich zu ihr kriechen und mich an sie schmiegen. Gab es für uns gemeinsam keine Möglichkeit, gegen Wassili anzukommen? Doch da setzte sie sich in ihrem Bett auf und sagte mit einer Stimme, die brüchig war wie das Laub des letzten Herbstes: »Ich komme schon.«

Vor Staunen hielt ich den Atem an, als ich zwischen meinen gespreizten Fingern und unter dem Laken hervorlugte. Olga stand auf und sah in der hellen Nacht so nackt aus wie in ein flächsenes Laken gehüllt. Ihr weizenblondes Haar reichte ihr bis zu den Hüften, als sie auf Wassili zuging. Ich zuckte zusammen, als er sie beim Schopf packte, ihren Kopf zur Seite riss und die silbernen Tressen um seine Faust schlang. Sie jaulte auf, doch mit einer kurzen Drehung seines Armes zerrte er sie hinaus auf den Korridor. Die Tür zu schließen schien ihm gar nicht wichtig zu sein.

So lag ich wach und hörte alles, was geschah.

Als Wassili die Stiege mit schweren Schritten wieder hinuntergeklettert war, stolperte Olga zurück in unsere Kammer. Sie erinnerte mich an ein Fohlen. Ihre dünnen Beine zitterten, und sie hielt ihr zerfetztes Nachthemd wie ein Ertrinkender ein Stück Treibholz umklammert. Ich war bei ihr, bevor sie auf ihr Bett fallen konnte, und umarmte sie. Sie bebte am ganzen Körper, ihre Tränen nässten meinen Hals, und ihr magerer Körper wurde von Schluchzern geschüttelt. Ich streichelte ihr das Haar und tupfte ihr das nachquellende Blut von der geschwollenen Lippe, bis es gerann.

»Weshalb tut er das?«, fragte ich und hörte die Hilflosigkeit in meiner Stimme. Sie versuchte, mit den Schultern zu zucken, winselte aber vor Schmerz. Ich sah Blutergüsse auf ihrer Haut. »Das ist noch gar nichts, Martha. Es bereitet ihm Lust. Wenn ich mich zur Wehr setze, wird alles nur noch schlimmer.« Ihre blauen Augen wirkten riesig im Schein des Mondes, als sie mich ansah. Mir schauderte wieder. Hatte Nadja das gemeint, als sie sagte, Olga könne mir einiges zeigen? Vielleicht hatte Olga recht, dachte ich, als sie sich an mich klammerte und unaufhaltsam weinte. Für uns Leibeigene waren die Dinge, wie sie waren. Olgas heiße Wange schmolz in meiner Handfläche, als ich sie streichelte.

»Denk nicht darüber nach, wie du mir helfen kannst. Es ist unmöglich. Hilf dir stattdessen selbst.«

Am nächsten Morgen beobachtete ich Olga, wie sie ihre Finger tief in einen Tiegel mit Schweinefett tauchte und dann nach oben in unsere Kammer verschwand. Sie musste die Angeln damit geschmiert haben, denn seitdem öffnete sich die Tür lautlos. Ich verstand – das Quietschen der Tür, wenn Wassili sie holte, steigerte ihre Scham nur noch.

Einige Wochen später erwachte ich dann doch in der Nacht, jedoch nicht von Wassilis Schritten. Olga hing über dem Eimer im Eck und spie sich das Leben aus dem Leib. In unserer Truhe sah ich neben ihrem feinen Kleid, den Knöpfen, dem Kamm, dem Garn und der Wolle nun noch ein Paar weiche grüne Lederhandschuhe liegen.

»Wann hast du angefangen, hier im Haus zu dienen?«, fragte ich Nadja in meinem harten Russisch. Nichts brachte das Haus mehr zum Lachen als meine deutsche Aussprache der weichen russischen Sprache. Wir schnitten an einem Nachmittag im August den Kohl für einen Speckkuchen klein. Die Sommerglut hatte die Luft in der Küche gleichsam zum Schneiden verdickt. Das Haar klebte mir an der Stirn, und ich hatte die Ärmel meines Sarafans so weit wie möglich mit den Bändern in den Säumen hochgerafft. Trotz der Wärme erledigte ich meine Arbeit rasch und mit einem Lächeln, sodass Nadja keinen Grund sah, mich zu knuffen oder mir eine Kopfnuss zu verpassen. Sie schien guter Laune zu sein, und das nutzte ich, um mehr zu erfahren.

»Meine Familie gehört seit Generationen der Wassilis«, antwortete sie. »Ich war weder hübsch noch lustig, aber fleißig und durfte deshalb bei ihnen im Haus arbeiten. Mir konnte man trauen. Als Wassilis Mutter bei seiner Geburt starb, nahm ich mich des armen Wurms an. Ich habe ihn aufgezogen.«

Vor Überraschung ließ ich beinahe meinen Kohlstrunk fallen. »Dann ist er wie ein Sohn für dich?«

Statt einer Antwort zog sie nur die Augenbrauen hoch, und ich rupfte stumm, aber mit rasenden Gedanken einem weiteren Kohlkopf die Blätter ab. Ich musste meine Zunge hüten. Als seine Haushälterin stand Nadja vollkommen unter Wassilis Fuchtel, führte einen jeden seiner Befehle widerspruchslos aus. Ja, sie brach selbst einer Magd die Finger, wenn er es befahl, und hielt ein scharfes Auge auf uns und sein Gut. Doch dass sie ihn aufgezogen hatte, erschreckte mich zutiefst, da ich ihr Gefühl für ihn nur mit meiner Liebe zu meinen Geschwistern vergleichen konnte, vor allem zu Marie.

»Und hat er selbst denn keine Familie?«, fragte ich weiter, während ich die Kohlblätter schwenkte, da sich in den grünen Schichten gern Erdklumpen, kleine Schnecken und Käfer versteckten.

»Er ist verwitwet. Seine Frau konnte keine Kinder bekommen und ist vor drei Jahren an der Schwindsucht gestorben.« Sie wählte in dem Korb neben ihrem Fuß einen weiteren Kohlkopf aus, drehte und wendete ihn, um faule oder schwarze Stellen ausfindig zu machen.

»Und was ist mit Olga?«, wagte ich zu fragen. Olga, die ihren Sarafan nun immer loser trug, die sich heimlich saure Gurken nahm und von den eingelegten Heringen naschte, wenn sie sich unbeobachtet glaubte.

»Was soll mit ihr sein?« Nadja zerteilte den Kohlkopf mit einem einzigen kräftigen Hieb ihres Hackbeils, bei dem ich zusammenzuckte. »Wassili hat sie vor einem Jahr gekauft, so wie dich später auch. Und nun hat der Herr sie geschwängert.«

»Der Herr?« Ich ließ mein Messer sinken. »Den gibt es doch nur in der Bibel.«

»Dummes Ding!«, schimpfte Nadja. »Wassili natürlich. Er ist eben ein Mann. Und Praskaja hat nicht immer ein Auge auf ihn. Praskaja ist Wassilis Geliebte und eine Schlange. Sie trinkt mehr als er selbst und macht derbere Scherze, als ich sie je von einem Soldaten gehört habe. Sie lässt Wassili sein Vergnügen mit anderen Weibern, solange ihr nur keine davon gefährlich wird.« Sie schnalzte mit der Zunge und verstummte, denn in diesem Augenblick kam Grigori in die Küche, ein junger Pferdeknecht. Er war vielleicht vierzehn oder fünfzehn Jahre alt, seine Arme und Beine schienen zu lang für seinen mageren Körper, und schlimme knotige Pickel zogen sich über seine Wangen bis hinunter zum Hals und zur Brust. Er wirkte wie eine Mischung aus Hengstfohlen und Welpe, ganz wie mein Bruder Fjodor es gewesen war.

»Ich bin am Verhungern, Mädels!«, rief er, und Nadja kicherte geschmeichelt. Die drei Haare auf ihrer Warze zitterten dabei im Takt. »Darf ich schon von der dicken Gemüsesuppe kosten?« Er linste hungrig zum Kessel hinüber, in dem es auf dem offenen Kaminfeuer brodelte und der die Küche mit einem himmlisch rauchigen Duft nach Speck und Erbsen erfüllte.

»Katz und Magd essen, wenn's behagt, Knecht und Hund fressen, wenn was kummt!«, antwortete sie patzig, schöpfte ihm dann aber doch eine gesunde Portion aus dem Kessel. Grigori setzte sich zu uns, schlürfte behaglich seine Suppe und sah immer wieder zu mir herüber. Ich hielt den Blick gesenkt und widerstand der Versuchung, mit zwei Fingern das Zeichen gegen den bösen Blick zu machen, denn Olga hatte mir an einem der ersten Abende in unserer Kammer alles über Grigori erzählt.

»Halt dich von ihm fern! Er ist vom Teufel besessen«, hatte sie geflüstert. Die Worte waren in der Dunkelheit wie Spinnenbeine über meine bloße Haut gekrochen.

»Wie das?« Ich hatte mich aufgesetzt, zog die Knie an und die grobe Decke dann bis zum Kinn. Dennoch bekam ich Gänsehaut. Vom Teufel besessen!

»Es kommt ganz plötzlich über ihn, wenn er müde ist oder hart gearbeitet hat. Er schreit und zuckt und windet sich, ehe er sich zu Boden wirft, schreit und strampelt. Dann steht ihm der Schaum vorm Mund, so als reitet ihn der Leibhaftige.«

»War das schon immer so?« Mich fröstelte trotz der Decke.

»Nein. Erst seitdem Wassili ihn eines Tages bestraft hat.«

»Bestraft? Weshalb denn? Was hat er getan?«, fragte ich. Meine Kehle fühlte sich plötzlich ganz trocken an. Ich dachte wieder an die Magd, die den Safran gestohlen hatte. Hier im Haus gab es strengste Strafen für geringe Vergehen.

»Grigori war unachtsam, und Wassilis Hengst riss sich im Stall die Flanke an einem rostigen Haken blutig. Das Tier verendete. Wassili hat Grigori aus Wut darüber ausgepeitscht. Seitdem werden die Anfälle so schlimm, dass wir Grigori oft festbinden müssen, damit er sich nicht selbst verletzt.«

Mir schauderte wieder. Nahm ich wirklich an, dass

mir Wassili meine Frechheit einfach so vergeben und alles vergessen haben sollte? Wohl kaum. Dennoch, im hellen Sonnenlicht der warmen Küche war ich zuversichtlich.

»Willst du auch eine Schale von der Suppe, Olga?«, fragte Nadja, als diese ebenfalls vom Hof in die Küche trat. Olga schüttelte den Kopf und drehte sich angewidert weg. »Du musst etwas essen«, mahnte Nadja, während Grigori zufrieden auf seinem Schemel kauerte. Er lächelte mich scheu an, was Nadja bemerkte. Sie siebte das Mehl und wog das teure Salz zweimal ab, bevor sie mir einen Befehl erteilte. »Geh in den Hühnerstall, die Eier einsammeln!« O nein!, dachte ich. Wassilis Hühner waren elendige Biester, die nach mir hackten und kratzten, wenn ich ihnen die Eier wegnahm. Doch damit nicht genug. »Wenn du wieder da bist, dann hack die weißen Zwiebeln!« Weiße Zwiebeln – darüber weinte ich mir stets die Augen aus.

Als Praskaja von ihrem Ausflug zu ihren Eltern wiederkam, hasste sie mich sofort. Ich durfte meinen Sarafan nicht im Rücken eng gürten, musste meine straff nach hinten gebundenen Haare unter einem Tuch verbergen und hatte meinen Blick gesenkt zu halten. Sie gab mir die schwersten Arbeiten, die sie vor Wassili verantworten konnte.

»Trag die Eimer mit der Kohle!«

»Feg die Feuerstellen aus! Wie sieht denn das hier aus?«

»Die Schweine müssen auf die Wiese. Na los, los, los! Beweg dich, du faules Stück!«

Bei der geringsten Ungeschicklichkeit ohrfeigte sie

mich, grub mir ihre Fingernägel in die Haut oder zwickte mich bis aufs Blut, sodass ich mit grünen und blauen Stellen übersät war. Einmal stieß sie mich an, als ich das siedende Wasser für ihr Bad herbeitrug. Ich stolperte und hätte mir beinahe Hände und Füße verbrüht. Abends schloss sie meine Kammer hinter mir ab und steckte den Schlüssel in ihre Tasche. Olga und ich waren die Nacht über Gefangene, aber doch auch vor Wassili sicher. »Danke, Praskaja«, lachten wir, bevor wir uns umschlungen hielten und uns vor Erschöpfung trotz aller Schrecken die Augen zufielen.

Es war der heißeste und trockenste Sommer seit Menschengedenken. Das Korn entzündete sich auf den Feldern unter den brennenden Sonnenstrahlen, und die Ernte war missraten. Wie es meiner Familie wohl ergehen mochte? Wenigstens war das Kloster in Zeiten der Not für seine *Seelen* verantwortlich, und in den Kellern der Mönche lagerten genügend Vorräte. Doch ich machte mir Sorgen, denn von überall erreichten uns unglaubliche, grausige Geschichten von Herren, die erst ihre Ohren dem Jammern und dann ihre Türen vor den Forderungen und dem Flehen der *Seelen* verschlossen. Die Leibeigenen, die konnten, flohen. Andere trieben als geblähte Leichname in den Flüssen oder verwesten auf den Wegen, den Geiern zum Fraß. Ich hoffte nur, dass es meiner Familie besser ergangen war. Mein Weg führte nur nach vorn, auch wenn ich in den Sommernächten das Fenster meiner Kammer offen und unverhängt ließ. Ich sah dann nach oben in den bestirnten Himmel und betete, dass meine Familie dasselbe tat, irgendwo, satt und in Sicherheit.

Olga brachte einen Sohn zur Welt. Nadja jagte mich aus der Kammer, als die Wehen einsetzten. Ich durfte lediglich Kübel um Kübel Wasser erhitzen. Ihre Qual marterte meine Seele, Stunde um Stunde, als ich am großen Küchentisch saß und wartete, den Kopf gesenkt und die Hände auf die Ohren gepresst. Ihr kleiner Sohn Ivan blieb jedoch ungetauft, denn Praskaja ließ den Säugling beim Baden in ihrem Zuber aus den Händen gleiten. Vielleicht war es besser so für Olga, und wenn sie Glück hatte, verliebte sich noch ein ordentlicher junger Mann in sie. Doch nur wenige Monate später, während des windigen Frühlings, als das Eis nicht vom Fluss weichen wollte, war sie wieder schwanger.

Als Wassili für einige Wochen auf Reisen ging, um in den kommenden wärmeren Wochen seine Vorratsräume mit neuen Waren zu füllen, peitschte Praskaja Olga unter einem lächerlichen Vorwand aus. Am nächsten Morgen war Olgas Bettstatt leer. Wie hatte sie sich davonschleichen können? Ich verfluchte das Schweinefett auf den Türangeln. Wir suchten sie überall, doch umsonst. Zwei Tage später spülte die Vaïna ihren Leichnam an. Olga hatte ein Loch ins erste Eis geschlagen und sich ertränkt. Schilf hing in ihrem Haar, und Fische wie Wasserratten hatten ihre Lider abgenagt. Ihre großen blauen Augen blickten erschrocken ins Nichts. Ihr Körper war vom eisigen Wasser aufgeschwemmt, und die kleinen Hände hatte sie wie zum Gebet fest vor dem geschwollenen, nun sackartigen Leib verschränkt. Da sie Selbstmord begangen hatte, wurde sie in eine Lehmgrube außerhalb der Stadtmauern geworfen, dort, wo die Tiere die Körper ausgruben und fraßen. Ich wollte mich an Nadja anklammern, als die groben Knechte der Stadt sie holten, doch die Haushälterin wandte sich ab und machte sich wieder an ihre Arbeit.

Eine Woche danach nahm Wassili Praskaja den Schlüssel zu meiner Kammer ab und jagte sie davon. Was aus ihr wurde, weiß ich nicht. Dann kam er des Nachts zu mir.

7. Kapitel

Obwohl mir meine Furcht einen tiefen Schlaf verbot, hörte ich nicht, wie sich die Tür zu meiner Kammer öffnete. Vielmehr erwachte ich erst, als das Stroh unter Wassilis Schritten knisterte. Dann war er schon über mir. Bevor ich schreien konnte, presste er mir die Hand auf den Mund und zog mich hoch. Mit einem Mal war ich vor Entsetzen hellwach und biss ihn kräftig in die fetten Finger. Doch er schlug mich so hart ins Gesicht, dass ich hintenüber auf mein Lager fiel. Auf meinen Lippen schmeckte ich Blut und schluchzte auf.

»Hure! Dich wollte ich schon lange, seit damals am Fluss. Ich habe dir ja gesagt, dass du bald freundlicher zu mir sein wirst. Und das Abwarten macht alles nur noch schöner.«

Er hockte sich auf meine Schenkel, drückte mir die Hände nach hinten und zerrte mir das Nachthemd vom Leib. Meine Brüste schimmerten hell im Mondlicht. Er keuchte auf und kniff mir in die Brustwarzen. Ich heulte auf. Gierig saugte er an meinem Fleisch und biss mich, bevor er mich küsste. »Bei Gott, du bist schön wie der Teufel! Deine Schlampe von Mutter muss Löwenkraut gegessen haben, so grün sind deine Augen. Wie herrlich fett bist du geworden! Nadja sollte dich gut füttern. Bei Olga habe ich mir nur die Knochen gestoßen.«

Ich zappelte unter seinem Gewicht, und er ohrfeigte mich wieder, diesmal noch härter als vorher. Mir dröhnte der Kopf. Doch dann hielt ich still, denn ich dachte an Grigori. Wollte ich so wie er dumm geschlagen werden?

Wassili lachte auf. »Wusste ich's doch. Du willst es auch.« Er schlüpfte aus seinem Hemd. Sein Bauch war noch fetter, als ich angenommen hatte. »Dabei gefallen mir Wildkatzen wie du. Praskaja war alt und langweilig, und Olga lag nur da wie ein Brett.«

»Bitte, lass mich!«, flehte ich, obwohl ich wusste, dass es zwecklos war. Ich zitterte am ganzen Körper. Natürlich hatte ich schon nackte Männer gesehen, sowohl beim Baden im Fluss als auch meinen Vater, wenn er bei Tanja lag. Wassilis Geschlecht hing schlaff wie eine saure Gurke herunter. Er rieb an seinem Schwanz auf und ab, doch er blieb klein und rot, wie bei einem Straßenköter. »Du hast mich verhext!«, schrie er, als er meinen kalten Blick bemerkte, und fluchte in mir unverständlichen Worten. Wahrscheinlich flehte er alle russischen Heiligen um einen Steifen an, aber es war umsonst. Erleichterung überflutete mich. Vielleicht ginge er wieder und ließ mich für immer in Frieden. Aber nein! Er riss mich vom Bett und zwang mich auf den groben Holzdielen auf die Knie. Dann riss er mir den Kiefer auf. Mir wurde übel. Er konnte doch nicht… Doch, er konnte und schob mir seinen schlaffen Schwanz in den Mund. Dabei wühlte er mit den Fingern in meinem Haar.

»Leck ihn! Saug an ihm, mein Kätzchen! Schön langsam, tief und fest. So mag ich das.« Ich verspürte Brechreiz, als er sich tiefer und tiefer in meinen Rachen schob und anschwoll. Sein Griff um mein Haar wurde immer peinvoller. »Wenn du mich beißt, schlage ich dich tot«, röchelte er.

Ich wusste, dass er die Wahrheit sagte, und gehorchte. Ich saugte und leckte zaghaft an dem widerlichen Ding in meinem Mund. Wassili über mir stöhnte auf. Ich war fast erleichtert, als er endlich in meinem Mund anschwoll. Wann war es zu Ende, wenn es je zu Ende ging? Ich fühlte mich so elend, dass ich sterben wollte. Hoffentlich war es bald vorbei, was immer das auch bedeutete. Da zog er sich zurück und befahl mir heiser: »Dreh dich um, schnell!«

Wassili warf mich bäuchlings auf meine Pritsche, spreizte mir die Schenkel und schob zwei fette Finger zwischen meine Beine. Dann lachte er zufrieden auf. »Du bist heiß wie eine läufige Hündin und doch noch Jungfrau.«

Er spreizte meine Beine mit einem Ruck, spuckte auf meine Scham und stieß roh in mich hinein. Ich schrie auf. Er aber stieß ein zweites Mal zu. Ich weinte vor Schmerz und krallte die Finger in mein Laken. O Gott, bitte, wann hört er endlich auf? Doch nun war er ganz in mir, ganz auf mir. Sein Schwanz schabte rau in meinem Innern. Er stieß und stieß, keuchend, immer wieder, und schlug mir auf den Hintern, fest und immer fester, sodass ich heulend in mein Kissen biss, bevor er nach meinen Brüsten griff, sie knetete und sich gnadenlos in mich vergrub. Er lag nun mit seinem ganzen Gewicht auf mir, und ich war nur noch Schmerz. Mein Gesicht wurde in die Laken gepresst, und ich hatte Angst zu ersticken. Hatte Olga das immer wieder über sich ergehen lassen? Vielleicht war gar nicht Praskaja der

Grund für ihren Freitod gewesen. Ich konnte den Kopf wenden und keuchte, aber mir brach die Stimme. Ich konnte weder schreien noch weinen.

Dann war es plötzlich vorbei. Wassili bäumte sich auf und sank auf mir zusammen. Sein Atem ging rasselnd, und zwischen meinen Beinen wurde es widerlich klebrig und feucht. Olga hatte mir zugeflüstert, dass dies der gefährliche Moment war.

Ich konnte noch immer kaum atmen, hielt aber still. Die Zeit tropfte, und alles an mir schmerzte vor Pein und ungeweinten Tränen. Dann, als er rasselnd schnarchte, wand ich mich unter ihm hervor. Er grunzte nur, und ich humpelte in die Ecke der Kammer, wo eine Schale mit Wasser stand. Ich lehnte mich gegen die Wand und suchte kurz Halt am Türknauf, bevor ich auf einen Schemel sank. Meine Glieder zitterten, und erst nach langer Zeit strich ich mir das wirre Haar aus dem Gesicht und leckte mir die spröden Lippen, auf denen das Blut trocknete. Wassili lag wie ohnmächtig auf meinem Lager. Ich konnte es nicht ertragen, ihn anzusehen. Mit unsteten Fingern brach ich die dünne Eiskruste vom Wasser in der Schale auf dem Boden und wusch mich vorsichtig zwischen den Beinen. Der Lappen wurde rot vor Blut. Plötzlich erinnerte ich mich an einen anderen Rat, den Olga mir gegeben hatte. Ich öffnete lautlos die Tür und tastete mich durch den dunklen Gang zur Küche. Auf dem Bord neben dem Herd, in dem die Glut noch leise schwelte, fand ich unter den langen Reihen der Kupferpfannen und neben den verschiedenen Mörsern den Essig. Ich benetzte meine Finger und schob sie dann in mich hinein. Es brannte wie Feuer. Olga hatte mir geschworen, dass man so keine Kinder bekam. Hatte sie das etwa an sich selbst erprobt? Der Gedanke stimmte mich nicht froh. Ich wusch mich noch drei oder vier Male mit dem Essig.

Aus meiner Kammer hörte ich Wassili schnarchen. Er lag besinnungslos auf dem Bett, schlaff wie eine Puppe. Dorthin zurück wollte ich bestimmt nicht. So rollte ich mich wie ein Kind neben dem Herd auf dem warmen Boden zusammen und weinte mich in den Schlaf.

Vielleicht half der Essig wirklich: Ich bekam jeden weiteren Monat meine Blutungen und dankte Gott dafür. Nach der ersten furchtbaren Nacht tat Nadja, als sähe sie nicht, dass ich in die Stube ging, in der noch Praskajas Badebottich stand. Sie verließ die Küche, als ich neu anschürte und dann Eimer um Eimer heißes Wasser wegschleppte, um mir ein Bad zu füllen. Als ich mit dem letzten Bottich kam, lag auf dem Rand des Zubers ein nach Kampfer duftendes Seifenstück. Ich schüttete mir wieder und wieder das Wasser über den Leib und schrubbte mir die Haut rot, nur um meine Seele zu reinigen. Als ich später in die Küche kam, sagte Nadja: »Die nächsten Male sind schon viel weniger schlimm.«

Ich wusste nicht, ob dies wirklich ein Trost war.

Wassili kam oft zu mir. Es tat nicht mehr so weh wie am Anfang, und ich lernte, wie ich ihn lauter stöhnen und schneller kommen ließ, aber ich fühlte mich widerlich dabei. Er aber begann, mich wie schon Olga zuvor zu beschenken. Ein Kleid nach deutscher Art zog ich einer Vogelscheuche am Feld über, und eine Schachtel klebriger Süßigkeiten, die von weit südlich des Schwarzen Meeres kamen, verbrannte ich im Küchenofen. Das Konfekt schmolz zu Klumpen, und ich sog den bitteren schwarzen Rauch mit geblähten Nasenflügeln ein.

Nachts träumte ich manchmal von Olga. Hatte ich sie in ihrer Verzweiflung alleingelassen, aus Furcht, ihr Unglück könne ansteckend sein? Oder hatte ich nur überleben wollen wie alle in diesem Haus? Wenn ich tagsüber einen meiner seltenen freien Augenblicke hatte, ging ich am Fluss zu der Stelle, wo man ihren aufgedunsenen, geschundenen Körper gefunden hatte. Dort, wo sie jetzt war, konnte ihr niemand mehr etwas antun. Dieser Gedanke sollte tröstlich sein, machte mich aber traurig und auch zornig. Einige Male watete ich ins Wasser, bis mein Rock nass und schwer wurde. Doch dann fehlte mir der Mut... oder vielleicht die echte, tiefe Verzweiflung, mich für immer den Tiefen der Vaïna zu überlassen.

An einem Novembermorgen desselben Jahres gefror die Luft an meinen Lippen zu Kristallen, und das blaue Eis auf dem Fluss gleißte unter den Sonnenstrahlen, als ich mich an meine Arbeit machte. Ich schlang mir eine Decke über das wollene Hauskleid und den Mantel aus Schaffell, nur um über den Hof in den Stall zu gelangen. Ich wollte Grigori frischen *tschai* bringen. Der arme Kerl musste im Stall pausenlos darauf achten, dass die Tränken von Wassilis Pferden nicht zufroren. Um nicht einzuschlafen, hielt er stets einen Sack voller Metallstücke in der Hand. Nickte er doch so tief weg, dass seine Muskeln sich entspannten, fiel der Sack klirrend zu Boden. Grigori rüttelte sich dann wach und zertrümmerte mit seinem Knüppel die dünne Eisschicht, die sich in dem kurzen Moment der Unachtsamkeit auf dem Wasser gebildet hatte. Zwei Zehen waren ihm bereits abgefroren, und aus Mangel an tiefem, langem Schlaf war er stets erschöpft.

Ich beeilte mich, denn der *tschai* war heiß. An der Stalltür stockte ich. Was war das für ein seltsames Geräusch? Es klang wie das Pfeifen einer Gerte in der Luft.

»Grigori, bist du da?«, fragte ich vorsichtig.

Ich zuckte zurück, als Wassili die Stalltür aufriss. Er trug nur eine Hose und seine hohen Stiefel. Sein nackter Oberkörper war trotz der Kälte in Schweiß gebadet. In der Hand hielt er seine lange Reitpeitsche mit dem silbernen Knauf.

»Was willst du?«, fuhr er mich grob an. Ich hatte gerade meine Blutung, und in diesen Nächten ließ er mich gottlob allein. Außerdem hatte er seit zwei Tagen einen entzündeten Zahn, der ihn höllisch schmerzte. Seine Wange war rot und angeschwollen. Ich hielt ihm den *tschai* hin.

»Ich bringe *tschai* für Grigori. Es ist doch so kalt...« Ich blickte über Wassilis Schulter, und vor Entsetzen fehlten mir die Worte. Er hatte Grigori mit ausgestreckten Armen an einen Pfosten gebunden und sein für den Winter viel zu dünnes Hemd bis zum Gürtel heruntergerissen. Lebte der Junge noch? Die Haut an seinem Rücken hing in blutigen Fetzen herunter. Ich musste würgen. Was hatte der Ärmste nur angestellt?

»O, mein Gott!«, flüsterte ich, und die Schale fiel mir aus den Fingern. Der Ton zersplitterte auf dem groben Stein, und der *tschai* spritzte auf Wassilis Stiefel. »Weshalb hast du das getan?«, fragte ich ihn fassungslos.

Wassili schnaubte. »Nutzloser Faulpelz! Er ist eingeschlafen, und jetzt liegt dickes Eis auf den Bottichen. Wie sollen meine Pferde nun saufen? Das wird ihm eine Lehre sein.«

»Du schlägst ihn halb tot, nur weil er eingeschlafen ist? Er ist doch noch ein Kind.«

Ich konnte mir bei Wassili mittlerweile mehr erlauben, doch an Tagen wie diesem musste auch ich vorsichtig sein. Statt einer Antwort kehrte er in den Stall zurück. Grigori stöhnte verzweifelt auf, als die Peitsche abermals auf sein rohes Fleisch schnellte. Er lebte noch, aber nur um Haaresbreite. Als Wassili erneut zum Schlag ausholte, hielt mich nichts mehr. Ich warf mich ihm in den Arm und entriss ihm die Reitpeitsche.

»Hör auf, du Vieh! Du bringst ihn noch um!«, schrie ich, aber Wassili stieß mich so heftig zurück, dass ich stolperte und ins Stroh fiel. Die Peitsche fiel mir aus der Hand. Wassili packte sie und zog mir zwei, drei Hiebe über. Ich heulte auf vor Schmerz.

»Nimm das! Ist er nur dein kleiner Freund oder gar mehr? Hure!«, schrie er.

Ich duckte mich im Heu, die Arme über den Kopf geschlagen. Die Peitsche leckte mir über die Hände. Es brannte wie Feuer.

Wassili spuckte aus und wischte sich den Schweiß von der Stirn. »Warte du nur auf heute Nacht! Dir werde ich eine Lehre erteilen, die du nicht vergisst.« Mit diesen Worten verließ er den Stall.

Ich richtete mich auf. Die Schläge hatten die Decke und mein Kleid zerrissen. Blut rann mir warm über den Arm. Doch darum konnte ich mich später sorgen. Grigori hatte den Kopf in den Nacken geworfen, sein Körper hing schlaff in den Fesseln, er gurgelte, und ihm trat der Schaum vor die Lippen. Ich löste ihn von den Riemen, sodass, er besinnungslos ins Stroh fiel und vor Schmerz laut aufseufzte. Neben dem Balken lag Wassilis Hemd. Ich faltete es unter Grigoris Kopf zu einem Kissen.

Dann kam der Anfall, entsetzlicher und stärker, als ich es mir je hätte vorstellen können. Sein Gesicht verzerrte sich, und die Augen traten ihm aus den Höhlen. Er sah aus wie besessen, als seine Arme und Beine zuckten, als er um sich schlug und unverständliche Worte gurgelte. Plötzlich mischte sich der Schaum vor seinem Mund mit einem Blutstrahl. Entsetzt fuhr ich zurück und bekreuzigte mich. Dann aber hatte ich Mitleid und besiegte meine Angst. Sicher hatte er sich nur auf die Zunge gebissen. Was konnte ich tun? Ich dachte daran, wie ich meine kleineren Geschwister beruhigt hatte, wenn sie vor Wut außer sich waren. Ich packte seinen zuckenden, schäumenden Kopf. Erkannte er mich noch? Seine Augen verdrehten sich ins Weiße. Ich unterdrückte mein Grauen, presste ihm den Kopf fest an den Busen und wiegte ihn hin und her. Die Tränen liefen mir über das Gesicht, und ich schluchzte, während er sich langsam beruhigte. Schließlich lag er still in meinen Armen. Sein Leben war nun in der Hand Gottes. Ich wartete geduldig und spürte seinen Atem noch kalt und stoßweise zwischen meinen Brüsten, bevor er stockte. Dann erschauerte er ein letztes Mal, und sein Blick suchte mit einem schwachen Seufzen den meinen.

Einen Augenblick später war Grigori tot.

8. Kapitel

Den restlichen Tag konnte ich vor Angst kaum meine Arbeit verrichten. Was hatte Wassili mit mir vor? Das Gefühl packte mich, verdickte mein Blut, mein Schweiß floss bitter, und meine Eingeweide verknoteten sich. Nie zuvor und nie wieder seitdem hatte ich solche Furcht und eine solche Vorahnung empfunden. Ich wusste nun, wozu Wassili im Zorn fähig war, doch sah ich ihn weder im Haus noch auf dem Hof. Nadja und ich sahen zu, wie die Stadtknechte Grigoris Körper aus dem Stall schleiften und auf einen Wagen warfen. Ich weinte und zitterte bei dem Anblick, doch Nadja musterte mich nur und schwieg.

Gerade an diesem Abend war es meine Aufgabe, in der Küche auf das nächtliche Feuer zu achten, das im Winter nicht ausgehen durfte. Ich konnte mich nicht in der Mägdekammer einsperren und war ihm schutzlos ausgeliefert. Am Abend, bevor Nadja zu Bett ging, klammerte ich mich gegen jedes bessere Wissen an sie. »Kannst du nicht bleiben, Nadja? Bitte!«, flehte ich, doch sie löste meine Finger, die sich in ihren Sarafan krampften.

»Was hast du nur angestellt? So zornig habe ich ihn noch nie gesehen.« Mir sank das Herz. Wenn ein Mensch Wassili kannte, dann war es Nadja. Er war wie ein Sohn für sie, und was immer er tat, sie liebte und schützte ihn. Das war klar. »Gott schütze dich«, sagte sie nach kurzem Überlegen und ging auf ihre Stube.

Ich war zum Alleinsein verdammt und bewegte mich wie ein Schatten durch die Küche. Immer wieder schrubbte ich die bereits saubere Oberfläche des Herdes mit Asche und einer groben Bürste. Solange ich etwas tat, kann er mir nichts antun, dachte ich. Schließlich rollte ich mich doch erschöpft in meiner Decke auf den warmen Fliesen vor dem Herd zusammen. Bilder jagten mir wie toll durch den Kopf. Olga, ihr Leib geschwollen von Wassilis Bastard. Der leblose kleine Körper ihres Jungen, der in Praskajas Bottich versank. Olgas lidlos starrende Augen. Grigori und der furchtbare Anblick, den sein geschundener toter Körper bot. Ich wollte nicht sterben. Nicht so und nicht jetzt.

Da hörte ich Wassilis Schritte, schnell und drohend. Ehe ich mich verstecken konnte, riss er mich hoch und drückte mich gegen die Wand. »Jetzt, mein Mädchen, wirst du für deine Frechheit bezahlen«, zischte er. Sein Atem roch nach Wodka. Hatte er den ganzen Tag über getrunken? Er war vollkommen unberechenbar. »Schau, was ich für dich habe! Da wirst du maunzen wie die Katze, die du bist. «

Er schwenkte eine Peitsche mit mehreren Riemen vor meinen Augen. In jedem der Riemen waren Knoten eingeflochten, und ich sog mit einem kleinen Schluckauf die Luft ein. Scharfrichter rissen mit solchen Peitschen Dieben und Schwindlern die Haut in Streifen ab. Ein Schlag genügte.

»Ja«, lachte er, als er die Angst in meinen Augen sah. »Weißt du, was die Regentin Sophia mit ungehorsamen *Seelen* machte? Sie peitschte sie aus, rieb sie mit Wodka ein und zündete sie an. Ich spucke auf den falschen Zaren Peter und bin ihr noch immer ein gehorsamer Untertan. Du wirst eine schöne Fackel abgeben, Martha.«

Er zerrte mich zu dem großen Küchentisch und warf mich über die schwere Holzplatte. Sein Mund zuckte vor Lachen, als er mich küsste. Ich wand mich, doch er hielt mich fest umklammert. »Ich bin deine letzte Erinnerung, du Hure. Genieß es!«

Sein Gewicht erdrückte mich beinahe. Hure! Was hatte ich je getan, außer meine Schwester zu schützen, damals am Fluss? War meine Mutter eine Hure gewesen, als sie im Kindbett starb und ihr Leben für das meine gab? Wassilis Kopf drückte auf meine Kehle, und ich röchelte. In seiner Hast hielt er meine Hände nicht fest, da er mit den Fingern in mich eindrang und gleichzeitig sein Nachthemd nach oben schieben wollte. Er rechnete mit keiner ernsten Gegenwehr. Ich aber tastete in der Dunkelheit neben mich und hinter meinen Kopf. Genau dort, wo ich jetzt lag, hatte Nadja am Nachmittag Gewürze gestoßen und dazu den schwersten Mörser aus Messing gewählt, denn die gefrorenen Kräuter gaben ihren Geschmack nicht so einfach frei. Meine Finger streckten sich so weit wie möglich nach hinten, während Wassili meine Hüften nach oben riss und mir die Beine spreizte. Dann warf er sich mit seinem gesamten Gewicht auf mich und drang grob in mich ein. Gerade da fühlte ich das kühle Metall des schweren Mörsers und zog ihn mit einem Ruck zu mir heran. Verzweifelt fingerte ich nach dem Stößel. »Dreh dich um!«, keuchte mein Peiniger in diesem Augenblick.

Nein! Dann wäre ich verloren. Ich hob die Arme, schwang den Stößel mit aller Kraft nach oben – und ließ ihn auf Wassilis Schädel krachen. Es knirschte so hässlich wie Karrenräder auf vereistem Schnee. Wassilis Gesichtsausdruck im matten Licht des Ofenfeuers zeigte erst Erstaunen, dann Leere. Er öffnete den Mund, doch statt Worten und Hass spie er Blut über mich. Ich schlug noch einmal zu, und sein Schädel spaltete sich wie eine Walnuss. Doch das war mir immer noch nicht genug. Ich musste sicher sein, schlug noch einmal und ein viertes Mal zu. Meine Wut, meine Hilflosigkeit und die Scham über die erlittenen Demütigungen trieben mich zu sinnloser Gewalt. Er war ein Ungeheuer und sollte nicht mit menschlichem Antlitz ins Jenseits eingehen.

Wassili sackte zusammen und glitt nach hinten. Sein mächtiger Körper schlug auf dem kalten Steinboden der Küche auf und lag dort still. Ich lauschte meinem eigenen rasselnden Atem in der Stille der Küche, und erst nach einiger Zeit rollte ich mich vom Tisch. Meine Knie gaben nach, meine Beine wollten mich kaum tragen, und ich würgte, hielt den Stößel aber noch immer mit beiden Händen umklammert, für den Fall eines Falles. Ich sah in Wassilis zermalmtes Gesicht. Dann hob ich den Stößel ein letztes Mal und schmetterte ihn noch einmal auf seinen Schädel.

Mir wurde übel und schwindelig. Die Küche drehte sich um mich, und ich fiel besinnungslos neben dem Toten zu Boden.

9. Kapitel

Ich erwachte, weil mir jemand mit einem feuchten Tuch über das Gesicht fuhr. Als ich blinzelte, kniete Nadja über mir. Sie hatte sich eine Decke übergeworfen, und ihr Haar war in feste Zöpfe geflochten. Auf dem Boden neben mir sandte ein Nachtlicht – ein in altes Schweinefett getauchter Strang aus Flachs – sein dunkles, ranzig riechendes Licht aus, doch mir stieg noch ein anderer, widerlicher Geruch in die Nase – der von Blut und Tod, ganz so wie nach einem Schlachttag in unserem *mir*.

Nadja schüttelte mich. »Martha, wach auf! Was ist geschehen? Warst du das?«

Ich setzte mich auf. Mein ganzer Körper schmerzte. Doch dann sah ich Wassilis Leiche. Sein Kopf war nur noch eine blutige Masse. Hatte ich ihn umgebracht? Ich schloss die Augen und barg das Gesicht in den zitternden Händen.

»Hoch mit dir!«, herrschte mich Nadja mit kalter Stimme an und zog mich auf die Knie, wo ich mich zitternd krümmte.

»Bitte, Nadja, verzeih mir! Er wollte mich blutig peitschen, mit Wodka einreiben und anzünden«, schluchzte ich und wagte kaum, sie anzusehen. Das flackernde Nachtlicht malte seltsame Schatten auf ihr rundes Gesicht mit den hervorquellenden Augen und den wie stets missbilligend verkniffenen Lippen. Ich saß in der Falle. Ringsum bewegte sich alles, ich umklammerte meinen Kopf und keuchte wie ein Schwimmer, der unter Wasser gedrückt wurde. Meine Lungen wollten vor Furcht bersten. »Bitte, Nadja!«, begann ich noch einmal und krümmte mich zusammen, als ich ihren Blick sah. Wassili war mehr als ihr Herr gewesen, sie hatte ihn an Sohnes statt erzogen. Hatte sie nicht sogar widerspruchslos einer Magd die Finger gebrochen? Ich konnte nur hoffen, dass es schnell ging, und schluchzte abermals tief auf. Ich hatte *wolnenije* der schlimmsten Art begangen. *Wolnenije* war jeder Akt des Ungehorsams einer *Seele* gegenüber ihren Herren. Darauf stand für Männer der Tod auf dem Rad. Frauen wurden lebendig bis zum Kopf eingegraben, bis sie elendig verhungerten und verdursteten. Nur in leichteren Fällen wurden Verbrecherinnen bis an ihr Lebensende zur Zwangsarbeit in den Spinnereien verdammt. Mein Mord an Wassili aber war kein leichterer Fall. Die Zähne schlugen mir aufeinander, ich kauerte nieder und schlang die Arme um die Knie. Ich konnte sie bei bestem Willen nicht ruhig halten. »Bitte...«, schluchzte ich, denn was sollte ich sonst sagen? Nadja ragte über mir auf, und auf ihrem Gesicht spiegelten sich die unterschiedlichsten Gefühle – Überraschung, Entsetzen und schließlich Hass. Ich schlang mir die Arme um den Kopf, bereit, ihre Schläge abzuwehren. Sollte sie Wassilis Plan ausführen, mich peitschen, mit Wodka übergießen und anzünden? Ich blinzelte zwischen den Ellbogen hervor und krümmte mich. Rotz und Wasser verschmierten mein Gesicht und nahmen mir die Sicht.

Nadja kniff die Lippen zusammen, stand auf und versetzte Wassilis gesichtslosem Körper einen kräftigen Tritt. »Das geschieht dem Hund recht. Man sollte ihn klein hacken und seinen Säuen zum Fraß vorwerfen.« Schwer atmend hielt sie inne, und vor Überraschung bekam ich Schluckauf.

»Das hätte schon lange passieren sollen. Aber was machen wir nun mit dir? Du hast ihn getötet. Dich werden sie foltern und hinrichten.«

Ich konnte sie nur anstarren. Was tat sie da?

»Komm mit!«, entschied Nadja, zog mich auf die Füße, und ich wischte mir mit meinem Ärmel den Rotz und die Tränen vom Gesicht. »Wir müssen schnell handeln. Es ist bald Morgen.«

Ich vermied es, in Wassilis Blut zu treten, das überall auf dem Küchenboden verschmiert war, und folgte Nadja den Gang entlang. Mit ihrem Nachtlicht in der Hand sah sie aus wie ein Irrlicht unserer weißen Nächte. Sie führte mich nicht zu meiner Kammer, sondern tiefer ins Haus hinein, und an den Wänden warfen unsere Körper lange Schatten.

»Wohin gehen wir?«, fragte ich heiser. »Komm!«, sagte sie nur. Vor dem Raum, in dem Wassili seine Kunden empfangen hatte, hielt sie inne. Nur Nadja hatte hier sauber machen dürfen. Sie stieß die Tür auf und hielt ihr Nachtlicht über den Kopf, bevor sie es auf dem Schreibtisch abstellte. Im Tintenfass steckte noch die Feder, und die Buchstaben und Zahlen auf dem weißen Papier sahen aus wie Mäusedreck. Daneben stand eine leere Karaffe Wodka. Verächtlich schnupperte Nadja daran. Hatte sich Wassili damit seinen Mut und seine Grausamkeit angetrunken? Daneben lag auch ein halb voller Beutel des geheimnisvollen weißen Pulvers.

Nadja feuchtete sich den Zeigefinger an, tauchte ihn in das Pulver, zog es kräftig durch die Nase ein und rieb es sich auch auf den Gaumen. Sie grinste und fegte einmal über die Tischplatte, sodass alle Papiere und Rechnungen durch die Luft wirbelten. Wassilis Bücher warf sie quer durch das Zimmer. Die Einbände aus Schweinsleder lösten sich und blieben aufgeklappt und zerfleddert liegen. Staub tanzte in der Dunkelheit, und ich musste niesen.

Nadja knuffte mich. »Hilf mir!«, befahl sie, als sie den Inhalt der Schubladen aus dem Schreibtisch auf den Boden kippte. Federkiele, Rechenstäbe, Münzen, Messer, Tintenfässer, Lederbeutel, Munition und Pfeifenstopfer fielen mir vor die Füße. Ich war zu erstaunt, um noch zu weinen, als Nadja schließlich die Vorhänge halb herunterriss und dem Stuhl vor dem Schreibtisch einen kräftigen Tritt verpasste.

»Was machst du da?«, stammelte ich und sah mich in der Unordnung des Zimmers um.

Sie zuckte nur mit den Achseln. »Mädchen, hier waren Einbrecher. Ist das nicht entsetzlich?«

»Einbrecher?«

»Ja, Einbrecher, die Wassili getötet haben. Was für ein Unglück! Unser guter, großzügiger Herr.« Sie lachte, und ihre vorstehenden Augen glitzerten schlau. Als sie mich ansah, verstand ich, und mich fröstelte plötzlich.

»Was wird jetzt aus dir, Martha? Du musst verschwinden. Sofort. Du hast nur Zeit bis zum Morgengrauen.« Sie war plötzlich nicht mehr die Nadja, die ich kannte. Keine Dienerin, sondern eine Herrin.

»Aber wohin soll ich? Ich habe doch niemanden, Nadja!«, jammerte ich.

»Ich kann dir nur mit Geld helfen. Dann musst du auf Gott vertrauen.« Sie ließ ihre Hand unter ein Regal gleiten, zog einen kleinen Schlüssel hervor und schloss die Schatulle auf Wassilis Schreibtisch auf.

»Woher weißt du …?«, fragte ich erstaunt.

»Ich weiß alles, was in diesem Haus vorgeht.« Sie zählte eine Handvoll Münzen ab, obwohl die Schatulle bis zum Rand gefüllt war. »Hast du noch ein zweites Kleid außer dem Lumpen da?« Sie wies auf mein wollenes Hauskleid.

»Nein. Oder doch! Olgas Kleid ist noch da. Aber es ist nicht nach russischer Art geschnitten.«

»Umso besser.« Sie drückte mir die Münzen in die Hand. »Pack dein Bündel! Es darf keine Spur von dir zurückbleiben. Niemand wird sich um eine Magd mehr oder weniger in Walk scheren. Bei Morgengrauen fahren vor dem Stadttor die Fuhrwerke in Richtung Marienburg los. Du nimmst eins von ihnen, hast du mich verstanden? Das ist weit genug entfernt und groß genug, um auf immer zu verschwinden. Erst dann rufe ich um Hilfe. Das Geld langt dir für die Reise und zum Überleben in den nächsten Wochen. Dann musst du selbst zurechtkommen.« Ich war fassungslos, aber sie griff mir hart unter das Kinn. »Ich will dich hier nie mehr sehen. Ist das klar?«

»Marienburg?«, wiederholte ich dumpf. Die große Stadt war viele Werst und ganze Welten entfernt.

»Dort wird dich niemand vermuten«, wiederholte sie.

»Und was geschieht mit dir?«, wagte ich zu fragen. Die Münzen lagen kühl in meiner Hand. Es waren nur wenige und doch mehr Geld, als ich es je gesehen hatte. Nadja lächelte. Das Kerzenlicht flackerte im Zugwind der offenen Tür und warf dunkle Schatten über ihr rundes Gesicht, das plötzlich ganz fremd wirkte. Nadja wies auf die Schatulle.

»Davon ist genug vorhanden. Später werde ich mir neben dem Haus meiner Schwester ein kleines Anwesen auf dem Land kaufen, mit einem Feld und einem Garten. Ich werde geehrt und geliebt sterben. Etwas anderes will ich nicht«, erklärte sie.

Es gab nichts mehr zu sagen. Unsere Wege trennten sich. Ich lebte noch, und das allein zählte. Weder die Spinnereien noch das Rad warteten auf mich, auch nicht die qualvolle Strafe, lebendig begraben zu werden, sondern das Leben und eine ungewisse Freiheit.

Nadja führte mich durch das stille Haus in meine Kammer hinauf und sah mir zu, während ich packte. Viel besaß ich nicht, mein Arbeitsgewand, einen guten Sarafan, eine Jacke aus gewalkter Wolle und einen Beutel klebriger Süßigkeiten, die Wassili mir vor einigen Tagen geschenkt hatte. »Das nehme ich«, entschied Nadja und nahm sich auch noch Olgas Wolle sowie das bunte Garn, die schimmernden Knöpfe und den wertvoll aussehenden Kamm. Dann warf sie mir die grünen Handschuhe zu. »Da. Sie tun dir bessere Dienste als mir«, sagte sie. Olgas Kleid anzuziehen war schwieriger als gedacht. Wassili hatte es vor ihrer Schwangerschaft für sie nähen lassen. Nadja presste meine Brüste in das Oberteil und schnürte mich. Die Stäbe in den Seitennähten zwängten meine Leibesmitte zusammen, und ich bekam kaum Luft. Darüber zog ich wieder das Hauskleid und meinen dicken Mantel aus Schaffell, den *tulup*, den Wassili mir geschenkt hatte. Dann zog ich zwei Paar dicke Wollsocken an. So passten mir auch die Stiefel, die für die männlichen Bediensteten neben der Haustür standen. Mein Haar schlang ich zu einem Knoten und band das Kopftuch fest um Kinn und Ohren.

Zufrieden stemmte Nadja die Hände in die Hüften. »Wie fabelhaft unansehnlich du jetzt bist! Du wirst niemandem auffallen. Aber halt mir bloß den Blick gesenkt, Mädchen! Augen wie deine gibt es in Walk kein zweites Mal«, ermahnte sie mich. Ich nickte und vergaß, den Blick zu senken. Nadja knuffte mich, und wir gingen schweigend zur Haustür. Dort gab sie mir das Paar Stiefel und noch eine Decke, ehe sie mich an den Schultern fasste.

»Diese Nacht wird für immer unser Geheimnis bleiben. Solltest du je über das Geschehen sprechen, soll dich der Teufel zu sich in die Hölle holen, dir Ohren, Nase und Hände abschneiden und dich bei lebendigem Leib rösten.«

Nadjas Fluch machte mir Angst, und sie entriegelte die schwere Haustür. Trotz des Mantels und der Stiefel jagte mir der kalte Windstoß einen Schauer über den Rücken, und ich wich in den Flur zurück, doch sie zwang mich über die Schwelle. Hinaus in die Dunkelheit und die Kälte. Ich klammerte mich an sie, aber sie löste meine Finger von ihrem Gewand. Ich beobachtete, wie sie einen der Steine neben der Haustür aufhob und durch das Schneegestöber ums Haus ging. Gleich darauf hörte ich Glas splittern. »So kam der Saubube von Einbrecher in die Stube«, grinste sie, als sie wieder auftauchte. »Und jetzt verschwinde! Sonst rufe ich den Stadtwächter und seine Büttel schon eher. Fürchte nicht den Teufel, sondern die Menschen!«

Einmal mehr duldete sie keinen Widerspruch. Dann schloss sich die Tür zu Wassilis Haus für immer hinter mir.

Ich stand allein mit meinem Leben in der Dunkelheit. Der Himmel war so dicht mit Wolken bedeckt, dass ich keine Sterne sah. Der Schnee fiel dicht, und nur schemenhaft erkannte ich den Stall, in dem Grigori am Morgen gestorben war. All dies schien ein Leben lang her zu sein. Ich schlich über den vereisten Hof. Es schneite wenn möglich noch heftiger, als ich mit ganzer Kraft den schweren Eisenriegel des Tors zurückschob. Dann stand ich auf der dunklen Straße. Dicke Flocken blieben an meinen Wimpern hängen. Die Tränen auf meinem Gesicht gefroren zu Eis, und der Wind pfiff durch die Nähte meines Mantels. Wohin sollte ich mich wenden? In welcher Richtung lagen die Stadttore? In der Dunkelheit und von Schnee verhangen sah alles anders aus. War ich jemals zuvor so einsam gewesen? Dennoch schöpfte ich Atem und hörte auf zu weinen, denn das verschwendete nur meine Kraft. Mit einer Handvoll Schnee rieb ich mir die letzten Spritzer von Wassilis Blut von den Wangen. Dann sah ich mich um und bemerkte, dass der frische Schnee meine Fußspuren schon wieder auffüllte.

Es war, als wäre ich nie hier gewesen.

10. Kapitel

Als ich das Stadttor von Walk im ersten Licht des Morgengrauens ausmachen konnte, waren meine Finger vor Kälte blau und starr und meine Lippen von Reif überzogen. Ich vergrub die Hände tief in den Manteltaschen und dachte an Grigoris abgefrorene Zehen, als ich die meinigen in den schweren Stiefeln hin und her bewegte, was meine Laune nicht gerade steigerte.

Vor den Mauern herrschte trotz der frühen Stunde geschäftiges Treiben. Schwere Rosse schnaubten in ihren Geschirren und scharrten mit den Hufen im Schneematsch. Fackeln flackerten im eisigen Wind, und das Pech ihrer Flammen zischte unter den feucht fallenden Schneeflocken. Männer hievten Ballen und Bündel auf die Fuhrwerke, schrien Befehle und waren trotz der bitteren Kälte nass geschwitzt. Schwedische Soldaten lümmelten auf ihren Waffen und überwachten das Geschehen. Sie froren in ihren Uniformen aus dünnem, blauem Stoff und wärmten sich die Hände an den offenen Lagerfeuern. Der Diener eines von Wassilis Kunden hatte mir von August dem Starken erzählt, dem Kurfürsten von Sachsen. Stimmte es, dass er mit bloßer Hand Äpfel zu Mus zerquetschte und krumme Hufeisen gerade bog? Schweden hatte er vor einigen Wochen den Krieg erklärt. An der Grenze zwischen Kurland und Schwedisch-Livland war es bereits zu ersten Auseinandersetzungen gekommen. Wiederholt hatte August bereits Riga einzunehmen versucht. Wassilis russischem Kunden zufolge konnte es nicht mehr lange dauern, bis er in Livland einfiel. Die Russen waren es zufrieden, denn August war nur dem Namen nach auch König von Polen, in Wahrheit aber eine Puppe in des Zaren Hand, eine Puppe mit einem mächtigen Heer im Rücken. Die Stimmung in Walk – auf den Straßen und dem Markt – war in den letzten Wochen unruhig und abwartend gewesen.

Entlang der Mauer verkauften alte Frauen heißen, bitteren Tee, den *tschai*, den sie in rauchgeschwärzten Kesseln auf glühenden Kohlen warm hielten. Die groben schwarzen Teeblätter trieben in Strudeln auf der Brühe, und man siebte sie beim Trinken mit den Zähnen aus. Dazu buken die Weiber auf flachen Pfannen warme Fladen und belegten sie sparsam mit Pökelfleisch und Sauerkraut. Mir war schwindelig vor Hunger, und ich kaufte ihnen von beidem etwas ab. Als ich die Münzen in meiner Hand abzählte, musterten sie mich kurz und erstaunt. Sie trauten mir nicht zu, dass ich so viel Geld mit mir herumtrug. Ich verfluchte mich. Es wäre besser gewesen, es vorher im Licht einer Fackel abzuzählen. Was, wenn es mir jemand aus der Hand schlug? In der Dämmerung und inmitten des Getümmels warteten Lumpen und Tagediebe nur auf ihre Gelegenheit.

Ich saugte erst an dem zähen Brot mit Fleisch, ehe ich es kaute, und ließ mir noch eine Schale Tee nachfüllen. »Nicht so gierig, Mädchen!«, meinte die Alte, als sie den *tschai* ausschenkte. »Heb dir das für deinen Liebsten auf, solange du noch jung bist.« Sie kicherte mit zahnlosem Gaumen, doch ich hörte ihr nicht zu. Jede Faser meines Körpers war zum Zerreißen gespannt vor Müdigkeit, Spannung und Angst.

Hatte man Wassilis Leiche bereits gefunden? Was, wenn ich Nadja nicht trauen konnte und sie mich doch verriet? Verbrechen von *Seelen* gegen ihre Herren waren an der Tagesordnung, und die Strafen wurden rasch und mitleidlos verhängt. Vor Furcht fror ich noch mehr. Meine Faust ballte sich um die Münzen. Das Gefühl des kühlen Metalls an meiner Haut beruhigte mich. Die ersten Fuhrwerke waren zur Abfahrt bereit, und die Kutscher stiegen auf die Böcke. Die Soldaten drehten noch prüfend eine letzte Runde um jedes Gefährt. Der Krieg war nahe. Von jedem Fuhrmann verlangten sie ein Woher und Wohin und spähten unter die Planen auf den Ladeflächen. Sie wussten, dass sie nur für eine gewisse Zeit willkommen waren. Bald sollten neben August von Sachsen auch die Russen gegen sie kämpfen. Wenn ich dem Tratsch am Markt Glauben schenken durfte, so hieß das für unsere baltischen Provinzen nur eines – dass wir zwischen den Mächten zermalmt wurden, gefangen in einem Krieg, den wir weder führen noch abwenden konnten. Jeder Tag, den ich überlebte, war ein Wunder.

Die Rosse schüttelten die Köpfe unter dem schweren Joch und bissen ungeduldig auf ihre Trensen. Die Kutscher brüllten den jeweiligen Zielort des Fuhrwerks in die Menge.

»Pernau!«

»Dorpat!«

»Marienburg!«

Ich wandte den Kopf. Das war mein Fuhrwerk! Ich

raffte mein Bündel und reichte meine leere Schale an die alte Frau zurück. Dann eilte ich zu dem Wagen und wandte mich an den Kutscher. »Wie viel kostet die Fahrt bis Marienburg?«

Er grinste, und seine Zähne waren vor Kautabak rot. »Für einen Kuss und eine Nacht ist es frei, meine Schöne.«

Ich herrschte ihn an. »Sag schon, Mann!«

Er hob die Schultern. »Einen *Denga*, wenn du dich zwischen die Fässer zwängst und dort deine Decke ausbreitest.«

Eine halbe Kopeke, um mich zwischen die Fässer zu drängen. Das war schierer Wucher, aber ich hatte keine Wahl, drehte mich zu einer der Fackeln um und zählte das Geld ab. Die Münzen waren warm, weil ich sie mit aller Kraft festgehalten hatte. Ich fand einen *Denga* und reichte ihn dem Mann, der mit seinen dunklen Zähnen darauf biss. Dann steckte er die Münze in den Beutel, der ihm um den Hals hing. Er hatte wohl kaum mit Fahrgästen gerechnet.

»Steig auf!« Er reichte mir seine vom Halten der Zügel schwielige Hand und zog mich auf den Wagen. Ich kroch nach hinten auf die überdeckte Ladefläche, faltete meinen dicken Mantel zusammen und schob ihn zwischen meinen Rücken und die zahlreichen Fässer und Bündel, die mich umgaben. Nadjas Decke breitete ich über Schultern und Beine. Neben Käfigen mit Hühnern, einer Geiß und einem jungen Paar war ich der einzige Fahrgast. Die beiden hatten nur Augen füreinander, was mir recht war. Ich hatte keine Lust, Rede und Antwort zu stehen. Der Wagen zog mit einem Ruck an, und ich hob die hintere Plane aus gewachstem Leinen. Die

Stadtmauer und die schwedischen Soldaten lösten sich im Nebel des Wintermorgens auf, und nach einer Weile entzogen sie sich meinem Blick hinter einer Wand aus Schnee. Schon bald umgaben uns nur noch eintönige Weiten unter einem niedrigen grauen Himmel. Die Sonne stand an jenem Tag nur wenige Stunden lang als stumpfe kupferne Scheibe am Himmel. Einige Dörfer, wohl so arm wie mein *mir*, setzten sich mit ihren kleinen *isby* als dunkle Flecken gegen die tief verschneite Ebene ab.

11. Kapitel

Auf der Fahrt nach Marienburg teilten das junge Paar und ich uns Molke in einem Schlauch aus Ziegenhaut, kalten Grießkuchen und Fladenbrot. In der Nacht rasteten wir in einem Gasthaus, das nicht besser als ein Schweinestall war. Ehe ich zu den anderen stinkenden Körpern im warmen Stall kroch, saß ich trotz der Kälte mit den Kutschern am Feuer und spähte hinauf in den Sternenhimmel. Ich war zu traurig, um zu schlafen. Sah meine Familie irgendwo in denselben Sternenhimmel? Ich hoffte es.

Wir erreichten Marienburg am späten Nachmittag. Es dämmerte, das Pech der Fackeln an den Straßenecken roch sauer, und es hörte einfach nicht auf zu schneien. Nadja hatte recht – Marienburg war sehr viel größer als Walk, und niemand würde hier nach mir suchen. Die Gassen waren trotz der einfallenden Dunkelheit noch voller Menschen, und wenn wir die Bürger mit Schnee und Matsch vollspritzten, sprangen sie beiseite, traten den Bettlern auf die Finger, fluchten und drohten uns mit den Fäusten. Überall sah ich Soldaten auf der Straße. Waren dies die sagenhaften Männer des schwedischen Königs? Sie sahen aus wie andere Menschen auch, obwohl es außergewöhnlich schöne Männer waren. Groß, blond und stolz schlenderten sie in ihren blauen Uniformen und den langen warmen Mänteln umher.

Das Fuhrwerk hielt vor einem *kabak*, aus dem gerade ein Betrunkener herausgeworfen wurde. Kein Wunder, denn in einem *kabak* gab es kein Essen, sondern nur Wodka. Dort kippten die Männer in rascher Folge mehrere Gläser davon, um so schnell wie möglich betrunken zu werden. Der Kutscher warf die Zügel einem Jungen zu, der am Eingang des *kabak* herumlungerte, stieg vom Kutschbock und schüttelte die Beine in der derben Leinenhose. Die hohen Lederstiefel wischte er im Schnee ab und schob sich die Kappe aus Kaninchenfell in den Nacken. »Marienburg. Wir sind angekommen. Alles raus!«, raunzte er. Er konnte den Besuch im *kabak* offensichtlich kaum abwarten, sobald er seinen Wagen verstaut und die Pferde versorgt hatte.

Meine Mitreisenden stiegen vor mir aus dem Wagen. Das Mädchen war hochschwanger und bewegte sich unbeholfen, doch ihr Mann kümmerte sich liebevoll um sie, hob sie vom Wagen und reichte auch mir die Hand, um mir auf die Straße zu helfen.

»Leb wohl«, murmelte ich, als er ihre Bündel schulterte, einen Arm fürsorglich um ihre Schultern legte und dann auf der Straßenseite ging, damit sie vor den drängelnden Menschen geschützt war. Ich verlor sie rasch aus den Augen, doch seine Zärtlichkeit und Fürsorge ließen eine schwarze Traurigkeit in mir zurück. Würde mich je ein Mann auf diese Weise behandeln? Die Einsamkeit sprang mich an wie ein hungriger Wolf einen schutzlosen Reisenden im Winterwald und schlug ihre Klauen in meine Seele. Die Not schafft die wirrste Hoffnung und die tiefste Enttäuschung. Ich schluckte meine Tränen hinunter, packte mein Bündel fester und sah mich um. Wohin sollte ich gehen und wie eine Arbeit finden?

Der Fuhrmann stand noch immer bei seinen Pferden, denen ein Stalljunge die Hufe auf Steinchen oder Splitter hin überprüfte, und musterte mich. Mit einem Holzspan reinigte er sich die Zähne und begutachtete, was er so in seinem Mund fand.

»Weißt du nicht wohin, Mädchen?«, fragte er, nahm eine Prise Kautabak aus dem Beutel am Gürtel, schob sich ihn unter die Oberlippe, saugte daran und musterte mich, bevor er einen Strahl roten Tabakspeichels in den Schnee spie.

Angewidert schüttelte ich den Kopf. »Nein. Ich suche Arbeit. Ich bin fleißig und…«, begann ich, doch er hob nur abwehrend die Hand.

»Hast du Geld?«

Ich versuchte, gelassen zu klingen. »Ja. Ein wenig, gerade genug für die nächsten Tage.« Ich wollte ihm schon meine Münzen zeigen.

»Lass stecken, Mädchen!«, sagte er. »Komm mal her!« Er winkte mich zu sich, und ich gehorchte zögernd. Er hob mein Kinn. Seine Finger waren schmutzig und rochen nach Leder und Kautabak. Dann schob er mein Kopftuch zurück und befühlte mein Haar.

»Ich habe gar nicht gesehen, wie hübsch du bist, als du zugestiegen bist. Musst den Kopf nicht so gesenkt halten, du hast Augen wie eine Katze. Und was ist mit deinen Lippen geschehen? Hat dich eine Biene gestochen?« Er grinste. Sein Zahnfleisch war vom Kautabak gerötet.

Mir wurde heiß, und ich nahm mein Bündel und wollte gehen.

»Bleib hier!«, rief er und packte mich am Arm. »Wo sind deine Eltern?«

»Ich suche Arbeit«, sagte ich nur wieder, obwohl er kaum den Eindruck machte, als würde er eine ehrbare Familie kennen, die nach einer Magd Ausschau hielt.

»Kannst du lesen oder schreiben?«, fragte er dann.

»Nein«, gab ich zu.

»Macht nichts. Zu viel Wissen verdirbt einen schönen Frauenkopf. Ich weiß was für dich. Komm mit!« Dann wandte er sich an den Jungen. »Pass auf das Fuhrwerk auf und halt mir eine Flasche Wodka bereit! Andernfalls verbläue ich dich. Und Mischa macht keine leeren Versprechungen, das weißt du.«

Ich zögerte. Aber konnte ich mir meine Zweifel leisten? Wohl kaum. So nahm Mischa meine Hand, und ich folgte ihm durch das Gewirr der Gassen. Wie lange wir so durch den dichten Schneefall und die vielen Menschen eilten, weiß ich nicht mehr. Es schien mir eine Ewigkeit zu dauern. Schließlich hielt er vor einer kleinen Tür inne, über der warm eine Kerze in einem roten Glas brannte. Es sah gemütlich aus. Er klopfte an, wartete einen Augenblick lang und stieß die Tür auf. Dann schob er mich in einen engen, muffigen Gang, bevor er die Tür hinter uns schloss und den Riegel vorlegte.

12. Kapitel

Eine Frau lachte so schrill, als hätte sie zu viel Wodka getrunken. Ich zögerte, doch der Kutscher schob mich die schmale Stiege hinauf.

»Nun mach schon, los!« Er stieß mich in den Rücken, und es blieb mir nichts anderes übrig, als zu gehorchen. Es war warm im Haus, und ich löste den Gürtel an meinem *tulup*, während ich mein Bündel an mich presste. Die Frau lachte wieder, hoch und gellend, ehe es so klang, als ob eine Hand auf nacktes Fleisch schlug. Ich dachte an Wassili und erschauerte. Wir waren im ersten Stockwerk angekommen. »Sonja!«, rief der Fuhrmann. »Bist du da, *matuschka*?«

Seine Mutter? Hatte er mich nach Hause gebracht? Brauchte sie eine Magd? Eine eitle Hoffnung war besser als keine Hoffnung, doch da öffneten sich alle vier Türen auf den Flur, und überall erschienen die Köpfe unterschiedlichster Mädchen. Sie waren so geschminkt wie das Mädchen damals in Meister Lamperts Zelt der Wunder. Eine hatte zerzaustes offenes Haar, ihre Brüste schimmerten nackt im Halbdunkel, und ihre Schenkel steckten in einem schmutzigen wadenlangen Spitzenunterrock.

»Oh, eine Neue!«, rief sie und leckte sich die Lippen. Sie war eine Tatarin mit schmalen Augen und einem

Körper, der so biegsam wirkte wie der eines Kindes. Neben ihr erschien der Kopf eines baumlangen schwedischen Soldaten. »Wo? Kann ich sie ausprobieren?«, lallte er.

»Du hast genug mit mir zu tun«, lachte sie, klatschte ihm auf die Schulter, und er zog sie zurück ins Zimmer. Ich gefror vor Furcht und Verstehen, doch mein Herz raste. Olga hatte mir in Walk von Häusern für lose Mädchen erzählt, doch ich hatte ihr nicht geglaubt.

Ich saß in der Falle. Mischa versperrte mir den Weg zur Stiege, und die drei anderen Mädchen umringten mich. Sie musterten mich nicht unfreundlich, sprachen aber über meinen Kopf hinweg und zogen mir das Tuch vom Haar.

»Sie hat dichtes Haar und schöne Locken«, lobte die eine.

»Und die Figur?«, fragte eine andere neugierig. »Wer hat dich so gut gefüttert, mein Täubchen?«, kicherte sie und zwickte mich in die Seite.

Sie hielten inne und verstummten, als eine Frau den Gang entlangkam. Das musste Sonja sein. Verglichen mit ihr, war die fette Nadja eine anmutige Erscheinung gewesen. Das flammend rote Kleid war nach deutscher Art eng um ihren schwabbeligen Bauch geschnürt, und feine Haare sprossen auf ihrer Oberlippe. Unter der aufreizenden kleinen Spitzenhaube aber war sie kahl. Ihr Gesicht war breit und ihre Haut fahl. Die fast weißen Wimpern und Augenbrauen raubten den hellblauen Augen jeden Ausdruck.

Entsetzt wich ich einen Schritt zurück, doch der Fuhrmann packte mich hart am Arm.

»Sonja! Mutter! Es ist schon lange her...« Er verneigte sich spaßhaft vor ihr, doch sie versetzte ihm eine Ohrfeige.

»Ja, allerdings, lange her. Der Verbrecher kehrt immer an den Ort seiner Untat zurück. Aber glaub nicht, dass ich deine Schulden vergessen habe.« Dann lachte sie und drückte ihn an ihren ausladenden Busen. Er küsste sie auf die dick mit Zinnoberpaste beschmierten Wangen.

»Was führt dich her, Mischa?«, fragte sie, als ihr Blick neugierig und abschätzend über mich hinwegglitt.

»Das Mädchen saß auf meinem Fuhrwerk auf der Fahrt von Walk. Sie sucht Arbeit.«

Sonja schob mich unter die Kerze, die an der Wand hing. Mein Bündel warf sie kurzerhand Mischa zu. Ich roch ihren sauren Atem, als sie die Augen zusammenkniff und mich von Nahem musterte. »Arbeit werden wir reichlich für dich haben, meine Hübsche. Augen wie eine Katze und ein schöner, voller Mund. Da wird einem Mann so manches einfallen.«

Mischa grinste zufrieden. »Hab ich's doch gewusst.«

»Bring sie hier herein, da kann ich sie besser sehen!«, befahl Sonja und schloss eine Tür zu unserer Rechten auf.

Keine zehn Pferde sollten mich da hineinbringen, beschloss ich. »Ich will gehen«, sagte ich mit belegter Stimme und griff nach meinem Bündel, das der Fuhrmann sich unter den Arm geklemmt hatte.

»Gehen? Kommt gar nicht infrage.« Er stieß mich in das Zimmer, das bis auf eine strohgefüllte Matratze am Boden, einige Stühle und einen Tisch mit einem mehrarmigen Leuchter leer war. Eine Ratte huschte auf den Flur, und es roch nach Wodka, Erbrochenem und Moder. Schwer atmend zündete Sonja die Kerzen an, und es wurde heller in dem kleinen Zimmer. »Nimm ihr den Mantel ab!«, befahl sie, und ich zappelte unter Mischas Griff, aber er war stärker und streifte mir ohne viel Federlesens den *tulup* ab.

»Nein. Lass mich los! Ich will gehen«, schluchzte ich.

Die Mädchen, die an der Tür standen, keckerten spöttisch wie Elstern in den Bäumen.

»Ihr Bündel! Hast du das gehört?«

»Sie will gehen.« Sie klatschten in die Hände.

»Dieses Haus verlässt du nur mit den Füßen zuerst«, erklärte Sonja. »Halt sie fest, die Wildkatze!«

Mischa bog meine Arme nach hinten. Ich keuchte vor Schmerz laut auf und konnte mich nicht mehr bewegen. Sonja zwang meinen Kiefer auf. »Hm, du hast sogar noch alle Zähne! Schön weiß sind sie auch.« Sie strich mir über die Haut und den Hals und wog meinen Busen in beiden Händen, ehe sie meinen Zopf löste. Dann nickte sie zufrieden. »Die wird uns gut was einbringen. Ich kann sie unter den Schweden versteigern. Sie hat Brüste wie eine Milchmagd.«

Mischa lachte und presste sich von hinten an mich. Ich zappelte vor Ekel. »Daran gewöhnst du dich besser«, sagte eins der Mädchen, das an der Tür stand. »Feine *damy* sind hier fehl am Platz.«

Sonja musterte mich scharf. »Wie alt bist du?«

»Fast siebzehn Jahre«, antwortete ich verzweifelt. War dies meine Strafe für den Mord an Wassili? Sollte ich in einem Hurenhaus enden? Kannte Gott keine Gnade?

»Bist du noch Jungfrau, Püppchen?«

Ich senkte den Blick und schüttelte beschämt den Kopf. Die Mädchen lachten wieder.

»Schau an! Sieht aus, als könne sie kein Wässerchen trüben mit ihrer Stupsnase«, meinte Sonja. »Wer war es denn? Der Pferdebursche im Stroh oder der Kutscher? Oder ein Soldat auf der Durchreise?« Alle lachten, doch Sonja ohrfeigte mich hart. Ich rang nach Luft.

»Dummes Ding! Unberührt wärst du ein Vermögen wert. Aber das kriegen wir schon hin. Männer sind ja so leichtgläubig…«

Sie wandte sich an Mischa. »Was willst du für sie? Ich erlasse dir deine Schulden, wenn du willst. Heute Abend kommen die neuen Grenadiere, da kann ich sie gut einführen.«

Die Tatarin kicherte. »Oder du kannst die Grenadiere gut einführen…« Alle jubelten. »Nein!«, rief ich wieder, doch Mischa hielt mich zu fest. Ich stöhnte auf.

»Meine Schulden erlassen? Ist das alles? Glaubst du, ich weiß nicht, was sie wert ist, das Täubchen? Ich will zudem noch zehn Rubel und…« Sonja atmete ob der für meine Begriffe unerhörten Summe scharf ein. Es war mehr Geld, als ich mir vorstellen konnte.

»Und?«, fragte sie spitz. »Was noch, du Lump?«

»… und ich will sie als Erster nehmen. Gleich hier.« Er wies auf die Matratze.

Sonja presste die Lippen zusammen, doch die Mädchen jubelten.

»Das hat er sich nur verdient, der Fuhrmann!«

»Dürfen wir zusehen? Bitte, Sonja!«

Die hob mürrisch die Schultern. »Also gut. Aber gleich hier und jetzt. Vor unseren Augen. Nicht, dass du dann mit ihr verschwindest. So kann ich auch gleich sehen, ob sie was taugt. Meine Kerle mögen es, wenn ein Mädchen ordentlich maunzt im Bett. Aber keine blauen Flecken, sonst prügele ich dich windelweich«, drohte sie.

»Nein.« Ich wand mich wieder in Mischas Griff. »Lass mich los, du grobes Schwein!« Doch er stieß mich nur lachend zu der verlausten Matratze mit dem faulen Stroh. Meine Gedanken rasten. Ich musste weg, sofort, sonst war ich verloren.

Mit ihrem breiten Hintern ließ sich Sonja seufzend auf einem der Stühle nieder. Aus dem Beutel, der ihr um den Hals hing, kramte sie einige Münzen hervor und zählte sie leise. Die Mädchen flüsterten und kicherten im Hintergrund, als Mischa mich losließ, um mir an die Brust zu fassen. Jetzt oder nie! Mit einem Ruck drehte ich mich von ihm weg und bekam eine Hand frei. Ich hechtete nach vorn, streckte mich und schlug Sonjas Arm nach oben. Sie schrie auf, als die Münzen in hohem Bogen durch die Luft flogen und klirrend zu Boden fielen. Mischa ließ mich vor Überraschung los, und die Mädchen stürzten sich wie Aasgeier auf das Geld. Mischa versuchte, sie mit Tritten und Flüchen zu vertreiben, bevor er selbst nach den Münzen grapschte. Sonja riss den Mädchen die Köpfe an den Haaren nach hinten und schlug ihnen die Schädel zusammen; ihr Mund schäumte vor Flüchen.

Ich aber nutzte den Augenblick der Verwirrung und stürzte mit offenem Kleid und gelöstem Haar in den Flur hinaus und die Treppe hinunter. Mit lautem Krachen fiel der eiserne Riegel zu Boden, als ich ihn mit der Kraft der Verzweiflung zur Seite riss. Dann stürzte ich aus dem Haus auf die Straße.

Die eisige Luft von Marienburg traf mich wie ein Schlag mit einem Knüppel. Der Schnee fiel so dicht, dass ich nur wenige Meter weit sehen konnte. Ich hastete los und sah mich dabei immer wieder über die Schulter um. Niemand folgte mir. Die Straßen waren leer. Ich lief und lief, ohne auf meine Schritte zu achten, dabei strömten mir die Tränen über die Wangen. Vor Schreck und Erschöpfung konnte ich kaum atmen. Schließlich schleppte ich mich nur noch vorwärts, denn bei jedem Schritt sank ich knietief in den Schneematsch ein. Mein Kleid war durchweicht und der Saum schmutzig schwer. Die Sohlen der alten Stiefel wie auch meine Socken sogen sich mit Schneematsch voll. Ich konnte nicht mehr weiter und lehnte mich gegen die nächstbeste Wand, wo ich mir mit dem Ärmel die Tränen und den Rotz vom Gesicht wischte. Meine Glieder zitterten, und die Zähne schlugen aufeinander. Ich sah an mir hinunter. Da erst begriff ich, wie vollkommen mein Unglück war. Meinen warmen Mantel, meine Handschuhe und mein Bündel hatte ich im Hurenhaus zurückgelassen. Ich fasste an meinen Gürtel. Auch mein Beutel mit dem Geld war weg. Inmitten des Gewirrs musste er mir entglitten sein. Was sollte ich jetzt tun? Ich war so gut wie tot. Ohne den Mantel, die Handschuhe und das Geld würde ich die Nacht nicht überleben.

Ich sank auf der Schwelle eines Hauses nieder und vergrub das Gesicht in den Armen. Ich war zu erschöpft, um noch zu denken oder um unglücklich zu sein, sondern fügte mich in mein Schicksal. Was außer einem raschen, gnädigen Tod konnte ich erwarten? Ich war eine Mörderin und hatte nichts Besseres verdient. Nur schnell wollte ich sterben, bitte. Vielleicht war es wie einschlafen, hoffte ich. Hier in der Kälte sollte das nur wenige Stunden dauern.

Bis auf eine Abordnung schwedischer Soldaten, die an mir vorbeimarschierte, waren die Straßen menschenleer. Mit Mühe zog ich die Beine an und drückte mich in den Schatten des Hauseingangs, damit mich das Licht der Laterne nicht erfasste. Die rechtschaffenen Bürger von Marienburg saßen bei ihrer Abendsuppe. Nur Gauner, Bettler und Tagediebe waren noch unterwegs. Mir knurrte der Magen. Wann hatte ich das letzte Mal gegessen? Bald sollte auch das unwichtig sein. Als mir die Lider zufielen, versuchte ich an etwas Schönes und Heiteres zu denken. An etwas, das mich in den letzten Stunden meines Lebens von innen wärmte. Ich erinnerte mich an meine kleine Schwester Marie, die schwer an meinen Armen hing, während ich sie durch die Luft wirbelte, ihr kleines Gesicht voller Lachen und Begeisterung. Es war ein Bild aus einem anderen Leben.

So saß ich dort und nahm mit jedem Augenblick, der verstrich, Abschied von meinem Leben. Dafür also hatte mich meine Mutter, die ich nie gekannt hatte, unter Schmerzen geboren. Dafür hatte sie ihr Leben gegeben – damit ich starb, hier, wo ich niemand war und wo mich niemand kannte. Unsere Zeit kannte keine Gnade mit jungen Mädchen, die allein in der Welt standen. Zudem war ich ja nicht wie jedes andere junge Mädchen. Vielmehr hatte ich einen Mann getötet. All dies, dachte ich, war meine gerechte Strafe. Nun sollte auch ich sterben.

Meine Hände und Füße fühlten sich taub an, bevor mir Beine und Arme gefühllos wurden. Mein ganzer Körper sank in sich zusammen. Innerhalb von nur drei

Tagen war mein Leben zu einem Albtraum geworden. Ich hatte keine Angst mehr vor dem Tod. Nur schnell sollte es gehen, betete ich und schloss die Augen wohl zum letzten Mal.

13. Kapitel

Die Stimmen klangen so rein, hell und schön, dass ich bereits im Himmel sein musste. War das der erste Todesfrost und sangen die Engel? Aber Unsinn! Mit so einer wie mir wollte Gott bestimmt nichts mehr zu tun haben. Der Gesang schwoll an, und ich zwang mich, die Augen zu öffnen. Die Straße war dunkel und still. Alle Türen und Fenster der niedrigen Häuser hinter ihren Höfen waren fest verschlossen. Nur in der Holzkirche gegenüber brannten in den niedrigen, breiten Fenstern Kerzen hell in die Kälte, die Dunkelheit und die wirbelnden Flocken heraus. Der Choral war so unirdisch, dass ich eine Gänsehaut bekam. Er war wie ein Mantel in der Kälte, obwohl mich in der Nässe, umgeben von Eis und Schnee, ein Schauer nach dem anderen überlief. Die Stimmen in der Kirche wurden lauter und verstummten schließlich.

Mit größter Mühe schlug ich die Augen wieder auf. Eiskrusten hingen wie Blei an meinen Wimpern, und unwillkürlich machte ich mich noch kleiner. Nicht einmal in Ruhe sterben konnte ich. Die Tür der Kirche stand offen, und ein heller Schein fiel auf den verschneiten Weg. Der Gottesdienst musste vorüber sein, denn gut gekleidete Männer und Frauen verließen die Kirche.

Ich rutschte noch tiefer in den Schatten der Schwelle. Ich war eine Ausgestoßene, und niemand sollte mich sehen.

Ein großer Mann, der unter seinem schwarzen Umhang einen Talar mit Beffchen trug, trat vor die Kirche. Das musste der Pastor einer der lutherischen Kirchen in Livland sein, denn er verabschiedete seine Gemeinde auf der Schwelle und reichte allen die Hand. Einige der Männer wollten noch mit ihm sprechen. Er lauschte geduldig und hatte für jeden ein freundliches Wort.

Dann standen die Leute auf der Straße in Grüppchen zusammen und redeten, bevor sie sich zerstreuten. Ich zog die Knie an, aber sie sahen mich doch im Vorbeigehen. Einige der weiten Röcke streiften mich und wurden rasch und angeekelt zurückgezogen. Die Männer setzten ihre Stiefel knirschend neben mir in den Schnee, beachteten mich aber nicht weiter.

Sonst geschah nichts.

Schließlich wandte sich auch der Pastor auf der Schwelle seiner Kirche zum Gehen. Im Innern des blaugrau gestrichenen Gebäudes, auf beiden Seiten des Kirchenschiffs, standen schlichte Holzbänke. Der Boden bestand aus Stein, doch überall war frisches Stroh verstreut worden, das den Raum wärmte. Rechts und links des Altars war das Gotteshaus trotz des bitterkalten Februars liebevoll mit Krügen voller Barbarazweigen geschmückt. Die weichen Knospen ragten über den Altar hinaus und reichten fast bis zu dem oben schwebenden Bild der Dreifaltigkeit. In den Kohlepfannen glühte wohl Feuer, denn die Luft über der Schwelle dampfte. Die Kirche sah so anders aus als die bedrückend dunklen, hohen Räume der russischen Gotteshäuser. Dort war es mir angesichts der vielen Ikonen immer angst und bange geworden, so strafend hatten sie auf mich herabgeblickt, während es mir von den dichten Weihrauchschwaden stets den Atem verschlagen hatte.

Der Pastor sah auf der Straße prüfend kurz nach rechts und links und drehte sich dann um. Seine Pflicht für diesen Tag war getan. Er wollte die Tür schließen und zusperren. Er und sein Haus waren wie ein Licht in der Dunkelheit, und die freundliche Wärme, welche die Kirche ausstrahlte, veranlasste mich zu einer kleinen Bewegung. Unwillkürlich seufzte ich laut auf und musste heftig husten.

Der Pastor verharrte.

»Ist da jemand?«, rief er misstrauisch auf Russisch und hob seine Laterne.

Ich hielt still, doch der Hustenreiz ließ nicht nach, und ich rang nach Luft. Mein Atem klang rasselnd. Der Pastor lauschte in die Dunkelheit und das Schneetreiben und trat auf die Straße. Ich rollte mich eng zusammen, doch er kam geradewegs auf mich zu und fasste mich an der Schulter.

»He, Mädchen, du erfrierst ja!« Jetzt sprach er Deutsch mit mir.

Ich igelte mich womöglich noch weiter ein, keuchte auf und wollte seine Hand abstreifen. Er aber schüttelte mich.

»Los, sieh mich an!« Sein Finger berührte meine Wange, dann griff er nach meinem Handgelenk und fühlte mir den Puls. Ich hob nur schwach den Kopf. Er verschwamm vor meinem Blick.

»Du bist ja halb tot, Kind. Steh sofort auf!«

Ehe ich mich wehren konnte, zog er mich mit einem

Ruck auf die Füße. Ich stöhnte, denn alle meine Glieder schmerzten vor Kälte, und er stützte mich, als ich neben ihm steif vor Kälte auf die Kirche zu stolperte. Mein Kleid war unerträglich schwer, und bei jedem Schritt schmatzten meine feuchten Stiefel und rissen tiefe Spuren in den Schnee.

Der Pastor stieß die Tür zur Kirche auf und führte mich durch das Kirchenschiff hinter den Altar in einen Seitenraum. Ich sank auf einen Schemel und schlang mir die Arme um den Leib, dennoch zitterte ich. Er runzelte die Stirn und nahm sich den Mantel von den Schultern.

»Du bist ja ganz nass. So holst du dir den Tod«, schalt er mich und schnürte mir das Oberteil auf. Ich war zu schwach, um mich zu wehren, als er mir das Kleid von den Schultern und den Armen streifte. Als er mich mit seinen warmen, großen Händen abrieb, wollte ich meine Brüste mit den Händen verdecken.

»Sei nicht albern! Ich bin verheiratet und habe drei Kinder. Meinst du, ich habe noch nie einen Busen gesehen?«, wies er mich zurück und wickelte mir seinen Mantel um den nackten Leib. Der Stoff war kratzig, aber er wärmte mich wie ein Mutterleib. »Warte!«, sagte er, verschwand kurz und kehrte mit einer Schale mit einem dampfend heißen Getränk zurück.

»Hier, trink! Aber verbrenn dir nicht die Zunge!«

Ich schluckte. Es schmerzte, aber ich hatte noch nie etwas so Köstliches getrunken. Das Getränk war süß und warm. Neues Leben rann mir durch den Körper.

»Was ist das?«, fragte ich schwach. Mein Gesicht glühte von der Hitze der Kohlenpfannen in der Ecke und dem Trank. Der Mann verschwamm noch immer vor meinen Augen. Oder hatte er seinen Bruder mitgebracht? Ich zwickte die Augen zusammen und schüttelte den Kopf, doch es half nichts. Mir wurde nur noch schwindeliger.

»Heißer Mullwein. Meine Frau setzt ihn selbst an«, antwortete er. »Wie heißt du?«

»Martha«, flüsterte ich. Meine Kehle war rau wie schlecht gegerbtes Leder, in meiner Brust stach jeder Atemzug, und ich hatte entsetzliche Kopfschmerzen.

»Martha. Wie noch?«

»Das weiß ich nicht«, antwortete ich und vermied den Blick seiner blauen Augen.

»Du musst es mir nicht sagen. Ich heiße Ernst Glück. Woher kommst du?«

»Aus Walk«, flüsterte ich. Jedes Wort schmerzte mir in der Kehle, und wenigstens war das keine ganze Lüge. »Ich bin Waise und suche Arbeit.«

»Arbeit? Ein ehrliches Handwerk etwa?«, fragte er mit hochgezogenen Brauen. »Und du willst mir nicht einmal deinen Namen verraten? Wer sollte dich denn da einstellen? Du bist vielleicht eine Diebin oder gar Schlimmeres.«

Ich sah in sein gutes, ehrlich besorgtes Gesicht. Die baltische Sonne hatte seine Haut gegerbt, und sein Haar wie auch sein Schnurrbart hatten die Farbe von Honig. Abwartend sah er mich an. Ich öffnete den Mund, um mich zu verteidigen, brachte aber keinen Ton heraus. *Oder gar Schlimmeres.* Die Worte hallten in meinem Kopf wider, und der Pastor verschwamm wieder vor meinen Augen. Die Schale mit dem Wein glitt mir aus den Fingern. Der Ton splitterte, und eine tiefrote Lache breitete sich auf dem Steinboden aus. Es sah aus wie das

Blut in Wassilis Küche und meine karmesinroten Fußspuren, die sich nicht nur über den Boden, sondern auch quer über meine Seele zogen. Dort, wo auch Mischas grobe Hände mich gebrandmarkt hatten. Ehe ich etwas erklären oder mich entschuldigen konnte, drehte sich alles um mich. Ein Schüttelfrost ergriff mich, und doch kochte ich im Höllenfeuer. Die Zähne schlugen mir hart aufeinander. Ich konnte mich nicht mehr gerade halten. Ich glitt vom Schemel, und meine Hände suchten Halt an dem Tisch neben mir, doch sie griffen ins Leere.

Als Letztes erinnerte ich mich daran, dass mich Pastor Glück auffing.

14. Kapitel

Wochenlang schwebte ich zwischen Leben und Tod. Alle glaubten, ich würde und wolle auch sterben. Doch dann schlug ich eines Mittags im März die Augen auf und sah mich um. Zum ersten Mal seit Wochen nahm die Welt ringsum Gestalt an. Es musste um die Mittagsstunde sein, denn die Sonne zeichnete Muster auf die gelben Wände und die bunten Flickenteppiche auf dem Boden vor meinem Bett. Neben meinem Bett stand ein weißer Stuhl mit einem Becher voller Osterglocken. Etwas entfernt saß eine blonde Frau an einem Schreibtisch. Ihr schweres Haar war zu einem dicken Zopf geflochten, und sorgenvoll blickten ihre großen braunen Augen aus einem runden, faltenfreien Gesicht. Der reine weiße Kragen auf dem geschnürten blauen Kleid lag eng um ihren Hals. Sie beugte sich über ein Buch, und die Feder in ihrer Hand glitt die Seiten auf und ab. Zählte sie? Neben ihr stand ein kleines Mädchen. Sein ernstes Gesichtchen glich einer jüngeren Ausgabe der Frau. Es erinnerte mich an Marie, und der Anblick schmerzte mich mehr als alle Krankheiten zusammen. Die Kleine sah, dass ich wach war, und stieß die Frau an.

»Mutter, sie ist wach«, flüsterte das Kind.

Die Frau sah auf. »Kannst du mich hören?«, fragte sie mich.

Ich nickte schwach. Sie erhob sich und trat an mein Lager. Der Rock ihres blaugrauen Kleides raschelte, als sie sich zu mir herabbeugte.

»Setz sie auf, Agneta! Sie muss etwas essen, sonst stirbt sie uns wirklich«, befahl sie der Kleinen, die mir ein Kissen in den Rücken stopfte. Die Frau verließ den Raum und kam mit einem Teller zurück, in dem eine dicke Suppe dampfte. Und so löffelte mir Karoline Glück, die Frau des Pastors, die Kraft und das Leben in Form einer Schwarzwurzelsuppe mit dicken, saftigen Fischbrocken in den Körper zurück. Den letzten Rest der Suppe wischte ich mit Brocken von dunklem, festem Brot auf.

»Gut so. Wenn du das überlebt hast, dann kann es nicht mehr viel Übel für dich geben, Mädchen«, lächelte Frau Glück, bevor sie mit dem leeren Teller in die Küche ging. »Willkommen bei den Glücks!«

Ich konnte nicht genug über die Güte der Glücks in jenen Tagen staunen. Der Krieg stand vor der Tür, die Streitkräfte warteten nur auf den nächsten Befehl und auf eine offene Schlacht, die der Zar zunächst zu vermeiden schien, wie ich im Haus der Glücks erfuhr. In solchen Zeiten nahm man keine dahergelaufenen Fremden auf. Sobald es mir ein wenig besser ging und ich mich wieder bewegen konnte, dankte ich ihnen auf meine Weise. Außer der Kraft meiner beiden Hände hatte ich nichts zu bieten. Ich stopfte Ernst Glücks Socken wie auch die seiner beiden Söhne Anton und Friedrich und wendete am Abend vor dem Küchenfeuer ihre Hemdkragen. Nach dem Essen schrubbte ich die Töpfe mit Sand und Asche, und nach dem Gottesdienst fegte ich die Steinplatten der Kirche, verteilte frisches Stroh, sammelte die verdorrten Zweige ein, feuerte damit die Wärmpfannen im Pfarrhaus nach und rieb in der Küche sitzend das wenige Kirchensilber glänzend. Auf dem Markt verhandelte ich härter als Frau Glück um einen guten Preis, und jeden Sonntagnachmittag schöpfte ich nach dem Gottesdienst Erbsen- und Graupensuppe oder dicken Eintopf mit Karotten und Schweineschwarte in die Schalen der Bedürftigen. Jeden Sonntag, so kam es mir vor, wurden es mehr. Ich trug Karoline Glück die Laterne und die Tasche mit den Almosen hinterher, wenn sie alte und kranke Mitglieder der Gemeinde besuchte. Darüber hinaus spielte ich stundenlang gern und geduldig mit der kleinen Agneta, einer Nachzüglerin in der Ehe der Glücks. Die Frau des Pastors überließ mir eine Kammer hinter der Küche ganz für mich allein, denn die Köchin kehrte am Abend zu ihrer eigenen Familie nach Hause zurück. Mir war dort immer warm, denn der Raum teilte sich eine Wand mit dem Ofen. Ich war Teil der Familie, aß mit am Tisch und hörte bei allen Gesprächen zu. Jedes Wort, jedes Wissen konnten in diesen Tagen meine Rettung sein.

»Martha? Komm doch zu mir in die Stube!«, forderte mich Karoline eines Nachmittags auf. Ich wrang den Lappen aus und hängte ihn über den Eimer. Was hatte ich zu erwarten? Ich war nun wieder ganz gesund. Das Herz schlug mir bis zum Hals. Es war nur eine Frage der Zeit, bis ich gehen musste. Wohin sollte ich mich wenden, wenn sie mich fortschickte? Sicher konnte sie mir eine Empfehlung schreiben, oder sie kannte ein Haus, das eine Magd einstellen wollte.

Auf der Schwelle zur guten gelben Stube hielt ich inne, wischte mir die Hände an der Schürze ab und knickste. Ich trug eins von Karolines abgelegten, hochgeschlossenen Kleidern, das ich an den Nähten ausgelassen hatte, und das Haar lag mir als sauberer Zopf auf den Schultern. Mittlerweile konnte ich meinem Sarafan, der Bluse und dem Kopftuch nicht mehr viel abgewinnen. Ich fühlte mich darin wie ein Bauerntrampel, doch die Kälte und auch meine Armut ließen mir oft keine Wahl.

Karoline sah auf. »Martha, komm, setz dich!« Sie klopfte neben sich auf das Sofa, wo sie meist saß, um ihren Haushalt zu überprüfen. Scheu ließ ich mich auf der Kante nieder und hielt den Blick gesenkt. Die helle Frühlingssonne fiel durch die kleinen Butzenscheiben, dennoch brannte im Kachelofen ein Feuer, und angenehme Wärme erfüllte den Raum. Es war zwar bereits Ende April, aber in diesem Jahr wollte der Winter einfach nicht weichen, und der Holzkorb war bis oben hin mit Scheiten gefüllt.

Karoline klappte das Haushaltsbuch zu, wo sie Zahlen aneinanderreihte, kleine Bemerkungen an den Rand schrieb, Posten ausstrich und andere hinzufügte. So verzweifelte sie entweder an der Großzügigkeit ihres Mannes oder kam einer diebischen Köchin auf die Schliche, nur genug war es nie. Für mich sahen die schwarzen Buchstaben und Zahlen auf dem Papier aus wie Rattendreck, nicht mehr. Karoline steckte die angespitzte Feder in das Buch und schüttelte den Kopf. »Ich glaube, die Köchin klaut, und Ernst in seiner Gutmütigkeit gibt schneller aus, als ich es einsparen kann. Gott sei Dank bekommen wir so viel geschenkt, sonst müsste ich noch das Pfarrhaus verpfänden.« Dann nahm sie meine Hand in ihre warmen Finger und sah mich aufmerksam und freundlich an.

»Wie geht es dir jetzt, Martha? Bist du wieder ganz gesund?«, fragte sie und musterte mich forschend. Ich nickte, hielt aber nach wie vor den Blick gesenkt. Sicher fiel es ihr nicht leicht, mich meiner Wege zu schicken. Ich wollte es ihr nicht schwerer machen als nötig.

»Wie lange bist du jetzt bei uns?«, fragte sie dann.

»Beinahe acht Wochen«, erwiderte ich.

»So lange schon?« Sie klang überrascht. »Und was hast du jetzt vor?«

»Ich muss mir wohl eine Arbeit suchen, um zu überleben.« Mit Mühe unterdrückte ich meine Tränen.

»Dies sind keine Zeiten, in denen ein junges Mädchen auf sich allein gestellt sein sollte. Du bist eine gute Magd. Willst du bei uns bleiben?«

Vor Überraschung richtete ich mich auf. Karoline lachte. »Du solltest dich immer so schön halten, Martha, statt mit gesenktem Kopf durch die Welt zu schleichen. Es gibt nichts Anmutigeres als ein Mädchen mit guter Haltung. Also, möchtest du bei uns bleiben? Du kannst dich um Agneta kümmern und das Haus und die Kirche sauber halten. Kochen musst du nicht, aber du kannst die Einkäufe überwachen. Du verhandelst zäh, das gefällt mir. Wir bieten dir Kost, Unterkunft und ein wenig Lohn, mit dem du dir ein Nadelgeld ansparen kannst. Wenn du dennoch gehen willst, werde ich dir eine Empfehlung ausstellen oder zusehen, dass du eine gute Stelle bekommst. Wie klingt das?« Sie sah mich forschend an.

Mir fehlten die Worte. Ich sank auf die Knie, ergriff

Karolines Hände und küsste sie, doch sie entzog mir lachend ihre Finger. »Du bist russischer, als ich dachte. Stimmst du also zu? Ich kann deine Hilfe gut gebrauchen.«

Ich nickte so heftig, dass mir der Zopf um die Ohren flog. »Ja, ja, ja! Natürlich will ich bleiben«, lachte und weinte ich.

»Gut. Dann lassen wir dir die Mägdestube neben der Küche einrichten. Dort hast du es warm. Aber Martha – zwei Punkte.« Sie klang bestimmt.

»Ja?« Ich wischte mir die Tränen von den Wangen.

»Ich dulde weder Unzucht noch Lügen in meinem Haus.«

Ich spürte, dass ich errötete, doch sie beruhigte mich.

»Das ist eine allgemeine Regel. Du willst über vieles in deinem Leben nicht sprechen. Gott hat mir die Sünde der Neugierde erspart, und jedes Herz hegt seine Geheimnisse. Aber wenn du etwas sagst, dann muss es die Wahrheit sein.«

Ich spürte, dass sie in dieser Hinsicht keinen Spaß verstand.

»Ich bin ja nicht blind. Die Burschen auf dem Markt verrenken sich den Hals nach dir.« Sie klopfte mir vertraulich auf den Busen, den ich in ihr zu enges Kleid gezwungen hatte. »Den hältst du mir schön unter Verschluss. Ich halte nichts von unverheirateten schwangeren Mädchen unter meinem Dach. Außerdem ist mein Ernst auch nur ein Mann. Hast du mich verstanden?«

Die Wangen brannten mir, aber ich war ihr dankbar für ihre ehrlichen Worte. Ich schwor mir, mich ihrer würdig zu erweisen.

Karoline umarmte mich. »Schön, dass du bleibst! Vielleicht kannst du Anton und Friedrich noch etwas Ordnung beibringen, und Agneta mag dich gern.« Sie griff wieder zu dem Haushaltsbuch. »Ich bin hier noch längst nicht fertig. Sag der Küche wegen des Abendessens Bescheid. Es gibt Fischpastete und Brot. Dazu nur Wasser und Brennnesseltee.«

Ich knickste unbeholfen und eilte nach draußen.

Das Pfarrhaus war das erste aus Stein gebaute Haus, das ich je betreten hatte. Im Gang kniete ich auf dem kalten Fußboden vor dem Kreuz an der gekalkten Wand nieder. Ich betete murmelnd ein unbeholfenes Vaterunser, das ich in den letzten Wochen immer wieder gehört hatte und fast, aber eben doch nicht richtig auswendig konnte. Mein Gott hatte mich an Wassili verkauft. Der Gott der Glücks hatte mich gerettet und mir ein Heim und eine Aufgabe im Leben gegeben. Ihm wollte ich folgen, hier wollte ich für immer bleiben.

Doch der Mensch macht einen Plan, und Gott oder der Teufel lachen nur darüber.

15. Kapitel

Das Leben im Hause Glück war heiter, obwohl ich viel zu tun hatte. Die verwöhnte kleine Agneta war mein Liebling. Die beiden älteren Söhne Friedrich und Anton sah ich kaum, denn der Pastor unterrichtete sie gemeinsam mit anderen Bürgersöhnen seiner Gemeinde in seinem Zimmer im oberen Stockwerk des Pfarrhauses, wo sie mit Griffeln auf Schiefertafeln schrieben und in Büchern blätterten. Ich scheute mich fast, den Raum zu betreten. Wie konnte ein Mensch nur so viel wissen wie er? Wenn ich doch sein Zimmer aufräumte, so staunte ich nur über die Anzahl an Schriften, die er verfasste, und die Unzahl an Briefen, die jeden Tag das Haus verließen oder für ihn abgegeben wurden. Ständig erhielt er Depeschen von anderen Gelehrten, die ebenso viel über das Leben nachdachten wie er selbst. Auf den Regalen stapelten sich Bücher über Bücher, die er alle gelesen hatte. So sagte er zumindest, und ein Pastor lügt nicht.

Pastor Glück lehrte seine Schüler natürlich vor allem die Bibel, aber sie wussten auch, wo jedes Land der uns bekannten Welt lag, sei es England, Frankreich oder Schweden. Ich dagegen konnte nicht einmal den Namen meines *mir* buchstabieren. Die jungen Männer kannten sich in der Geschichte aus, und alle sprachen, schrieben und lasen recht leidlich Deutsch, Schwedisch, Russisch,

Griechisch und Latein. Wie dumm ich mich fühlte, wenn ich ihre Griffel ordnete oder ihre Tafeln für den Unterricht am kommenden Tag sauber wischte! Die Buchstaben erinnerten mich an die dunklen Sesamkörner, die ich am Sonnabend in den Brotteig streute. Dazu unterrichtete Ernst Glück sie über Zahlen und Körper, eine Leidenschaft, die sein Sohn Anton von ihm geerbt hatte. Einmal, als ich den Boden wischen wollte, berechnete er aus Spaß, wie viel Wasser in meinen Eimer passte. Da stand mir vor Staunen der Mund offen. Er lachte mit starken weißen Zähnen, seine blauen Augen blitzten, und in seinen Wangen bildeten sich Grübchen.

Am meisten erstaunte mich aber im Schulzimmer das Bild eines Menschen, der fast durchsichtig war. Die Abbildung zeigte einen Mann, der mit mehreren Paaren gespreizter Arme und Beine zu fliegen schien. Sein Körper war durchscheinend wie ein Schleier, und zu Beginn wagte ich kaum ihn anzusehen. Man sah alles an ihm, die Adern, das Herz, die Muskeln und das Hirn. Die Zeichnung hatte ein Meister in einem Land weit im Süden Europas angefertigt, das Italien hieß, sagte der Pastor. Als er es mir erklärte, hatte ich eine Frage. »Wo aber sitzt die Seele, Herr Pfarrer? Im Herzen oder im Hirn?«

»Darüber habe ich schon oft nachgedacht, Martha. Unsere Seele gehört Gott allein, und er hat sie uns nur geliehen. Wir müssen vorsichtig mit ihr umgehen. Sie ist das Unnennbare, das uns zum Menschen macht, und unser höchstes Gut.«

»Höher als die Wahrheit?« Ich sah ihn forschend an. Er überlegte kurz.

»Die Wahrheit kann dich nicht immer retten. Aber deine Seele zu verkaufen oder sie zu verkrüppeln wird dich auf immer verderben. Du erkennst einen Menschen, der seine Seele verkauft hat, sofort.« Dann sagte er: »Schweig lieber still, als zu lügen.«

Im Sommer meines zweiten Jahres bei den Glücks erklärte Zar Peter I. von Russland gemeinsam mit August dem Starken von Sachsen und dem König von Dänemark den Schweden den Krieg. Ich dachte an das Puppenspiel, das ich vor langer Zeit gesehen hatte, denn Peter begründete seine Kriegserklärung mit dem Vorfall in Riga, als ihm ein schwedischer Soldat den Durchgang in die Festung verwehrt hatte. Nun forderte der Zar das Baltikum für sich, und dazu wollte er alteingesessene russische Länder und Provinzen von den Schweden befreien. Das war blanker Hohn. Unsere baltischen Provinzen hatten nie zu Russland gehört. Für seine Forderung gab es weder in unserer Geschichte, unserer Religion noch in unserer Sprache einen Grund. So gab es keinen Frieden, obwohl wir nicht selbst am Krieg beteiligt waren. Wir waren nichts als ein Faustpfand.

Es hieß, Peter habe in seinem Heer Zehntausende gut gedrillter Soldaten. Damit war er den Schweden zahlenmäßig weit überlegen. Wie lange konnte dieser Krieg schon dauern? Tage oder Wochen vielleicht, so dachte ich. Menschen aus aller Herren Länder hatten im Baltikum unter schwedischer Herrschaft friedlich zusammengelebt. Unsere Welt konnte doch nicht einfach so enden.

Unser Leben änderte sich erst einmal nicht. Die Ernte war fett, und alle Keller für den Winter waren gut gefüllt. Die fahrenden Händler, die Spielleute, die Fuhrwerke und die Handwerker auf der Walz waren unterwegs wie eh und je. Das war alles, was zählte. Aber die Neuigkeiten, die sie von unterwegs mitbrachten, wurden immer bedrohlicher. Angeblich kam es zu immer mehr Scharmützeln, und auch die Gegend um mein *mir* war betroffen. Ich hoffte nur, dass die eigene Familie schon mit dem ersten Hunger vor Jahren geflohen war und sicher und satt lebte. Marie musste jetzt schon sieben sein, Fjodor war ein junger Mann und Christina sicher bereits verheiratet und vielleicht schon Mutter. Ich selbst war nun neunzehn Jahre alt, eine erwachsene Frau also. Ich konnte für mich nicht mehr erhoffen, als für immer bei den Glücks zu bleiben, und war damit von Herzen zufrieden.

Im späten Oktober, kurz vor den großen Herbststürmen, segelte Karl, der sagenumwobene und kriegslustige Kindkönig der Schweden, über die Bucht von Riga und landete in Pernau. Er sprang von seinem Boot in die Wellen, damit er als Erster den Fuß auf baltischen Grund setzte. Sein Heer erreichte die von den Russen belagerte Meeresfestung von Narwa im späten November. Die Stadt war das schwedische Bollwerk gegen Peters Reich. Karl habe die Zeit seines Eingreifens klug gewählt, sagte Pastor Glück, denn die russische Armee lagerte dort schon seit einem Monat mit fast vierzigtausend Mann. Ich versuchte mir eine solche Horde vorzustellen, vergeblich. Die Männer waren von dem Anmarsch und der Belagerung erschöpft. Sowohl ihre Vorräte an Munition als auch an Nahrung gingen zur Neige. Die umliegenden Höfe waren geplündert, und die Bauern versteckten ihr letztes Vieh lieber im Wald, als es an die Russen zu verkaufen. Zudem blieb der erhoffte Nachschub an Vorräten und Männern aus Nowgorod aus. Die russischen Generäle waren untereinander zerstritten, und ohne Verbündete sank der Truppe der Mut. Dazu waren ihre Kanonen noch aus schlechtem Metall gegossen und explodierten ihnen mitten ins Gesicht.

So hatte Karl an jenem Tag im November zwar nur neuntausend Soldaten an seiner Seite, aber die Natur hielt zu ihm. Von der See zog Nebel auf, bevor noch dazu ein dichter Schneesturm Mensch und Tier schluckte. Die Russen liefen den Schweden wie toll gewordenes Vieh direkt in die Bajonette. Fast alle Überlebenden wurden gefangen genommen, doch Karl ließ die russischen Offiziere bald wieder frei, denn er konnte sie nicht über den anbrechenden Winter hinweg durchfüttern. Es hieß, der Zar sei nur mit dem Leben davongekommen, weil er in Nowgorod war, um frische Soldaten auszuheben und Nachschub zu finden. Die Schweden ließen eine Münze prägen, die einen verzweifelt weinenden Peter in einer Schneewehe zeigte. Seine Krone war verrutscht, und darunter stand geschrieben: *Er saß im Schnee und weinte bitterlich.* Der Pastor zeigte mir die Münze und musste trotz seiner Bewunderung für den jungen Zaren lachen. »Sieh mal, wie er sitzt und weint! Das ist echte Kunst. Anders kann enttäuschter Ehrgeiz nicht aussehen.«

Pastor Glück hielt einen besonderen Gottesdienst in der Kirche ab, und wir dankten dem Herrn, denn wir glaubten, dass dies das Ende des Krieges gewesen sei. In Wahrheit hatte er noch nicht einmal begonnen.

16. Kapitel

Nach der Schlacht von Narwa wurden die Nahrungsmittel deutlich knapper. Nun waren zwei große Armeen in unseren Provinzen stationiert, und ihre Soldaten zogen umher, plünderten Bauernhöfe und hielten reisende Händler auf, um ihnen die Karren ohne jedes Entgelt leer zu räumen. Zwischen den Marktweibern kam es immer häufiger zu heftigen Wortgefechten und Handgreiflichkeiten über Metzgerknochen, trockene Bohnen oder hartes Brot. Gottlob musste ich nie kämpfen, denn für den Haushalt des Pastors gab es immer noch eine Lammkeule oder einen Sack Mehl unter dem Ladentisch. So saßen wir bei einem kargen Abendessen um den Tisch. Es gab Pilzpastete mit roten Zwiebeln, die in Essig und Kräutern eingelegt waren. Die Marinade milderte den scharfen Geschmack. Satt wurden wir noch, doch der Unterschied zu dem letzten sorglosen Sommer war deutlich. Später Novembernebel waberte dicht in den Straßen und zog klamm in unsere Herzen.

Wir senkten die Köpfe zum Tischgebet. Ernst Glück bat um Frieden und Freiheit für Livland und die baltischen Länder und als Deutscher um das Seelenheil der beiden Heere wie auch das Leben beider Herrscher. Frau Glück schnitt die Pastete auf, und wir hielten alle der Reihe nach unsere Zinnteller hin. Der Pastor bekam das größte Stück Pastete, dann die Söhne und schließlich Agneta und ich. Zuletzt legte sie sich selbst das letzte und meist kleinste Stück auf. Wir aßen schweigend, und ich hörte nur das Kratzen der hölzernen Löffel auf den Tellern wie auch den Wind, der durch die leeren Straßen und Plätze von Marienburg fegte.

Da sah Agneta auf und erhob ihre Piepsstimme. »Stimmt es, dass der Zar riesengroß ist und zwei Köpfe hat und dass er zum Abendbrot kleine Kinder frisst?«

Wir lachten befreit auf, und Anton zwinkerte ihr zu. »Ja, und zarte junge Pfarrerstöchter mit blonden Zöpfen sind seine Lieblingsspeise.« Er küsste sie auf den Kopf, und ich bemerkte den Unterschied zwischen seinen hell leuchtenden Augen, den hellbraunen Locken und den dunklen Wimpern und Augenbrauen. Als er aufsah, senkte ich rasch den Blick.

Agneta verzog den Mund. Ich kannte die Anzeichen – gleich würde sie weinen. Frau Glück legte ihre Hand tröstend auf Agnetas kleine Finger, und alle sahen zum Pastor hinüber. Was würde er sagen? Man hörte so viel über den sagenumwobenen jungen Zaren der Russen, der Himmel und Hölle in Bewegung setzte, um sein Land von Grund auf zu verändern. So schien es uns zumindest. Seine Gesetze, die *ukasy*, verlangten, dass Männer sich glatt zu rasieren hatten – eine Gotteslästerung! Oder dass nur noch Kleidung westlicher Art zu tragen sei. Doch das seien Kleinigkeiten, meinte der Pastor. In Walk hatten die Russen noch ihre Bärte und ihre russischen Gewänder getragen, und auch hier sah man sie in den schleppenden langen Gewändern umhergehen, deren Ärmel in den Pfützen schleiften. Aber innerhalb der Reichsgrenzen ließen die Schergen des

Zaren nicht mit sich scherzen. Wer Bart trug, musste mit Geldstrafen oder Zwangsarbeit rechnen. An jeder Stadtmauer in Russland ließ Peter Puppen mit deutscher Kleidung anbringen, nach deren Schnitten sich die Schneider unter Androhung schwerer Strafen zu richten hatten. Da halfen alle Klagen und Beteuerungen von Armut und Alter nichts. Das russische Wetter lud nicht gerade zu tief ausgeschnittenen Kleidern ein, doch das war Peter gleichgültig.

»Eigentlich muss man den jungen Zaren bewundern«, sagte Ernst Glück.

»Weshalb denn das?«, fragte Anton.

»Das habe ich doch schon in meinem Unterricht erklärt.«

Anton verdrehte die Augen, und ich verbiss mir ein Lachen. Neben seinem guten Aussehen gefielen mir Antons Selbstbewusstsein und sein Humor. Er brachte mich immer zum Lachen, ganz gleich, was geschah. Die Mädchen der Stadt kamen in letzter Zeit besonders pflichtbewusst zum Gottesdienst.

»Anton!«, mahnte seine Mutter, zwinkerte ihm aber gleichzeitig zu.

Doch er brauste auf. »Der Zar ist unser Feind. Er will sich unsere freien baltischen Länder einverleiben. Welch ein Unsinn, zu behaupten, das Baltikum sei seit jeher russischer Besitz. Das ist nur ein Vorwand, um uns alle zu schlucken. Und was der Russe einmal hat, das gibt er nicht wieder her. Wir ziehen in mehrere Jahrhunderte Gefangenschaft. Dann sind wir nichts als eine Erinnerung, eine Gruselgeschichte für kleine Kinder. Soll er doch in seinem Moskau bleiben! Was will er hier im Westen? Was will Russland von uns?«

Vor Überraschung über den Gefühlsausbruch ihres Bruders bekam Agneta einen Schluckauf.

»Ein wenig hast du mir also doch zugehört«, sagte Pfarrer Glück. »Du hast recht. Wir sind in diesem Krieg nur ein hilfloses Faustpfand. Weder Peter noch Karl haben Anspruch auf unser Land. Aber Peter muss kämpfen. Ohne das Baltikum und den Westen kann das Zarenreich auf Dauer nicht überleben, doch hier regiert Stockholm. Er braucht für seine Schiffe einen eisfreien Hafen, sei es zum Handel oder zur Schlacht, was in Archangelsk nicht gegeben ist. Asow am Schwarzen Meer kann ihm jeden Augenblick von den Türken wieder weggenommen werden. So wird er zwischen dem Ottomanischen Reich und Schweden zermalmt. Außerdem ist er nicht der Erste seiner Familie, der sich nach Westen wendet.«

»Weshalb ist er nicht der Erste seiner Familie?«, fragte ich.

»Schon seine verstorbene Mutter, Natalja Naryschkina, wuchs im Haus eines fortschrittlich denkenden Gelehrten auf. Und denkt doch nur an seine Stiefschwester Sophia, die Regentin von Russland!«, fügte er hinzu.

Ich sah erstaunt auf.

»Dieses anmaßende Weib!«, spuckte Friedrich aus.

Seine Mutter zog die Augenbrauen hoch. »Weshalb nennst du sie so? Weil sie sich als Frau das Recht auf Erziehung und ein Leben außerhalb des *terem* herausnahm? Sie hat die Geschäfte für den jungen Zaren Peter und seinen kranken Halbbruder Iwan damals gut wahrgenommen.«

»Was ist ein *terem*?«, fragte ich.

Pfarrer Glück antwortete mir. »Das ist ein abgeschlossener Bereich des Hauses, in dem die adligen und wohlhabenden russischen Frauen früher lebten. Sie zeigten sich niemals Fremden und Besuchern und auch keinem Mann, der nicht zur Familie gehörte. Wenn sie jemals ausgehen durften, auf Verwandtenbesuch oder Pilgerschaft, dann nur in verhängten Kutschen und weiten, verhüllenden Kleidern. Aber Sophia hat ihren Vater, den Zaren Alexej, dazu überredet, ihr eine echte Erziehung zukommen zu lassen. Nach seinem Tod war Peter erst drei Jahre alt und saß gemeinsam mit seinem schwachsinnigen Halbbruder Iwan auf dem Thron. In Wirklichkeit war sie die Herrscherin. Und sie hat weise und vorausschauend regiert. Im Vergleich zu ihrem Wissen und ihrer Erziehung kann Peter nicht einmal anständig schreiben. Aber sie hatte einen großen Fehler.«

»Nämlich?«, fragte Frau Glück.

Der Pfarrer lächelte sie zärtlich an. »Sie war kein Mann.«

Ich lauschte atemlos vor Spannung. Eine Frau hatte regiert und sich das Recht auf ein Leben ihrer Wahl herausgenommen. Das war unerhört! Wenn es doch für uns alle so sein könnte. »Was ist mit ihr geschehen?«, fragte ich. »Lebt sie noch?«

Pastor Glück nickte. »Sophia sitzt heute kahl geschoren und eingesperrt im Kloster und verflucht wohl ihre Tage. Wie alle Frauen war sie nicht weitsichtig genug. Sie regierte zusammen mit ihrem Geliebten, dem Prinzen Wassili Golizyn. Ein bemerkenswerter Mann.«

»Golizyn. Eine männliche Hure war er, das ist alles!«, unterbrach ihn Anton rüde.

»Was sind denn das für Ausdrücke?«, schalt Frau

Glück und hielt Agneta die Ohren zu. Das Mädchen zappelte sich aus ihrem Griff frei, um weiterhin zuzuhören.

»Anton, du unterbrichst mich nicht, wenn ich spreche. Wozu habe ich dich eigentlich so lange unterrichtet?«, wies Ernst Glück seinen Sohn zurecht.

Anton sprang auf, stieß seinen Stuhl um und warf seine Serviette neben den Teller. Wütend verließ er den Raum und schlug die Tür hinter sich zu. Seine Mutter seufzte, und sein Bruder Friedrich schnitt die Pilze auf seinem Teller unnötig klein. Ich sah auf Antons Stuhl – ohne ihn wirkte der Raum dunkler und leerer.

»Also, Prinz Golizyn«, half Frau Glück ihrem Mann.

Der warf ihr einen dankbaren Blick zu. »Ohne die Vorarbeit von Wassili Golizyn hätte Peter nicht alle diese neuartigen Ideen. Der Militär- und Staatsdienst für die Söhne seiner Adligen, die Schifffahrt und der Bau einer Flotte, seine Reisen nach Holland, Brandenburg, England und Wien. Der junge Zar ist unbezwingbar neugierig und rastlos. Kein Wunder, dass er nun den *terem* abschafft und dass junge Russen reisen, studieren und lernen sollen, sich wie wir kleiden und sich das Haar kurz schneiden. Russland soll auf den Landkarten der Welt vertreten und eine echte Großmacht sein. Sicher sucht Peter bald eine Frau für seinen Sohn Alexej, möglichst eine Prinzessin aus dem Ausland. Das ist unerhört im russischen Zarenhaus.«

»Weshalb war Sophia denn nicht weitsichtig genug?«, erkundigte ich mich weiter. Ich wollte nicht, dass das Gespräch von dieser unglaublichen Frau abschweifte. War sie auch schön gewesen?, fragte ich mich im Stillen. Aber vielleicht wäre das des Guten zu viel. Schon so hatte ihr Märchen kein gutes Ende genommen.

»Sie hätte ihre Regierung nur sichern können, wenn sie Peter umgebracht oder inhaftiert hätte. Aber das hat sie nie getan. Vielleicht hat sie ihn nicht ernst genommen.«

»Was hat er während der Jahre ihrer Regentschaft getan? Wo lebte er?«

»Zuerst ließ sie ihn in Moskau spielen, erst im Kreml, bis er diesen in Brand steckte, denn er liebt Feuer. Noch mehr liebte er es aber, Feuer zu löschen. Später lebte er dann in der deutschen Vorstadt, der *Nemezkaja Sloboda*. Dort wohnen Menschen aus ganz Europa, Handwerker, Händler, Künstler, Gelehrte, Apotheker und Ärzte. Es muss ein fabelhafter Ort sein, voll von Leben und Wissen. Doch die Russen misstrauen allen Fremden. Ein russischer Pope sagte mir letztens, auch eine deutsche Seele könne gerettet werden, wenn sie nur russisch würde. Sie unterscheiden zwischen drei Völkergruppen – der heiligen russischen Kirche, den *busurmane* im Osten und den *nemzy* im Westen. Den beiden Letzteren ist immer – immer! – zu misstrauen. Sie können also die Begeisterung und die Bewunderung des Zaren für den Westen nicht verstehen. Und hat man so etwas denn schon gehört? Ein Zar, der nahezu über ein Jahr lang sein Reich verlässt und durch Europa reist?«

»Hat der Zar in der deutschen Vorstadt seine Geliebte kennengelernt? Anna Mons?«, unterbrach ich den Pastor neugierig. Frau Glück warf mir einen warnenden Blick zu, doch Agneta richtete sich neugierig auf.

Ernst Glück schüttelte den Kopf. »So etwas kann nur eine Frau fragen! Du willst nur etwas über die Liebesgeschichten erfahren. Ja, dort hat er Anna Mons kennengelernt, bevor Sophia ihn in ein kleines Dorf weit weg von Moskau und der Macht verbannte. Peter aber nahm seine Freunde und Anhänger mit und baute sich ein winziges Reich im Reich auf. Er ließ Kanonen gießen und schuf ein berittenes Heer. Ehe Sophia sich's versah, war Peter volljährig, hatte eine bewaffnete Armee im Rücken und eine Ehefrau aus alter russischer Familie an seiner Seite. Und dann gibt es noch den Thronerben Alexej.«

»Was ist mit ihr geschehen?«, fragte ich gespannt. »Mit Peters Frau, meine ich.«

»Ewdokia Lopukina? Die arme Seele. Peter hat sie im letzten Jahr kahl scheren und in ein Kloster stecken lassen. Sie war ihm nicht fortschrittlich genug, und nun nagen die Ratten an ihr.«

Karoline schüttelte sich. Schrecklich, eine junge Frau lebendig zu begraben! Soll er sie doch zu ihrer Familie zurückschicken.«

Damit waren sie wieder bei dem Thema angelangt, welches das Ehepaar Glück spaltete, das ansonsten zufrieden miteinander lebte. Sollte es erlaubt sein, eine vor Gott geschlossene Ehe zu scheiden, oder nicht?

17. Kapitel

Wir Frauen schmückten die Kirche für das Erntedankfest. Vor dem Altar häuften sich trotz der bedrohlichen Zeiten das Korn und die Ähren, Obst, Gemüse und Bündel von frisch geschnittenen, duftenden Ästen, um die wir bunte Bänder gewunden hatten. In den hohen hölzernen Ständern brannten die Kerzen, die wir in den Abendstunden aus reinem Bienenwachs gedreht hatten, mit klaren, aufrechten Flammen. Das beste Fett für Kerzen stammte aus dem Kopf der Wale, aber es war schwer zu bekommen und sehr teuer.

Die Bänke und der Holzfußboden blitzten vor Sauberkeit, als die Gemeinde langsam die Kirche füllte, und es duftete nach den Dankesgaben und dem ausgebreiteten frischen Stroh. Die Wärmpfannen auf ihren drei Beinen waren bis obenhin mit glühender Kohle gefüllt, und die Gemeinde war festlich gekleidet. Anders als bei den üppigen russischen Gewändern zu hohen kirchlichen Feiertagen sah man dies aber nur am satten Glanz der Stoffe und am eleganten Schnitt der Röcke. Reinlichkeit war wichtiger als Reichtum, zumindest im Aussehen. Verheiratete Frauen waren in gedämpfte dunkle Farben gekleidet und trugen weiße Kragen aus zarter Spitze als Zeichen ihres Standes. Jüngere Mädchen schlangen sich farbige Tücher um die eng geschnürte Mitte und trugen

Perlen in den Ohren und als Ketten um den Hals. So viel Putz war in der Kirche gerade noch erlaubt. Ihr Haar war ordentlich in Zöpfe, Schnecken oder Knoten gesteckt und geschlungen, während ihre Wangen von der einsetzenden Winterkälte gerötet waren. Ihre Blicke schweiften wie unabsichtlich zu den anwesenden jungen Männern hinüber. Diese standen beisammen, scherzten ausgelassen und musterten wie aus Versehen die Mädchen, die artig zwischen Eltern und Geschwistern saßen.

Ich sollte nie Teil ihrer Welt sein, verstand ich. Kein Mann konnte sie für einen halben Rubel kaufen und dann nach Herzenslust misshandeln. Sie hatten kein Herz voll bitterer Geheimnisse. Sie rochen nach Puder und Rosenwasser – was nicht gegen die guten Sitten verstieß –, und ein Mann musste um sie werben, bevor er sich nur einen Blick oder gar einen Brief erhoffen durfte. Gerade als ich diesen traurigen Gedanken hegte, spürte ich Karolines Blick auf mir. Ich sah auf, und sie lächelte mir zu. Mir wurde warm… auch ich gehörte nun zu einer Familie.

Ich saß neben Anton und Friedrich. Agneta hatte ihre zarten Finger in meine Hand geschoben und blätterte mit der anderen in ihrem Liederbuch. Auch sie konnte schon lesen, während ich die meisten Lieder auswendig kannte, sodass meine Unwissenheit nicht zu sehr auffiel. Anton und Friedrich flüsterten und lachten miteinander. Ihre Stiefel glänzten, ihre Hosen lagen so eng an, dass sich die Muskeln ihrer langen Schenkel darunter abzeichneten, und ihr blondes Haar war kurz geschnitten. Ihre Blicke schweiften zu den Bürgersfräulein hinüber. Schon bald sollte Anton in einem Handelskontor in Marienburg eine Stelle antreten. Dann konnte er selbst eine Familie gründen.

Ganz ohne Vorwarnung machte dieser Gedanke mich unglücklich – Anton, der das Haus verließ und ein anderes Mädchen heiratete, es liebte und ehrte. Das Gefühl traf mich umso stärker, als ich nicht im Geringsten darauf vorbereitet war, nicht anders als ein Fluss, der sich staut, bis der Damm bricht.

Ich musterte ihn scheu von der Seite, und auch er sah zu mir herüber, um wohl wie üblich zu scherzen. Aber unsere Blicke verfingen sich ineinander, und plötzlich nahm ich die Gesichter ringsum nur noch verschwommen wahr. Der einsetzende Gesang drang wie von ferne an mein Ohr, meine ganze Stärke rann aus mir heraus wie aus einem Sieb. Meine freie Hand ruhte kraftlos auf der Kirchenbank, als Anton wie unabsichtlich seine Hand senkte und seine Finger um die meinen schloss. Freude und Wärme schoben sich wie eine Welle der Vaïna über mein Herz.

Frau Glück lächelte mir von der anderen Seite der Kirche noch einmal zu. Sie konnte unsere Hände nicht sehen, und ich erwiderte ihr Lächeln und zwang mich dann zu einer frommen Miene. Dabei aber kreuzte sich mein Blick mit dem eines hochgewachsenen blonden Mannes, der in der Reihe hinter mir saß. Er war nicht alt, doch sein Gesicht war hager und sein Körper drahtig. Er sah aus wie viele Schweden in der Garnison von Marienburg. Seine Haut war vom Wetter gegerbt, die hellblauen Augen leuchteten. Ein Netz weißer Fältchen umgab seine Augen, und rechts und links der Mundwinkel hing ein dichter blonder Schnurrbart. Sein Blick brannte auf meinem Gesicht, und das Blut stieg mir in den Kopf. Hatte er Anton und mich beobachtet? Sah man mir meine Verwirrung, mein Herzklopfen an? Ich wandte ihm stolz den Rücken zu.

Der Pastor trat aus dem kleinen Nebenraum, in dem er mich vor fast einem Jahr trocken gerieben hatte. Die Gemeinde erhob sich, und der Gottesdienst begann. Erst als das letzte Lied verklang und wir uns wieder zum Gebet erhoben, zog Anton seine Hand zurück.

Im Hinausgehen sah ich wieder zu Karoline Glück hinüber und lächelte sie mit all der Zuneigung an, die ich für sie verspürte. Gott gab mir mehr, als ich mir je hätte erhoffen können. Eine neue Familie.

18. Kapitel

Anton und ich kosteten in den folgenden Tagen jeden Augenblick aus, den wir zusammen verbringen konnten. Viel Zeit war es nie, denn unsere Lebensläufe waren so verschieden, doch jede Minute zusammen zählte doppelt. Wenn er nicht bei seinem Vater lernte, stellte er sich in seinen besten Kleidern in jedem Handelskontor Marienburgs vor. Trotzdem war er gerade dann in den Straßen unterwegs, wenn ich zum Markt ging, oder betrat wie zufällig die Kirche, wenn ich dort sauber machte. Wir redeten, lachten, murmelten Zärtlichkeiten, umarmten und küssten, küssten, küssten uns, bis unser Atem sich in dem kalten Raum verflocht. Wir redeten nie über die Zukunft, aber in meinem Herzen war ich mir sicher. Er war mein.

Dann, Anfang Dezember, kurz vor Weihnachten – für die Glücks besonders geschäftige Wochen –, waren wir allein im Haus. Anton streifte den Morgen über ungeduldig durch die Räume und passte mich auf der Stiege ab. Bevor ich etwas sagen konnte, umarmte er mich und bedeckte mein Gesicht und meinen Hals mit kleinen Küssen.

»Martha!«, flehte er und küsste meine Finger. »So kann das nicht weitergehen. Ich will dich nicht mehr heimlich sehen müssen und wie ein räudiger Köter um dich herumstreichen. Du sollst mir gehören. Heirate mich! Im Frühjahr kann ich uns ernähren.« Doch ich legte ihm mit Tränen in den Augen einen Finger auf die Lippen. »Unsinn. Deine Eltern würden uns niemals eine Heirat erlauben. Es ist eine Sache, eine Magd aufzunehmen, doch eine ganz andere, sie als Schwiegertochter willkommen zu heißen.«

»Unsinn! Ich brauche ihre Zustimmung nicht. Bald kann ich selbst über mein Leben entscheiden. Mein Leben mit dir, jeden Tag und jede Nacht«, drängte er und hielt mich ganz dicht an sich gedrückt. Sein Atem brannte heiß auf meiner Haut.

Sein Feuer und seine Kraft machten mich stolz, dennoch flossen mir die Tränen über die Wangen, und er küsste mich immer wieder. Ich spürte sein Begehren durch meinen Sarafan, den ich in den kalten Monaten wieder trug.

»Sei mein!«, flüsterte er. »Heute Nacht. Das gehört zur Liebe dazu. Zu einer Liebe wie der unseren.«

Seine Worte vertrieben den Winter, der seit Wassili in meinem Herzen herrschte: Das Verlangen, das ich für Anton empfand, verwirrte mich. Wie gab es das? Ich *wollte* in seinen Armen sein, bei ihm liegen, ganz ohne Zwang. Ich hatte Angst, denn ich kannte nichts als den Schmerz und Wassilis Grobheit. Dennoch schüttelte ich den Kopf, und er hob mein Kinn. Wie tief und ehrlich das Blau seiner Augen war! Hatten Christina und ich ein Gesicht wie das seine sehen wollen, als wir damals siebenerlei Blumen pflückten oder bei Kerzenlicht auf das Wasser der Schale starrten? Im Flur näherten sich Schritte, und er küsste mich hastig zum letzten Mal. »Lass deine Tür heute Nacht offen!

Wir gehören zusammen«, raunte er noch. Ich wollte ihn wieder umarmen, er aber löste sich von mir. »Ich muss gehen. Heute Nacht«, flüsterte er im Davoneilen.

Ich erledigte den Tag über meine Arbeit nicht mit der üblichen Sorgfalt, und mir zerbrach das Weihnachtsgebäck aus Mürbeteig unter den Fingern, als ich es aus den kupfernen Formen stülpte. Mir zitterten die Finger, sodass ich die Zweige für die Girlanden fallen ließ und mich schnitt, als ich die Gehäuse aus den Äpfeln klaubte, um das Innere der Früchte mit Nüssen und Rosinen zu füllen. Mein Herz flatterte, wenn ich an Antons Bitte und die Nacht dachte, die vor uns lag. Was tat ich da? Ich verstieß gegen Karolines einziges Verbot. Karoline, die mich so gütig aufgenommen hatte. Doch bei Anton zu liegen war keine Unzucht. Er wollte mich heiraten, sagte ich mir. Nur wenn ich an Wassili dachte, dann wurde mir anders zumute. Konnte ich denn je wieder in den Armen eines Mannes liegen? Und durfte ich nicht auch auf ein Leben in Glück und Zufriedenheit hoffen, so wie Karoline selbst? Ich wollte ihr ihre Freundlichkeit vergelten, schwor ich mir und legte mir gedankenverloren die Finger auf die Lippen, auf denen ich Antons Mund noch schmeckte. Hätte ich doch nie von ihm gekostet, denn seine Küsse waren wie schleichendes Gift. Aber ich kam nicht gegen meine Gefühle an. Zum ersten Mal in meinem Leben entdeckte ich die furchtbare Kraft der Leidenschaft, die alle klaren Gedanken mit sich reißt, ganz so wie unser Fluss die Eisplatten während der *ottepel*.

Er kam zu mir, als ich nach meinem Abendgebet vor lauter Ungeduld, Warten und Hin-und-her-Drehen auf meinem Strohsack schon fast eingeschlafen war. Die Tür öffnete sich leise, und einen Augenblick später hielt er mich schon umschlungen.

Alles war so anders als mit Wassili. Sein Körper war warm und stark und sein Atem süß, als seine Hände mir das Hemd geschickt über den Kopf streiften. Erst versteifte ich mich vor Angst, doch er küsste und hielt mich, und bevor mir kalt werden konnte, deckte er uns mit seinem wollenen Mantel zu. Meine Hände erforschten ihn, erst zögernd, dann immer freier. Seine starken Schultern und Arme, das krause Brusthaar... tiefer wagte ich nicht vorzudringen. Doch schließlich riss ich ihm vor Ungeduld fast das Hemd vom Leib. Das Stroh meiner Matratze stach uns, doch wir lachten nur, und seine Haut auf meiner war wie ein Streicheln. Mein Körper schien sich mein Leben lang nur nach dem seinen gesehnt zu haben.

»Was für einen schönen Busen du hast. Und deine Haut ist so weiß«, murmelte er, und seine Lippen wanderten über meinen Hals. Er knabberte an meiner Kehle, bis mir kleine Blitze durch die Adern schossen und mich in Brand setzten. Meine Haut prickelte, und als sein Mund sich zärtlich um eine meiner Brustwarzen schloss, seufzte ich auf. Er spielte mit meinen Brüsten, saugte an dem zarten Fleisch, sodass ich ihn nur noch näher und näher bei mir haben wollte. Alle Kraft floss aus meinem Kopf in meinen Leib und zwischen meine Beine, wo ein Feuer brannte und ich feucht wurde. Ich schlang ihm die Schenkel um die Hüften und zog ihn an mich. Wassili hatte es immer nur eilig gehabt, in mich einzudringen, wenn er endlich steif geworden war.

Anton aber hielt mich zurück. »Still, still, langsam! Du sollst es doch auch schön haben«, raunte er und ging auf die Knie. Seine Finger streichelten die Innenseiten meiner Schenkel, und er kraulte mein Schamhaar, bevor eine Kuppe in mich hineinglitt. Ich keuchte auf und wollte seine Hand wegschieben, doch er presste mich sanft auf das Lager. »Lass! Du hast ein süßes dunkles Fell. Das wird mir mein Leben lang gefallen.« Er beugte sich über mich, küsste meinen Leib und hob meine Hüften an.

»Halt still und genieß es!«, flüsterte er und spreizte meine Schenkel. Mir war es peinlich, wie nahe er mir dort war, und ich wollte ihn abwehren, doch da leckte er mich schon. Ich schrie auf, und mein Körper spannte sich zu einem Bogen, als seine Zunge in meiner Feuchtigkeit auf und ab glitt. Wassili hatte sich oft in meinen Mund geschoben, doch ich hatte nicht gewusst, dass es auch andersherum möglich war. Heiße Begierde spülte meine Verwirrung und Scham hinweg, meine Glieder waren weich wie geschmolzene Butter. Meine Finger krallten sich in sein Haar, als seine Lippen an einer Stelle verharrten. Sanft saugte Anton daran und liebkoste mich mit kleinen Zungenstößen. Ich wimmerte und wand mich und wollte doch nur mehr von diesem Gefühl. Eine Welle der Lust erfasste mich und trug mich höher und höher, bevor ich erschöpft und mit einem Schrei auf das Lager zurückfiel. Mein Körper glitzerte feucht vor Schweiß und Lust im Mondschein. Anton glitt zu mir hoch, und ich schmeckte kurz und gierig meinen eigenen Geruch auf seinen Lippen, ehe er sich kraftvoll in mich hineinschob. Er war groß und hart, doch ich spürte ihn kaum, so feucht und geschwollen, wie ich war. Wassili war immer nur Pein gewesen. Dass es so sein konnte, hatte ich mir nicht vorstellen können. Anton schloss meine Beine um seine Hüften und stieß ein letztes Mal in mich, ehe er mit einem Schauer liegen blieb. Sein Atem ging heftig. Ich umschlang seinen Nacken, strich ihm das feuchte Haar aus der Stirn und roch seinen herben, frischen, männlichen Schweiß, bevor ich ihm zart über das Gesicht blies. Er lächelte mit geschlossenen Augen. So schliefen wir eng umschlungen ein, Herz an Herz, Haut an Haut.

Als er bei Morgengrauen aus meiner Kammer schlüpfte, waren meine Lippen zerbissen, meine Brüste verlangten nach seinen Liebkosungen, meine Seele war voll von Hoffnung und mein Herz leichter als je zuvor.

Im Gottesdienst am nächsten Sonntag betete ich darum, mit Anton glücklich zu werden. Aber als ich während des Gesanges aufsah, kreuzte mein Blick wieder den des hochgewachsenen blonden Mannes. Er sah auf meine von Antons Küssen geschwollenen Lippen. Ich senkte die Lider zur Abwehr, doch er durchbohrte sie mit seinen Blicken.

19. Kapitel

Ich sah Anton in den folgenden Tagen und Nächten nicht wieder, hörte aber in der Küche, dass seine Gespräche mit dem Handelskontor nicht so gut verlaufen waren, wie Ernst Glück es sich erhofft hatte.

Eines Nachmittages rief mich Karoline Glück in ihre Stube. Ich flocht mein Haar rasch neu und reinigte mir die Hände. Dies konnte nur eins bedeuten: Anton hatte bereits mit ihr gesprochen. Das Herz klopfte mir bis zum Hals, als ich die Stube betrat. Die nächste Stunde konnte über mein Leben entscheiden.

Karoline legte ihre Näharbeit beiseite und streckte mir, mich willkommen heißend, die Arme entgegen. »Komm herein, Martha, und schließ rasch die Tür! Es ist so kalt draußen«, sagte sie. Ich strahlte sie an. Erst da bemerkte ich den Pastor im Raum, obwohl es nur zwei Tage vor dem Christfest war und er alle Hände voll zu tun haben musste. Aber schließlich wollten sie mich als Tochter in ihre Familie aufnehmen. Wo blieb nur Anton? Sicher war er zu aufgeregt, um ebenfalls hier zu sein. Eigentlich sollte er sich erst verloben, wenn er Arbeit gefunden hatte, das wusste ich. Gemeinsam konnten wir alles schaffen.

»Möchtest du ein Glas warmen Wein mit Obst?«, fragte der Pastor. In Kriegszeiten war ein Schluck Mullwein so mitten am Tag, mitten in der Woche, eine unerhörte Wohltat. Aber es gab ja auch etwas zu feiern.

»Setz dich, Martha!« Karoline Glück zog mich neben sich auf das durchgesessene, gemütliche Sofa. Die Schale mit dem Wein lag warm in meiner Handfläche; die darin schwimmenden Apfel- und Birnenstücke saugten sich mit dem Wein voll. Ernst Glück, der am Kamin lehnte, räusperte sich und sah seine Frau erwartungsvoll an. Sie legte ihre Hand auf meinen Arm, und ich errötete. Wie hatte ich auf dieses Glück hoffen können?

»Martha. Etwas Wundervolles ist geschehen. Ich hätte nicht gewagt, auf ein solches Glück für dich zu hoffen«, sagte Karoline, und ihr Mann nickte bekräftigend.

»Was denn?« Meine Stimme klang belegt vor Rührung. Oh, Anton, mein tapferer Anton! Er hatte sein Versprechen gehalten und machte Nägel mit Köpfen.

»Zu meiner Gemeinde gehört auch ein schwedischer Dragoner, Johann Trubach«, sagte der Pastor.

»Ja?«, fragte ich höflich. Was hatte das mit uns zu tun? Kannte dieser Trubach vielleicht einen Kaufmann und hatte für Anton ein gutes Wort eingelegt? Ja, das musste es sein. »Sicher, so ein Soldat ist nicht reich«, sagte Karoline. »Aber er hat seine eigene kleine Stube in der Garnison, etwas Sold, und er ist ein warmherziger und anständiger Mann. Das ist doch das Wichtigste.«

Das Wichtigste … wofür? In meiner Schale Mullwein hatte sich das Obst mit dem Wein vollgesaugt und sank in schweren Klumpen nach unten. Weshalb war Anton nicht hier? »Was hat das mit mir zu tun?« Meine Stimme klang belegt.

»Nun, es ist nicht zu fassen, aber gestern Nachmittag hat dieser Trubach bei Ernst um deine Hand angehalten«, erklärte Karoline mit strahlender Miene. Ihre Augen glänzten feucht. »Er hat dich seit Monaten im Gottesdienst beobachtet und sich in dich verliebt.«

»Das ist unmöglich...«, begann ich. Dies alles war ein Irrtum. Ich war doch Anton, meinem Anton versprochen. Wie konnte da ein anderer Mann um meine Hand anhalten?

»Ich weiß. Ich habe ihm deine Lage erklärt. Keine Eltern und auch keine Mitgift. Nicht einmal ein Familienname...« Der Pastor zwinkerte mir zu. »Ihm genügt es, dass du unter unserem Dach lebst. Das ist Herkunft genug.«

»Kann ich mir das noch überlegen?«, stammelte ich. Mein Herz raste. Es hieß Zeit gewinnen, um mit Anton einen Plan zu schmieden. Wir mussten eine Lösung finden.

Karoline musterte mich erstaunt. »Was gibt es da zu überlegen? Wir haben seinen Antrag in deinem Namen natürlich angenommen. Etwas Besseres kann dir gar nicht widerfahren«, sagte sie. »Herzlichen Glückwunsch.« Sie legte mir einen Arm um die Schultern und drückte mich an sich.

»Aber ihr braucht doch meine Hilfe!«, wandte ich ein. Der lächerlichste Vorwand, statt offen zu sagen: *Ich liebe euren Sohn, und er liebt mich.*

»Ernst wird nun auch Agneta unterrichten. Anton ist heute Morgen abgereist, denn er hat eine Stelle in einem Kontor in Pernau gefunden. Ostern kommt er heim, dann müsst ihr uns besuchen, dein Mann und du. Er musste sofort aufbrechen, aber er schickt dir beste Grüße.«

Meine Adern vereisten, und mir wurde das Herz kalt.

Anton war abgereist, ohne sich von mir zu verabschieden? Er sandte mir *beste Grüße* nach unserer leidenschaftlichen Liebesnacht? Ostern erst sollte ich ihn wiedersehen. Ostern! Wie sollte ich bis dahin überleben, ohne ein Zeichen von ihm? Mir stiegen Tränen in die Augen, und Übelkeit würgte mich.

Karoline tätschelte mir die Hand. »Ich weiß, das alles kommt überraschend. Ernst kann euch nach dem Dreikönigstag trauen. Trubach kommt morgen zur Abendsuppe. Er ist ein guter Mann.« Sie strahlte mich an, und als ich aufstand, umarmten mich beide. Doch ehe ich die Tür hinter mir schloss, drehte ich mich noch einmal um und knickste. Irrte ich mich, oder tauschten beide einen schnellen, wissenden Blick aus?

Ich schämte mich des Gedankens sofort. Sie hatten mir nichts als Gutes getan. Aber hieß das, dass sie keine Magd als Schwiegertochter wollten?

Sie hatten mich mit diesem Johann Trubach verlobt. Konnte ich ihnen, denen ich so vieles verdankte, denn ungehorsam sein? Die Antwort, die tief aus meinem Herzen kam, war eindeutig. Ja.

In jener Nacht wartete ich nur die rechte Zeit zur Flucht ab. Zweimal prüfte ich das Bündel, das ich gepackt hatte. Meinen Lohn hatte ich gespart, und die ersten Fuhrwerke nach Pernau verließen Marienburg am frühen Morgen. Zur Not konnte ich auch zu Fuß gehen, denn mir war alles gleichgültig – sowohl der Bruch mit der Familie Glück als auch die Gefahren der Wege in Kriegszeiten. Ich wollte nur bei Anton sein.

Zum dritten Mal stand ich auf und überprüfte meine Habseligkeiten. Hatte ich alles, Tuch, Decke, Socken,

Handschuhe, Geld? Da klopfte es am Fenster meiner Kammer. Ich fuhr herum. Das konnte nur Anton sein. Er kam, um mich abzuholen. Ich fiel fast über die eigenen Füße, so eilig hatte ich es, riss am Schloss in der Bleiversenkung. In der sternenlosen Winternacht erkannte ich den Reiter auf der Gasse vor dem Haus nur schemenhaft. Zudem hatte er den Kragen seines Mantels hochgeschlagen und den Hut tief ins Gesicht gezogen. Mein Herz aber erkannte ihn sofort. Anton war gekommen, um mich zu holen.

Er stieg ab, hakte die Zügel an der Tür fest und eilte auf mich zu. »Martha!« Er umarmte mich durch das Fenster. »Ich muss gehen, aber ich kann dich nicht einfach so verlassen.«

Der Mond kam hinter einer Wolke hervor, und ich erahnte seine blauen Augen und die weißen Zähne in seinem schönen Mund. Diese Lippen, die ich noch auf meiner Haut spürte.

»Ich packe gerade, Anton. Lass mich meine Stiefel holen, dann kann ich hinter dir auf dem Pferd sitzen. Wir schaffen das«, flüsterte ich. Ich war so glücklich, ich hätte weinen können.

Er aber schüttelte den Kopf. »Noch nicht, Martha. Lass mir Zeit, mir mein Leben in Pernau aufzubauen, dann hole ich dich.«

»Uns bleibt keine Zeit…«, begann ich, aber er unterbrach und küsste mich. »Glaub nicht, dass ich dich nicht liebe! Aber wir haben Krieg. Dort draußen warten zwei Streitmächte auf ihre Befehle. Weißt du, was gelangweilte Soldaten mit einem Mädchen wie dir anstellen? Hier bei meinen Eltern bist du am sichersten.«

»Aber, Anton! Sie wollen mich mit einem schwedischen Dragoner verheiraten«, schluchzte ich. »Dein Vater will uns am Dreikönigstag trauen. Aber du und ich, wir lieben uns doch.« Ich klang verzweifelt und wusste... das war nicht gut. Männer riechen die Verzweiflung einer Frau wie Jagdhunde das Blut, hatte meine Stiefmutter immer gesagt.

»Martha!« Er klang aufgebracht. »Du begreifst nicht, es ist Krieg. Karl von Schweden wird erst innehalten, wenn er die Russen besiegt und August den Starken vom polnischen Thron gestoßen hat. Er hasst den Kurfürsten von Sachsen.«

»Aber der Krieg ist doch bald wieder vorbei.« Ich würgte, und die kalte Luft nahm mir den Atem.

»Wieso das denn?«, fragte er überrascht.

»Nach Narwa gibt es doch keinen Grund mehr zu kämpfen? Das sagt selbst dein Vater. Die Schweden haben doch die Russen vernichtend geschlagen.«

»Mein Vater hat keine Ahnung. Was bedeutet Narwa schon für Karl außer einer weiteren Feder am Hut? Dieser Mann ist vom Kampf besessen. England und Frankreich passt es doch, dass er hier zugange ist. So mischt er sich wenigstens nicht in ihre Angelegenheiten ein. Nein, er wird erst in Moskau haltmachen, vorher nicht.«

Am Kirchturm schlug die Glocke, und er sah sich um. »Ich muss aufbrechen, Martha. Vergiss mich nicht!«

Er wollte mich zurücklassen, allein, verheiratet mit einem Sieger von Narwa. Ich klammerte mich schluchzend an seinen Hals. »Lass mich nicht allein! Ich kann doch keinen anderen heiraten. Nicht nach unserer Nacht.«

Er löste meine Arme von seinem Nacken. »Schsch, nicht weinen! Vielleicht ist das gar nicht die schlechteste Lösung. Schließlich war ich ja auch nicht der Erste, der ... Nun ja, du weißt schon ... mit dem du ...«

Seine Worte schnitten mir ins Herz, und mir wurde die Kehle eng. »Wie meinst du das?«

Er zuckte mit den Achseln, und ein leichtes Lächeln verzog seine Mundwinkel. »Nun, so können wir uns immer sehen, wenn ich nach Hause komme. Du bist eine ehrbare Frau, und wir können tun und lassen, was wir wollen ...«

Er küsste mich, und zu meinem Ärger wurde ich zwischen den Schenkeln feucht. Nein! Ich stieß ihn von mir und schlug ihm mit der Faust gegen die Schulter.

»Du Mistkerl! Verfluchter Lügner!«, rief ich, bevor ich mich wieder an ihn warf und flehte. »Nimm mich mit, bitte!«

Von der Tür des Pfarrhauses her kam ein Geräusch. Er sah sich hastig um, Ungeduld und Erleichterung im Gesicht. »Ich muss weg, Martha. Halte durch! Wir sehen uns wieder.«

Mit diesen Worten stieg er auf und sprengte davon, durch die Gassen Marienburgs, über die Weiten unseres Landes bis nach Pernau, am großen Wasser, fort aus meinem Leben. Ich hatte ihm nicht einmal sagen können, wie sehr ich ihn liebte, trotz des Schmerzes und der Scham, die mich nun zerrissen. Da trat die dicke Köchin der Glücks heraus in den Schnee und hielt eine Laterne hoch über den Kopf. »Wer da?«, rief sie in die Dunkelheit.

Schnell zog ich den Kopf zurück, sank auf den kalten Steinfußboden und weinte hemmungslos. Meine Hände krallten sich in das Stroh, und ich wand mich wie ein Wurm auf den Platten. Ich stand erst auf, als ich trotz meines warmen Hemdes aus filziger Wolle vor Kälte zitterte. Das Fenster zur Straße stand noch immer offen. Ich entfaltete die Kleider, die ich von Karoline Glück geerbt hatte und die ich hatte mitnehmen wollen. Dann legte ich sie wieder zusammen. Dies tat ich so lange, bis ich vor Erschöpfung einschlief.

20. Kapitel

Mir wurde zum ersten Mal zwischen Weihnachten und dem neuen Jahr übel. Ich übergab mich heimlich in einen Eimer in der Küche. Zuerst dachte ich, ich hätte zu viel von Karoline Glücks Plätzchen und der Gänsestopfleber am Weihnachtstag genascht. Doch einige Tage später blieb auch meine Blutung aus. Ich erinnerte mich an Olga und hatte keinen Zweifel – ich war von Anton schwanger.

Wenn Johann Trubach ins Haus kam und mir kleine Leckereien und buntes Garn schenkte, hatte ich verweinte Augen und dankte ihm kaum für seine Geschenke. Am Abend vor dem Dreikönigstag, an dem Ernst Glück uns trauen wollte, stand mein Entschluss fest. Ich musste unsere Verlobung lösen. Anton hatte mich verlassen, doch ich wollte nicht mit dieser Lüge im Herzen leben. Ich wollte frei sein und auf ihn warten, was immer er auch gesagt hatte. Johann holte mich zu einem Spaziergang in die Stadt ab. Ich war froh, dass er nicht seine Uniform, sondern nur einen schlichten dunklen Rock, hohe Lederstiefel und ein sauberes Hemd mit einer bis zum Hals geknöpften Weste trug. Um den Hals hatte er sich ein Tuch geschlungen und trug gegen die Kälte einen Mantel mit Pelzkragen. So gekleidet sah er aus wie ein wohlhabender Bürger, nur dass so ein Mann sich nie mit einem Mädchen wie mir sehen ließ.

»Heb die Hände, damit sie für Johann zart und weiß sind«, hatte Karoline mir geraten, bevor sie mir in die Wangen kniff. »So, jetzt siehst du rosig und gesund aus.« Dann ermahnte sie mich noch. »Seid bald wieder zurück, es gibt noch viel vorzubereiten für morgen.«

An jenem Nachmittag war in den Straßen von Marienburg der Krieg bereits deutlich zu spüren. Der Gestank der Abwässer auf den vereisten Straßen, auf denen nichts absickern konnte, stand wie eine Wolke in der kalten, klaren Januarluft. Ich achtete darauf, die von Karoline geliehenen Stiefel nicht zu verschmutzen. Fuhrleute trieben mit Zungenschnalzen und Peitschenknallen die Ochsen und Maultiere vor ihren Karren an, die nun viel leichter beladen waren. Bäckereigesellen mit roten Ohren boten Dreikönigspasteten an, in die Glücksbringer eingebacken waren. Ich erstand einige für das Pfarrhaus. Ein Bauer bot, unter seinem Mantel versteckt, zwei Kaninchen an, die er wohl eben im Wald gewildert hatte, denn das Blut quoll den Tieren noch aus den Ohren. Wohlanständige Bürger zogen verschämt Handkarren mit Brennholz hinter sich her. Wer nicht in den Wald konnte, brach Zweige von den Büschen, um sein Heim zu heizen. Bettler stritten sich mit den losen Mädchen um die besten Plätze, und ein Kastanienröster drehte mit feuergeschwärzten Fingerkuppen die Nussfrüchte in der Glut, bis sie barsten. Johann kaufte eine Handvoll davon, und wir knackten eine Weile schweigend die Schalen und genossen den mehligen Geschmack. Als wir aufgegessen hatten, stahlen sich seine Finger zu den meinen in den Muff, den Frau Glück mir geliehen hatte.

Meine Hand zuckte zurück. Er sah mich an wie ein getretener Hund. »Darf ich nicht einmal deine Hand halten?«, fragte er mich. »Verabscheust du mich so sehr? Was kann ich tun, um dir zu gefallen?« Ich schämte mich. Er behandelte mich mit mehr Freundlichkeit und Respekt als je ein Mann zuvor. »Ich verabscheue dich nicht ...«, begann ich, aber er ließ mich nicht ausreden.

»Warum hast du dann immer so verweinte Augen? Bist du nicht glücklich über unsere Verlobung? Ich dachte, du hast dich aus freien Stücken für mich entschieden.«

»Ja ... und nein«, stammelte ich.

»Ich werde dir ein guter Mann sein, das verspreche ich dir.«

Mir wurden die Finger kalt, und meine Hand schlüpfte zurück in den Muff, wo ich den wohlmeinenden Druck seiner Finger verspürte. Was sollte ich tun? Das Kind für das seinige ausgeben? Was bedeutete einem Mann schon ein Monat mehr oder weniger? Doch nein, ich musste ehrlich sein, es war nicht anders möglich. »Johann, du bist ein guter Mann, aber ich kann dich nicht heiraten.«

Er hielt inne und lächelte plötzlich, doch es wirkte nicht spöttisch, sondern liebevoll. »Ach so. Du denkst noch immer an den jungen Pfarrerssohn, nicht wahr? Ich habe euch in der Kirche gesehen. Vergiss ihn, Martha, das sage ich dir! Er wird in Pernau bald ein Mädchen heiraten, das ihn in seinem Ehrgeiz weiterbringt. Ich meine es ernst: Vergiss ihn!«

Ich errötete. War das für alle so deutlich zu sehen gewesen? Was war ich doch für eine Närrin! »Ich kann nicht!«, rief ich vor Scham und Zorn auf mich selbst so laut, dass sich mehrere Leute nach uns umdrehten.

Ich senkte die Stimme. »Ich erwarte sein Kind, Johann. Du wirst doch keine Frau heiraten, die das Kind eines anderen unter dem Herzen trägt.«

Er musterte mich stumm. Mir wurde vor meinem eigenen Mut bang. Was würde er tun? Mich beschimpfen, als Hure ohrfeigen und mich von sich stoßen? Mich zum Pfarrhaus schleifen und mich in Schande an die Glücks zurückgeben, die mich dann ebenfalls verjagten? Ich rechnete mit allem, aber nicht damit, dass er mich umarmte und lachte. Ein Spielmann, der uns sah, setzte die Flöte an die blau gefrorenen Lippen und spielte eine hell perlende Tonleiter.

»Das ist ja wunderbar!«, lachte Johann.

»Was?«, fragte ich verwirrt.

»Ich muss dir vor dem morgigen Tag auch noch etwas sagen. Ich kann keine Kinder zeugen, und ich kann auch keine Frau im Bett zufriedenstellen. Vielleicht war es eine Verwundung, eine Krankheit oder auch der lange kalte Winter in der Festung von Riga. Ich kann dir nur ein halber Mann sein, aber deinem Kind werde ich ein guter Vater sein. Das verspreche ich dir.«

Was gab es darauf zu erwidern? Am folgenden Nachmittag traute Ernst Glück mich mit Johann Trubach. Mein Brautkleid war hellgrau und hochgeschlossen und von Karoline Glück geliehen. In meinen Händen hielt ich einen Schneeglöckchenstrauß und umklammerte ihn so fest, dass mir die Knöchel weiß wurden. Nun war ich eine anständige Frau. Wir feierten mit Wein, Bier und Truthahn, der mit Innereien und Äpfeln gefüllt war. Danach schnitten wir die Dreikönigspasteten an.

Ich fand den Glücksbringer in meinem Stück, was mir wie blanker Hohn vorkam.

Johann war mir in der wenigen Zeit, die wir beisammen waren, ein guter Mann. Er gab mir fast seinen ganzen Sold, erhob nie die Stimme gegen mich, mochte die Mahlzeiten, die ich kochte, betrank sich nur an Freitagen und schlug mich nie. Wir lachten zusammen über dieselben Scherze, nicht sehr oft, aber wenn, dann aus vollem Herzen. In seiner Stube in der Garnison standen ein Tisch, zwei Stühle und ein schmales Bett. Unsere wenigen Kleider hingen an zwei Haken an der Wand, und ich stellte wilde Blumen in einer kleinen Schale auf den Tisch. Doch nach einem Monat Beisammensein schon wurde er wieder ins Feld gerufen. Ich fühlte mich ohne die Glücks sehr allein, mied aber das Pfarrhaus. Ich musste mir ein neues Leben schaffen.

An einem Abend im Mai saß ich mit meiner Nachbarin Karin zusammen, deren Mann und deren Söhne im Feld waren. Wir besserten Hemden für Herrschaften in der Stadt aus, tranken *kwass*, und Karin kaute Tabak, die einzige Leidenschaft, die sie in ihrem Leben noch tröstete. Ihr Zahnfleisch hatte sich tiefrot verfärbt, und ihre Zähne waren faulig. Gerade spuckte sie wieder aus und traf ausnahmsweise mit der roten Soße aus Speichel und Tabak in den dafür vorgesehenen Napf neben der Tür. Plötzlich griff sie nach meinen Fingern. »Lass mich in deiner Hand lesen, meine Schöne! Lass mich sehen, was das Leben für ein Goldstück wie dich noch auf Lager hat. Johann ohne Saft und Kraft kann doch nicht alles sein«, kicherte sie und drehte meine Hand um, wo sich in meiner Handfläche lange Linien tief kreuzten. Karin beugte sich darüber, bevor sie unwillig den Kopf schüttelte. »Sieh einer an! Hast du dir die Hand von jemand anderem geliehen?«

Bei dieser Vorstellung musste ich lachen. »Was siehst du denn? Werde ich glücklich sein? Und mein Kind? Was wird es werden?«

»Ich sehe eine besondere Liebe und viele Reisen. Du bist gesund wie ein Ross.«

»Reisen? Und eine besondere Liebe? Ist sie glücklich und erfüllt?«

Sie formte meine Hand zu einer Faust und zählte stumm die kleinen Falten unterhalb des kleinen Fingers. »Und ob. Ich sehe dreizehn Schwangerschaften.«

Ich stutzte. Sie musste von Anton sprechen, denn Johann konnte ja keine zwölf Kinder mehr zeugen. Ihm genügte es, mich mit seinen schwieligen Händen zu streicheln. Ich ehrte ihn, mochte aber nicht von Liebe sprechen, ganz gewiss nicht. Oft beschwor ich nachts, wenn er mich berührte, die Erinnerung an Anton herauf und fühlte mich elend. Weshalb holte er mich nicht? Sogar seine letzten garstigen Bemerkungen wollte ich vergessen, wenn er mich nur holen kam.

So rückte ich näher an Karin heran und legte eine Hand auf den noch flachen Bauch. »Und dieses Kind? Ist es gesund? Ist es ein Junge oder ein Mädchen?«

Karins Gesichtsausdruck war undeutbar. »Das kann ich nicht sehen. Frag nicht so dummes Zeug!«, knurrte sie und ließ meine Hand fallen.

Ich nahm meine Arbeit an den Hemdkragen wieder auf.

Zwei Tage später traf ich auf dem Markt Karoline Glück. Die Bauern verkauften nur noch, was ihr Boden hergab und was sie nicht zum Überleben brauchten. Der bisher nur kurze Krieg hatte die Provinz schon an den Rand der

Hungersnot gebracht. Viele Bürger wandelten ihre Blumenbeete in Gemüsegärten um und zahlten für Lebensmittel mit Familienschmuck. Perlen für ein Pfund Butter, Smaragdringe, feine Möbel und Ballen an Samt und Seide für einige Speckseiten. Händler kamen nicht mehr in die Stadt, denn jede Reise war lebensgefährlich geworden.

Eine hübsche junge Frau trug Karoline den Korb, als diese mich herzlich begrüßte.

»Endlich sieht man dich wieder. Wo versteckst du dich?«

»Oh, die Ehe hält mich auf Trab!«, entgegnete ich leichthin und musterte die Fremde rasch. Das blonde Haar hatte sie zu einem Kranz um den Kopf geflochten, und auf ihrem taubenblauen Kleid trug sie einen gestärkten weißen Kragen. Ihr Umhang aus leichter blauer Wolle schmeichelte ihrer Augenfarbe. In ihren Ohrläppchen schimmerten zwei helle Perlen.

Karoline fasste die Fremde unter. »Dies ist Louise, Antons Verlobte aus Pernau. Sie werden im Sommer heiraten. Kaum fing er bei ihrem Vater an zu arbeiten, waren die beiden bis über beide Ohren verliebt. Hoffentlich werde ich bald Großmutter.« Sie tätschelte mir vertraulich den Bauch. Louise errötete, lächelte mich aber ruhig und sicher an. Bestimmt hat Anton sie noch nicht berührt, dachte ich bitter. Dazu sah sie viel zu fein aus. Er sollte ihr erster Mann sein, nicht wie die Magd im Haus seiner Eltern. Ich brachte es nicht über mich, ihr zu ihrem Verlöbnis Glück zu wünschen, sondern nickte und ging weiter.

Es war, als hätte man mir ein Messer tief ins Herz gestoßen.

21. Kapitel

Nach der Begegnung auf dem Markt hatte ich eine verrückte Lust auf ein heißes Bad, so als wolle ich mir alle Erinnerungen an Anton vom Körper und der Seele waschen. Ich schleppte einen Eimer dampfend heißes Wasser nach dem anderen in unsere Stube und verschwendete wertvolles Holz, nur um mitten am Tag anzuschüren. Es war mir gleich. Als ich den letzten Eimer in den Bottich kippte, stach es mir in den Unterleib wie zehn Messer. Ich krümmte mich vor Pein, und der Eimer polterte zu Boden. Als ich mich keuchend aufrichten wollte und eine Hand auf den Leib presste, wurden meine Schenkel plötzlich nass, und mein Rock färbte sich blutig rot. Mir schwindelte, und wie mit einer Riesenfaust schüttelte mich der Schmerz. Auf allen vieren kroch ich heulend aus der Stube und klopfte mit letzter Kraft an Karins Tür. Dort, auf der Stiege über dem Hof der Garnison, fiel ich in Ohnmacht.

Ihr verdankte ich mein Leben. Sie zwang mich ins Bett, hieß mich atmen und pressen. Antons Sohn wurde im fünften Monat der Schwangerschaft tot geboren, und mit ihm starb auch meine Liebe zu seinem Vater. Karin löffelte mir eine Woche lang heiße, stärkende Brühe und *kwass* in den Mund, denn ich hatte viel Blut verloren. Was konnte ich vom Leben nun noch erwarten? Mein

Mann war im Feld und konnte keine Kinder zeugen. Wie hatte Karin nur solchen Unsinn in meiner Handfläche lesen können? Mitten in unserem lichten Sommer wurde mir jeder Tag so dunkel wie eine Winternacht.

Der König der Schweden liebte den Krieg um des Kriegs willen. Seine Truppen sicherten sich zuerst Livland und besetzten im Juli 1701 dann auch Kurland. Schließlich aber wendete sich das Blatt. Der Zar schien aus seinen ersten Niederlagen gelernt zu haben. Durch die Gassen und Straßen von Marienburg schwirrten haarsträubende Gerüchte von abgebrannten Feldern, geschleiften Häusern und den Bewohnern ganzer Dörfer, die mit dem Kopf nach unten und aufgeschlitzten Bäuchen von den Bäumen hingen. Die ersten Bewohner packten und verließen die Stadt mit hoch beladenem Karren in Richtung einer ungewissen Zukunft. Ich wusste nicht, was ich glauben sollte. »Habt ihr gehört? General Boris Petrowitsch Scheremetew führt die Russen ins Feld. Ihm fließt der Krieg in den Adern. Kein Wunder bei seinem Stammbaum.«

»Ja, bei Erastfer hat er die Schweden bereits vernichtend geschlagen. Das liegt nur einen Tagesritt von hier entfernt. Wir sollten besser auch aufbrechen.«

»Nehmt die Beine in die Hand! Die Russen kommen, schon bald, im Juli noch!«

»Unsinn. Das war nur ein Nebelstreif. Auf die Schweden ist Verlass. Sie sind und bleiben unsere Herren. Bleibt in der Stadt! Versteckt euch in der Garnison!«

»In der Garnison? Die brennt doch wie Zunder. Nein, nur das Pfarrhaus und das Rathaus bieten Schutz, denn sie sind aus Stein erbaut.«

Das Pfarrhaus? Die Aussicht, mit Antons Verlobter unter einem Dach zu wohnen, lockte mich nicht im Geringsten. Also verschanzte ich mich mit den anderen Frauen und Kindern in der Garnison.

Ende August 1702 griff General Boris Petrowitsch Scheremetew, Sohn einer der ältesten und feinsten Familien Russlands, tatsächlich Marienburg an. Von der Garnison aus gesehen, waren seine Männer wie eine dunkle Flut, die auf die Stadt zuspülte, um uns alle zu verschlingen. Ich hatte noch nie so viele Soldaten gesehen. Der Jüngste Tag, von dem Pastor Glück immer gesprochen hatte, war gekommen. Die Kanonen spuckten Tod und Zerstörung. Ihre Kugeln heulten in der Luft wie Wölfe im Winter. Als ich das Geräusch zum ersten Mal hörte, versteckte ich mich zitternd und weinend unter dem Tisch und presste die Hände auf die Ohren. Die Geschosse rissen die Mauern, Gassen und den Marktplatz der Stadt auf. Überall flüchteten Menschen, sie liefen umher wie toll gewordenes Vieh, rissen an sich, was sie in die Hände bekamen, ob es ihnen gehörte oder nicht, und zerrten Kinder und Tiere mit sich. Die Holzhäuser brannten lichterloh, der Himmel glühte zur Mittagsstunde wie sonst nur am Abend bei Sonnenuntergang. Grauer Rauch nahm den Bürgern die Sicht und den Atem. Ich begriff, dass die Stadt verloren war. Es stank nach Schwefel, Blut und Pulver, und das Dröhnen der Böller ersetzte uns den Herzschlag. Kurz nach Mittag schon gewannen die Russen die Oberhand, und als ich über dem Stadttor die zerfetzte und schmutzige schwedische Fahne zu Boden fallen sah, griff eiskalte Furcht nach mir. Für eine Leibeigene sollte ein Herr wie der andere sein. Ich aber dachte an Wassili. Waren alle Russen so wie er? Wie sollte mein Leben dann weitergehen? Marienburg ergab sich bedingungslos, und Triumphgeschrei, Freudenböller und Schüsse wie auch Geheul und Klagen erfüllten die Luft. Die Garnison war leer, ihre Tore standen weit geöffnet. Hatte Johann dort draußen im Feld gestanden? Wenn er gefallen war, was sollte dann mit mir geschehen? Weder Karins Mann noch ihre beiden Söhne waren aus der Schlacht zurückgekehrt. Ihre Klagen drangen durch die leeren Flure, doch trotz meiner Bitten ließ sie mich nicht ein, um sie zu trösten. Am nächsten Tag blieb hinter ihrer verschlossenen Tür alles still. Ich betete, dass sie bei Nacht hatte fliehen können und in Sicherheit alt wurde, obwohl mein Herz eine andere Wahrheit kannte. Niemand, der noch halbwegs bei Verstand war, wagte sich vor die Tür. Die Russen pferchten die gefangenen Schweden in Stallungen und setzten diese in Brand. Sie plünderten Marienburg und schleppten aus den Häusern weg, was nicht niet- und nagelfest war. In Ernst Glücks Kirche übten sie das Messerwerfen auf das Altarbild, schmolzen die Leuchter und den Abendmahlskelch ein, berauschten sich am Wein und verheizten in ihrem Lager die Kirchenbänke zu Freudenfeuern. Es gab nichts mehr zu essen, und schon am folgenden Morgen war ich schwach vor Hunger, so als ob sich ein Tier von meinen Eingeweiden in meinen Magen nagte. Ich durchsuchte jeden Schrank und jedes Regal der Garnison, fand aber nur einen harten Brotkanten und schon sprießende, getrocknete dicke Bohnen. Beides weichte ich im aufgefangenen Regenwasser aus der großen Tonne im Hof ein, verschlang den faulig riechenden Brei und bekam kurz darauf quälende Magenkrämpfe. Das schmutzige Geschäft, das der Krieg begonnen hatte, schloss der Hunger ab und stülpte unser bereits zerstörtes Leben völlig um. Die Russen herrschten in Marienburg wie die Dreifaltigkeit aus Feuer, Sturm und dem Schwarzen Tod.

Drei Tage nach dem Sturm auf Marienburg klopfte es an meine Tür, die ich mit dem Tisch davor und den Stuhllehnen unter der Klinke verbarrikadiert hatte. Ich schälte gerade eine Karotte, um eine dünne Suppe zu kochen. Das Gemüse hatte ich im Garten der Garnison gefunden, wo ich in der Erde gescharrt hatte wie ein Eichhörnchen im Winter. Ich hielt inne, und mein Herz raste. Die Tore der Garnison standen Tag und Nacht jeglichem Gesindel offen, und die Hälfte des Gebäudes war bereits verheizt worden. Auch ich hatte mit Brettern aus dem Stall angeschürt. Durch das Fenster floss milchiges Licht. Gleich herrschte das von den Russen verhängte Ausgehverbot. In den hellen Sommernächten, wenn die Dunkelheit sich nur wenige Stunden lang zu einem verblichenen Grau durchrang, bedeutete es Lebensgefahr, gegen dieses Verbot zu verstoßen. Ich steckte die Karotte in den Gürtel meines Sarafans, griff nach dem Messer und näherte mich der geschlossenen Tür. »Wer ist da?«, fragte ich.

»Martha Trubach?«, fragte ein Mann heiser. »Ich bringe Nachricht von den Glücks. Es geht um Johann.«

Johann! Lebte er noch? Ich dachte an Karins Klagen und, schlimmer noch, an das darauffolgende Schweigen hinter ihrer Tür. Ich ließ alle Vorsicht fahren, rückte die Möbel beiseite und öffnete sie einen Spaltbreit. Das Messer behielt ich in der Hand, verbarg es aber in den Falten meines Gewandes. Auf der Stiege stand eine magere, zerlumpte Gestalt, doch ich erkannte den Mann. Er war oft zur Speisung zum Pfarrhaus gekommen, wo ich ihm aus Mitleid heimlich eine zweite Portion Eintopf in seine Schale geschöpft hatte. Auch er erinnerte sich daran, denn mit diesem Botengang setzte er sein Leben aufs Spiel. Er sah sich vorsichtig um, denn die Russen schnitten Streunern mit Vorliebe Nasen und Ohren ab, brandmarkten ihre Opfer wie Vieh auf Stirn und Brust, nagelten ihnen Mützen auf die Köpfe oder ließen die Marienburger Bürger Spießruten laufen.

»Wo ist er?«, fragte ich.

»Johann befindet sich in Marienburg, aber Frau Glück meint, er wird die Nacht nicht überleben. Er ruft nach dir.« Der Mann wich zurück, doch ich hielt ihn auf.

»Ist er im Pfarrhaus?«

Johann lebte! Plötzlich schämte ich mich für meine närrische Liebe zu Anton, die zusammen mit unserem Kind gestorben war. Mein Mann hingegen war immer gut und geduldig zu mir gewesen. Hatte ich ihm zu Lebzeiten genug dafür gedankt? Ich dachte an unseren Spaziergang durch die Stadt, als wir verlobt gewesen waren, an seine Güte und sein Verständnis. Er hatte mich durch die Heirat aus einer misslichen Lage gerettet. Nun konnte ich ihm wenigstens im Sterben beistehen.

»Nein, die Pfarrersfrau hat ihn im Spital im Rathaus gesehen.«

Das Rathaus lag auf der anderen Seite der Stadt. Ich zögerte. Kurz vor dem Ausgehverbot war das ein weiter und gefährlicher Weg. In den Ruinen der Stadt wimmelte es von russischen Soldaten, die trotz General Scheremetews Verbot alles missbrauchten, was Röcke trug, vom achtjährigen Mädchen bis zur zahnlosen Großmutter.

»Ich muss gehen. Leb wohl und viel Glück! Hoffentlich schaffst du es noch zu deinem Mann«, sagte der Besucher noch einmal eindringlich. Seine Schritte verhallten auf der Stiege hinunter in den Hof. Ich wusste, dass ich Johann aufsuchen musste. Andernfalls würde ich mein ganzes zukünftiges Leben mit Schuldgefühlen verbringen. Es gab keine Zeit zu verlieren. Ich schlang mein Haar zu einem Knoten und wickelte das große Tuch mit den eingewebten Blumen, das Johann mir zum Abschied geschenkt hatte, um Kopf und Schultern. Damit bedeckte ich den langen Leinenrock und die ärmellose Bluse, deren Ausschnitt ich während der langen Abende meines Alleinseins mit zarten Blütenranken bestickt hatte. Gut. Johann sollte mich ein letztes Mal hübsch und sauber sehen. Wenn ich den Kopf gesenkt hielt, schnell lief und Gott mich beschützte, würde ich Johann hoffentlich noch lebend wiedersehen. Er hatte mir im Leben etwas Frieden geschenkt, da konnte ich ihm das Sterben vielleicht ein wenig erleichtern. Das war ich ihm schuldig.

22. Kapitel

Marienburg glich einer Geisterstadt. Rauchende Ruinen ragten zu beiden Seiten der menschenleeren Gassen auf. Der Nachmittag war dem bleichen Schimmer des Abends gewichen. Die weiße Nacht war ein Fluch, denn alles ringsum war grausam licht. Es stank nach Pulver, Tod und Wodka. Überall zeigten sich Kampfspuren und tiefe Löcher. Mit gesenktem Blick, das Tuch eng um mich geschlungen, lief ich geduckt hinter den rauchenden Trümmern entlang. Wenn ich niemanden sah, dann sah mich auch niemand, so hoffte ich. Endlich erreichte ich das Viertel um das Rathaus. Dort, hinter der nächsten Ecke, öffnete sich der gepflasterte Platz. Dort lag Johann im Sterben.

Ich drückte mich gegen eine Hauswand, und mein Herz raste. Alles schien still zu sein. Jetzt oder nie! Ich atmete tief durch und straffte mich für den Lauf über den Platz. Im gleichen Augenblick wurde ich zurückgerissen.

»Wen haben wir denn da?« Drei Russen grinsten mich an. Ihre Uniformen waren schmutzig und zerrissen, keiner von ihnen hatte noch alle Zähne im Mund. Der Soldat, der mich am Arm gepackt hatte, trug eine zerfetzte Binde über einem Auge. Die Haare waren ihm von Blut und Dreck verkrustet, und alle stanken nach Schweiß und anderen widerlichen Ausdünstungen.

»Nimm deine dreckigen Hände von mir! Ich muss ins Spital«, fauchte ich auf Russisch.

»Ins Spital? Bist du eine Marketenderin, meine Hübsche? Komm, kümmere dich um mich!«, jubelte der Kerl und drückte meine Finger gegen seinen Schritt. Ich schrie auf, doch er presste mir seine stinkende Hand auf den Mund. »Von allen Mädchen, die ich in diesem Nest zu fassen bekommen habe, bist du das schönste. Und von denen hat sich keine beklagt.«

Er warf mich gegen die raue Holzwand hinter mir, mein Tuch verrutschte, und ein Splitter bohrte sich in meine Haut. Ich zappelte, heulte und kratzte. »Verdammt, Stepan, halt die Wildkatze fest! Juri, du stehst Schmiere! Ich habe sie als Erster gesehen«, knurrte er, hielt meine Fäuste gegen die Wand und presste seinen vor Lachen zuckenden Mund auf meine Lippen. Ich biss ihn, so hart ich konnte. Er fuhr zurück und wischte sich das Blut vom Mund.

»Verflucht, die Hexe hat mich gebissen! Warte, dafür wirst du bezahlen!« Er ohrfeigte mich so hart, dass es mir den Kopf in den Nacken warf. Einen Augenblick lang wurde mir schwarz vor Augen. Er riss mir die Bluse von den Schultern und den Rock vom Leib. »Ein Busen wie eine Amme und Beine wie Menschikows Stute«, jubelte er, als seine Kameraden mich von hinten packten. Sie hoben mich hoch, zwangen meine Hüften nach oben und rissen mir die Schenkel auseinander. Dem Soldaten hing schon die Hose in den Knien, und er schob sich mit einem einzigen groben Stoß in mich hinein. Ich schrie auf vor Schmerz, als Stepan mir den Kopf zur Seite bog, mich würgte und mir seine stinkende Zunge in den Rachen zwang. Ich gurgelte vor Ekel, während der Mann wie ein Köter zustieß und zustieß und dabei stöhnend die Hände in meinen Hintern grub. Die Welt ringsum hörte auf sich zu drehen. Ich röchelte, konnte aber kaum mehr atmen. Alles an mir war ein Schmerz, der jeden Gedanken löschte. Meine Seele löste sich von meinem Körper, und ich sah meine Schändung wie von außen. Was geschah, hatte nichts mehr mit mir zu tun. Ich war frei zu gehen. Für immer.

»Achtung, berittene Garde!«, hörte ich Juri wie durch einen Nebel aus Tränen, Blut und Schmerz schreien. Er lief so schnell davon, wie seine krummen, haarigen Tatarenbeine ihn trugen, doch die beiden anderen Männer jaulten wie die Hunde, als sie mit der Reitpeitsche verprügelt wurden. Pferde wieherten, und Stimmen riefen etwas auf Russisch. Mein Peiniger taumelte von mir weg. Seine Augenklappe war gerissen, Eiter und Blut tropften ihm über das Gesicht. Ich drückte mich gegen die Hauswand, um nicht von den Hufen der tänzelnden und schnaubenden Pferde getroffen zu werden, und schlang die Arme um den Kopf, bevor ich mich unter dem Tumult duckte. Es knirschte, als ein Soldat dem einen Mann einen Kinnhaken und einen Magenschwinger verpasste und dann beide Lumpen an den Haaren packte. Mit voller Kraft schlug er ihre Köpfe zusammen. Die Schädel knirschten wie Kies unter einem metallbeschlagenen Stiefel. Wirklich ganz wunderbar.

»Strammgestanden für Feldmarschall Boris Petrowitsch Scheremetew, ihr Lumpen! Auf Schändung stehen die Peitsche und die Galeere.«

Ich machte mich so klein wie möglich und wischte mir das Blut, die Tränen, den Rotz und mein wirres Haar aus dem Gesicht. Meine Vergewaltiger versuchten sich aufzurichten, aber ihnen war wohl noch immer schwindelig vom Zusammenstoß ihrer Köpfe. Hufe schlugen auf das Kopfsteinpflaster, und ein Rappe umkreiste uns. Im Gegenlicht der Dämmerung konnte ich das Gesicht des Reiters nicht erkennen. War es der General Scheremetew, der sagenhafte Kriegsheld der Russen?

Mein Schänder hielt sich den Schädel und zwinkerte den Soldaten zu, wie um sich zu verbrüdern. »Das kann ja jeder behaupten, Scheremetew zu sein, was, Jungs? Der sitzt sicher längst bei Menschikow im Zelt und feiert.«

Der Reiter hielt sich sehr gerade in seinem glänzend polierten Sattel. Sein silberner Brustpanzer schimmerte in der Abendsonne, und er hielt seinen rundum mit Pelz verbrämten Mantel an der Kehle mit einer großen diamantenbesetzten Agraffe zusammen. Die funkelnden Steine umrahmten ein Männerbildnis. Eine hellblaue Schärpe spannte sich über seiner Brust, doch er trug weder Hut noch Helm und war glatt rasiert. Der kostbaren Kleidung nach konnte das nur der General sein. Sein Rappe kreiste unruhig, als er den Befehl erteilte. »Schneid ihm die Zunge ab und greift euch auch den anderen, der sich davongemacht hat! Dreißig Schläge mit der Knute werden ihnen guttun.«

Sein Adjutant zwang dem einen Mann den Kiefer auf, zog ihm die Zunge aus dem Mund und schnitt sie ab. Die Messerschneide glitzerte im weißen Licht. Beim Anblick des schaumigen rosaroten Fleischs musste ich würgen, konnte meinen Blick aber nicht abwenden. Der Soldat warf dem Mann die Zunge vor die Füße. »Brat sie dir zum Abendessen! Ich würde dir ja am liebsten den Schwanz auch noch abschneiden.«

Der Mann brach gurgelnd in die Knie und hielt sich die Kehle. Blut strömte ihm aus dem Mund wie aus einem Brunnen. Der Anblick bereitete mir tiefe Befriedigung. Nun sollte er lernen, was Schmerz bedeutete. Er wand sich wie ein Wurm. Die Reiter stiegen wieder auf und gruppierten sich um den Marschall Scheremetew. Vielleicht konnte ich diesen Augenblick für mich nutzen? Ich versuchte, auf die Beine zu kommen, doch alles schmerzte. Ich vermochte keinen Schritt zu tun, doch wenn es sein musste, dann kroch ich eben. Johann konnte noch am Leben sein, und ich wollte von ihm Abschied nehmen. Um Kraft zu schöpfen, lehnte ich mich an die Wand und sah in den Himmel hinauf.

»Was ist mit dem Mädchen? Wir können sie doch nicht so liegen lassen«, sagte der Adjutant. Ich gefror in meiner Bewegung. Bitte nicht!, flehte ich stumm. Bitte, lasst mich gehen!

Scheremetew zögerte. Er sah mich zum ersten Mal richtig an. »Steh auf, Mädchen!«, befahl er. Ich schwankte. Frisches Blut tropfte von meinen Schenkeln in den Sand. Beschämt zog ich mir die Bluse über die Hüften.

»Verdammt, diese Schweine!« Der General stieg von seinem Rappen. Die Welt ringsum verschwamm, als seine hohe Gestalt wie durch eine dunkle Gasse auf mich zukam. Er hob mein Gesicht ins blasse Licht der Nacht und fluchte abermals, bevor er den dunkelgrünen Mantel von den Schultern nahm. Ich hatte noch nie so viel weiten, weichen Stoff gefühlt, und der Pelz am Kragen streifte mein Gesicht wie eine Liebkosung. Ich vergrub mich darin und schluchzte. Alles an mir zitterte nun, Arme wie Beine. Scheremetew stieg auf und streckte die Arme aus. »Reich sie mir hoch! Den drei

Kerlen verpasse fünfzig Schläge. Fünfundzwanzig davon auf den Schwanz.«

Der Adjutant hob mich hinter Scheremetew auf das Pferd. Es tat weh, mit gespreizten Beinen auf dem Ross zu sitzen, doch ich rückte mich, so gut es ging, hinter ihm zurecht. Seine grobe Uniform kratzte an meiner Wange, als ich das Gesicht an seinem Rücken barg. Die beiden Soldaten flehten um Gnade, doch der Adjutant zog ihnen bereits den ersten Schlag über. Ich wandte den Kopf, denn das wollte ich nicht verpassen. Scheremetew wandte sich um. »Halt dich fest, Mädchen! Wir reiten zum Lager zurück.«

Die Schreie meiner Vergewaltiger hallten durch die Gassen der zerstörten Stadt, und ich hatte ihre Pein noch bis jenseits der Stadtmauern in den Ohren. Der Adjutant leistete ganze Arbeit. Zum ersten Mal hoffte ich auf so etwas wie Gerechtigkeit in meinem Leben, auch wenn ich nicht wusste, was zu erwarten war. Ich warf einen Blick zurück auf Marienburg. Rauch stieg aus der Garnison auf, und Flammen verzehrten die letzten Häuser wie auch die Stadtmauer. Der Himmel über der Stadt war rosig aschefarben. Das Feuer ließ den Horizont erglühen, und seine Flammen gewährten Johann das Heldenbegräbnis, das er verdiente. Es gab keinen Weg zurück, aber Gott in seiner Gnade und unergründlichen Weisheit hatte mich einmal mehr leben lassen. Ich lehnte mich an Scheremetews Rücken und wurde ohnmächtig.

23. Kapitel

Jemand schlug mir auf die Wangen und hielt meine Beine hoch, damit das Blut in den Kopf floss. Als ich die Augen aufschlug, sah ich in ein besorgtes, aber freundliches Gesicht. Der junge Mann hob mir den Kopf im Nacken an und fuhr mir mit einem nach Branntwein riechenden Tuch über die Stirn.

»Wie heißt du?«

»Martha«, murmelte ich. »Ich muss ins Spital zu Johann…« Dann erinnerte ich mich wieder daran, was geschehen war, und alles in mir brannte. Johann war tot, und ich war geschändet worden.

»Erinnerst du dich, wie du hergekommen bist?«, fragte er mit weichem ukrainischem Akzent und wurde rot. »Du bist im Zelt von Feldmarschall Scheremetew. Er hat dich gerettet, als…«

Ich hob schwach die Hand. »Ich weiß. Bitte, nicht…« Vorsichtig betrachtete ich meinen Körper. Der junge Adjutant wandte den Blick ab. Er musste mir die Blutung gestillt und mir dann aus einer Decke einen behelfsmäßigen Rock gewickelt haben. Meine einst so hübsch bestickte Bluse war schmutzig und zerfetzt, und ich trug noch immer Scheremetews Mantel. Ich lag auf einem Feldbett. Als ich mich aufsetzen wollte, wurde mir schwindelig, und ich hielt mich an seinem

Arm fest. Der Adjutant ließ mich behutsam zurücksinken.

»Ich muss gehen. Danke.«

»Du bleibst hier. Marienburg steht in Flammen. Deine Leute sind auf der Flucht. Der Marschall wird gleich kommen. Iss etwas, damit du Farbe in die Wangen bekommst. Er will dich stark und gesund sehen«, beschwor er mich.

Es war mir gleichgültig, wie der Russe mich sehen wollte, aber ich starb vor Hunger: Als der junge Mann die Plane aus schwerem gewachstem Tuch anhob und nach draußen verschwand, flutete warmer Sonnenschein ins Innere des Zeltes. Staubflocken tanzten im hellen Licht, und ich blinzelte geblendet. Wie lange hatte ich geschlafen?

Ich stützte mich auf und sah mich um. Der Krieg und sein Elend machten halt am Eingang des Zeltes. Auf dem Boden lagen Teppiche, deren Kanten sich überlappten. Ich legte den Kopf schief. Die Muster erinnerten mich an die persischen Stoffe in Wassilis Lager, und an einigen Stellen schlugen die Teppiche Wellen. Dort hatte die Knüpferin sie bei der Arbeit über die Knie gelegt. Wer hier lebte, musste seinen Fuß weder auf die Plane noch auf das Gras darunter setzen. In den Ecken standen erkaltete Wärmepfannen, und Kerzen steckten in zahlreichen hohen Ständern, die im Zelt verteilt waren. Auf einem Schreibtisch häuften sich Land- wie auch Seekarten, und über einen der drei Stühle daneben war nachlässig eine schimmernde Pelzdecke geworfen. War das Zobel, wie ich ihn in Wassilis Haus gesehen hatte? Neben meinem Feldbett stand eine mit Schieferplatten und Eisenbändern beschlagene Truhe, die verriegelt und mit Kette und Schloss gesichert war. Das musste die Kriegskasse sein. Da entdeckte ich vor meinem Bett ein Tablett mit Essensresten auf dem Boden. Wer hatte hier gesessen und neben mir gegessen, als ich schlief? Der Gedanke daran gefiel mir nicht, doch in dem silbernen Becher schimmerte noch ein Schluck Wein, und eine Scheibe Kümmelbrot lag neben einem Hühnerbein. Ich schnupperte daran wie ein junger Hund. Obwohl das Fleisch kalt war, roch ich die knusprig gebratene fettige Haut. Vor Hunger war mir inzwischen schlecht, und ich konnte einfach nicht mehr warten. Gierig schluckte ich den Wein hinunter und stopfte das Stück Brot hinterher, wobei ich den Kümmel genüsslich mit den Zähnen knackte. Das weiche weiße Fleisch des Hühnerbeins schmolz mir im Mund. Das war gut so, denn ich kaute kaum, sondern schob mir alles gleichzeitig in den Mund. Kein Wunder, dass ich vor Schreck und Scham hustete, als jemand im Eingang des Zeltes lachte. Ich blickte auf, Krümel und Kümmel um den Mund und das halbe Hühnerbein in der Hand, das Gesicht rot vor Luftmangel. Vor mir stand Boris Petrowitsch Scheremetew, der Sieger von Marienburg. Er wirkte frisch rasiert, seine dunkelgrüne Uniform war sauber, und in seinen langen schwarzen Mantel war ein schillerndes weißes Kreuz eingestickt.

»Du hast schon wieder Hunger, Mädchen. Ein gutes Zeichen.« Er nahm eine Flasche Wein von dem Tisch mit den Landkarten und schenkte mir den Becher voll. »Hier. Das hilft. Sowohl beim Heilen als auch beim Vergessen. Glaub mir, ich weiß, wovon ich spreche. Glaub mir, außer einer verlorenen gibt es kein größeres Elend als eine gewonnene Schlacht.« Scherzte er? Nein.

Sein Gesicht war ernst, als er sich einen Stuhl an mein Lager zog und die Beine in den schmal geschnittenen ledernen Hosen ausstreckte. Die über den Schienbeinen geschnürten Stiefel glänzten. Ich musterte ihn verstohlen. Er kam mir uralt vor, denn weiße Strähnen durchzogen sein dichtes dunkles Haar, und sein Gesicht war von Falten durchzogen wie die trockene, rissige Erde unserer baltischen Sommer. Von der gebogenen großen Nase zogen sich tiefe, scharfe Linien zu dem energischen schmalen Mund.

Der Adjutant kam mit Huhn, Brot, eingemachtem Obst und Bier zurück. Wir aßen schweigend, und erst als mein Hunger gestillt war, wagte ich eine Frage zu stellen. »Weshalb hast du mich gerettet, Marschall Scheremetew?«

Er hob die Schultern. »Das weiß ich nicht. Ich habe wohl hundert- oder tausendmal beobachtet, was man auch dir angetan hat. Vielleicht war dieses eine Mal einfach zu viel. Vielleicht bin ich müde. Wer weiß? Wir werden sehen.«

Er verschränkte die Finger, wie um sich zu zwingen, mich nicht zu berühren, und sah mich mitfühlend an. »Keine Angst, Mädchen! Scheremetew hat noch keine Frau zu etwas gezwungen. Wie heißt du?«

Ich schämte mich. Ohne ihn hätte ich jetzt geschunden und tot in der Gasse gelegen. »Martha«, flüsterte ich und zog seinen Mantel noch fester um die nackten Schultern und die zerfetzte Bluse. Der weiche Pelz fühlte sich einfach himmlisch an.

»Schlaf jetzt! Dann sehen wir weiter«, sagte er, stand auf und wollte zu seinem Schreibtisch gehen, als die Zeltklappe beiseitegerissen wurde und der junge Adjutant, der im Eingang Wache hielt, einen Stoß erhielt. Ein großer Mann betrat das Zelt und sah sich kurz um. Scheremetews Adjutant fing sich und stand so stramm, wie ich es nicht für menschenmöglich gehalten hätte.

»Ah, bleib doch noch, Boris Petrowitsch!«, sagte er und streckte die Arme aus. »Haben wir nicht immer jede Menge Spaß zusammen?« Sein schmutzig blondes Haar erinnerte mich an das Fell eines Straßenköters, und seine Gesichtszüge waren so scharf und grob wie die der Puppen, die mein Vater uns Mädchen aus Holz geschnitzt hatte.

»Nein. Nicht immer, Menschikow«, sagte Scheremetew und setzte sich wirklich wieder. Sein Blick aber war abwartend und wachsam. »Haben wir nicht alles besprochen? Ich habe doch nachgegeben. Du hast die erste Wahl, was die Beute aus Marienburg angeht.« Menschikow antwortete nicht, sondern hatte mich entdeckt. Er stemmte die Hände in die Hüften und pfiff anerkennend. »Du alter Teufel, Scheremetew! Ein Mädchen in deinem Zelt. Ist die Erinnerung an deine Hexe von Weib endlich verblasst? Und bist du nicht viel zu adlig und fein für so einen kleinen Zeitvertreib? Wer ist sie?« Er legte Scheremetew die Hände auf die Schulter. Seine Augen waren so dunkel, dass ich die Pupille kaum von der Iris unterscheiden konnte, und ein stetes kleines Lächeln nistete in seinen Mundwinkeln. An jedem seiner Finger steckten goldene Ringe bis zu den Knöcheln. Das Sonnenlicht brach sich an den Edelsteinen. Scheremetew sah auf und befreite sich aus dem Griff, bevor er aufstand. »Was willst du?« Seine Stimme klang nun schärfer, und er schob sich zwischen Menschikow und mein Lager. Er war einen Kopf kleiner als sein Gegenüber, doch er hielt sich mit Würde und Stolz. Menschikow lachte. »Oh, das Übliche. Essen, Trinken, Lachen und Lieben...« Er ging an Scheremetew vorbei und ließ sich ohne Umschweife auf den nun freien Stuhl neben mein Lager fallen. Das Klappmöbel schwankte, hielt seinem Gewicht aber stand. Er musterte mich schamlos, und Scheremetew räusperte sich. »Soll ich dir die Karten holen, über die wir gesprochen haben?«

»Ach was! Vergiss deine Karten! Die taugen gerade einmal zum Anschüren. Ich habe die besten der Welt und sende sie dir später, einverstanden?«

»Zu gütig. Was hast du nur mit all den Karten vor, wenn du nicht einmal lesen kannst?«

»Vorsicht, Scheremetew!«, warnte Menschikow nur halb im Scherz und drohte mit dem Finger. »Aber Ruhe jetzt! Ich habe hier Wichtiges zu erledigen. Ich dachte, meine Soldaten hätten die Stadt nach jedem hübschen Mädchen durchkämmt. Dieses hier ist ihnen anscheinend entgangen. Öffne den Mantel, damit ich ein wenig mehr von dir sehen kann. Komm, nicht so schüchtern! Donnerwetter!«

Scheremetew war an seinen Schreibtisch getreten und sah auf. »Das habe ich mir auch gedacht, als ich sie gefunden habe. Nur vielleicht in etwas eleganteren Worten.«

Ich aber wich Menschikows Blick nicht aus. »Und wer bist du, dass du denkst, mich so anstarren zu können? Glaubst du wirklich, ich zeige mich dir wie eine Hure? Niemals. Eher schneit es schwarz.« Ich hielt inne: War ich zu weit gegangen?

Am Schreibtisch stehend, zwinkerte Scheremetew mir zu und verbarg ein Schmunzeln. Einen Augenblick lang herrschte Stille. Menschikow musterte mich erstaunt. »Aber...«, begann er und lachte, lachte so laut, dass er sich die Augen wischen musste, bevor er weitersprechen konnte. »Wer ich bin, willst du wissen, du schmutzige kleine Schlampe?«

»Ich bin keine Schlampe und nur aus Not schmutzig. Und ich heiße Martha.« Menschikow packte mich am Kinn. Ich unterdrückte ein Wimmern, wich seinem Blick aber nicht aus. Ich wollte die Augen nicht senken, mochte es kosten, was es wollte.

»Alexander Danilowitsch!«, rief Scheremetew begütigend, doch Menschikow knurrte nur. »Ich, Mädchen Martha, bin Alexander Danilowitsch Menschikow. Der Mächtigste unter den Mächtigen nach dem Zaren Peter, dem Herrn aller Russen und bald auch aller Balten. Sein unbedingter Freund und stets treuer Helfer.«

»Der sich unbedingt gern und treu die eigenen Taschen füllt«, bemerkte Scheremetew.

»Halt die Klappe! Du bist hier überflüssig«, knurrte Menschikow.

»Nun, nicht ganz. Es ist mein Zelt, und ich bin der Sieger von Marienburg, nicht du.« Menschikow grunzte und fasste mir in die losen Haare, wickelte sich eine Strähne um den Finger und roch daran. »Hm, du riechst gut, trotz allem, und hast einen langen Hals. Siehst auch aus, als könntest du etwas vertragen. Genau das, was ich hier fürs Feld brauche.« Scheremetew und ich sahen uns erschrocken an, als Menschikow sich erhob, seinen Weinbecher in einem Zug leerte, ihn zu Boden warf und mir auf die Hüfte schlug. »Scheremetew, dein Wein ist sauer. Zusammen mit den Karten sende ich dir später Rheinwein in dein Zelt. Lass die Kleine baden, dann kann mein Schreiber sie gleich mitnehmen, ja? Allein kommt sie ja keinen Schritt weiter durch deinen wilden Haufen. Sie soll bei Darja auf dem Boden schlafen, solange sich die beiden nicht schlagen. Ich kann Weiberringkämpfe nicht haben, außer natürlich, wenn sie unter freiem Himmel im Matsch stattfinden«, sagte er grinsend. Ich sah ihm mit finsterem Blick nach, als er ging. Die Zeltplane schlug einige Male gegen den Pfosten, an dem sie hing.

Ich schluckte. Es schmeckte salzig. Scheremetew hob schließlich nur die Schultern. »Tut mir leid, Mädchen«, sagte er schließlich traurig. »Er ist wirklich der Mächtigste unter den Mächtigen nach unserem Zaren. Und du hast ja gehört, ich habe ihm die erste Wahl bei der Beute von Marienburg zugestanden. Dazu gehörst auch du. Er hat mein Wort. Mir sind die Hände gebunden. Lass uns aus dem geplünderten Gut noch einige Kleider für dich heraussuchen, bevor du gehst. So viel wird Menschikow mir wohl noch zugestehen.«

Wenn selbst der Sieger von Marienburg nicht so handeln konnte, wie er wollte, was konnte ich mir schon erhoffen? Ich zog die Beine an und verbarg mich in seinem Mantel. »Nein, das kommt nicht infrage. Ich habe es satt, ein Spielball männlicher Launen zu sein.« Ich zwang die Tränen in meiner Kehle zurück, denn ich wollte so stark klingen, wie meine Gefühle es waren.

Scheremetew musterte mich. »Du hast recht, es ist schon eine Strafe, als Mädchen geboren zu werden«, sagte er nachdenklich. »Was habt ihr schon für ein Leben. Aber, Martha! Menschikow holt dich in sein Zelt. Weißt du, wie viele Mädchen davon träumen? Nutz das Leben und das Schicksal für dich! Sieh deine Anziehung auf Männer wie einen Satz Karten, mit denen du dein Leben ausreizt!« Dann lachte er. »Außerdem... bevor Menschikow dir seine Gunst erweisen kann, wird seine Geliebte ihm die Augen auskratzen.«

»Wer ist seine Geliebte?«, fragte ich.

»Darja Arsentjewa. Sie stammt aus einer alten Bojarenfamilie. Sieh zu, dass sie deine Freundin wird, oder du brauchst sehr starke Beschützer. Sie hat es seit Jahren auf Menschikow abgesehen, auch wenn sie seine vielen anderen Geschichten toleriert. Früher oder später wird er sie wohl heiraten.«

Scheremetew vertiefte sich nun ganz in seine Karten. Der Adjutant führte eine Magd ins Zelt, die vor mir knickste – ich verschluckte mich beinahe am letzten Stück Brot – und dann einen Bottich hereinzerrte. Sie schloss den Vorhang um die Bettstatt und füllte den Zuber mit Eimer um Eimer heißen Wassers. Das arme Ding musste an die zwei Dutzend Male laufen, denn ich schrubbte mir mein altes Leben von der Haut und den Schmerz sowie alle Erinnerungen von der Seele.

Als Menschikows Schreiber mit den versprochenen Karten kam, saß ich frisch gebadet in frischen, etwas zu knappen Kleidern auf dem Feldbett und hatte mir die feuchten Haare geflochten. Meine Haut brannte vor Sauberkeit, und ich fühlte mich wie ein neuer Mensch.

Bevor ich Scheremetews Zelt verließ, drehte ich mich noch einmal zu ihm um. »Feldmarschall Scheremetew?«

Er sah auf. »Ja?«

»Ich werde nicht vergessen, was du für mich getan hast. Du hast mein Leben gerettet und mir echte Güte bewiesen. Eines Tages wirst du dafür belohnt werden.«

Diese Worte klangen sicher seltsam aus dem Mund

einer armen und wunden jungen Frau, aber der Sieger von Marienburg neigte den Kopf. »Es war mir eine Freude, Martha. Dankbarkeit ist heutzutage selten. Ich bin sicher, wir sehen uns wieder. Ich freue mich darauf.«

24. Kapitel

Die Luft lag wie eine Glocke über dem Lager auf dem freien Feld: Der Gestank nach Ruhr, Schweiß, schmutziger Wäsche, eiternden Wunden, fetter Kohlsuppe, erkalteten Pulverschwaden und Rauch haftete sich an meine Haut wie die Blutegel aus den Teichen nahe unserer *isba*. Die Russen lagerten bis an den Horizont. Ich hatte noch nie so viele Menschen auf einmal gesehen: Die Ebene war schwarz von ihnen. Sie lungerten in ihren schmutzigen, zerrissenen Uniformen im weichen Gras oder auf geplünderten Teppichen und Sofas und scharten sich um die Lagerfeuer, über denen gusseiserne Töpfe hingen. Sie riefen sich in allen Sprachen des Russischen Reiches Worte zu oder spielten Würfel, denn der Zar hatte alle Glücksspiele außer diesem verboten. Sie reinigten ihre Waffen, untersuchten kleinere Verwundungen, aßen ihre fette Suppe mit einem Stück Fladen oder einem Holzlöffel und tranken literweise Bier und *kwass*, was ihnen in den Tagen nach einem Sieg am Abend zustand.

Zu meinem Erschrecken entdeckte ich unter ihnen ein bekanntes Gesicht. Mutter Sonja, der ich damals ihr Geschäft mit Mischa, dem Fuhrmann, verdorben hatte. Sie war noch fetter geworden, und ihre Mädchen waren nach den schwedischen Grenadieren nun eben den russischen Soldaten gegen einen Gutteil ihres Soldes zu Willen. Ich sah die freche kleine Tatarin, die mich im Hurenhaus verspottet hatte, mit einem Soldaten verhandeln: Sie hatte keinen Zahn mehr im Mund, und auf ihrem Hals beulten sich eitrige Pusteln. Ihr schmutziges Kleid schlackerte ihr um die mageren Rippen, und ich hatte trotz der Erinnerung an meine damalige Angst und Verzweiflung Mitleid mit ihr. Ich konnte mich bei Weitem nicht in Sicherheit wiegen, hätte aber leicht auch auf diese Weise enden können. Sogar die Wäscherinnen machten einen großen Bogen um sie, als sie, die Arme voller Kleider und Leinen, zu den Waschküchen gingen. Dennoch hielt ich den Kopf gesenkt, als ich an ihnen vorbeiging. Dieses Zusammentreffen konnte ich mir ersparen.

Rings um die Stadt waren die Felder zertrampelt und roh abgeerntet worden, denn der Zar musste Zehntausende von Männern ernähren. Die letzten Rüben waren ausgegraben worden, und es gab kein Gran Korn mehr zum Mahlen, kein Vieh zum Schlachten, kein Huhn, das gerupft werden konnte, und keine Obstbäume, die auf die Ernte warteten. Hinter der zerstörten Stadtmauer stieg wieder dichter, dunkler Rauch auf. Die Garnison brannte nieder, und das Feuer griff auf die noch stehenden Teile Marienburgs über. Trotz der späten Stunde zog ein steter Strom von Menschen aus der Stadt in die helle Nacht. Sie waren mit Kisten, Truhen und Bündeln beladen, doch die Russen nahmen ihnen sofort alles ab, was ihnen gefiel, ob es Krüge mit Eingemachtem waren, ein zusammengerollter Teppich, ein schönes Möbelstück, ein letztes fettes Huhn oder auch ein jammerndes und klagendes Mädchen, Bürgerstochter oder Magd. Die wohlhabenden Marienburger zogen von dannen, aber ihr Hab und Gut blieb in Scheremetews Lager zurück. Nur die Armen, die Verkrüppelten und der Auswurf von Marienburg humpelten unbehelligt hinterher. Ihr Gut war selbst den Soldaten zu gering. Mein Blick streifte den Zug der Flüchtlinge. Waren die Glücks unter ihnen? Wohin wollten sie dem Russen nun noch ausweichen? Wir waren wie Ameisen, die unter den Füßen der Zarenarmee zertreten wurden. Alles war so gekommen, wie die Glücks es vorhergesehen hatten. Es war, als ob ich nach der großen Schmelze in einem Fluss schwimmen ging. Ich war ein Spielball der Stromschnellen. Sie trieben mich erbarmungslos voran und warfen mich in eine Strömung, gegen die jede Auflehnung sinnlos war. Ich hatte nur einen Zweig Leben, an den ich mich klammern konnte. Bei jeder Rast, jedem Nachdenken wäre ich ertrunken.

Ich sah nach vorn, denn dorthin führte mein Weg.

Menschikows Helfer ging mir voraus, und ich tat so, als würde ich die derben Witze und die Pfiffe der Männer rechts und links unseres Weges nicht hören. Jeder Schritt schmerzte mich noch immer, und ich fühlte mich wie von Wölfen zerrissen. Hoffentlich waren diese Hunde unter der Peitsche gestorben: Fünfzig Schläge überlebte niemand, das wussten sowohl Scheremetew als auch ich. So kam ich im Zelt von Alexander Danilowitsch Menschikow an. Wie die Schwämme das Wasser in sich aufgenommen hatten, mit denen ich mir im Zelt die Haut gesäubert hatte, so sog ich Scheremetews Rat in mich auf. Ich war entschlossen zu überleben.

Menschikows Zelt stand hell erleuchtet im fahlen Licht des Abends. Von den Fackeln rechts und links des Eingangs tropfte das Pech, und die Plane am Eingang war zurückgeschlagen worden. Mit aufgesteckten Bajonetten hielten zwei Soldaten Wache und standen stramm, als mein Begleiter den Vorhang anhob.

»Warte hier!«, befahl der Schreiber und verschwand im Zelt, das mit einem Haupt- und einigen Nebenkammern wie ein Haus wirkte. Welch eine Bequemlichkeit hier herrschte! Dort sah ich zum ersten Mal wirklich schöne und wertvolle Dinge. Ich hatte Wassilis Heim trotz der Hölle, das es für mich gewesen war, für ein Himmelreich an Reichtum und Überfluss gehalten. Die Glücks hatten trotz eines weniger offensichtlichen Wohlstands gut gelebt. Ihr Haus hatte mich empfänglich für die Annehmlichkeiten und Schönheiten des Lebens gemacht. Ich wollte nie wieder so bis aufs Blut arm sein wie als junges Mädchen in meiner *isba*.

Ich ging einige Schritte in das Hauptzelt hinein und sah mich staunend um. Der Krieg und seine Not machten vor Scheremetews Zelt halt, im Zelt Menschikows waren sie vergessen. Statt schlichter Feldbetten standen hier Liegen aus reich geschnitztem, dunkel glänzendem Holz, deren Beine in vergoldeten Tierköpfen endeten. Was waren das für Biester? Sie trugen einen Wust aus Fell um die Köpfe und hatten die Mäuler mit den scharfen Zähnen weit aufgerissen. Auf den Liegen türmten sich bestickte Decken aus weicher farbiger Wolle, reich verzierte Kissen mit goldenen Quasten und glänzende Felle. Meine nackten, nach dem Gang durchs Lager wieder schmutzigen Füße sanken in den dicken, weichen Teppichen ein. Auf Menschikows Schreibtisch standen neben hohen goldenen Kerzenhaltern auch Kristallflaschen voller Liköre und mehrere Schalen mit Nüssen, honigfarbenem Gebäck und frischem Obst. Davor lagen Karten über Karten, aufgefaltet, ineinandergerollt oder noch in festes Wachspapier gewickelt. Ich trat näher. Aus Ernst Glücks Schulzimmer kannte ich den Lauf der Vaïna und die Lage unserer Städte. Als der Krieg begann, hatte der Pastor wie ein Feldherr bei jeder Schlacht die betroffenen Dörfer und Städte farbig markiert – hier die Schweden, dort die Russen. Bei der Erinnerung daran musste ich lächeln.

Quer über den Karten lag eine frisch angespitzte Feder in einem goldenen Federhalter. Ich nahm ihn, drehte ihn leicht in den Fingern und roch daran. Mhhh, köstlich. Frische Tinte roch nach Gelehrsamkeit. Ich wog den goldenen Federhalter in meiner Hand. Er hätte meiner Familie die Freiheit erkaufen können, und niemand hätte zehn Jahre lang auch nur einen Finger rühren müssen.

Ich legte den Federhalter auf den Schreibtisch zurück.

Mein Nacken kribbelte. Beobachtete mich jemand? Ich sah auf und wich entsetzt zurück, denn ich begegnete dem starren, in Farbe festgehaltenen Blick eines Mannes. Über Menschikows Schreibtisch hing ein Gemälde. Das war doch keine Ikone und auch kein Heiligenbild! Das Bild des heiligen Nikolaus, das bei uns in der *isba* hing, und natürlich das Bild der Dreifaltigkeit in Ernst Glücks Kirche waren die einzigen genauen Abbildungen des menschlichen Gesichts, die ich kannte. Aber dies war offensichtlich ein Mensch aus Fleisch und Blut. War das nicht Gotteslästerung? Wie lebensecht er mit seinen dunklen Locken und dem runden, aber festen Gesicht wirkte! Die strahlend blauen Augen schienen mich zu durchbohren, und standen in erstaunlichem Gegensatz zu den wie Rabenschwingen geformten Augenbrauen, die wie das Haar und der feine Schnurrbart beinahe schwarz waren. Die Nase schien etwas zu groß, doch der Mund war fein geschnitten. Er war in seinem Brust- und Armpanzer aus Silber und Gold, dem weißen Mantel und der blauen Schärpe ein schöner und offensichtlich wichtiger Mann. Sein Arm ruhte auf seinem Schwert, der andere streckte sich gebieterisch nach einem Helm mit rotem Federbusch. In eine Ecke des Bildes war der russische Doppeladler gemalt. Ihn hatte ich auf Hunderten von Fahnen vor den Toren von Marienburg wehen sehen. Wusste ich es doch – das musste der heilige Alexander Newski sein, der einzige andere russische Heilige, den ich kannte.

Beobachtete er mich, seit ich das Zelt betreten hatte?

Ich legte den Kopf schief, um das Bild besser betrachten zu können. Da hörte ich hinter mir die scharfe Stimme einer Frau. »Gefällt dir unser Zar, Mädchen?«

Ich drehte mich hastig um und errötete. Ich wollte nicht beim schamlosen Herumstöbern überrascht werden. Das war die Sünde der Neugierde, wie Karoline Glück es genannt hatte, und zudem wollte ich nicht dabei ertappt werden, wie ich einen Mann anstarrte. Doch mir fehlten die Worte, denn vor mir stand die schönste Frau, die ich je gesehen hatte. Wie gepflegt sie war! Unwillkürlich schob ich meinen schmutzigen Fuß unter den anderen und rückte den Bund meines zu knappen, groben Leinenrockes zurecht. Doch umsonst:

Neben ihr wirkte ich wie ein Bauerntrampel. Sie verzog den Mund, und ihr schien meine Scham zu gefallen. Ihr volles kornblondes Haar fiel mitsamt der eingeflochtenen Perlenstränge wie ein schimmernder Pelz auf ihre nackten Schultern. Das eng geschnürte, blauseidene Kleid lag schmal um ihren Leib und entblößte gut die Hälfte ihrer runden festen Brüste. Die blaue Farbe schmeichelte ihren Augen, die mich an die Veilchen erinnerten, die früher vor der Stadt geblüht hatten. Dicht an der Spitze des rechten Busens hob und senkte sich frech ein kleiner Leberfleck bei jedem ihrer leichten Atemzüge.

Sie umkreiste mich prüfend wie ein Falke, bevor er auf eine Maus niederstößt. Ich wagte kaum zu atmen. Ihre Schritte tränkten die Luft mit Rosenduft und einer schwereren, sehr verführerischen Note, für die ich keinen Namen fand. Dann aber zerstörte sie den von ihr gesponnenen Zauber, zog ein Taschentuch aus dem Spitzenwurf ihres schmalen, ellbogenlangen Ärmels und hielt es sich angeekelt vor die Stupsnase. »Du stinkst, Mädchen. Dich hat Menschikow in sein Zelt beordert? Ich hatte schon Angst, als ich das hörte. Aber nun, da ich dich sehe... ha!« Sie hielt inne, und ihre Worte fühlten sich an wie eine Ohrfeige. Sie hob die Schultern. »Da wollte er wohl dem alten Geier Scheremetew eins auswischen. Oder hast du ihm etwa schöne Augen gemacht?« Sie packte mein Handgelenk, und ihre Fingernägel bohrten sich in mein Fleisch.

Ihr Blick ließ mich nicht los, doch ich hielt ihr stand und schüttelte den Kopf. »Gewiss nicht«, sagte ich. Ja, ich stank, und ja, ich hatte schmutzige Füße, aber einschüchtern lassen wollte ich mich auch nicht. Ihre Art, sich zu halten – sich ihrer blonden Schönheit und Ausstrahlung so sicher zu sein –, erinnerte mich an Christina. Mein Herz zog sich vor Schmerz und Sehnsucht zusammen.

»Bist du Darja Arsentjewa?«, fragte ich.

»Woher kennst du meinen Namen, Gossenmädchen?« Ihre Augen blitzten.

Ich lächelte. »General Scheremetew hat mir von dir erzählt. Er sagte, dass du schön und mächtig bist ... und dass der Graf Menschikow vollkommen vernarrt in dich ist.«

Sie schenkte mir ein katzenhaftes Lächeln. »Vielleicht bist du gar nicht so dumm, wie du aussiehst. Das ist natürlich Unfug. Scheremetew verachtet mich und hält mich für eine Hure. Aber wen kümmert schon, was der alte Esel denkt?«

Sie sank auf einer der Liegen nieder. Ihre Röcke öffneten sich wie Blütenblätter, und ihre bestickten Schuhe passten genau zu ihrem Kleid. »Kommst du aus Marienburg? Wie heißt du? Wie bist du hier ins Lager gekommen? Setz dich! Mir ist langweilig, und ich liebe abenteuerliche Geschichten.« Sie klopfte auf das Polster neben sich, und ich gehorchte, versuchte aber, weder die Felle noch die Decken auf den Tagesbetten zu beschmutzen. Ich erzählte, so viel mir einfiel. Die Vorgänge des Morgens beschrieb ich aber nur kurz. An ihrem Blick erkannte ich, dass sie es erahnte. Sie hörte mir schweigend zu, griff dann und wann zu einem Gebäck- oder Obststück und knabberte an beidem unanständig langsam und genüsslich.

»Ah, Darja! Seid ihr schon Freundinnen geworden?« Der Vorhang zum Nachbarraum im Zelt wurde beiseitegezogen, und Menschikow trat zu uns. Ich setzte mich auf. Darja dagegen blieb liegen und musterte ihn durch den Schleier ihrer gesenkten seidigen Wimpern wie eine Katze. Er zauste mir das Haar und grinste.

»Willkommen in meinem Zelt, Mädchen Martha, Scheremetews kleiner Fund! Wie gefällt sie dir, Darja?«, neckte er seine Geliebte.

Sie wölbte die rosigen Lippen und versetzte mir einen kleinen Rippenstoß. »Nicht schlecht. Etwas kräftig vielleicht.«

»Ich mag es kräftig.« Menschikow warf einen Apfel in die Luft, fing ihn auf und biss krachend hinein, sodass Kerne und Saft nur so flogen. »Womit soll sie sich hier betätigen? Wo soll sie wohnen? Vielleicht kann sie in deinem Bett schlafen, wenn du bei mir bist, und in meinem, wenn…«

Darja sprang flink wie ein Eichhörnchen auf und schlug Menschikow mit ihrem Spitzentuch auf den Mund. So war das also! Er verstummte, aber sein Gesicht wurde rot vor Ärger. »Sie kann in der Waschküche arbeiten, Alexander Danilowitsch«, bestimmte Darja. »Dort werden immer fleißige Hände benötigt. Abends kann sie hier schlafen. Aber wehe, wenn ich dich mit ihr erwische! Ich bringe euch beide um.«

Ich knickste und war Darja für ihre Eifersucht dankbar. Es war klar, dass ich mich von Menschikow fernzuhalten hatte. Er war alles, was sie wollte. Darja zog ihn ins Nachbarzelt, wandte sich im Gehen aber noch einmal zu mir um. »Lass dir den Waschplatz zeigen, Martha! Schlafen kannst du hier im Hauptzelt. Ich lasse dir durch meine Magd einiges an Kleidung bringen. Sie kann sie dir auch ändern, sollte es nötig sein.«

Eine Magd sollte meine Kleidung ändern! Ich war vor Überraschung stumm und knickste abermals zum Dank. Darjas Duft hing noch im Zelt, als sie längst gegangen war.

25. Kapitel

So wurde ich eine Wäscherin und lebte in zwei Welten. Am Tag schrubbte, wrang, trocknete und bügelte ich mit einem heißen, schweren Eisen voll glühender Kohlen die Hemden der Generäle und Edelleute, die den Feldzug in großer Zahl begleiteten. Schon Jahre vor dem Beginn des Großen Nordischen Krieges hatte Peter die Söhne der Moskauer Bojaren zum Staatsdienst eingezogen und diese Pflicht nun auf den Militärdienst ausgeweitet. Die Sprösslinge der besten Familien Russlands streckten dort im Marienburger Lager ihre langen Glieder unter der warmen baltischen Septembersonne. Viele der Männer sahen ihre Familien und Güter jahrelang nicht, denn die ungeheuren Entfernungen erlaubten ihnen keine kurzen Reisen nach Hause.

Abends aber war ich in Menschikows Zelt und beobachtete alles ringsum, vor allem aber Darja. Ihre Art, sich zu kleiden, sich zu bewegen und zu sprechen – langsam und leise, damit Männer sich zu ihr hinabbeugen mussten, um sie zu verstehen –, war mir wie ein Lehrbuch auf zwei Beinen. Menschikow behandelte sie wie keine Zweite. Sie kannte keine Furcht, sondern legte eine verblüffende Mischung aus unterwürfiger Sanftmut, erstaunlicher Frechheit, grobem Witz und sprunghafter Launenhaftigkeit an den Tag. Er war sich nie sicher, was er von ihr zu erwarten hatte, einen leidenschaftlichen Kuss und Liebesbeteuerungen oder einen Tritt in den Hintern nach einem zu derben Witz und einen Eimer Wasser über den Kopf, um ihn nach einer Sauferei wieder zu Sinnen zu bringen. Genau das gefiel ihm. Darja war mir in allem eine geduldige Lehrmeisterin. »Die Lippen salbst du dir mit Honig und Wachs, das hält sie trotz der Sonne weich. Schmier dir Rahm auf die Haut, bevor du schlafen gehst. *Smetana* macht weiche Haut. Und hier, nimm das Öl! Du hast Hände wie eine Leibeigene, ganz rot und aufgerissen.«

Hände wie eine Leibeigene? Ich lächelte und schwieg. Nach dem Bad spülte sie mir Bier ins Haar. »Das macht es fest und glänzend«, sagte sie, als sie noch ein Ei in die schäumende Masse mischte. In unserer *isba* hatte es Bier nur an Feiertagen gegeben, und wenn nur ein Tropfen davon verschüttet wurde, prügelte mein Vater uns windelweich. Darja selbst spülte ihr blondes Haar mit einer heimischen Pflanze, der Kamille, und gab dann den Saft einer mir unbekannten Frucht darauf, die wie ein Ei geformt und deren wachsige Haut gelb war.

»Beiß hinein!«, forderte Darja mich auf, als ich die Frucht zum ersten Mal sah, und beobachtete mich gespannt, um dann klirrend zu lachen, als ich bei dem sauren Geschmack das Gesicht verzog. Unter Verschluss hielt sie dagegen eine sehr teure, übel riechende, graue Paste, die in einer Stadt namens Venedig weit im Süden hergestellt wurde. »Ein Tiegel kostet so viel wie eine ganze Familie von Leibeigenen«, sagte mir ihre Zofe. »Dabei bekommen die Moskauer *damy* Kopfschmerzen und verlieren jeden Appetit, wenn sie das Zeug zu lange benutzen. Es frisst die Haut weg, aber meine Herrin will es mir nicht glauben. Die *damy* sehen schlimmer aus als die Aussätzigen vor den Mauern der Stadt. Gerade jetzt, da der Zar das Tragen von Schleiern verboten hat.« Darjas Haut war wunderschön, also musste das Mädchen Unsinn erzählen. Am meisten jedoch fesselten mich Darjas Erzählungen vom Leben in Menschikows Palast in Moskau. Dort wurde anscheinend jeden Tag gefeiert: Wenn der Hofkalender des Kreml keinen Vorwand für eine Feier hergab, fand man sich zum eigentlich verbotenen Kartenspiel, einem Essen mit Gauklern oder zum Tanzen zusammen. Der Krieg und die von Moskau fernen Ehemänner erhöhten die Heiterkeit der Damen noch. Peter nannte adlige Frauen nicht mehr *bojaryni* – die Frauen der Bojaren –, sondern man sprach nach französischem Vorbild von *damy*. Die alteingesessenen Moskowiter waren entsetzt, doch es half ihnen nichts. Es war bei Strafe verboten, sich auf althergebrachte Weise zu kleiden, Söhne ohne Ausbildung zu lassen und Töchter in den *terem* zu sperren.

»Zudem haben der Zar und Menschikow sich im Gottesdienst vor aller Augen eine Pfeife gestopft. Die Popen sind beinahe in Ohnmacht gefallen«, lachte Darja.

»Ich hoffe, dass ich Moskau eines Tages mit eigenen Augen sehe«, sagte ich. »Ich kann es kaum erwarten.«

»Mir geht es genauso, Martha. Auch wenn es das Moskau meiner Kindheit nicht mehr gibt. Es ist der Mittelpunkt der Welt und raubt dir in all seinem Glanz und all seinem Elend den Atem. Steinerne, trutzige Häuser und Paläste stehen neben Hütten aus Holz, die im Matsch versinken. Es gibt Hunderte von Kirchen mit ihren Kuppeln und Türmen mit über tausend Glocken. Und ihre

Menschen erst ... sie sind voller Tradition, Sitte und Leben. Einfach wunderbar.«

»Aber weshalb gibt es die Stadt deiner Kindheit dann nicht mehr, Darja?«

»Nun, was soll geschehen, wenn der Zar wirklich seine neue Hauptstadt baut?«, fragte sie und sah sich um, ob uns auch niemand belauschte.

»Der Zar will eine neue Stadt bauen? Einfach so, aus dem Nichts? Das ist doch unmöglich! Wo und wie? Jetzt etwa, mitten im Krieg?«, staunte ich.

»Für den Zaren ist nichts unmöglich«, widersprach Darja. »Was Russland gehört, gehört ihm.« Ich stellte keine weiteren Fragen mehr zu der geheimnisvollen Stadt. Wenn des Zaren engste Freunde sich wie Fremde in ihrem eigenen Land fühlten, was empfanden dann ein Kaufmann in der kleinen Stadt und der Bauer in der Steppe?

In Menschikows Zelt waren alle und alles außer der Langeweile willkommen. Zwar hielt er dort an jedem Morgen eine Messe für die Prinzen und Generäle ab, ehe auf dem freien Feld eine zweite Messe für die Soldaten gelesen wurde. Er und seine Besucher bekreuzigten sich mit drei Fingern vor den zahllosen Ikonen an den Zeltwänden, sobald sie hereinkamen. Aber wenn ich abends von der Arbeit zurückkehrte, erwartete mich schon eine ausgelassene Runde, deren gehetzter, wilder Frohsinn die Kehrseite des Krieges war, wie ich begriff. Der Zar, so hieß es, hatte den nächsten Marschbefehl schon erlassen, aber das Ziel war noch geheim. Die Tage des kurzen Atemschöpfens und Innehaltens vor Marienburg waren gezählt, und das Leben konnte schon am nächsten Tag vorbei sein. Dann trafen sie Gott und den heiligen Nikolaus noch früh genug. Was sollte dann mit mir geschehen? War ich einmal mehr heimatlos, und würden sie mich in den Ruinen der Stadt zurücklassen? Der Gedanke war wie ein tiefer Brunnen, in den ich hinabstürzte. Dennoch, ich lächelte süß, als Menschikow mich an den Haaren zauste. »Du schläfst so gut wie nie, bist strahlend schön, trinkst jeden Kerl unter den Tisch und bist immer bester Laune«, sagte er. »Wo werden Mädchen wie du gebacken? Ich hole mir noch zwei mehr davon.«

Die Nacht wurde bei Wein, Bier und Wodka – niemand trank hier *kwass*, den Trank der Armen – zum Tag. Ich hatte in meinem Leben noch nie so viel Gutes gegessen und getrunken und ließ mir immer den Becher und den Teller noch einmal nachfüllen. Wer wusste schon, wann die nächste Hungersnot auf mich wartete? Kein Wunder, dass mein Leibchen spannte. Als Darjas Freundin war ich überall willkommen, auch wenn ich tagsüber Hemden wusch. Das Leben im Lager unterlag nicht den Regeln des Alltags.

»Beeil dich, Martha!«, rief Darja. »Für heute Abend hat Alexander Danilowitsch ein Zelt der Wunder zusammengestellt.« Sie schnürte mich selbst, und es schmerzte, weil sie es so eilig hatte. »Ein Zelt der Wunder?« Das klang nach Meister Lampert auf dem Frühlingsfest, damals, vor langer Zeit. »Ja. Er hat tatarische Akrobaten gefunden, die sich verrenken wie keine anderen. Sie schlagen Saltos durch das ganze Zelt! Knubbelige kleine Zwerge ringen miteinander, und Gaukler jonglieren mit Fackeln. Ich habe ihn auch um Geschichtenerzähler gebeten. Nichts ist besser als ein spannendes Abenteuer, findest du nicht?«

»Stimmt«, sagte ich vorsichtig, aber sie zwickte mich.
»Du musst es doch wissen. Ich kann gar nicht oft genug hören, wie du dem Kaufmann davongelaufen bist, nachdem er an den Pocken erkrankt war, und wie du den lüsternen Pfarrerssohn abgewiesen hast. Mit dir wird mir nie langweilig. Du hast sicher noch viel zu erzählen.« Ich verschränkte die Finger. Gott sollte mir die kleinen Abwandlungen der Wahrheit verzeihen. »Sehr viel«, bestätigte ich. »Und wenn die Wahrheit nichts mehr hergibt, dann erfinde ich dir eine schöne Geschichte wider die Langeweile.«

Abgerichtete Hunde fütterten die Menschen und sprangen durch flammende Reifen, und wir Frauen trugen oft Männerkleider und andersherum.

»Wunderschön, Martha!«, rief Darja und hieß mich drehen, ehe wir so verkleidet in das Hauptzelt gingen. Die knielangen schmalen Hosen und die feinen Strümpfe betonten meine vollen, geschwungenen Hüften und meine langen Beine vorteilhaft. Ich sah in der Verkleidung wesentlich verführerischer aus als die Männer, deren Brusthaare aus dem Ausschnitt hervorstachen, während ihre breiten Schultern die zarten Ärmel sprengten. Wir johlten vor Vergnügen bei ihrem Anblick. Wehe dem blutjungen Bojarensohn oder dem ehrwürdigen alten Prinzen, der lieber seine greisen Knochen am heimatlichen Herd gewärmt hätte, statt sich zu betrinken.

»Du, halt ihm den Kiefer auf! Du, schütt drei Stiefel Bier und Wodka in seinen Rachen!«, jubelte Menschikow und trank selbst einen Humpen auf das Wohl seines schluckenden und gurgelnden Opfers. »Ein echter Russe benötigt für einen echten Rausch neun Tage!«, schrie er. »Drei Tage, um betrunken zu werden, drei, um betrunken zu sein, und drei, um wieder zu Sinnen zu kommen!«

Wir klatschten im Takt in die Hände und sangen. »Neun, neun, neun!« Und das ohnmächtige Opfer wurde aus dem Zelt geschleift.

Außer *matuschka* Sonjas Huren und den anderen Wäscherinnen, zumeist Mädchen, die man in Marienburg und den vorherigen Schlachten als Beute genommen hatte, waren Darja und ich die einzigen Frauen im Lager. Darja schützte mich, seitdem sie sich überzeugt hatte, dass ich Menschikow nicht verführen wollte. Ansonsten hatten die anderen Mädchen jedem Soldaten, der sie begehrte, zu Willen zu sein und erlitten elende Schicksale. Dennoch kam es vor, dass mir Männer, wenn ich wusch, die Hemden einweichte und schrubbte, von hinten die schmutzigen Pfoten an den Busen legten. »Wunderbar, er schwabbelt wie ein Euter und ist doch fest wie eine Melone von der Krim!«, bekam ich zu hören. Oder sie zwickten mich in den Hintern. »Darauf kann man Nüsse knacken«, sagten sie dann. Ich verpasste ihnen daraufhin einen Eimer mit stinkendem, seifigem Schmutzwasser über Kopf und Schultern oder hatte eine freche Antwort parat, bei der ihnen die Ohren brannten.

Mein Leben damals war so, als suchte ich im Treibsand nach festem Grund. Ich speicherte alles, was ich sah und hörte, wie ein Bauer das Korn im Sommer für den vielleicht langen, harten Winter. Mein Schicksal war mit dem meiner russischen Eroberer verbunden. Je mehr ich wusste, umso besser standen meine Aussichten zu überleben.

Im späten Herbst erreichte uns die Nachricht, dass Darjas Schwester Warwara und auch Menschikows Schwester Anastasia aus Moskau anreisten. Ich war gespannt. Was hatte ich von ihnen zu erwarten? Würden sie mich so behandeln, wie Darja es tat? In ihren Augen war ich weder Magd noch Gefangene, sondern eine Freundin.

26. Kapitel

Anastasia Menschikowa war keine schöne Frau und bedeckte wie Darja nach Moskauer Art ihr Gesicht mit einer Schicht kalkweißen Puders. Ihre Lippen waren zinnoberrot angemalt, auf den Wangen prangten zwei grellrote Flecken, und ihre Augenbrauen und Wimpern waren schwarz getuscht. Auch wenn ich nicht erkennen konnte, wie sie wirklich aussah, hatte sie stets ein freundliches Wort für alle und jeden. Sie war auserlesen gekleidet, und ihr Korsett schob ihren nur sehr kleinen Busen wirkungsvoll nach oben. Sie war eine kluge Frau.

An einem Abend Ende Oktober saß ich mit Darja, ihrer Schwester Warwara und Anastasia Menschikowa in kleiner Runde beisammen. Meine Arbeit war getan, und Darja klopfte mit der Hand auf ein Kissen neben sich. »Komm, setz dich, Martha!« Ihre Schwester Warwara hob die dunkel nachgezeichneten Brauen und warf ihr flammend rotes Haar in den Nacken, ehe sie Anastasia Menschikowa vielsagend ansah. Es war klar, dass sie niemals jemanden wie mich in ihre Runde gebeten hätte. Aber was Darja recht war, war für andere gut genug. So fand ich meinen Platz in ihrer Mitte. Ausnahmsweise sah ich auch Scheremetew unter den Gästen. Ich winkte ihm zu, und er grüßte mich, bevor er mit anderen Generälen weiter diskutierte. Im Lager herrschte eine deutliche Unruhe, wie bei den Bienen, die zum Ausschwärmen bereit waren. Was hatte Menschikow für diesen Abend vorbereitet?, wunderte ich mich und sah mich freudig und voll Neugierde um. Oder stand der Abzug wirklich unmittelbar bevor? Überall saßen und lagen speisende Gäste. Auch Anastasia Menschikowa knabberte an einer mit Gänseleber gefüllten goldenen Pastete und aß eine Traube, ehe sie sich die Finger abwischte und von dem auf deutsche Art gebrauten schweren Bier trank. Dann neigte sie sich vor und fragte mit geheimnisvoll gesenkter Stimme in die Runde: »Habt ihr schon von Anna Mons gehört?«

Die Schwestern Arsentjewa tauschten einen raschen Blick. »Was ist mit ihr? Hat Peter sie satt? Hat er endlich begriffen, dass sie ihm kein Kind schenken wird? Sag schon!«

Anastasia kicherte, und ich erahnte ihr schweres Parfum, das sie sich aus Persien kommen ließ. »Ja! Angeblich ist Peter ihrer überdrüssig und sucht einen Ehemann für sie. Das ist noch besser, als wie Ewdokia ins Kloster gesteckt zu werden.« Sie klatschte begeistert in die Hände. »Natürlich nur, wenn sie denn noch einer will. Die Deutsche ist so unfruchtbar wie ein alter Tundrastrauch.«

»Daran bin ich nicht ganz unschuldig«, sagte Warwara mit glänzenden Augen. »Ich habe eine Magd, die sich auf allerlei Tränke versteht, in ihrem Haushalt untergebracht. So hat der alte Mons, dieser elende Schankwirt, Anna umsonst zur Hurerei angehalten, wie alle seine Kinder.«

»Anna Mons hat noch Geschwister?«, fragte ich neugierig.

»Diese Mons sind schlimmer als die Karnickel, aber einer von ihnen ist schöner als der andere, das muss man dem alten Mons lassen. Er hat Anna dem Zaren als junges Mädchen auf dem Silbertablett serviert. Gäbe es Anna und ihre goldenen Schenkel nicht, so lebte Ewdokia noch an des Zaren Seite. Anna hat ihm alles beigebracht, was ein junger Mann so wissen muss. Aber jetzt schickt er sie weg«, stellte Anastasia zufrieden fest.

»Das ist unser Augenblick! Du weißt doch, dass…«, rief Warwara Arsentjewa, unterbrach sich aber, als Anastasia Menschikowa ihr einen warnenden Blick zuwarf. Beide schwiegen, und ich sah mich um. Das Essen war serviert worden, und Wodka und Schnaps sprudelten wie aus einem geheimen Brunnen. Was sonst sollte heute Nacht noch geschehen? Ich hatte weder Gaukler noch Akrobaten gesehen.

»Darja! Warwara! Hierher, meine Täubchen! Lasst Euch die Federn streichen!«, befahl Menschikow und setzte seinen Humpen Schnaps ab.

Die Schwestern Arsentjewa gehorchten, und Menschikow nahm sich je ein Mädchen auf seine starken Schenkel, streifte ihnen die Kleider von den Schultern, holte ihnen die Brüste aus dem Ausschnitt und schaukelte sie froh im Takt des Trinkgesangs.

Anastasia Menschikowa sah schweigend zu, wie sich die Arsentjewas unter dem Johlen und dem Gesang der Anwesenden küssten und liebkosten. Das Kerzenlicht tauchte sie in einen goldenen Schein, und ihre seidenen Kleider schimmerten. In den Augen der umsitzenden Männer glitzerte Lust.

»Anastasia, sie sind doch Schwestern!«, rief ich entsetzt.

»Die Arsentjewas sind zügellos. Sie haben auch schon das Bett ihrer Brüder und – so sagt man – auch das ihres Vaters geteilt. Nichts ist ihnen fremd. Deshalb gefallen sie meinem Bruder so gut... und auch dem Zaren. Zeiten wie diese erfordern einen neuen Menschen, Martha. Vielleicht findet in Russland erst in hundert Jahren alles seinen neuen Platz.« Bei ihren Worten ließ sie die drei in der Zeltmitte aber nicht aus den Augen.

»Sie gefallen dem Zaren?«, fragte ich vorsichtig. Hatten die klugen Arsentjewas ihr Ziel vielleicht höhergesteckt, als wir alle ahnten?

Anastasia knuffte mich anerkennend. »Du machst das schon richtig, Martha, gut zuhören wie eine Frau und feiern wie ein Mann. Natürlich hoffen Warwara und Darja, dass mein Bruder eine von ihnen und der Zar die andere heiratet. Deshalb auch die Aufregung um das Ende von Anna Mons. Vielleicht werden wir noch einen echten Kampf unter Schwestern erleben.« Sie lächelte böse, wie mir im Halbdunkel des Zeltes schien, und ihre Augen glitzerten. »Seitdem die Zariza Ewdokia kahl geschoren im Kloster sitzt, kann jede von ihnen Zariza werden. Oder jede von uns...«, fügte sie hinzu, klappte ihren Fächer auf und erhob sich. »Ewdokia weigerte sich, mit Alexander Danilowitsch und mir an einem Tisch zu sitzen. Das hat sie nun davon, die dumme Gans. Nonnen und Ratten zur Gesellschaft.«

Sie ging und ließ mich allein neben dem Vorhang am Eingang zurück. Meine Gedanken rasten. *Jede von uns*, hatte Anastasia gesagt. Hatte Menschikow sie deshalb aus Moskau anreisen lassen? Dies wäre die Krönung seines Aufstiegs gewesen und hätte seine wildesten Träume erfüllt... seine Schwester als Zariza von Russland!

War der Zar nahe?

27. Kapitel

Es war noch nicht sehr spät am Abend, aber all die Geschehnisse waren erschöpfend; ich war müde und verwirrt. Hatte jeder Spieler hier am Tisch noch einen zweiten Satz Karten im Ärmel? Die nackten Arsentjewas leckten einander im flackernden Kerzenlicht die Brüste, und Menschikow klatschte dazu betrunken den Takt. Ich wollte nicht hinsehen, da mich die Öffentlichkeit der Zärtlichkeiten verlegen machte, aber ich konnte den Blick nicht abwenden. Als es mir doch gelang, entdeckte ich Scheremetew wieder. Auch er saß allein im Schatten eines Zeltpfostens. Sowohl sein Teller als auch sein voller Krug Bier waren so gut wie unberührt. Was hielt er von Menschikows prachtliebender Art? Sein Gesichtsausdruck war unergründlich.

Ich stand auf und wollte zu ihm gehen, als ich von draußen plötzlich Hufeschlagen, Pferdeschnauben, Rufe und Jubel hörte. Es war weit nach Mitternacht, nur ein Wahnsinniger reiste um diese Zeit noch. Doch ehe ich ausweichen konnte, schlug mir die mit Metallecken beschwerte Zeltklappe so hart gegen die Brust, dass ich nach hinten taumelte. Ich hielt mich gerade noch am Zeltpfosten fest und rang nach Atem, als mich jemand am Ellbogen fasste. Er war so groß, dass ich außer seiner Brust in der grünen Uniform und der blauen Schärpe mit der Diamantbrosche nichts sah. Ich wollte mich aus seinem Griff befreien und sah auf. Ich erkannte den Mann sofort, denn ich hatte ihn bereits auf dem Gemälde über Menschikows Schreibtisch gesehen. Es war Peter, der Zar aller Russen. Sein riesenhafter Körper verdeckte die Kerzen an den Wänden, und sein Schatten wurde von ihrem flackernden Licht in die Länge gezogen. Ich wollte zurückweichen, doch er hielt mich fest, und mir fiel auf, wie klein seine Hand an meinem Oberarm war. »Na, Mädchen«, sagte er. »Jetzt noch nicht gehen. Wer weiß, man wird dich bestimmt heute Nacht noch brauchen.« Ich wollte knicksen, aber er schüttelte den Kopf. »Hüpf hier nicht auf und nieder! Reine Zeitverschwendung.« Er zwinkerte mir zu, ließ mich los und ging weiter, gefolgt von einem Strom an Männern, die Gelächter, Lärm und eine gehörige Brise Abenteuer und Freiheit mit ins Zelt trugen.

Ich lehnte mich an den Zeltpfosten. Einen Augenblick lang herrschte vollkommenes Stillschweigen in der Runde. Doch als der Zar in ihre Mitte trat und beide Arme zum Gruß hob, jubelten und riefen die Männer. Sie sprangen auf, umarmten ihn, und neue Korken wurden aus den Flaschen gezogen, während die Musikanten schneller, wilder und lauter aufspielten.

Ich ging zu Scheremetew und hockte mich nach Bauernart auf die Fersen, als der Zar erst die Prinzen Sotow, Golowkin, Naryschkin und Trubezkoi herzlich begrüßte, ehe er zu Menschikow kam, der sich die halb nackten Warwaras vom Knie schob.

»Mein Herzensbruder, wie hast du mir gefehlt!«, rief der Zar auf Deutsch. »Ohne dich macht mir nichts Freude.«

Menschikow wischte sich die Tränen von den Wangen und antwortete ebenfalls auf Deutsch: »Mein geliebter Zar. Was ist schon ein Tag ohne dich?«

Deutsch! Wie gut es tat, meine eigene Sprache wieder zu hören! War sie seit der großen Reise durch Europa ihre Geheimsprache? Dann war ich als Leibeigene die Dritte im Bunde, auch wenn ich bei dem Gedanken lachen musste. Peter und Menschikow umarmten sich, zausten sich das Haar, klopften sich auf die Schultern und sogen gegenseitig ihren Geruch ein.

Die Runde erhob Krüge und Gläser auf sie, und die Schwestern Arsentjewa stimmten Hochrufe an. »Lang lebe der Zar!«

»Auf den Sieger von Marienburg«, rief Darja. »Nieder mit allem schwedischen Gewürm!«

»Auf ein glorreiches Ende des Nordischen Krieges. Auf Peter und Menschikow –«, fiel Warwara ein.

Scheremetew verschluckte sich fast an seinem Bier, als er das hörte, und ich klopfte ihm freundlich auf den Rücken. »Keine Sorge! Ich weiß, wer der wahre Sieger von Marienburg ist, Boris Petrowitsch.« Er verzog den Mund. »Leider stehe ich nicht so in der Gunst des Zaren wie Menschikow. Da kann ich zehn entscheidende Schlachten gewinnen, Alexander Danilowitsch bleibt sein Bruder und sein Herz. Ich bin nur ein guter Feldmarschall. Dabei wollte ich mein Leben für das seine geben. Aber Liebe kann man nicht erjagen«, sagte er, und bei seinem Tonfall lief mir eine Gänsehaut über den Rücken. »Ist dir kalt?«, fragte er und hüllte mich wieder in seinen Mantel. Dann räusperte er sich. »So. Das ist besser.«

»Woher kennen sich Peter und Menschikow? Stammt

Menschikow so wie du aus einer alten adligen Familie?«, fragte ich, obwohl ich die Antwort erahnte.

Scheremetew lachte. »Das ist der beste Scherz, den ich seit Langem gehört habe, Martha! Niemand weiß wirklich, woher er kommt. Menschikow verwischt alle seine Spuren. Je höher er steigt, umso härter werden die Strafen für jede Anspielung auf seine niedere Geburt.«

»Aber wie hat er den Zaren so für sich gewonnen?«, fragte ich.

»Sie waren seit ihrer Jugend zusammen. Das schafft Bindungen, die allem standhalten. In Zeiten wie den diesen ist alles möglich. Bauern und Fremde gewinnen das Herz des Zaren einfacher als russische Adlige. Womöglich heiratet der Zar noch eine dieser Metzen und Menschikow die andere. Dann sind sie eine Familie.«

Er sah zu den Arsentjewas hinüber, die Peter und Menschikow nun bis auf ihre Spitzenhosen entkleidet hatten. Menschikow saugte an Darjas großen rosaroten Brustwarzen. Ich wollte nicht hinsehen, denn der Anblick erinnerte mich an die Lust, die ich in Antons Armen verspürt hatte, als der Zar sich Warwara über die Schulter legte. Ihr Kleid war bis zur Taille offen, ihre Brüste leuchteten hell, und ihre roten Haare leckten wie Flammen über ihre weiße Haut. Unter den anfeuernden Rufen der Runde ging er mit ihr ins Nachbarzelt. Warwaras Lachen klang triumphierend und so hell wie eine silberne Glocke. Menschikow folgte ihm grinsend und zog Darja hinter sich her.

Gut, nun konnten wir in Ruhe sprechen: Ich schenkte erst Scheremetew und dann mir selbst Bier nach. Er zog die Augenbrauen hoch. »Du bist erstaunlich, Martha. Trinkst jeden Abend wie ein Pferd, feierst wie ein Mann, bist immer schön und heiter und sitzt mit dem höchsten Adel des Landes zusammen. Das war vor einigen Wochen nicht auszudenken.«

Ich errötete. Natürlich wusste er noch, wie er mich gefunden hatte. Kein Mann sollte das je vergessen. Ich senkte den Blick. Die Nacht war noch jung.

»Der Mann, der dich einmal bekommt, kann sich glücklich schätzen«, sagte er.

Ja, wenn mich noch einer will, dachte ich im Stillen, doch dann hob ich mein Glas auf sein Wohl.

Er prostete mir zu. »Es gibt viele Gerüchte um Menschikows Herkunft. Eines Tages wird er mehr Titel haben als wir alle zusammen. Er baut sich ein Reich im Reich auf. War er wirklich Pastetenverkäufer in der Straße von Preobrazenskoje und hat Peter bei einer Wirtshausrauferei das Leben gerettet? Oder war sein Vater Söldner in Peters Regiment und hat seinen Sohn mit dem jungen Zaren zusammengesteckt, der dort als Bombardier übte? Egal, die beiden sind unzertrennlich, und Menschikow lässt ungestraft jeden auspeitschen, der sich über seine niedere Geburt lustig macht. Erst letzte Woche war es ein Prinz Lopukin, der daran glauben musste, ein Bruder der Zariza Ewdokia! Er hat völlige Narrenfreiheit ... «

»Ich habe sogar gehört, dass ... «, unterbrach ich ihn, hielt jedoch inne, als er sich scharf zu mir umwandte.

»Was? Pass auf deine hübschen Ohren auf! Wer hat das gesagt? Menschikow und Peter stehen einander nahe, aber ich will bei Gott persönlich jeden aufschlitzen, der den Ruf des Zaren beschmutzt.«

Beschämt nahm ich einen Schluck Bier. »Aber kein Wunder, dass die Leute so einen Unsinn reden«, sagte er versöhnlich. »Auf dem Feldzug nach Asow haben sie sich sogar ein Zelt geteilt, und Menschikow war auf Peters großer Reise nach Europa in Deutschland, Holland, England und Österreich mit dabei. Er hat den Zaren in Holland begleitet, als dieser Schiffsbau studierte. Sie teilten sich auf der Werft eine Stube, ehe Menschikow vor fünf Jahren dann eher heimkehrte und den Strelitzen nach ihrem Aufstand die Köpfe abhackte. Eigenhändig hat er Hunderte von ihnen hingerichtet. Vielleicht liebt ihn Peter deshalb so...«

»Weshalb sollte der Zar ihn dafür lieben? Wer sind die Strelitzen?«, fragte ich erstaunt und stibitzte ein Stück gebratenen Fasan von Scheremetews Teller. Unter der mit Honig bepinselten goldgelben Kruste war das Fleisch zart und rosig. Schon nach den wenigen Wochen, die ich in Menschikows Zelt lebte, war ich kräftiger geworden.

»Als Peters Schwester Sophia als Regentin herrschte, waren die Strelitzen mit ihren fünfzigtausend Mann das mächtigste Regiment Russlands, und die Mitgliedschaft in ihren Reihen war nach altrussischer Sitte erblich. Kein Wunder, dass sie den westlichen Einfluss von Peters Mutter fürchteten. Sie war die zweite Frau des Zaren Alexej, und der Alte war ganz vernarrt in sie. Sophias Mutter hat ihm kerngesunde Mädchen geboren, aber nur schwache und vertrottelte Söhne, Fjodor und Iwan. Peter dagegen war schon als Kind stark wie ein Pferd.«

»Was hat dies mit den Strelitzen zu tun?«

»In einem neuen, offenen Russland und einer modernen Armee wären die Strelitzen vollkommen bedeutungslos geworden. So stürmten sie den Kreml und töteten alle im Palast. Seine Mutter musste im Tausch für Peters Leben ihren Bruder preisgeben, und der kleine Zar – er war damals erst acht Jahre alt – musste auf der Roten Treppe des Kreml dabei zusehen, wie sein Onkel über zwei Tage hinweg auf den Spitzen ihrer Piken verblutete. Ihm selber spuckten sie ins Gesicht und nannten ihn einen Hurensohn, ließen aber ihn und seine Mutter leben. Das war Sophias großer Fehler. Sie nahm Peter nicht ernst, bis es für sie zu spät war. Weshalb nicht, kann ich mir bis heute nicht erklären.«

Er nippte an seinem Bier und tunkte die Wildpastete, die neben dem Fasan auf seinem Teller lag, in die Preiselbeeren. »Die Erinnerung daran verfolgt Peter bis heute. Er hat Albträume und entsetzliche Anfälle, die sich keiner erklären kann. Als vor fünf Jahren die Strelitzen dann wieder zum Aufstand riefen, hat Menschikow sie für Peter besiegt und Hunderte von ihnen eigenhändig geköpft. Knietief stand er in Blut, Gliedmaßen und enthaupteten Köpfen, aber er machte weiter, immer weiter, bis ihm die Arme schwer wurden und der Schweiß über den Körper strömte. Peter weinte und küsste Menschikow, als er ihn dann wiedersah. Es war, als besiegte Alexander Danilowitsch mit jedem Schlag einige der tausend Dämonen, die unseren Zaren quälen.«

»Nur einige der Dämonen?«, fragte ich.

»Er hat so viele«, murmelte er. »Ich hätte das nie gekonnt«, fügte er hinzu. »Ich regiere über ein Schlachtfeld, aber... einen Menschen eigenhändig zu köpfen? Nein!«

Ich blickte ins Zelt, um meine Gedanken zu verbergen. Wie seltsam sich die Russen zwischen wilder Lebenslust, gläubiger Reue, entsetzlicher Grausamkeit und tiefem, tränenreichem Mitleid hin und her warfen! Die russische Seele kannte kein Gleichmaß und keine Ruhe. »Nein, Boris Petrowitsch, dazu bist du viel zu gut. Du rettest Mädchen, die auf der Straße geschändet wurden. Menschikow hätte da vielleicht eher mitgemacht, wer weiß?«, tröstete ich Scheremetew.

»Ja, wer weiß«, knurrte er und leerte sein Glas Wodka.

28. Kapitel

Scheremetew und ich unterhielten uns bis tief in die dunklen Morgenstunden hinein. Wir waren so gut wie allein im Zelt, denn alle Gäste hatten sich so bald wie möglich verabschiedet, froh über die Gelegenheit, vor Sonnenaufgang etwas mehr Schlaf als sonst zu bekommen. Nun, da der Zar sich im Lager aufhielt, hatte sich alles geändert. Krabbelten Ameisenbeine durch meine Adern? Sehr viel länger würden wir hier nicht mehr kampieren, und was sollte dann mit mir geschehen? Für alles, was auf mich zukommen mochte, wollte ich bereit sein und möglichst viel über Russland und seine Menschen erfahren. Scheremetew war von endloser Geduld mit meinen vielen, oft dummen Fragen. Hatte ich bisher geglaubt, die Veränderungen, die der Zar seinem Land aufzwang, würden sich auf Bärte und Kleidung beschränken, so lachte mich Scheremetew für diese Einfalt aus.

»Das war nur der Anfang. Seine Reisen haben dem Zaren die Augen für die Rückständigkeit Russlands geöffnet. Daher regiert er wie rasend und greift in jeden Lebensbereich ein, sei es das Vergnügen, die Landwirtschaft, die Erziehung, die Religion, die Verwaltung, die Ehe, das Erbe, den Handel und vor allem das Heer. So, als wäre Russland ein Teig, aus dem er Fladen formt.

Aber der Teig ist zäh, und die Hefe geht oft nicht so auf, wie er es will.«

»Aber muss denn all dies wirklich sein?«, fragte ich zweifelnd.

Er nickte. »Ja. Der Krieg gegen Schweden ist für Russland ein Kampf auf Leben und Tod. Er zwingt uns in ein neues Zeitalter. Peter braucht Geld, Männer und Ausstattung, und zwar so bald wie möglich und in jeder Menge. Der Krieg ist furchtbar, Martha, aber er bringt die Zukunft und den Fortschritt«, sagte er, während mir die Augen zufielen. Er knuffte mich in die Seite. »Trink noch etwas, Martha! Dann kannst du mir altem Mann besser zuhören.« Ich gehorchte, und das Bier erfrischte mich.

»Ich sehe keinen alten Mann«, sagte ich freundlich und leckte mir den Schaum von den Lippen. Scheremetews Blick blieb an meinem Mund hängen, dann sah er rasch zur Seite. »Erzähl mir mehr!«, forderte ich ihn auf, und er schien dankbar, weitersprechen zu können.

»Russland ist wie ein fauliges altes Mühlrad im Brackwasser, bis der neue junge Müller es zwingt, schneller und besser zu mahlen als je zuvor, bis seine Sprossen vom Rad fliegen und der alte Mühlstein bricht«, seufzte er. Ich lachte. Mit seinen Bildern verstand sogar ich, was er sagen wollte. »Russland bricht aus allen Fugen, denn es gibt keine straffe Führung, die das ganze riesige Land erreicht. Wir hatten die Woiwoden, die Räte und Steuereintreiber, aber seit zwei Jahren braucht Peter ständig mehr von allem – Männer, Geld, Planungen, Führung und Rückhalt. Jede Familie, ob arm oder reich, ob *Seelen* oder Gutsbesitzer, muss ihm Soldaten stellen, und neue Quellen des Wohlstands müssen her, während die alten

Manufakturen auf Vordermann gebracht werden. Er fordert Zehntausende von Arbeitern und treibt junge Adlige ins Ausland, damit sie fremde Sprachen und Sitten lernen. Wer in Russland bleibt, muss studieren. Peter baut eine Flotte – eine Flotte! Vor fünfzehn Jahren wusste kein Mensch in Russland, wie ein Schiff aussieht. Peter und sein Krieg zwingen Russland in die Zukunft. Sein Wille ist unser Schicksal. Wird Russland es ihm danken? Vielleicht ja. In hundert Jahren«, schloss er.

»Aber der Krieg ist doch vorbei«, wandte ich ein. »Du hast die Schweden doch geschlagen.«

Er schüttelte den Kopf. »Was bedeutet schon Marienburg? Es geht um viel mehr, um einen eisfreien Hafen und das Bündnis mit Europa, um einen Platz unter den anderen Mächten. Solange Karl und Peter leben, wird weitergekämpft, und wenn es zwanzig Jahre dauert. Der Zar ist ruchlos. Weißt du, was er getan hat, als nach der Schlacht bei Narwa die russischen Kanonen verloren gingen?«

»Nein.«

»Er ließ alle Kirchenglocken Russlands zu stabilen Kanonen schmelzen. Wovor, frage ich mich, macht so ein Mensch halt?« Er senkte die Stimme. »Dann dieser schlichtweg irrsinnige Plan, eine neue Stadt zu bauen…« Er stockte mitten im Satz, als der Vorhang zum Nachbarzelt beiseitegeschoben wurde. Wir hielten den Atem an, als Peter das Hauptzelt betrat. Er gürtete sich die Hose zu und stopfte sich das verschwitzte Hemd in den Bund. Sah er uns im Halbschatten des leeren Zeltes neben einem Pfosten kauern, oder waren wir ihm gleichgültig? Denn wann war ein Mensch wie er schon einmal wirklich allein? Das letzte Kerzenlicht warf Schatten auf sein Gesicht, seine vorher noch strahlend blauen Augen lagen tief in den Höhlen, und auf seiner Stirn glänzte Schweiß.

Scheremetew und ich saßen so still, als beobachteten wir ein scheues Tier. Der Zar fiel auf einen der bequemen breiten Stühle und streckte die langen Beine aus. Er trank in großen Zügen aus einem beliebigen Humpen, der auf einem kleinen Tisch neben ihm stand. Das Bier rann ihm seitlich von den Lippen über Kinn und Hals, und er wischte es mit dem Ärmel weg. Den Humpen behielt er in der Hand, schloss die Augen, ließ den Kopf nach vorn sinken und summte ein kleines Lied, ehe er verstummte und tief atmete. Schlief der Zar?

Scheremetew und ich nickten einander an – es war Zeit zu gehen. Ich sehnte mich nach dem Strohsack in meiner Ecke, denn Menschikow war bei Darja. Da fasste mich Scheremetew am Arm. Peter erwachte aus dem Halbschlaf, fuhr auf und schleuderte den halb leeren Krug von sich. Der Ton zersplitterte am Zeltpfosten, und das Bier spritzte in alle Richtungen. Bei dem Geräusch schrie der Zar und sprang auf, die Augen weit aufgerissen, doch er schien weder uns noch das Zelt wahrzunehmen. Sein Stuhl fiel um, er wankte und stützte sich, unsicher auf den Beinen, auf den Tisch neben sich, der unter seinem Gewicht nachgab. Die Platte brach, Teller und Becher rutschten zu Boden, es krachte laut. Peters Gesicht zuckte, und die Augen verdrehten sich ins Weiße, als er den Kopf in den Händen vergrub, sich wiegte und wimmerte. Ohne Vorwarnung trat ihm Schaum vor den Mund, und er schlug um sich. Ich drückte mich an Scheremetew, als Peter den Stuhl packte und an einem Pfosten zertrümmerte.

»Mutter, nein, nicht Iwan! Blut, Blut, viel zu viel Blut. Was habe ich getan? Mutter...« Er fiel auf die Knie und krümmte sich auf dem Teppich, als sein großer Körper von Schluchzern geschüttelt wurde. »Blut, Blut, Blut! Ach, nein, es ist so furchtbar!«, hörte ich ihn seufzen. Als er den Kopf nach hinten warf, schob sich seine Zunge zwischen die Lippen. Ich dachte an Grigori... es gab keine Zeit zu verlieren.

»Halt ihm die Beine!«, befahl ich Boris Petrowitsch. Ich hatte keine Angst. Dies war nicht der Zar, der meine Heimat vernichtet hatte und den ich hassen sollte. Dies war nur ein gepeinigter, hilfloser Mensch. Gregori hatte ich nicht helfen können, aber vielleicht ihm.

Geifernd krümmte sich der Zar auf dem Boden, und seine Augen rollten in den Höhlen, als Scheremetew beherzt seine Füße packte. Peter aber bäumte sich auf und schlug nach seinem treuen Feldherrn. Scheremetew stöhnte unter einem Kinnhaken auf, ließ Peter aber nicht los. Ich hechtete zwischen die rudernden Arme des Zaren, packte seinen zuckenden Kopf und zwang seinen Schädel mit aller Kraft an meinen Hals und meine Brust, zwischen meine Brüste. Dort hielt ich ihn fest, ganz fest. Sein Atem rasselte, als er meinen Duft einsog. Er hörte auf, zu schlagen und zu zappeln, und beugte sich nieder und lehnte sich an mich, noch immer schwer atmend und röchelnd. Ich wiegte ihn sanft, als wäre er ein Kind.

»Das musste ja so kommen«, klagte Scheremetew. »Der lange Ritt, die Frauen und dann das Bier. Peter sieht sich gern als Titan, aber er ist nicht gesund.«

Ich wusste nicht, was ein Titan sein mochte, legte aber den Zeigefinger auf die gespitzten Lippen. Scheremetew verstummte, als ich Peter weiter wiegte, hin und her. Sein Gesicht war grau und feucht vom Schweiß. Er roch nach Staub, Rauch, Schweiß und nach der Liebe der Arsentjewas. Das verschwitzte dunkle Haar klebte ihm an den Schläfen, und ich strich es ihm aus der Stirn. Dann blies ich ihm auf die Haut, um sie zu kühlen. Sein ganzer Kopf glühte, er seufzte und bohrte die Nase tief zwischen meine Brüste. Er rang nach Atem und umschlang mich so fest, dass mir die Luft aus dem Körper wich. Doch ich streichelte weiter seinen Kopf und küsste vielleicht auch ab und zu seine Stirn, während er leise in mein Kleid weinte und mein Leibchen mit seinen Tränen tränkte.

Als Scheremetew endlich von den Füßen des Zaren aufstand, sah ich Peters Stiefel: Wie seine Hände waren auch seine Füße zu klein für den riesenhaften Körper.

»Bleib bei ihm, Martha! Lass ihn nicht los und nicht allein schlafen! Er darf sich auf keinen Fall verletzen. An ihm hängt alles«, beschwor mich Scheremetew und schlüpfte hinaus in die unruhige Nacht, in der die Feuer nach der Ankunft des Zaren und seiner Männer nicht erloschen. Stimmen stellten Scheremetew Fragen, dann wurde es wieder still.

Peter atmete ruhig und regelmäßig. War er eingeschlafen? Ich zog zwei der bestickten Kissen zu mir heran, doch als ich seinen Kopf von meiner Brust heben wollte, umklammerte er mich noch fester. Ich rang nach Atem. »Das ist gut«, seufzte er. »Halt mich fest, *matka!*«

Matka, das hieß *altes Mädchen.*

»Ja, *starik.* Alter Mann«, flüsterte ich auf Deutsch zurück. Er sah mich kurz und erstaunt an, bevor sich seine Lider wieder schlossen. Ich stopfte mir alle verfügbaren

Kissen in den Rücken. Ringsum brannten die Kerzen herunter, es wurde dunkel im Zelt und still im Lager.

In dieser Haltung, den mächtigen Zaren von Russland wie ein Kind in meinen Armen, schlief auch ich ein. Im letzten Moment des Wachseins erinnerte ich mich an die Frage, die Agneta Glück vor langer Zeit am Esstisch gestellt hatte. *Stimmt es, dass der Zar riesengroß ist, zwei Köpfe hat und kleine Kinder frisst?*

Am nächsten Morgen erwachte ich allein und war von den kurzen, unbequemen Stunden des Schlafes, in denen ich Peter gehalten hatte, eher benebelt als erfrischt. Ich setzte mich auf: Hatte ich das alles nur geträumt? Der Zar war fort, und auch von Menschikow und den Arsentjewas war keine Spur zu sehen, aber das Zelt wimmelte von Leuten, die alles zusammenpackten. Die Zeltklappen waren hochgeschlagen, und die kalte Herbstluft ließ zum ersten Mal den nahen Winter ahnen. Mich fröstelte, und als ich ins Freie trat, blendete mich das helle Tageslicht. Das gesamte Lager war im Aufbruch. Darja und Warwara überwachten jeden Handgriff ihrer Mägde beim Verladen der Kleidung und der Schätze von Menschikow. Ich versuchte, die Biss- und Saugmale an Warwaras Hals zu übersehen.

Sie hob die Brauen, als ich zu ihr und ihrer Schwester trat. »Ah, bist du endlich wach? Was für ein faules kleines Stück du da aus der Gosse gefischt hast, Darja«, sagte sie, und Darja drehte sich überrascht um. Warwara war mir gegenüber nie freundlich gewesen, hatte mich aber auch noch nie angegriffen. Was war in sie gefahren? »Du bist doch wirklich ein Pechvogel«, fuhr sie fort. »Du hast Peter verpasst. Der Zar ist in aller Frühe aufgebrochen, ohne sich von jemandem zu verabschieden. Als ich aufwachte, war er schon fort«, sagte sie, dennoch triumphierend. Beim Anblick ihres schimmernden roten Haars und der grauen Augen musste ich an die verschlagenen Füchse unseres Waldes denken. »Beeil dich, Martha! Eine Magd wie du hat an einem Morgen wie diesem doch sicher alle Hände voll zu tun«, tadelte sie und streckte ihre weiße Hand aus, damit ich ihre langen, schmalen Finger küsste.

»Nicht doch, Warwara!«, rief Darja betroffen. »Nein, Martha…« Offensichtlich wusste sie nicht, wessen Seite sie einnehmen sollte. War dies der Zwiespalt, den Warwara herbeiführen wollte? Das konnte mein Ende bedeuten, und so umfasste ich Warwaras Finger und küsste sie.

Doch in meinem Herzen wusste ich, in wessen Armen der Zar geschlafen hatte und wer ihm möglicherweise das Leben gerettet hatte. Als ich jedoch aufsah, traf mich Warwaras kalter, herausfordernder Blick. Sie kannte ebenfalls die Wahrheit, wie ich begriff, und mir wurde kalt vor Furcht. Wer sollte mich vor ihr beschützen?

Peters Marschbefehl, die Festung Nöteburg am Ladogasee einzunehmen, überraschte uns alle. »Muss das sein?«, maulte Darja. »In jener Gegend ist alles schrecklich. Im Sommer fressen dich die Mücken bei lebendigem Leib auf, und im Winter überschwemmt die verdammte Newa erst einmal die ganze Gegend, bevor wir alle uns in Eiszapfen verwandeln.« Es musste sein. Zwei Wochen lang belagerten die Russen die Festung inmitten von Brackwasser und Marschland, ehe ihnen nach einer Seeschlacht – der ersten des Zaren! – der Sturm und der Sieg gelangen. Menschikow wurde zum Statthalter der Meerenge ernannt, und Peter taufte die feuchte, dunkle Festung in Schlüsselburg um, da sie die Mündung der Newa bewachte. Peter schrieb an Menschikow: »*Die Nuss war schwer zu knacken. Aber, gelobt sei Gott, Dir ist es gelungen, ihre Schale zu sprengen.*« In kindischem Stolz ließ sich Menschikow den Brief immer wieder vorlesen, auf jedem einzelnen der vielen Feste, die dem Sieg folgten. Dann, als die ersten Flocken fielen, schickte er uns Frauen nach Moskau. Im Winter war das Leben im Lager kein Vergnügen.

Nach dem ersten Schnee zahlte sich Darjas stetes Maulen und Meckern über die Kälte und Nässe aus. Es schneite und schneite, als Menschikow ihr die Rückkehr nach Moskau erlaubte und sie mit der guten Nachricht in mein Zimmer tanzte. Während ich ihr packen half, fragte ich mich, ob der Zar ebenfalls zum Julfest und Neujahr nach Moskau kommen würde. Wie närrisch!, schalt ich mich dann. Was konnte ein Mädchen wie ich ihm schon bedeuten?

Im Winterpalast, 1725

Sankt Petersburg schlief nicht. Der Schnee fiel dicht wie ein Vorhang auf die Straßen, Promenaden und Prospekte der Stadt und lag bis zu den Radnaben der Karren, die sich durch das unwirtliche Wetter zum Morgenmarkt quälten. Vor den Mauern der Stadt, wo das Kerzenlicht der Laternen nicht hinreichte, waren in dem Schneetreiben sicher weder Weg noch Pfad zu erkennen. Bis zum

Tagesanbruch mit seiner schneeschweren Helle war es noch lange Zeit. Bis dahin, Peter, war dein Tod noch ein Geheimnis zwischen mir und unserer Stadt, ein Geheimnis, das mir Zeit erkaufte.

Die hohen Häuser schwiegen ihre Trauer um dich in die Nacht. Die Wasser unter den hundert Brücken brachten murmelnd ihre Bestürzung zum Ausdruck, und nur die Winterwinde, die über den Großen Prospekt hin zum Newski-Kloster tanzten, trugen die Nachricht ungehorsam mit sich in das russische Hinterland – in die endlosen Weiten deines Landes, wo man stets die Launen und die Last von *batjuschka* Zar geduldig ertrug. In nur wenigen Stunden aber sollten in der fahlen Dunkelheit des Wintermorgens alle Glocken des Reiches eintönig läuten. Deine Untertanen lassen ihr Geschäft ruhen und knien nieder. Sie bekreuzigen sich mit drei Fingern und beten für die Seele ihres toten Zaren. Welche Freude für dich, wenn alle Russen und die gesamte uns bekannte Welt auf deine Stadt blicken, dein Sankt Petersburg, dein Paradies.

Dank Feofan Prokopowitsch gab es keinen Mangel an Legenden um die Stadt. Hatte Peter ihren ersten Stein wirklich an der Stelle gelegt, wo Sankt Alexander Newski die Teutonen geschlagen hatte? Oder war es so, dass der Zar sich auf einer Jagd befand, als ein Adler über ihm kreiste, sich auf seiner Schulter niederließ und er an der Stelle seine Stadt gründete? Andere Quellen besagen, dass Peter durch die Sümpfe östlich der Schlüsselburg wanderte, als ein Adler ihn nahe der Insel Lust-Eland zu ihrer Mitte geleitete, wo Peter ein Kreuz aus Birkenästen schnitt, es auf den Boden legte und erklärte: »Im Namen Jesu Christi werde ich hier eine Kirche und eine Festung errichten zu Ehren der Heiligen Peter und Paul.«

In Wahrheit musste Peter den Sieg von Schlüsselburg durch den Bau einer russischen Festung untermauern. Das neu gewonnene Stück Russland im Baltikum sollte um jeden Preis geschützt werden. Lust-Eland war ein vergleichsweise trockener Flecken im Sumpf der Newa zwischen dem Ladogasee und der Bucht von Finnland. Als Peter dort die Knochen des heiligen Alexander Newski umbettete, versanken wir bis zu den Knöcheln im weichen Schlamm, und Stechmücken umschwirrten unsere Köpfe. Während der langen, eintönigen Zeremonie schlugen wir ganz unwürdig nach ihnen, und die Biester saugten sich gierig an unserem Blut voll, obwohl Bedienstete dazu abgestellt waren, sie zu verjagen. Nur der Zar stand ungerührt, sein Haupt umgeben von einem blutrünstigen Schleier an Mücken, und sah reglos zu, wie der Sarg Alexander Newskis in die Grube hinuntergelassen wurde.

Ich war an jenem Abend mit Mückenstichen übersät. Darja schmierte mir Kefir auf die Haut, und das half. Peter aber sprach nur von dem Paradies, das er inmitten dieser unwirtlichen Gegend schaffen wollte. Ich glaubte ihm jedes Wort und war bereit, alle Schritte mit ihm zu gehen, obwohl ich nichts war als sein Mädchen, dem er nach einer Nacht voll warmen Fleisches, des Lachens und der Lust eine Münze in den Schoß warf. Nicht mehr, aber auch nicht weniger. Ich hatte keine andere Wahl.

Laut Prokopowitsch war das Land um Sankt Petersburg unbewohnt, als der Zar mit dem Bauen begann. Unsinn! Schwedische Offiziere lebten dort bequem in großen Häusern und Höfen, und an den Ufern des Ladogasees lagen *isby* wie die meines Heimatdorfes, zusammengerottet zu ihrem *mir*.

Das erste richtige Haus von Sankt Petersburg war Peters und meine Hütte. Ohne Eskorte ging er in die mückenverseuchten Wälder, nur mit der Axt auf der Schulter, um das Holz dafür zu fällen. Der besorgte Menschikow schickte Peter eine Garde hinterher, denn in der Gegend waren Räuberbanden streunender Söldner gesichtet worden. Der Zar bewarf die Kerle mit Steinen und jagte sie mit Flüchen davon. Im Wald wählte er biegsame, starke junge Bäume aus und schlug sie auf die rechte Länge zurecht. Die Hütte baute er selbst, und sie war nur etwas länger als breit. Wir lachten viel, wenn ich ihm den Hammer versteckte, ihm Nägel zwischen die Lippen steckte und ihn dann einen Zungenbrecher sprechen ließ. Das fertige Haus bestand lediglich aus einer Diele und zwei Zimmern. Im Wohnraum wärmte uns ein großer Kamin, denn Peter hasste die Kälte und ließ zu jeder Jahreszeit anschüren. Ich kochte Kohlsuppe oder *kascha*. Unser irdenes Geschirr hatten wir neben dem Feuer gestapelt, so wie früher in unserer *isba*. Unser Hausrat war in bunt bemalten und mit Schieferplatten und Eisenbändern beschlagenen Truhen verstaut. Unter einer an die Wand gehefteten Europakarte stand eine mit Smaragden und Perlen verzierte Ikone des Erlösers, der Wunderkräfte nachgesagt wurden. Bequem war nur unser Bett mit einer festen Rosshaarmatratze und weichen Felldecken, und Peter zimmerte wie dieses auch unsere wenigen anderen Möbel selbst. Mit Hobel und Holz in der Hand hatte er die besten Einfälle. Nichts schreckte seine Minister mehr als eine Nacht, die er mit Zimmern und Schreinern verbracht hatte.

Dies war die Wurzel, aus der das neue Rom erwuchs, das neue Jerusalem mit seinen steinernen Palästen in allen Farben des Regenbogens. Der Zar war für sich mit dieser schlichten Hütte zufrieden, trieb seine Baumeister aber zu immer prachtvolleren Gebäuden an.

Für ihn hatte jeder schlichte Beginn nie etwas mit dem großartigen Ende gemein, das ihm vorschwebte. Für sich selbst begehrte er wenig, für Russlands Ruhm alles.

Diese Hütte war der erste Palast des Zaren in seiner neu gegründeten Stadt. Und was für eine Stadt es wurde! Sie sollte die russische Macht in Europa festigen und im Westen Neid und Bewunderung erwecken. Peter ließ aus Persien Orangen- und Zitronenbäume kommen und pflanzte in den neu angelegten Gärten Minze, Rosen und Kampfer an, deren Duft den Gestank der Sümpfe, der Straßen und der ersten Siedlung überdecken sollte. Wie wütend er wurde, als ein Bote die ersten Orangenblüten aus den Gärten des Sommerpalastes in Olivenöl zu uns ins Feld brachte und die Bündel, verfault und bis zum Himmel stinkend, bei uns ankamen: Peter zerbrach vor Zorn seinen Stock auf dem Rücken des Boten. Von nun an wurde jede Blüte einzeln in Tabakblätter gewickelt gesandt. Die Straßen und Prospekte der neuen Stadt wurden von Kienspan und Kerzen in Laternen erhellt, deren Glas natürlich in Menschikows Fabriken hergestellt wurde. Auf diese Weise konnte das umherstreunende Gesindel von den *polizia*-Garden sofort gesichtet werden. An den wichtigsten Brücken zu den vierzig Inseln ließ Peter sogenannte *schlagbaumy* errichten, Barrieren, die von Soldaten bewacht wurden. Nur Ärzte auf dem Weg zu einem Kranken und andere wichtige oder angekündigte Personen ließ man ohne Passierschein vorbei.

Sah ich aber in dieser Nacht aus dem Fenster, so wusste ich, dass hinter den beeindruckenden Fassaden der ersten Häuserreihe mit ihren Palästen bescheidenere Holzhäuser standen und hinter ihnen dann die *isby* aus Lehm, Stroh und Moos, ehe schließlich die Zelte aus windzerzausten und spärlich gewachsten Planen der Allerärmsten in diesem Garten Eden des Nordens aufgebaut waren. So spiegelte deine Stadt letztendlich doch Russland wider, ob du es wolltest oder nicht, Peter.

Aber die Stadt wuchs und erwachte zum Leben in diesen ersten zwanzig Jahren des neuen Jahrhunderts. Welch unsinnige Freude geherrscht hatte, als nur kurz nach der Gründung der Stadt eine Fregatte aus Holland Anker warf. Sie dümpelte auf den bereits eisigen Wassern, und der Besuch des holländischen Kapitäns, der Peters Männern Salz und Wein für den Winter lieferte, war Anlass zu einer Reihe von Festen, deren Wildheit sogar Menschikow beeindruckte und die Holländer zutiefst erschreckte. Peter hieß die Männer einen Humpen nach dem anderen trinken, um sie dann am Morgen zu einer Bootsfahrt bei Wind und Sturm einzuladen. Wir alle waren schnell wieder nüchtern und die Matrosen mehr als erleichtert, mit einem Geschenk von fünfhundert Goldtalern nach Hause zu segeln. Für Peter war dieser Besuch das erste Zeichen der Anerkennung, die er sich vom Westen erhoffte: Er versprach jedem weiteren Schiff, das im selben Jahr noch anlegte, dieselbe großzügige Gabe.

Ich presste die Stirn gegen die kalte Fensterscheibe. Vielleicht kühlten sich meine hitzigen Gedanken so ab? Ich sprach und lachte leise mit Peter. Ganz so, als wäre er mit mir im Raum, ganz so, als sollte ich meine Füße auf seine Schenkel legen, damit er sie kneten konnte. Seine kleinen Finger strichen fest über meine Ballen und Zehen, bis die Knöchelchen darin knackten, die Sehnen sich wärmten und ich wieder Leben in den kalten Beinen hatte. Oder Feuer in den Schenkeln, wie er es nannte.

Ich sah mein Spiegelbild im Fenster. Meine Augen glitzerten, meine Wangen glühten. Ich strich mir eine Haarsträhne aus dem Gesicht. Ruhig jetzt! Ich wollte meine Gedanken sammeln für die langen Stunden, die vor mir lagen. Dann, so Gott wollte, konnte Russland im Takt der Glockenschläge für das Wohl seiner neuen Herrscherin beten. Bis dahin schnarchte hinter mir Menschikow wie ein Bär, den Kopf in den Nacken gelegt und den Rachen so weit aufgerissen, dass ich seinen Gaumen sah. Das Feuer im Kamin war fast niedergebrannt. Wo blieb nur der Geheime Oberste Rat, der mich als Herrscherin bestätigen sollte? Waren die Männer denn nicht im Palast, um ihrem sterbenden Herrscher beizustehen? Saßen sie beisammen, um sich auf ein gemeinsames Vorgehen zu einigen? Entzogen sie sich unter einem Vorwand meinem Ruf? Konnte ich wirklich auf ihre Treue vertrauen? Ostermann quälte immer dann die Gicht, wenn es ihm gerade passte. Unzählige Male hatte ich ihre Köpfe gerettet. Doch wie vergesslich waren Menschen, wenn es um ihr eigenes Wohl ging! Es waren Stunden vergangen, seit ich nach dem Rat gesandt hatte. Was war mit meinem Boten geschehen? Der Weg vom Winterpalast zu den Senatoren im tagsüber leuchtenden, in frohen Farben getünchten Sankt Petersburg führte nachts in viele unheimliche Winkel, endlos lange Zwischengänge und verschlungene Passagen, beinahe wie im düsteren Kreml in Peters Kindheit. Wer achtete schon auf einen Diener mehr oder weniger, der auf Nimmerwiedersehen hinter einem dunklen Treppenabgang zur Newa hin verschwand? Lediglich die Ratten würden aufmerksam, wenn sein Körper auf dem dunklen, schmutzigen und vom Eis befreiten Wasser unterhalb des Palastes aufschlug. Fischer fänden nach der *ottepel* seine von den Fischen angefressene Leiche stromabwärts in ihren Netzen und raubten ihm die Taschen aus. Dass ich daran nicht vorher gedacht hatte! Vor Anspannung biss ich mir in die Handgelenke. Wenn mein Bote abgefangen und ermordet worden war, so wussten die Dolgorukis jetzt von meinem Plan, und ich hatte wertvolle Stunden verloren. Wie dumm! Ich hätte Menschikow und die Garde schicken sollen und keinen Kammerjungen.

Da verschluckte sich Menschikow und hustete laut und heftig. Er richtete sich auf seinem Stuhl auf, schüttelte sich wie ein Hund, der aus dem Wasser kommt, stand auf und dehnte sich mit offenen Armen. Der kurze Schlaf hatte ihn erfrischt. Diese Gabe hatte mich stets nach seinen nächtelangen Sauf- und Raufgelagen erstaunt. Er trat zu mir, und ich roch Alkohol, Schweiß und die Erschöpfung der durchwachten Nächte, die sein Parfum aus Sandelholz und Moschus überlagerten. Sein Haar war zerrauft, und auf seiner Brust leuchtete ein Fleck des Rotweins, den er zuvor verschüttet hatte. Sanft richtete ich ihm den Hemdkragen mit dem Spitzenjabot und zog den losen Seidenschal sorgfältig zum Knoten zurecht. Er schien erstaunt, lächelte dann aber. Alles an diesem Mann war mir vertraut, und unsere Schicksale waren unlösbar miteinander verwoben. Mit einem Ruck öffnete Menschikow das Fenster, griff sich eine Handvoll Schnee vom breiten Fensterbrett und rieb sich kräftig einige Male über das von Trunkenheit und Schlaf gerötete Gesicht. »Brr, kalt! Das tut gut. Sieht aus, als ob wir einen Sturm zu erwarten hätten. Auf den Winter in den Sümpfen ist doch noch immer Verlass.« Er war nun hellwach. Kalt blies es in Peters kleine Bibliothek. Menschikow ließ das Fenster wieder ins Schloss einrasten und trat an den Kamin, wo er mit einem Haken die Asche und die glühenden Reste des Feuers zurechtschob und geschickt mehrere grobe Scheite über Kreuz legte. Die Flammen leckten über das frische, teils noch feuchte Holz. Nach den ersten bitteren Rauchschwaden duftete es wie in einem Winterwald. Menschikow drehte sich zu mir um und hob fragend die Brauen.

»Wo bleibt der Rat? Ist Ostermann, der Lump, wieder unauffindbar bei seiner neuesten Geliebten? Und Tolstoi? Der wieselt doch sonst immer um Peters Tür herum.«

Ich hob nur hilflos die Schultern, und er schlug sich mit der flachen Hand gegen die Stirn. »Wen hast du nach ihnen geschickt? Und wann?«, drängte er. Sein Ton beleidigte mich. Ich hatte getan, was mir angesichts seiner Trunkenheit am besten erschienen war, und fauchte.

»Wärst du nicht so besoffen gewesen, hätte ich den kleinen Soldaten nicht schicken müssen. Ja, vielleicht treibt er schon mit durchschnittener Kehle auf der

Newa, und wir können unseren Schlitten nach Sibirien packen, sofern wir nicht zu Fuß gehen müssen. Fürs Erste kann ich mir schon einmal den Kopf kahl scheren lassen. Glaubst du, dafür habe ich gekämpft?«, fragte ich schrill, aber Menschikow war mit zwei Schritten bei mir und presste mir eine Hand auf den Mund.

»Pst!«, flüsterte er. »Hörst du das?« Mit dem Kopf wies er auf die kleine Tür und Peters Sterbezimmer. Ich lauschte – tatsächlich. Dies waren nicht Blumentrost und seine Quacksalber, es war das Weinen eines Mädchens. Ich schob Menschikows Hand beiseite, schlich auf Zehenspitzen zur Tür und öffnete sie leise. Der Raum, in dem Peters Leichnam ruhte, badete noch immer in weichem Kerzenlicht, doch wie ein Laken breitete der Tod bereits seinen faulig süßen Duft aus. Vor Peters Bett kniete in einem Umhang aus dunklem Samt eine junge Frau. Kopf und Haare waren unter einer Kapuze verborgen, und sie küsste Peters Hand wieder und immer wieder.

Bei meinem Anblick fuhren die Ärzte erschrocken zusammen. Sie hatten meinen Befehl missachtet, niemanden zu dem toten Zaren zu lassen. Kalte Wut stieg in mir auf. Mit ihnen wollte ich später abrechnen. Ich riss die Person neben dem Sterbebett auf die Füße und blickte in das verweinte, verquollene, blasse, aber dennoch sehr hübsche Gesicht unter der Kapuze. Helle Augen – Peters Augen! – sahen mich trotzig und furchtlos an.

Elisabeth! Weshalb war sie hier und nicht draußen im Korridor bei ihrer Erzieherin und ihren beiden Schwestern? Vor Zorn schüttelte ich sie so heftig, dass ihre Zähne aufeinanderschlugen und ihr der Rotz übers Kinn lief. Ihr plumper Körper lastete schwer in meinen Händen.

»Mutter, hör auf!« Mit einem Ruck machte sie sich frei, und ich gehorchte. Der dunkle Samtumhang verlieh ihrer Erscheinung etwas ungewohnt Majestätisches. Ich sah sie noch immer wie eine ihrer Puppen, dabei war sie eine junge Frau.

»Was willst du hier? Wie bist du hereingekommen?«, fuhr ich sie an. Wenn sie hier war, dann konnten auch schon andere wissen, dass der Zar gestorben war.

»Oh, das war ganz einfach...« Ihre Lippen glänzten feucht, und ihre blauen Augen glitzerten. »Der Korridor war fast leer, und wer nicht ins Bett gefunden hatte, war auf Stühlen eingenickt. Madame de la Tour brachte Natalja ins Bett, weil die Kleine wie der Tod hustet. Die französische Heuschrecke blieb dann gleich mit ihr fort. Und Anna...«

Ich winkte ab. Meine älteste Tochter Anna beschäftigte sich ausschließlich mit ihrer bevorstehenden Hochzeit mit dem deutschen Karl Friedrich von Holstein-Gottorp. Eigentlich hatte der junge Herzog, der stotterte, um Elisabeths Hand angehalten, aber Peter war von der Partie so begeistert gewesen, dass er ihm kurzerhand seine älteste Tochter gegeben hatte. Elisabeth wollte mich offensichtlich ärgern. »So stand da nur noch der junge Soldat vor der Tür.«

»Er hatte Befehl, niemanden durchzulassen...«, begann ich.

»Ich habe ihn überredet.« Sie lächelte mit ihren scharfen kleinen Zähnen, zufrieden wie eine Katze am Sahnetopf.

Mein Herz sank. Die Zarewna Elisabeth Petrowna war

nichts als ein Soldatenliebchen. Von ihren Puppen hatte sie sich übergangslos lebendige, große, muskulöse Spielzeuge ausgesucht. Sie war erst fünfzehn Jahre alt. Als Tanja mich an Wassili verkauft hatte, war ich nur ein Jahr älter gewesen. Und doch hatte Elisabeth bereits den schlechtesten Ruf aller Prinzessinnen Europas. Peter hatte das Bild seiner kleinen Elisabeth an alle Höfe mit heiratsfähigen Prinzen gesandt, und dabei musste der Maler ihr nicht einmal schmeicheln. Nein, meine Tochter hatte keine Hasenscharte. Ihre Haut war nicht von den Blattern verunstaltet, und ihre Zähne waren weiß und gerade. Peter verstand nicht, weshalb das Gemälde mit Dank und höflichen Worten umgehend nach Sankt Petersburg zurückgesandt wurde. Aber niemand wagte ihm den Grund dafür zu nennen. Dabei war sie kaum der Kinderstube entwachsen, da gab es schon Gerüchte um einen Antrag des Herzogs von Kurland. Oder war es Prinz Manuel von Portugal? Auch August von Sachsen erwähnte wohlwollend einen jungen Vetter, einen Sohn des Markgrafen Albert von Sachsen. Peter sah in Elisabeth nur, was er sehen wollte – seine Kraft, sein Lachen, seine Lebenslust. Sie hatte sich schlichtweg geweigert, schon als Kind zu sterben.

»Was geschieht jetzt?«, fragte Elisabeth.

»Was meinst du? Was soll nun geschehen?« Meine Stimme klang schärfer, als ich es beabsichtigt hatte. Elisabeth lächelte. Erriet sie meine Gedanken?

»Wird der kleine Petruschka jetzt Zar? Er ist doch nicht einmal Zarewitsch.«

»Ja. Aber er ist Alexejs Sohn. Und ein Mann. Das genügt«, erwiderte ich.

»Ein Mann.« Elisabeths Stimme klang verächtlich.

»Weißt du, wie ein Mann nach Jahrzehnten Haft in den feuchten Zellen der Schlüsselburg aussieht? Oder wenn die Kälte Sibiriens an seinen Knochen frisst?«

War Peters Seele in Elisabeths Körper geschlüpft? Sie liebte im Stehen den Soldaten vor der Tür, war im nächsten Augenblick am Totenbett ihres Vaters in Tränen aufgelöst und dachte nun daran, ihren kleinen Neffen in den modrigen Kellern der Schlüsselburg, deren Steine auch im Sommer mit Eis überzogen waren, darben zu lassen. Sie war eine echte Russin, voll wilder Schönheit, dunkler Grausamkeit, tiefer Trauer, überwältigender Lebenslust, tiefem Mitleid und entsetzlicher Ruchlosigkeit... und mir zutiefst fremd.

»Was auch immer geschieht, Elisabeth – Petruschka darf nichts geschehen. Ansonsten stehst du vor den Augen ganz Europas als Königsmörderin da und wirst nie als rechtmäßige Herrscherin anerkannt. Willst du das? Er muss leben, was auch immer geschieht. Beständigkeit, Elisabeth, Beständigkeit.«

Nach einem Augenblick des Schweigens legte sie den Kopf schief. »Wenn also Petruschka nicht einmal Zarewitsch ist und keiner meiner Brüder mehr lebt...« Sie wog ihre Worte vorsichtig ab, und ich fragte kühl: »Ja und, was dann?«

»Nun, wenn Anna nun nach Deutschland heiratet, dann...«

»Dann...?«, fragte ich und ballte die Fäuste.

»Dann bleibe doch nur noch ich! Vater hat mich geliebt. Weshalb kann ich nicht Zarina sein? Anna und ich, wir waren gemeinsam Kronprinzessinnen. Zarewna.«

Mir war zum Weinen zumute. Ein unsinniger Zufall der Liebe und eine Laune der Natur hatten dieses dralle, sinnenfrohe und zutiefst faule Geschöpf zur Großfürstin von Russland gemacht. Sie wollte Zarina sein! Peters Reich, unermesslich wohlhabend und von blutiger Armut und unglaublichem Elend, sollte ihr auf Gedeih und Verderb ausgeliefert sein, Krieg und Frieden an den Fingerspitzen ihrer weichen, molligen Hände hängen, die Männer so gern küssten. Politik sollte diesem Kopf entspringen, mit dem sie nur die neueste Perücken- und Hutmode ausprobierte. Herrin aller Kasernen, im wahrsten Sinn des Wortes!

»Elisabeth!« Ich lachte, lachte, lachte und lachte, bis mir die Seiten schmerzten und die Ärzte sich besorgt in der Ecke zusammenrotteten. Wurde ich hysterisch? Packt Euch, Scharlatane!

Elisabeth aber schrie: »Hör sofort auf zu lachen! Es ist mein Erbe und mein gutes Recht.« Sie sprang mich an wie ein kleiner Affe in meinem Lustgarten in Peterhof. Es fehlte nicht viel, und sie hätte mit ihren Fäusten auf mich eingeschlagen. Plötzlich aber war Menschikow bei uns, packte Elisabeth um den drallen Leib und hielt ihr den Mund zu. Sie zappelte und trat, und ich musterte sie sprachlos. War ich eher die Mutter meiner toten Söhne als die meiner lebendigen Tochter? Ich erkannte mich in ihr nicht wieder, und dieser irrsinnige Zorn und diese Eifersucht waren auch Peter nicht zu eigen gewesen. Auf einem Hofball im letzten Winter, bevor Peter erkrankte, war ich selbst Zeugin ihrer Maßlosigkeit geworden. An jenem Ball war die Tanzkarte eines anderen Mädchens, der anmutigen Natalja Balk, voller als die Elisabeths. Sie ohrfeigte die Ärmste zweimal und riss ihr vor aller Augen ein Büschel Haare aus. Peter lachte Tränen, aber ich ließ den Streit unterbrechen und verlobte sie in der Woche darauf sehr vorteilhaft mit einem Prinzen Lopukin.

Elisabeth hielt endlich still, aber Menschikow versicherte sich, ehe er sie losließ. »Bist du jetzt ruhig, Zarewna?« Sie nickte, rückte ihren Umhang zurecht und hob stolz den Kopf, sodass ihre beinahe schulterlangen Diamantohrringe im Kerzenlicht aufblitzten.

»Komm nach nebenan, Elisabeth!«, schlug ich versöhnlich vor und schob sie in Peters kleine Bibliothek. Die Tür zum Sterbezimmer ließ ich angelehnt und warf den Ärzten einen drohenden Blick zu. Niemand, niemand hatte dieses Zimmer zu betreten! Vorsicht war besser als Nachsicht. Nicht, dass so etwas noch einmal geschah.

Elisabeth ging mir trotzig in das Zimmer voraus, wo das von Menschikow wieder entfachte Feuer hell und warm brannte. Sie schenkte sich sofort Wein in einen der Becher aus buntem venezianischem Glas und trank gierig und mit schmatzenden Lippen.

»Du trinkst wie eine Bäuerin«, tadelte ich sie.

»Du musst es ja wissen.«

Menschikow unterbrach uns. »Zarina. Elisabeth. Wir haben jetzt anderes zu tun. Hört mit diesen Albernheiten auf!«

Elisabeth aber sah Menschikow an wie eine Katze die Maus. »*Was* hast du gesagt, Alexander Danilowitsch? Zarina?« Sie zog das Wort fragend in die Länge und wandte sich dann an mich. »Natürlich. Dir ist das alles nicht genug. Nein, du willst mehr, nämlich selbst diejenige welche sein. Niemand kann das nun mehr verhindern, denkst du. Was noch? Willst du einen dahergelaufenen Kammerherrn neben dir auf den Thron setzen?«

Ich schlug Elisabeth so hart auf den Mund, dass ihre Lippe aufplatzte. Sie schrie entsetzt auf und betastete die Wunde.

»Nicht doch!«, murmelte Menschikow bestürzt und reichte ihr sein Spitzentuch. Einen Augenblick lang herrschte dumpfes Schweigen. Einige Scheite fielen knackend in sich zusammen. Der Wind um den Winterpalast heulte im Kamin. Elisabeth leckte sich die Lippe und bedachte mich mit einem finsteren Blick. Dann stopfte sie sich Menschikows Tuch in den Ausschnitt und warf den Umhang ab. Darunter trug sie ein reich besticktes Kleid in der Farbe bitterer Orangen. Elisabeths Schultern leuchteten verführerisch in dem Gewölk aus weißer Spitze. In dem nach der Mode von Versailles tief ausgeschnittenen Kleid waren beinahe ihre Brustwarzen zu erkennen. Sie trug Schmuck, der zehntausend *Seelen* über endlose Jahre hinweg ernährt hätte, so achtlos wie falschen Tand. War sie zu einem Fest unterwegs gewesen? Allzu lange schon hatte ich die Aufsicht über ihr Kommen und Gehen verloren.

Elisabeth rückte ihren Stuhl näher ans Feuer, schlüpfte aus den bestickten Seidenpantoffeln und legte die kleinen Füße in den zarten Seidenstrümpfen auf einen Schemel. »Also, Menschikow, was hast du vor? Willst du mithilfe meiner Mutter die Macht an dich reißen? Oder worauf wartet ihr hier in diesem Raum? Die Wände atmen noch die Seele meines Vaters, und von den Fensterscheiben rinnt eure Angst. Nein, Mutter, das ist kein Tau. Dass ihr beiden euch nicht schämt… Teilst du eigentlich ab und zu das Bett mit ihr?« Sie lächelte unschuldig. Ich wollte sie ohrfeigen. Menschikow aber setzte sich und schenkte erst mir und dann sich selbst ein. »Nein, Zarewna Elisabeth. Eines Tages, wenn du älter und weiser bist, wird dir die Dummheit deiner Worte aufgehen.«

Sie lachte. »Alexander Danilowitsch, ich werde nie aufhören, mit jedem gut gebauten Mann zu schlafen, den ich sehe. Auch bei dir würde ich gewiss nicht zögern.« Sie legte den Kopf schief und spielte mit einer ihrer aschblonden Locken. Bot sie ihm ihr Bett, ihr Geburtsrecht gegen den Thron an? Wie sollte er dieser Versuchung widerstehen können? Welch gefährliches Paar Elisabeth und Menschikow doch abgegeben hätten! O Gott, konnte ich denn nicht einmal meinem eigenen Fleisch und Blut trauen? Bestand die Welt eines Herrschers nur noch aus Freund und Feind? Ich sah zur Tür. Ostermann, Jaguschinski, Tolstoi, so kommt doch endlich!

Um die Spannung zu unterbrechen, die plötzlich zwischen den beiden herrschte, trank ich von meinem Wein. »Prinz Menschikow hat ganz recht. Du wirst lernen, dass es oft besser ist, nicht mit einem Mann zu schlafen, wenn er dir treu bleiben soll.«

Elisabeth musterte mich zweifelnd. »Wann? Wenn ich älter bin? Dann bin ich fett und habe viele Falten. Natürlich will mich dann niemand mehr.«

Ich wollte sie nicht gehört haben. Die Flammen im Kamin tanzten vor meinen Augen auf und ab. Ihr Flackern betäubte mich, und ich richtete mich auf. »Die Dolgorukis werden versuchen, Petruschka auf den Thron zu setzen. Wenn das geschieht, dann dürfen wir im besten Fall den Schlitten nach Sibirien besteigen...«

»Wassili Dolgoruki ist doch mein *kum*, mein Patenonkel. Weshalb sollten sie uns so etwas antun?«, unterbrach mich Elisabeth.

»Wegen Alexej, natürlich«, sagte ich nur.

»O ja. Alexej. Natürlich…« Sie wandte sich zu Menschikow um, der stumm in die Flammen starrte und sein Glas in der Hand hielt. Als ihr Halbbruder starb, war Elisabeth noch fast ein Kind gewesen. Doch niemand blieb damals von dem Grauen und dem Wahnsinn verschont, der durch den Palast fegte.

»Menschikow. Du in Sibirien – ein Bild für die Götter!« Elisabeth lachte hell auf. »An der Grenze steigst du vom Schlitten mit dem Zobelfell in einen Karren mit Stroh um. Darin kannst du dich gegen die Kälte einwühlen wie eine Sau im Winter. Vielleicht hast du genug Kopeken, um dir eine Axt zu kaufen. Mit dem Hausbauen musst du aber noch einige Monate warten, bis zur Schmelze.« Ihre Stimme klang so hell und hart wie die Glöckchen, die sie um die Hälse ihrer Zwerge band, um sie in der Dunkelheit des Palastes zu finden.

Alexander Danilowitsch knetete seine Finger.

Ich unterbrach sie. »Außerdem wird der kleine Zar seine Großmutter Ewdokia Lopukina aus dem Kloster holen und uns stattdessen kahl scheren lassen. Du, Elisabeth, bist dann nichts als eine uneheliche Tochter des Zaren, die er zu fürchten hat. Er wird Sankt Petersburg verlassen, und…«

»Nein. Das kann er nicht tun.« Sie setzte ihr Glas so hart auf dem kleinen Tisch ab, dass etwas Wein über den Rand schwappte.

»Was kann er nicht tun?«

»Sankt Petersburg verlassen. Das hieße, Vater und

alles zu verraten, was er angestrebt hat. Das wäre sein zweiter Tod.«

Der Verrat an den Träumen des Vaters war schlimmer für sie, als lebendig im Kloster begraben zu werden.

»Dann musst du hier mit uns warten«, entschied ich.

»Worauf?« Sie trank lauernd von ihrem Wein.

»Auf den Obersten Geheimen Rat«, entgegnete Menschikow knapp.

Sie lächelte spöttisch. »Diese Schlafmützen! Die fahren bei jedem Furz vor Schreck zusammen. Sag nicht, dass auch der Dummkopf Ostermann dabei ist! Den wollte ich als Ersten verbannen. Vielleicht wollt ihr euch in Sibirien ein Haus teilen, Alexander Danilowitsch.« Sie bohrte ihren kleinen Fuß herausfordernd in Menschikows Schenkel. Ich starrte ins Feuer. Laut Peter war Ostermann einer der besten Köpfe des Reiches. Der Pastorensohn aus Bochum war nun ein Graf und Vizekanzler von Russland. Er hatte den Vertrag von Nystad aufgesetzt, der dem Großen Nordischen Krieg ein Ende gesetzt hatte. Gott bewahre Russland vor Elisabeth, wenn ich gestorben bin!, dachte ich. Menschikow und ich schwiegen einvernehmlich, und Elisabeth hob die nackten Schultern. Sie summte ein kleines Lied, doch nach einer Weile wurde ihr auch dies zu dumm, und sie sah nur noch stumm und ausdruckslos in die Flammen.

Die erste bleiche Dämmerung glitt fast unbemerkt durch die Vorhänge. Die Nacht sperrte sich noch tintenschwarz gegen den blauen Tag. Erst in gut drei Stunden wurde der Himmel blass. Der Tag fügte sich schimmernd in seine sparsam bemessenen Stunden des grauen Lichts. Die Stadt leuchtete in der Dunkelheit in ihrem Mantel aus Schnee. Eiskristalle lagen auf den Fensterscheiben der Paläste und der Häuser um den Winterpalast, und kleine Zapfen hingen glitzernd von den Gesimsen. Früher, als Kinder, hatten wir uns die Zapfen in den Mund geschoben und gierig daran gesaugt. Es hatte nach Staub geschmeckt, wie seltsam.

Hinter mir hörte ich nun wieder Elisabeths leise Stimme. »Hast du meinen Vater geliebt?«

Darauf wusste ich einfach keine Antwort.

29. Kapitel

Meine erste Reise nach Moskau vom Ladogasee über die Weiten Russlands, mitten hinein in das Herz des riesigen Reiches, schien endlos. Jener Winter war einer der strengsten jemals, und unsere Schlitten steckten mittendrin fest. Vögel fielen im Flug starr vom Himmel, und die Wölfe kamen hungrig und ohne Scheu bis an die Wege und die Häuser. Wie sollte meine Familie dies überleben, wo immer sie war?, dachte ich manchmal, verjagte aber den Gedanken, ehe er mich auffraß. Mein baltisches Heimatland war vernichtet. Der Krieg hatte alles von Reval bis Riga mit Stumpf und Stiel ausgerottet. Ehemals stolze Städte waren nur noch Namen auf der Landkarte. Scheremetew wunderte sich ernsthaft, was er mit der vielen Beute anfangen sollte. Ein Schaf oder auch ein Kind konnte man schon für einen *Denga* kaufen. Nicht einmal eine halbe Kopeke für einen Menschen. Mein vergangenes Leben war in Rauch aufgegangen, und ich richtete meine Gedanken und meine Kraft nach vorn.

Darja Arsentjewa saß die schiere Ungeduld im Nacken. Sie ließ die robusten gescheckten Pferde, die vor unser Gefährt gespannt waren, unbarmherzig peitschen. Am Abend stand ihnen der Schaum ums Maul, sie hatten blutige Striemen am Fell, und an jeder der vierundzwanzig Poststationen, an der wir haltmachten, mussten die Tiere gewechselt werden. Unser Kutscher oder Menschikows Haushofmeister suchte dabei als Gesandter des Zaren die Pferde nach ihrem Belieben aus, ohne die rechtmäßigen Herren dafür zu bezahlen. Das Eigentum eines jeden Russen war zuallererst auch das Eigentum des Zaren und auch seiner Freunde, was Menschikow schamlos ausnutzte. Als ich in der Schlüsselburg von unserer bevorstehenden Reise gehört hatte, hatte ich mir einige bescheidene Schlitten vorgestellt, die sich ihren Weg durch den Schnee und die Dunkelheit nach Moskau bahnen würden. Menschikow aber schickte mit unserem Tross alle mit, die er zu seiner alltäglichen Bequemlichkeit beim Julfest in Moskau brauchte. Den Reiseschlitten folgten Dutzende von Gefährten, hoch beladen mit Gepäck und Vorräten. Zudem reisten mit uns auch seine militärischen und politischen Berater, zwei Kammerherren und drei Pagen, ein Kesselpauker und zwei Posaunisten, ein Mohr und eine Zwergenfamilie, drei Schreiber, ein halber Kirchenchor aus drei kastrierten Sängern und einem Popen sowie seine zwei Köche mit ihren wohlgenährten Gesellen. Als ich unseren Zug sich formieren sah, wusste ich nicht, wohin zuerst sehen, erstaunt über Menschikows Prachtliebe. Wie verwöhnt er war! Doch Darja zuckte nur mit den Achseln. »Menschikow braucht, was Menschikow braucht.«

Die siebenhundert und siebzehn Werst von der Schlüsselburg bis nach Moskau konnten unsere Schlitten alles von nur sechs Tagen bis hin zu vier Wochen kosten. Bei der Witterung, sagte Darja, sollte eher Letzteres der Fall sein. So erklommen die Arsentjewas, Anna Menschikowa und ich den Schlitten bei Tagesanbruch und vollkommener Dunkelheit. Ein bunt bemaltes kleines Holzhaus saß auf den Kufen, und in seinem Innern waren die Bänke weich gepolstert. Jede von uns Frauen schlug sich eine Decke aus Nerzfellen über die Beine, und darunter schoben uns die Mägde noch geschlossene Kupferpfannen, die mit glühenden Kohlen gefüllt waren.

Die Sonne zeigte sich erst gegen zehn Uhr morgens verhalten am Himmel, doch mir war dann noch warm im Magen von dem heißen *kascha*, auf dem ein Stück salzige Butter schmolz, und dem bitteren *tschai*, den wir zum Frühstück tranken. Ich erinnerte mich an meine kalte, stumme und hungrige Reise im Fuhrwerk von Walk nach Marienburg. Welch ein Gegensatz dazu war diese Reise! Die Bequemlichkeit, das gute Essen, das endlose Gelächter und die Geschichten der Arsentjewas. Anastasia Menschikowa reiste manchmal auf einem eigenen Schlitten, je nachdem, ob ihr nach Gesellschaft zumute war oder nicht. Dennoch war ich mir sicher, dass ihr nichts entging.

Die Landschaft, die vor dem vergitterten Fensterchen des Schlittens an uns vorbeiglitt, glich sich unter der gleißenden Schneedecke von einem Tag auf den anderen, und nur einzelne Ereignisse waren ein Damm im Fluss der Zeit. Etwa der schwere Schneesturm, der selbst unseren Kutscher zwang, in unserem Schlitten Zuflucht zu nehmen. Wir *damy* überboten uns, unanständige Scherze zu erzählen, und lachten über seine roten Ohren. Warwara, Darjas Schwester, gewann den Wettbewerb. Oder die Wölfe, die eines Abends den Schlitten mit ihrem hungrigen Heulen umzingelten. Als Warwara Arsentjewa den lang gezogenen klagenden Laut hörte, schrie sie den Kutscher an. »Peitsch es weg, das Vieh! Ewdokia Lopukina hat sie uns auf den Hals geschickt. Die Hexe! Es sind Geschöpfe des Teufels!« Auch wir griffen zu den Peitschen und schlugen damit auf die Tiere ein. Ihre Augen funkelten im Fackellicht, und das Elend des kargen Winters hing als Geifer an ihren Lefzen. Schließlich holte der Schlitten mit Menschikows Kammerherrn uns ein, und die Männer schossen auf die Wölfe, die sich in ein heulendes, japsendes Knäuel aus Fell, Zähnen und Blut verwandelten. Sie brauchten fünfundzwanzig Kugeln für vier Wölfe. Noch am Abend zitterten mir über den dicken weißen Bohnen mit Speck die Hände, wenn ich an den Vorfall dachte. Doch dann schlüpfte ich in Darjas Pelzmantel und spielte den Wolf, während sie mich mit der Gerte in der Hand über Tisch und Bänke jagte. Alle schrien vor Lachen, und Menschikows Männer prahlten immer und immer wieder mit ihren Heldentaten.

Je näher wir Moskau kamen, umso ansehnlicher jedoch wurden die Gasthäuser. Schweine und Hühner mischten sich nicht mehr wie im Westen des Reiches in der Wirtsstube unter uns, sondern waren in eigene Ställe eingepfercht. Wenn wir den Raum aus der Kälte der Winternacht betraten, dampften unsere feuchten Pelze. Die Hitze und der Gestank der vielen Gäste trafen mich nach der Frische des langen Tages wie ein Schlag. Doch der Eindruck verging nach den ersten Gläsern klaren Wodkas. Ein schwerer Kamin mit einem Sims aus Stein oder Kacheln war das Herz der Wirtsstube, und die Küche servierte dicken Kohleintopf oder Hühnersuppe mit Klößchen und Kraut. Dazu gab es *blintschiki*, kleine Pfannkuchen aus Buchweizen, die um geschmolzenen Käse oder Rauchfleisch gewickelt waren. Ich war immer froh, wenn es eine Stube für uns gab und wir uns nicht auf die Bänke neben die anderen Reisenden drängen mussten. Warwara war das gar nicht recht. »Sollte Martha nicht im Stall bei den anderen Dienern schlafen?« Doch Darjas Zuneigung beschützte mich wieder einmal. Sie ließ unser Bett in der Stube durch den Leib ihrer Dienerin anwärmen, ehe diese dann zusammengerollt auf der kalten Schwelle schlief. Bevor ich an jedem Abend einschlief, betete ich zu dem Gott, der mich hören wollte, und dankte ihm für seine Gnade und Darjas Wohlwollen. Was aber, wenn Warwara sich noch mehr als bisher gegen mich wandte?

»Martha, willst du meine Hofdame werden, wenn wir Moskau erreichen?«, hatte Darja mich noch in der Schlüsselburg gefragt. Der Ausnahmezustand des Lagerlebens war vorbei, und ich war ihr dankbar. »Ich zahle dir einen Lohn, du hast eine eigene Zofe und ein eigenes Zimmer in meinem *terem*.« So nannte sie ihre Räume in Menschikows Palast noch immer. Ich hätte mich ihr vor Freude am liebsten vor die Füße geworfen. Stattdessen umarmte ich sie. »Es wird mir eine Freude und Ehre sein«, sagte ich. »Ich kann es kaum abwarten, dich als Menschikows Braut herauszuputzen.« Sie umarmte mich wieder und küsste mich auf beide Wangen. Aber ewig konnte ich nicht mit Darjas Gnade rechnen. Auch eine Hofdame konnte von einem Tag zum anderen verstoßen werden. Ich hatte keinerlei Sicherheit und konnte mir nicht erlauben, wie Darja und Warwara von einem Tag zum nächsten zu leben. Aber ich hatte doch etwas anderes. Zu meiner Überraschung hatte mir Menschikow vor unserer Abreise noch am Tor der Schlüsselburg eine Börse voller Goldmünzen in die Hand gedrückt. Er schloss mir die Finger um den kleinen Beutel, als mir vor Staunen der Mund offen stand. Die Münzen schimmerten im stumpfen grauen Morgenlicht. Mit so viel Geld hätte ich mir in meinem alten Leben tausendmal die Freiheit erkaufen können. War eine solche Summe eine Lappalie für einen Mann wie ihn? Der Zar und seine Freunde lebten nach ihren eigenen Regeln.

»Aber... Weshalb...?«, stammelte ich und hob den Kopf. »Ich meine, danke...« Er hob abwehrend die Hand und grinste. »Oh, das Gold kommt nicht von mir. Ich verschenke nichts einfach so, das weißt du doch. Aber ich finde schon noch heraus, weshalb man es dir gibt. Geh einkaufen damit! Darja wird dir helfen, eine Ausstattung zusammenzustellen«, sagte er und musterte mich aufmerksam.

»Von wem ist es dann?«

Er schloss meine Finger um den Beutel. »Steck es weg, bevor es dir geklaut wird! Trau niemandem... und am wenigsten mir«, grinste er, raffte den Mantel um sich, drückte den Pelzhut tiefer in die Stirn und stapfte durch den oberschenkelhohen Schnee zur Schlüsselburg zurück. Doch meine Neugierde ließ mir keine Ruhe.

»Ist es vielleicht ein Geschenk von Boris Petrowitsch Scheremetew?«, rief ich ihm hinterher, doch er schnitt nur eine Grimasse, steckte sich die Daumen in die Ohren und wedelte mit den Fingern, da die Rivalität der beiden Männer noch lange kein Ende hatte. Ich aber freute mich. Natürlich, das war Scheremetews Art, mir seine Zuneigung zu zeigen. Nach der Nacht mit Peter hatte er sofort aufbrechen müssen. Wer sonst sollte mir ein solches Geschenk machen? Ich wog die Börse in den Händen. Wenn ich nur meine Familie damit hätte freikaufen können! Wir sollten glücklich und zufrieden bis ans Ende unserer Tage sein. Aber nicht alles im Leben ist immer so einfach.

Wir waren zwei Wochen unterwegs, als Darja zunehmend aufmerksam aus dem Fenster sah. Sie stieß Warwara an und deutete auf die Wälder, die wie ein unendlicher dunkler Strich vor dem silbernen Land lagen. Natürlich, sie erkannte die Landschaft um Moskau trotz des blassen Lichts und des eintönigen Schnees, so wie ich jedes Feld um meine Heimat wiedererkannt hätte.

»Halt!«, rief sie zwei Tage später, kurz bevor wir am Nachmittag die Poststation erreichten. Nur widerwillig zog ich einen Arm unter der warmen Felldecke hervor. »Komm, Martha, ich zeige dir etwas, was deine armen Augen noch nie gesehen haben!« Sie sprang aus dem Schlitten und versank in einer kniehohen Schneewehe, stapfte aber munter weiter. Ich kämpfte mich mühsam hinterher, und schließlich pfiff Darja nach einem Knecht. Er bahnte uns mit seinen Stiefeln einen Pfad bis auf eine kleine Anhöhe.

»Nun komm schon!«, rief sie, stolperte mehrere Male über ihren durchweichten Mantelsaum und richtete sich stets lachend wieder auf. Schnee haftete an ihren nackten Händen und im glühenden Gesicht. Oben angekommen, legte sie mir einen Arm um die Schultern und wies mit der anderen Hand auf die Ebene zu unseren Füßen. »Das sind die Sperlingsberge. Und das, Martha, ist die schönste Stadt der Welt. Moskau.«

Moskau, die Stadt der zweitausend Kirchen, nahm

den gesamten Horizont ein. Die Sonne sank bereits fahl am weißen Himmel, aber die unzähligen Kuppeln und Türme der Stadt sandten ihr ganz eigenes goldenes Licht in den Abend. Der kalte Nachtwind der Taiga erhob sich bereits weit hinter ihren Grenzen, und ich fühlte das pulsierende Leben der Stadt. Der Wind trug ihre Geräusche aus den Straßen, den Gassen und den Häusern zu mir auf die Anhöhe. Peitschen knallten, Frauen lachten, Kinder schrien, und Männer in den *kabaki* fluchten. Das Vieh in den Ställen brüllte, und die Moskwa klapperte auf den Mühlrädern wie die Pferdehufe auf den grob gepflasterten Straßen. Wir rochen die Küchen, die Abwässer in den Gassen, die Märkte und ihre Abfälle in den Straßen, die schweren Öle und die Parfums der Frauen und schließlich das Leben zahlloser Menschen mit all ihrem Glück und Leid.

Moskau war weder ordentlich geplant noch rings um einen Marktplatz errichtet. Ich erkannte zwar Tore, aber keine einheitliche Mauer. Die Häuser wanden sich entlang der Straßen und Gassen wie um das Gehäuse einer Schnecke.

»Es sieht ganz anders aus als Marienburg«, sagte ich zu Darja.

»Natürlich! Es gibt auf der Welt keine zweite Stadt wie diese. Wir sind Moskowiter Tataren, wild und stolz. Du wirst sehen, wie viele von ihnen noch in unseren Straßen unterwegs sind.« Lachend verzog sie die Augenlider bis zu den Schläfen und wies auf die Siedlungen und Felder, die sich dicht um die breite, behäbige Moskwa und die Jausa drängten, einen kleineren Nebenfluss. »Dies sind die *posady*, Vororte, in denen die meisten Geschäfte zu finden sind. Rings um die Läden wohnen die Inhaber samt Gärten, Ställen und Häusern für ihre Bediensteten. Dort findest du auch alle Handwerker und Künstler, die Peter für gutes Geld ins Land holt. Zimmerleute, Seiler, Fässler, Schmiede, Maler und Steinmetze. Dort, um die Jausa und ihre beiden Nebenarme, liegen Moskaus Mühlen. Von den Feldern, die die Moskwa im Frühjahr überschwemmt, stammen das beste Obst und Gemüse im ganzen Land. Dort leben aber auch die Biberfänger, die Fischer, die Falken-, Pferde- und Hundezüchter. Da drüben, in der Honigsiedlung, halten die Imker ihre Bienen, die uns den süßesten Honig liefern...«

»Und wer wohnt in den kleinen *isby* dahinter?«, unterbrach ich sie.

Sie hob die Schultern. »Leibeigene und Bauern. Die Ameisen des russischen Volkes.«

Vielleicht ist meine Familie darunter, schoss es mir durch den Kopf. Mein Herz schlug schneller.

Darja deutete auf drei leuchtende Türme neben einem dunklen Viereck im Herzen der Stadt. »Das ist der Kreml, der Palast aller Paläste. Ringsum stehen die Häuser der Adligen«, sagte sie ehrfürchtig, und ihr hübsches Gesicht ragte wie eine Blüte aus dem weichen Fellkragen hervor. »Und dort drüben liegt der *gostiny dwor*. Dorthin gehen wir so bald wie möglich.«

»Was ist der *gostiny dwor*?«, fragte ich neugierig.

»Ein Wunderland für Frauen, die einen Sack Gold am Gürtel tragen«, erwiderte sie und musterte mich prüfend. Ich hielt es für das Beste, ehrlich zu sein, und fasste an die Börse, die Menschikow mir gegeben hatte.

»Ist es wie ein großer Markt?«

»Ein Markt!«, lachte sie mich aus. »Es ist ein Haus, das nur der Freude am Einkaufen gewidmet ist, und es gibt dort die schönsten *towary*, die beste Ware. Hunderte von Läden mit Gold und Silber, Edelsteinen, Seide, Pelzen, Filzen, Borten und, und, und...« Sie fasste mich am Arm. »Komm, lass uns fahren! Morgen dauert die Reise länger, weil wir die Kontrollen passieren müssen und sicher auch viele Leute treffen, die wir kennen und begrüßen müssen. Zuvor wollen wir uns noch einmal richtig betrinken.«

Wir stolperten durch den Schnee zurück zu unserem Schlitten, wo Warwara uns mit schlechter Laune erwartete, denn die Kupferpfanne an ihren Beinen war erkaltet. Anastasia Menschikowa gab das Zeichen zum Aufbruch. Am Abend im Gasthaus aß und trank der ganze Tross so reichlich von dem angebotenen frischen Brot, dem fetten Lachs, dem körnigen Kaviar, dem getrockneten und geräucherten Wild sowie dem gebratenen Geflügel, dem frischen Käse, der scharf gewürzten Wurst, den dampfenden, mit Zunge und Innereien gefüllten Pasteten, dem würzig eingemachten Rettich und Kohl und den blauen Eiern in einer Soße aus Senf und Rahm, dass dem armen Wirt wohl kein Haar auf dem Kopf blieb und erst recht kein Fass Wodka oder Branntwein in seinem Keller. Doch wie üblich zahlten ihn weder Anastasia Menschikowa noch die Schwestern Arsentjewa, und er ließ uns unter vielen Verneigungen abreisen.

Unsere kleine Reisegesellschaft summte wie ein Bienenstock vor Aufregung über die Ankunft in Moskau. Als ich ins Bett ging, schwirrte mir der Kopf vor Namen und Geschichten, und ich fiel in einen bleischweren Schlaf, der mich Kraft schöpfen ließ für das Unbekannte, das vor mir lag.

30. Kapitel

Menschikows Haus im Viertel Lefortovo war nach dem Kreml das prachtvollste Gebäude in ganz Moskau. Zum Teil war es aus Holz, zum Teil aus Stein oder aus Schiefer und Ziegeln erbaut worden, während die Stadt ringsum aus Holz bestand. Moskau war ständig von einem Großbrand bedroht, denn hier bekämpfte man eine Feuersbrunst erst dann, wenn einige Hundert Häuser davon ergriffen waren und das Abendrot inmitten rot glühender Funken verblasste. Auf Peters Befehl hin durften neue Häuser nur noch in Stein erbaut werden. Wer sich das nicht leisten konnte, musste seinen Grund an einen reicheren Mitbürger verkaufen.

Die Wände in Menschikows Palast waren mit bunt bemalten Ledertapeten ausgekleidet oder mit den Teppichen behängt, die er aus Holland und Flandern mitgebracht hatte. Auf dem Boden glänzte honigfarbenes Parkett in unzähligen Mustern, und überall bullerten warm mit Delfter Kacheln geschmückte Öfen mit breiten, bequemen Bänken ringsum. In Darjas Zimmern, dem *terem*, überlappten sich Perserteppiche und dicke Felle auf dem Boden. Kunstvoll bestickte oder buntseidene Kissen machten Bänke, Tagesbetten und Stühle bequem, und an den Wänden hingen unzählige kostbare Ikonen neben geknüpften Wandbehängen, deren Bilder mir unbekannte, aber wundervolle Geschichten erzählten. Wer war das schöne junge Mädchen, das von einem blumenbekränzten Stier davongetragen wurde? »Das Stierhaar muss sie doch am nackten Hintern piksen«, lachten Darja und ich, ehe wir vor der nächsten Tapisserie stehen blieben. Ein junger Mann bot darauf drei Frauen einen goldenen Apfel an. »Iss ihn selbst, wenn sie ihn nicht wollen!«, sagte ich. Dann tat ich so, als wäre ich ein Wesen, halb Mensch, halb Pferd, und jagte die lachende und kreischende Darja auf den langen Korridoren vor mir her. Schließlich stolperten wir beide und gerieten vor Gelächter völlig außer Atem. »Mit dir ist es immer lustig«, sagte Darja. »Nur Warwara, diese sauertöpfische Ziege, sieht das einfach nicht ein.«

Meine eigene Stube lag zwischen Darjas und Warwaras Räumen. Ja, mein eigenes, echtes Zimmer. Es war größer, als unsere gesamte *isba* es gewesen war. Es hatte einen Ofen, auf den ich meine Kleider vor dem Tragen hängte, sodass ich in warmen Stoff schlüpfen konnte, und das war einfach himmlisch. Ich lief mit bloßen Füßen über den dichten Flor der Teppiche auf dem Steinfußboden und strich im Vorbeigehen über die goldenen Rahmen der Ikonen. Nie wieder wollte ich so elend leben wie in unserem *mir*. Meine Matratze bestand aus dickem Rosshaar, und das Bett war mit reinem Leinen bezogen, das nach den Kampfersäckchen in den Wäschetruhen duftete. Nachts deckte ich mich noch mit Fuchspelzen zu. So fühlte ich mich warm und geborgen wie im Mutterleib. Darja gewährte mir eine eigene Truhe aus bemaltem Holz mit Eisenbändern und Schieferplatten und sah mir zu, wie ich meine wenigen Habseligkeiten darin faltete, darunter einige von ihr geerbte wie auch in Marienburg geplünderte Kleidungsstücke.

Sie runzelte die Stirn. »So geht das nicht weiter. Du brauchst ordentliche Kleidung für das Julfest. Gib mir die Geldbörse!« Sie wog den Beutel in der Hand, nachdem ich ihn zwischen Bettrahmen und Matratze hervorgezogen hatte. »Du meine Güte, davon können wir Seiden für seinen ganzen Staat kaufen! Weshalb ist dein unbekannter Verehrer so großzügig?«, fragte sie. Sie konnte sich ihrer Stellung nie sicher sein, solange sie nicht Darja Menschikowa war. Bisher zeigte Alexander Danilowitsch allerdings nicht die geringste Neigung, mit ihr unter die Brautkrone zu treten.

»Es ist kein unbekannter Verehrer. Das Geld muss von Scheremetew stammen. Er ist warmherzig und feinfühlig und will mich nicht beschämen. Ebenso wie Menschikow will, dass deine Hofdamen dir Ehre machen«, sagte ich schmeichelnd, als Warwara zu uns trat. Sie ließ Darja und mich nie allzu lange allein, wenn es sich vermeiden ließ.

»Nun, wenn es bei diesem frommen Wunsch bleibt. Scheremetew, sagst du? Das erstaunt mich. Der Alte hat einen Igel in der Tasche. Betrachte doch nur sein schäbiges Haus und seine schlecht gekleidete Frau! Weshalb sollte ein Graf des Russischen Reiches außerdem einer wie dir Gold schenken? Was du zu bieten hast, gibt es für ihn umsonst.«

»Was meinst du damit?«, fragte ich beherrscht, denn ich wagte es nicht, Warwara gegenüber rüde zu sein. Doch ich hatte bereits gelernt, dass ich nicht mehr geliebt wurde, indem ich zu allem Ja und Amen sagte, und sollte wenigstens meine Grenzen ehren.

»Eine Magd sollte nie schöner als ihre Herrin sein. Und Männer haben immer einen Hintergedanken. Seit wann ist Alexander Danilowitsch für seine Wohltätigkeit bekannt?«

Darja blickte von mir zu ihrer Schwester. »Lass uns gehen, Martha!«, sagte sie schließlich. »Die Zeit drängt.«

Der *gostiny dwor* war genau das, was Darja ihn genannt hatte – ein Wunderland für Frauen mit einer Börse Gold am Gürtel. Sicher, früher hatte ich kleinere Dinge auf den Märkten des Frühlings- und Herbstfestes im Tausch erstanden, und auf dem Markt von Walk und Marienburg hatten die wohlhabenden Bürger bei den reisenden Händlern eingekauft. Diese Buden waren jedoch von einem Tag auf den anderen verschwunden, während Schneider, Schuhmacher, Taschner und Goldschmiede ihre eigenen Läden in der Stadt hatten. Doch ich hatte meinen Fuß nie in ein solches Geschäft gesetzt.

Von Menschikows Haus war es nicht sehr weit bis zum *gostiny dwor*. Unser Schlitten schlängelte sich durch die gedrängt vollen Gassen und hielt einige Hundert Meter jenseits des Schönen oder Roten Platzes an.

»Du kannst in der *kabak* einkehren, aber wehe, du betrinkst dich zu sehr!«, warnte Darja den Kutscher, der die Mütze zog, als wir dem Schlitten entstiegen. Sie fasste meine Hand und wollte mich mit sich ziehen, doch ich blieb stehen und musste erst einmal alles betrachten. Es war unfassbar. Der *gostiny dwor* war keine Ansammlung von kleinen Buden oder auch Läden, wie ich sie kannte, sondern ein offensichtlich sorgfältig geplantes zweistöckiges Gebäude aus rotem Backstein.

Es diente dem Einkaufen, an jedem Tag, das ganze Jahr über. Der Eingang und die Straße wirkten so geschäftig wie ein Ameisenhaufen, und ich reckte den Hals. Innen sah ich Arkaden über Arkaden, die verschiedene Geschäfte beherbergten. Händler gingen mit ihren Waren in Schachteln, Ballen und Bündeln ein und aus. Boten liefen aus dem Tor, Diener riefen sich Befehle zu und traten nach den Lieferjungen, stolz auf ihre lächerlich geringe Autorität. Mägde folgten ihren Herrinnen mit gesenktem Blick und sahen sich doch nach den wartenden Lakaien und den kräftigen Trägern um, die neben ihren Karren am Eingang herumlungerten, jedem Mädchen nachpfiffen und den vom Kautabak rot verfärbten Speichel auf den Boden spuckten.

»Komm!«, sagte Darja ungeduldig und ging mir mit allem Stolz und aller Haltung voran, die ihr die hohe Geburt und ihre Stellung als Menschikows Geliebte verliehen. Sie wusste offensichtlich ganz genau, wohin sie wollte, während ich langsam hinterherbummelte. Schließlich gab es so viel zu sehen und zu berühren. Die Läden verkauften Waren, von deren Schönheit ich nichts geahnt hatte – Edelsteine, Elfenbein und Ebenholz, Schildpatt und Perlmutt, Emaille, Porzellan und Perlen in allen Tönen von *smetana* bis Schiefer. Gern wäre ich so wie Darja einhergeschritten, doch die Armut haftete an mir wie einst die Blutegel im Teich und ließ mich nicht los. Wenn die Verkäufer mich so sahen, schoben sie sich vor die Ballen mit Samt und Seide oder machten sich plötzlich an den offenen Laden mit den bunten Bändern zu schaffen, als ob ich dort etwas stehlen wollte. Es schmerzte, und mit brennenden Wangen eilte ich weiter. Diese Örtlichkeit war nicht so unterhaltsam, wie ich sie mir vorgestellt hatte. Da sah ich Darja mit einem drahtigen kleinen Mann zusammenstehen. Ich bereitete mich auf die nächste Ablehnung vor, doch seine Augen glänzten wie feuchte Kiesel an der Vaïna, und seine gezwirbelten Schnurrbartenden standen wie ein zweites Lächeln in seinem Gesicht. Sein Blick wog mich rascher als der Flügelschlag einer Schwalbe ab, ehe er mir die Hand küsste, ganz so, als wäre auch ich eine Dame.

»Herrin Martha, welche Freude! Ich bin Maître Duval aus Paris und habe genau das, was die Damen brauchen.« Sein Russisch klang noch lustiger als meines, während er uns in seinen Laden führte. Maître Duval machte keine leeren Versprechungen. Seine Schneider maßen meinen üppigen Körper von Kopf bis Fuß aus und erteilten ihren Lehrjungen flüsternde Anweisungen. Diese rollten zu unseren Füßen schillernde Seiden und knisternden Damast aus, bevor sie mir den Stoff an die Wangen hielten und ich mein Spiegelbild in einer polierten Metallplatte überprüfte. Darja und ich nippten an *tschai* mit Wodka und knabberten an Gebäck, das vor Honig und Pistazien nur so triefte. Monsieur Duval riet mir zu Farben, die mir schmeichelten. »Die Frühlingstöne überlassen wir Herrin Arsentjewas heller Schönheit«, sagte er. »Eure Haut erinnert mich an sattes Gold, die Haare an Rabenschwingen. Ich denke da eher an Juwelenfarben.« Der rubinrote Samt war so weich wie eine Katzenpfote an meiner Wange, die saphirblaue Seide und der Damast in tiefem Orange brachten meine Augen zum Leuchten. Zuletzt verschwand er noch einmal mit geheimnisvoller Miene in seinem Lagerraum. »Der einen Verlust ist der anderen Gewinn. Ich habe hier einen grünen Mantel, der einfach unglaublich aussehen wird.« Er klatschte vor Freude in die Hände, als ich in den Mantel schlüpfte und mich um die eigene Achse drehte. Der schwere Stoff schwang berückend um meinen Körper. Ich fühlte mich so besonders und schön wie nie zuvor in meinem Leben. Als alle Bestellungen verzeichnet waren und Darja und ich gehen wollten, zog Maître Duval die Stirn kraus und senkte die Stimme und zwinkerte mir zu, ohne vertraulich zu werden. »Nicht so eilig! Was eine Dame unter ihrer Kleidung trägt, ist genauso wichtig wie die Robe selbst.« Er öffnete eine Lade, zog hauchdünne, zart geklöppelte Spitze hervor und hielt sie gegen das Licht. Darja kicherte. »Los, Martha! Er hat ganz recht. Lass uns den alten Scheremetew überraschen, ja?« Nachdem ich alles bezahlt hatte – ich legte Duval ein Vermögen und sicherlich mehr als notwendig auf den Tisch –, durften wir gehen, aber erst nach vielen Verneigungen, Handküssen und abgenommenen Versprechen, bald wiederzukommen. »Jetzt der Kürschner«, entschied Darja. »Dein Mantel muss mit Fuchsfellen gefüttert werden.« Der Kürschner bat uns, nach seiner Lieferung in drei Tagen wiederzukommen, doch er ließ sich nach einigem Handeln und Schöntun eine Fuchsmütze abschwatzen. Ich trug sie mit Stolz wie ein Mädchen von Stand, rückte sie nach links und verbarg mein Haar darunter. Als wir zum Schlitten zurückkehrten, schwebte ich, so leicht waren mir Herz und Kopf, leichter, als wenn ich als Kind meinem Vater Tabak geklaut hatte und daran saugte. Wie wunderbar fühlte es sich an, Geld zu haben und dieses einfach so, vollkommen unvernünftig, nach Belieben auszugeben! Vielleicht hätte ich sparen sollen, aber ich konnte den Versuchungen des *gostiny dwor* nicht widerstehen. Wenn ich ein gutes Leben haben wollte, dann musste ich dafür auch gekleidet sein. Wäre doch nur Christina bei mir gewesen! Sie hätte einen solchen Ausflug ebenfalls in vollen Zügen genossen.

Draußen auf der Straße wankte der Kutscher auf uns zu, der nach seinem Besuch in der *kabak* natürlich sturzbetrunken war. Darja und ich seiften ihn mit Schnee ein, bis er wieder frisch war, mit roten Wangen nach Luft rang und sich auf den Kutschbock hievte. Als die Kufen unseres Schlittens auf dem frischen Schnee durch die Dunkelheit glitten, schneite es wieder in dicken Flocken, und die Glocken der Erzengelkirche, des höchsten Gebäudes von Moskau, läuteten in die lebendige Nacht der Stadt hinein. Der Schneematsch gefror zu kristallenem Eis, und die Fußgänger schlitterten in ihre Häuser zurück. Etliche Leute sahen wir platt auf dem Hosenboden sitzen und schüttelten uns vor Lachen.

In Menschikows Haus verneigte sich der Stalljunge tief vor mir, als er mich mit meiner Mütze und dem neuen Mantel näher kommen sah. Dann erkannte er seinen Irrtum und starrte mich nur noch an, während ihm der Kutscher die Zügel reichte. Beide Männer führten die Pferde weg, drehten sich aber immer wieder um, beäugten mich und grinsten, bis sie im Dunkel der Stallungen verschwanden. Auf der Türschwelle knickste die Magd, musterte mich dann aber überrascht und schließlich voller Eifersucht. Obwohl sich ihre jungen Züge verhärteten, blieb ich gelassen und folgte Darja ins Haus, wo ich mich niederbeugte, um mir den Schnee vom Mantelsaum zu klopfen. Warwara eilte den Gang entlang, denn sie musste die Ankunft des Schlittens gehört haben. Sie lächelte, hatte die Arme ausgebreitet und schon das für Gäste übliche Angebot von Wodka und Gebäck auf den Lippen. Ich sah auf und hielt mich gerade: Warwara hielt mitten im Schritt inne und ließ die Arme sinken, doch ihr Blick nahm alles an mir wahr. Ihr Gesicht verdunkelte sich, und sie drehte sich weg. »Bleib doch, Warwara! Sei doch nicht immer so eine Spielverderberin!«, rief Darja, doch umsonst.

In jener Nacht schlief ich mit meiner Fuchsmütze auf dem Kopf, so glücklich war ich.

In meiner *mir* hatten die Mönche die Zeit seit der Schöpfung der Welt berechnet, doch Zar Peter änderte selbst das. Zählte man in Moskau die Tage seit Christi Geburt, so richtete sich selbst das Julfest nun nach den Wünschen des Zaren. Der Neujahrstag lag auf dem ersten Tag des Januar, kurz vor dem Dreikönigstag, und nicht mehr Anfang September. Dem Frohsinn tat das keinen Abbruch, und die Feiern zum Julfest begannen bereits Mitte Dezember. Der Reigen an Festmahlen, Paraden, Spielen, Mummenschanz, Feuerwerken, Abendessen, Bällen und auch Messen zog sich bis zum Dreikönigstag hin.

»Der Zar und Menschikow werden bald ankommen«, sagte Darja, die eine Depesche in der Hand hielt. Warwara sandte nach dem Schlitten und verschwand im *gostiny dwor,* während ich meine eigenen Kleider immer und immer wieder betrachtete. Ich befühlte jeden Stich in den teuren Stoffen ebenso wie die zarte Spitze an Schultern und Säumen. Waren sie für ein Wiedersehen mit dem Zaren gut genug? Bei dem Gedanken daran schlug mir das Herz bis zum Hals. Sollte er sich so wie ich an die Nacht erinnern, in der ich alle seine tausend Dämonen verjagt und ihn in den Armen gehalten hatte? Natürlich nicht, schalt ich mich. Es gab zahllose Arme, die Peter hielten, in jeder Nacht, sei es im Feld oder in seinem Palast. Dennoch konnte ich weder seinen heißen Atem an meiner Brust noch die Ruhe vergessen, die wir gemeinsam genossen hatten. Warwara Arsentjewa war in jenen Tagen von katzenhafter Laune und unberechenbar, denn für sie stand alles auf dem Spiel. Einer Magd, die ihr ein Kleid beim Bügeln verbrannte, ließ sie erst spitze Hölzer unter die Fingernägel treiben, bevor sie das arme Ding an den Füßen zuerst in der Wäschekammer aufhängte, bis ihr fast der Kopf platzte. Mich dauerte das Kind, das tagelang vor Schmerz heulte. Doch ich hielt mich zurück, denn allzu leicht konnte ich an ihre Stelle geraten, und ich dachte an Olgas Worte, damals in Wassilis Haus. Versuch *nicht, mir zu helfen. Es ist umsonst. Hilf dir selbst.* Ich spürte, dass Warwara nur auf ihre Gelegenheit wartete. Alles, was mich noch schützte, war Darjas Freundschaft.

Dann, zwei Tage vor dem Beginn der Feierlichkeiten, bäumte sich Moskau auf wie unter einem Peitschenhieb. Der Zar und sein Gefolge aus Tausenden von Männern trafen aus dem Westen ein. Die Stadt warf sich Peter toll wie ein junger Hund in einem Freudentaumel entgegen. Moskau feierte um sein Leben, so als hätte die Stadt geahnt, dass die Tage ihres Glanzes gezählt waren.

Denn Peter hatte sein Urteil über die verhasste Stadt schon längst gefällt.

31. Kapitel

Unser Schlitten glitt knirschend über den harten Schnee der schmalen Straßen, die erst zum Schönen Platz am Kreml führten. Hunderte von Menschen waren zur ersten Feier im großen Festsaal des Palastes eingeladen. Ich konnte mir an jenem Abend keine schöneren Frauen als die Arsentjewas vorstellen, auch wenn ausländische Gesandte die Versuche der russischen Damen, sich nach westlicher Mode zu kleiden und zu schminken, angeblich nur belächelten. Darjas Haar war in einen dreifachen Knoten geschlungen, und zehn Reihen Perlen betonten ihren langen Hals. Der Ausschnitt des tiefblauen Kleides presste ihren vollen Busen als zwei verlockende Halbkugeln nach oben. In der tiefen Spalte zwischen den Brüsten klebte ein Schönheitsfleck, der sich dort aufreizend hob und senkte. Warwara trug kaiserliches Grün, und ihr flammenfarbenes Haar war mit den Federn eines seltenen Vogels aus einem Land weit im Süden aufgesteckt. Von ihren Ohren baumelten goldene Ohrgehänge mit jeweils einem einzigen großen Smaragd in der Mitte. Sie schwieg während der Fahrt und spielte unruhig mit ihren langen Lederhandschuhen und ihrer bestickten Börse. Darja hatte mir zu meinem tabakfarbenen Seidenkleid geraten. Bei Kerzenlicht schimmerte der Stoff wie Feuer. In meinen Haaransatz hatte ich einige ihrer Perlenschnüre geflochten, ansonsten fielen mir die Haare als einziger Schmuck offen und glänzend über die Schultern. Ich war weder die Geliebte eines Mannes noch einer Frau und konnte mich demzufolge nicht mit deren Geschenken schmücken.

Der Kreml zog sich entlang der Längsseite des Roten Platzes, der im Licht der Fackeln und der Laternen wie verzaubert aussah. In den Geschäften im Innern der dreistöckigen Häuser mit den geöffneten Ladenpforten aus Stein rings um den Platz herrschte reges Treiben. Aus den Kaffeehäusern, die laut Darja vor nur wenigen Jahren in Moskau eröffnet worden waren, fiel Licht in das dichte Schneetreiben der frostigen Nacht, und ihre Fensterscheiben waren beschlagen. Außer den Bürgern, den Soldaten, den Schlitten und den Männern hoch zu Ross hasteten Bedienstete über den Platz, um noch letzte Besorgungen zu erledigen, während sich lose Mädchen an den Mauern feilboten und Bettler in den Ecken der Häuser Schutz vor dem eisigen Wind und dem Schneegestöber suchten. Am Morgen würden ihre erfrorenen Körper vor die Stadt gebracht und in offene Lehmgruben geworfen werden, den hungrigen Wölfen zum Fraß.

Darja wies auf einen besonders hohen Turm des Ziegelpalastes, der von einer dreifachen Mauer aus Stein umgeben war, hinter der zahllose Kuppeln und Dächer aufragten. »Das ist der Glockenturm von Iwan Grosny«, erklärte sie.

»Iwan der Strenge?«, übersetzte ich. Den Namen hatte ich noch nie gehört, aber er klang hart in meinem Ohr.

»Ja, oder der Schreckliche! Ein Zar, der lange vor Peter herrschte. Iwan hat Abertausende von Menschen getötet und sogar seinen eigenen Sohn erschlagen.«

Alle drei bekreuzigten wir uns entsetzt. »Wenn ihn dann entsetzliche Schuldgefühle überfielen, läuteten über Stunden hinweg die Glocken in dem Turm. Peter hat mir diese Geschichte erzählt«, fügte Darja stolz hinzu. »Der Turm ist so hoch, weil Iwan alles überblicken wollte. Nichts fürchtete er so sehr wie Verrat und Aufstand. Kein Wunder! Bei einem seiner Wutanfälle ließ er die halbe Bevölkerung von Nowgorod unter das Eis drücken.«

Warwara lachte klirrend, aber ich sah nach draußen. Wir fuhren über die gesenkte Brücke in den Hof der Zarenfestung ein, die ein düsteres Gegenstück zu den reich verzierten Türmen und Kuppeln der benachbarten Basiliuskathedrale darstellte. Ich wollte ihren Anblick im hellen Mondlicht für immer festhalten, doch zwischen den tanzenden Schneeflocken löste sich jeder Eindruck während eines Wimpernschlags wieder auf. Oh, konnte ich die Zeit nicht anhalten?

»Was geschieht nun?«, flüsterte ich aufgeregt.

Darja öffnete ihren Fächer, auf dessen bemalter Seide eine üppige rosige Nackte von einem bocksgleichen Wesen bestiegen wurde. Die Dunkelheit im Schlitten verbarg die Hitze, die mir in die Wangen stieg. Das Bild erinnerte mich an die Lust, die ich in Antons Armen empfunden hatte. »Nun wird die Welt auf den Kopf gestellt!«, lachte sie und stieg nach Warwara vom Schlitten. »Wer es nicht mit eigenen Augen gesehen hat, kann es nicht glauben.«

In den Gängen des Kreml erwachten die Schatten zum Leben. Unzählige Kerzen brannten, und es roch sauer nach Talg und herb nach den Kräutern und dem Weihrauch, die in den Ecken in Räucherpfannen schmorten. Diese Mauern zwangen jeden Russen zu dumpfem Gehorsam. Jeder Stein sprach von der Größe und Grausamkeit der Zaren. Unsere Schritte hallten auf dem kahlen Steinboden wider, und die Blicke der Heiligenbilder in ihren kostbaren Rahmen streiften mich spöttisch. Was hast du hier verloren?, schienen sie zu fragen. Hier, wo sich sonst nur die Edelsten unter den Edlen des Reiches aufhielten. Die Höflinge selbst wirkten steif und unsicher in ihren Kleidern nach Art des Westens, und der eine oder andere Pope in langem dunklem Gewand und mit einem Brustkreuz, der *panagia*, musterte Darjas Ausschnitt voller Missbilligung. Mich fröstelte in den Räumen, und ich dachte an Scheremetews Geschichten von Peters Kindheit. Wie konnte er hier feiern, nachdem seine Familie vor seinen Augen aufgeschlitzt und zu Tode gemartert worden war? Wo die Teppiche mit dem Blut der Seinen getränkt und das Dach mit ihrem Tod gedeckt war? Einer dieser Flure musste zur Roten Treppe führen, über die die Strelitzen ihn als Kind an den Haaren gezerrt und als Hurensohn beschimpft hatten. Kein Wunder, dass er unter Albträumen litt.

Plötzlich aber war alles anders. Ein letzter langer Gang endete vor zwei Flügeltüren. Der Korridor badete im Licht, und schon aus der Ferne hörten wir Musik, Gejohle und Trommelschläge. Geblendet blinzelte ich in die plötzliche Helligkeit. Darja aber schob mich weiter. »Nur Mut, Martha! Trink und lach und dank deinem Schicksal, dass du hier bist.«

Wie recht sie hat, dachte ich, als die Flügeltüren von den Gardisten aufgestoßen wurden.

32. Kapitel

In dem langen Saal saßen reich gekleidete Menschen um niedrige Tische. Ihre Gesichter waren rot von Trank und Gelächter. Die Musik klang leicht, fremd und perlend. Sie sprach nicht von der unstillbaren Sehnsucht des russischen Gemüts wie die anderen Melodien, die ich kannte. Diener stemmten Platten voller Köstlichkeiten auf den Schultern und kämpften sich ihren Weg durch die Menge. Trotz der Fastenzeit boten sie auch Fleisch an – Geflügel aller Art und gebratene Wildschweine, von deren Kruste noch das Bier tropfte und denen die Köche Obst in die Schnauze gestopft hatten. Ich entdeckte duftende goldene Pasteten, die mit Gemüse und Fleisch gefüllt waren, Platten mit Lachs oder Stör und Schalen mit Kaviar, zu dem gehackte Eier und Zwiebeln, *smetana* und knusprige kleine *blintschiki* aus Buchweizen gereicht wurden. Der Mundschenk und seine Männer füllten den Gästen unmäßig große Becher bis zum Rand mit Wodka und Branntwein voll. Die Humpen reichten einem Mann von der Hand bis zum Ellbogen! Alle soffen so ungeniert, dass ihnen die Getränke übers Kinn auf die edle Kleidung tropften. Ich nahm einen der *blintschiki* von einem dargebotenen Teller, häufte den mattgrau schimmernden Kaviar darauf. Dann löffelte ich *smetana* und Ei darüber. Es schmeckte köstlich.

Beim zweiten Mal nahm ich gleich noch mehr Kaviar und einen dritten der *blintschiki*, denn wer wusste, wie lange meine Glückssträhne anhielt?

Darja und Warwara flüsterten im Schutz ihrer großen Fächer, und ich spitzte die Ohren. »Da ist der Zarewitsch, Alexej. Wie erwachsen er im letzten Jahr geworden ist!«

Prinz Alexej konnte kaum älter als zwölf oder dreizehn Jahre alt sein und wirkte nicht im Geringsten erwachsen. Mit seiner schlichten dunklen Kleidung, dem ungepuderten langen Haar und dem blassen Gesicht sah er aus wie ein Kind, das sich nach einer Umarmung sehnt. Ausdruckslos und mit tief in den Höhlen liegenden fast schwarzen Augen beobachtete er das wilde Treiben.

»Und das dort ist die Zariza Praskowia, die Witwe von Zar Iwan, dem Idioten. Natürlich hat sie ihre drei Töchter mitgebracht, denn sie will sie unbedingt verheiraten und liegt dem Zaren damit in den Ohren. Dabei weiß jeder, dass Iwan, Gott habe ihn selig, nicht der Vater der Mädchen ist«, raunte Warwara. »Sie lebt mit einem Lumpenstaat an verrückten Frauen, einem stinkenden Gesindel. Das letzte Mal, als der Zar sie besuchte, tanzte zum Essen und zur Musik ein splitternacktes stummes Mädchen. Ihre Brüste baumelten wie die Eier eines Ochsen, und ihr Busch zog sich bis über ihre Schenkel hinauf«, lachte Warwara und schüttelte den Kopf.

Ich ließ mir einen großen Becher mit ungarischem Wein vollschenken und leerte ihn in einem Zug. Beeindruckt zog der Schenk die Augenbrauen hoch und füllte mir nach. Meine Laune stieg spürbar. Welch prachtvolles Fest!

Paukenschläge erklangen, und eine erwartungsvolle Stille senkte sich über den Saal. Selbst die Zarenwitwe Praskowia hörte auf zu schwatzen, und der Zarewitsch hob den Kopf. Durch die Schar der Musikanten lief es wie eine Welle, als mit einem gewaltigen Tusch die Türen aufflogen und unter Gejohle und ohrenbetäubendem Lärm eine bunte Truppe hereinkam, die auf ihren Schultern einen Thron trug. Der Mann darauf war reich gekleidet und hatte eine Krone auf dem Kopf. Aber es war nicht der Mann, den ich als Zaren von Russland im Lager von Marienburg in den Armen gehalten hatte. Erstaunt sah ich mich um. Die Prozession zog mit Getöse an mir vorbei, die Anwesenden erhoben und verneigten sich. Da tat mein Herz einen Sprung, denn der Peter, den ich kannte, löste sich aus dem Menschenknäuel, das dem Thron folgte. Mit der schmalen Hose, den eng geknöpften Gamaschen, der blauen Jacke und dem roten Halstuch glich er eher einem friesischen Segler, obwohl er alle anderen Männer um Haupteslänge überragte. Nun sah ich auch Alexander Danilowitsch Menschikow sowie die Prinzen Golowkin, Naryschkin und Trubezkoi. Nur Scheremetew war nirgends zu sehen, was mich beinahe erleichterte. Die Prozession kam zum Stehen, und Peter verneigte sich vor dem Thron. Was für ein hässlicher Fettwanst darauf saß! »Grüßt mit mir den Prinz-Cäsar Fjodor Romodanowski!«, rief Peter. »Bittet ihn, die Trunkene Synode allergnädigst beginnen zu lassen!« Er gab den Trägern ein Zeichen, und unter übertriebenem Ächzen und Stöhnen setzten diese den Thron ab. Wer war das Ungeheuer auf dem Thron? Wer auch immer – alle Anwesenden wussten Spiel und Wirklichkeit sehr wohl zu unterscheiden, denn sie erhoben sich vor Peter. »Ihr müsst trinken, sonst gestattet er euren Wunsch nicht«, forderte er.

Alles schubste und drängte, um sich lachend von den Mundschenken die übergroßen Becher füllen zu lassen. Peter lief der Wein über das Kinn auf die gelbe Seide seiner Leibweste. »Trinkt! Sonst setzt es was!«, rief er, zwang einer lachenden jungen Frau den Kiefer auf und schüttete ihr den Inhalt des Krugs in den schlanken weißen Hals. Sie gurgelte, und kaum hatte sie tapfer alles geschluckt, küsste Peter ihre rosigen Lippen.

Ich wandte mich ab. »Wer ist das?«, fragte ich Darja und wies mit dem Kinn auf den Thron. Der fette Unhold darauf rülpste gerade, wobei ihm die Krönungskappe verrutschte.

Darja ließ sich ihren Becher nachfüllen. »Ich habe dir doch gesagt. Heute Nacht wird die Welt auf den Kopf gestellt. Peter ist nur ein gemeiner Matrose, und auf dem Thron sitzt ein sogenannter Prinz-Cäsar. Der Mann hat schon für Peter die Stellung im Kreml gehalten, als dieser vor Jahren in Holland reiste. Er hat den Zaren auch vor dem zweiten Strelitzenaufstand gewarnt.«

Ringsum stimmte die Menge ein Lied an, und Peter klatschte mit strahlendem Gesicht im Takt mit. »Die Trunkene Synode. Herr, wir bitten dich. Die Trunkene Synode! *Sumasbrodneischi, wseschuteischi, wsepjaneischi sobor!*«, jubelte er der Menge vor.

Der Zarewitsch hatte die Arme vor der Brust verschränkt, doch Menschikow stieß ihn grob an. Da klatschte auch Alexej mit. Darja winkte Menschikow zu, und dieser vollführte einen übertriebenen Kratzfuß.

»Spaßvogel«, sagte sie zärtlich. »Meinst du, er wird je um meine Hand anhalten?« »Natürlich«, sagte ich.

»Ich möchte nichts lieber, als mich daheim um unsere Kinder zu kümmern und ihm eine gute Frau zu sein. Aber so muss ich nach seinen Regeln spielen.«

Nun flüsterte der Zarewitsch Alexander Danilowitsch etwas zu. Dessen Gesicht verfinsterte sich. Er versetzte Alexej eine Ohrfeige, und die dunklen Augen des jungen Prinzen füllten sich mit Tränen, als er nach hinten trat und mit den Schatten verschmolz. Menschen, Freude und Farben schoben sich wie eine Wand zwischen uns.

»Hier verlässt niemand den Raum, bevor wir nicht ordentlich gefeiert haben. Es gibt auch keinen Rheinwein, sondern nur schweren ungarischen Wein. Ich will, dass euch die Köpfe schwirren und dass ihr nicht mehr wisst, wer ihr seid. Wer nicht gehorcht, den lasse ich zur Strafe doppelt trinken!«, schrie Peter. Soldaten postierten sich neben den Türen, und niemand konnte entkommen. Die Menge forderte schreiend die Trunkene Synode, der Prinz-Cäsar hob beschwichtigend die Hände, und auf einmal flogen die Doppeltüren wieder auf. Herein ritt auf einem alten Esel Prinz Nikita Sotow. Er war nackt bis auf einen Lendenschurz und eine Bischofskrone aus Blech, die ihm schief in die Stirn hing. Ihm folgte allerlei gotteslästerliches Gesindel. Halb nackten Huren baumelten schwere Kreuze, die *panagia*, zwischen den losen Brüsten, und Buben mit Kränzen im Haar spielten Flöte oder schwenkten Fahnen, auf denen sich zwei Tabakspfeifen zu einem Kreuz formten.

Die Menge brüllte. »Patriarch Bacchus! Komm und gib uns deinen Saft!« Es war so lustig, dass ich mich vor Lachen verschluckte und mitklatschte. »Komm und gib uns deinen Saft!« Das geschah den stinkenden russischen Mönchen recht! Wie oft hatte ich ihren gierigen Knoblauchatem viel zu dicht an meinem Gesicht gerochen und ihre zwickenden knochigen Finger am Hinterteil und an der Brust gespürt, wenn ich in der Küche des Klosters ausgeholfen hatte.

Nikita Sotow besprengte die Menge mit Weihwodka, und die Gäste empfingen seinen Segen mit ausgestreckten Zungen. Einige junge Prinzen packten seinen Esel und wollten ihm die Hinterbacken küssen. Das Vieh bockte, sie packten es am Schweif und rupften daran.

Die Arsentjewas ließen sich nun um Menschikow nieder. Doch gerade als ich mich dazugesellen wollte, packte mich jemand fest von hinten. Ein Arm legte sich um meine Mitte, und eine erstaunlich kleine Hand spielte vergnügt mit den Bändern an meinem Kleid. Peter drückte mich an sich. »Gefällt dir mein Fest, *matka*?«, fragte er. Mein Herz schlug einen Purzelbaum. Er erkannte mich wieder! Der Zar nannte mich wieder wie schon in der ersten Nacht *altes Mädchen*. Ich sah ihn an. Sein Gesicht war vom Wein, der Hitze im Saal und der Heiterkeit gerötet, und er schwankte. Nikita Sotow sprengte Wodka auf uns. »Martha! Ein besonderer Segen für dich.« Der Schnaps rann mir klebrig über die Stirn, und als der Esel zu uns kam, rief ich, angesteckt von all dem Übermut und der Freizügigkeit: »Mein Zar, halt dem Esel den Kopf!«

Er gehorchte, der Esel bockte und schlug aus. Prinz Sotow verlor seine Kappe aus Blech und bunten Steinen und schrie: »He, lasst das bleiben! Das ist ein heiliger Esel!« Er schlug mit seinem Wedel nach uns, doch Peter und ich wichen ihm aus, und ich tunkte dem Esel die Schnauze tief in meine große Tasse voll Wein. Das Vieh soff gierig, und Peter lachte donnernd, als der Esel auch noch furzte.

»Eselswind! Lass uns in See stechen! Ahoi!«, schrie er entzückt, riss einer *damy* kurzerhand das Schultertuch ab und hielt es dem Esel wie ein Segel an den Hintern. Das Tier aber torkelte hilflos durch den Raum. Sotow schrie, gab ihm die Peitsche und trank nebenbei von seinem Weihwodka.

Peter befühlte den Stoff meines Kleides. »Schön. Es sieht aus, als ob Flammen über deinen Körper lecken.« Er lachte mit festen weißen Zähnen. »Aber ich hoffe, das war nicht alles, was du für einen Sack Gold im *gostiny dwor* bekommen hast. Oder hast du dich übers Ohr hauen lassen?«

Ich schüttelte den Kopf. »Nein! Es gab so wunderbare Dinge wie…« Ich stockte. Das Gold war kein Geschenk Scheremetews gewesen, sondern das des Zaren! Er lachte und küsste mich auf die Wange. »Das ist ein geringer Lohn für die Nacht besten Schlafes, die ich seit Langem hatte. Das habe ich dir zu verdanken. Mein Gold hast du gut angelegt.« Er strich ohne Umstände über mein Leibchen und meinen Busen und rieb mich dort, wo er die Brustwarzen vermutete. Mir wurde heiß, aber ich zwickte ihn lachend in die Finger. »Hände, die wildern, geraten in die Wolfsfalle.«

Er sah mich mit funkelnden Augen an. »Hast du Hunger?«

Ich nickte. Die paar *blini* mit Kaviar waren nicht genug gewesen. Er führte mich zu dem niedrigen Tisch, wo Menschikow mit Warwara und Darja saß, und ich erkannte auch Pawel Jaguschinski, den Verwalter von Peters Haushalt, und natürlich Anastasia Menschikowa wieder. Sehr dicht neben ihr saß ein gut aussehender Fremder wie auch ein Mann mit kohlrabenschwarzer Haut, ein fetter Zwerg und ein Mann von Riesenwuchs. »Martha, dies ist Louis Bourgeois aus Lissabon!« Was für ein Zirkus sich hier bot! Nicht nur Peters Schwägerin, die Zariza Praskowia, stellte sich ihr eigenes Zelt der Wunder zusammen. Warwara sah auf, als Peter meine Hand hielt und mich mit sich führte. Ihr Blick war eine einzige tödliche Drohung, doch ich achtete nicht darauf. Heute Nacht oder nie! Mir schwindelte, und ich war dankbar, als Peter mich auf die Kissen neben sich zog. Er ließ uns die riesigen Tassen bis zum Rand füllen und erklärte stolz: »Dies sind Adlertassen. Ich habe sie selbst entworfen, denn die normalen Humpen fassen nicht genug.« Er klatschte in die Hände. »Ein Trinkspiel, los! Ich habe *matka* wiedergefunden, und sie trägt ein schönes Kleid aus Seide. Lasst uns darauf trinken! Ungarischen Wein. Und wehe, ich erwische jemanden mit Rheinwein«, drohte er dann nur halb im Spaß.

Die Tischgesellschaft johlte, und der Zwerg schlug trunken und schief einen Purzelbaum. Peters Hunde fielen über ihn her und leckten ihm das Gesicht ab, bis er sich zum Schutz unter den Kissen vergrub. Der fette Riese plauderte in einer fremden Sprache mit dem gut aussehenden Mann neben Anastasia, hob aber als Erster freundlich sein Glas. »Auf *matka* und ihr Kleid aus Seide.«

Darja hob die Brauen. Ich hatte ihr nie von der letzten Nacht im Lager erzählt, und Warwaras Blicke durchbohrten mich. Doch ich verschob die Furcht auf später. Jetzt wollte ich nur leben. Wir tranken Runde um Runde. Warwara übergab sich zweimal vor Trunkenheit in ihre Hände und ihr Kleid, und Darja lag bald halb besinnungslos in den Kissen. Ich hingegen saß auf Peters Schoß, fütterte ihn mit den Fingern und warf mit Essen nach den anderen Gästen. Das brachte ihn noch mehr zum Lachen, vor allem wenn ich einen Volltreffer landete. Zum Glück hatte ich die trinkfeste Natur meines Vaters geerbt, doch gerade als auch mir die Festgemeinschaft vor den Augen verschwamm, packte der Zar Menschikow am Kragen. »Du Betrüger! Zeig mir sofort, was du unter den Kissen versteckt hast! Dies ist ein Befehl«, schrie er, stieß Menschikow von seinem Kissen und zog eine Flasche darunter hervor. Er besah sie lachend. »Rheinwein. Wusste ich's doch. Das leichte Gesöff. Menschikow, du änderst dich nie. Betrügst und spielst nach deinen eigenen Regeln, wo du nur kannst. Aber dafür bezahlst du. Los! Zwei Adlertassen ungarischen Weins und eine Tasse Wodka. Jetzt, sofort. Strafe muss sein. Aber…« Sein Blick schweifte über die Anwesenden. »Sollst ja nicht allein saufen müssen wie der Straßenköter, der du bist. Also, die Schwestern Arsentjewa trinken mit dir.«

Darja fiel nach dem ersten Humpen in eine trunkene Ohnmacht. Warwara dagegen übergab sich in ihre Hände, ehe auch sie zusammenbrach. Die Federn in ihrem Haar waren zerrauft, das Kleid befleckt, und einer ihrer Ohrringe war verschwunden. Ein Diener legte sie sich über die Schultern und trug sie wie einen Sack Mehl davon. Menschikow selbst soff gehorsam wie ein Gaul sein Strafmaß, erhob sich schwankend und salutierte. Dann warf er seine Tasse mit letzter Kraft an die Wand, wo sie neben Ikonen und Teppichen klirrend zersprang. Leblos fiel er hintenüber. Peter lachte und trat seinen

Freund, bevor er mich bei den Händen packte und um den gefällten Menschikow herum im Kreis tanzte. Er schrie vor Lachen, und seine Augen glitzerten irrwitzig. Er war vollkommen berauscht, mit allen Sinnen. Da traf ihn ein Kissen an der Brust.

»He? Wer war das?«, schrie er, empört über die plötzliche Unterbrechung, als ihn ein zweites Kissen am Kopf traf. Im Saal war eine Kissenschlacht ausgebrochen. Überall flogen die Federn, und der fette Riese zog gerade sein Kissen einem Höfling über. Der Mann brach unter der Wucht des Schlags zusammen. Anastasia Menschikowa dagegen lag mit hochgeschobenen Röcken und gespreizten Beinen in den Kissen. Auf ihr hing, die Hose hastig über die Knie geschoben, der gut aussehende Fremde. Peter klatschte auf dessen nacktes Hinterteil. »Devier! Weiß man bei euch nicht einmal, wie man vögelt? Du hast den falschen Takt. So gelingt das nie, Mann!« Peter schob ihn dichter an Anastasia heran und griff ihr über Deviers Schultern hinweg an die Brüste. »Steuerbord! Backbord! Alle Mann an Deck!«

Mir tat sie leid. Ich packte eins der Kissen und zog es Peter über den Kopf. Ehe er sich wehren konnte, wischte ich ihm noch von der Seite eins aus. Das Kissen platzte auf, und es regnete Federn auf den Zaren. Sie klebten ihm auf dem Gesicht und dem schweißnassen Haar.

Ich hielt einen Atemzug lang inne. Was tat ich da? Dies war der Herrscher aller Russen, Herr über Leben und Tod, und ich zog ihm das Kissen über den Kopf. Für mich konnte das Strafarbeit oder Hinrichtung bedeuten... oder aber noch viel mehr Spaß in dieser Nacht.

»Es schneit!«, jubelte ich. »Endlich siehst du Schnee und Eis, Peter! Und ich mache dich zu ihrem König.«

»Na warte, du! Dir ergeht es gleich nicht besser als Menschikows Schwester, der alten Schachtel«, drohte Peter und jagte mich über Gäste, Tisch und Bänke hinweg.

»Dazu musst du mich erst einmal bekommen!«, lachte ich, setzte über ein paar Kissen hinweg und drehte zwei Runden um den Thron, wo der Prinz-Cäsar gerade nach einem der bekränzten Buben griff. Einer Frau daneben strich ein junger Mann Kaviar über die nackten Brüste. Sie schrie entzückt auf, als er noch Sahne darüber tropfen ließ und dann an ihrem Fleisch leckte. Sotows Esel schrie jämmerlich inmitten der Musik, des Geschreis und der sich wälzenden Leiber und äpfelte auf das golden polierte Holz des Bodens. Ich hatte Schluckauf vor Lachen, doch die Soldaten beobachteten ausdruckslos, wie Peter mir den Weg abschnitt und mich erst über die Schulter und dann auf die Kissen warf. Ringsum tobte die trunkene Menge, und Federn fielen noch immer wie Schnee auf dem Roten Platz. Essensreste flogen durch die Luft, und Sotow hing schief und betrunken schnarchend im Sattel seines Esels.

Ich aber spürte nur noch Peters Hände, Lippen und seinen schweren Körper auf mir. Er öffnete meine Schenkel und war schon in mir, bevor ich Atem holen konnte. Wie sollte ich dem Herrscher aller Russen verweigern, was er wollte?

33. Kapitel

Ich erwachte, als ein Sonnenstrahl mich an der Nase kitzelte. Wo war ich? Felle und Decken hielten mich in einem breiten Bett warm, und ein Feuer knisterte. Ich zog die bestickten Vorhänge vor der Bettstatt beiseite. An einem Tisch, der schräg zum offenen Kamin zum Licht des Fensters hin stand, wandte mir Peter den Rücken zu. Seine Füße in Filzpantoffeln schlugen ungeduldig auf die Steinplatten des Bodens, und er zwirbelte tief in Gedanken eine Feder in seinen Fingern.

Ich war nackt. Wo waren meine Kleider? So strich ich mir die wirren Locken aus dem Gesicht, raffte das Laken um mich und schlüpfte barfuß aus dem Bett. Wo die Steinplatten nicht von Teppichen bedeckt waren, spürte ich sie kalt unter den Fußsohlen. Ich näherte mich Peter leise und sah ihm über die Schulter.

Das kalte Licht des Wintermorgens fiel auf einen unübersehbaren Haufen von Papierrollen, die geöffnet waren oder noch in ihren Papierhülsen steckten. Peter summte ein leises Lied und senkte die Feder auf das Papier. Ich reckte den Hals. Er zeichnete etwas, das wie ein gewaltiger Bogen aus Stein aussah. Ich hatte noch nie etwas Ähnliches gesehen.

Ich legte ihm eine Hand auf die Schulter. »Was ist das?«

Er zuckte zusammen und sprang auf.

»Ich bin es nur«, sagte ich beruhigend. »*Matka.*« Ich verwendete den Kosenamen, den er mir bei unseren zwei Treffen gegeben hatte. Seine Augen schimmerten im kühlen Tageslicht grün wie sein gegürteter Morgenmantel mit dem Fellkragen. Er steckte eine Hand in eine der pelzverbrämten Taschen und strich mit der anderen nachlässig über den Papierhaufen.

»Oh, das ist alles und nichts. Pläne für die Ausstattung von Schiffen und Gebäuden. Briefe an Freunde, Generäle und andere Herrscher des Westens. Entwürfe für Gesetze, die wirksam oder auch nie wirksam werden. Wer weiß das bei uns Russen schon? Vorschläge für neue Steuern, die eingeführt werden, und alte, die abgeschafft werden. Obwohl ich mein Lebtag noch keine Steuer abgeschafft habe!«, lachte er.

»Ja, ich habe gehört, dass du demnächst noch Steuern auf das Zwinkern der Augen einführen willst.«

Er wirkte erst überrascht, sah dann aber den Spott in meinen Augen.

»Wer hat das gesagt? Wo hast du das gehört?«

Ich hob die nackten Schultern, die er geistesabwesend streichelte.

»Auf den Straßen und in den Kaffeehäusern.«

»Du gehst in Kaffeehäuser? Du könntest als meine Spionin arbeiten.«

»Das könnte ich«, neckte ich ihn. »Aber meine Dienste sind nicht billig.«

Er zog die Augenbrauen hoch. »Was erzählt man sich dort?«, fragte er. »Liebt man mich nicht? Sag mir die Wahrheit, und ich schaffe die Steuern auf das Augenzwinkern nur für dich ab.«

»Nun...«, begann ich zögernd, und sein Gesicht verdunkelte sich. Sein Mienenspiel war so unvorhersehbar wie das Aprilwetter. »Ich erhebe diese Steuern ja nicht umsonst. Weißt du, wie teuer ein Krieg ist? Wie hoch der Preis für die Brücke nach Europa? Soldaten auszuheben und mein Volk zu mündigen, denkenden Untertanen zu erziehen kostet mich ein Vermögen. Trotzdem muss ich ihre Kinder ja fast in die Schulen prügeln, die ich gründe. Aber warte...« Er zog einen dicht beschriebenen Bogen hervor, auf dem blutrot das Zarensiegel leuchtete. Auf Peters Unterschrift klebte noch etwas Streusand. »Hier, mein letzter *ukas*. Wer von den Kindern der Bojaren und Bürger nicht zur Schule gegangen ist, darf nicht heiraten. Das ist doch ein feines Gesetz, nicht wahr? Ich will Untertanen, die für Russland denken.« Er klopfte mit der Hand auf den *ukas*.

»Aber werden sie dir noch so folgen, wenn sie zu denken gelernt haben?«, fragte ich ihn. Das rechte Maß an Bildung und Freiheit war ein Gedanke, der sowohl Ernst Glück als auch seine Freunde beschäftigt hatte.

Peter fuhr mir über die zerzausten Locken. »Schau an! *Matka* denkt und spricht kluge Worte mit ihrer süßen Stimme. Oder hast du das irgendwo aufgeschnappt? Aber dein Kopf ist zu hübsch, als dass du ihn dir zerbrechen solltest.«

Er streifte mir das Laken von den Schultern und hob mich auf. In nur zwei langen Schritten hatte er mich aufs Bett geworfen. Alles ging wieder so schnell wie am letzten Abend, als ich seine Hast auf seine Trunkenheit zurückgeführt hatte. Er knetete zweimal genüsslich meine Brüste und saugte an den Brustwarzen, bis sich ihre Spitzen aufrichteten. Dann warf er den grünen Hausmantel ab, teilte meine Schenkel und stieß in mich hinein. Dabei vergrub er sein Gesicht in meinen Haaren und schmatzte wie ein Kind an meinem Hals und an meinen Brüsten. Schon nach einigen hastigen Bewegungen erschauerte er und sank mit einem zufriedenen Seufzer schwer auf meinen Leib.

Ich spürte seinen Atem an meinen Brüsten, die unbefriedigt schmerzten. Sollte ich lachen oder weinen? War das etwa die Art von Liebe, die er bei Anna Mons gelernt hatte? War das die Kunst, über die die Arsentjewas nur hinter vorgehaltener Hand getuschelt hatten? Ich sehnte mich nach dem Feuer, das Anton in meinen Adern entfacht hatte. Peter hatte sich erschöpft von mir gerollt, als in meinem Innern gerade die Flammen der Lust auflorderten. Er war schon fast eingeschlafen, als ich seinen Kopf an den Haaren hob. »Und ich?«, fragte ich.

Er hob kurz den Kopf. »Hm? Was soll mit dir sein?«

»Dreh dich um!«, forderte ich, und er rollte sich willig auf den Rücken. Schweißtropfen glitzerten in seinem dichten lockigen Brusthaar. Der Anblick rührte mich, und ich schmiegte mich an ihn.

»Streichle meine Brüste!«, flüsterte ich und glitt an ihm auf und ab. Mein Haar fiel über sein Gesicht, und ich bewegte mich schneller und immer schneller, bis das Feuer in meinen Adern brannte, das Anton Glück einst auf dem Strohsack in meiner Kammer entfacht hatte. Peter hielt mich, als ich mich aufbäumte und dann mit einem Seufzen auf seiner Brust zusammensank. Er küsste mir die feuchte Stirn. »Du hast Haare und Haut wie eine Tatarin. Stammte deine Mutter aus dem Osten?«

Ich hob nur die Schultern. »Ich weiß nicht, wer meine Mutter war.«

Er stützte sich auf einen Ellbogen. »Du weißt nicht, wer deine Mutter war? Das ist selten. Ich kann ja noch verstehen, wenn man seinen Vater nicht kennt.« Er strich mir die Haare aus der Stirn. »Kleine Katze, hast du Hunger?«

Ich nickte. Er zog an einem Strang, und aus einer in der Wandvertäfelung versteckten Tür trat ein Kammerjunker, der sich die Augen rieb. Hatte er schon die ganze Zeit dort gestanden? Ich versuchte, meine Nacktheit zu bedecken, doch Peter lachte. »Nur keine falsche Scham! Meine Kammerjunker sind immer bei mir, ob sie mir als Kopfkissen dienen, eine Aufgabe erledigen oder mit mir Karten spielen. Ohne sie kann ich nicht leben. Gewöhn dich besser an ihre stete Gegenwart!«

Mein Herz tat einen Sprung. Hatte ich richtig gehört? *Gewöhn dich besser an ihre stete Gegenwart!*

Wenig später knabberte ich an röschem Huhn, mit salzigem Käse gefüllten *pirogi*, in Likör eingemachten Kirschen und vor Honig tropfendem Gebäck. Scheinbar ohne meine Nacktheit zu bemerken, füllte der Kammerjunker ein dampfendes dunkles Getränk in eine Schale. Ich schnupperte. Es roch betörend bittersüß nach Zucker, Milch und Rauch. »Was ist das?«, fragte ich Peter, der wieder an seinem Schreibtisch saß. »Schokolade«, antwortete er, ohne sich umzudrehen, und nahm einen Schluck Branntwein aus einer flachen kleinen Flasche, bevor er sich seine Pfeife anzündete. Das war seine Morgenkost.

»Was ist Schokolade?« Ich konnte von dem wunderbaren Duft gar nicht genug bekommen und wollte mehr darüber wissen.

»Die Königin von Frankreich hat sie aus ihrer Heimat Spanien mitgebracht. Schokolade und die Zwerge in ihrem Hofstaat sind ihr einziger Trost, um die teure Geliebte ihres Mannes zu ertragen. Für die Summen, welche die Montespan den großen Louis kosten, könnte er seine Ställe mit Huren statt mit Pferden füllen.« Er schüttelte den Kopf und widmete sich wieder seiner Zeichnung.

Die Schokolade rann mir heiß und süß durch die Kehle. Arme Königin von Frankreich!, dachte ich bei mir und biss zufrieden in die warme Pastete. War ich gestorben und erstaunlicherweise im Himmel der Freigeborenen angekommen?

Die Tage und Wochen der Neujahrsfeierlichkeiten vergingen wie im Rausch, und seit dem ersten Fest der Trunkenen Synode war ich nicht mehr in Menschikows Haus zurückgekehrt. Peter hatte meine wenigen Kleider, meine Leibwäsche und meinen bescheidenen Schmuck abholen lassen. Mit dem Boten sandte ich auch freundliche Worte an Darja, die ich Peters Schreiber diktierte. Ihre Erwiderung, die er mir später vorlas, war herzlich, was mich erleichterte. Sie hatte mir nur Gutes getan, und das wollte ich ihr ein Leben lang vergelten.

Die vielen Gottesdienste vor dem Jahreswechsel, denen ich in Peters Gegenwart beiwohnte, kamen mir düster und endlos vor. Nach den wüsten Lästereien der Trunkenen Synode erstaunte mich die Ernsthaftigkeit, mit der Peter sein Haupt zum Gebet senkte. Ich tat es ihm zum Gefallen gleich. Die goldenen und silbernen Ikonen, der vielstimmige Gesang, die in Leder und Samt gebundenen Messbücher, die glitzernden Gefäße und prachtvollen schweren Messgewänder und der Weihrauch spiegelten die Erhabenheit der russischen Kirche wider. Tief in meinem Herzen jedoch rief ich mir die frohe Schlichtheit der Glück'schen Kirche in Marienburg zurück.

Zum neuen Jahr jagte Peter ein Feuerwerk in den noch schlafenden Himmel. Er hatte es selbst entworfen und klatschte bei jedem bunten Feuerball und jedem glitzernden Sternenregen wie ein Kind begeistert in die Hände. Ich stand mit ihm auf dem Balkon des Kreml, als die Dunkelheit in Tausende farbiger Splitter zersprang. Peter sah zu Alexej hinüber. Der Zarewitsch runzelte die Stirn, zog die Schultern hoch und kniff die Augen zusammen. Kostete es ihn Mühe, sich nicht die Finger in die Ohren zu stecken, um dem Lärm zu entgehen? Peter stieß Alexej an, der taumelte, fing sich aber an der Balustrade.

»Du willst mir ein Rekrut sein, Zarewitsch, der eines Tages meine Armee führt? Du machst dir ja bei jedem Kanonendonner in die Hosen. Wenn ich daran denke, dass ich deine Geburt mit einem Feuerwerk gefeiert habe!« Er spuckte aus.

»Ja, und dass dabei der Prinz Dolgoruki umkam, weil ihm der schwere Feuerwerkskörper auf den Kopf fiel«, wagte Alexej einzuwenden.

»Von den Dolgorukis gibt es nun weiß Gott genug. Wenn es doch den Säugling in meinem Arm getroffen hätte, dann hätte ich jetzt gewiss eine Sorge weniger!« Peter drehte seinem Sohn den Rücken zu, und die umstehenden Höflinge kicherten. Alexejs Augen füllten sich mit Tränen, und seine weiten Nasenflügel zitterten. In der kurzen Dunkelheit zwischen zwei Feuerbällen drückte ich ihm tröstend den Arm. Er sah mich erstaunt an, denn von den Freunden seines Vaters war er keine Freundlichkeit gewohnt. Er zwinkerte die Tränen weg und lächelte scheu in die Schatten des Kreml, die ihm bereits damals treu waren.

Zum neuen Jahr schenkte mir der Zar ein Paar goldene Ohrringe. Sie waren kunstvoll wie Halbmonde geschmiedet, und zwei tropfenförmige Perlen an den Sichelspitzen wippten bei jeder Kopfbewegung mit.

»Sie stammen aus dem Eigentum meiner Mutter. Sie hat sie als junges Mädchen getragen, ehe sie meinen Vater heiratete«, sagte er, als er mit dem kleinen Haken des Verschlusses an meinem Ohrläppchen kämpfte.

Ich umfasste seine Finger. »Deine Mutter? Die dich mit ihrem eigenen Leib vor den Strelitzen geschützt hat?«

»Du hast davon gehört?«, fragte er. Sein rechtes Auge zuckte, doch sein Blick blieb auf den Schmuck geheftet.

Ich griff mir ebenfalls an den Ohrring. »Dieses Geschenk ist zu wertvoll für mich, Peter«, sagte ich.

»Sie sind sehr zart und enthalten nicht viel Gold«, wehrte er ab.

»Ich spreche nicht vom Goldwert«, erwiderte ich.

Peter legte mir die Hände auf die Schultern. »Sie sollen einem Mädchen Glück bringen, das meinen Körper und mein Herz erwärmt. Das ist ein Befehl. Gefallen sie dir?«

»Sie sind wunderschön. Noch nie hat ein Mann mir etwas so Schönes geschenkt.«

»Dann hast du bisher die falschen Männer gekannt.«

»Das steht fest«, sagte ich lächelnd und sah zu ihm auf. An jenem Abend feierte Peter ein Abendessen der

Trunkenen Synode, zu dem nur Männer geladen waren. In den frühen Morgenstunden sollte sein Kammerherr ihn wohl mithilfe zweier Soldaten in sein Gemach schleppen. Er war bereits für das Fest gekleidet. Seine rote Jacke, die ihm bis zu den Knien reichte, war eng auf seine Figur zugeschnitten, und die goldenen Knöpfe waren fast so groß wie Walnüsse. Er umarmte mich, und ich spürte einen unmissverständlichen Druck gegen meinen Leib. Ich strich über den bestickten Stoff seiner Weste hinunter zum weichen Hirschleder seiner Hose, deren Gurt ich löste. Meine Finger legten sich um sein warmes Fleisch. Er seufzte und schloss die Augen, als ich mich auf die Knie niederließ. Meine Lippen legten sich um sein Glied. Er stöhnte auf und schwoll weiter an, bevor er sich in meinem Mund bewegte. Es dauerte nicht lange, bis sich seine Finger in meine Schultern krampften und er leise aufschrie. Ich sank zu Boden und lächelte ihn an. Mein Haar löste sich bei der Bewegung.

»Wo hast du das gelernt?« Er gürtete seine Hose zu.

Ich zuckte mit den Achseln. »Ich bin eben eine Soldatenbraut.«

Er kramte in einer der schmalen Taschen seiner Weste, bis er eine Münze fand. »Nun, wenn das so ist! Du hast ja gesagt, dass deine Dienste nicht billig sind«, sagte er und warf sie mir in den Schoß. Zuerst war ich zu erstaunt, um gekränkt zu sein. Dann nahm ich die Münze, zwirbelte sie zwischen den Fingern wie eine Gauklerin, sah ihn herausfordernd an und biss auf das kalte Metall.

»Denkst du, der Zar aller Reußen gibt dir Falschgeld?«, donnerte Peter.

»Wem kann man heutzutage noch trauen?«, hielt ich dagegen und lächelte unschuldig.

Peter lachte noch, als die Tür hinter ihm ins Schloss fiel und er durch den langen dunklen Gang des Kreml zu seinem Trinkgelage ging.

Ich hingegen ließ mich ankleiden und nahm an einem vergnügten Abendessen für die *damy* des russischen Hofs teil. Als Höhepunkt sprang dort in den frühen Morgenstunden ein in bunte Seidenbänder gewickelter Zwerg aus einem Kuchen. Wir alle zogen an den Bändern, sodass er sich wie ein Kreisel drehte und schließlich splitternackt und schwindelig durch den Raum torkelte. Er sah dabei so herzig aus wie der kleine Schoßhund der Prinzessin Tscherkasski, dem wir seine silberne Schale immer wieder mit dem perlenden Wein, den der Zar in Frankreich bestellte, füllten.

Der Zauber des Julfestes war vergangen, und schon am Dreikönigstag, als die Moskwa als Wasser des Jordan gesegnet wurde, trat Peter ungeduldig von einem Fuß auf den anderen. Die Popen ließen ein Loch ins Eis schlagen, und Knaben mit kälteroten Wangen schwenkten goldene Behälter mit Weihrauch. Der würzige Duft waberte als Wolke in der gefrorenen Luft. Die übermüdete, noch halb trunkene Hofgesellschaft umgab den Zaren ein letztes Mal in dieser Neujahrszeit in ihren prächtigen Gewändern aus Pelzen und Samt. Viele Männer trugen noch die altmodischen flachen Biberpelzhüte, und einige der Damen zogen von Goldstickerei steife Musselinschleier vor die erschöpften kalkweiß und rot geschminkten Gesichter. Der Zar musterte sie mit zorndunklen Augen. Selbst die größte Kälte war für ihn keine Entschuldigung, nach altrussischer Art gekleidet zu sein. Als die ersten Höflinge ihre Roben ablegten und nackt und unter viel Geschrei und Gejammer kurz in den eisigen Fluten der Moskwa untertauchten, war Peter schon in den Ställen und überprüfte seinen Tross. Alles war zum Aufbruch bereit.

Mich wies er ohne Zögern an, in das Haus Menschikows zurückzukehren. Er umarmte mich, und ich nahm ihm das Versprechen ab, heil zurückzukommen. »Gib du auch auf dich acht!«, sagte er, schon halb zur Tür hinaus. Auf mich achtgeben? Bei dem Gedanken an Warwara, die mich in Menschikows Haus erwartete, wurde mir ganz schwindelig vor Furcht. Ihre Eifersucht konnte tödlich sein, das wusste ich, wenn ich an die arme kleine Magd dachte, die sie so grausam bestraft hatte. Bei der Erinnerung daran lief es mir vor Angst kalt über den Rücken.

34. Kapitel

Schon am zweiten Nachmittag in Menschikows Palast bekam Warwara mich zu fassen. Darja war in einem von Dienern gezogenen Schlitten in die Ladenstadt gefahren, denn sie hatte im *gostiny dwor* einen Fellmantel und eine dazu passende Kappe für Menschikow bestellt: Der Januar war in der Schlüsselburg am Ladogasee der kälteste Monat. Menschikow selbst kümmerte sich um die tausend Dinge, die seinem Aufbruch ins Feld vorangingen.

Ich saß in einem Lehnstuhl im *terem* am Feuer und bestickte für Darja einen Schal aus senffarbener persischer Wolle mit den geschwungenen bunten Rankenmustern, die in Livland üblich waren. Der Stoff war so zart, dass ich ihn durch einen meiner Ringe ziehen konnte. Angeblich wuchs die Wolle als Flaum zwischen dem Fell persischer Bergziegen und wurde mit Gold aufgewogen, was meine leere Börse bestätigen konnte.

Als ich von draußen im Gang rasche, zornige Schritte hörte, blieb mir keine Zeit, zu fliehen oder mich zu verstecken. Die Tür schlug gegen die Wand, als Warwara sie aufstieß: Sie war barfuß, ihr langes rotes Haar flammte um ihre Schultern, ihre Haut war blass unter den Sommersprossen, ihre Lippen blutleer, und sie umklammerte eine Gerte. Im ersten Augenblick schreckte ich bei ihrem Anblick vor Furcht zusammen. Dann aber erinnerten mich ihre Selbstherrlichkeit und ihre Grausamkeit an Wassili, und heißer Zorn wallte in mir auf. Ich war keine namenlose Leibeigene mehr, die alles hinnehmen musste. Ich hatte in den Armen des Zaren geschlafen, auch wenn dieser Augenblick nun Jahre her zu sein schien statt nur zwei Nächte. Wer sollte mich vor ihr beschützen? Niemand, das war mir klar. Sie lächelte hässlich und hob mir mit dem Gertengriff das Kinn an. »Nun bist du also wieder da nach deinem kleinen Ausflug in den Kreml.«

Ich ließ mir die Furcht nicht anmerken, lächelte und nahm meine Stickerei wieder auf. Das machte sie rasend. »Hure! Das hat man nun davon, wenn man Gesindel wie dich auf der Straße aufliest. Mir den Mann wegzunehmen! Dir werde ich's zeigen!«, schrie sie.

Die Gerte pfiff durch die Luft, doch ich rollte mich vom Stuhl auf den Teppich. Schlägen auszuweichen hatte ich wahrhaftig bei meiner Stiefmutter gelernt. Die Peitsche zerriss den Seidenstoff der Stuhllehne, dort, wo eben noch mein Arm gewesen war. Warwara stutzte, und ich warf mich gegen ihre Knie, sodass sie den Halt verlor und mit mir zu Boden fiel. Unsere Glieder verknoteten sich, und ihre Hände krallten sich um meinen Hals. Ihre Nägel waren überall, und die Gerte biss mir in die Brust. Ich heulte auf vor Schmerz, bekam aber ihre Haare zu fassen und riss ihr ein ganzes Büschel davon aus.

»Ich habe dir Peter nicht weggenommen. Er war nie an einem Weib interessiert, das sich mit allem paart, was Beine hat. Wahrscheinlich tust du dich an Menschikows Ställen gütlich.« Ich spuckte ihr die Worte ins Gesicht und kämpfte mich auf die Füße. Sie schlug mir mit der Faust zwischen die Augen, sodass ich taumelte und mich am Kaminsims stieß. Mein Kopf schlug an die Kacheln, und ich stöhnte laut auf. Wie durch einen Schleier sah ich Warwara die Gerte wieder heben. »Wenn ich mit dir fertig bin, schaut dich keiner mehr an«, drohte sie und rang nach Luft. Ihr Kleid war vom Handgemenge völlig zerrissen. Ich duckte mich und wollte an ihr vorbei zur Tür stürzen, doch sie war schneller als ich. Ihre Hand bekam meine Locken zu fassen, und sie riss mich nach hinten. Ich schrie vor Schmerz, der mir siedend heiß durch die Kopfhaut und in den Nacken schoss. Sie riss mir den Kopf herum, und mein Körper folgte. Ich war so hilflos wie eine Stoffpuppe.

»Das tut weh, nicht wahr?«, fragte sie triumphierend. »Ich habe noch jede Menge mehr davon für dich auf Lager«, keuchte sie und zog mich näher zu sich heran. Ihr Speichel sprühte mir über das Gesicht. »Mit der Peitsche werde ich dich in Stücke schneiden und dich an Menschikows Hunde verfüttern«, zischte sie. »Sieh mich an, bevor ich dich töte!«

Sieh mich an, bevor ich dich töte! Das waren Wassilis Worte in jener schrecklichen Nacht in seiner Küche gewesen. In meiner Verzweiflung fuhr ich die Finger aus, kratzte Warwara über Stirn und Wangen und grub sie in ihre Augen. Sie heulte auf, und ich nutzte den Abstand zwischen uns und rammte ihr ein Knie in den Magen. Sie krümmte sich vor Schmerz. Jetzt oder nie, dachte ich und lief los. Dann aber stolperte ich über den Schemel meines Lehnstuhls und schlug zu Boden. Als ich aufstehen wollte, torkelte Warwara schon mit blutigem Gesicht auf mich zu. In ihrem Zorn schien sie entschlossener denn je zu sein. Ich war verloren. Die Tür war so nahe und doch viel zu weit von mir entfernt. Ich kroch nach hinten weg, doch sie folgte mir, und schließlich saß ich in einer Ecke zwischen Wand und offener Tür und hatte mich selbst gefangen. Sie sah aus wie eine tödliche Schlange, das Gesicht aschefarben vor Hass, der Mund schäumte wie toll. Ihr Fuß setzte sich auf den Saum meines Kleides. Ich saß fest. »Halt still, Martha! Dann kann ich besser zielen«, sagte sie. »Womit fangen wir an? Ach ja, dein Gesicht...« Ich rollte mich zusammen und schlug mir verzweifelt die Arme über den Kopf, zitternd und schluchzend. Ich hatte hoch gespielt und alles verloren. Doch zu meinem Erstaunen blieb der Schlag aus.

Stattdessen hörte ich Warwara vor Schmerz winseln. »Was ist hier los, in drei Teufels Namen?«, donnerte eine Stimme. »Kann man euch Weibsvolk denn keinen Augenblick lang aus den Augen lassen?«

Ich blinzelte ungläubig zwischen den Fingern hervor. Peter, den ich weit jenseits der Sperlingsberge wähnte, bog Warwara an den Haaren den Kopf nach hinten. Sie spuckte vor Wut: Rotz und Tränen liefen ihr über das Gesicht.

»Furie, in deine Räume!«, schrie er und entriss ihr die Gerte. In ihre Räume? Damit ich ihr schon bei nächster Gelegenheit wieder ausgeliefert war? Mein Herzschlag stolperte. Nein! Ich riss mir mit einem kurzen Ruck einen der Ohrringe ab, den Peter mir geschenkt hatte. Die feine Klemme brach, und ich heulte vor Schmerz auf. »O Peter, sieh doch nur, was sie mir angetan hat! O Gott, sie wollte mich töten, weil ich dir ergeben bin!«, schluchzte ich. Blut rann mir aus dem Ohrläppchen über den Hals bis zu dem von Warwaras Schlag feuerroten Mal auf meiner Brust. »Sieh doch nur, was sie mit dem Ohrring deiner Mutter gemacht hat!«

Warwara starrte mich fassungslos an. »Das ist nicht wahr. Nein, ich habe nichts mit dem Ohrring zu tun«, stammelte sie, doch ich schluchzte nur noch mehr. Dem grausamen Weib wollte ich es zeigen. Peter streichelte mir die feuchten Wangen und das Mal auf meiner Brust. Doch der Anblick des zerstörten Ohrrings seiner Mutter allein versetzte ihn in unglaubliche Wut, ganz so, wie ich es erwartet hatte.

Mit tiefrotem Gesicht hob Peter die Gerte. Wollte er sie schlagen? »Geh!«, schrie er stattdessen. »Ich will dich nicht mehr sehen, du Hexe. Du kannst froh sein, wenn ich dich nicht in die Spinnereien verbannen lasse.« Gierig schmatzte die Gerte durch die Luft. Warwara wich zurück und drückte sich gegen die Wand neben dem Ofen. Ich sandte ein kleines Gebet zu dem Gott, der es gerade hören wollte, als Peter neben mir niederkniete, mich streichelte und mein Gesicht in seine Hände nahm. »Mein Mädchen, *matka*. Das hast du für mich erdulden müssen…«, murmelte er und wiegte mich sanft. Ich schmiegte mich an ihn und weinte ihm hemmungslos die Schulterklappen seiner Uniform nass. Scheremetews Anstand hatte mich in Marienburg gerettet, nun sollte Peters Mitleid dasselbe tun. Er tröstete mich, wie man ein Kind tröstet, das sich das Knie aufgeschlagen hat. »Schsch! Nun wein doch nicht so, mein Kleines. Ich bin ja da…« Das Knacken der Scheite war der einzige Laut im Raum, als Menschikow und Darja den Raum betraten. Darja schrie entsetzt auf, als sie mich sah, und eilte auf mich zu. Peter half mir auf die

Füße und kramte in seinem Beutel nach einigen Goldmünzen.

»Hier, nimm, *Alekascha*!«, befahl Peter und hielt sie Menschikow hin. Mein Herz schlug vor Glück schneller. Er wollte mich nicht allein hier zurücklassen!

Menschikow aber verschränkte die Arme vor der Brust. »Wofür, mein Zar?« Darja und ich tauschten einen schnellen Blick. Dass Menschikow die Annahme von Gold verweigerte, war ungewöhnlich.

»Für das Mädchen.« Ich hielt den Atem an. Sollte ich ihm gehören?

»Martha steht nicht zum Verkauf, mein Herrscher.«

Peter fluchte, als er noch mehr Geld aus dem Beutel fischte. »Hier nun, du gieriger Hund, Menschikow! Manchmal habe ich rechte Lust, dir die Peitsche zu geben.«

Doch Menschikow schüttelte wieder nur den Kopf. Woher seine Frechheit? Woher die Weigerung, mich zu verkaufen?

Mir rauschte das Blut in den Ohren. Weshalb, um Himmels willen, ließ er mich denn nicht gehen? Für dieses Mal hatte ich Warwara in Schach halten können. Ein zweites Mal sollte das kaum gelingen. Hinter Darjas Rücken sah sie mich an, und ihr Blick war pure Drohung. Darja umarmte mich, und ich drückte mich schluchzend an sie, als Menschikow vor Peter auf die Knie ging und des Zaren Finger küsste.

»Ich küsse die Hand, die mich unwürdigen Knecht schlägt und die Russland so viel Gutes tut. Ich kann meinem Herrscher und Herrn nichts verkaufen. Ich kann ihm nur schenken, was sein Herz begehrt.«

Darja begriff seine Worte schneller als ich und umarmte mich, während Warwara nach Atem rang. »Mach etwas draus, Martha!«, wisperte Darja.

»*Mijnheer* Peter, lass mich dir das Mädchen Martha schenken«, erklärte Menschikow.

»Es sei!«, lachte Peter und zog Menschikow mit sich auf den Gang. »Und nun begießen wir das Ereignis. Pack deine Sachen, Martha, und lass sie in den Kreml bringen! Ich sehe dich heute Abend.« Die Tür zum *terem* fiel hinter ihnen zu. Darja und ich hielten einander noch immer umfangen. »Du musst bald ein Kind bekommen, Martha. Anna Mons ist nie schwanger geworden, und das hat sie die Stellung gekostet. Nichts macht einem Mann so viel Freude wie ein Sohn. Nichts bindet ihn so an dich.«

Ich wischte mir die Tränen von den Wangen. »Ich werde mein Möglichstes tun.« Dann wandte ich mich an Warwara. Sie funkelte mich an, hielt sich dann aber die Hände vor die verletzten Augen.

Ich wog meine Möglichkeiten ab. Gewiss, sie war Darjas Schwester. Doch jederzeit konnte sie eine Magd bestechen, wie sie es bei Anna Mons getan hatte. Die Deutsche war unfruchtbar geblieben. So streckte ich Warwara meine Finger entgegen und hielt mein zerrissenes Kleid mit aller nur möglichen Würde hoch. »Küss mir die Hand, und ich werde den Zaren um Darjas willen um Gnade bitten. Statt in die Spinnereien sollst du in ein Kloster gesandt werden. Dort kannst du bis ans Ende deiner Tage für mich beten und die Größe Gottes preisen.« Rotz und Tränen entstellten Warwaras Gesicht, als sie meine Hand nahm und gehorsam meine Fingerspitzen küsste.

Ich schlief noch zwei weitere Nächte in Peters Bett. Die letzte Nacht vor seinem Aufbruch schlummerte er satt wie ein Kind an meiner Brust. Bevor er am Morgen ging, küsste er mich zum Abschied. »Sollte mir etwas passieren, so wird dir Pawel Jaguschinski fünfzig Golddukaten auszahlen. Damit kannst du dir ein eigenes Leben schaffen.« Er wandte sich zum Gehen, ehe er noch einmal innehielt: »Von heute ab bist du frei.«

Frei. Das Wort und seine Bedeutung waren für eine Frau wie mich so groß, dass es mir die Sprache verschlug. Ich war keine Leibeigene mehr, sondern konnte nach Gutdünken gehen – oder bleiben. Erst wollte ich ihm danken, sagte aber stattdessen: »Dir kann nichts passieren. Meine Liebe beschützt dich.«

»Dann ist es ja gut, *matka*«, lachte er wie über einen gelungenen Scherz und küsste mir die von der Morgenkälte klammen Finger.

Als der Zar und seine Männer aus dem Tor des Kreml in den blassen Morgen ritten, lag Moskau in kristallener Schönheit wie in einer Blase aus Eis gefangen. Auch in mein Herz zog der Winter ein. Verließ der Zar mich so, wie er Moskau verlassen wollte? Das durfte ich nicht zulassen.

35. Kapitel

Der Große Nordische Krieg ging im Westen des Reiches unvermindert weiter. Auch im Feld wollte Peter von bekannten Gesichtern umgeben sein. Die Adelspaläste um den Kreml waren herrenlos, in der Ladenstadt wurde ich von Weibsvolk bedient, und die Moskauer *damy* stellten schwedische Kriegsgefangene als Erzieher ihrer kleinen Söhne ein. Die Männer sprachen bald Russisch mit einem weichen, schmeichelnden Akzent, entzückten die *damy* mit ihren langen Beinen in den schmal geschnittenen Hosen und verstanden sich auf die neuesten Tänze und allerhand andere Spiele. Im folgenden Jahr erfreuten sich einige der ältesten russischen Familien an gesundem, wohlgestaltetem, blondem und blauäugigem Nachwuchs. Meine Tage in Moskau in jenem Winter und Frühjahr waren bunt und voller Leben. Pavel Jaguschinski, Peters Haushofmeister, ließ mir alles zukommen, was ich benötigte. In meinem Herzen jedoch war ich so unruhig wie nie zuvor. Warum hatte ich von Peter nichts mehr gehört? Ich konnte mir jeden Brief doch vorlesen lassen. Ich dachte mit Eifersucht und Furcht an die Huren in den Lagern. Peter schlief nur gut und ohne Albträume mit der Haut an anderer Haut. Oder, schlimmer noch, war er verwundet oder krank? Nein, denn davon hätte ich gehört. Meine Zweifel fraßen mich auf. Wenn mein Schicksal nicht zu mir kam, so musste ich es suchen.

An einem der ersten Frühlingstage kämpfte die blasse Sonne noch um die Kraft, mit der ihr Licht später einmal selbst die Nächte füllen würde. In ihren Strahlen tanzten Staubkörner um die Papierstapel auf dem Schreibtisch vor mir. Störrisch wie ein Esel, sah mich der junge Schreiber an, als ich ihm Makarows kaiserliches Zweitsiegel hinhielt. Des Zaren Sekretär bewahrte es für den Notfall und für *ukasy* in Abwesenheit des Zaren in Moskau auf.

»Nein, Martha. Weißt du, welche Strafe auf den Missbrauch des Zarensiegels steht? Tod durch Ersticken, indem man dir geschmolzenes Metall in den Rachen gießt. Weshalb bittest du nicht einfach den Zaren, ihn besuchen zu dürfen?«

»Weil er bei Schlachten keine Frauen im Lager haben will«, erwiderte ich.

»Da hörst du's«, sagte der Schreiber, verschränkte die Arme vor der Brust und schüttelte abermals den Kopf.

»Bitte! Ich brauche den Passierschein, um durch die Front zu kommen. Und der Passierschein ist nur mit dem Siegel gültig«, flehte ich noch einmal.

»Wenn ich dir das Siegel gebe, dann ist das mein sicherer Tod. Ich sage dir, Mädchen, weder der Zar noch Makarow verstehen diesbezüglich Spaß.«

»Es soll dein Schaden nicht sein«, lockte ich.

Er seufzte, trat ans Fenster und sah mit verschränkten Armen hinaus auf den Roten Platz. Händler boten ihre Waren feil, Aussätzige bahnten sich mit Glocken an den Handgelenken ihren Weg zur Speisung, Kinder rannten um die Wette, die Sänften der *damy* kreuzten sich, die

Popen drückten sich die Kappen gegen den Wind fest auf den Kopf. Menschen verschwanden im Kaffeehaus. Für ihn war das Gespräch beendet.

Meine Gedanken flogen hin und her. Er war ein junger Mann von einfacher Herkunft, ebenso wie Makarow selbst. Hatte der junge Kerl nicht gerade die Tochter von Peters zweitem Stallmeister geheiratet, und sie war bereits schwanger? Eine junge Familie brauchte so vieles! Ich griff in meinen Beutel. Alles, was ich dort fand, war ein *altyn*. Die Münze im Wert von drei Kopeken in meiner Hand war mein letztes Geld. Damit konnte dem Säugling feines Leinen gekauft werden.

»Schreib mir den Passierschein, bitte! Und lass das Siegel des Zaren meine Sorge sein!«, flüsterte ich. Der Schreiber drehte sich um. Der *altyn* funkelte auf dem dunklen Holz des Schreibpultes, und er steckte ihn ein. Dann tauchte er die gespitzte Feder in das Tintenfass. Die Tinte tropfte schwarz auf den kleinen Schwamm, als er mit zügigen Schwüngen ein Papier füllte.

»Ich sehe nach, ob der Bote aus dem Westen schon hier ist«, sagte er, zwinkerte mir zu und schob mir ein Stück Siegelwachs und eine Kerze zu. Ich arbeitete rasch. Wenn mich jemand sah, so war das mein Tod. Das Wachs schmolz zu einem weichen Klumpen und tropfte auf das Papier, dorthin, wo die Worte endeten. Als die Schicht dick genug war, presste ich das verbotene Siegel tief hinein. Der Doppeladler prägte sich stolz, blutrot und drohend in die Masse. Ich streute den feinen Sand über das Papier und blies darauf, damit die Tinte schneller trocknete. Dann schlüpfte ich aus der kleinen Schreibstube.

Die Wände des Kreml hatten ein Geheimnis mehr zu hüten.

Ich verabschiedete mich nur von wenigen Freunden, bevor ich meine verbotene Reise an die Front antrat. »Du bist wahnsinnig«, tadelte mich Darja, als sie mir beim Packen zusah. »Wie kann ich dich zurückhalten?«

»Überhaupt nicht. Ich muss gehen«, sagte ich. »Was, wenn er mich vergisst oder mich durch eine andere Frau ersetzt? Das darf nicht geschehen.«

»Du hast recht. Aber tu mir wenigstens einen Gefallen! Die Roben und die Spitzenwäsche lass hier! Ich besorge dir Männerkleider von Menschikows Dienern, auch wenn sie nicht so vollbusig sind wie du«, kicherte sie. »Und lass mich deine Haare abschneiden!«

»Kommt nicht infrage«, sagte ich und fasste in meine dichten Locken. »Ich stecke sie hoch und trage einen flachen Hut nach polnischer Art, den ich mir tief in die Stirn ziehe.«

»Wie du willst. Bitte merk dir – Busen rein, Bauch raus, ja? Und schließ um Himmels willen den Mantel!«, forderte sie mich auf, als sie mich zum Abschied umarmte. Darja gab mir noch etwas Geld und stellte mir einen Begleiter mit einer guten Pistole zur Seite, Peter Andrejewitsch Tolstoi, der als Peters Gesandter nach Konstantinopel weiterreisen sollte. Wenn er von der Vorstellung, eine junge Frau durch die Weiten Russlands zu begleiten, sicher nicht begeistert war, so ließ er sich nichts anmerken.

Wir verließen Moskau an einem Morgen im späten März 1703 zusammen mit sechs schwer bewaffneten Soldaten. Als wir am folgenden Tag die Sperlingsberge erreichten, sah ich zurück und dachte an meine Ankunft nur einige Monate zuvor. Rauch stieg aus den unzähligen Schornsteinen Moskaus auf, und seine Kuppeln und Türme ragten in den blendend hellen Himmel. Der Schnee war geschmolzen, und trotz der von der Schmelze aufgerissenen, matschigen Straßen und der geschwollenen Flüsse nahmen wir Werst für Werst. Tolstoi musste die Fährleute aus ihrer Trunkenheit wecken und zum Fluss hinunterzwingen. Die dürren Männer kämpften darum, ihre Barke unter unserem Gewicht zwischen den letzten Eisbrocken am Treiben zu halten. Nach der Hälfte der Poststationen verließen wir die allgemeine Kutschenstrecke. Die Ritte waren lang und hart, doch nachdem ich reiten gelernt hatte, liebte ich das Gefühl des Windes in meinem Haar und die überwältigende Müdigkeit in meinen Muskeln am Ende des Tages. Zudem wollte ich den Männern ihre Reise nicht erschweren.

Wir ritten durch zerstörtes Land. Wie bei jedem Krieg litt die einfache Bevölkerung am meisten. Die *isby* aus Lehm waren zerstört, Häuser aus Holz niedergebrannt und Gebäude aus Stein geplündert worden. Unzählige Mauern hatten die Kriegshorden geschleift. In den Wäldern wankten hier und dort abgemagerte Rinder mit blödem Blick durchs Dickicht, die früher oder später wilden Tieren, streunenden Söldnern oder hungrigen Reisenden wie uns zum Opfer fielen.

Beinahe drei Wochen später, nur einen Tagesritt vom Lager des Zaren entfernt, ließ Tolstoi unser Nachtlager bei den Trümmern einer Kirche aufschlagen. Von dem *mir*, zu dem sie einst gehört hatte, war außer den Grundmauern der abgebrannten Häuser und einem kleinen Friedhof nichts mehr zu sehen. Auch dort waren die Grabsteine zerschlagen oder herausgerissen worden. Der Krieg achtete selbst den Tod nicht.

Während Tolstoi mit zwei Soldaten im Wald verschwand, um unsere Abendmahlzeit zu erlegen, wanderte ich zwischen den Trümmern umher. Ich betrat den ausgebrannten Kirchenraum. Das Strohdach war dem Feuer zum Opfer gefallen, und die schweren Kreuzbalken, die es einmal getragen hatten, waren in sich zusammengefallen. Die Bänke hatte man als Feuerholz missbraucht, der Altar war halb eingetreten und rußgeschwärzt. Alles war gestohlen, zerstört oder verbrannt worden. Das erste zarte Grün aber spross zwischen gesplitterten Steinplatten aus dem Boden hervor. Die Natur nahm bereits wieder Besitz von ihrem Eigentum. Ich streifte meine Handschuhe ab und breitete meinen langen wollenen Umhang vor dem Altar aus. Es war unbequem, mich in den langen Stiefeln niederzuknien, doch ich faltete die Hände und betete zu dem Gott, der mir so viel Gutes zuteilwerden ließ. Nun gab ich mich wieder in seine Hand. Als ich nach draußen trat, tropften die Büsche und Gräser vor Tau und verflochten sich zu einem undurchdringlichen Netz. Ich sah nach oben, wo der volle weiße Mond hoch am Himmel stand.

Wir teilten uns zwei sehnige kleine Kaninchen, die Tolstoi erlegt hatte. Die Nacht war klar, und Tolstoi und ich schoben uns nach Art der Kosaken unsere Satteltaschen als Kissen unter den Kopf und deckten uns mit unseren Umhängen zu. Wir blickten hoch zu den Sternen und sprachen leise über unser Leben, bis uns die Augen zufielen. Ein Soldat mit einem von Wölfen verunstalteten Gesicht hielt freiwillig Wache. Seit seiner Entstellung hasste er die Tier so sehr, dass er sie jagte, tötete und sich ihre Schwänze an den Umhang nähte. Vor lauter Fell war dort kaum noch Stoff zu sehen.

Ehe wir aufbrachen, wusch ich mich mit dem letzten Schnee, der noch im Schatten der Bäume lag, und reinigte mir die Zähne mit Birkenrinde. Dazu flocht ich mein Haar in zwei lose Zöpfe. Sauberkeit beeindruckte im Feld mehr als jeder Putz.

Den Passierschein trug ich lose im Gürtel, da wir ihn einer Patrouille nach der anderen vorweisen mussten. Tolstoi zog die Augenbrauen hoch, als er das kaiserliche Siegel sah, aber er schwieg. Ich war ihm dankbar dafür.

Peter Andrejewitsch Tolstoi fand das Lager des Zaren unweit des Ladogasees und der Schlüsselburg ohne Schwierigkeiten. Die kleinen Bauernhöfe der Umgebung waren menschenleer und geplündert. Auf den Feldern hatte man die Winterernte grob abgelesen. Da und dort ragten noch Rüben aus dem Acker, die übersehen worden waren. Selbst kleinere Böschungen waren für Feuerholz gerodet und ganze Wälder für den Schiffsbau abgeholzt worden. Das Heer über den Winter beherbergen zu müssen war eine furchtbare Geißel für den besiegten Landstrich. Wir stiegen auf einer Anhöhe vor dem Lager ab. Der Atem unserer Pferde rasselte, und von ihren Mäulern tropfte Schaum.

Ein leichter Regen fiel und legte sich wie ein silberner Schleier vor die weite Ebene, auf der Zehntausende von Menschen lagerten. Der Abend brach an, und die Feuer loderten in die blauen Schlieren der Dämmerung. In der Abendsonne dümpelte ein Teil von Peters Flotte. Von hier aus konnte sie in die Bucht von Finnland segeln. Rufe, Lachen, Fluchen, Heulen und Singen lagen wie eine Glocke über dem Lager.

Peter Andrejewitsch Tolstoi schüttelte den Kopf. »Sie wird sich nie ändern.«

»Wer? Was?« Ich hatte gerade versucht, das Zelt des Zaren ausfindig zu machen, aber vergeblich.

»Die russische Armee«, antwortete Tolstoi schlicht. »Unter Zar Alexej, Peters Vater, war die schiere Zahl der russischen Truppen ihre einzige und beste Waffe. Erst nach der Niederlage bei Narwa hat Peter die Notwendigkeit von Ordnung und Planung verstanden. Aber sieh dir diese Wilden an! Die Hälfte von ihnen hat nicht einmal eine Uniform, und wenn sie eine bekommen, so wird sie ihnen vom Sold abgezogen. Ihre Ausbildung beschränkt sich auf wenig und schlechtes Essen, harte Pritschen oder die nackte Erde, Tritte von ihren Offizieren und einen Einsatz in kürzester Zeit, bevor sie wissen, wie herum sie das Gewehr halten sollen. Kein Wunder, dass sie weglaufen wie die Hasen, sobald sie es können. Peters Soldaten fliehen zu Tausenden, weißt du das nicht?«

Als wir durch die lagernden Truppen ritten, sah ich, wie viele von ihnen trotz der noch immer bitteren Kälte in Lumpen gingen. Nur die beiden stolzen Regimenter, denen der Zar selbst angehörte, trugen volle Uniformen. Die Preobrazenskoje-Garde war in das Dunkelgrün des Zaren gekleidet, die Semjonowski-Truppen in dunkles Blau. Dennoch sorgten eine warme, dicke Suppe und ein freches Lied über die Vorlieben des schwedischen Königs für eine Welle allgemeiner Zufriedenheit an jenem Abend. Ich sah mehrere Generäle an den Feuern mit den einfachen Soldaten sitzen, essen und sprechen. Einige von ihnen erkannten und grüßten mich. Scheremetew schlichtete gerade mit seiner Peitsche einen Faustkampf zwischen einem Tataren und einem Russen. Als er mich sah, hielt er inne und senkte die Peitsche: Natürlich hatte er von Peter und mir gehört. Ich war erleichtert, als er mir zuwinkte und dann auch Tolstoi grüßte.

Dennoch, mir wurde immer unwohler zumute. Ich hatte mich am kaiserlichen Siegel vergriffen. Vielleicht hatte mich der junge Schreiber zu Recht gewarnt. Wie würde sich Peter verhalten, wenn er mich sah? Würde er mir befehlen, auf dem Absatz kehrtzumachen? Hatte bereits ein anderes Mädchen meinen Platz in seinem Bett eingenommen? Sollte ich für mein Wagnis bestraft werden? Dann jedoch kamen einige Frauen in tief ausgeschnittenen Kleidern aus einem Waschzelt. Eine von ihnen schnalzte mit der Zunge und wiegte sich in den Hüften, als wir an ihr vorbeiritten. Peter Andrejewitsch Tolstoi grinste und nickte ihr zu. Ich tat, als hätte ich sie nicht gesehen. Nein, ich war zur richtigen Zeit am richtigen Ort.

Der Eingang zum Zelt des Zaren war aufgeschlagen, und die Wachen davor plauderten, während sie sich auf ihre Waffen stützten. Peter selbst spielte Karten mit Menschikow und zwei anderen Generälen. Ihre lauten Rufe und ihr Gelächter waren deutlich zu hören. Als ich vom Pferd stieg, zitterten mir die Beine in der engen Reithose. Der Wachsoldat verwehrte mir den Eintritt, doch ich zog meinen Passierschein hervor. Natürlich konnte er nicht lesen, doch das Siegel zeigte seine Wirkung. Als ich das Zelt betrat, hielten die Männer im Spiel inne. Stille breitete sich aus, und ich spürte, wie mir das Blut in den Kopf stieg.

Menschikow grinste und legte seine Karten auf den Tisch. »Sag ich's doch! Herzdame sticht.« Dann streckte er die Arme aus. »Du bist immer für eine Überraschung gut, Martha. So lobe ich mir eine Frau.«

Alle lachten, nur Peter nicht. Er sprang auf, und sein niedriger Holzschemel fiel um. Sein Blick war dunkel vor Zorn, als er mit langen Schritten auf mich zukam.

»Wie kommst du hierher, Mädchen?«, donnerte er. Menschikow rollte mit den Augen. Peters Gesicht zuckte, aber in seinem Blick tanzte auch ein Licht der Freude, mich hier so unerwartet zu sehen.

»Ich bin geritten. Zwanzig lange Tage, von Moskau bis an den Ladogasee«, sagte ich gelassen.

»Geritten? Wie bist du durch die Frontlinien und die Kontrollen gekommen?« Ich zog den Passierschein aus dem Gürtel, und Peter studierte ihn im fallenden späten Tageslicht. »Makarow, komm her, sofort!«, bellte er in sein Zelt. Der Kabinettssekretär kam gelaufen und musterte mich erstaunt. Im Halbschatten des Zeltes hinter ihm sah ich den Zarewitsch. Alexej betrachtete die Landkarten, die Makarow vor ihm ausgebreitet hatte, gähnte und begrub den Kopf zwischen den auf dem Tisch verschränkten Armen.

»Ist das dein Siegel, Makarow?«, fragte der Zar.

Makarow wurde blass und dann rot. Er drehte und wendete das Blatt. »Ja, das Siegel ist meins, aber den Schein habe ich gewiss nicht ausgestellt.«

Ich strich mir eine lose Strähne, die sich aus meinen Zöpfen befreit hatte, aus der Stirn. Peter zögerte. Ich lächelte ihn an. Er hielt den Passierschein an eine Fackel, und das Papier fing knisternd Feuer.

»Nun, dann wollen wir lieber vergessen, dass wir diesen Pass gesehen haben. Dafür kommst du nämlich aufs Rad oder in die Spinnereien. Was doch schade wäre.«

Der Schein fiel in den Sand zu seinen Füßen, und er trat die Glut aus. Ich wollte knicksen, doch Peter hinderte mich mit einem Griff am Ellbogen. »Lass den Unsinn! Meinst du, ich habe nichts anderes zu tun, als die Leute vor mir katzbuckeln zu sehen?« Er drehte sich zu seinem Sekretär um. »Makarow, an die Arbeit! Wofür bezahle ich dich? Bitte verzweifle nicht an deiner Aufgabe! Der Zarewitsch ist der Esel, nicht du. Aber gemeinsam machen wir schon einen Mann und Thronerben aus ihm.«

Peter führte mich am Ellbogen hinaus vor sein Zelt.

»Zu Pferd bist du gekommen? Allein?« Er begutachtete die Locke meines Haars.

Meine Wangen glühten. Er legte mir seine kleinen Hände auf die Schultern. Sie fühlten sich schwer an.

»Nein, Peter Andrejewitsch Tolstoi hat mich begleitet. Es war eine schöne Reise.«

Peter schnaubte. »Eine schöne Reise! Dumm und leichtsinnig bist du, Martha. Weißt du, was dir alles hätte passieren können?«

Ich sah zu ihm auf. »Nichts, was mir nicht schon passiert wäre. Das nehme ich gern für meinen Zaren auf mich.«

Er musterte meine knapp sitzende Männerkleidung. Mein Busen zeichnete sich deutlich unter der Weste ab. Ich hatte den obersten Knopf gelöst, sodass er etwas Haut erahnen konnte. Was er sah, schien ihm zu gefallen. »Und weshalb bist du gekommen? Ist das Leben in Moskau so langweilig für eine schöne junge Frau? Das ist mir neu.«

»Ich bin gekommen«, sagte ich, »weil ich bei dir sein wollte. Und weil ich das Kind des Zaren aller Russen unter meinem Herzen trage.«

An jenem Abend gingen die Lichter in seinem Zelt nicht aus.

36. Kapitel

Der Mond leuchtete kühl und hochmütig in die Dunkelheit, und durch das lange dunkle Rohr konnte ich auf seiner Oberfläche Schatten ausmachen. Waren dies Städte wie die unseren oder hohe Berge? Gab es dort Flüsse und vielleicht auch Menschen? War der Mond nur ein Spiegelbild der Erde? Weshalb leuchtete er in der Nacht? Das alles fragte ich Peter, als er eigenhändig sein Teleskop für mich einstellte. Auf der Anhöhe über dem Lager stand die Truhe, in der er seine wertvollen Gerätschaften aufbewahrte. Sein General James Bruce sandte sie ihm für ungeheure Summen an Rubel aus England. Kaum etwas bereitete ihm mehr Freude, als den Himmel zu beobachten. »Sieh doch nur, welches Buch voll Gottes Wundern sich vor deinen Augen öffnet!«, flüsterte er mir ins Ohr, während er mich von hinten umarmte. Auf alle Fragen fand er letztendlich nur eine Antwort. »Die Planeten sind wie Menschen, Martha. Es gibt immer eine Seite, die wir nicht sehen, eine Seite voll versteckter Wünsche und Begierden.«

»Selbst der Zar sieht diese Seite nicht?«

»Vor allem der Zar sieht diese Seite nicht.« Es klang bitter.

»Nun, es gibt aber eine Ausnahme.«

»Und die wäre?«, fragte er mich erstaunt.

»Die Liebe. Lieben heißt, auch die dunkle Seite des anderen zu kennen und zu wollen. Du bist mein Planet, und ich erkenne dich ganz, auch ohne durch ein Rohr in den Himmel zu blicken.«

Er berührte meinen schon runden Bauch. »Ich mag dich auch mit allen deinen Rundungen. Bist du deshalb mein Planet? Meine Mutter Erde?«

»Ja«, sagte ich schlicht und schmiegte mich an ihn.

Es war eine laute, gesellige Runde, die sich zum Abendessen in der Schlüsselburg versammelte. Menschikow hatte fünf ganze Ochsen braten lassen, und die Diener konnten kaum schnell genug Bier und Branntwein nachschenken. Nur Alexej hielt die Arme vor der Brust verschränkt. Er weigerte sich, sein Maß zu trinken. Er war in dem Alter, in dem Fjodor gewesen war, als ich ihn das letzte Mal in unserem *mir* gesehen hatte ... mehr Arme und Beine als Rumpf. Und jeden Morgen wachte er mit einem neuen Pickel im Gesicht auf.

Peter schlug seine Adlertasse auf den Tisch, sodass der Wodka spritzte. »Trink, Alexej!«, forderte er. Sein Zwerg Jakim versuchte die Strenge seines Herrn abzuschwächen. »Trink, trink!«, äffte er den Zaren mit heller Stimme nach, doch Menschikow verpasste ihm eine Kopfnuss. Jakim heulte auf und trollte sich.

Alexej sah seinen Vater flehend an. »Bitte nicht! Wenn ich so viel trinke, bin ich am Morgen ganz schwach.«

»Lass deine Hose herunter, damit wir sehen, ob du nicht doch ein Weib bist! Martha dagegen trinkt mich unter den Tisch. So bekommt unser Sohn gleich die richtige Einstellung.« Er tätschelte meinen Leib. »Trink, oder ich lasse dich stäupen!«

Alexej zitterte am ganzen Körper. »Ich bin doch *auch* dein Sohn. Dein Erbe. Du solltest dich um meine Gesundheit sorgen, statt mich zu plagen.«
Nach diesen Worten schwieg die gesamte Tischgesellschaft. Jakim drückte sich die fetten kleinen Fäuste vor die Augen. Ich hielt den Atem an.
»Mein Erbe?«, donnerte Peter, und die Adern an seiner Stirn traten hervor. »Merk dir eins, Alexej Petrowitsch! Sollte ich morgen sterben, wirst du wenig Freude an deinem Erbe haben, wenn du dich weiter hinter stinkenden Pfaffen- und Weiberröcken versteckst.« Peter packte seine *dubina*, die Knute, die bislang friedlich neben ihm auf dem Stuhl gelegen hatte. »Mein Erbe bist du, wenn du treue und weise Ratgeber für deine Pflichten zu ernennen weißt. Mein Erbe bist du, wenn dir keine Mühe zu viel ist, um das Glück deiner Untertanen zu sichern.« Er spuckte aus. »Aber mein Rat ist an dich Nichtsnutz vergeudet.« Die *dubina* zischte durch die Luft. Alexej zuckte zurück und hob schützend die Hände vor das Gesicht, doch Peter war noch nicht fertig mit ihm. »Niemand ist mein Erbe, weil er zwischen den Schenkeln seiner Mutter geboren wurde. Ich mag der Zar sein, aber ich leide am meisten unter allen Russen. Ich lebe für Russland, und ich sterbe für Russland.« Er ließ sich den Becher von seinem Mundschenk neu füllen, atmete tief durch, um sich etwas zu fassen, und reichte ihn Alexej. »Trink, oder es wird dir leidtun!«, sagte er noch einmal mit drohender Stimme.
Alexej zögerte, doch Menschikow lehnte sich über den Tisch und zwang ihm den Kiefer auf. »Das nenne ich Treue!«, lachte Peter und schüttete dem Zarewitsch

den Branntwein in den Rachen. Alexej spuckte, gurgelte und hustete. Als Peter sich nach dem Mundschenk umsah, stieß ich ihn leicht an.

Er fuhr herum. »Was gibt es?«, fragte er, den tropfenden Humpen in der Hand.

Ich hob meinen eigenen Kelch wie zu einem Trinkspruch. »Möge der Tag deines Sterbens so weit von uns entfernt sein wie die Sterne am Himmel!«, rief ich. Alle fielen in den Trinkspruch mit ein, nur Menschikow wartete auf des Zaren Befehl.

»Lass ihn!«, sagte Peter unwirsch. »Er hat sich ja schon angepinkelt vor Furcht.«

Menschikow gehorchte und grinste, denn auf Alexejs Lederhose zog sich von seinem Gesäß hin zu den Knien eine feuchte Spur, und der Junge schluchzte.

»Hinaus!«, befahl Peter knapp, und Alexej floh. Die Anwesenden brüllten vor Lachen.

Menschikow hob seinen Humpen. »Auf Martha, die Gnadenvolle«, sagte er mit widerwilligem Respekt, und ich wusste, worauf er anspielte. Auf meine Bitten hin hatte seine Schwester Anastasia Menschikowa endlich ihren Geliebten, den Portugiesen Devier, den ich bei der ersten Trunkenen Synode gesehen hatte, heiraten dürfen. Viermal hatte er bei Menschikow um ihre Hand angehalten, viermal hatte dieser ihn verdreschen und verjagen lassen. Nun hatte Peter Devier zum Kopf seines Geheimdienstes ernannt.

Am nächsten Morgen lag ich neben Peter, der seinen Kopf in die Beuge zwischen meinem Hals und meiner Schulter vergraben hatte. Meine Glieder waren noch schwer von der Liebe und dem Trank. Ich fühlte mich ihm so nahe, dass ich ihn zu fragen wagte.«Weshalb behandelst du Alexej so hart? Liebst du ihn nicht?«

»Ich bereite ihn auf sein Leben als Zar vor. Das ist ein Leben ohne echte Liebe.«

Ich schüttelte den Kopf. »Ich liebe dich. Und ich will nicht, dass unser Kind wie Alexej wird.«

Er strich mir eine Locke aus der Stirn. »Alexej wurde auch nicht in Liebe gezeugt, sondern aus Pflicht und Langeweile. Ich habe Ewdokia nie geliebt.«

»Aber muss Alexej nun dafür bezahlen?«

»Ich kann nicht anders. Er sieht sogar aus wie sie... die fahle Haut, die dunklen Augen, die hohe Stirn, das schüttere Haar und dieser verkniffene dünne Mund. Alles an ihm erinnert mich an sie. Sogar seine lahme Art zu gehen treibt mich zum Wahnsinn. Wie ist ihr das nur gelungen?«

»Ich bin sicher, er hat vieles andere von dir geerbt, oder? Wenn nicht, dann kann er doch lernen. War er denn nicht immer bei dir?«

»Zum Lernen ist es zu spät, fürchte ich. Er ist bei den Lopukins aufgewachsen, Ewdokias Familie, nach Knoblauch stinkende Pfaffen allesamt. Ich war auf Reisen und konnte mich nicht um ihn kümmern. Ihnen habe ich einen Thronerben zu verdanken, der weder Fisch noch Fleisch ist.« Er schüttelte sich.

Ich zögerte. Mein Mitgefühl für Alexej kämpfte mit meinem gesunden Menschenverstand. So stützte ich mich auf einen Ellbogen, um den Augenblick zu nutzen. »Du hast Ewdokia wirklich nie geliebt? Niemals?« Wie konnte ich Eifersucht der armen Frau gegenüber empfinden, die ihren Sohn nicht aufwachsen sah und die endlose Tage in einem einsamen Kloster verbrachte? Ich lag doch in Peters Bett und erwartete sein Kind.

»Nein. Bei der Erinnerung an sie bekomme ich Gänsehaut, und mir wird übel. Meine Mutter wählte sie für mich aus, denn sie schien als königliche Braut passend zu sein. Adlig, aber nicht adliger als die Romanows. Sie war hübsch genug, fromm...« Er verdrehte die Augen.

»...und scheinbar sanftmütig.«

»*Scheinbar* sanftmütig?«, lachte ich.

»Jedes Mal, wenn ich aus der deutschen Vorstadt nach Hause kam, keifte sie nur, statt mich mit einem Lächeln zu begrüßen. Einmal brachte ich ihr eine teure Vase als Geschenk mit, und sie zerschmetterte sie vor meinen Füßen. Außerdem war sie stur wie ein Esel. Vier Stunden lang wollte ich sie davon überzeugen, Nonne zu werden. Sie weigerte sich. Nun sitzt sie im Kloster gefangen.«

Ich musterte den Zaren nachdenklich. »Wenn du je von anderen Weibern so zu mir nach Hause kommst, dann gebe ich dir die Peitsche.«

Peter sah mich ernst und dunkel an. »Sie war nicht irgendein Mädchen. Sie war meine Frau. Meine Zariza. Es war ihre Pflicht zu lächeln, was immer ich tue oder sage. Das und mir viele gesunde Söhne zu gebären.«

Darauf fiel mir keine Antwort ein, doch ich verwahrte die Worte in meinem Herzen.

Der Sieg über die Schweden in der ersten echten Seeschlacht des Großen Nordischen Krieges versetzte Peter in Hochstimmung. Er hatte sich als Kapitän Peter Michailow tapfer geschlagen und zwei schwedische Fregatten gekapert. Scheremetew zeichnete ihn dafür mit dem Sankt-Andreas-Orden aus, und Peter heftete ihn stolz ans Nachthemd, bevor er zu mir unter die Decke schlüpfte. Er feierte den Sieg, dass es selbst seinen engsten Freunden angst und bange wurde. Als Tolstoi sich bei einem Abendessen verzweifelt hinter einem Vorhang versteckte, zog Peter ihn bei den Haaren hervor und flößte ihm ein doppeltes Maß Branntwein ein. Tolstoi rang nach Luft wie ein Fisch auf dem Trockenen, doch da ich ihm die Nase zuhielt, blieb ihm nicht viel anderes übrig, als kräftig zu schlucken. Am folgenden Tag ritt er, noch reichlich grün im Gesicht, als Gesandter zur Goldenen Pforte in Konstantinopel.

Kein Tag hatte für Peter genug Stunden, kein Russe arbeitete härter als der Zar, denn vergeudete Zeit konnte seiner Ansicht nach ebenso wenig rückgängig gemacht werden wie der Tod. Um vier Uhr morgens hatte er meist schon die erste Handvoll Depeschen geschrieben und diktiert und sein scharlachrotes Siegel auf zahllose *ukasy* gedrückt. Makarow musste ob der steten Wiederholung der Worte *sofort, unverzüglich, ohne Aufschub, heute noch* in des Zaren Briefen lächeln.

Kaum zwei Wochen später standen die ersten Holzhütten der Siedlung, die Peter stolz Sankt Petersburg nannte. Die nun leeren Häuser der schwedischen Offiziere wies Peter seinen Offizieren zu. Für die *Seelen* dieser *mir* machten die Russen oder die Schweden als Herren keinen Unterschied. Sie bestellten die Äcker und arbeiteten in den Häusern. Ihr Elend war endlos.

Ahnten wir, was die Gründung von Sankt Petersburg für Peter bedeutete? Niemand glaubte wirklich an die Stadt, als Peter die ersten Holzbalken für das Fundament der Peter-und-Pauls-Festung aufeinanderlegen ließ. »Ist das nicht vollkommen so? Was denkst du?«, fragte er mich, besessen davon, Sankt Petersburg unter allen Umständen zu schützen. Niemals wieder sollten seine Stadt und ihr Umland von Russland getrennt sein. Mochte es sein Reich oder sein Leben kosten. Mochte es kosten, was es wollte.

»Weshalb gründest du gerade hier eine neue Stadt?«, fragte ich ihn nach dem Morgen auf Lust-Eland, der sogenannten Insel der Glückseligkeit, als wir die Gebeine von Alexander Newski umgebettet hatten. Ich lag müde in seinen Armen, doch ein leichter Wodkarausch und die vielen Bilder in unseren Köpfen vertrieben jeden erfrischenden weiteren Schlaf. Er schwieg. Im Kamin knackten die Scheite. Die Flammen warfen ein warmes Licht auf meine nackte Haut, die mit der Schwangerschaft zart und rosig geworden war. Ich fühlte mich so stark wie noch nie in meinem Leben. Stark für Peter, stark für meinen Sohn. »Hast du nicht schon genug Städte?«, neckte ich ihn.

Peter seufzte. »Hat Russland nicht von allem schon genug? Man wird erst sehr viel später verstehen, weshalb ich dies für mein Vaterland tue. Moskau gehört der Vergangenheit an, den Popen und dem Unwissen. Ich hasse den Kreml, Martha.« Er wand sich, und ich umarmte ihn rasch. »Nie wieder werde ich dort schlafen«, murmelte er, als ich ihn beruhigt hatte. »Wenn ich in Moskau sein muss, dann werde ich in Preobrazenskoje wohnen, wo ich aufgewachsen bin.«

Er streichelte mich zerstreut und blickte in das erlöschende Feuer. »Mein Russland braucht ein neues Wahrzeichen. Ich habe die Stelle für meine Stadt nicht umsonst gewählt. Hier am Wasser wird Sankt Petersburg liegen, ein neues Jerusalem und eine Hochburg für einen neuen starken Geist.«

»Aber mit welchen Mitteln willst du eine neue Stadt bauen, jetzt, so mitten im Krieg?«

»Man findet Zeit und Mittel für das, was sein muss, Martha. Zum Beispiel für die Liebe«, sagte er und rollte sich auf mich.

Im Lager war ich ein Teil von Peters Welt, selbst wenn er auch anderen Frauen seine Gunst erwies. Er nahm diese Mädchen so, wie er am Morgen *kascha* aß oder vom Pferd stieg, um sein Wasser gegen einen Baum abzuschlagen. Mit mir aber trank er, feierte er und lachte er. Ich wärmte sein Herz, wenn ich seinen Stuhl mit Harz beschmierte oder seine Stiefel halbhoch mit Wasser füllte, bevor er nichts ahnend hineinschlüpfte. Niemand brachte ihn so zum Lachen wie ich, und niemand hielt ihn fest, so fest, wenn ihn das Entsetzen seiner blutigen Erinnerungen überkam. Nur ich konnte seine Dämonen in Schach halten, und nur in meinen Armen schlief der Zar aller Reußen tief und fest, ohne böse Träume. Wenn wir am Morgen gemeinsam unsere *kascha* löffelten und Fladen in *kwass* oder *tschai* tauchten, wenn er abends vor dem Feuer mit seiner Hand nach dem Kind in meinem Bauch tastete, dann konnte mir keine andere Frau gefährlich werden.

Denn ich war es, die seinen Sohn erwartete.

37. Kapitel

Ich nähte Kinderkleidchen, schlief so viel, wie mein Körper es mir befahl, und gab meiner Naschsucht nach. Ständig saugte ich an frischen Honigwaben, aß saure Gurken aus der Vorratskammer der Schlüsselburg und löffelte pfundweise baltische Heringe. Peters dänischer Koch Johann Felten fand sie auf dem Markt nahe unserer jungen Stadt und legte sie in Rahm, Äpfeln und Zwiebeln ein.

Dieser Markt war nicht mehr als eine Ansammlung brüchiger Buden, doch alle waren froh, nach der Schlacht und der Umsiedlung eine neue Ordnung finden zu können. Eine farbenfrohe Menge von Käufern, Musikanten, Bauern, Dirnen, Taschendieben, fahrenden Gauklern und Quacksalbern trieb sich zwischen den Ständen herum, und an einem Morgen im Juni begleitete ich Felten dorthin. Der dicke kleine Däne war schlechter Laune. Peter hatte ihm am Vorabend ordentlich eins übergezogen, weil Felten ein Rad Limburger Käse nicht sorgfältig genug versteckt hatte. Als Peter gegen Mitternacht eine Scheibe davon hatte haben wollen, war der Käse von Unbekannten bereits aufgegessen worden.

Die Weiten bis zur Bucht von Finnland badeten im hellen Sonnenlicht, das erste Korn stand auf den Feldern und versprach fette Ernte. Zu den Füßen der Leibeigenen auf den Feldern glänzte die Ackerscholle trocken, und die Hufe unserer kurzbeinigen starken Pferde schlugen dumpf auf den Wegen, die von Peters Kanonen aufgerissen waren. Ich lenkte mein Pferd vorsichtig um die tiefen Schlaglöcher herum.

Felten schimpfte vor sich hin. »Wann kehren wir endlich nach Moskau zurück, wo ich eine ordentliche Küche und richtige Vorräte habe? Wenn ich allein an meine Gewürze dort denke… In dieser Wildnis bringt man ja nichts zustande. Genauso gut kann man einen Esel bitten, Harfe zu spielen.«

Ich lenkte mein Pferd um einen Eichenstumpf herum, der von Peters letzter Rodung für seine Flotte übrig geblieben war. »Du solltest dich besser auf einen langen Aufenthalt in dieser Gegend einstellen, Felten. Der Zar und ich wollen in seinem neuen Paradies gut essen. Dazu brauchen wir dich.«

»Paradies!« Felten erschlug klatschend eine dicke Mücke, die sich an seiner Wange vollsaugen wollte. »Die Hölle ist das hier. Stimmt es, dass der Zar seine Stadt von Zwangsarbeitern bauen lässt?« So zornig sah er selbst aus wie die Ferkel, die er, mit Bier, Senf und Honig überzogen, auf kleiner Flamme röstete.

Ich verjagte ebenfalls einen Schwarm Mücken, als mein Pferd strauchelte und der Knauf sich in meinen Leib bohrte. Ich rang nach Luft vor plötzlichem ziehendem Schmerz. Felten bemerkte es nicht und sprach weiter. »Die ersten fünfzehntausend Männer werden im nächsten Frühjahr erwartet und dann noch viele weitere im August. In diesem Jahr ist es für große Bauarbeiten schon zu spät.«

»Wenn ich das in Holland geahnt hätte, als ich dem Zaren auf dem Schiffsdock begegnete. Ach, wäre ich doch daheimgeblieben«, murmelte Felten theatralisch. »Kopf hoch! Du musst ja nicht alle fünfzehntausend Arbeiter bekochen. Da hättest du fein zu tun.«

Der Markt kam in Sicht, und der Wind trug seinen Lärm, das Feilschen, Lachen und Schimpfen, wie auch die Gerüche nach frischem Gebäck und den warmen Tierleibern zu uns. Ich schlenderte durch die Gassen und prüfte das Angebot an erstem Obst und Gemüse, an Pasteten, Kuchen, frischem Käse und gesalzenen oder geräucherten Speckseiten und anderem Fleisch, an Wurzeln und Kräutern gegen Krankheiten aller Art wie auch irdene Töpfe und kupferne Formen. Ballen mit farbenfroh gewebtem Tuch und Bündel gesponnener und ungefärbter Wolle. Mit den Fingerkuppen prüfte Felten die blitzenden Klingen auf Schärfe, als der Schmied seine Messer und Werkzeuge ausbreitete, und ging dann weiter zu den Pferchen für die Schweine und Kälber. Pferde wurden anderswo gehandelt. Felten ersteigerte zwei fett gemästete und quiekende Ferkel, denen unsere Wachen die Hufe zusammenbanden, bevor sie sich das Vieh an Stöcken auf die Schultern luden.

Ich bummelte weiter, um das Leben auf dem Markt zu genießen, als mir durch den Lärm eine empörte Stimme ans Ohr drang, die ich unter Tausenden erkannt hätte. »Das ist Wucher! An den Pranger sollte man dich stellen, du Schurke!«

Ich verharrte, und mein Herz klopfte wie wild. Täuschte ich mich auch nicht?

»Herrin!«, drängte Felten, doch ich hob nur die Hand und folgte der Stimme, die mich zu sich rief.

»Das nennst du Pastetenfülle? Meine Schweine bekommen mehr zu fressen«, zeterte die Frau weiter. Sie drehte mir den Rücken zu, und der Bäcker verteidigte sich nur schwach, denn kein Händler wollte am Markttag diese Art von Aufmerksamkeit erregen. Als ich ihr die Hand auf die Schulter legte, fuhr sie herum. Sie rang nach Luft, und ihre missbilligend verkniffenen Lippen lösten sich in ein Lachen, als sie die Arme öffnete und mich begrüßte.

»Martha!« Karoline Glück ließ ihren Korb fallen, und ich versank in ihrer Wärme und ihrem nach Kampfer und Minze duftenden Umhang. Wir lachten, wir weinten, lachten wieder und vor allen Dingen redeten, redeten, redeten, ohne wirklich zu hören, was die andere sagte.

»Martha, mein Gott, du bist am Leben! Was führt dich denn hierher?«

»Ist Ernst Glück denn hier wieder Pfarrer? Und wie geht es Agneta?«

Als sie mich von sich weghielt, wärmten ihr Blick und ihre Freude mein heimatloses Herz. Doch dann entdeckte sie meinen Bauch. »Meine Güte, ist das schon das Zweite für Johann und dich?«, fragte sie.

»Nein, Johann ist tot. Das Kind damals habe ich verloren.«

»Der arme Mann! Gott hab ihn selig. Aber…« Nun bemerkte Karoline hinter mir Felten, der zusammen mit der Garde auf mich wartete. Sie runzelte die Stirn. Bis an das Ende ihrer Tage würde sie die rechtschaffene Pfarrersfrau bleiben! »Hast du etwas angestellt? Wer ist denn der Vater? Du bist doch hoffentlich verheiratet!«

Ich verbiss mir das Lachen: Sie war und blieb die

rechtschaffene Pfarrersfrau! »Nein, aber das Kind hat einen Vater, der sich so wie ich darauf freut. Wie soll ich dir alles erklären? Dazu brauchen wir Wochen und Monate. Der Vater meines Kindes ist Peter, der Zar aller Russen.«

Karoline ließ eine der Piroggen fallen, um die sie gerade so erbittert gestritten hatte. »Peter? Gütiger Gott im Himmel! Der Zar. Was machst du denn für Sachen? Aber wie...«

Felten stemmte das neue Käserad, das er erstanden hatte und dem Zaren als Entschuldigung für seine Unachtsamkeit schenken wollte, von einem Arm auf den anderen. Ich spürte seine Ungeduld und umarmte Karoline. »Weshalb kommt ihr heute Abend nicht zu uns? Felten kann zur Feier eine Sau rösten. Ich sende euch Soldaten, die euch abholen.«

Sie zögerte, die Einladung anzunehmen. Aber sowohl der Gedanke an ein knuspriges Spanferkel wie auch ihre brennende Neugierde waren stärker als alle Bescheidenheit oder Zier.

Den ganzen Rückweg über maulte Felten, dass er eins der erstandenen Schweine gleich wieder schlachten sollte, bis ich ihm den Mund verbot und der Gruppe vorantrabte.

Ich freute mich unglaublich, die Glücks wiedergefunden zu haben! Sie waren außer Peter und Darja die einzige Familie, die ich in dieser Welt noch hatte. Sie alle hatten den Sturm auf Marienburg überlebt und hausten zusammen mit Antons Frau Alexandra in einem kleinen Holzhaus, durch dessen Ritzen der Wind von Nyenschanz pfiff. Ernst Glück arbeitete als Lehrer, und ich wollte ihnen helfen und danken für alles Gute, das sie für mich getan hatten. So versuchte ich meine Angst über den ziehenden Schmerz im Unterleib in Schach zu halten.

In unserer Hütte war der Kachelofen trotz des Sommerwetters angeschürt, und Peter hatte vor Sonnenaufgang schon die Werften besucht, eine Streiterei zwischen seinen Generälen geschlichtet und schließlich zwei lange zornige Briefe an jeweils Alexej und August von Sachsen diktiert. Dann hatte er die Pläne für seine neue Stadt besehen, bevor er in Persien erneut Orangenbäume, Kampfer und Minzepflanzen bestellte und an einem *ukas* zur allgemeinen Erziehung der russischen Jugend saß. Als ich die Tür aufstieß, aß er gerade einen Löffel der kalten *kascha,* die auf seinem Tisch stand. In dem von ihm selbst geschnitzten Holzbecher war ein vergessener Rest an bitterem *kwass* bereits von einer öligen Schicht überzogen. Die Rastlosigkeit und Müdigkeit seiner Seele übertrugen sich auf seinen Körper. Seine Beine tanzten unter dem Tisch, und seine Schultern zuckten, aber er sah auf, als mit mir Sonnenschein und frische Luft in den Raum wehten. Mir waren meine Ledersandalen schwer an den Füßen. Wie gut es tat, die geschwollenen Beine auf den Schemel zu legen, als ich mich Peter auf den Schoß setzte und ihn küsste. Seine Hand legte sich augenblicklich auf meinen Bauch.

»Was macht unser junger Rekrut? Steht er stramm?« Er schnupperte an meinem Hals. »Hm, du riechst gut, nach frischer Luft. Hat Felten auf dem Markt etwas Schmackhaftes gefunden? Ich habe Hunger wie ein Stier.«

»Der Rekrut schwimmt gerade. Ich denke, er wird

Matrose«, sagte ich und griff neugierig nach dem halb fertigen *ukas*. Der Anblick der schweren Papierrollen mit der schwarzen dicken Tinte und dem leuchtend roten Siegel an der Stelle, wo Peter schwungvoll seinen Namen hinsetzte, ermüdete mich nie. »Weshalb schreibst du nicht weiter?«

Er seufzte. »Ach, *matka*! Ich kann befehlen, was ich mag, es ist einfach alles vergeblich. Alles scheitert am Stumpfsinn und Unwillen der Russen. Selbst die Edelleute weigern sich, ihre Söhne in meine Akademie zu geben und ihre Töchter ins Ausland zu schicken.«

»Kein Wunder. Wie sollten die jungen *damy* denn da ihre Tugend bewahren?«, lachte ich.

Peter kaute an seiner Oberlippe. »Sie verstecken ihre Söhne lieber unter ihren Leibeigenen, als sie in die Schule zu schicken. Und wenn ein Bauer zur Armee eingezogen wird, dann gleicht die Abschiedsfeier einer Beerdigung. Ich brauche Hilfe. Jemanden, der gebildet ist, der mehrere Sprachen spricht. Jemanden, der ihnen ein Vorbild sein kann.«

»Ich habe jemanden für dich!«, rief ich. Fabelhaft! Ich konnte den Glücks helfen, ohne sie mit Almosen zu beleidigen.

»Ja?« Er sah mich erstaunt an. »Wen denn?«

Doch ehe ich antworten konnte, schwappte eine schmerzhafte Welle über mich hinweg. Ich keuchte auf und rang nach Atem. Ein Riese packte meinen Leib, und seine rote Faust drückte mich und mein ungeborenes Kind mit aller Kraft nieder. Es schüttelte mich. Ich wollte schreien, doch ich konnte nur krächzen.

»Nein!«, flehte ich noch, dann färbte sich mein Rock rot vom Blut. Alle Kraft und alles Leben flossen aus meinem Körper. Mit einem entsetzten Schrei fing mich Peter auf und war bei mir, als ich unseren kleinen Sohn im sechsten Monat meiner Schwangerschaft tot zur Welt brachte.

Alles, worüber ich nicht hatte nachdenken können, holte mich ein, während ich dalag und ruhte. Damals trübten die dunklen Schwingen der Sorgenvögel zum ersten Mal das Licht meines Gemüts. Biester mit schwarzem Gefieder, deren scharfe Krallen sich in ein Herz schlagen, sich in einem Geist einnisten. Als Karoline mich so in meinem Bett fand, still liegend, ins Leere sehend und weinend, umarmte sie mich. »O Martha! Ich kenne die Sorgenvögel. Niemand kann sie verjagen. Niemand außer dem Menschen selbst, in dem sie brüten und ihre faulen, stinkenden Eier in die Windungen seiner Seele legen.«

Die Glücks waren an dem Abend, an dem ich mein Kind verlor, in die junge Siedlung eingeritten. Karoline ließ mich keinen Augenblick lang allein und verjagte nach den ersten Augenblicken der Verzweiflung selbst Peter aus meiner Krankenstube. »Hinaus! Männer starren wie Vieh und haben schmutzige Stiefel an den Füßen.« Von ihr hörte ich, dass der Zar wie ein Kind geweint hatte, als er die bereits vollkommen geformten kleinen Finger und die Zehennägel seines Sohnes gesehen hatte. Was sollte nun geschehen? Was, wenn ich ihm kein gesundes Kind schenken konnte? Die Sorgenvögel krähten Darjas Worte durch die Leere, die in meinem Schädel herrschte, wo sie grausig widerhallten. *Nichts bindet einen Mann so an dich wie ein Kind. Ein Sohn!*

Peter überließ der Familie Glück ein ehemaliges schwedisches Offiziershaus. Karoline fütterte mich mit heißer Bohnensuppe und Speck, in Brotteig eingebackener dicker Blutwurst, mit Omeletts mit frischem Kraut und getrockneten süßen Früchten, die sie über Nacht in warmen Wein einlegte. »Sogar Felten wollte das Rezept dafür haben«, erzählte sie stolz, als sie mir heiße Steine an die Füße legte und meine Decke über dem Kachelofen faltete, bevor sie mich darin einwickelte. Langsam kehrte die Kraft in meinen Körper zurück, der Frohsinn jedoch nicht. Von meinem Lager aus starrte ich an die Decke und zählte die Käfer und Eidechsen im Gebälk, die zwischen dem getrockneten Pech und dem gekochten Moos herumkrochen.

Als ich wieder stark genug war und gehen konnte, sandte mich Peter zusammen mit dem Ehepaar Glück in einem Tross aus Kutschen und Sänften nach Moskau zurück.

»Bitte, lass mich bei dir bleiben!«, flehte ich ihn an.

Er schüttelte nur den Kopf. »Du bist zu schwach. In Moskau können sich bessere Ärzte um dich kümmern.«

Als meine Kutsche aus dem Lager rollte, sah ich die gesunden jungen Wäschemägde im Fluss baden. Sie zeigten ihre starken Körper ohne falsche Scham, und ihre nackte weiße Haut leuchtete im herbstlichen Sonnenschein. Wie sollte Peter ihnen widerstehen? Welche von ihnen würde in dieser Nacht beim Zaren liegen? Vielleicht war eine von ihnen in ein paar Wochen schwanger von ihm. Schwanger mit einem Sohn. Weinend zog ich die Vorhänge vor das Fenster. Mit mir reisten Peters Lieblingshunde Lenta und Lizenka nach Moskau. Er hatte sich nur unter Tränen von ihnen getrennt. Lizenka war trächtig, und ich streichelte stumm und ohne Unterlass ihren geschwollenen Bauch.

In Moskau ging es zu, als hätte es Peter und seine neuen Gesetze nie gegeben. Die Männer holten im Herbst ihre flachen Biberpelzhüte hervor und trugen pelzverbrämte lange Mäntel. Sie gürteten sich um die Lenden statt um die Leibesmitte und trugen Spitzpantoffeln anstelle der westlich geschnürten Stiefel. Die Kleider, die Peter ihnen verordnet hatte, wurden in die hintersten Winkel der Truhen verbannt. Frauen, die sich zum Gottesdienst mit eng geschnürten und ausgeschnittenen Kleidern zeigten, wurden wüst beschimpft. Weiber in altrussischen Blusen mit gebauschten Ärmeln, bestickten Sarafanen und weiten Tuniken zerrten an ihren Röcken, traten nach ihnen, keiften und spuckten.

Ich war nur selten allein, da Karoline fürchtete, ich könnte mir etwas antun. Der aufrechte, gebildete und herzensgute Lutheraner Ernst Glück und der Zar verstanden sich auf Anhieb. Peter hatte während seiner Reisen auch Luthers Haus in Wittenberg besucht. Nichts machte ihm mehr Freude als die Geschichte von Luther, der ein Tintenfass nach dem Teufel geworfen hatte. »Bei Gott, das hätte ich auch getan!«, hatte Peter gerufen, und wir glaubten ihm aufs Wort. Nun baute Ernst Glück in Moskau das erste Gymnasium auf. Philosophie, Ethik, Politik, Latein, mehrere Sprachen und Arithmetik waren nur einige Fächer, die dort neben der körperlichen Ertüchtigung gelehrt werden sollten. Aus der blassen kleinen Agneta war ein hübsches junges Mädchen geworden, nach dem sich die Burschen der deutschen Vorstadt bereits umdrehten. Ich wollte sie so gut wie möglich verheiraten. Nur zwei Jahre später sollte Ernst Glück leider an einem Fieber sterben, doch Karoline lebte noch einige Jahre als ehrenwerte Witwe in Moskau.

38. Kapitel

Der Zar kam zum Julfest wieder nach Moskau. Aus seinen Briefen wusste ich, dass er den Schmerz und die Trauer des Sommers hinter sich gelassen hatte. Erwartete er dasselbe von mir? Ja, auch wenn es sich wie Verrat an unserem tot geborenen Kind anfühlte. So schminkte ich mir ein Lächeln auf den Mund und zog mein neues Kleid aus dunkelgrünem Atlas an, das über und über mit Goldranken bestickt war. So gleichgültig Peter sich gegenüber seiner eigenen Erscheinung gab, so sehr erwartete er von den Frauen seiner Umgebung allen erdenklichen Putz und alle Schönheit.

Peter befahl mich gleich nach seiner Ankunft nach Preobrazenskoje. Er trug noch seine vom langen Ritt ausgetretenen Stiefel mit den abgelaufenen Sohlen, die er sich als junger Mann von seinem ersten Sold auf der holländischen Schiffswerft gekauft hatte. Seine Lederhose war fleckig, und sein Hemd roch nach dem langen Ritt nach Schweiß. Als er seine Stiefel auszog, waren seine Strümpfe durchlöchert. Er wackelte fröhlich mit den nackten Zehen, die aus der Wolle lugten. »Du siehst, *matka*, du fehlst selbst meinen Strümpfen. Niemand stopft sie mehr. Ihre Löcher sind so groß wie die in meinem Herzen, wenn du nicht bei mir bist. Lass mich dir zeigen, wie sehr du mir gefehlt hast!«

Er hob meinen schweren Rock und spielte mit den Bändern, mit denen ich die Strümpfe an den Spitzenrand meiner Wäsche band. Den Augenblick hatte ich beinahe gefürchtet. Konnte ich noch Lust empfinden? Als mich Peter aber hob und auf den groben Tisch seiner Wohnstube legte, wurde mir heiß. Er teilte meine Schenkel, ohne mich auszuziehen.

»Es wird Zeit, dass wir nun wirklich ein Kind bekommen«, meinte er, küsste mich und schob sich in meine Feuchtigkeit.

Im neuen Jahr verlor August der Starke den polnischen Thron. Karl von Schweden und Louis von Frankreich setzten ihren Schützling Stanislaw Leszczynski als Herrscher in Warschau ein, und Karl versprach ihm frech ehemals polnische Besitzungen in Russland, sollte er den Krieg gewinnen. Peter war hilflos vor Zorn. Er hatte nicht nur den Pufferstaat Polen verloren, sondern möglicherweise würde sich auch die Türkei dem schwedisch-polnischen Bündnis anschließen. Was sollte er gegen diese Übermacht ausrichten? Nun hatte Russland Feinde an allen Fronten. Dabei war es schon von den Anstrengungen, die Peter ihm auferlegte, zu Tode erschöpft. Wie sollte das Land dies überleben?

Ich reiste zusammen mit Darja in Peters junge Stadt. Mittlerweile stemmte sich die Peter-und-Pauls-Festung trutzig gegen die Wasser der Newa, und Häuser über Häuser wuchsen aus dem Boden, obwohl so gut wie sämtliches Baumaterial herangeschifft werden musste. Peter wünschte sich eine Stadt aus Stein, mit ebenmäßigen hohen Fassaden und geraden langen Straßen, so wie er es in Europa gesehen hatte. In Moskau dagegen standen wie immer die Häuser aus Holz und Lehm wie Kraut und Rüben durcheinander. Peter ließ die Zwangsarbeiter bei ihrer Arbeit bewachen, denn sie alle versuchten zu fliehen. Tausende und Abertausende von ihnen standen mit wundem Rücken, geschwollenen Knöcheln und mückenzerbissenem Fleisch im Marschwasser und kämpften darum, die Sümpfe trockenzulegen oder die immer wieder anschwellende Newa in Kanäle zu zwingen. Ihr Gestank stand in der heißen Sommerluft wie eine Wolke um die lärmende und schwitzende Masse. Um ihr Leid zu vergessen, sangen sie. Zu jedem Ton der düsteren russischen Lieder fielen ihre Hacken und Hämmer auf den matschigen Grund. Ich suchte in ihren ausgezehrten Gesichtern nach bekannten Zügen. War das dort mein Vater? Arbeitete Fjodor unter ihnen? Was war aus ihnen allen geworden?

Doch ich erkannte niemanden.

In den folgenden beiden Jahren zogen die Generäle Scheremetew, Ronne, Ogilvy, Bauer, Repnin und Golowin rastlos durch Litauen und Kurland, um einen entscheidenden schwedischen Angriff abzuwehren. Dann endlich wendete sich das Blatt. Die Schweden wurden aus Kurland vertrieben und ein Angriff vom Meer aus auf das junge und verwundbare Sankt Petersburg abgewehrt. Als die guten Neuigkeiten zu mir durchdrangen, war ich wieder schwanger. In Moskau zwang mich Karoline zu strengster Bettruhe und ließ mich weder ausreiten noch Wodka trinken. »Du wirst dieses Kind gesund zur Welt bringen, sonst bekommst du es mit mir zu tun«, drohte sie nur halb im Scherz. Nur Peters Lust an der Liebe ließ sich nicht vom Eifer einer Pfarrersfrau abhalten. »Du bist so warm wie ein Tier«, seufzte er in meinen Armen. »Wenn ich nur je genug von dir bekommen könnte, dann täte ich es.«

In jenem heißen Sommer stand selbst die Luft auf dem Roten Platz still und ballte sich über dem Kreml zu einer erstickenden Wolke. Die Fliegen klebten in den Nischen der Räume. Im Gebälk knisterte es von Kakerlaken, die ausschlüpften. Peter ekelte sich so vor ihnen, dass er die Wände und den Dachstuhl frisch mit heißem Pech bestreichen ließ, dessen Geruch uns das Atmen aber noch schwerer machte.

Ich ging gerade zusammen mit Karoline in den Gängen von Peters Haus in Preobrazenskoje auf und ab, als die Haustür von draußen heftig aufgestoßen wurde und zwei Soldaten einen vor Müdigkeit wankenden Boten hereinbegleiteten. Wir wichen in den Schatten des Flurs zurück. Die Männer klopften, und Peter ließ sie ein. Karoline und ich lauschten angestrengt, doch aus dem Zimmer war nichts zu hören. Gleich darauf kamen die Boten wieder heraus und schlossen die Tür, doch nicht schnell genug, sodass ich Peters Schluchzen hörte. Was war geschehen? Waren wir besiegt?

»Zeig ihnen die Pferdetränke und dann den Weg zur Küche! Sie können sich waschen und dann essen«, sagte ich und öffnete behutsam die Tür zu Peters Gemach. Er wandte mir am Fenster den Rücken zu, und als ich ihn umarmte, fuhr er zusammen.

»*Batjuschka*. Du weinst. Was ist passiert?«, flüsterte ich und küsste ihn. Er lehnte sich an mich, und ich suchte Halt am Fensterbrett, um unter seinem Gewicht nicht zu stürzen. »Sophia ist tot«, flüsterte er rau.

»Sophia? Deine Halbschwester? Die Regentin?«

»Ja. Sie ist vor zwei Tagen in dem Kloster gestorben, in das ich sie verbannt hatte. Endlich.«

Sophia. Die erste Frau, die je in Russland geherrscht hatte. Die eine Erziehung für sich gefordert und ihre Brüder in den Schatten gedrängt hatte.

Peter vergrub das Gesicht an meinem Hals. Seine Tränen benetzten meine Haut, und noch ein anderes gefährliches Zittern ging durch seine Glieder. War das ein Anfall? Ich zog ihn mit mir in die Knie. »Setz dich! Hierher, zu mir! Beruhige dich, ruhig…« Ich legte seinen Kopf zwischen meine Brüste und wiegte ihn wie ein Kind hin und her. Es dauerte, bis er sich so weit beruhigt hatte, dass er aufsehen konnte. »Sophia soll im Kloster begraben werden.«

»Wenn wir einen Sarg finden, der groß genug für sie ist…«, murmelte ich.

Er lachte. »Allerdings! Sie war ein Ungeheuer von einem Weib, fast zweihundert Pfund schwer. Ich frage mich, wie Wassili Golizyn sie bestiegen hat. Aber sie war schlau wie der Teufel und eine echte Herrscherin. Bevor ich sie kahl scheren ließ, waren wir noch einmal im Kreml allein. Sie stand aufrecht. Ich hatte keine Verneigung erwartet. ›Weshalb hast du mich nicht töten lassen, damals im Kreml, als ich noch ein Kind war?‹, fragte ich sie. Weißt du, was sie mir antwortete?«

Ich schüttelte den Kopf.

»›Dummer Peter. Alles, was für einen echten Herrscher zählt, ist die Beständigkeit seines Reiches. Meinst du, ich habe nicht gesehen, dass unser Bruder Iwan ein

Schwachkopf ist? Wer außer dir hätte nach mir Russland regieren sollen?‹ Beständigkeit...« Er wischte sich den Rotz mit dem Ärmel ab. »Sophia soll ein tiefes Grab bekommen. Kein Name soll auf dem Stein eingemeißelt sein. Wenn ich sie schon nicht vergessen kann, dann sollen andere es tun.«

Ich küsste ihn. »Ja, ein sehr tiefes Grab soll ausgehoben werden. So tief, dass deine Angst, alle deine Albträume darin Platz finden.«

Er umklammerte mich so fest, dass das Kind in meinem Leib empört strampelte. »Ach, *matka*, warum bin ich so allein? Warum muss ich immer Zar sein? Als ich die Strelitzen vor Sophias Klosterzelle mit den Füßen zuerst aufhängen ließ, sodass ihre Kadaver bald zum Himmel stanken und die Geier vier Wochen lang über dem Richtplatz kreisten, da hat sie mir nur lachend zugewinkt. Sie hatte keine Albträume. Weshalb dann ich?«

Ich küsste ihm die Tränen vom Gesicht. »Du bist nicht allein. Du hast uns. Mich.« Ich nahm seine Hand und legte sie auf meinen Leib. »Und unseren Sohn.«

39. Kapitel

Das Glück und die Siege schwangen im Großen Nordischen Krieg wie ein Pendel an einer Uhr hin und her – von den Schweden hin zu den Russen und wieder zurück. Vom Balkon des Kreml aus blickte ich in die vor Erwartung kochende Menge, die mit Peter seinen Sieg bei Narwa feiern wollte. Dicke Schneeflocken fielen uns feucht ins Gesicht und blieben an meiner Pelzmütze und an den Wimpern hängen. Ich schob die Hände tiefer in den Muff aus Zobel und zog den Fellkragen meines Umhangs höher. Der Rote Platz war mit Sand und kleinen Steinen bestreut worden, damit die siegreichen Soldaten nicht auf dem Eis und Schnee ausglitten. Um den Roten Platz standen Tausende von Fackelträgern. Kanonendonner, der Lärm des Feuerwerks und die wirbelnden Trommelschläge schluckten die hallenden Schritte der Regimenter. Sie schwenkten die vom Kanonenfeuer zerfetzten erbeuteten schwedischen Fahnen, und Abertausende von Körpern formten im flackernden Licht der Fackeln ein einziges Wesen, einen Wirbel aus Fleisch und Farben. Aus ihren rauen Kehlen drangen zehntausendfach die Hochrufe für ihren *batjuschka* Zar. Peter selbst war überall zugleich. Sein Schimmel war nach deutscher Art mit einem Leopardenfell und einer rotsamtenen Decke gesattelt. So konnte er sich leicht aufrichten und der Menge zuwinken.

Gerade als Peter die erste Runde über den Roten Platz beendet hatte, entschied sich unser Sohn, auf die Welt zu kommen. Der erste Schmerz war wie ein endloses Ziehen, und ich atmete tapfer in die Wehe, als es mir wie ein Messer in den Leib schnitt. Die Garde hatte mich mehr in mein Gemach tragen müssen, als dass ich noch gehen konnte. Karoline Glück führte mich darin auf und ab, während ich mich schwer auf sie stützte. »Denk daran, er wird leben. Ein starkes, gesundes Kind für dich und den Zaren«, wiederholte sie wie die Bitten in einer Litanei, und ich gehorchte und biss vor Schmerz heulend auf das Stück Sandelholz, das Darja mir zwischen die Zähne klemmte. Der Arzt Blumentrost wollte mich ins Bett zwingen, doch ich hatte in unserem *mir* oft genug gesehen, wie Frauen die Wehen und die Geburt gesund überstanden. Als mein Körper nur noch von einem Band aus Pein zusammengehalten wurde, zwang ich mich in die Hocke. »Schieb. Atme. Press. Noch einmal. Und noch einmal. Atme. Halte durch!«, befahl Karoline.

Darja und sie hatten mich unter den Armen gefasst und hielten mir Riechsalz unter die Nase, wenn ich in Ohnmacht zu fallen drohte. Ich blutete Bündel an Leinen voll. Die Hebamme ließ Eimer um Eimer mit heißem Wasser in den Raum tragen. Dann ließ sich Blumentrost nicht länger abhalten. »Nun beginnt meine Aufgabe!«, befahl er. »Haltet sie fest! Fester! Unter den Armen. Er kommt.« Ich hörte jemanden in unendlicher Pein schreien. Es gellte hundertfach in meinem Kopf wider, und Schweiß und Blut stockten die Luft. Blumentrost schob die Hände in meinen Leib und lachte unbegreiflicherweise. »Ja, gut, es kommt! Ich spüre schon den Kopf... Press, Mädchen, press! Jetzt nicht mehr. Hecheln. Warte.« Ich wollte vor Schmerz nach ihm treten. Mir wurde schwarz vor Augen, aber ich wollte nicht ohnmächtig werden. Mein Sohn. Ich wollte meinen Sohn endlich hören und sehen, und wenn mir mein eigenes Leben aus dem Leib blutete! »Noch ein Schub. Ja! Es ist ein Junge. Ein Sohn für den Zaren!«, jubelte Blumentrost und hielt meinen zappelnden Sohn in das späte Licht, so als wäre der Kleine sein alleiniges Verdienst. Er drehte ihn geschickt und klapste ihm auf das mit blutigem Schleim bedeckte Hinterteil.

Als ich seinen ersten heiseren Schrei hörte, ließ ich von allem los und glitt erleichtert und erschöpft in eine gnädige Dunkelheit.

Die Wöchnerinnenstube roch nach Kampfer, Salbei und Myrrhe. Das heiße Badewasser dampfte in Wolken, und Karoline bettete mich in gestärktes frisches Leinen, ehe sie immer wieder das Fenster aufriss. »Was für ein Mief! Wie soll man da gesunden?«, schimpfte sie. Peter und ich entzückten uns endlos über die vollkommenen kleinen Finger und die rosige Haut an dem speckigen Bäuchlein unseres Sohnes. Er lebte, stark und laut, und saugte wie ein echter kleiner Feldherr an meiner Brust. Mein Sohn wurde im Kreml getauft, und Peter, der die ganze Zeremonie hindurch schluchzte, wies Makarow an, seinen Namen in die Jahrbücher des Moskauer Hofes einzutragen. Alexej gratulierte mir, und ich umarmte ihn dafür, während Peter mir mein erstes eigenes Haus schenkte. Der Kolomenskoje-Palast war für seinen Vater, Zar Alexis, erbaut worden und hatte Hunderte von Zimmern und Fenstern, deren Scheiben in der Sonne leuchteten. Sein Park, ein Jagdgebiet der Zaren, war größer als alles Land des Klosters in unserem *mir*.

Der Gedanke gefiel mir sehr.

Jene Zeit um das Julfest war die fröhlichste je. Peter und ich tranken und tanzten die Nächte hindurch. Manchmal wechselte ich dreimal in einer Nacht die Verkleidung, sei es als friesisches Seglermädchen, als Amazone oder als griechische Göttin. Am Ende der Feiern, frühmorgens, wenn noch bleierne Dunkelheit über den Dächern Moskaus lag, schlüpfte ich mit einem Nachtlicht in der Hand in die Stube, wo mein kleiner Junge mit seinem Kindermädchen schlief. Ich beugte mich über seine Wiege und vergewisserte mich, dass er noch atmete. Im März, mit der ersten zaghaften Schneeschmelze, verließ ich mit Peter Moskau und zog mit ihm ins Feld. Mir brach es das Herz, meinen kleinen Sohn zurückzulassen. Aber was sollte ich tun? Es gab zu viele andere Frauen auf den Schlachtfeldern, die dem Zaren willig in sein Zelt folgen wollten. Daher konnte ich in Moskau nicht ruhig schlafen. Ich hatte keine Wahl. Ich ließ meinen Jungen in Menschikows Palast unter Darjas Obhut zurück und diktierte lange Briefe an sie, in denen ich sie anflehte, den Kleinen in all der Unordnung von Alexander Danilowitschs Haushalt nicht zu vergessen. »Lass ihn nicht allein in der Dunkelheit, denn dann bekommt er Angst. Lass ihm warme Kleider nähen. Peter wird dafür aufkommen. Wenn du verreisen musst, dann sorg bitte dafür, dass mein Sohn genug zu essen und zu trinken hat.«

Doch der Kleine starb unvermittelt, ehe noch die Osterglocken in dem auf seine Geburt folgenden Jahr läuteten. Er hatte gerade zu lächeln begonnen, als der Tod ihn uns entriss.

Ein Jahr danach wurde ich in Moskau abermals von einem gesunden kleinen Sohn entbunden, der jedoch kaum älter wurde als sein unglücklicher Bruder. Die Sorgenvögel nisteten wieder in meiner Seele. Darja, die noch immer unverheiratet und dem Namen nach eine Jungfer war, gab mir in jenen Tagen einen guten Rat. »Liebe ein Kind erst, wenn es laufen kann und die ersten Fieber überlebt hat.« Wenn ich Zarewitsch Alexej wachsen und gedeihen sah, dann fragte ich mich allerdings, ob dies alles die Strafe Gottes für Peter war, weil er Ewdokia verbannt hatte.

Doch dann brachte ich meine Tochter Jekaterina zur Welt und ließ mir Peters liebevolle Briefe an meinem Wochenbett vorlesen, denn er jagte quer durch sein Reich von Front zu Front. *Du fehlst mir, wann kommst Du? Auch Menschikow ist nicht hier, und mir fehlen die beiden Gesichter, die ich am meisten auf dieser Welt liebe. Lass das kleine Mädchen stark und gesund sein, und komm bald zu mir. Gestern fiel ein braver Soldat im Rausch vom Dach. Was hätten wir zusammen darüber gelacht. Ich habe Spaß, aber nicht so viel, als wenn Du bei mir bist.*

Ich folgte Peter so schnell wie möglich. Unsere kleine Jekaterina Petrowna war ein liebes Kind mit blonden Locken und Grübchen in den Wangen und an ihren molligen Ellbogen. Sie lief und sprach schon früh, und wenn Peter abends mit seinen Männern zusammensaß und seine Sorgen über den Krieg und sein Land mit ihnen teilte, drehte sie mit ihren kleinen Händen unter dem Tisch vorsichtig an den Sporen seiner Stiefel, bis er sie auf seinen Schoß hob, sie herzte und von seinem Teller fütterte. Jekaterina tat ihre ersten Schritte in Sankt Petersburg, und Peter war auf sie so stolz wie auf seine neue Stadt.

In den Nächten aber plagte ihn die Sorge um Russland so sehr, dass er selbst in meinen Armen nicht schlafen konnte. Er sprach im Traum, stand im Schlaf auf und kleidete sich an, um ins Feld zu ziehen. Ich musste ihn zurück in die Kissen zwingen, damit er Kraft schöpfte für den kommenden Tag, der ihm neue Prüfungen auferlegen würde.

Karl von Schweden marschierte mit seinen Truppen nach Süden, und General Rehnskjöld besiegte die Sachsen und die Russen. Anfangs hatten die Sachsen ihre lutherischen Glaubensbrüder nicht gefürchtet, dann aber hausten die Schweden in den besetzten Gebieten wie die Dreifaltigkeit aus Plage, Feuer und Tod. Zum Entsetzen der russischen Generäle ließ Karl alle Gefangenen hinrichten. Die Bewohner ganzer Dörfer hingen mit aufgeschlitzten Leibern von den Bäumen, wo die Krähen ihnen die Augen auspickten und die Wölfe ihnen die Beine wegfraßen. Karls Männer erhitzten Jauche bis zum Siedepunkt und flößten ihren Opfern das ätzende Gebräu ein, bis sie platzten.

August der Starke flehte um Hilfe, doch Peter und seine Generäle waren ratlos. War der Krieg verloren? Sie beratschlagten bis tief in die Nacht, und einmal, als ich zu ihm kam, sah Peter weinend von einem Brief auf.

»Was ist das?«, fragte ich und nahm das von der Reise

zerdrückte Papier. Ich fasste Briefe gern an, auch wenn ich sie doch nicht lesen konnte.

»Ein Schreiben des Herzogs von Marlborough«, antwortete er.

»Oh! Vermittelt er zwischen Karl und dir, wie du es dir erhofft hattest?«

»Nein, er hat abgelehnt. Aber weißt du, was ich ihm dafür geboten habe?« Seine Lider zuckten. »Die Wahl zwischen den Titeln eines Prinzen von Kiew, Wladimir oder Sibirien. Aber weil er ein Herzog ist, wollen wir uns ja nicht lumpen lassen.« Spöttisch hob er den Finger. »Also, legen wir noch fünfzigtausend Reichstaler für jedes Jahr seines Lebens obenauf wie auch den größten Rubin, der je gefunden wurde, denn seine Herzogin liebt Schmuck, und Marlborough hat Schulden. Verleihen wir ihm noch den Sankt-Andreas-Orden, denn der glitzert so nett. Aber Seine Durchlaucht lehnt ab.« Bei den letzten Worten entriss Peter mir den Brief und zerfetzte ihn in kleine Stücke. »Natürlich. Es ist besser, dass die Schweden mir hier den Garaus machen, als sich in den Spanischen Erbfolgekrieg einzumischen. Russland und sein Zar werden auf dem Altar der Politik geschlachtet.«

August von Sachsen verzichtete auf den polnischen Thron und brach damit feige das Bündnis mit Russland. Zum Dank richteten sich die Schweden in Sachsen häuslich ein, und das gequälte Land durfte das Heer über den Winter durchfüttern. Peter verstärkte die Grenzen, und zum ersten Mal seit hundert Jahren wurde auch der Kreml befestigt. Als Peter den *ukas* unterzeichnete, murmelte er jedoch: »Zu Zunder und Asche sollte er brennen, der Teufelspalast.«

Nur einige Monate später stand Karl bereits in Minsk, was nicht geschehen war, seit das Reich der Rus von Kiew aus vor sechshundert Jahren gewachsen und gewachsen war.

Waren Russland und wir mit ihm verloren?

40. Kapitel

Jekaterina und ich zogen mit Peter nach Kiew, ins alte Herz des Reiches der Rus. Peter wollte, dass wir es bequem hatten, und schickte lange Listen mit Bestellungen nach Archangelsk, von wo aus sie mit dem Schiff nach Westen reisten. Makarow wiederholte Darja und mir, was der Zar ihm bereits aufgegeben hatte. »Ein vollständiges Meißner Porzellanservice, handbemalt mit Grotesken in Blau. Dreizehn Ballen gestreifter Taft und mehrere Ballen indischer Stoffe mit verschieden gewebten Mustern. Außerdem zwölf Fässer mit Oliven und zwei Laden Anchovis...«

Ich unterbrach ihn. »Strümpfe! Ich will ein Paar richtig guter Strümpfe. Das polnische Gelumpe zerreißt beim ersten Ritt. Was willst du, Darja?«

»Italienischen Balsam für die Hände, eingelegte Zitronen, Seide aus Amsterdam und Rollen mit Brüsseler Spitze«, bestellte sie, bevor sie länger überlegte.

»... und einen goldenen Ehering«, scherzte ich, doch Darja begann zu weinen. Ich schämte mich, sie verletzt zu haben, und umarmte sie.

»Verzeih! Es kann doch nicht mehr lange dauern, Darja, du bist ihm seit fast neun Jahren eine treue Gefährtin. Er muss sich doch bald entscheiden.«

Darja schluchzte. »Du weißt ja nicht, was geschehen

ist. Menschikow hat sich entschieden, aber nicht für mich. Er ist in eine Prinzessin Saltykowa verliebt. Sie ist erst fünfzehn Jahre alt, das Biest. Gestern Abend sagte er, er wolle um sie anhalten und dann viele Kinder mit ihr haben. Ich soll mich auf das Landgut meiner Familie zurückziehen, wo ich auf weitere Befehle warten soll. Warten! Auf weitere Befehle!«

»Wie bitte? Das ist doch unglaublich«, entrüstete ich mich.

Makarow stapelte seine Papiere und wollte sich mit betretenem Gesicht unbemerkt zurückziehen, aber Darja war so in Rage, dass sie ihm einen der silbernen Kerzenständer vom Tisch hinterherwarf.

»Renn du nur, Feigling!«, schrie sie. »Ihr Männer seid doch alle gleich!« Dann warf sie sich an meine Brust. »Oh, ich weiß nicht, was ich tun soll. Sie ist so jung und aus viel besserer Familie als ich. Ich habe ihm meine besten Jahre geopfert, und nun? Wer will mich denn jetzt noch? Er dagegen wird seine junge Zuchtstute heiraten und prachtvolle, edle Kinder bekommen.« Sie presste sich die Fäuste vor das verquollene Gesicht. »Er ist wild auf sie, weil er sie nicht haben kann, die kleine Kebse. Er darf sie keinen Augenblick lang allein sehen, und so lässt er seinen Schreiber ein schauerliches Liebesgedicht nach dem anderen an sie senden, Krieg oder nicht, Schlacht oder nicht. Mich konnte er ja jede Nacht haben, wie langweilig.«

Jekaterina krabbelte zu meinen Füßen herum, und wenn Peter und ich weiter so wie gerade die hellen Nächte von Kiew nutzten, war ich sicher bald wieder schwanger. Wir waren wie die Karnickel, die wir in dem *mir* meiner Kindheit gehalten hatten. Er lachte über meinen Vergleich, aber was, wenn er eine junge Prinzessin heiratete? Mein Schicksal und das meiner Tochter konnte ich mir ausmalen. An diesem Nachmittag starb meine Sorglosigkeit. Waren alle Frauen nur ein Spielball männlicher Launen? Darja weinte noch immer, und das Muster der Stickerei des Kissens hatte sich auf ihrer Wange eingedrückt. Sie war, so wie ich, beinahe siebenundzwanzig. Wenn sie noch Kinder wollte, musste sie sich beeilen. »Geh nach Hause, Darja! Nimm ein heißes Bad und trink warme Milch mit Honig, damit du schlafen kannst. Wir finden eine Lösung, mach dir keine Sorgen!«, tröstete ich sie und ließ ihr ihre Sänfte rufen.

Jekaterina hatte zu meinen Füßen in einem von Peters Pfeifenstümpfen ein neues Spielzeug entdeckt und saugte vergnügt an dem geschnitzten Meerschaum. Unter ihrem süßen Speichel verwandelte sich der russische Doppeladler in einen unförmigen Klumpen. Das Sonnenlicht schien auf ihren blonden Kopf, und sie sah aus wie ein Engel.

»Komm, lass uns deinen Vater besuchen!«, sagte ich und küsste sie.

»Was kümmern mich Menschikows Weibergeschichten?«, fragte Peter gereizt und vertiefte sich wieder in seine Briefe, die er an einem einigermaßen friedlichen Abend hastig in alle Himmelsrichtungen schrieb. Im Westen hielten die Schweden Sachsen, die Donkosaken unter ihrem Ataman Bulavin revoltierten, und die Goldene Pforte in Konstantinopel schärfte schon die Krallen, um sie der russischen Bärin in den Leib zu schlagen. Er hatte meine Anwesenheit bereits vergessen, aber so leicht wollte ich mich nicht geschlagen geben.

»Was meinst du damit? Darja hat ihm ihre besten Jahre geopfert. Soll sie nun zusehen, wie er mit einem jüngeren und gebärfähigeren Weib auf und davon geht?«

»Was denkst du denn? Darja mit ihrem Ruf, ich bitte dich! Ich selbst habe Menschikow auf die kleine Saltykowa hingewiesen. Ein saftiges Stück Fleisch, aber grauslich wohlbehütet. Da muss der alte Rabauke sich schon den Ring an den Finger stecken lassen. Aber viele gesunde Kinder kann sie ihm dann gebären. Und ich will Pate stehen.«

Er wollte an meinem Kleid fingern, doch ich stieß ihn weg.

»Was fällt dir ein, Weib?«, fuhr er mich an, doch ich hielt ihm stand. Denn kämpfte ich hier wirklich nur für Darja? Peter beruhigte sich etwas.

»Also gut, hör mir zu! Bisher habe ich Menschikow nie zu einer achtbaren Heirat geraten, denn er soll nicht zu ehrgeizig und gierig werden. Jetzt aber hat er sich bewährt. Ich kann ihn vor allen anderen auszeichnen. Meine Liebe ist nicht mehr blind und ungerecht. Wenn die Zeiten bald besser sind, werde ich ihn zu einem Prinzen von Russland ernennen. Dazu braucht er die rechte Frau.«

Ich rang nach Luft. Außer der Zarenfamilie war niemand ein Prinz von Russland. Selbst Zarensöhne hatten sich den Titel zu verdienen. Er wollte mich umarmen, doch ich stieß ihn abermals von mir. »So, ein saftiges Stück Fleisch ist die kleine Saltykowa? Ich will dir etwas sagen – solange Menschikow nicht Darja heiratet, bist du in meinem Bett nicht mehr willkommen. Er soll sein Wort halten, sein verfluchtes Wort.«

Ich zitterte vor Zorn, denn ich setzte alles aufs Spiel –

für Darja, für Jekaterina und für mich. Peter aber schrie so laut, dass sich seine Augen ins Weiße verdrehten, und nun wich ich doch zurück. »Es ist mein Bett, nicht deines, Martha. Denn dir gehört auf dieser Welt nichts. Du bist arm wie deine abgebrannte Heimat.«

Seine Worte waren schlimmer als ein Schlag mit seiner *dubina*. Mir wurde die Brust eng, und es schmerzte unendlich. In all den Jahren unseres Beisammenseins war nie ein lautes, böses Wort zwischen uns gefallen. Jekaterina weinte vor Schreck. Ich bückte mich und hob sie auf. Ihr Nacken duftete nach Honig und Staub. Peter vermied meinen Blick und sah Jekaterina an. »Doch, Peter«, erwiderte ich. »Ich besitze Stolz und meine Freiheit. Wenn du so über Darja denkst, was hältst du dann von mir? Wenn Menschikow sein Wort nicht hält, was tust dann du? Was soll mit mir, mit uns, geschehen? Ich gehe lieber, bevor ich davongejagt werde.«

Mit diesen Worten verließ ich den Raum.

»Was willst du tun? Wovon willst du leben?«, rief er hinter mir her. »Martha! Bleib hier. Bleib! Das ist ein Befehl!«

Ich aber schloss die Tür. Im Gang sank ich zu Boden, krümmte mich zusammen und schlang die Arme um die Knie. Ich heulte Rotz und Wasser, und Jekaterina fuhr mir mit ihren kleinen Händen durch das Haar. Sie murmelte die halben Worte, die sie bereits sagen konnte. Drinnen in Peters Arbeitsstube hörte ich Holz splittern. Offensichtlich zertrümmerte er vor Zorn den Stuhl, auf dem er gesessen hatte, und schrie vor Wut. Ich zwang mich auf die Füße, nahm mit zitternden Händen Jekaterina hoch und ging in mein Zimmer.

»Pack meine Sachen!«, sagte ich zu meiner Magd und

weinte wieder. Was wollte ich tun? Wovon wollte ich leben? Wohin wollte ich mich wenden? Kolomenskoje musste ich vielleicht zurückgeben, doch ich konnte den Schmuck und die teuren Kleider, die Peter mir geschenkt hatte, verkaufen und dann lesen, schreiben und rechnen lernen. Im *gostiny dwor* war sicher noch Platz für einen Laden mehr. Jekaterina sollte eine Erziehung bekommen und eine ordentliche Ehe eingehen, in der sie geliebt und geehrt wurde.

Niemand sollte meine Tochter so behandeln, wie ich behandelt worden war.

Zwei Tage und Nächte lang hörte ich nichts vom Zaren. Ich wanderte ruhelos in meinen Gemächern auf und ab. Er fasste und verwarf Pläne für sein Heer und zog nachts so wild durch die Freudenhäuser, dass selbst den kampferprobten leichten Mädchen Kiews angst und bange wurde. Ich schluckte mehr Laudanum, als gut war. Hörte ich in meinem dämmerigen Schlaf seine Schritte vor meiner Tür verharren? Vielleicht, vielleicht auch nicht, denn Peter kam nie zu mir herein. Ich litt wie ein Tier. Trotz seiner Worte liebte ich ihn, und meine Liebe und meine Treue geboten mir, ihm in dieser schweren Stunde beizustehen. Aber der Schmerz über seine Worte war in mir noch gewachsen. Bisher hatte ich seinen Zorn immer von anderen abgewendet, nie hatte ich selbst unter ihm gelitten. Doch ich tat, was ich tun musste. Wie sollte ich mit ihm leben, wenn er mich nicht respektierte?

Schließlich gab es keinen weiteren Vorwand mehr, meine Abreise aufzuschieben. Meine mit Eisenbändern und Schieferplatten beschlagenen Truhen mit meiner

Kleidung und dem Hausrat waren fest verschlossen und verschnürt. Ich wollte quer durch das unsichere, vom Krieg entzweite Land nach Moskau reisen. Peter bat ich um bewaffnete Begleitung. Er ließ antworten, er könne im Augenblick keinen Mann abstellen.

So ließ ich anspannen.

Es war ein sonniger Augustmorgen, und die goldenen Dächer der Stadt Kiew glitzerten feucht von Sommertau. Geblendet schloss ich die Augen, als ich aus unserem niedrigen, dunklen Haus in den Hof trat. Jekaterina sah sich erstaunt um. Kiew war das einzige Heim, das sie gekannt hatte. Makarow und Felten standen mit betretenen Gesichtern an der Tür. Ich umarmte beide und überreichte ihnen kleine Münzen mit dem heiligen Nikolaus, die sie um den Hals tragen konnten. »Ihr wart mir treue Freunde, seid dem Zaren weiter treue Diener. Er braucht euch. Vergesst nicht, nach meinem Laden zu sehen, wenn ihr wieder einmal nach Moskau kommt!«

Mit unglücklicher Miene betrachtete Makarow seine Füße, und Felten wischte sich mit seiner ausnahmsweise sauberen Schürze die Augen. Er verbeugte sich und reichte mir einen Beutel warmen Karamell für Jekaterina. Ich schluckte – es schmeckte nach Salz. Was tat ich da? Warf ich nicht mein Glück und mein Leben wie eine Rasende von mir? Es war nicht anders möglich.

Bedienstete wuchteten meine Kisten auf den Karren. Ich stieg auf den Kutschbock und ließ Jekaterina zu mir hochreichen. Jetzt nur nicht weinen! Das konnte ich vor den Toren der Stadt noch tun. Ich winkte den Männern noch einmal zu. Der Kutscher schnalzte mit der

Zunge, und das Fuhrwerk zog mit einem Ruck an. Felten schluchzte wie ein Kind.

Da wäre ich beinahe vom Kutschbock gerutscht, so plötzlich hielten die Pferde inne, und so entschlossen griff des Zaren Hand ihnen in die Zügel.

41. Kapitel

Darjas Hochzeit mit Alexander Danilowitsch Menschikow war eine stille, aber freudige Feier, die wir auf Peters Befehl nach europäischer Art bereiteten. Allerdings hob Darja die Schultern, als ich ihre Haut am Morgen der Hochzeit in der *banja* mit einem Bimsstein abrieb. »Ich würde ihn auch in ein Netz gewickelt heiraten. Wenn er nur mein wird.«

Menschikow blickte finster unter seiner Brautkrone mit der Darstellung Christi. Darja jedoch strahlte in einem weißseidenen, mit Silberfäden bestickten Kleid unter ihrer Brautkrone mit einem Bildnis der Mutter Gottes wie der Mond selbst. Nach der Trauung hielten uns auch die Schweden nicht davon ab, aus vollem Herzen zu feiern. Von sechs Uhr abends bis tief in die Nacht gab es Trinkspiele, Hochrufe und Tanz, und als es endlich etwas dunkler wurde, liefen wir hinaus in die laue Sommernacht. Am blassen Himmel zählte ich mehrere Sternschnuppen und spürte das Gras frisch und feucht unter meinen nackten Füßen, denn meine bestickten Pantoffeln hatte ich unter dem Festtisch zurückgelassen. Ich zuckte vor Schreck zusammen, als über unseren Köpfen ein erster Feuerstern zersprang. Peter aber jubelte – das Feuerwerk war eine Überraschung für seinen Freund Menschikow. Er umfasste mich von hinten und buchstabierte mir die Worte, die dort leuchtend in den Himmel geschossen wurden. »*Vivat!* Das heißt, lang sollen sie leben! Und jetzt, dort steht: *Verbunden durch ihre Liebe!*«

Ich sah staunend in den bunten Sternenregen, bevor wir alle husteten und uns den Ruß vom Gesicht wischten. Am Morgen weinte er nach der Liebe meinen Leib nass und betrachtete mich mit wildem Blick. »Du darfst mich nie verlassen, Martha. Nur bei dir bin ich ein Mensch. Wenn du gehst, werde ich zum Tier.« Der Himmel färbte sich bereits so blassblau wie ein Entenei, bis es mir endlich gelang, ihn zu beruhigen.

So schlimm konnte die Heirat für Menschikow nicht gewesen sein. Nur drei Monate später war Darja schwanger und er so stolz wie einer der Pfauen, die er sich aus Persien für den Garten seines neuen Palastes auf der Wassiljewski-Insel in Sankt Petersburg hatte kommen lassen. Die kleine Prinzessin Saltykowa war ebenso rasch vergessen, wie sie aufgetaucht war. Peter übernahm die Patenschaft für den Jungen, den Darja im darauffolgenden Mai zur Welt brachte. Er schenkte dem Kind mehrere Dörfer und auch einen Ballen feinen Amsterdamer Tuchs für ein Taufgewand. Der Kleine starb jedoch, noch ehe er zahnte. Nun verband Darja und mich noch ein neues, stärkeres Band – das Leid, ein Kind vor seiner Zeit sterben zu sehen.

Die Schweden aber drangen tiefer in den Osten vor. Peter versuchte nur noch, eine offene Schlacht so lange wie möglich zu vermeiden, denn dazu fehlten ihm die Mittel. Dann aber hörte ich zum ersten Mal ein Wort, dessen Klang mir das Blut in den Adern stocken ließ. *Verbrannte Erde.* Ich erinnerte mich an meinen Hunger während der kurzen Tage der Belagerung von Marienburg. Die schwedische Armee sollte das einen ganzen Winter lang ertragen? Gab es einen grausameren Plan?

Wir lagerten noch immer in Kiew, und Karl, so hieß es, marschierte geradewegs auf Moskau zu. Der Zar sollte entthront und das Russische Reich in schwedische Provinzen aufgeteilt werden. War dies unser aller Ende?

Peter stand über die Karten gebeugt, und ich bemerkte die Falten, die sich scharf wie Schnitte von seinen Nasenflügeln zu den Mundwinkeln zogen. Dunkelblaue Schatten lagen unter seinen Augen, und seine Wangen waren eingefallen. Sein Blick aber war hellwach. Generalmajor Nikolai Iflant fuhr mit dem Finger über einen Landstrich.

»Karl will hier entlangziehen, mein Zar. Da gibt es nur wenige Dörfer, und die Wälder und das Buschwerk sind so dicht, dass man weder Mann noch Vieh darin wiederfindet. Wenn die Kosaken hören, dass der Feind naht, stecken sie alles in Brand.«

»Alles?«, fragte Peter.

»Alles. Der Schwede wird nichts zwischen die Zähne bekommen. Karl zieht in den Hunger und die Kälte. Verbrannte Erde und der russische Winter haben noch jeden Feind der Kosaken besser besiegt, als sie es selbst tun.«

Ich sah von meiner Stickerei auf. Peter war blass, doch sein Blick brannte, als er Iflant seine Hand schwer auf die Schulter legte. »Das ist es, Nikolai. Verbrannte Erde.«

Verbrannte Erde. Der Befehl, den Peter ausgab, drehte mir den Magen um, denn ich wusste, was er für die kleinen *isby* bedeutete. Sobald der Feind in die Ukraine einfiel, sollten alle Vorräte verbrannt werden, alles Futter und alles Korn auf den Feldern, auf den Dreschplätzen oder in den Kornkammern, das nicht zum Überleben der eigenen Armee notwendig war. Brennen sollten alle Häuser, die Ställe und jede ummauerte Fläche. Brücken wurden in die Flüsse gerissen, Wälder und Böschungen abgeholzt und in Brand gesetzt. Mühlen wurden angezündet und die Mühlsteine in tausend Splitter zerschmettert. Wer sich weigerte, dem Befehl zu folgen, wurde hingerichtet.

»Und die Menschen, die dort leben? Was geschieht mit ihnen?«, wagte ich zu fragen.

»Sie werden in die verbleibenden Wälder geschickt, zusammen mit ihrem Vieh und allem, was sie tragen können. Dort müssen sie warten.«

Peter schritt ungeduldig wie ein gefangenes wildes Tier im Zimmer auf und ab. Wie dünn er geworden war aus Verzweiflung über die Not Russlands! Seine alte Uniformweste schlackerte ihm um den Körper, und er lebte von Branntwein, etwas *kascha* am Morgen und einigen wenigen Bissen am Abend.

»Und wenn der Winter kommt? Der grausame russische Winter?«, fragte ich leise.

Peter sah mich an. Seine blauen Augen weiteten sich, und er lächelte zum ersten Mal seit Langem. »Oh, ich warte nur auf ihn, *matka*. Auf meinen Freund und gehorsamen Untertan, den russischen Winter. Denn wenn der Winter für die Kosaken grausam ist, dann ist er noch zehnmal so grausam für die Schweden. Sie sollen verrecken wie Vieh.«

In der folgenden Nacht wurde Jekaterina krank. Wir versuchten ihr Fieber zu senken, und Blumentrost ließ sie mehrmals zur Ader. Wie tapfer sie sich hielt, als die heißen Gläser auf ihren zarten Rücken gedrückt wurden! Als das nichts half, badeten die Ärzte sie in Eiswasser. Gerade als ich mich noch weigerte, eine Behandlung mit Quecksilber zuzulassen, starb unsere kleine Tochter. Peter war stumm vor Schmerz und warf sich in die Vorbereitungen der verbrannten Erde. Seine Seele und sein Geist waren in Russlands Überlebenskampf gefangen, und wenn ich oft umsonst versuchte, seine Haltung zu verstehen, so halfen mir die Worte, die er an einen Freund schrieb, der seinen Sohn verloren hatte. *Du hast einen feinen Buben verloren, und ich trauere mit Dir. Aber lass das Unabänderliche geschehen und sieh nach vorn. Wir alle haben unseren Weg zu gehen, dessen Verlauf nur Gott kennt. Dein Sohn ist nun im Himmel, wo wir alle sein wollen, und verachtet unseren tagtäglichen Kampf.* Wenn ich aber über den Tod meiner kleinen Söhne unglücklich gewesen war, so war die Trauer über den Tod eines Kindes, das schon lief und sprach, tief wie ein Brunnenschacht, in den ich fiel und von dessen Grund aus kein Tageslicht mehr zu sehen war. Jekaterinas Wesen hatte geglänzt wie ein frisch geprägter Rubel. Schon bald war ich wieder schwanger. Doch dort, wo die Liebe zu Jekaterina in meinem Herz gewachsen war, blieb eine Blase aus Bitterkeit zurück.

42. Kapitel

Sankt Petersburg wuchs mit jedem Monat, den mein Leib sich rundete. Trotz der verfahrenen Lage im Großen Nordischen Krieg wollte Peter immer über das Geschehen in seiner Stadt auf dem Laufenden gehalten werden. Die Peter-und-Pauls-Festung war nun in Stein errichtet worden, und die Bastionen der sternförmigen Festung waren nach Peters besten Männern benannt: Menschikow, Sotow, Golowkin, Trubezkoi und Naryschkin.

Ich blieb in der werdenden Stadt, in der das Notwendigste zuerst errichtet wurde. Nur zur Niederkunft nach dem Julfest sollte ich nach Moskau reisen, wo die Hebammen des Kreml mir helfen sollten. Die Schwangerschaft war schwer und das Kind groß. Ich fürchtete nicht die Geburt, sondern die Liebe, die ich für das Kind empfinden sollte. Darja stickte mehr kleine Decken, Hemden und Leibchen als ich selbst. »Gib nicht auf, Martha!«, drängte sie mich. »Du wirst noch viele gesunde Söhne haben, die Peter für immer an dich binden.« Ich war ihr für ihre Worte dankbar, denn nur eine andere Frau konnte mein Leid verstehen. Peter freute sich auf die Geburt und erwähnte unsere toten Kinder nie.

Eines Nachts lag ich wach in meinem Schlafzimmer im kleinen Sommerpalast, dort, wo der Fontankakanal die Newa traf. Mein Körper war so geschwollen, dass ich mir mit den dicken Fingern nicht einmal selbst die langen Haare flechten konnte. Ich war verschwitzt, und die Locken klebten mir im Gesicht und am Hals. Meine Kammerfrau kauerte bereits schlafend vor meiner Tür, als ich ein Geräusch hörte. Peter stand in meinem Zimmer. Seine Augen waren vom Schlafmangel gerötet, seine Schritte vor Müdigkeit unsicher. Er kroch zu mir aufs Bett, umarmte mich und biss mir spielerisch in den Hals.

»Wie geht es dir, meine schöne Martha?« Sein Atem war heiß.

»Schlecht. Ich kann mir nicht einmal mehr selbst die Haare kämmen. Sieh dir das an!«, maulte ich und hob meine geschwollenen Hände.

Er lachte, griff nach der silbernen Bürste auf meinem Nachttisch und zog mich vor den Spiegel. »Sag es doch gleich! Im Haarekämmen bin ich gut.«

Er drückte mich auf den Schemel und arbeitete sich schweigend durch meine Flechten. Meine Kopfhaut kribbelte unter seinem harten Strich, und als er fertig war, legte er mir das Kinn auf den Kopf. Im Spiegel waren wir beide so blass wie Geister; das Kerzenlicht verzerrte unsere Gesichter und ließ die Schädelknochen scharf hervortreten. In der letzten Wärme der Kohlepfannen und des Kachelofens schmiegte ich mich an ihn.

»Komm...«, sagte ich und wollte ihn ins Bett ziehen. Die dicken Federdecken waren einladend zurückgeschlagen. Vielleicht konnte ich Seite an Seite mit ihm besser schlafen. Er aber hielt mich zurück. »Nein. Zieh dir einen Mantel an und komm mit mir nach unten!« Sein Blick brannte sich in meine Haut.

»Welchen Mantel?«

Er deutete auf meine offene Kleidertruhe. »Irgendeinen Mantel, nur damit du nicht im Nachtgewand bist.«

Rasch zog ich mir einen nerzverbrämten goldgelben Umhang über. Er war nach persischem Muster mit Goldfäden bestickt, fiel mir bis auf die Füße und bedeckte mit seinen tiefen Falten und der Knebelschnürung unter dem Busen sogar meinen ungeheuren Bauch.

»Das ist gut. Komm jetzt!« Peter hob mich über die auf der Schwelle schlafende Kammerfrau, als wäre ich eine Feder. Im Gang legte er wie ein Schuljunge einen Finger auf die gespitzten Lippen, und sein Blick leuchtete. Was wollte er anstellen? Er fasste meine Hand, und zusammen schlichen wir auf Zehenspitzen durch den Sommerpalast, in dem es nach der nahen Newa und dem bitteren Pech der Fackeln roch. Die Kälte der Steinplatten kroch sogar durch meine Pantoffeln aus gekochter Wolle, als ich Peter die Treppen hinunter folgte. Meine Spannung mischte sich mit Unruhe. War dies ein Streich? Oder mussten wir fliehen?

An einem kleinen Empfangszimmer drückte Peter die nach europäischer Art hochgelegte Klinke nach unten. Ich blinzelte. Der Raum war dunkel bis auf den Schein des Kaminfeuers. Auf den Platten und einigen Schaffellen lagen Peters Hunde. Zur Begrüßung klopften sie schwach mit den Schwänzen, als sie unseren Geruch wahrnahmen. Dann erst sah ich den Popen in seiner langen dunklen Kutte, der neben dem Kamin stand. Ich zögerte, denn diese Männer waren für mich Gespenster aus meiner Vergangenheit in *mir*. Seine Füße steckten selbst im kalten Oktober barfuß in den Sandalen, und die Haare fielen ihm dunkel, wellig und ungepudert auf die Schultern. Ich zog den Umhang fester um mich und grüßte. Er griff respektvoll an sein Brustkreuz, die *panagia*. Peter aber zog mich zu dem Popen.

»Martha, ich stelle dir nun den größten und freiesten Geist des gesamten Russischen Reiches vor – Feofan Prokopowitsch.«

Das war also jener Feofan Prokopowitsch, von dem Peter so oft sprach. Er hatte ihn im letzten Sommer in Kiew das erste Mal predigen hören und war tief beeindruckt von dem gebildeten Mann gewesen, obwohl Feofan der alten Moskauer Garde angehörte. Aber für Peter war die Vielzahl seiner Begabungen Grund genug, ihn zu befördern. Prokopowitsch war nun Abt von Kiew und stand der dortigen Universität vor. Ich verneigte mich, und er lächelte. Sein Gesicht, das mich an einen Mops erinnerte, sprach von Weisheit und sein Blick von wachem Geist.

»Nun musst du mir noch den Namen deiner Begleiterin verraten, mein Zar«, neckte er. Peter errötete zu meinem Erstaunen und wuschelte sich durch die Haare: Auch ihm war diese Lage nicht ganz geheuer. »Feofan, dies ist Martha.« Er lachte und löste damit die Spannung, die in der Luft lag. »Sie ist stark wie ein Pferd, trinkt mehr als ich und ist mir in allem so recht ans Herz gewachsen. Sie ist die Freundin meiner Seele.«

Feofans dunkle Perlaugen wogen mich. Diesen stillen kleinen Mann wollte man lieber zum Freund als zum Feind haben. »Und weshalb, mein Zar, rufst du mich zu dieser Stunde aus meinem Bett hierher?« Er strich sich über den Bart.

Einer der Hunde gähnte auf dem Bärenfell vor dem Kamin und drehte seinen Bauch der Wärme der Flammen zu, doch Peter verscheuchte die beiden Hunde von ihrem Lager und zog mich vor das Feuer, wo er uns vor Feofan knien ließ. In meinem fortgeschrittenen Zustand fiel mir das schwer. »Peter...«, keuchte ich, doch er hob die Hand.

»Ich will einen Schwur tun. Wenn glücklichere Tage für mein Reich anbrechen und wenn die größte Gefahr durch die Schweden gebannt ist, dann...«

Mein Herz schlug mir auf einmal bis zum Hals. Dann? Das Blut rauschte mir in den Ohren, und selbst das Kind in meinem Leib hielt still. Auch Peter suchte nach Worten. »Dann will ich von meiner Freiheit seit meiner Scheidung von der Zariza Ewdokia Lopukina Gebrauch machen, um Martha zu ehelichen.«

Ich rang nach Atem. Heirat, das war vielleicht Darja mit ihrer feinen Abstammung und Menschikows Wunsch nach einem Erben bestimmt gewesen. Aber Peter hatte doch Alexej, und wir waren glücklich miteinander, so wie die Dinge standen. Zorn und Zweifel, wie ich sie in Kiew empfunden hatte, waren vergangen. Ich verstand, was Peter litt und was er für mich auf sich nehmen wollte – die Feindseligkeit seiner Familie und des Adels wie auch die Verachtung der westlichen Mächte, an deren Zustimmung ihm so viel lag. Russland hasste den Wechsel, den Peter ihm aufzwang, und verehrte die Sitten, die er abschaffte. Wenn er mich heiratete, würde er einsamer denn je. Wir hätten nur einander. Das Blut rauschte mir in den Ohren.

»Bist du dir sicher, mein Zar?«, fragte auch Feofan, ermutigt durch die Macht seines Amtes. Er dachte dasselbe wie ich.

Peter nickte. »Ich fürchte nichts, was immer da kommen mag. Martha ist an meiner Seite.«

Ich fürchtete nichts. Konnte ich dies auch zum Leitfaden meines Lebens an seiner Seite machen? Er war so mutig. Mein Herz schlug für ihn, und tränenblind erwiderte ich den Druck seiner Finger. »Feofan Prokopowitsch«, sagte er dann, »du sollst hier und heute, im Oktobermond des Jahres siebzehnhundertsieben, meinen Schwur bezeugen. Martha, wenn bessere Tage anbrechen, will ich dich heiraten. Ich werde dich in der heiligen russischen Kirche taufen lassen und dir meinen Sohn als Taufpaten geben. Du wirst den Namen Katharina Alexejewna tragen!«

Ich weinte vor Glück, und wie durch einen Schleier sah ich, dass Feofan mit drei Fingern ein Kreuz über uns schlug. Dann ging er, und seine Schritte verhallten im Flur. Peter und ich blieben allein in dem kleinen Zimmer zurück. Es kam mir vor wie ein Märchen. Ich erwartete, dass der Raum sich jeden Augenblick dreimal um sich selbst drehte. Wir lagen nun vor dem Feuer, hielten einander umschlungen und sprachen lange und leise miteinander. »Du musst das nicht tun, *starik*, alter Mann, weißt du?«, sagte ich vor dem Einschlafen. »Ich rechne nicht mit der Würde des Ehestandes.«

»Gerade deshalb, meine *matka*, altes Mädchen, will ich es ja«, murmelte er. »Du erwartest nichts. Umso mehr macht es mir Freude, dir zu geben. Wer weiß, was die Zukunft bringt? Du und unser Kind sollen sicher sein. Die ganze Welt muss dich mit dem Respekt behandeln, den ich dir zolle. Wir sind aus demselben Holz geschnitzt.«

Ich erwachte in seinen Armen vor dem niedergebrannten Feuer. Er atmete ruhig und blies dabei einige Haare seines feinen Schnurrbartes nach oben. Es erinnerte mich an Darjas Kater, wenn er satt und vollgefressen war, und ich musste lachen. Peter erwachte und schlang die Arme fester um mich.

»Weißt du, was du gestern gemacht hast?«, fragte ich ihn leise.

Er tat überrascht. »Nein. Was?«

»Du hast dich mit mir verlobt.« Ich konnte das Wort kaum aussprechen.

Er stützte sich auf einen Ellbogen. »Hast du für diese Dummheit Zeugen, Katharina Alexejewna? Niemand wird dir glauben, das ist dir doch wohl klar.«

Es war das erste Mal, dass er mich so nannte. Seine Hand glitt über meinen Bauch und zwischen meine Schenkel. »Martha habe ich oft geliebt, Katharina noch nie. So kann ich doch nicht in die Schlacht ziehen«, raunte er.

Das Blut floss mir schneller durch die Adern, und Feuchtigkeit sammelte sich zwischen meinen Beinen. »Aber mein Bauch! Ich bin doch schon viel zu dick. In zwei Monaten komme ich nieder«, wandte ich dennoch ein.

»Unsinn. Das ist schon möglich.« Er schob mich auf die Knie und zog mir das Nachthemd über den Kopf. Seine Hände glitten genüsslich über meinen Körper und krallten sich in meine vollen Hinterbacken. Ich kniete nackt und wartend vor ihm. Was hatte er vor? Da wollte ich vor plötzlicher Wonne aufschreien, denn seine Zunge kam von hinten heiß und feucht zwischen meine Schenkel und verharrte an meiner empfindlichsten Stelle.

»Bitte!«, keuchte ich, als er zart daran leckte. Ich spreizte die Beine noch weiter und presste die Hände auf den Boden. Peter schmeckte mich mit langsamen, saugenden Kreisen, und als ich mit einem langen, lustvollen Schrei den Gipfel meiner Freude erreichte, war er schon in mir. Sanft legte er mir die Hände um den Bauch und fühlte unser Kind darin, während er sich wieder und wieder in mich schob.

Ermattet lagen wir auf dem Boden und fröstelten beide. »Das war nur, um unser Kind auf ein starkes und gesundes Leben vorzubereiten«, sagte er und schlug uns in das Bärenfell ein. So fand uns Menschikow, nackt und zitternd in einer Umarmung verschlungen und in ein Gespräch vertieft.

Als ich Sankt Petersburg verließ, um in Moskau meine Tochter Anna zur Welt zu bringen, gab mir Peter einen besorgten Brief und einen Sack Geld mit auf den Weg, den Pawel Jaguschinski in letzter Minute in meinen Schlitten hievte.

»Was ist das?«, fragte ich erstaunt, als er mich zum Abschied küsste.

»Fünftausend Rubel für den Fall, dass die Schweden besser zielen, als ich annehme. Das Geld ist für das Kind und dich, sollte ich fallen.«

»Das will ich nicht! Ich will, dass du lebst«, sagte ich und schob den Sack von mir.

»Dann wollen wir beide dasselbe«, entschied Peter und zwang mir den Sack in die Hände. »Auch ich habe es nicht allzu eilig, vor meinen Schöpfer zu treten.«

Als mir im Hof des Kreml noch aus dem Schlitten geholfen wurde, schlitterte mir bereits Alexej entgegen. Er küsste mich auf beide Wangen und drückte meine

Hand. »Martha. Euer Gnaden. Habt Ihr die Reise gut überstanden?« Sein dunkler Blick glitt rasch und abschätzend über meinen Bauch. Als Jekaterina starb, sandte er mir einen seiner Popen, der mich über ihren Verlust trösten sollte. Sie war seine kleine Patentochter gewesen, und er hatte gern mit ihr gespielt. Peter aber hatte den Mann gezwungen, beim Abendessen freche Lieder zu singen, bevor er ihn mit Steinen verjagen ließ. Alexej trat von einem Fuß auf den anderen, und münzgroße rote Flecken leuchteten an seinem Hals. »Der Zar sendet mir einen zornigen Brief nach dem anderen. Mache ich denn meine Sache als Gouverneur von Moskau nicht gut? Die Stadt und der Kreml sind befestigt. Ist er sehr zornig?«

Ich stützte mich auf den Arm von Tatjana Tolstaja, die mich auf der Reise begleitet hatte. Alexej umtanzte mich nun wie ein junger Hund und hustete vor Aufregung. »Martha, hast du da ein gutes Wort für mich eingelegt? Weißt du, was man sagt? *Wenn Martha nicht wäre, was hätten wir unter den Launen unseres Herrschers zu leiden.*« Er wischte sich den Mund, und ich runzelte die Stirn. Im weißen Leinen seines Taschentuches sah ich Blutflecken. Während ich in einen dicken Zobelmantel gehüllt war, eine Fellmütze und bunt bestickte Handschuhe in meinem Muff trug, war Alexej wie ein aus dem Schulzimmer entlaufener Knabe in eine knielange polnische Jacke und ein Leinenhemd gekleidet. Sein dunkles Haar fiel ihm lang und ungekämmt auf die Schultern, und seine Augen glänzten fiebrig. Er steckte den befleckten Stoff rasch in die Tasche, und ich ergriff seine kälterote Hand. Wusste er, wie gefährlich seine Worte waren?

»Ja. Ich habe ein Wort für dich eingelegt, Alexej. Dein Vater liebt dich sehr...« Hier kreuzte ich die Finger im Muff, damit mir Gott die kleine Lüge verzieh. »Er wird stolz sein, wenn du Moskau befestigst.« Es war besser, Alexej über Peters Zorn im Ungewissen zu lassen. »Er kann seinen Arsch nicht von seinem Ellbogen unterscheiden«, hatte Peter beim letzten Brief seines Sohnes geschrien. »Tonnen an Baumaterial sind verschwunden, alles gestohlen und verhökert, auf Kosten des Zaren. Wo sind die Wagen mit Nachschub, die ich angefordert habe, wo die neuen Rekruten? Mein Gott! Warum händigt er Karl nicht einfach die Schlüssel für Moskau aus?« Je mehr Alexej sich bemühte, umso weniger genügte er seinem Vater.

Bei meinen Worten rempelte Alexej vor Freude fast seinen Erzieher Heinrich van Huyssen um, der widerwillig vor mir den Kopf neigte. Der dürre Deutsche gab an wie ein Sack voller Flöhe, was er dem Zarewitsch angeblich beibrachte, und erfand dabei die Hälfte der Unterrichtsfächer, die es nicht gab. Zudem machte er sich in seinen Briefen, die Makarow abfing, über die Wäschemagd an der Seite des russischen Zaren lustig. Meine Art, mich zu kleiden, und auch meine Vorliebe für starke Schminke und großen Schmuck unterhielt die Höfe von Potsdam bis Darmstadt blendend. So erwiderte ich sein Kopfnicken nur kühl.

Alexej umarmte mich wieder, wich dann aber zurück. »Ich sollte dich nicht umarmen. Ich habe Schwindsucht. Doktor Blumentrost hat es festgestellt. Ich will ja nicht, dass du krank wirst, bevor du meine kleine Schwester zur Welt bringst.«

Mein letzter Gedanke, gerade als mir die Fruchtblase

platzte und die erste ziehende Wehe einsetzte, war: Weshalb nicht ein kleiner Bruder?

Scheremetew schenkte mir anlässlich der gesunden Geburt meiner Tochter Anna Petrowna eine Kette, deren zart rauchfarbene Perlen so groß wie Kichererbsen waren und die ich mit einem ovalen Saphir schloss, der groß wie ein Taubenei war. Hatte er von Peters Versprechen an mich gehört? Feofan Prokopowitsch jedenfalls sandte mir eine erste Ausgabe seines Werkes *Der Jugend erste Lehre*, das zahlreiche Vorschläge enthielt, wie man ein Kind erziehen sollte. Ich ließ mir die ersten Seiten vorlesen und lachte sehr, wollte dann aber kein weiteres Wort mehr hören. Ein solcher Unsinn konnte nur einem kinderlosen Popen einfallen. Sobald ich wieder kräftig genug war, bestieg ich mit Anna an der Brust einen Wagen nach Sankt Petersburg. Während der wochenlangen Reise saugte sie mich völlig leer. In den Gasthäusern trank ich einen Humpen warmes, fast schwarzes Bier nach dem anderen, um genügend Milch für meine Tochter zu haben. Nie wieder war ich einem meiner Kinder so nahe wie ihr in jenen Tagen.

43. Kapitel

Wir waren mit den Vorbereitungen für das Osterfest in Sankt Petersburg beschäftigt, als Peter von einem Ausflug in die Schlüsselburg auf einer Trage zu mir zurückkehrte. Der Vizekanzler Peter Schafirow, der ihn zum neuen Ladogakanal und zu den Eichenwäldern begleitet hatte, die dem Schiffsbau dienen sollten, war ratlos. »Wie ein Baumstamm fiel er auf einmal in Ohnmacht. Gerade zählte er noch die Stämme für die Galeone durch, dann stürzte er...«

Schafirow saß im Privaten Rat. Für einen zur russischen Kirche übergetretenen Juden war dies ein ungeheurer Aufstieg. Obwohl schon seine Großeltern vom Judentum konvertiert waren, nannte Peter ihn noch immer seinen kleinen Juden. Er bildete eine Ausnahme unter Peters Männern, denn Juden waren die Einzigen, die er in seinem Reich nicht willkommen heißen wollte. »Da habe ich noch lieber Heiden und Muselmanen«, meinte er. »Ich will das Schlechte austreiben und nicht einladen.«

Peter stöhnte auf seiner Trage. Ich drückte Schafirow die kleine Anna Petrowna in den Arm und befühlte des Zaren Stirn. Sein Gesicht war aschfahl, doch er glühte vor Fieber. Die Augenlider flatterten, und ich bemerkte zornige rote Flecken auf seinem Handrücken. »Das hat er sich bei den vielen Feiern geholt. Oder war er etwa bei einer kranken Dirne? Sag mir die Wahrheit!«, schimpfte ich.

Schafirow senkte den Blick, und mir wurde unwohl zumute. Hatte Peter eine neue Geliebte, die mir gefährlich werden konnte? Blumentrost begann sofort, Peter mit Quecksilberpillen zu behandeln, was entsetzlich war. In der Krankenstube lag der Zar schlaff wie ein Säugling in meinen Armen. Vorgezogene Vorhänge dämpften das Licht, und die Luft staute sich. Peter erkannte mich nicht, und die Aderlässe schwächten ihn noch mehr. Die Tabletten ließen ihn sabbern wie einen Hund, und er verlor büschelweise Haar. Auf Händen und Füßen eiterten Geschwüre, doch ich wich nicht von seiner Seite. Woran immer er litt, ich wollte ihn geheilt wissen. Erst zwei Wochen später sah er mich mit flatternden Augenlidern an. »Vielleicht kann ich meinen Schwur nie wahr machen, Katharina«, flüsterte er. »Vielleicht wird es nie besser. Vielleicht kann ich dich nie heiraten.«

Ich wurde ärgerlich. »Und? Wen kümmert das schon? Gesund sollst du werden.« Unter welcher Krankheit litt er nur?

Als er sich etwas erholt hatte, schlurfte er in seinem alten grünen Hausrock an meinem Arm auf und ab. Er sah oft aus dem Fenster, wo Abertausende von Zwangsarbeitern wie die Ameisen emsig seinem Traum Gestalt verliehen. Der Winterpalast war in Planung, und selbst auf dem Krankenbett ließ er sich die Grundrisse reichen, um noch kleine Veränderungen anzubringen. Sobald er stark genug war, besuchten wir die verschiedenen Baustellen und trafen die deutschen Baumeister, die italienischen Bildhauer, die französischen Maler und die holländischen Tischler, die Peter in jenem Frühjahr mit hehren Versprechungen und Säcken voller Gold nach Russland gelockt hatte. Sobald der Schnee schmolz, erwarteten wir sogar einen Brunnenbaumeister, denn Peter wollte Wasserspiele haben, wie er sie in Versailles gesehen hatte. Ab Ende März stieg die Zahl der Zwangsarbeiter. Ein dunkler Fluss entsprang am Horizont und strömte auf die Stadt zu. Erst aus der Nähe gewann der gewundene Tross die Konturen menschlicher Gestalten und Gesichter. Peter ließ die Arbeiter scharf bewachen, denn bei jeder Rast versuchten sie zu fliehen. Fing man sie, dann wurden ihre Anführer hingerichtet, und dem Rest des armen Häufleins schnitt man die Nasen ab. Mir wurde übel beim Anblick der klaffenden knochigen Löcher in den vielen, vielen Gesichtern. Doch für Russland war Peter kein Opfer zu groß.

44. Kapitel

Schafirow rüttelte den Zaren aus dem Schlaf. Mit einem Ruck setzte sich Peter auf, und auch ich erwachte. Das milchige Licht der Sommernacht tanzte durch mein Schlafgemach. Peter schlug um sich. »Mutter? Die Strelitzen?« Doch Schafirow umschlang ihn und hielt ihn geduldig und mit aller Kraft fest, bis Peter sich beruhigte. »Ich bin es nur, mein Zar, Schafirow. Ich musste dich aufwecken.«

Peter hielt den Kopf mit beiden Händen, und sein Blick schweifte durch den Raum, bevor er sich beruhigte. Nun war er hellwach. »Schafirow, alter Jude! Was schleichst du hier durch die Gegend? Spuck deine Nachricht aus, und dann lass mich schlafen!«

»Die Schweden...«, begann Schafirow.

»Ja?« Peter setzte sich auf, seine Stimme scharf wie die offene Schneide eines Messers.

»Sie ziehen nach Süden, geradewegs in die verbrannte Erde hinein. Unsere Siebten Dragoner haben General Löwenhaupt mit zwölftausend seiner Männer und einem Tross an Verpflegung den Weg abgeschnitten. Löwenhaupt und sechstausend der Soldaten konnten fliehen. Aber mehrere Tausend Karren an Verpflegung und Munition sind unser...«

»Sie werden Hungers sterben...«, flüsterte Peter. Er

sprang aus dem Bett, klatschte vor Freude in die Hände und umarmte Schafirow. »Dies ist die erste Nacht unseres neuen Glücks.«

Die Worte krochen mir wie Spinnenbeine über die Haut. Im trüben Zwielicht sah ich Schafirow nicken.

»Wie findest du sie, die Prinzessin Charlotte Sophie von Braunschweig-Wolfenbüttel?« Zweifelnd legte Peter den Kopf schief und betrachtete das vor ihm am Fenster aufgebockte Gemälde.

»Ein ganz schön langer Name für so eine zarte Person«, spöttelte ich.

»Ist sie hübsch oder nicht? Wird sie Alexej mögen? Und wichtiger noch – wird sie ihm gefallen?«

Das Morgenlicht fiel voll auf die Leinwand und das Gesicht der jungen Frau, die eine kurze gewellte und gepuderte Perücke trug. Ihre Wangen glühten rosig, und zu ihrem schlicht geschnittenen Kleid aus hellgelbem Damast trug sie keinen Schmuck, aber einen schweren Mantel aus blauem Samt und Hermelinpelz um die Schultern. Eine ihrer zarten Hände hielt eine Rose. Sie lächelte, doch ihre runden blauen Kinderaugen blickten ausdruckslos ins Leere.

»Sie wirkt – angenehm«, sagte ich diplomatisch, denn diese Bilder glichen sich alle. Gab es irgendwo ein geheimes Atelier, wo stapelweise Bilder von mannbaren Prinzessinnen gemalt wurden?

»Stimmt es, dass sie als Kind die Pocken hatte?«, fragte ich dann.

»Ach was, ihre Haut ist so rosig wie ein Kinderarsch! Und selbst wenn, Pockennarben vererben sich nicht. Dann muss sie sich eben mehr pudern, ganz einfach.

Aber ein wenig dürr ist sie. Wie soll eine solche Hopfenstange meine Familie fortführen? Aber ihre Schwester hat den Kronprinzen von Österreich geheiratet. Bei einer solchen Verwandtschaft kann ich über einen flachen Busen hinwegsehen.«

»Außerdem sollst du ihn ja nicht angreifen, den flachen Busen«, bemerkte ich trocken. Ich verbot mir jede Eifersucht, auch wenn mir die Nacht im Sommerpalast wie auch Peters Schwur oft wie ein Traum vorkamen. Nichts vertrieb einen Mann schneller als Essig in der Stimme einer Frau. »Hast du gehört, dass ihr Schwager, der Kaiser in Wien, die Todesstrafe auf Ehebruch fordert?«, neckte ich ihn stattdessen.

»Mein Vetter an der Donau hat wohl mehr Untertanen, als er brauchen kann. Ich stünde bald ohne Russen da, wenn ich damit anfinge«, lachte Peter nur und gab Pawel Jaguschinski einen Wink. »Trag das Bild weg!«

»Wohin?«, fragte Jaguschinski. Zwei Kammerjunker griffen nach dem Gemälde.

»Stell es dem Zarewitsch ins Zimmer, damit er sich an ihr Gesicht gewöhnt!«, befahl Peter. »Er soll endlich damit aufhören, die dicksten Kammerjungfern in seinem Staat zu bespringen und sich zu besaufen. Die Heirat wird dem Nichtsnutz guttun.«

»Sag das nicht über Alexej!«, bat ich ihn, denn ich sah Jaguschinski die Ohren spitzen.

»Er wird sie heiraten und kann woanders lieben«, sagte Peter gleichgültig.

»Ich hoffe, das hast du nicht auch vor«, sagte ich.

Er küsste mir die Finger. »Nicht jeder Mann hat das Glück, die beste aller Frauen an seiner Seite zu wissen.« Ich lächelte, doch die kleine deutsche Prinzessin tat mir jetzt schon leid. Zwar schrieb Alexej mir herzliche und oft auch flehende Briefe, aber ich hörte auch andere Gerüchte. Der Zarewitsch umgab sich mit Schmeichlern und betrank sich fast jeden Abend bis zur Besinnungslosigkeit, ohne dass er eine Heldentat hätte feiern können. Peter trank, war am nächsten Tag aber der Erste, der wieder am Schreibtisch saß. Alexej sollte angeblich im Rausch gerufen haben: »Wenn ich an der Macht bin, dann werden die dahergelaufenen Freunde meines Vaters und seine Wäschehure mit dem Pfahl Bekanntschaft machen.« Das war sicherlich nur missgünstiger Klatsch, und ich hielt den Bericht vor Peter geheim. Alexej war ruhelos, seitdem er sich nicht gegen die Schweden hatte beweisen können. Vielleicht konnte er sich bei Peter lieb Kind machen, wenn er selbst einen Sohn zeugte? Ich hoffte es.

»Aber ehe ich daran denken kann, den Taugenichts wenigstens Kinder zeugen zu lassen, muss ich meine Nichten verheiraten, Praskowias Töchter. Sie sind reine Politik, diese *Zarewny*.«

»Weshalb?«, fragte ich. In Ismailow vor Moskau hielten Praskowia und ihre Töchter auf alte Art Hof, umgeben von Bettlern und Wahnsinnigen, die sie aus Wohltätigkeit durchbrachten. Wenn Peter und ich sie dort besuchten, flohen alle aus Furcht vor seinem Zorn und versteckten sich unter den gedeckten Tischen und in den mit Kleidern vollgestopften Schränken der Prinzessinnen Iwanowna.

Peter grinste. »Wenn ich mich nicht beeile, dann sind sie bald so fett wie ihre Mutter. Dann will kein Prinz sie mehr, weil er sie mit einer Leiter besteigen muss. Im Ernst, ich muss an Bündnisse mit Europa denken. Niemand lebt für sich allein, *Katerinuschka*.« Er schmiegte sich an mich und versenkte die Nase zwischen meinen Brüsten. »Ich bin so froh, wieder bei dir zu sein. Jetzt ist mein Leinen wieder frisch, und meine Strümpfe sind gestopft.« Er schnurrte wie ein Kater, während ich ihm die ungebärdigen Härchen im Nacken zupfte. So verharrten wir, bis ich hinter mir ein Füßescharren vernahm. Pawel Jaguschinski war zurückgekehrt. Dem großen Mann mit den tief liegenden Augen und den starken Backenknochen hingen die Wangen wie bei einem traurigen Hund rechts und links der Mundwinkel schlaff herunter. Dadurch wirkte er älter, als er eigentlich war. Er verbeugte sich. »Mein Zar, Doktor Blumentrost ist da.«

Blumentrost? Aber Peter war doch von seinem geheimnisvollen Leiden geheilt, oder etwa nicht? Mürrisch winkte er ab. »Blumentrost mit seiner Quecksilberfolter, herein mit ihm! Aber warte, Jaguschinski! Deine Backe ist ja geschwollen. Das ist mir noch gar nicht aufgefallen. Komm her!«

Jaguschinski konnte nicht widersprechen. Peter bog ihm den Kopf nach hinten: »Mach's Maul auf, aber weit!« Er zog die Nase kraus. »Du stinkst wie ein Bär aus dem Arsch. Wie hält dein Weib das nur aus? Aber warte, daran ist bestimmt dein fauler Zahn da hinten schuld…«

Er zog den Ärmsten ans Fenster und kramte in der obersten Lade seines kleinen Schreibtisches, bis er einen prall gefüllten Beutel und eine lange dünne Zange zutage förderte. Pawel gurgelte um Gnade, aber jede Gegenwehr war zwecklos. »Mund auf!« Peter setzte die Zange an den Zahn, den er für den faulen hielt, und riss die Zange mit einem Ruck herum. Pawel spuckte einen Strahl Blut. Peter dagegen lachte und hielt stolz den Zahn ans Licht. »Ein Prachtstück. In den Beutel mit ihm!«

Er warf Pawels Zahn zu den zahllosen anderen Zähnen. Der kleine Sack war voller als die Börse eines Geizhalses aus dem *gostiny dwor*. Wenn Peter mit seinen Freunden durch die Straßen und Wirtshäuser der Stadt zog, hatte er immer sowohl den Beutel als auch die Zange am Gürtel. Sah er nur irgendwo eine geschwollene Backe, legte er sofort Hand an.

Pawel Jaguschinski stützte sich, der Ohnmacht nahe, auf eine Stuhllehne. Peter aber stampfte ungeduldig mit dem Fuß auf. »Worauf wartest du noch? Du hast doch gesagt, Blumentrost ist da. Nun lass den alten Teufel samt seinem ekelhaften Quecksilber schon ein!«

Ich ging mit Jaguschinski nach draußen, und Blumentrost drückte sich mit gemurmelten Grußworten an mir vorbei.

Peter ging mit ausgestreckten Armen auf ihn zu, und ich schnappte noch seine ersten Worte auf. »Endlich! Mir kommt der Eiter aus dem Schwanz, auf meinem Arsch blühen Geschwüre, und es brennt wie die Hölle beim Pinkeln. Deine Kuren helfen einfach nicht, und Russland braucht viele Erben. Werde ich je wieder gesund?«

Ehe ich Blumentrosts Antwort hören konnte, schloss sich die Tür hinter ihm.

Im Gang heulte Pawel Jaguschinski vor Schmerz wie ein Kind. Ich legte ihm tröstend die Hand an die Wange. »Lass meine *damy* in der Küche nach meiner alten Tscherkessin Jakowlewna senden. Sie hat viele Geheimrezepte und kann dir sicher eine abschwellende Paste mischen.«

Er aber zögerte.

»Was noch?«, fragte ich ihn.

Er trat von einem Fuß auf den anderen. Welche Suppe musste er nun für Peter auslöffeln? »Der Zar hat deinem Staat eine neue Kammerfrau zugewiesen.«

»Ach ja? Wie heißt sie?« Mir sank das Herz.

»Der Zar nennt sie *boi-baba*. Sie hat schon einige Kinder und ...«

»Und nun ist sie wieder schwanger, nicht wahr? Kenne ich den Vater?«, fragte ich beherrscht.

Pawel Jaguschinski nickte rot vor Scham. Ich seufzte. »Lass nur, Jaguschinski. Ich werde mich um sie kümmern. Es ist nicht das erste Mal.«

Er trollte sich, froh darüber, mir gehorchen zu können. Ich hieß *boi-baba* in meinem Staat willkommen. Sie trug ihre dichten dunkelroten Haare zu einem schlichten Zopf geflochten, und ihr breiter Mund war immer zu einem Lachen bereit. Dabei zeigte sie ihre starken weißen Zähne. Ich sah auf ihren Bauch, doch ihr Körper war so weich wie ein Kissen, sodass ich den Fortgang ihrer Schwangerschaft nicht beurteilen konnte. Sie gehorchte jedem meiner Befehle, und ich wies ihr einfache, jedoch niedere Arbeiten zu. Peter beglückwünschte ich beim Abendessen lachend zu seiner Manneskraft. Er sah mich mit freundlich wiegendem Kopf an, und ehe er auf mir einschlief, sagte er noch: »Was auch immer ich tue, altes Mädchen, mein Bestes ist dein.« Er wühlte sich in mein Haar wie eine Sau ins Stroh und begann zu schnarchen.

Ich glitt unter ihm weg. Was, wenn diese *boi-baba* einen gesunden Buben zur Welt brachte? Ich war noch nicht wieder schwanger geworden, und von all meinen

Kindern lebte nur die kleine Anna. Ich zwang das Schluchzen in der Kehle zurück, doch Eisenbänder legten sich um mein Herz und pressten es wie in einer Folterkammer zusammen.

Erst sehr viel später schlief ich über meinen lautlosen Tränen ebenfalls ein.

45. Kapitel

Die Newa umklammerte Sankt Petersburg in jenem Winter wie eine Faust aus Eis. In der Kälte gefror die Stadt zu einem in der Sonne glitzernden Block. Das Wasser erstarrte mitten in den Gezeiten. Schiffe lagen wie die Gerippe riesiger Seetiere im Eis fest, und von Leibeigenen oder starken kleinen Pferden gezogene Schlitten und Eisläufer zogen auf dem welligen Eis ihre Bahnen. Es war nun viel leichter, von einem Ort zum anderen zu kommen. Peter verbot den Bau einer Brücke über die Newa. Jede Adelsfamilie musste eigene Boote bauen lassen. Im Sommer gab es zwar Fährmänner, aber nur das einfache Volk wurde umsonst aufgeladen. Russen von Stand hatten eine Kopeke für das Übersetzen zu zahlen.

Peters Stadt wuchs viel langsamer, als er es vorgehabt hatte. Der Bau litt sowohl unter den Wirren des Krieges als auch am stummen Widerstand der Natur und der Verzweiflung der Menschen, denen Peter den Umzug nach Sankt Petersburg befahl. War die Stadt nichts als ein steuerloses Boot, das auf den Strudeln von Peters Traum dahintrieb? Die am Ufer der Newa verstreuten Gebäude wirkten wie Austern ohne Perlen. Zwar standen außer der Peter-und-Pauls-Festung mit ihren Bastionen und der Kirche darin nun auch die Kirche der Dreieinigkeit sowie eine Ladenstadt, ein *gostiny dwor*, in welchen der Markt von Nyenschanz umgezogen war. Außerdem gab es eine lutherische Kirche und ein Gasthaus, um die ausländischen Matrosen zufriedenzustellen. Allerdings durfte kein Schiff mehr anlegen, wenn es nicht mindestens dreißig Quader Stein und eine Tonne Erde geladen hatte. Peter benötigte beides so dringend in Sankt Petersburg, dass er den Bau mit Stein im restlichen Reich verbot. Aber den Stein und die Werkzeuge in das marschige Land zu bringen konnte auch im Sommer schwierig werden. Es fehlte so an allem. Die Zwangsarbeiter schleppten die schwere tonhaltige Erde in ihren Schürzen, Blusen und Händen weg, weil sie keine ordentlichen Eimer hatten. Im Frühjahr, zur Schmelze, brachen die Eisschollen mit ungeheurer Gewalt. Das Krachen riss uns aus dem erschöpften Schlaf der noch dunklen Nächte. Der Fluss überflutete die Wege, und die jungen Bauten und die Schneeschmelze schnitten uns vom Rest des Landes ab. Der Westwind wehte manchmal so heftig, dass die Newa gegen ihren eigenen Strom aus der Bucht von Finnland wieder zurückfloss, und ihre Wasser schlugen in haushohen Wellen über den frisch angelegten Befestigungen und Kais der jungen Stadt zusammen. Dennoch konnten Peter und ich uns beim Anblick der auf den Fluten dahintreibenden Besitzungen und rudernden Menschen vor Lachen oft kaum halten. Er selber markierte das Hochwasser an der Mauer der Peter-und-Pauls-Festung und ließ dann den Branntwein fließen. Nach jedem Hochwasser zählte für ihn nur eins – dass seine Stadt noch stand. Nach der Flut und der Schmelze hing der modrige Gestank noch wochenlang über der Stadt. Der Schaden, den die Newa angerichtet hatte, machte monatelange Mühen zunichte, doch die Zwangsarbeiter und auch die gedungenen Handwerker mussten sofort wieder an die Arbeit gehen.

Dann aber fing Peters Geheimdienst unter der Leitung von Antonio Devier einen Brief des französischen Gesandten De Campredon nach Paris ab. *Diese Stadt ist auf den Knochen von Abertausenden Toten gebaut. Sie ist nicht besser als ein Leichenhaus.*

»Ein Leichenhaus?« Peter schlug De Campredon mit der *dubina*, seiner Knute, ins Gesicht und auf die Arme. Dem Franzosen zerfetzte es den neuen Mantel, und seine Wange blutete, als Peter den Brief vor aller Augen zerriss. »Dummkopf! Eine Stadt zu bauen ist, wie Krieg zu führen. Beides ist nicht möglich, ohne Menschenleben zu opfern!«, schrie er und trat auch noch nach dem Franzosen. Als ich ihn zusammen mit Menschikow beruhigen wollte, zog er sein Schwert und verletzte die beiden an der Wange und am Ohr.

De Campredon hielt sich die vom Knutenschlag blutende Wange und beklagte sich hinterher bei mir. »Für den Umzug hierher habe ich vierundzwanzig Tage gebraucht und ganze zwölfhundert Rubel aus der eigenen Schatulle gezahlt. Zehnmal habe ich mich auf den gottverlassenen Landstraßen verlaufen, acht meiner Pferde sind ersoffen, und die Hälfte meines Gepäcks ging verloren. Und nun dies. *Mon dieu, mon dieu*, womit habe ich das verdient?«

»Beklagen Sie sich bei den Seiten Ihres Tagebuches, Monsieur De Campredon«, riet ich ihm. »Da sind Sie vor Entdeckung und Verrat sicher.«

Er blickte wie ein Schwein, das im Frühjahr eine vergessene Knolle im Feld findet. Dann verneigte er sich und klopfte sich an die Brust, wo er sein kleines Buch verborgen hielt. Erstaunte ihn mein Wissen darum?

»Madame«, sagte er nur. »Meine Verehrung.«

Peter aber fand eine verwandte Seele in dem italienischen Architekten Domenico Trezzini. Ich mochte den großen dunklen Mann mit der Hakennase und den welligen Haaren, die ihm eitel bis über die Schultern reichten, nicht besonders. Aber wenigstens beklagte er sich nicht wie die anderen Handwerker ständig über sein Leben in Sankt Petersburg. Denn was bekamen wir auf den Baustellen, auf denen Peter Meister aus ganz Europa verdingte, sonst nicht alles zu hören?

»Wie soll ich bitte in dieser Hundehütte wohnen und arbeiten? Mein Geist braucht Raum«, forderte der deutsche Maler.

»Das Essen ist ungenießbar. Meinen Säuen täte ich das nicht zumuten!«, rief der französische Gartenarchitekt.

»Meine Lieferung wird noch immer vom Zoll im Hafen blockiert. Wie soll ich ohne Meißel und ohne Marmor Statuen hauen?«, fragte der italienische Bildhauer.

»Die letzten Tölpel werden einem hier zur Seite gestellt! Was ich mit den Händen aufbaue, reißen sie mit dem Arsch wieder ein«, klagte der Holländer, der die Brücken über die Kanäle der Fontanka und der Moika bauen sollte.

Geradezu rastlos baute Domenico Trezzini in den kommenden Jahren, so die Sankt-Isaaks-Kirche, die Paläste für die Minister, die Befestigungen von Kronstadt, das Kloster des heiligen Alexander Newski und den Senat. Er entwarf aber auch Pläne für die Kais und die hölzernen Brücken über die Kanäle. Wo sein Werk endete, setzten andere Meister an. Der stolze Alexander Le Blond aus Frankreich, der streitsüchtige Deutsche Schädel und der trockene Härbel aus einer Stadt namens Basel, der Kaviar hasste – *Igitt, so ein glitschiger Glibber*, sagte er – und der immer nur Brot in geschmolzenen Käse tauchen wollte, wenn es feierlich und lustig wurde.

Peter befahl den ersten hundert Moskauer Adelsfamilien den Umzug nach Sankt Petersburg und ließ keine Entschuldigung gelten, weder hohes Alter noch schwere Krankheit. Der alte Prinz Tscherkasski, der damals noch vor Menschikow der reichste Mann Russlands war, ließ sich wegen des Wassers in seinen Beinen entschuldigen. Peter schickte ihm die Garde in seinen Palast nahe dem Kreml. Sie schleiften den ehrwürdigen Mann an den Haaren aus dem Haus und setzten ihn unter Spott und Gelächter splitterfasernackt auf das Eis der Moskwa, während sein Staat eilig mit dem Packen begann. Als dann noch ein Feuer einen Großteil von Moskau zerstörte, klatschte Peter vor Freude in die Hände und verbot den Aufbau der abgebrannten Gebäude. Die unzähligen, nun heimatlosen Familien brauchten ein Heim? Im Marschland um Sankt Petersburg war Platz für alle!

Während eines Abendessens hörte ich, wie Außenminister Admiral Golowin den Sekretär Schafirow fragte: »Weißt du, was Newa auf Finnisch heißt?«

Schafirow schüttelte den Kopf.

»Dreck«, spuckte Golowin aus.

46. Kapitel

Es war ein klarer Morgen im Oktober, als die Garde das Eis auf der Newa für fest genug erklärt hatte, um den Fluss in einem Schlitten zu überqueren. Der Himmel war an jenem Morgen von einem dichten Blau und glänzte wie gebohnert. Die Peter-und-Pauls-Festung hob sich unwirklich scharf vor ihrem Hintergrund ab, die Bäume an den Ufern der Newa waren schwer von silbernem Reif, und hungrige Krähen standen wie Schriftzeichen in der Luft. Die Kälte stach einem durch die Nase ins Hirn. Vor meinen Schlitten, in dem auch Tatjana Tolstaja und die wieder schwangere Darja Menschikowa saßen, waren acht zahme Rehkühe gespannt. Sie neigten die zarten Hälse unter dem goldverbrämten schweren Zaumzeug, an dem kleine Glocken hingen. Von beiden Seiten des Schlittens schleiften bunte Wimpel im Schnee. Peter dagegen stand aufrecht, mit gespreizten Beinen und allein auf einem schlichten kleinen Schlitten und hielt die Zügel fest in seinen zierlichen Händen. Hinter ihm wartete der ganze Hof in seinen bunt geschmückten Schlitten, vor die meist kleine Pferde, aber lustigerweise auch Leibeigene, Schweine und Hunde gespannt waren.

»Seid ihr bereit?«, donnerte der Zar.

»Ja!«, scholl es hundertfach über das Eis.

Peter hob einen Arm. Von der Trubezkoibastion der Festung zerriss ein Böller die kalte Luft, sein Arm fiel, und er zog die Peitsche über die Pferderücken. »Los dann! Ich gebe die Newa frei!«, rief er, und der Fahrtwind riss ihm die Worte vom Mund.

»Los!«, schrie auch ich und fuhr den Rehen mit einem Birkenzweig über den Rücken. Darja und Tatjana jubelten und schwenkten bunte Tücher, während alle anderen Schlitten unserer Spur im frischen Schnee auf dem blauen Eis folgten. Nun erst durften die Anwohner von Sankt Petersburg den Fluss zu Fuß überqueren.

Ich hielt den Atem an, als Peter sich dem anderen Ufer näherte. Was würde er zu der Überraschung sagen, die ich ihm zugedacht hatte? Der Zar hielt seinen Schlitten mit einem Ruck an und blickte staunend auf das glitzernde Gebäude vor seinen Augen. Mauern, Türme und Zinnen aus Eis ragten wie ein Märchenschloss in den Himmel. Den Pavillon hatte ich über Nacht für ihn schneiden lassen. Die Kuppeln schimmerten wie Glas in der Sonne, und rechts und links des Einganges standen Peters Mohren. Die schwarze Haut ihrer nackten Brust wie auch die Mäntel und Stiefel aus blauem und rotem Leder nahmen sich prachtvoll gegen das gleißend helle Eis aus.

»Hast du das angeordnet?«, fragte er, als mein Schlitten neben dem seinen hielt.

Ich strich mir die losen Haare aus dem Gesicht. »Ein Palast für den König des Schnees, mein Zar, von Eurer treuesten Dienerin.«

Er nahm meine Hand, und sein Gesicht glühte vor Freude, als er mich in das Innere des Eispalastes führte. Zwischen Säulen aus Eis standen zwei Throne aus

Schnee, auf denen Leopardenfelle lagen. Dahinter lag eine schwere rote Samtfahne mit einem goldenen russischen Doppeladler. Ein Feuer brannte, sodass wir es mollig warm im Rücken hatten. Meinen Hofdamen und dem Rest der Gäste jedoch fror auf ihren Sitzblöcken der Hintern fest. Peter und ich fielen vor Lachen fast vom Thron. Wer versuchte, dennoch und ohne Erlaubnis aufzustehen, den ließ ich sofort zur Strafe eine Adlertasse Branntwein trinken. Den Musikanten froren zwar auch die Finger auf den Instrumenten fest, aber Peter ließ sie trotzdem zu einem Menuett aufspielen. Unsere Zwerge schlitterten auf dem Eis hin und her und purzelten übereinander. Ich musste so lachen, dass mir das Essen im Magen sauer wurde und ich mit einer Kolik zu Bett gebracht werden musste.

47. Kapitel

Aber alle Feste und Überraschungen konnten nicht darüber hinwegtäuschen, dass die schwere Zeit für Russland noch nicht vorbei war, obwohl die Schweden unter der verbrannten Erde litten wie Vieh, ohne dass wir auch nur einen Rekruten entsenden mussten. Als ich Scheremetew in seinem neuen Haus in Sankt Petersburg besuchte, hielt er sich mir gegenüber mit seiner Furcht nicht zurück.

»Für das neue Jahr wünsche ich dir alle erdenkliche Gesundheit und alles Glück«, sagte ich und wollte ihm die Hand küssen. Er zog sie mir weg. »Euer Ehren, nicht doch...« Er sprach mich zum ersten Mal so an, aber ich hakte mich bei ihm unter und genoss die alte Vertrautheit. Wenn er je gehofft hatte, dass wir mehr als Freunde sein könnten, so hatte er dies nie gezeigt. Er führte mich durch sein neues Haus, und schließlich setzten wir uns vor den Kamin. In dem Raum standen nur einige, aber ausgesucht schöne Möbel, und die Wände waren kahl bis auf ein Bild des Zaren, das über der Feuerstelle hing. Ich hüllte mich tiefer in meinen Mantel aus dunkelrotem Samt, der mit Goldfäden in persischen Mustern bestickt war, und ein stummer schwarzer Diener servierte uns warmen Wein, klaren Schnaps und frisch gebackene, mit fettem Lachs und saurem Rahm gefüllte *blintschiki*.

»Hm, die sind gut«, sagte ich und griff mir noch ein knuspriges Röllchen. »Besser als sonst. Hast du dir etwa eine neue Köchin geleistet, *kum*?«

Täuschte ich mich, oder errötete sein wettergegerbtes Gesicht? »Nun ja, so ungefähr…«, murmelte er.

Was war ihm so peinlich? Ich wechselte das Thema. »Wie lange wirst du in der Stadt bleiben? Ist der neue Marschbefehl schon ausgegeben?« Ich hatte Peter schon einige Nächte lang nicht mehr gesehen, denn er beratschlagte sich ohne Unterlass. Wenn die dringlichsten Fragen beantwortet waren, so musste sein Rat noch mit dem Zaren trinken und feiern, damit er seine Sorgen vergaß. Danach ließ er sich von zwei Kammerjunkern auf seine im Wasser festgefrorene Fregatte tragen und schlief dort allein, unter Pelzen wie unter einem Mantel der Einsamkeit in seiner engen Koje zusammengekrümmt.

Scheremetew wog seine Antwort ab. »Lange können wir die Schweden nicht mehr hinhalten. Die letzte offene Schlacht ist Jahre her. Karl steht nur zwölfhundert Werst von Moskau entfernt. Wir können nicht mehr warten. Es kommt bald zu einer offenen Schlacht, die das eine oder andere Land für alle Ewigkeiten in die Knie zwingen wird.« Er starrte müde in die Flammen. »Wer weiß? Im Frühjahr sind wir dann vielleicht schon alle Schweden.«

»Boris Petrowitsch«, bat ich und ergriff eine seiner rauen Hände, »versprich mir, dass du dem Zaren nicht von der Seite weichst. Ich habe Angst um sein Leben. Er stürzt sich immer mitten ins ärgste Getümmel.«

Scheremetew lachte. »Täte er das nicht, wäre er nicht unser *batjuschka* Zar. Aber ich lenke gern jede Kugel auf meine Brust, die für ihn bestimmt ist.«

Da flog die Tür auf, und ein schneebedeckter kleiner Hund tollte ins Zimmer und machte sich mit scharfen Zähnen über Scheremetews Gamaschen her. Ihm hinterher jagte ein junges Mädchen, das mich nicht bemerkte. »Er ist so ungezogen, *Bobuschka!*«, rief sie in deutsch klingendem Russisch. »In der Stadt hat er alle *damy* in die Fersen gezwickt. Du musst dein nächstes Geschenk an mich besser erziehen.« Sie fing den Hund ein und liebkoste ihn. Da sah sie mich und musterte mich neugierig. Scheremetew aber war tiefrot geworden. Kein Wunder. Wer in aller Welt nannte den erfolgreichen Soldaten *Bobuschka*? Ich verbiss mir das Lachen und gönnte ihm sein kleines Geheimnis.

»*Du* solltest besser erzogen sein, Alice. Mach einen Knicks! Dies ist Martha, die treue Gefährtin unseres Zaren«, wies er sie an.

In ihrem taubenblauen Kleid aus Wolle sank sie anmutig zu Boden und blinzelte mich durch ihre langen Wimpern von unten herauf an. Ihr dunkelblondes Haar war lose in einem Zopf über den Kopf geflochten, und Sommersprossen sprenkelten ihr Himmelfahrtsnäschen. Die Augenbrauen und Wimpern um ihre erstaunlich hellen Augen waren tiefschwarz. »Alice Kramer, Euer Gnaden«, murmelte sie atemlos. Wie alt mochte sie sein? Vielleicht gerade fünfzehn Jahre alt. Vierzehn Jahre jünger als ich! Ihr Körper war so biegsam wie ein junger Zweig.

»Alice stammt aus Narwa, wo ich sie zwischen den Ruinen fand, ganz verhungert und verängstigt. Sie war noch ein kleines Mädchen«, sagte Scheremetew. »Sie ist immer bei mir. Hast du sie noch nie gesehen?«

Nein, das hatte ich nicht. Wie gut kannte man seine

Freunde wirklich? Und wie ähnlich war ihr Schicksal dem meinen! »Kennt der Zar sie?«, fragte ich ihn beiläufig.

»Natürlich.« Boris Petrowitsch blickte ausdruckslos in die Flammen.

Ich seufzte innerlich. Natürlich. Peter kannte jedes hübsche Mädchen in zwei Werst Umkreis. Ich versuchte mir Alice, so zerbrechlich, wie sie war, in den Armen des riesenhaften Zaren vorzustellen. Ich spürte keinen Zorn, sondern empfand Gemeinsamkeit. Wir beide waren von Scheremetew aus den geschleiften Mauern einer baltischen Stadt gerettet worden.

Alice knickste. »Euer Gnaden, erlaubt, dass ich mich zurückziehe.« Ich streckte die Hand aus, und sie küsste mir scheu die Finger.

Als sie gegangen war, sagte Scheremetew mit belegter Stimme: »Wir stehen kurz vor einer großen Schlacht, und ich habe Angst. Zum ersten Mal will ich wirklich leben.«

Er mied meinen Blick, doch ich umfasste seine Finger.

»Mein Freund«, murmelte ich. »Liebe ist ein guter Grund, leben zu wollen. Der beste von allen.«

Aber es war keine Schlacht, die die Schweden in die Knie zwang, sondern Peters Freund, Verbündeter und Untertan, der russische Winter. Karl flüchtete sich mit seinen Truppen in die Ruinen von Haydach. Dort hoffte er Schutz vor einer Kälte zu finden, bei der die Vögel mitten im Flug tot vom Himmel fielen. Seine Männer brachen im Gehen vor Hunger und Frost tot zusammen. Ihre Pferde hatten sie bereits aufgegessen und schleppten die Sättel auf den Schultern, wobei sie hungrig am Leder saugten. Kranken und Verwundeten amputierte man bei vollem Bewusstsein die abgefrorenen Gliedmaßen. Nachts schlichen Kosaken durch ihr Lager und schnitten den Schlafenden die Kehlen durch.

Die Wölfe um Haydach waren fett in jenem Winter.

Ein Gesandter des Kosakenatamans Skoropadskyj äußerte sich bei einem Festmahl in Sankt Petersburg. »Die Schweden haben nur noch drei Hoffnungen in ihrem Leben – Branntwein, Knoblauch und den Tod.« Er gurgelte Wodka, spuckte aus und leerte die Flasche in einem Zug.

»Was hat Karl vor?«, fragte Peter beunruhigt.

»Er will nach Poltawa. Närrisch oder verzweifelt genug ist er und bildet sich ein, auch Moskau schon zu haben, wenn er Poltawa hat.« Der zähe kleine Kosak fuhr sich mit dem Handrücken über den Mund und rülpste.

Peter lachte laut auf, nahm das fetteste Huhn, das er auf dem Tisch entdecken konnte, zog es unter der Nase durch, nahm prüfend einen Bissen davon und legte es dem Kosaken auf den Teller. »Iss, Bruder! Das beste Huhn von meiner Tafel. Und öffnet noch ein Fass Wodka, ich will feiern. Poltawa, wie? Nun, dann soll es Poltawa sein, wo wir uns begegnen und wo Karl russische Erde frisst.«

Der Kosak rülpste zum Zeichen seiner Zufriedenheit und zerriss das vor Fett und Soße triefende Huhn mit den Fingern.

Mir schauderte. Poltawa. Sollte sich dort unser aller Schicksal entscheiden?

48. Kapitel

Im April, als sich die ersten Schlüsselblumen auf dem jungen Grün der Wiesen zeigten, zogen die Schweden vor den Stadtmauern von Poltawa auf. Eine irregeleitete Kugel traf während der ersten Belagerung König Karl in die Ferse. Dennoch peitschte er seine Männer in irrsinnigem Zorn weiter und versperrte ihnen damit jegliche Rückkehr in die Hoffnung und das Leben. Einer ihrer Briefe wurde von Peters Regimentern abgefangen. *Wir sind verzweifelt und hoffen auf unsere letzte Stunde. Der König verschließt sich jedem guten Rat, und er denkt nur an eines: Krieg, Krieg und nochmals Krieg. Nichts spielt für ihn noch eine Rolle, nicht einmal mehr der Sieg.*

Wir lachten Tränen, denn Peter wartete nur auf den rechten Augenblick. Mit Russland als Verbündetem war er stark wie nie.

»Nein. Nein, nein, nein! Ich komme mit dir. Glaubst du etwa, ich besticke Kleider vor dem Kamin in Kiew, wenn du draußen im Feld stehst?«, fragte ich trotzig. »Niemand verbietet mir, dir zu folgen. Wohin auch immer und unter welchen Umständen auch immer.« Ich stampfte mit dem Fuß auf. Wir waren in die Dreieinigkeitsfestung von Taganrog am Asowschen Meer eingezogen, um kurz nach dem Osterfest die neue Flotte zu begutachten. Die Luft war schwer von der kochenden Hitze des Pechs, dem schrillen Singen der Sägen und dem steten stumpfen Schlagen der Hämmer auf die über schwelenden Feuern gebogenen Planken.

Aus blutunterlaufenen Augen sah mich Peter an. Er war aschfahl im Gesicht. Die Quecksilberkur von Blumentrost schlug nicht an. Er eiterte und blutete aus den Lenden, schwitzte literweise saures Wasser wie Säure und verlor in meinen Armen alle Kraft. Woran litt er? Wurde ich wegen seiner geheimnisvollen Krankheit nicht wieder schwanger? Er roch ekelerregend, nach Fäulnis und Auswurf, obwohl ich ihn jeden Tag mit warmem Wasser wusch.

Er schloss angestrengt die Augen. »Verdammtes, stures Weib! Kann dich denn nichts erschüttern? Und wenn ich dir befehle, dem Schlachtfeld fernzubleiben?«

Ich drückte ihn in die Kissen zurück. »Auf das Schlachtfeld will ich gar nicht. Aber im Lager will ich sein, um für dich zu beten und dir nach dem Sieg als Erste zu gratulieren. Ich bleibe nicht mit den anderen Weibern in Kiew. Du brauchst mich. Ich bringe dir Glück.«

Seine wächsernen Finger griffen nach meiner Hand. »Also gut, in drei Gottes Namen. Aber ich will keine Klagen hören.«

»Hast du je Klagen gehört?« Ich küsste seine Finger.

Er lächelte, und seine Lippen zogen sich vom Zahnfleisch zurück wie bei einem Toten. War dies ein böses Omen für die alles entscheidende Schlacht? Ich zwang die Furcht zurück in den dunkelsten Winkel meines Herzens.

»Nein«, murmelte Peter und fiel in einen leichten Schlaf.

Ich wollte das Fenster öffnen, als ich hinter mir ein Räuspern hörte. Ich fuhr herum – Blumentrost saß vor dem Kamin. Hatte er dort geschlafen? Er sah aus wie ein verwirrter alter Vogel. Sein krauses Haar stand in alle Richtungen ab, und sein Halstuch war verrutscht. »Euer Gnaden«, fasste er sich, schob seine runden Augengläser zurecht und stand auf. Ich lächelte. »Blumentrost. Wann geht es dem Zaren wieder gut genug, dass er endlich aufs Pferd steigen kann?«

Er aber sah mich nur traurig an. Mein Lächeln gefror. »Was ist? Unangenehme Nachrichten soll man nicht für sich behalten, Blumentrost. Sie sind leichter zu ertragen, wenn man sie mit anderen teilt.«

Der Arzt kaute an den langen Enden seines Schnurrbartes. »Es ist schwierig, Euer Gnaden. Bitte…« Er deutete auf den Sessel neben dem seinen. Ich setzte mich. Die Wärme der Flammen kroch mir unter den Rock, und meine Haut prickelte. »Was ist mit ihm?«, fragte ich noch einmal.

»Seine Majestät ist krank. Er leidet an…«
Er suchte nach Worten.
»Woran?«, fragte ich.

»Er leidet an einer venerischen Krankheit.« Der Arzt bog die verschränkten Hände, bis die Gelenke knackten.

»An einer venerischen Krankheit?« Ich wiederholte den Begriff mit spöttischer Stimme. Blumentrost wusste doch, wie ungebildet ich war. »Du musst schon deutlich werden, Blumentrost. Ich bin ein Bauernmädchen und spreche kein Latein«, entgegnete ich offenherzig.

Blumentrost rückte sich die Augengläser zurecht.

»Also gut. Wenn ich so deutlich werden muss: Der Zar hat Syphilis. Ich versuche, ihn nach bestem Wissen und Gewissen zu behandeln, aber es gibt keine Heilung.«

»Syphilis? Wie zeigt sich die Krankheit denn?«, fragte ich erschrocken. Eine Welle der Furcht schwoll in mir an, eine Ungewissheit, die alles verschlingen konnte, was ich liebte.

»Nun, Brennen beim Wasserlassen, Blut in den Exkrementen, Eiter, der ...«

Ich unterbrach ihn. »Bin ich schuld am Fieber des Zaren?«

Der deutsche Arzt schüttelte den Kopf. »Nein, Euer Gnaden. Als ich Euch nach der letzten Geburt untersuchte, wart Ihr noch gesund. Stark wie ein Ross, es ist ein Wunder.« Er schüttelte den Kopf. »Der Zar hat sich bei einer gewissen *boi-baba* angesteckt.«

»Aber sie ist eine meiner *damy* und mit dem Kind des Zaren schwanger.«

Blumentrost musterte mich betreten. »Nicht mehr. Sie ist mit einer Tochter niedergekommen, die der Zar ihr wegnehmen ließ, ehe er sie auspeitschen ließ.«

»Auspeitschen?«, fragte ich ungläubig. »Nach der Niederkunft?«

»Ja. Als Strafe dafür, dass sie ihn angesteckt hat. Mittlerweile sind sie, ihr Mann und ihre sieben Kinder nach Sibirien verbannt worden.«

Wie hatte ich das nicht wissen können? Es war in nächster Nähe, in meinem Hofstaat geschehen. Wie blind war ich?

»Wie lange ist der Zar schon krank? Kann er geheilt werden? Kann sich die Krankheit auf unsere Kinder auswirken?«

»Es gibt keine Heilung. Man kann den Lauf der Krankheit nur verlangsamen, mehr nicht. Es liegt in Gottes Hand. Was Kinder anbelangt…«

»Ja?«

Er mied meinen Blick. »Sofern sie ausgetragen werden, ist es ein Wunder, wenn sie stark und lebensfähig sind. Aber man soll ja an Wunder glauben«, fügte er rasch hinzu.

Ich trat ans Fenster. Der Himmel wölbte sich weit und graublau über das Asowsche Meer. Dunkel und drohend ballten sich am Horizont Sturmwolken zusammen. Kleinere Boote holten die Segel ein, die im aufkommenden Wind nicht zerfetzt werden sollten. Die Möwen ließen sich vom starken Ostwind immer höher tragen. Ihre Schreie zerrissen die Luft und dröhnten mir hundertfach in den Ohren wider. Seit dem späten Osterfest in Moskau war ich wieder schwanger, zum siebten Mal.

Ich legte die Stirn an die kühle Fensterscheibe. Ich wollte, ich musste dem Zaren einen gesunden Sohn gebären. Dies war vielleicht meine letzte Möglichkeit. Denn was, wenn ich ihm keine starken Kinder mehr schenken konnte?

»Ja, Blumentrost«, sagte ich mit erstickter Stimme. »Man soll nie aufhören, an Wunder zu glauben.«

»Euer Gnaden…«, begann Blumentrost.

Ich hob nur abwehrend eine Hand, und kurz darauf hörte ich, wie sich die Tür leise schloss.

Niemand sollte die Tränen sehen, die mir in Strömen über das Gesicht liefen.

49. Kapitel

Die Wahrheit über die Schlacht von Poltawa ist enttäuschender und schlichter, aber auch eindrucksvoller und erschreckender als jede Legende, die sich darum ranken kann. Ich stand an jenem Junimorgen des Jahres 1709 im Zelteingang und sah zu, wie Peter seine Araberstute Finette bestieg, ein Geschenk des Schotten James Bruce. Das Kind in meinem Leib schlief noch. Am Himmel ballten sich dichte Wolken, und selbst der Wind, der die Wipfel der Bäume beugte, konnte sie nicht vertreiben.

Menschikow stellte seinem Zaren die Steigbügel ein und küsste Peter die Hand. Der Zar beugte sich aus dem Sattel und umarmte Alexander Danilowitsch. Flüsterten sie sich leise Worte zu? *Für Gott, für Russland.*

Peter richtete sich auf. Vierzigtausend Soldaten und die Generäle des Zaren sanken einer Welle gleich in die Knie. Schweigend betrachtete er das Meer seiner treuen Männer. Ein Windstoß erfasste die roten Federn an seinem Hut, ehe die Brise in den Falten seines Mantels verebbte. Da brach der Himmel auf, und zwischen den letzten Tropfen des leichten morgendlichen Regens legte sich ein einzelner Sonnenstrahl auf den Zaren. Ich hielt den Atem an. Gott segnete ihn. Ein ehrfurchtsvolles Murmeln lief durch die Reihen seiner Männer. Viele von ihnen bekreuzigten sich.

Finette stieg, und Peter holte Atem. Nur ich wusste, dass er bis spät in die Nacht zusammen mit Feofan Prokopowitsch über der Ansprache gesessen hatte. Jedes Wort musste stimmen.

»Gott im Himmel!«, rief er, und der Wind trug seine Worte bis zum letzten seiner Männer. Meine Haut prickelte, und ich faltete die Hände über meinem Bauch.

»Lass alle Truppen Mutter Russlands wissen, dass unser Schicksal in ihren Händen liegt! Männer, ihr entscheidet, ob unser Land auf ewig frei sein wird oder für immer an den schwedischen Teufel verloren ist. Ihr greift nicht für mich zu den Waffen. Weder meine Eitelkeit noch mein Ehrgeiz schicken euch in den Kampf. Nein, Gott in seiner Gnade hat mir, Peter Alexejewitsch Romanow, dieses Land anvertraut. Sein Vertrauen lässt mich für euch und Russland sorgen. Nun aber braucht das Reich eine Entscheidung, die ihr allein fällt. Ihr kämpft für Russland!«

Finette tänzelte, doch Peter zwang sie zur Ruhe. »Lasst euch nicht zum Narren halten! Die schwedischen Soldaten haben keine wundersamen Kräfte. Ihr Herz schlägt wie das eure, ihr Blut fließt wie das eure. Gott ist mit euch und Russland. Von mir aber wisst nur eines...« Er schwieg, und vierzigtausend Augenpaare richteten sich erwartungsvoll auf ihn. »Zar Peter legt keinen Wert auf sein eigenes Leben. Mein Leben ist nur wertvoll, wenn Russland und auch ihr lebt. Jeden Tropfen meines Blutes gebe ich für die Größe, den Ruhm und die Gottesfurcht aller Russen!«

Peter gab Finette die Sporen und galoppierte durch die Reihen seiner Männer, die sich erhoben, bekreuzigten und aus heiseren Kehlen ein Kirchenlied anstimmten.

Peter verschwand mit wehendem Mantel und stiebenden Hufen aus meinem Blickfeld. Sollte er heute fallen, so konnte ich doch seine würdigste Stunde bezeugen.

Die Generäle Scheremetew, Ronne, Menschikow und Bruce schwangen sich auf ihre Pferde. Ihre Truppen ordneten sich wie ein einziger gewaltiger Körper. Das Heer ging in Stellung gegen die Schweden. Beide Flügel folgten Ronne und Scheremetew. Die Mitte gehorchte Menschikow, während die Artillerie James Bruce unterstand.

Nur Peter, so hieß es später, war überall zugleich. Er jagte Finette kreuz und quer über das Schlachtfeld, schrie Befehle, Ermutigungen und Beleidigungen in die tobende Masse, bis Ross und Reiter der Schaum vor dem Mund stand und ihnen die Augen ins Weiße rollten. Hielten wohl meine Gebete die drei Kugeln ab, die für ihn bestimmt waren? Eine durchlöcherte seinen Hut. Die zweite bohrte sich tief in das große Brustkreuz aus solidem Gold, Rubinen und Smaragden, welches die Mönche des Berges Athos seinem Halbbruder Fjodor anlässlich von dessen Krönung zum Geschenk gemacht hatten. Die dritte Kugel steckte im Holzrahmen seines Sattels. Peter selbst blieb wie durch ein Wunder unverletzt.

Die Schlacht als solche kann ich nicht beschreiben. Als die ersten verwundeten Soldaten ins Lager zurückgebracht wurden, hatte ich alle Hände voll damit zu tun, Wunden zu verbinden, frisches Leinen auszuteilen, Wodka und Laudanum gegen den Schmerz und die Erinnerungen auszugeben, Hände zu halten und Tränen des Schreckens und Entsetzens abzuwischen.

Erst dann kam ich dazu, mir den Brief des Zaren vorlesen zu lassen, den er mir hastig diktiert und gesandt hatte. *Katharina Alexejewna, matka! Ich teile Dir mit, dass Gott in seiner Gnade uns den Sieg über den König der Schweden geschenkt hat. Wir haben den Feind in den Staub getreten. Alles, was fehlt, sind Deine Küsse, die mich beglückwünschen. Komm sofort! Im Lager, 27. Juni 1709, Peter Alexejewitsch*

Ich weinte zusammen mit dem Boten, und wir tranken zitternd einen Humpen ungarischen Weins. Erst dann flocht ich mein Haar neu, wusch mir das Blut und den Eiter von den Händen und den Schweiß vom Gesicht und ließ mein Pferd satteln. Im späten Licht des Nachmittags stob ich über die Ebene, dem Sieger der großen Schlacht des Nordischen Krieges entgegen. In meinem Leib spürte ich schon die entschiedenen Tritte unseres Sohnes. Ja, man sollte immer an Wunder glauben, lachte ich in den Wind.

Ich werde nie mein Entsetzen angesichts des Schlachtfeldes von Poltawa vergessen. Überall lagen Körper und Leichname oder die verstümmelten Überreste dessen, was einmal Menschen gewesen waren. Aasgeier kreisten bereits am Himmel, wilde Hunde zerrten an Körperteilen, balgten um die besten Glieder und nagten daran, nach allen Seiten knurrend. Ich ließ meine Stute im Schritt gehen, denn ich hatte Angst, tödlich verwundete, aber noch lebende Soldaten zu zertrampeln. Blutige Gliedmaßen reckten sich nach mir, und die Männer flehten um ein warmes Wort, um einen Arzt oder um den Anblick eines geliebten Wesens. Einem gelang es, meinen Rocksaum zu ergreifen. Er lag auf dem Rücken und blutete sich mit einer Bauchwunde das Leben aus dem Leib. »Bitte, hohe Frau! Wasser!«, keuchte er. Der Anblick seiner Verwundungen war so grausam, dass mir übel wurde. Doch als ich abgestiegen war und würgend und weinend in meinen Satteltaschen nach dem Schlauch aus Ziegenhaut mit Wasser suchte, war er bereits tot.

Das Schießpulver hing in bitteren Schwaden träge über der windlosen Ebene, und ich schlang mir die Haare über Mund und Nase, um neben Schweiß und Blut nicht auch noch den einsetzenden bittersüßen Geruch des nahen Todes zu riechen. Die Augen hielt ich auf den Pfad vor mir gesenkt, sonst hätte ich wieder weinen müssen. Peter aber sollte mich in diesem Augenblick seines Sieges schön, stolz und strahlend finden – mich, seinen begehrtesten Preis. Die schwedischen Soldaten, die meinem Weg am nächsten lagen, waren vollkommen ausgemergelt, denn die verbrannte Erde und der russische Winter hatten ganze Arbeit geleistet. Tränen würgten meine Kehle. Peter tat, was er als Zar tun musste. Dennoch waren an jenem Tag fast siebentausend von Karls Männern gefallen, und dreitausend weitere Soldaten zogen in russische Gefangenschaft. Zehntausend Männer, auf die irgendwo eine Frau wie ich auf ewig umsonst wartete. Eine Tochter, so wie die meine, oder ein Sohn, so wie Alexej, wurden zu Waisen und erfuhren nie, was mit ihrem Vater geschehen war. Doch vielleicht war dies noch ein besseres Los als das jener ihrer Mitstreiter, die zusammen mit Karl fliehen mussten, diesem bitteren und vom Krieg besessenen Mann, den Gott ihnen als Herrscher gegeben hatte. Dem schwedischen König war zwar zweimal während der Schlacht das Pferd unter dem Leib weggeschossen worden, zweimal war er dennoch entkommen.

Ich sah Peter schon aus weiter Ferne. Er ragte vor den Mauern von Poltawa inmitten seiner Generäle und der Gefangenen auf, die stumpf wie Tiere rings um ihn saßen oder knieten. Die erbeuteten schwedischen Fahnen an ihren Stangen staken krumm und schief in der Erde, das Tuch schmutzig und von Kanonenkugeln zerfetzt. Peter winkte mir zu und lachte, stolz wie ein Junge. Sein Haar war zerrauft, sein Mantel zerrissen und die blaue Schärpe um seine Brust mit dem Sankt-Andreas-Orden von Blut und Rauch geschwärzt. Auch sein Gesicht war von Rauch gefärbt, doch seine blauen Augen strahlten vor Siegesfreude und Stolz. Er begutachtete die Überreste von Karls hastiger Flucht wie auch das Gefolge des schwedischen Königs, das dort vor ihm kniete, Diener, Musikanten, Schreiber, Köche, Kesselpauker, Schmiede, Schreiner, Ärzte, Priester und Apotheker.

Peter umarmte mich und zog mich zu den schwedischen Truppen. »Komm und sieh dir das an, *matka*! Ein Marschall, zehn Generalmajore, neunundfünfzig leitende Offiziere und elfhundert einfache Offiziere. Und zur Krönung noch der Minister Piper.« Er zog einen glatzköpfigen kleinen Mann grob auf die Füße. Minister Piper reichte Peter gerade bis zum Ellbogen, wagte den Blick aus den zusammengekniffenen Augen nicht zu heben und zitterte wie Schweinesülze.

»Karls leitender Minister. Nun, Piper, wir werden schon etwas zu tun finden für einen schlauen Mann wie dich. In Sankt Petersburg müssen viele Straßen gepflastert werden, nicht wahr, Katerinuschka?«, rief Peter. »Oder sollen wir ihn doch in die Minen nach Sibirien schicken?« Er küsste mich, und meine Wangen schwärzten sich von den Kampfspuren auf seinem Gesicht. Die schwedischen Offiziere senkten die Augen. Sie selbst waren schon viele Jahre von all jenen getrennt, die ihnen lieb und teuer waren. »Seht nur her!«, rief Peter. »Eine solche Frau bringt einem Mann den Sieg, ihr Schweden!« Dann blieb sein Blick an dem schwedischen Marschall haften. Er runzelte die Stirn. »Du bist doch Marschall Rehnskjöld, oder?«

Der Mann verstand nur seinen Namen und nickte.

»Steh auf!«, schrie Peter ihn unvermittelt an. »Auf die Beine, Sauschwede!«

Der Mann sah sich um. Seine Männer senkten den Blick oder bedeckten die Augen. Ich gab ihm mit der Hand ein Zeichen, er solle aufstehen. Er gehorchte, und Scheremetew und Ronne warfen einander besorgte Blicke zu. Ich faltete ebenfalls die Hände. Was hatte Peter vor? Seinen Ruhm und seine Freude über den Sieg durch eine niederträchtige Hinrichtung besudeln?

Selbst der Wind hatte sich gelegt. Wolken zogen vor die untergehende Sonne. Erste Lagerfeuer loderten auf den Hügeln auf. Die Luft schmeckte nach Rauch. Alle sahen auf die beiden Männer. Der Marschall, der Peter so lange Jahre zum Narren gehalten hatte und der die Russen immer wieder besiegt hatte, stand aufrecht, hielt den Blick jedoch gesenkt. Langsam zog Peter sein blutbeflecktes Schwert aus der Scheide, die ich selbst in Kiew für ihn bestickt hatte. Die letzten Sonnenstrahlen fingen sich auf dem Stahl. Rehnskjöld betete leise, mit geschlossenen Augen. Ich erkannte Johanns Sprache und das Vaterunser, das ich so oft im Haus der Glücks gebetet hatte. Mir schlug das Herz bis zum Hals herauf. *Peter*, wollte ich bitten, doch ich schwieg.

Der Zar bog dem Marschall den Kopf in den Nacken,

sodass er ihm tief in die Augen sehen konnte. »Rehnskjöld, weißt du, wie viel Leid du über mein Land gebracht hast? Ein Krieger wie du wird nur selten geboren. Bei Narwa hat mich eine deiner Kugeln nur knapp verfehlt«, knurrte er.

Mir wurden die Handflächen feucht. Der Marschall hatte Gott seine Seele anvertraut und erwiderte Peters Blick mit ruhiger Ergebenheit. Seine Augen waren blau wie der Himmel über Sankt Petersburg, aber er wirkte müde, als er auf Schwedisch sagte: »Ich bitte Gott um Verzeihung für meine Sünden. Ich bin bereit für den Tod, Zar Peter.«

»Knie nieder!«, befahl Peter und drückte Rehnskjöld zu Boden. Scheremetew schloss die Augen. Ronne zog an seinen Fingern. Rehnskjöld wandte sich zu seinen Männern um und rief ihnen letzte ermutigende Worte zu, dann kniete er und senkte das Haupt. Die Schweden bargen die Gesichter in den Händen und beteten. Viele der Männer weinten aus Erschöpfung und Trauer.

Peter hob sein Schwert. Die Klinge leuchtete im Abendlicht auf, als er innehielt und eine der schlaffen Hände des Marschalls ergriff. Er faltete die schlaffen Finger des Schweden um den mit Edelsteinen besetzten Knauf seines Schwertes. »Nimm mein Schwert als Zeichen meiner Wertschätzung, Marschall Rehnskjöld. Du bist ein wahrer Soldat.«

Der Marschall, ein verdienter, furchtloser Held zahlloser Schlachten, sank zu Boden, wo er sich lang hinstreckte, wie ein Kind. Er vergrub das Gesicht in dem vom Abendtau und Blut feuchten Gras und weinte. Keiner seiner Männer wagte ihn zu berühren. Sie sahen stumpf ins Leere, bis auch der Marschall nur noch still lag, schwer atmend und das Haupt in den Armbeugen verborgen.

Peter schüttelte den Kopf. »Also wirklich. Die Schweden sind doch weicher, als ich angenommen hatte.«

50. Kapitel

Langsam ritten wir ins Lager zurück. Hinter uns sammelten sich nach und nach die letzten Männer von der Walstatt. Wir führten den Tross der vor Siegesstolz glühenden Soldaten und ihrer zerlumpten, humpelnden Gefangenen in die anbrechende Nacht. Als ich mich nach Poltawa umdrehte, sah ich die Geier und Krähen am Himmel kreisen, bereit für ein fettes Mahl. Aus der belagerten Stadt kamen die ersten Menschen, um die Leichen und die tödlich Verwundeten zu plündern. Ich richtete den Blick nach vorn.

Das gesamte Lager feierte den Sieg. Peter ließ Bier und Wodka an seine Männer ausschenken, und Felten raubte die Keller der Stadt und die Scheunen der umliegenden Dörfer aus, um genug Ochsen, Schweine, Hühner, Salzfisch, Kohl und Mehl für das Fest zu beschaffen. Peter warf seinen Holzlöffel mit dem Griff aus Elfenbein ebenso wie sein Messer und die Gabel aus grünem Horn beiseite, packte meine fetttriefenden Hände und hielt sie vor den Essenden hoch: »Heute Abend wird nur mit den Händen gefressen, was zu fassen ist. Wenn ich einen mit seinem Messer erwische, setzt es was.« Dann küsste er mich und teilte mir eine saftige, vor Soße triefende Schweineschnauze zu, die Felten mit Obst gestopft hatte.

Die Schweden saßen wie erstarrt in unserer tobenden Mitte. Sie furzten und rülpsten nicht, während sie aßen, sondern griffen nur zögernd zu und drehten sich zur Seite, um sich die Essensreste aus den Zähnen zu stochern. Ich ließ Felten, der die Schweden hasste, an jenem Abend die Rolle des Schwedenkönigs spielen. Die Demütigung trieb ihm Tränen des Zorns in die Augen. Peter lachte darüber so laut, dass er sich verschluckte und sich auf den Tisch übergab. Dann, in den frühen Morgenstunden, belohnte er seine Männer. Menschikow wurde Marschall zweiten Ranges, Ronne dagegen leitender General. Golowkin wurde zum Admiral ernannt, und Peter vergaß auch den treuen, schlauen und flinken Peter Schafirow nicht. »Kleiner Jude, hiermit mache ich dich zum Vizekanzler. Und jede deiner Töchter soll einen Prinzen heiraten.«

Peter Schafirow küsste dem Zaren die Knie, als Menschikow auch schon eifersüchtig schimpfte. Ich aber legte ihm eine Hand auf den Arm und zwinkerte ihm zu. »Heute Abend, großer Alexander Danilowitsch, wollen wir nur feiern. Der Kuchen von Peters Gnade ist groß genug. Es gibt für alle ein Stück.«

Doch je mehr Menschikow bekam, umso mehr wollte er haben.

Peter musste mich in unser Zelt getragen haben, denn dort erwachte ich am nächsten Morgen. Das Kind in meinem Leib war still. Lebte mein kleiner Prinz von Poltawa noch? Ich dachte an Blumentrosts Worte, ballte die Fäuste und glaubte an Wunder. Ja, natürlich lebte er noch! Wir verließen den Lagerplatz bereits nach zwei Tagen, denn das umliegende Land konnte unser Heer nicht länger ernähren, und der Gestank von Tod und Verwesung zog vom Schlachtfeld herüber bis in unsere Zelte.

Die Sieger von Poltawa zogen unter Schneeflocken und auf spiegelglattem Eis im Triumph auf dem Roten Platz ein. Ich selbst war an jenem Tag auf Peters Anweisung hin nicht auf dem Balkon des Kreml und nahm auch an keinem der Festessen teil. Er hatte mich vor der Niederkunft in sein Haus bei Ismailow bringen lassen.

»Schenk mir zu Poltawa einen gesunden Sohn, bitte!«, hatte Peter geflüstert, als er mir in den Schlitten geholfen hatte. Ich fühlte mich nutzlos in diesem Haus und beim Warten auf die Stunde der Geburt. Beim Sticken stach ich mir in die Finger, starrte stundenlang in die Flammen des Kamins und zeichnete Figuren in die Eiskristalle an den Fenstern. So hörte ich nur davon, wie Peter unter dem Jubel der Moskowiter auf den Roten Platz ritt. Hinter ihm kamen seine Regimenter und seine Generäle, gefolgt vom endlosen Strom schwedischer Gefangener, den erbeuteten dreihundert Fahnen und den sechsunddreißig schwedischen Kanonen, die das Volk begaffte. Die Menge auf dem Roten Platz jubelte sich heiser. Bojaren und reiche Kaufleute, darunter auch Peters Freund Graf Stroganow, baten den Zaren und seine Generäle auf einen Siegestrank in ihre Häuser, und sieben Triumphbogen waren auf der Strecke des Siegeszuges errichtet worden. Als Peter unter allen durchmarschiert war, erreichte er – Haare und Schultern mit Schnee bedeckt – den Thron des Prinz-Cäsaren der Trunkenen Synode. Er legte die Hand aufs Herz und erklärte dem falschen Zaren: »Mit der Hilfe Gottes und der Gnade Eurer Majestät habe ich für Russland bei Poltawa den Sieg errungen.«

Die schwedischen Soldaten glaubten wohl, nun gänzlich wahnsinnig geworden zu sein. Wer war denn nun der Zar? Der Mann in der rauen, abgetragenen Uniform, den sie in Poltawa gesehen hatten, oder der reich geschmückte, geschminkte Fettsack, der von seinem Narrenstaat umgeben auf dem Thron saß und das Zeichen zum Festbeginn gab?

Darja sagte mir, dass der Zeremonienmeister zu Pferd durch den Saal ritt, weil Peter so viele Gäste geladen hatte. Zu jedem Trinkspruch schoss der Zar in die Luft, und seine Männer antworteten ihm hundertfach. Die bunt bemalte Decke des Festsaales im Kreml war nach jener Nacht vollkommen durchlöchert.

Was Darja mir jedoch verschwieg, berichteten andere mit eilfertigen Zungen, die mich wie Messerstiche trafen. Peters Nichte, die hübsche Zarewna Jekaterina Iwanowna, Praskowias Tochter, wich ihm während des Festes nicht von der Seite. Vielleicht hatte er recht. Es war an der Zeit, dieses Mädchen zu verheiraten.

Einige Tage später setzten bei mir heftige Wehen ein, und ich fügte mich diesmal gehorsam in alle Anweisungen von Doktor Blumentrost. Es waren lange Stunden des Schmerzes, in welchen ich mich an die Vorhänge meines Bettes klammerte und die Mägde, die mich halten sollten, in die Arme biss. Als ich Blumentrost rufen hörte: »Schnell, mein Gott, schnell! Es liegt falsch herum! Es kommt mit den Beinen zuerst!«, wurde mir schwarz vor Augen. Dann endlich, endlich, sah ich, wie die feisten Hände des Arztes den sich windenden, vollkommenen Leib meines Kindes ans Licht und in die Luft hielten. Ein heiserer, starker Schrei zerriss die erschöpfte, stickige Stille des Zimmers. Ich strich mir lachend die schweißfeuchten Haare aus dem heißen Gesicht. »Peter Petrowitsch soll er heißen! Peter, wie sein Vater!«

Darja war mit einem Mal sehr beschäftigt, und Tatjana Tolstaja wusch sich zum wiederholten Male die Hände in einer Porzellanschale mit warmem Wasser. Blumentrost drehte sich mit dem Kind hin zum Licht und hielt mir dann den Säugling entgegen. Das Kind sah mich ernst aus großen blauen Augen an. »Ich fürchte, das ist nicht möglich, Euer Gnaden. Es ist ein Mädchen. Eine wunderhübsche, gesunde kleine Tochter für unseren Zaren.«

Es dauerte fast eine Woche, bis ich mich dazu überreden ließ, Elisabeth in den Arm zu nehmen. Peter jedoch war außer sich vor Freude über ihre Geburt und nannte sie seine kleine Siegerin von Poltawa. Ihre Amme säugte sie rund und stark, und Elisabeth weigerte sich lauthals, sich je in straffe Leinenbinden einwickeln zu lassen.

51. Kapitel

Die Dinge standen gut für uns. Russland hatte Bündnisse mit Preußen und Dänemark abgeschlossen, und auf dem polnischen Thron saß nun wieder der sächsische Kurfürst, der so stark war, dass er mit einer Hand Hufeisen verbog und silberne Teller zusammenrollte. Gleichzeitig hatte Peter den Friedensvertrag mit den Türken verlängern lassen. Graf Tolstoi war noch immer der beste Gesandte, den er sich an der Goldenen Pforte wünschen konnte. Alle Gerüchte, dass der verwundete Karl sich am Hof des Sultans befand, tat er als Unsinn ab.

Ich ging zusammen mit Pawel Jaguschinski durch das Arsenal des Kreml, um einige Möbel für den neuen Winterpalast auszusuchen. Das Schloss war noch so gut wie leer. Die Schritte hallten darin, und eine Brigade hätte in den unmöblierten Sälen und Gemächern zelten können. Jaguschinski markierte jede Kommode, jeden Stuhl und jeden Spiegel, der mir gefiel, obwohl es nicht viele Möbel waren. Peters Hass auf den Kreml wie auch seine Vorliebe für alles, was da neu und glänzend aus Europa kam, machte viele Kunsthandwerker in London, Paris und Wien glücklich. Gerade als wir gehen wollten, sah ich ein Gemälde im Halbschatten der Keller an der Wand lehnen. Die Leinwand war halb mit einem Tuch verhängt. Ich runzelte die Stirn. »Ist das nicht das Bildnis der deutschen Prinzessin, die Alexej heiraten soll? Sophie Charlotte?«, fragte ich.

»So ist es«, sagte Jaguschinski und wollte schon sein Papier zusammenrollen und die Feder wegstecken. Nicht so schnell, mein Freund!, entschied ich. »Nimm das Tuch ab! Warum ist das Bild hier und nicht in seinen Gemächern, wie vom Zaren befohlen?«

Jaguschinski trat von einem Fuß auf den anderen. »Der Zarewitsch hat es herbringen lassen.« Ich machte einem der Lakaien ein Zeichen, und er zog das Leintuch ab. Ich rang nach Luft. Jemand hatte das liebliche Gesicht der Prinzessin mit einem dicken schwarzen Schnurrbart verunstaltet und ihr überall dicke rote Pickel aufgemalt. Schlimmer noch, die Leinwand war zerschnitten worden.

»Wie ist denn das passiert?«, fragte ich.

»Der Zarewitsch hat Messerwerfen nach ihr geübt«, antwortete Jaguschinski.

»Weiß der Zar davon?«

»Nein. Natürlich nicht.« Er wischte sich den Schweiß von der Braue, wie jeder es getan hätte, der dies vor Peter geheim halten wollte. Denn es hätte nur zu leicht enge Bekanntschaft mit Peters Knute bedeutet.

»Lass das Bild reinigen, reparieren und in Alexejs Gemächern aufhängen! Die Verhandlungen über diese Ehe sind im Gang, und er gewöhnt sich besser an die Prinzessin«, entschied ich.

Jaguschinski dankte mir und verließ das Arsenal rückwärtsgehend und unter vielen Bücklingen. Was geschah hier sonst noch, ohne dass Peter und ich davon wussten?, fragte ich mich, als ich ihm nachsah.

Während des Festessens zum Namenstag des heiligen Alexander Newski in Menschikows neuem Palast in Sankt Petersburg bat mich Peter: »Sieh dir doch die drei Töchter der Zariza Praskowia bitte genauer an. Der Herzog von Kurland sucht eine Frau, und er ist ein Neffe des preußischen Königs.«

Menschikow hatte in seinem Palast an nichts gespart, und Peter freute sich wie ein Kind über diese Pracht. »Fabelhaft. So kann ich dort feiern, und Menschikow bezahlt dafür.« Das Gebäude an der Strelka der Wassiljew-Insel war mit persischer Seide, italienischem Marmor, libyschem Eben- und Zedernholz, sibirischem Gold, chinesischer Lackarbeit und seidenen Tapeten, Delfter Kacheln, afrikanischem Elfenbein und englischem Silber ausgestattet. In Menschikows Bibliothek kümmerten sich drei Bibliothekare ständig um die dreizehntausend Bücher, von denen er kein einziges lesen konnte, sowie seine weltweit einzigartige Sammlung von Landkarten, die ein Heer von Käufern in aller Herren Länder ständig aufstockte. Die Wände der Treppenaufgänge, der Korridore, Zimmerfluchten und Kabinette waren mit Tapisserien, Trophäen und unzähligen silber- und goldbeschlagenen Ikonen und gerahmten Porträts geschmückt. Darja führte mich vor dem Festmahl durch die verspiegelte Galerie, und ich sah einige geschmeichelte Gemälde von mir und zahllose von Peter in jedem Alter. Immer war er als siegreicher Herrscher dargestellt.

»Dies ist die Wand meiner Trauer«, sagte sie, als sie mir in ihrem eigenen Empfangszimmer eine beinahe versteckte Reihe kleinerer Gemälde zeigte. Ich blickte in die kleinen Gesichter ihrer verstorbenen Söhne Paul

Samson und Peter Lukas. Ein drittes Kinderbild zeigte das zarte rosige Gesicht ihrer Tochter Jekaterina, die gerade mit hohem Fieber zu Bett lag. Im Weitergehen trocknete Darja hastig ihre Tränen, denn an einem Festtag duldete Peter keine Trauer. Ich hatte ihn gebeten, dass sie dem Fest fernbleiben durfte, vergebens. So besahen wir eher geistesabwesend die Bilder, deren Geschichten uns nichts bedeuteten. Menschikow hatte sie in Europa für teures Geld kaufen lassen, und ich entdeckte ein Gemälde, auf dem ein schönes nacktes Mädchen einen enthaupteten Kopf lachend in die Höhe hielt. Mit ihren runden Wangen und den dunklen Flechten erinnerte sie mich an eine von Praskowias Töchtern, die *Zarewny* Iwanowna, die ich mir nun bei Tisch näher ansehen wollte.

Menschikow schlug mit seinem diamantenbesetzten Stab auf den Boden. Der zweite Gang wurde aufgetragen. Diener räumten die Pasteten und das aufgeschnittene Geflügel ab und trugen das Wild und die Spanferkel auf. Peter trank aus seiner Adlertasse und rülpste, dann schweifte sein Blick über die Frauen, die in der Nähe seiner Schwägerin Praskowia saßen. Sie hatte auf seinen Befehl hin alle ihre drei Töchter mitgebracht. Die Zarewna hatten sich mit allem behängt, was sie in ihren Truhen nur hatten finden können. Kein Wunder, dass der französische und der spanische Gesandte ein Kichern unterdrücken mussten, als sie die Prinzessinnen Iwanowna so lächerlich und ländlich herausgeputzt sahen. Rascher als sonst bewegte ich meinen langen Fächer mit dem Griff aus Elfenbein und Perlen und den grauen Straußenfedern. Unter meiner weißen Schminke wurde mir heiß, heiß vor Zorn. Niemand sollte sich über eine Zarewna lustig machen.

Peter schmatzte zwischen zwei Bissen von einer soßetriefenden Wildschweinkeule. »Nun, welche von Praskowias Töchtern sollen wir dem kleinen Herzog von Kurland zuteilen? Ein Neffe des Königs von Preußen! Gibt es einen besseren Weg, um unsere Eroberungen in deinem Baltikum zu festigen? Gott segne den Tag, an dem ich meinen Fuß auf deinen Grund und Boden gesetzt habe.« Er stocherte in seinen Zähnen, die er sich am Morgen von seinem italienischen Bader hatte reinigen lassen, nach restlichen Fleischfasern. »Da will ich mich nicht lumpen lassen.« Da hob Praskowias älteste Tochter Jekaterina ihren hübschen Kopf. Sie war gerade neunzehn Jahre alt geworden, erhob sich so geschmeidig wie eine Katze und kam mit raschelnden Röcken zu uns. Ohne große Umstände setzte sie sich auf Peters Schoß und prostete ihm aus seiner eigenen Tasse zu. »Auf ein langes und gesundes Leben, mein siegreicher Onkel«, lächelte sie. Ihre goldenen Augen funkelten im Kerzenlicht, und sie drückte ihre Brüste gegen Peters Schultern. Der legte lachend beide Hände auf ihren Busen, küsste und biss sie in den nackten Hals. Sie schrie und wand sich einladend in seinen Händen. Ich dagegen unterhielt mich leise mit Menschikow, der neben mir saß.

»Bei Gott, kein Wunder, wenn ich zu oft vergesse, dass du meine Nichte bist«, hörte ich Peter sagen.

»Seit wann hat das je einen Zaren gestört? Außerdem war mein Vater nur dein Halbbruder«, keckerte Jekaterina und bog den Nacken nach hinten, als Peter an ihrem Fleisch sog. Ich fächelte mir Luft zu, denn alle

Blicke waren auf mich gerichtet. Peter hatte immer auch andere Mädchen, die ihm Lust bereiteten, doch diese so öffentlich auszuleben war unerhört. Ich sah die Neugierde in den Augen der Umsitzenden, Russen wie ausländischen Gesandten. Waren die Tage meines Glanzes gezählt? Ich bewahrte Ruhe, und Menschikow strich sich über den feinen Schnurrbart, den er nun trug. »Pass auf die kleine Iwanowna auf! Es sollte ihr wohl schmecken, Zariza zu sein und selbst ihre fette Mutter nach ihrer Pfeife tanzen zu lassen. Es ist schon öfter vorgekommen, dass ein Zar eine Verwandte geehelicht hat«, flüsterte er mir ins Ohr. Jekaterina hatte ihre Hand zwischen Peters Beine schlüpfen lassen und bewegte sie dort so geschickt hin und her wie eine Hafenhure. Er keuchte leise. Ich packte ihr Handgelenk und grub meine Nägel in ihr Fleisch. »Wir wollen doch nicht vergessen, dass wir hier nicht in einem Schlafgemach sind, sondern bei Alexander Danilowitsch zu Gast. Er bat eben demütig darum, einen Vorschlag zur Heirat mit Kurland vorbringen zu dürfen«, sagte ich mit sonnigem Lächeln.

»Ja, was denn?«, fragte Peter unwirsch. Jekaterina musterte mich stumm, aber kalt.

Menschikow neigte das Haupt unter seiner schweren gepuderten Perücke. »Wenn wir dem König von Preußen unsere Verbundenheit beweisen wollen, dann sollten wir dem Herzog von Kurland unsere schönste Prinzessin, die Zarewna Jekaterina Iwanowna, zur Frau geben.«

Jekaterina aber streckte ihm die Zunge heraus und schmiegte sich an Peter. »Onkel, ich will nicht von dir weg, sondern nur Russland Kinder schenken, viele, viele

Söhne. Meine Mutter hat doch bewiesen, wie fruchtbar wir sind. Ich werde mein Leben lang unglücklich sein, wenn ich von dir fortmuss«, sagte sie und zauste Peter zärtlich das Haar. Der brummte wohlwollend. Ich ballte die Fäuste, um der Prinzessin nicht in das rosige Gesicht zu schlagen.

»Fruchtbar, ja, meine Prinzessin, aber mit Töchtern«, sagte ich mit katzenhaftem Lächeln.

Peter unterbrach unseren schwelenden Streit. »Du hast recht, Menschikow. Aber ich denke, für Jekaterina können wir noch eine bessere Lösung finden.« Er hob sich seine Nichte rittlings auf den Schoß und musterte ihre Familie. Praskowia zog ihre zweite Tochter Anna Iwanowna gerade an den Haaren und schlug ihr hart auf die Finger.

»Anna soll gehen. Anna soll Herzogin von Kurland sein. Und ich, *Alekascha*, werde nun mit Jekaterina deine Galerien besuchen«, entschied Peter und erhob sich zusammen mit Jekaterina, die sich um ihn schlang. Menschikow lachte, aber ihm war unwohl dabei, so viel erkannte ich. Die Geräusche, die bald darauf vom Eingang des Festsaals zu hören waren, verrieten, dass Peter nicht einmal wartete, bis sie in den Korridoren verschwunden waren, um seine Nichte mit seiner Aufmerksamkeit zu beehren.

Die Nacht im Sommerpalast, als Peter mir die Ehe versprochen hatte, und die Nähe, die wir dabei empfunden hatten, kam mir wie ein ferner Traum vor. Ein Diener füllte meine Adlertasse mit Wodka, gerade als gebratene Pfauen in vollem Federkleid serviert wurden und die Musikanten zu einem heiteren Menuett aufspielten. Anna Iwanowna, die zukünftige Herzogin von Kurland, tanzte im Kreis mit ihren anderen Schwestern, während Jekaterina Iwanowna mit zerrauftem Haar und glänzenden Augen aus den Galerien zurückkehrte. Sie setzte sich zu ihrer Mutter, und Praskowia neigte das Haupt, als Jekaterina ihr etwas zuflüsterte. Dann warf sie den Kopf in den Nacken und lachte.

Die Zarewna Anna Iwanowna war eine stolze junge Braut. Der Herzog von Kurland hatte ursprünglich um Bilder von allen drei Prinzessinnen gebeten. Dennoch schien er mit Peters Wahl zufrieden zu sein, denn seine Braut war gerade gewachsen, hatte frischen Atem und strahlende dunkle Augen. Ich hatte Peter gebeten, sich großzügig zu zeigen, und sie erhielt als Mitgift zweihunderttausend Rubel, mit denen ihr Bräutigam sofort seine Spielschulden bezahlte.

Am Morgen der Trauung betraten Peter und ich das Brautgemach, wo Anna Iwanowna von ihren Schwestern für die Hochzeitsfeier hergerichtet wurde. Auf der Newa hatte sich eine erste Schicht von dünnem Eis gebildet, und die schwere Luft versprach Schnee. Jekaterina steckte ihrer Schwester gerade die Haare hoch und lächelte Peter strahlend an. »Mein Zar, welche Gnade Ihr meiner Schwester erwiesen habt! Was kann eine Frau sich Schöneres wünschen, als eine glückliche Braut zu sein? Möge Gott gnädig sein und ihr viele Söhne schenken.«

Ich biss die Zähne zusammen. Oh, ich wollte schon dafür sorgen, dass die kleine Zarewna unter die Haube kam, wenn sie es sich so sehr wünschte. Sie war rossig wie eine Stute, und Peter kam immer seltener und wenn, dann nur sehr zerstreut in mein Bett. Was, wenn sie schwanger wurde? Was, wenn sie einen Sohn erwartete? Peter küsste sie auf beide Wangen, bevor er die junge Braut ermahnte. »Anna Iwanowna, du musst in deiner Ehe deinem toten Vater, dem Zaren Iwan, und auch Russland alle Ehre erweisen. Du heiratest nicht für dich allein, sondern für dein Land. Bewahre den Glauben. Liebe deine neue Heimat und ehre deinen Mann.«

Peter führte sie anstelle ihres toten Vaters in die Kirche der Peter-und-Pauls-Festung. Es war dort so kalt, dass unser Atem in Wolken zu den Ikonen aufstieg. Als aber die Brautleute vor dem Altar niederknieten, schlug der Pope sein Gebetbuch zu. »Aus Glaubensgründen kann ich diese Trauung nicht vollziehen.«

»Was geht hier vor?« Friedrich Wilhelm wandte sich an den preußischen Gesandten, der mit den Augen rollte. Ihn überraschte hier nichts mehr, das spürte ich. Anna schluchzte auf, und Praskowia eilte zu ihr. Der Zar aber griff den Popen an der Kutte und zog seine *dubina*. »Und weshalb nicht, du verfluchter kleiner Pope?«, drohte er.

Der Mann wurde blass wie ein Leintuch. »Ich weigere mich im Namen der heiligen russischen Kirche, eine Zarewna mit einem Ungläubigen zu vermählen. Das ist Gotteslästerung und gegen unser Gesetz.«

»Ich bin das Gesetz!«, schrie Peter, und seine Stimme hallte in der Kirche wider, bevor er dem Popen zweimal auf den Kopf schlug. Blut tropfte auf den bunten Marmor der kühlen Fliesen. Ich bekreuzigte mich, doch Peter stieß den Mann in Richtung seiner Garde. »Bringt ihn weg! Dreißig Knuten Schläge für die Beleidigung des Zaren aller Russen vor fremden Würdenträgern.«

Der preußische Gesandte sah aus, als wolle er für den Popen sprechen, überlegte es sich dann aber anders. Die Tränen hinterließen hässliche Spuren auf Annas sorgfältig weiß geschminktem Gesicht.

»Blut auf dem Altar. Das ist kein gutes Omen«, weinte sie. Praskowia aber knuffte sie unsanft. »Reiß dich zusammen, Anna!«

»Menschikow!« Peter sah sich um. »Bring mir deinen Popen! Aber sag ihm gleich, was ihn erwartet, wenn er sich weigert, meine Nichte mit dem deutschen Herzog zu trauen!«

Das anschließende Fest war dennoch fröhlich, und alle althergebrachten russischen Sitten wurden über den Haufen geworfen. Männer und Frauen saßen bunt gemischt an den langen Tischen und labten sich an Kaviar, Fisch, Geflügel und Fleisch aller Art. Statt des traditionellen *kournik*, einer vielschichtigen Pastete aus Brotteig und getrockneten Früchten, schnitt das Paar eine übergroße Torte an, die wie Peters neuer Winterpalast aussah. Felten und seine Helfer hatten zwei Tage und Nächte an dem Zuckergebäck gearbeitet. Wir tanzten die Nacht hindurch und staunten über ein prachtvolles Feuerwerk, das die Wappen der Romanows und des Hauses von Kurland flammend verschlungen an den Himmel zeichnete. Am Morgen war der junge Herzog zu betrunken, um seine ehelichen Pflichten zu erfüllen. Als die Jungvermählten einige Tage später unter Tränen und Umarmungen in ihre Schlitten stiegen, um nach Kurland zu reisen, fiel mir auf, wie ungesund er aussah. In der Nacht vor der Abreise hatte er endlich bei Anna gelegen, und sie wirkte zufrieden. Die Kufen ihres

Schlittens schlugen Funken auf dem harten Schnee des Newakais, und die bunten Fahnen entlang ihres Weges wehten im frischen Morgenwind des neuen Jahres.

Nur drei Tage später aber kehrte die junge Herzogin von Kurland als Witwe zu uns zurück. Fünfzig Werst von Sankt Petersburg entfernt hatte sich ihr eben angetrauter Gemahl nach einem weiteren Gelage in einer Poststation übergeben. Er fiel kopfüber in den Schnee und erstickte unter den entsetzten Rufen seiner jungen Frau am eigenen Erbrochenen.

52. Kapitel

»Peter Andrejewitsch Tolstoi ist der ermüdendste und anspruchsvollste meiner Gesandten.« Peter hielt Tolstois Brief an das schräg einfallende Licht des Nachmittags. »Dies ist das dritte Bittschreiben innerhalb einer Woche. Anscheinend ist er mit seinen Besuchen auf dem Sklavenmarkt von Konstantinopel nicht beschäftigt genug.« Er warf den Brief auf den Tisch, auf dem sich Papierrollen und *ukasy* häuften. »Immer will er mehr Gold, mehr Silber und mehr Zobel. Entweder die Gier des Sultans an der Goldenen Pforte ist grenzenlos, oder Tolstoi füllt sich die eigenen Taschen.«

Ich rollte mich träge auf den Bauch. Meine Kammerjungfer hatte uns warmen Pfefferkuchen mit Nüssen und Honig serviert, den ich in frische *smetana* dippte, während ich, auf Kissen liegend, die Entwürfe für neue Kleider besah. Im Kamin fielen die Scheite in sich zusammen, und mein Schoßhund zuckte jaulend vor dem Funkenflug zurück. Ich herzte und küsste ihn auf die feuchte Schnauze. Peter dagegen umkreiste mich wie ein Adler am Himmel. Seine Stiefel mit den abgestoßenen Spitzen und den schief gelaufenen Absätzen kamen und gingen. Dann aber blieb er plötzlich stehen und schlug sich mit der geballten Faust in die Hand. »Also gut. Ich fürchte, die verfluchten Franzosen und Engländer haben recht mit ihrem Gequatsche. Ich werde den *ukas* noch heute entwerfen.«

»Was für ein Gequatsche denn jetzt?« Ich setzte mich auf und schlang mir den reich gemusterten Schal aus persischer Wolle um die Schultern. In diesem Winter kroch mir die Kälte trotz aller Kaminfeuer unter die Haut. »Komm her!«, bat ich ihn und klopfte mit der Hand auf ein Kissen. Peter legte mir den Kopf an die Schulter. Kalter Schweiß stand ihm auf der Stirn. Ich strich ihm sanft durchs Haar. Er wollte einfach nicht gesund werden. Dieser Quacksalber von Blumentrost! Man sollte den Pillendreher davonjagen und einen Arzt finden, der den Zaren heilen konnte. War er denn nicht dafür angestellt?

»Ich kann Russland einfach nicht mehr allein regieren«, seufzte Peter. »Es erdrückt mich, dieses Joch.«

Meine Finger hielten inne. »Was heißt das?«, fragte ich vorsichtig. Doch sicher nicht, dass er zusammen mit Alexej regieren wollte? Wollte er eine Prinzessin aus dem Ausland heiraten, die ihm Söhne gebar? Jekaterinas süße Nachgiebigkeit und ihre frechen Forderungen nach Kleidern und Schmuck langweilten ihn anscheinend. Peter gab gern, aber er wollte nicht darum gebeten werden. In den vergangenen Monaten war er wieder häufig in mein Bett gekommen, doch ich wurde nicht schwanger. War ich mit Mitte dreißig dafür nun zu alt?

»Wenn ich früher nicht in Russland war, dann kümmerte sich Fjodor Romodanowski um alles. Er war ein guter Prinz-Cäsar. Aber damals war das Herrschen einfach. Nun wächst mir alles, was ich geschaffen habe, über den Kopf. Ich bin wie ein Bube, der in einem gewaltigen Wald mit nur einem kleinen Messer Bäume fällen soll. Früher war Russland nur eine *isba* aus dem Märchen, die sich auf Stelzen dreimal um sich selbst dreht. Nun aber ist es ein Palast mit Fluren, Geschossen, Treppen und Türmen. Ein Mann allein kann sich darin nicht mehr zurechtfinden. Es geht jetzt nicht mehr anders.«

»Was willst du tun?« Ich wagte kaum zu atmen.

Er setzte sich auf. »Ich brauche einen Senat. Russland braucht viele Männer, die es führen, und nicht nur einen.«

»Einen *was* braucht Russland?«, fragte ich. Das Wort hatte ich noch nie gehört, aber es klang besser in meinen Ohren als jeder Name einer fremden Prinzessin. Aus einer kleinen venezianischen Karaffe träufelte ich mir Rosenöl in die Handflächen und rieb Peter damit die Schläfen, denn sein Kopf brannte vor Gedanken. Der Duft nach dem vergangenen Sommer füllte die Luft. Er schloss die Augen, als ich mit kreisenden Bewegungen die verkrampften Muskeln seiner Schultern lockerte. Peter seufzte. »Eine Runde von Männern, die Russland wie ein gut geöltes Uhrwerk schnurren lassen. Männer, die dort nicht nur sitzen, weil sie als Edelleute geboren wurden, verstehst du?«

»Werden sie echte Macht haben? Ist das gut?«

Peter lachte. »Meine bauernschlaue Katerinuschka! Natürlich nur so viel, wie ich es für gut halte. Sie sollen den Staat weise verwalten, kluge Gesetze beschließen und sie durchsetzen, die Richter des Reiches im Auge behalten, denn die Klagen über gierige und ungerechte Gerichte häufen sich.« Er überlegte kurz. »Und sie sollen mir Geld verschaffen. Viel Geld. Geld für neue Rekruten, Geld für neue Bündnisse, Geld für Sankt Petersburg. Wer die reichsten Geldquellen sprudeln lässt, ist der beste Senator.«

»Brauchen wir denn Geld?« Ich dachte an die ungeheure Pracht, mit der Peter die Bauten seiner Stadt errichten und ausstatten ließ.

Er fuhr mir durchs Haar. »Der Zar braucht immer Geld. Aber er ist niemals knapp bei Kasse, solange er noch Untertanen hat. Was ihnen gehört, gehört mir. Ich kann mich daran nach Gutdünken bedienen. Aber mir fehlt die Übersicht. Der Senat dient mir als Augen und Ohren. Wer ihm nicht gehorcht, wird ebenso hart bestraft, als ob er mir nicht gehorcht.«

»Und wenn sie sich über etwas einigen, das du nicht willst?«, fragte ich.

»Ich werde schon dafür sorgen, dass keine zu große Eintracht im Senat aufkommt. Kein Senator darf dem anderen vertrauen. Fette Bäuche und freie Geister machen ein rebellisches Herz, und das kann ich bei Gott nicht gebrauchen«, knurrte er. Die Muskeln in seinem Nacken verhärteten sich wieder, und er rieb den Kopf an meinem Hals. »Hm, ich bliebe nur zu gern hier. Aber ich muss den *ukas* jetzt sofort schreiben...« Ehe er zu Ende gesprochen hatte, stand er schon an der kleinen Tapetentür, durch die er ungesehen in meine Gemächer kommen und wieder gehen konnte.

Gerade da klopfte es dort.

»Erwartest du einen geheimen Besucher, Katerinuschka?«, neckte er mich. »Einen Liebhaber etwa?«

Erstaunt schüttelte ich den Kopf und stand auf. Die Teppiche waren warm unter meinen nackten Füßen. War das eine meiner Frauen? Ich öffnete die Tür: Zu meiner Überraschung kniete dort ein Bote. Sein Atem flog, sein Mantel war mit Matsch und Eiskristallen bedeckt, und seine Stiefel hinterließen Schlieren aus schmutzigem Schmelzwasser und dem Kot der Straßen auf dem schimmernden Marmorfußboden des Winterpalastes.

Er schlug sich mit der Faust gegen die Brust. »Mein Zar! Eine eilige Botschaft von der Goldenen Pforte.«

»Will Tolstoi noch mehr Gold und Zobel? Da hat er einen schlechten Augenblick gewählt«, lachte ich.

»Als ob man einem nackten Mann in die Tasche greifen könnte«, fügte Peter noch hinzu. Doch der Mann sah ernst zu uns auf.

»Karl von Schweden befindet sich an der Goldenen Pforte, und der Sultan gewährt ihm Schutz und Truppen. Tolstoi hat versucht, den Sultan zu unseren Gunsten zu beeinflussen, aber er hatte nicht die Mittel dazu.«

Peter zog den Mann in den Raum. »Karl in Konstantinopel? Was soll das heißen, Tolstoi hatte nicht die Mittel? Welche Mittel hat Karl denn, bitte, außer seinem nackten Arsch? Er hat doch Poltawa arm wie eine Kirchenmaus verlassen.«

Der Bote schüttelte den Kopf. »Karl hat seine Kriegskasse aus Poltawa gerettet. Er schwimmt in Gold, und jetzt haben ihm noch die Brüder Cook der Englisch-Levantinischen Gesellschaft Geld geliehen, ebenso wie der Herzog von Holstein.«

»Und?«, knurrte Peter.

»Dem Sultan ist der wachsende russische Einfluss am Schwarzen Meer ein Dorn im Auge. Ihr seid ihm dort viel zu nahe an seinem Reich, als dass er noch ruhig schlafen könnte. Tolstoi wollte noch retten, was zu retten ist, und zwang den Sultan, sich zu entscheiden. Russland oder Schweden.« Eine Entscheidung zu erzwingen war nie eine gute Strategie. Der Bote fuhr in seinem Bericht fort. »Der Sultan antwortete mit unmöglichen Bedingungen. Stanislaw Leszczynski sollte wieder König von Polen werden, während Livland und das Land um Sankt Petersburg abermals schwedisch sein sollen.«

Peter zerbrach den Griffel in seiner Hand. »Diese fette Kröte von Konstantinopel! Hat Tolstoi ihm die rechte Antwort gegeben?«

Der Bote nickte betreten. »Das hat er wohl.«

»Und?«, bohrte Peter weiter. »Was ist geschehen?«

»Der Sultan ließ Tolstoi in das Schloss der Sieben Türme einsperren.«

Peter fluchte.

»Was bedeutet das?«, fragte ich leise.

»Das, Katerinuschka, bedeutet Krieg an zwei Fronten, alles, was jeder Feldherr tunlichst vermeiden sollte«, sagte er und strich sich mit beiden Händen das Haar aus dem Gesicht. Einen Augenblick lang sah er verzweifelt aus, dann aber verschränkte er die Arme. »Ach was! So leicht lässt sich Russland nicht einschüchtern. Begleitest du mich in die Türkei? Ich schenke dir den größten Smaragd von Konstantinopel, so grün wie deine Augen. Und den Sultan röste ich zur Feier unseres Sieges auf kleiner Flamme.«

So befand sich Russland am gleichen Tag, als es einen Senat erhielt, im Krieg mit der Goldenen Pforte von Konstantinopel.

53. Kapitel

»Natürlich, seine Wäschehure zieht wieder mit ihm ins Feld.« Die Zarewna Jekaterina Iwanowna hatte den Augenblick für ihre Worte schlecht gewählt. Sie schnitten in eine kurze Stille, die sich unvermittelt in der kleinen Runde in Praskowias Haus ausgebreitet hatte. Die Diener hatten eben den zweiten Gang abgetragen, und die Instrumente der Musikanten mussten neu gestimmt werden. Die anderen Gäste – Peters engste Freunde und seine Familie – ließen ihr Besteck ruhen, wischten sich die fettigen Finger an den Tischdecken ab und lehnten sich seufzend in die weichen Kissen zurück.

Die Zarewna Iwanowna wurde rot bis unter die Haarwurzel, als ihr bewusst wurde, dass wir alle mitgehört hatten. Peter, der gerade mit Schafirow und Scheremetew darüber stritt, woher das Geld für den Türkenfeldzug kommen sollte, sah auf. Seine Laune war in den vergangenen Tagen nicht die beste gewesen. Von allen seinen Verbündeten wollte nur Prinz Dmitri Kantemir von Moldawien mit ihm ziehen. Sowohl August von Sachsen als auch die Kosaken wollten sich's mit der Goldenen Pforte nicht verderben.

Nun aber musste Jekaterina seinen Blick fühlen wie ein Verdammter der Galeeren die Peitsche auf den Schultern. Niemand im Saal wagte zu atmen. Die Luft war von Angst geladen. Peter sah zu mir herüber. Ich senkte den Kopf. Die öffentliche Demütigung durch Jekaterinas Worte trieb mir Tränen in die Augen. Für alle sichtbar, griff Peter nach meiner Hand. Auch unsere Töchter Anna und Elisabeth versuchten mich zu trösten. Sie begriffen nicht, was geschehen und gesagt worden war, aber sie sahen meinen Schmerz.

Peter erhob sich nun. »Praskowia, verwitwete Zariza von Russland!«, rief er durch den Raum. Praskowia ging in ihren Kissen in die Knie und beugte sich flach nach vorn.

»Mein Zar«, murmelte sie, und ihre Stirn berührte das kunstvoll gelegte honigfarbene Parkett.

»Auf die Knie! Alle, Zarewna Iwanowna und auch die Herzogin von Kurland!«, befahl Peter. Die jungen Frauen taten es blass und stumm ihrer Mutter gleich. Peter zog mich auf die Füße und führte mich zu den Frauen. Ich konnte kaum mit ihm Schritt halten.

»Zariza Praskowia. Zarewna von Russland. Ihr seid die höchsten *damy* in meinem Land. Mein Leben lang habe ich euch alle Ehre erwiesen. Nun aber...« Er brach ab.

Die Prinzessinnen blickten furchtsam zu ihm auf. Was hatte er vor? Wollte er sie kahl scheren lassen oder verbannen? Die jüngste Zarewna Iwanowna, die schlichten Geistes war, begann leise zu weinen. Peter sah mich zärtlich an. »Nun aber weise ich den Stand der höchsten Dame am Hof meiner Gefährtin zu, der Mutter meiner Töchter Anna und Elisabeth, Katharina Alexejewna! Ihr alle wie auch mein Volk sollen sie als Herrin anerkennen!« Er rief nun so laut, dass es im Saal widerhallte. »Sollte ich vor dem Feldzug in die Türkei nicht die Zeit finden, sie zu heiraten, oder dort nach Gottes Willen im Feld bleiben, so ist Katharina Alexejewna durch Unseren Willen Zariza von Russland. Sie ist meine Gefährtin. Erweist ihr die Ehre, die ihr zusteht. Sie zu beleidigen heißt mich zu beleidigen. Makarow, schreib das auf!«, befahl er zuletzt noch dem Schreiber.

Der scheuchte einen seiner Gehilfen, eilig Papier und Feder zu besorgen.

Ich wagte kaum zu atmen, und auch Peters Handfläche haftete feucht an der meinen. Ich knickste tief, ehe er es verhindern konnte. Dann presste ich seine Finger an meine Wange und küsste seine Handfläche. »Bei Gott«, schwor ich und ließ seinen Blick nicht los. »Ich werde mich dieser Ehre als würdig erweisen.«

»Wehe dir, wenn nicht!«, lachte Peter, zog mich auf die Füße und nahm mich in die Arme. »Musik!«, jubelte er. »Dies ist ein Fest und keine Beerdigung. Faules Pack! Bringt den Perlwein aus Frankreich! Und wehe, einer geht, bevor ich es zulasse!«

Die Musikanten spielten zu einem Tanz auf, und Peter küsste nun auch meine Hand. »Darf ich bitten?«, fragte er ungewöhnlich galant und ermahnte mich leise. »Und nun hör bitte auf zu weinen, *matka*! Das gehört sich nämlich nicht, wenn der Zar dich zu seiner Gefährtin ernennt.«

Da weinte ich nur noch mehr und konnte mich den ganzen Abend lang nicht mehr beruhigen.

Ich freute mich darauf, wieder mit Peter ins Feld zu ziehen, und ließ meine Kisten packen. Meine Töchter Anna und Elisabeth spielten in meinen Gemächern, während ich mit meiner Haushofmeisterin durch die lange Liste der Utensilien ging, die ich im Lager brauchte. Beide Mädchen waren groß und stark für ihr Alter, aber mir entging nicht, dass die kleinere Elisabeth keine Gelegenheit ausließ, Anna zu knuffen oder ihr ihren Willen aufzuzwingen. So hatte ich eine Hofdame dazu abgestellt, die beiden auseinanderzuhalten. »Lizenka! Wirst du wohl Anuschka nicht an den Haaren ziehen!« So oder so ähnlich ging das den ganzen Tag.

Ich herzte beide zum Abschied und ließ sie dann in Darjas Obhut zurück. Die Wahl, bei ihnen oder bei ihrem Vater zu sein, war wie immer furchtbar für mich. Trotz der Ehre, die Peter mir erwiesen hatte, war das Leben mit ihm noch immer wie ein Gang auf dem ersten Eis der Newa im frühen Winter. Wollten die Schollen aus Schwarzeis mich tragen oder nicht?

Scheremetew und seine Männer waren bereits von Riga aus losmarschiert, um in Smolensk neue Rekruten auszuheben. Peter trieb den erschöpften Mann mit zornigen Briefen an. Seine Truppen mussten die Donau erreichen, bevor die Türken in Polen und Moldawien einmarschierten. Schnell, schnell, schnell, kein Tag durfte verloren werden!

Auch wir reisten über Smolensk, denn die Straße von Kiew war aufgrund möglicher Tatarenangriffe zu gefährlich. Als wir im März mit dem ersten lauen Frühlingswind Sankt Petersburg verließen, wehte über unseren Köpfen ein Banner mit dem Kreuz und den Worten des heiligen Konstantin: *Unter diesem Zeichen siegen wir.*

Neben Peter ritt Prinz Dmitri Kantemir von Moldawien, gefolgt von seinen fünftausend Männern. Als wir ihn und seine schweigsamen, vom rauen Wetter ihrer Berge gegerbten Truppen begrüßten, saß neben dem Prinzen ein wunderhübsches kleines Mädchen auf ihrem eigenen Pferdchen. Ich hatte noch nie ein so schönes Kind gesehen. Ihr Haar schimmerte wie eben aus Waben gepresster Honig, und ihre Haut schimmerte so matt wie eine Flussperle. Ihre Augen leuchteten hell wie die eines Schlittenhundes, und sie hielt sich so aufrecht wie eine echte Prinzessin.

Auch Peter musterte das Kind, das vielleicht acht Jahre alt sein mochte, voller Erstaunen. »Wer ist das, Prinz Dmitri? Der Krieg ist kein Platz für Kinder. Schon Frauen haben es schwer, mich von der Notwendigkeit ihrer Anwesenheit im Feld zu überzeugen.« Er zwinkerte mir zu.

Prinz Kantemir lächelte. »Das ist meine Tochter, Maria Kantemir. Ich nehme sie immer und überallhin mit. An meinem Hof traue ich niemandem so weit, dass ich sie dort zurückließe.«

Die kleine Prinzessin neigte den Kopf.

»Wie schön sie ist!« Peter starrte das Mädchen unverhohlen an, und sein Blick war der eines Mannes, der eine Frau bewunderte.

Maria Kantemir aber gab ihrem Pony die Sporen und ließ den Zaren von Russland in einer Staubwolke zurück.

Die junge Frühlingssonne verbrannte die magere Saat auf den sonst so fruchtbaren Feldern und verschlimmerte die Hungersnot nach den schlechten Ernten des Vorjahrs. Die Flussläufe waren trotz der *ottepel* ausgetrocknet, und die Dorfbrunnen stanken faulig. Die Ukraine war im vorherigen Herbst durch eine Heuschreckenplage kahl gefressen worden. Wir zogen durch ein verzweifeltes Land, und der Hass der Leute, denen wir ihr weniges Essen noch wegnahmen, schlug uns wie Pesthauch entgegen. Wovon sollten wir die Tausende von Männern und Pferden ernähren?

Nach langen Wochen erreichten wir den Dnjestr, doch hier steckten unsere Wagen bis zu den Planen in den reißenden Fluten, als wir den Fluss durchquerten. Einige von ihnen wurden von den Wellen zerrissen und fortgewaschen. Zahlreiche Pferde ersoffen, und ganze Ladungen von Schießpulver waren durchweicht und unbrauchbar. Die Männer hielten ihre Waffen über den Köpfen und setzten unter Qualen einen Fuß vor den anderen, während die Sonne ihnen in die Schädel stach.

Auf der anderen Seite des Flusses verwandelte sich die Landschaft noch einmal. Mein Blick ertrank in einer glühenden See aus heißem Sand. Der beißende Wind peitschte die Wüste zu ablehnenden grauen Wellen. Es war ein Meer der Trostlosigkeit, das den letzten Halt an die Wirklichkeit fortwusch. Unsere Männer trieben wie ruderlos in den Wahnsinn.

Wir hatten unsere ganze Hoffnung auf das Tal des Flusses Pruth gesetzt. Dort wollten wir uns von dem Gewaltmarsch erholen, denn die Truppen waren durch die Märsche besiegt, noch ehe sie gekämpft hatten. Vor Hunger und Durst bekamen wir Nasenbluten und Ohrensausen.

Der Abend, an dem wir am Fluss Pruth die Erinnerung an Poltawa feierten, war einer der wenigen glücklichen Augenblicke des türkischen Feldzuges. Peter und ich betranken uns mit süßem Tokaier und ließen uns in den heißen Sand der Dünen rollen. Meine Haut leuchtete golden von der unbarmherzigen Sonne, durch mein Haar zogen sich helle Strähnen, und trotz der Not machte ich mir die Mühe, mich am Abend neu zu kleiden, mir den Staub aus den Augen zu spülen und mich zu schmücken.

Peter und seine Männer versuchten vergebens, die Stellung der türkischen Armee auszumachen. Nach einigen ereignislosen Tagen am Pruth wurden wir alle leichtsinnig, plünderten die umliegenden Dörfer und feierten jeden Abend ausgelassen das Ende der elenden Mühen.

Die feigen Türken, so dachten wir, hatten sich verkrochen.

»Schade um den Smaragd, den ich dem fetten Sultan vom Hals schneiden wollte!« Peter küsste mich, ehe er eine Flasche Wein an die Lippen setzte.

»Den kannst du mir ja noch immer geben«, neckte ich ihn. »Versprochen ist versprochen.«

Er lachte, und wir schliefen trunken und eng umschlungen am Tisch ein.

Am frühen Morgen weckten uns jedoch nicht die Sonnenstrahlen, sondern gellende Trompetenstöße. Scheremetew stürzte in das Zelt. »Mein Zar! Es ist entsetzlich…«

Peter fuhr auf, strich sich über den schmerzenden Kopf und rieb sich die Augen. Ich zog die Decke bis zum Kinn hoch, denn Peter hatte im Schlaf die Lippen um eine meiner Brustwarzen gelegt.

»Die Türken! Wir sind umzingelt und verloren. Sie sind in der Übermacht…«, stammelte Scheremetew.

»Was?« Peter sprang auf und steckte sich im Laufen das schmutzige Hemd in den Gürtel, ehe er die Zeltklappe zurückschlug. Ich blinzelte in die gleißende Helligkeit und den Aufruhr im Lager. Die Männer schrien und liefen durcheinander. War der Anblick, der sich uns bot, grausam oder prachtvoll? Ja, wir waren umzingelt. Unsere vierzigtausend Männer waren von beinahe dreimal so vielen Türken und Tataren umgeben. Es war ein Meer an Soldaten, das vor feindlich gesinnten Menschen schäumte. Der goldene Halbmond leuchtete stolz auf Tausenden roter Fahnen, die im heißen Wind wie Teufel tanzten. Bis zum Horizont der Weiten um den Pruth sah ich nichts als Soldaten, die mit ihren Pistolen und Gewehren, den schweren Krummsäbeln, den glänzenden Uniformen und den rauen Fellen um Schultern und Waden furchterregend aussahen. In ihrer Mitte, auf einer erhöhten Sänfte mit Kissen und Teppichen, saß unter einem Baldachin ein unglaublich fetter Mann so still, als wäre er aus Stein gemeißelt. Im Mittagslicht funkelte er mit den unzähligen Juwelen, die ihn bedeckten, wie eine Statue. Das musste der Sultan sein.

»Heilige Mutter Gottes! Was sollen wir tun?«, murmelte Peter. Scheremetew zuckte hilflos mit den Achseln.

Dann fasste sich der Zar. »Zu den Waffen!«, befahl er knapp. »In Stellung! Los, los, los! Meinst du, wir haben den ganzen Tag Zeit?« Er stieß Boris Petrowitsch vor sich her. »Ich bin der russische Bär, der sich schlägt. Bis zum Tod.« Er rief nach seinem Leibjunker, nach seiner Rüstung und nach Finettes Sattel und Zaumzeug.

Stumm umarmte ich Scheremetew. Sein drahtiger großer Körper zitterte vor trockenem Schluchzen. Seit zwei Jahren kannte er weder Rast noch Ruhe. »Nur Mut, Boris Petrowitsch! Und jetzt zu den Waffen!«, ermutigte ich ihn. Er hatte mich einst gerettet, und ihm verdankte ich mein Leben an der Seite des Zaren. Vielleicht sah ich ihn nun zum letzten Mal. Ich drückte seine Hand. »Danke«, murmelte ich. »Gott schütze dich.«

Die Türken stießen wieder in die langen Trompeten, deren Blech in der Sonne leuchtete. Große Trommeln wurden geschlagen, und die Soldaten stimmten heiser ein Kriegslied an. Es klang grausig. Ich sah zu Scheremetew hinüber. Wie klein der Feldmarschall vor der Mauer der Muselmanen aussah! Mir zog es das Herz zusammen. Sollte so alles enden?

Im Zelt diktierte Peter noch letzte Worte an Makarow. »Wir, Peter Alexejewitsch, durch die Gnade Gottes Zar aller Russen, verfügen Folgendes. Sollte ich als Gefangener in die Hände des Sultans der Türken fallen, so bin ich nicht mehr der Zar. Kein Rubel soll für mich gezahlt, kein Tropfen Blut vergossen werden. Sollte ich nach Seinem unermesslichen Willen im Feld bleiben, so gibt die Zarenkrone dem Würdigsten unter meinen Nachkommen.« Dann schüttelte er den Kopf. »Auch wenn das nur dieser verfluchte Alexej sein mag…«

»*Batjuschka! Starik!* Du wirst doch nicht…« Ich schmiegte mich an ihn. War dies das letzte Mal, dass ich ihn so nahe fühlte? Er umfasste mein Gesicht und küsste mich, hart und heftig. Meine Tränen benetzten sein Gesicht, und er wischte sie nicht ab. Sein Blick brannte. »Wenigstens habe ich mich dir vor unserer Abreise gerecht erwiesen. Danke für all die Kraft, die du mir gegeben hast, *matka*. Immer.«

Dann ging er. Die Zeltklappe schlug gegen die Pfosten, und ich war allein. Ich vermochte nicht aufzustehen, sondern krümmte mich auf den Teppichen zusammen und krallte die Hände in den Sand, den der heiße Wind in unsere Zelte trieb. Er war überall, im Mund, in den Augen, in der Nase, in den Ohren. Er drang durch alle Poren, wie die Handvoll Erde, die auf unser aller Grab fiel.

Die Schlacht am Pruth, die Schreie, das Waffengeklirr, der Kanonendonner und der Gestank nach Blut und Tod drangen in den folgenden Stunden nur nebelhaft zu mir herein, denn ich hatte in Wein gelöstes Laudanum getrunken. Meine Finger umklammerten selbst im Traum einen Dolch. Wenn es sein musste, wollte ich mich noch gegen jeden Türken verteidigen oder draußen auf dem Schlachtfeld um Peters Leben kämpfen.

54. Kapitel

Die Stille im Lager war geisterhaft und stand mir doch lauter in den Ohren als jeder Lärm der Schlacht zuvor. Es war Nacht, so sternenlos dunkel, dass ich auf das Kissen neben mir nach Peter tasten musste. Es war leer. Er war nicht da. Mein Herzschlag setzte aus, während meine Gedanken umherflatterten. Wie lange hatte ich geschlafen, und wo war Peter? Ich hatte zu viel von dem Laudanum genommen. Wie hätte ich so kämpfen können? Ich fasste nach dem Dolch. Von draußen hörte ich leises Gemurmel, raffte einen warmen Schal um die Schultern und trat in die kalte Wüstennacht hinaus. Der Geruch nach Verzweiflung, Tod und Blut traf mich wie ein Knüppelschlag. Mein Fuß stieß gegen etwas, das nur ein toter Körper sein konnte. Ich gab einen Laut von mir, doch von hinten legte sich eine Hand auf meinen Mund und erstickte meinen Schreckensschrei. Ich konnte nichts sehen und hob mein Messer, doch dann nahm ich Peters Geruch wahr, und vor Erleichterung ließ ich den Dolch fallen.

Sein Griff lockerte sich, und ich wollte ihn umarmen. »Peter«, flüsterte ich.

Er aber hielt meine Handgelenke fest. »Wir müssen fliehen, Katerinuschka. Russland ist vernichtend geschlagen worden. Unsere Pferde stehen bereit, und ein

Führer kann uns eine seichte Stelle im Flussbett zeigen. Zieh deine Stiefel an und nimm deine Juwelen mit! Wir werden sie auf dem Weg bis Russland brauchen«, flüsterte er, die Stimme vom Kampfgeschrei des Tages heiser. Meine Augen gewöhnten sich an Dunkelheit. Peter trug noch die vom Kampf verschmutzte Uniform und war gestiefelt und gespornt. Der Zar aller Reußen wollte fliehen wie ein gemeiner Soldat? Ein Albtraum! Peter wollte eigenhändig jeden Deserteur erschießen. Karl von Schweden hätte immer den Tod statt eines schmachvollen Friedens gewählt, das wusste selbst ich. Und nun dies!

Ich sah mich um. Der Kosakenführer, den Peter gedungen hatte, kaute an einer Betelnuss. Er schnalzte mit der Zunge und spie einen roten Speichelstrahl aus. Seine Augen leuchteten im Mondlicht wie die Feuer, mit denen Strandräuber verirrte Schiffe auf die Klippen lockten. Ihm hätte ich keinen schimmeligen Käselaib anvertraut, geschweige denn mein Leben.

Ich machte mich von Peter los. »Nein«, sagte ich entschieden.

»Was?«, fragte er erstaunt. »Nein? Nun beeil dich! Wir müssen die Wolken nutzen. Sie verdecken den Mond und die Sterne. Niemand wird uns sehen.«

»Sind wir besiegt und dem Sultan ausgeliefert?«

Peter nickte stumm in der Dunkelheit.

»Ja und?«, fuhr ich fort. »Die Türken ahnen wahrscheinlich gar nicht, was sie dir angetan haben. Was wissen sie denn von unserem Nachschub? General Ronne muss doch bereits in Brăila stehen. Von dort schneidet er den Türken den Rückzug ab.«

»Weib, was redest du da?«, knurrte Peter. »Du hast doch keine Ahnung.«

»Und ob!« Ich gab einem der Soldaten, die bei Peter standen, ein Zeichen. Er jagte dem Kosaken die Faust zwischen Brust und Bauch. Der Mann fiel mit einem Zischlaut in sich zusammen. »Gut. Sorg dafür, dass niemand je erfährt, weshalb er hier war«, befahl ich und reichte dem Soldaten meinen Dolch.

»Was tust du?«, fragte Peter und packte mich am Arm. »Bist du wahnsinnig? Nun finden wir den Weg zurück nie.«

»Niemand soll je erfahren, dass der Zar der Russen bei Nacht und Nebel wie ein gemeiner Dieb fliehen wollte«, erwiderte ich. »Willst du, dass ganz Europa sich vor Lachen darüber auf die Schenkel klopft? Du zerstörst alles, was du je aufgebaut hast.«

Er schwieg und dachte – ich zählte seine Atemzüge. »Was schlägst du dann vor, Katharina Alexejewna?«, fragte er schließlich.

»Ich hole jetzt meine Juwelen. Mehr glitzerndes Geschmeide, als dieser fette, gierige Sultan je gesehen hat. Scheremetew und Schafirow sollen ihm alles schenken. Eine Gabe von mir, die von Herzen kommt. Und dann ...« Ich umfasste sein Handgelenk. »Und dann verhandelt Russland«, sagte ich mit gepresster Stimme.

Peter schwieg und erteilte dann dem zweiten Mann der Garde seinen Befehl. »Hol mir Peter Schafirow und den Feldmarschall Scheremetew!«

Die Dunkelheit schluckte den Mann und seinen Auftrag. Peter aber strich mir über die Wange. »Du bist ein echter Kerl. Vielleicht solltest du über Russland herrschen, nicht ich.« Es war zu dunkel, um seinen Blick zu deuten. »Zumindest heute Nacht«, entkräftete er seine Worte rasch.

Wortlos betrat ich mein Zelt. Dort standen meine Schmuckschatullen, zwei große mit Eisenbändern und Schieferplatten beschlagene Truhen. Ich entfaltete mehrere meiner persischen Schals. Die Truhen waren schwer, doch ich zerrte sie zur Zeltmitte, wo es mir gelang, ihren funkelnden Inhalt auszukippen. Perlen, Saphire, Rubine und Smaragde der Brustkreuze, Haarnadeln, Kämme, Ketten, Ringe, Ohrgehänge, Armbänder, Broschen, Diademe und Litzen glitzerten im Kerzenlicht. Ich kniete in dem Haufen von Juwelen. Dies war mein ganzer Reichtum. Das Zeichen von Peters Liebe, ja, aber auch meine einzige Absicherung gegen seine Launen – die stete Gefahr, dass er eine Prinzessin aus Europa freien würde – und die Launen des Schicksals. Mein Schutz gegen meine Unfähigkeit, ihm einen starken Sohn zu schenken. Diese Juwelen konnten meinen Töchtern eine Erziehung und mir eine Zukunft sichern. Ich kämmte mit den Fingern durch den Schmuck. So viele Stücke, mit denen ich besondere Augenblicke meines Lebens verband. Peter hatte mich zu Namenstagen, zum Julfest, zu meinen Niederkünften und jedem anderen Fest oder auch nur einfach so, weil ihm danach war, stets reich beschenkt. Da war der Haarreif aus Perlen, Rosenquarz, Turmalinen, blauem Topas und fein geschlagenem Gold, den ich letztes Julfest als Blumenfee im Haar getragen hatte. Ich siebte durch die Juwelen, als wären sie Flusskiesel der Vaïna, und schob Diamantketten und Perlencolliers achtlos beiseite. Es waren einmalige Stücke, das wusste ich, und vom Feinsten, was Russland zu bieten hatte. Peter hatte seine Juweliere dazu angehalten, immer größere und ungewöhnlichere Steine zu verwenden und diese auf neue Art zu setzen. Jede Kette sollte mir bis zwischen die Brüste reichen, wie ein Wasserfall an Glanz und Reichtum. Jedes Diadem sollte mir vor Größe und Gewicht Kopf- und Nackenschmerzen bereiten. Jedes Ohrgehänge streifte meine Schultern und verdunkelte den Glanz der Lüster. Nach der Hitze eines Festes genoss ich die kühlen Steine auf meiner Haut, und Peter mochte es, wenn ich nichts als Juwelen trug. Einerlei. Ich warf alles auf einen Haufen, und die Juwelen verfingen sich ineinander. Einerlei. Sollte der Sultan sie doch auseinanderklauben. Ich wühlte und fand endlich das, was ich gesucht hatte – die Ohrgehänge von Peters Mutter, sein erstes Geschenk an mich. Ich hakte sie in meine Ohrläppchen. Ein Armband, das aus kleinen Emaillebildern von Peter, Anna und Elisabeth geformt war. Ihre Gesichter lächelten mich an, eingefasst in Brillanten, und ich legte mir das Band ums Handgelenk. In diesem Augenblick sah ich auch den Ring, den mir Peter zum ersten Geburtstag unserer kleinen Jekaterina damals in Kiew geschenkt hatte. Es war ein herzförmiger gelber Diamant in einem geflochtenen Band aus Gold, das eine ihrer blonden Locken umschloss. Ich streifte ihn über den Finger. Die übrigen Juwelen raffte ich zu einem formlosen Bündel zusammen und wuchtete diese wieder in die beiden Truhen.

Ich sah auf. Schafirow und Scheremetew standen schweigend am Eingang. »Nehmt alles mit«, sagte ich kurz. Je zwei Soldaten hoben eine der Truhen an, und die Männer verließen damit das Lager. Ich lehnte im Zelteingang und sah ihnen nach, meine Arme verschränkt. Im anbrechenden Tag verschmolzen ihre Umrisse mit der flirrenden Hitze der Wüste. Die Kehle brannte mir bereits vor Durst, gerade als der Wüstensand im Morgengrauen rosig schimmerte, doch meine Augen blieben trocken.

Peter trat schweigend neben mich. Ich sah ihn nicht an, als er sich einen Siegelring vom Finger zog, ihn in meine Handfläche legte und meine Finger darum schloss. »Lass mich nie vergessen, was du heute für mich und Russland getan hast. In Moskau werde ich dir alles doppelt und dreifach vergüten. Erinnere mich auch an die Tapferkeit von Schafirow und Scheremetew. Wer weiß, ob sie zurückkommen.«

Wortlos betrachtete ich den Ring mit dem kaiserlichen Siegel, der auf meiner offenen Handfläche lag, und ließ ihn in den Beutel an meinem Gürtel gleiten. Dort vergaß ich ihn: bis zu einem anderen Tag, sehr viel später in unserem Leben.

Angeblich begutachtete der Sultan meine Steine mit einem anerkennenden Zungenschnalzen und stimmte Verhandlungen zu. Der Vertrag von Pruth gab Asow an die Türkei zurück, und alle russischen Festungen dort wurden geschleift. Peter hatte sich nicht länger in die polnischen Angelegenheiten einzumischen. Schafirow blieb als Geisel in Konstantinopel und wurde im Gefängnis der Sieben Türme inhaftiert, das für seine Dunkelkammern bekannt war. Er weinte, als er Abschied nahm, und ich versprach, mich um seine fünf Töchter zu kümmern. Jede von ihnen sollte, wie von Peter versprochen, einen Prinzen heiraten.

Erst zwei Jahre später sollten sowohl Tolstoi als auch Schafirow wieder freikommen. Keiner von beiden sprach je über ihre Zeit in den Sieben Türmen.

Der Rückzug kostete uns wiederum Monate. Peter trank mit seinen Soldaten die Nächte hindurch und hurte mit den leichten Mädchen, die wie stets auch unseren Tross begleiteten. Blumentrost behandelte ihn wieder mit Quecksilber, und sein Leib war oft geschwollen. Gott in seiner Gnade ersparte mir wie durch ein Wunder die Ansteckung mit seiner Krankheit. Um Peter nach seinen Ausschweifungen wieder wach zu bekommen, ließ ich ihm morgens einen Eimer kaltes Wasser über den Kopf schütten.

Als wir kurz vor Sankt Petersburg standen, brachte Peter auf einer Anhöhe sein Pferd zum Stehen und griff mir in die Zügel. »Katharina Alexejewna, heirate mich, sobald das Eis der Newa schmilzt! Ich meine es ernst«, sagte er feierlich.

Die Ebene um Sankt Petersburg lag friedlich vor meinen Augen in der Abendsonne. Die sternförmigen Mauern der Peter-und-Pauls-Festung färbten sich rot im Abendlicht. Das Wasser der Newa schimmerte grün und geheimnisvoll. Wie schön mein Heim war! Wie froh ich war, nach Hause zurückzukehren! Wir hatten den Krieg verloren, doch ich hatte gesiegt.

»Hast du mich gehört?«, fragte mich Peter.

Vor unseren Augen hüllte sich die Stadt in die ersten Nebel des frühen Abends.

55. Kapitel

An meinem Hochzeitsmorgen mit dem Zaren aller Reußen waren beinahe zehn Jahre seit dem Sturm auf Marienburg vergangen, und seitdem ich Alexander Danilowitsch Menschikows Zelt betreten hatte. Damals hatte ich schmutzige Füße, trug eine zerrissene Bluse und einen groben Leinenrock und schlief klaglos auf dem Erdboden der Zelte im Feld.

Nun dagegen saß ich in meinem blauen Schlafzimmer im Winterpalast im Bett und besah die weiche Haut meiner Fußsohlen. Dies waren die Füße einer Frau, die jede Woche im Badehaus gewalkt wurde. Einer Frau, der jeder Flecken harte Haut mit einem Bimsstein weich gerieben und die mit Mandelöl und Limonenpaste gesalbt wurde. Einer Frau, die nie einen Schritt zu weit gehen musste, und wenn, dann nur in Pantoffeln aus Samt. Wie würden die spitzen Steine am Ufer der Vaïna heute unter meinen Sohlen schmerzen, dachte ich und krümmte vergnügt meine rosigen Zehen, als Darja und Tatjana Tolstaja mein Zimmer betraten. Beide knicksten tief auf der Schwelle, als meine Kammerfrau erst die schweren Bettvorhänge öffnete und dann die Stoffe aus chinesischer Seide vom Fenster zog. Der Raum war warm, denn das Feuer bullerte auch über Nacht in dem Delfter Kachelofen. Ich schob das Tablett mit den duftenden Pfannkuchen, der *smetana*, dem Honig und der heißen Schokolade beiseite und streckte die Arme nach ihnen aus. »Kommt und weint mit mir! Ich kann es nicht fassen.«

Beide umarmten mich, obwohl sie in eng geschnürten und reich bestickten Morgenkleidern schon für die Feier bereit waren. An ihrer Brust schimmerte matt ihr neues Abzeichen, das sie vor aller Welt zu Hofdamen der Zariza machte – die goldenen und diamantbesetzten, kunstreich verschlungenen Anfangsbuchstaben meines Namens. Ich streifte mir den Morgenmantel aus Brüsseler Spitze über, aber Darja lachte. »Steh auf, Zariza! Du kannst doch nicht im Bettgewand heiraten.«

»Weshalb nicht? Im Bett hat Peter mich doch lieben gelernt«, erwiderte ich, und wir sahen einander verschwörerisch an. Meine Kammerfrau meldete nun auch die Ankunft meines *parikmacher*, der mir eine gepuderte hohe Perücke hatte anfertigen lassen. Hinter ihm wartete bereits der Schneider mit seinen beiden Gesellen.

»Esst und trinkt, der Tag wird lang!«, rief ich den Frauen zu und drehte mich barfuß über den golden schimmernden Parkettboden zum Fenster hin. Darja und Tatjana klatschten in die Hände. »Tanze, Zariza, tanze!«, lachten sie mit vollem Mund und aßen noch einen Pfannkuchen mit Sahne.

Ich sah hinaus auf die Newa, auf deren Eis sich die Schlittschuhläufer Hand in Hand drehten und Schlitten mit bunten Fahnen und Girlanden aus Immergrün ihrer Wege glitten. Der Himmel über dem vor Eisschollen glitzernden Fluss war so blau wie die Tapete aus chinesischer Seide in meinem Zimmer. In der fahlen Wintersonne leuchtete die Stadt unwirklich auf, und die

Zweige der Bäume und Büsche am anderen Ufer glänzten silbern. Es war ein Reich aus Eis, und ich sollte seine Herrin sein.

Trompeten erschollen, denn die Stadt feierte voller Stolz unsere Hochzeit. Die Freude, die sich dort im ersten kalten Frühlingslicht entfaltete, galt mir. Damit war es um mich geschehen: Ich weinte, weinte und weinte den ganzen Morgen über vor Freude.

Darja rügte mich vor dem Schminktisch. »Ich kann dich nicht schminken, wenn du weinst, Martha!«

»Katharina Alexejewna«, schluchzte ich und versuchte umsonst, meine Tränen zu unterdrücken. Martha... An jenem Morgen hörte ich meinen alten Namen zum letzten Mal, und in dem mit Silber und Perlmutter gerahmten Spiegel verschwand die namen- und heimatlose Seele mit dem verzweifelten Herzen und dem knurrenden Magen für immer. An ihre Stelle trat Katharina Alexejewna, die mich aus den stolzen Augen einer Zariza ansah. Seit Wochen hatte Peters italienischer Bader meine Schultern mit Lösungen aus Buttermilch, Zitrone und Alkohol gesalbt, um sie hell wie den Marmor aus seinem Heimatland zum Schimmern zu bringen. Dazu wurden meine Haare Woche um Woche in einer Spülung aus Kastanien, Bier und Eiern gewaschen, um ihnen nach der gnadenlosen Sonne des Pruth wieder Kraft, Glanz und Farbe zu verleihen. Meine Augen wirkten groß und glänzend dank der Tollkirschentropfen, die Darja mir in meinen Morgentrank aus warmem Wasser, Essig und Honig gemischt hatte.

Vor meinen Räumen hörte ich Stimmen, als ich die Arme hob, während mir Darja und Tatjana Tolstaja meine Hochzeitsrobe aus silbernem Damast überstülpten. Sie war erdrückend schwer und so eng geschnürt, dass ich kaum atmen konnte. Auf dem Leibchen waren dicht an dicht Vögel, Schmetterlinge und Blütenranken aus Perlen und Silberfäden gestickt. Um die Schultern hielten dicke Silberkordeln meinen Mantel aus blauem Samt und Hermelin. Der Rock war steif vor Stickerei, und seine Falten wurden um die Taille durch Perlen- und Diamantspangen betont.

Ich rang kurz um mein Gleichgewicht und fasste meine beiden treuen Freundinnen bei den Händen. »Helft mir, niemals zu vergessen, wer ich bin und woher ich komme!«, bat ich sie leise. Tatjana Tolstaja knickste, Darja hingegen nickte nur stumm, die blauen Augen leuchtend wie Kristalle.

Vor meinem Empfangszimmer warteten Peter, Alexander Danilowitsch sowie die Admiräle Cruys und Botsis auf mich. Peter hatte die verdienten holländischen Seeleute für den Tag zu seinen Ziehvätern und Trauzeugen ernannt. Menschikow verneigte sich bei meinem Anblick und schlug den Deckel einer Samtschatulle zurück. Ich rang nach Atem: Darin lag eine runde kleine Krone, die mit Perlen sowie gelben und rosafarbenen Diamanten besetzt war. Peter lächelte zärtlich, als er sie aus dem Futteral hob. »Meine Mutter, Natalja Naryschkina, hat diese Krone zu ihrer Trauung mit dem Zaren Alexej getragen. Nun soll sie dir gehören, *matka*, und unseren Töchtern nach dir.«

Der *parikmacher* sah verzweifelt aus. Wie sollte er die Krone in meiner Perücke befestigen? Peter aber zog noch eine zweite Schatulle hervor. »Du trägst zwar für meinen Geschmack viel zu viele Kleider, aber dein Hals ist entschieden zu nackt.«

Als er sie öffnete, fehlten mir die Worte. Auf rotem Samt schimmerten zehn Perlenstränge, jede Perle so groß wie eine Traube. Das Halsband wurde in der Mitte von einer Spange in Form des Doppeladlers aus Diamanten und Saphiren zusammengehalten. Peter legte es mir um, und ich konnte einen Augenblick lang nicht atmen.

»Das ist der Grundstock für eine neue Sammlung.« Peter zwinkerte mir zu, als der Verschluss einrastete. Ich fasste an die Adlerschließe, die mir vom Kinn bis zum Schlüsselbein reichte, und zwinkerte zurück. »Dieser Vogel drückt mich ganz schön.«

»Mich drückt er schon mein Leben lang«, erwiderte Peter, legte mir einen Arm um die fest geschnürte Leibesmitte und flüsterte mir ins Ohr: »Ernsthaft, wie soll ich dir diese schweren Kleider alle vom Körper reißen?« Er küsste meinen Hals an der Stelle, wo das Halsband ein Fleckchen Haut freigab. Sein Atem war heiß.

Die Türen öffneten sich, und die Trompeten und Trommeln wurden lauter. Unsere Töchter Anna und Elisabeth eilten in Kleidern aus silberfarbenem Damast über den roten Teppich auf uns zu, dass ihre Unterröcke aus Taft und Spitzen nur so flogen. Peter fing sie auf, bevor sie mich umarmen konnten. »Ihr kleinen Hexen, heute benehmt ihr euch! Getobt wird erst später, sonst gibt es die Rute.« Beide kicherten, Elisabeth kitzelte Peter unter dem Kinn und zog frech an seinen Uniformknöpfen. Sie wusste genau, dass er nie die Hand gegen sie erheben würde. Wäre sie doch ein Sohn, dachte ich unwillkürlich, verbot mir dies aber dann. Nicht hier, nicht heute.

In der hölzernen Kirche des heiligen Isaak segnete Feofan Prokopowitsch unseren Bund vor Gott und den Menschen. Der Weihrauch vernebelte meinen Geist. Gold und Purpur tanzten vor meinen Augen, und der Gesang dröhnte mir in den Ohren. Die Brautkrone schwebte über meinem Kopf, und die Admiralin Cruys half mir von den Knien wieder auf die Füße. Nach der Feier glitt unser Schlitten mit knirschenden Kufen über die gefrorene Newa zu Alexander Danilowitschs Palast. Alles, das ganze Gebäude wie auch das Newa-Ufer, waren mit Fahnen und Immergrün geschmückt, und Menschikow selbst schlug mit seinem diamantenbesetzten Stab auf das Parkett des Speisesaales, um die vierundzwanzig Gänge des Festessens auftragen zu lassen. Ich war zu eng geschnürt, um von dem Birkhuhn in Blattgold, dem mit Gänseleberpastete gefüllten Lamm, den sieben Sorten Fisch, den vielerlei Pasteten und den in Fett gebratenen Käserollen auch nur zu kosten. Wir tranken literweise französischen Perlwein, und die hohen französischen Spiegel entlang des prachtvollen Saales warfen die langen Tischreihen, an denen die *damy* und die Männer bunt gemischt saßen, um ein Hundertfaches wider. Nur in der Mitte stand ein runder kleiner Tisch, an dem Elisabeth und Anna saßen.

Als Peter drei Flaschen moldawischen Wein, zwei Humpen Prager Bier und eine Karaffe Birnenwodka getrunken hatte, stand er schwankend auf und johlte in die Gruppe der *damy*. »Steh auf, Anastasia Golizyna! Ich ernenne dich zur Hofnärrin Ihrer Majestät.« Die Greisin versuchte noch, ihr Essen hinunterzuschlucken, und machte eine abwehrende Bewegung. Er aber zerrte die alte Prinzessin schon an den Haaren von ihrem

Sitz. »In die Mitte des Saales mit dir! Dreh dich, *babuschka*!«, befahl er. Alle jubelten und klatschten in die Hände, und Anastasia Golizyna drehte sich ungeschickt mehr oder weniger im Takt. Peter warf ein Stück Räucherlachs nach ihr. Es traf sie an der pastigen Schminke ihrer Wange, und ihre hohe gepuderte Perücke verrutschte leicht. Peter jubelte. »Treffer! Treffer! Jetzt du, Katerinuschka! Lass sehen, ob du besser auf die alte Fregatte schießen kannst!«

Ich prustete vor Lachen, nahm noch einen Schluck Wodka und warf mit Schwung einen Hühnerflügel nach Anastasia Golizyna. Das gebratene Fleisch traf sie an der Nase. Ich ballte vor Stolz die Fäuste. »Ein Salut für die Zariza!«, rief Peter mit hochrotem Kopf. »Treffsicher wie der Beste unter meinen Männern!« Die Männer zogen ihre Pistolen und schossen in die stuck- und goldverzierte Decke, die *damy* leerten ihre Adlertassen in einem Zug und mussten sie sich sogleich nachfüllen lassen.

Um drei Uhr nachmittags wurde es dunkel, und der Himmel wurde die ganze Nacht über bis in den späten Morgen hinein von einem Feuerwerk erhellt. Sankt Petersburg färbte sich rot, blau und golden unter den fauchenden Raketen, den flammenden Blumen und den glitzernden Feuerkugeln am Firmament. Drei Tage lang lag der Duft nach Schießpulver wie eine Wolke über der Stadt. Rund um den Winterpalast und am Ufer der Newa wurde Freibier ausgeschenkt, und fliegende Händler boten Fleischspeisen, *blintschiki* mit Fisch und *smetana* an. Andere hielten fette Hühner, Gemüse- und Käsepasteten und mit *kascha* und Lammfleisch gefüllte Kohlblätter feil. In den Schenken gingen die Lichter nicht aus, der Wodka entzündete ein Feuer in den Adern der Menschen, und trotz der klirrenden Kälte, in der einem der Atem zersprang, spielten Musikanten auf den Plätzen auf. Die Bewohner von Sankt Petersburg tanzten ausgelassen, in Pelze und Mäntel gehüllt, in den Straßen, auf der Newa und den Kanälen.

Als es am folgenden Tag schon lange hell war, geleitete ein Tross aus Schlitten Peter und mich zurück zum Winterpalast. Auf dem Weg zu unseren Räumen taumelte Menschikow vor uns her. Er hatte den Musikanten ein Paar Schellen stibitzt und schlug sie unentwegt mit Getöse aneinander, während er schwankend einen Fuß vor den anderen setzte, zu betrunken, um seinen eigenen Lärm zu bemerken. Schafirow, Devier und Peter grölten im Takt der Schellen ein Trinklied nach dem anderen, und sowohl Darja als auch Anastasia Devier machten Witze über meine Hochzeitsnacht, bei denen mir die Ohren brannten. In unserem Schlafzimmer wollte Menschikow das Betttuch zurückschlagen, doch Peter packte ihn am Nacken. »Fass mein Brauttuch nicht mit deinen rußigen Fingern an, du Lump!« Er stieß seinen alten Freund vor die Tür und rief fröhlich: »Hinaus, liederliches Pack! Ich muss jetzt meine ehelichen Pflichten gegenüber meiner scheuen Braut erfüllen.« Alles lachte und verzog sich unter Scherzen aus dem Raum, und wir hörten die Schellen, das Geschrei und den Gesang von den hohen Wänden des Winterpalastes widerhallen.

Peter sah mich an. Wir beide schwiegen einen Augenblick lang. Der Raum war warm, und die Vorhänge hatte man vorgezogen, um den diesigen Wintermorgen auszusperren. Meine Füße schmerzten vom Tanzen, und mein Kopf drehte sich vom Champagner. Ich lehnte mich gegen die Wand, und Peter trat zu mir.

»Wie soll ich dich jetzt nehmen, Zariza?« Er grinste frech, hatte die Hände in den Hosentaschen und wippte auf den Stiefelspitzen. Trotz der Ströme an Wodka, Bier und Wein, die er getrunken hatte, war er wieder bei Sinnen.

»Am besten wie ein wackerer Seemann sein Mädchen, Peter Alexejewitsch«, raunte ich und knabberte zärtlich an seinem Ohr.

»Du hast es so gewollt«, drohte er und löste die Verschnürung meines Rockes. Der schwere Stoff fiel mir in Falten um die Knöchel. Meine Unterröcke folgten, und ich trat sie ungeduldig mit dem Fuß beiseite. Er schob seine Hände unter meinen Hintern und hob mich auf. Seine Finger gruben sich genüsslich in mein Fleisch.

»Meine Frau hat den besten, festesten Arsch in ganz Russland. Wenn das kein Grund zum Heiraten ist«, murmelte er und leckte mir über den Busen, der aus dem Korsett hervorquoll. Er hob mich höher, und ich schlang ihm die Beine mit den zarten Strümpfen und den Spitzenbändern meiner Wäsche um die Hüften, ehe ich mich spielerisch wand. »Nicht! Ich bin noch Jungfrau.«

»Dem werden wir abhelfen, bei Gott!« Er riss an seinem Gürtel, und die Hose rutschte ihm in die Kniekehlen. Ich wölbte mich ihm entgegen, und er schob sich in mich hinein. Die Wand drückte in meinen Rücken, doch ich fand Halt an der Kommode neben mir. Ich zog jedes Mal, wenn er in mir war, meine Muskeln um ihn zusammen und rieb mich an seinem Bauch. Als ich kurz vor dem Höhepunkt war, griff ich ihm in die Haare und flüsterte: »Warte!« Er hielt inne und blies mir zart über das Gesicht, während ich mich langsam und lustvoll an ihm befriedigte. Als ich ihm mit einem Seufzer die Stirn an den Hals legte, lachte er auf. »Mein Soldatenliebchen!«

Ich hielt ihn so fest, als wollte ich ihn erdrücken, bis er in mir kam.

Eine Weile lehnten wir noch still an der Wand, bevor er mich zu Boden gleiten ließ. Meine Beine zitterten, und er strich sich das verschwitzte Haar aus der Stirn. Seine Augen leuchteten jedoch hell wie die eines Jungen.

»Und jetzt?«

»Jetzt?«, lachte ich. »Jetzt schlafen wir. Ich bin todmüde, was glaubst denn du? Und wehe, du weckst mich vor morgen Abend auf.« Ich ließ mich auf mein Bett fallen, und Peter umarmte mich. So schlief ich tief und traumlos in mein neues Leben als Zariza von Russland.

56. Kapitel

Im Jahr nach unserer Hochzeit erwachte Sankt Petersburg zu neuer Geschäftigkeit. Das junge Grün der Bäume auf dem Newskiprospekt erfüllte mich ebenso mit Stolz wie die rege Bautätigkeit an den Ufern der Fontanka und der Moika. Sowohl mein alter Freund Scheremetew als auch die Prinzen Jussupow weihten in jenem Jahr ihre neuen Häuser mit glänzenden Festen ein. Hatten vor nur zehn Jahren hier schwedische Soldaten und Leibeigene in den Sümpfen ihr Dasein gefristet? Auf den Wellen der Newa tanzten fremdländische Fregatten wie auch die Boote der russischen adligen Familien und die Kähne der Sankt Petersburger Händler. Ihre Besatzungen beantworteten den Mittagsböller der Peter-und-Pauls-Bastion mit Pistolenschüssen und Salven, die in der Luft den Geschmack nach Rauch hinterließen.

»Geh du nur zum Fluss«, verabschiedete Peter sich halb beleidigt, halb traurig von mir, als ich im frühen Mai zum Newakai aufbrach. Er litt seit einer Woche an Blähungen, und die angestauten Körperflüssigkeiten bereiteten ihm brüllende Schmerzen. Die Syphilis zeigte sich immer mehr und mit immer anderen Auswirkungen. »Vielleicht ist es Schlüter sogar lieber, dich als mich zu sehen«, knurrte er.

»Vermutlich will er nach der langen Reise aus Berlin

nur festen Boden unter den Füßen haben, gleichgültig, wer ihn willkommen heißt.« In Wahrheit freute ich mich auf den Ausflug an die frische Luft, denn ich war wieder schwanger. Dieses Kind war nun mehr als nur ein Zeichen unserer Liebe, es war eine Hoffnung für die neue Stadt und das neue Russland. Sollte Gott mir nun endlich die Gnade der Geburt eines gesunden Sohnes erweisen? Ich betete an jedem Abend auf den Knien darum. Peter legte mir eine Hand auf den Leib.

»Pass mir auf den Zarewitsch auf!«, flüsterte er, und mir stolperte der Herzschlag. Zarewitsch, das war der Titel, den noch immer Alexej hielt. Der Kronprinz von Russland.

Doch wenn man vom Teufel sprach ... Ehe ich meine Sänfte bestieg, reichte mir ein Bote einen Brief von Alexej aus Deutschland, und ich ließ ihn mir von Agneta vorlesen, der Tochter Ernst Glücks und meiner neuen Hofdame. *Majestät, mit aller Freude habe ich vernommen, dass mein Vater Euch zu seiner rechtmäßigen Gattin erhoben hat und dass Ihr wieder ein Kind unter dem Herzen tragt. Meine allerherzlichsten Glückwünsche zu diesen freudigen Ereignissen. Bleibt mir gnädig und gewogen. Der Zar hatte mich im Ungewissen über seine Entscheidung und sein Glück gelassen, versichert mich jedoch der Gewogenheit Seiner Majestät. Demütigst, Alexej.*

Unglaublich! Peter hatte Alexej nicht selbst von unserer Hochzeit unterrichtet. »Genug! Ich habe genug gehört. Gib mir den Brief, Agneta!«

Ich schnupperte daran und zog die Nase kraus. »Das Schreiben riecht nach Suff und Hurerei. Lernen soll er, nicht saufen.« Ich schob mir den Brief in den Ärmel, und Agneta senkte die Augen.

Wir schaukelten den Newakai entlang zur Anlegestelle der Schiffe, wo Schlüter ankommen sollte. Die Luft in der Sänfte war stickig, und ich sah aus dem Fenster, um gegen meine aufkommende Übelkeit anzukämpfen. Wenn ich den Blick auf eine bestimmte Stelle heftete, half mir das. Das Wetter zeigte sich in jenem Jahr noch launischer als sonst im Frühling in Sankt Petersburg. Gelegentlich trug ich noch Pelz, aber dann konnte ich wegen des starken Regens nicht in den knospenden Gärten des Sommerpalastes spazieren gehen. An diesem Tag aber war der rote Matsch der Wege steinhart gebacken, und in der Mittagssonne stank der Sumpf um die Stadt bis zum Himmel. Mücken senkten sich als grausamer Schleier auf ihre Opfer, und unsere Träger wichen den Arbeitern aus, die Stein für Stein zum Bau der Peter-und-Pauls-Kathedrale auf Kähne luden, die bereits tief im Wasser lagen. Die Fuhrleute hielten bei der Überfahrt zur Festung nur mit Mühe ihren Kurs in der Strömung. Diese Kathedrale sollte ein einmaliger Bau werden, und Domenico Trezzini hatte jede Einzelheit umsichtig geplant, von dem hohen spitzen Turm, der einen Blick bis Finnland erlaubte, bis zur erlesenen Ausstattung im Innern der Kirche, wo von nun an nach Peters Wunsch alle Mitglieder der Zarenfamilie begraben werden sollten. Ich blickte über die von Arbeitern wimmelnde Baustelle zu den trutzigen roten Mauern der Peter-und-Pauls-Festung hinüber. Sollte dort auch mein Grab sein?

Dicht neben dem Fenster meiner Sänfte wankte ein Mann unter seiner Last von Gestein in einer Schlaufe aus gewachstem Leinen. Seine Arme waren von Peitschenstriemen überzogen, und statt Nase und Ohren klafften ihm vernarbte dunkle Löcher im Schädel. Er musste bereits zwei Fluchtversuche unternommen haben. Beim dritten Mal würde er hingerichtet werden. Mir stülpte sich der Magen um, und ich zog den Vorhang vor dem Fenster zu. Helfen konnte ich ja doch nicht.

Auf dem Kai wimmelte es von Kindern, Tagelöhnern, die auf einen Auftrag warteten, und Schaulustigen, die zwischen den Stoffbuden der fliegenden Händler flanierten. Der Duft nach süßen Pasteten und frischem Bier zog lockend bis zu mir in die Sänfte. *Babuschky*, alte Frauen, die sich ihre Ware auf die Schultern geladen hatten, versperrten uns den Weg ebenso wie eine Herde Lastesel und Wagen voller Fässer und Kisten.

So erreichten wir den Hafen gerade, als die Fregatte aus Rostock die im Wind knatternden Segel einholte und Matrosen die Taue an Land warfen. Überall schaukelten Galeonen und kleinere Segelboote auf den graugrünen Wellen. Die Luft schmeckte nach Salz und dem Pech und Rauch der Werften. Stimmen riefen in allen Sprachen des Reiches, Möwen trieben mit ausgebreiteten Flügeln im Wind und tauchten dann und wann in die Gischt. Schwangen sie sich wieder in die Luft hinauf, dann zappelten in ihren Schnäbeln glitzernde Fische.

Agneta reichte mir die Hand, bevor mich zwei Offiziere der Garde stützten. Von der finnischen Bucht her kam eine frische Brise auf, die ich gierig einsog. Wie gut es tat, dem Winterpalast zu entkommen und unter gewöhnlichen Menschen zu sein! Seit meiner Hochzeit war ich keinen Moment lang unbegleitet geblieben.

»Wer ist dieser Andreas Schlüter?«, fragte Agneta.

»Ein deutscher Baumeister, der angeblich für den preußischen König ein Zimmer ganz aus Bernstein eingerichtet haben soll. Peter hat ihn für eine Unsumme nach Sankt Petersburg gelockt.«

Agneta lachte, als zu meiner Überraschung Domenico Trezzini zu uns trat. Weshalb war er hier statt auf seiner Baustelle an der Kathedrale? Ich ließ mir Zeit damit, ihn anzusprechen, obwohl er die Hände ungeduldig hinter dem Rücken faltete. »Trezzini! Der Mann, der die Stadt des Zaren mit eigenen Händen erschafft! Was führt dich hierher?«, fragte ich ihn. Er war ein so eitler Mann, dass ich ihn gern neckte.

»Oh, ich bin ganz zufällig hier.« Er spähte über die Wellen.

»Ganz zufällig«, wiederholte ich und wartete. Trezzini würde schon sprechen.

»Weshalb hat der Zar Schlüter nach Sankt Petersburg geholt?«

»Eifersüchtig, Trezzini?«, fragte ich, und er tat mir leid. »Nun, der Zar hat seine Bauten in Berlin bewundert...«

»Schlüter hat in Berlin Geld veruntreut. Trotzdem macht der Zar ihn zum Oberbaudirektor und zahlt ihm fünftausend Rubel im Jahr? Ich habe weder einen solchen Titel noch ein solches Gehalt.«

Ich schlug Trezzini mit meinem Fächer leicht auf die Schulter. »Die Stadt ist groß genug für zehn begabte Baumeister. Mach dir keine Sorgen!«

Er verneigte sich, gerade als Andreas Schlüter vom Schiff stieg. Sein dunkelblondes Haar war lang und ungepudert, und das reinweiße Hemd mit dem offenen Kragen betonte seinen starken Hals und die frische Haut. Die ebenmäßigen, hellen Zähne glänzten. Im Gegensatz zu den russischen Männern, deren Gesichter vom Winter blass und grau oder vom Wodka ungesund gerötet waren, sah er aus wie ein junger Gott. Agneta starrte ihn wie gebannt an, und ich knuffte sie. »Reiß dich zusammen, Agneta! Mund zu, du siehst aus wie eine Forelle.«

»Verzeih, Zariza. Aber nur ein so schöner Mensch kann etwas so Wunderbares wie ein Zimmer aus Bernstein schaffen...«, meinte sie träumerisch.

»Noch haben wir es nicht gesehen, wenn es denn je dazu kommt«, erwiderte ich.

Die Matrosen schleppten Schlüters Kisten von Bord, und er stapfte auf den Kai. »Gut, wieder festen Boden unter den Füßen zu haben! Dies ist also das Venedig des Nordens, das Paradies des großen Zaren«, sagte er auf Deutsch und verneigte sich.

Lange musste Trezzini nicht unter seiner Eifersucht auf Schlüter leiden. Der Deutsche starb schon im Herbst an dem Fieber, das wie Nebel aus dem Schilfland um Sankt Petersburg aufstieg. Dieselbe Krankheit forderte auch das Leben meiner neugeborenen Tochter Margarita. Nach nur wenigen Wochen Leben wurde ihr Name in die traurigste aller Hoflisten eingetragen, die meiner toten Kinder. Peter trauerte mit mir, doch in seinem tiefsten Innern war er froh, nur eine Tochter mehr zu Grabe zu tragen. Einige Wochen später umarmte er mich. »Unsere arme kleine Margarita war noch einmal zur Übung. Es hilft nichts, Gottes Willen zu hinterfragen. Jetzt ist die Zeit reif für einen gesunden, starken Sohn.«

Sein Mund lachte, als er mich küsste, doch sein Blick blieb ernst.

Ich traf Sophie Charlotte das erste Mal zwei Jahre nach ihrer Hochzeit mit Alexej, als sie in Sankt Petersburg ankam. Ich erinnerte mich an ihren blonden Scheitel, als sie vor mir knickste. Ja, sie war flach wie ein Brett und ihr Gesicht von den Pocken vernarbt, doch ihr Blick war liebenswert, und sie sprach mit glockenheller Stimme. »Welche Freude, Zariza! Ich habe so viel von Eurer Güte und Gnade gehört. Hoffentlich darf ich Euch eine ergebene und treue Freundin sein.« Sie musterte mich neugierig, natürlich, denn ganz Europa zerriss sich das Maul über die Wäscherin an Peters Seite. In Paris verhöhnte mich *Madame*, die Schwägerin des großen Louis. »Die Zariza von Russland? Mäusedreck, der ein Pfefferkorn sein will!«

Ich breitete die Arme aus. »Willkommen in Russland, Zarewna! Möge Sankt Petersburg dein Heim sein, so wie es das meine geworden ist. Gott segne dich und deine Ehe.«

Die Prinzessin schmiegte sich an mich wie ein aus dem Nest gefallener Vogel, und ich wies ihr einen mit rotem Samt überzogenen goldenen Schemel neben meinem Thron zu. »Setz dich und erzähl mir von deiner Hochzeit!«, sagte ich.

Sie errötete. »Oh, es ist alles schon so lange her. Wir alle haben zutiefst bedauert, dass Ihr den Zaren damals nicht begleiten konntet!«

Ich nickte. Die Einzige, die das nicht bedauert hatte, war ich selbst gewesen. Die Niederlage vom Pruth belastete Peters Galle so sehr, dass er Sankt Petersburg verließ, um für einige Wochen die Wasser in Karlsbad zu nehmen. In seinen Briefen malte er mir sein Leben dort in den trübsten Farben aus. *Hier ist es so lustig wie in einem Gefängnis. Die Berge sind so hoch, dass ich kaum die Sonne sehe. Das Bier, wenn ich überhaupt welches finde, ist warm und ohne Schaum, wie Pisse. Am schlimmsten aber ist, dass sie mich wie ein Pferd mit diesem faden Wasser tränken.*

Zu seiner Trauung hatte Peter Alexej an den Haaren in die Hofkapelle von Torgau gezerrt, denn am Abend zuvor hatte sich der Zarewitsch noch an seinen Beichtvater Iwan Slonski geklammert und schrill geschrien: »Nie. Nie werde ich eine Ketzerin heiraten. Ich muss einmal als Zar unseren Glauben verteidigen. Wie soll das mit einer Lutheranerin an meiner Seite möglich sein? Das ist Gotteslästerung.« Der Beichtvater deckte den Kronprinzen mit seinem Körper, bis Peter ihn an seinem Kittel aus dem Raum schleifte und ihn vor der Tür bewusstlos schlug. Alexej dagegen versetzte er einen Faustschlag zwischen die Augen. Am nächsten Morgen wurde Hochzeit gehalten. Sophie Charlotte durfte Lutheranerin bleiben und erhielt von Peter fünfundzwanzigtausend Reichstaler wie auch das Versprechen von mehreren Porzellanservice, außerdem ein halbes Dutzend Kutschen und Pferde, um achtspännig auszufahren.

Menschikow, so hörte ich, sandte dem jungen Paar eine Wassermelone als Geschenk.

Sophie Charlotte plauderte atemlos weiter. »Wenigstens war der Zar bei uns. Er und mein Vater waren so zufrieden, dass sie nach der Eheschließung immer wieder auf unser Wohl angestoßen haben. Ich habe geweint wie eine Quelle, als mich mein Vater dem Zarewitsch zuführte.« Auf ihren blassen Wangen brannten grellrote Flecke. Sophie Charlotte wurde nicht anders an einen Mann verkauft als ich damals an Wassili, dachte ich.

»Am Morgen nach der Hochzeit kam der Zar sofort zu uns und saß an meinem Bettrand, um allgütigst mit uns zu plaudern«, sagte sie nun. Das arme Mädchen! Alexej war trunken und grob über sie hergefallen, und dann musste sie auch noch Peter über den Vollzug der Ehe Rede und Antwort stehen. Mein Blick glitt flüchtig über ihre schmal geschnürte Leibesmitte. Sie errötete. Von einer Schwangerschaft war keine Spur zu sehen. Ringsum war der Hof scheinbar in Gespräche vertieft, doch ich wusste, dass man uns beobachtete. Ich winkte nach Marie Hamilton.

»Ich werde dir meine liebste Hofdame Marie Hamilton zur Seite stellen. Sie wird dir helfen, den Hofstaat einer Zarewna zu bilden.« Sophie Charlotte küsste mir die Finger, und Marie Hamilton knickste. Ihre Brosche mit den diamantenen Anfangsbuchstaben meines Namens funkelte im Sonnenlicht, das schräg durch die bunten Scheiben des kleinen Thronsaales fiel. Der Blick ihrer großen grünen Augen beruhigte mich – ich würde über alle Vorgänge im Schlafzimmer des Zarewitsch genauestens unterrichtet werden. Sie würde meine Befehle so erfüllen, wie sie bereits die Wünsche des Zaren in vielen Nächten erfüllte.

57. Kapitel

Der Gast, den Peter sich am sehnlichsten in seiner Stadt wünschte, blieb ihr jedoch beharrlich fern – der Frieden. Menschikow zog seit zwei Jahren mit einem Heer von dreißigtausend Soldaten zwischen Sankt Petersburg und Norddeutschland hin und her, um einen Frieden auszuhandeln. Doch die deutschen Fürsten nahmen seine Anwesenheit nur unwillig zur Kenntnis. Nach langen Jahren der schwedischen Herrschaft mussten sie nun Menschikows Heer durchfüttern, und was die Städte nicht freiwillig bereitstellten, nahm sich dieser einfach. Er stellte hohe Geldforderungen für die dreihundert Diener, die ihn auf Schritt und Tritt begleiteten. Dabei waren die Wunden des Dreißigjährigen Krieges in Europa noch längst nicht verheilt. So war selbst Peter beeindruckt, als Menschikow aus Lübeck und Hamburg, hinter deren Mauern der Schwarze Tod hauste, noch Geld presste. Trotz aller deutschen Klagen über Menschikow tadelte der Zar ihn nicht, denn ein Drittel des Geldes floss sofort in den Bau der neuen Flotte.

Der Frieden von Utrecht beendete im Frühjahr den Spanischen Erbfolgekrieg. Menschikow jagte General Magnus Stenbock von Holstein bis hoch nach Dänemark. Im Herbst nahm er Stettin ein. Im Mai, nach der *ottepel* und unter den ersten warmen Sonnenstrahlen, zog Peter gegen Finnland in den Krieg. Helsinki ergab sich den sechzehntausend russischen Rekruten kampflos. Peter erreichte Åbo an der Westküste und schrieb mir im frühen September einen stolzen Brief. *In Finnland gibt es bald keine Schweden mehr. Du fehlst mir sehr. Die Finninnen haben zwar stramme Schenkel, aber ich habe seit Tagen nicht gelacht. Bleib Deinem* starik *treu, der Dich von Herzen liebt, und komm bald zu mir, Katerinuschka. Herze und küsse unsere Kleinen, die sicher bald einen Bruder haben werden.*

Agneta hielt im Vorlesen inne, und wir beide taten so, als hätten wir den letzten Satz des Zaren nicht gehört, als es an der Tür klopfte. Meine Hofdame Marie Hamilton kam in den Raum, und ich winkte Agneta hinaus und musterte die schöne Schottin, deren Familie in der deutschen Vorstadt lebte. War sie wieder schwanger, und war das Kind wieder von Peter oder etwa von dem einstigen Strelitzen Grigori Orlow? Er war den Hinrichtungen von Moskau vor einigen Jahren entgangen, als er den Kopf des vor ihm enthaupteten Mannes, der noch auf dem Schafott lag, beiseitetrat und rief: »Herrje. Muss ich auch noch selbst Platz machen für mich?« Peter begnadigte ihn ob dieses Mutes augenblicklich, und Orlow beglückte nun die *damy* von Sankt Petersburg so wohlbehangen wie ein Pferd und kräftig wie ein Stier. Marie hatte bereits sechs Kinder zur Welt gebracht, besaß aber noch immer den straffen Körper eines jungen Mädchens.

»Was eilst du denn in deinem Zustand so durch den Palast, Marie?«, fragte ich spöttisch und setzte mich an meinen Frisiertisch.

»Es geht um den Zarewitsch.« Sie legte sich kurzatmig die kleine Hand auf den beachtlichen Busen. War es ihr unangenehm, dass ich von ihrem Zustand wusste?

»Was gibt es? Ist Sophie Charlotte endlich schwanger?«, fragte ich erfreut.

»Im Gegenteil. Der Zarewitsch hat seit der Hochzeitsnacht nicht mit ihr geschlafen.«

»Wie bitte?« Ich fuhr herum. Das hatte ich nicht erwartet. Alexej war in dieser Hinsicht voll und ganz Peters Sohn. An Lust mangelte es ihm nicht gerade.

»Er hat sogar seinen Beichtvater gefragt, ob er Sophie Charlotte zu ihren Eltern zurückschicken kann«, sagte sie.

»Weswegen das denn? Was hat der alte Krautkopf ihm geantwortet?«

»Angeblich ist das ganz einfach, wenn man mit einer Frau verheiratet ist, die nicht dem russischen Glauben angehört und unfruchtbar ist. Wenn sie ihm nach drei Jahren kein Kind schenkt, so kann er sie verstoßen, sagt der Pope. Ansonsten kann er sie taufen, kahl scheren lassen und sie in ein Kloster schicken. Sophie Charlotte weint nur noch. Wenn Alexej sie sieht, schlägt er sie, oder er wirft alles nach ihr, was er nur greifen kann, sei es eine Vase oder ein Stuhl.«

Ich rang um Fassung, stand aber so rasch auf, dass mein Kaffeetischchen umfiel. Tief in meinem Herzen wollte ich noch immer an Alexej glauben. Ich sah in ihm nach wie vor das scheue, einsame Kind, das ich vor vielen Jahren kennengelernt hatte. Peter hatte ihn Menschikow und seinen Tutoren ausgeliefert, und es war nicht seine Schuld, dass er seiner Mutter so sehr ähnelte. Aber er war noch immer der Zarewitsch, und die Lage war ernster als angenommen. »Meine Kutsche!

Lasst anspannen! Meinen Mantel!«, rief ich. Ein Diener lief davon, und seine metallbeschlagenen Ledersohlen klackten auf dem Holzparkett.

»Ich werde meinem Stiefsohn einen Besuch abstatten«, erklärte ich.

»Aber...«, begann Marie besorgt.

»Aber was?« Mir wurde mein kaiserlich grüner Seidenumhang um die Schultern gelegt, und ich fühlte mich mutiger. Ich streckte meine Arme aus und hob das Kinn. »Schmück mich! Ich will aussehen wie eine Zariza.«

Marie legte mir eine mehrgliedrige Kette aus Türkisen und Diamanten um – ein seltenes Stück, denn diese Steine wurden sonst nicht miteinander verarbeitet – und hakte passende Gehänge in meine Ohren. Dann legte sie noch ein Paar Armreife um die Handgelenke und ließ den Verschluss einrasten.

»Alexej hat heute Abend Gäste im Winterpalast«, sagte sie mit gesenktem Blick.

»Ich bin so einiges gewohnt«, erwiderte ich trocken, während ich mich kurz im Spiegel musterte. Gut. »Komm! Ich will mit ihm reden, ehe er zu betrunken ist.«

Marie Hamilton knickste so tief, wie es ihr der geschwollene Leib erlaubte, und folgte mir mit besorgtem Gesicht. Das kleine Treppenhaus des Sommerpalastes an der Fontanka war noch warm vom Sonnenschein des Tages, als wir das Haus verließen.

Unsere Karosse rüttelte über die Kieswege des von Peter so sorgsam angelegten Gartens um den Sommerpalast. Marie kämpfte mit Übelkeit, doch ich hatte kein Mitleid. Die Dämmerung legte sich in Schleiern über das

Wasser, und in der lauen, hellen Sommernacht saßen Liebespaare auf den Stufen der Anlegestellen entlang des Flusses. Am Kai lehrten Männer ihre Söhne die Angel in die Fluten schwingen, und in der Böschung glänzten die bunt gefiederten Köpfe der Enten. Die lauen Nächte der Stadt warfen ihren Zauber wie ein Netz aus, und wir alle zappelten hilflos wie Fische darin. Doch diesmal konnte mir selbst dies nicht meine Unruhe nehmen.

Die Kutsche hielt mit einem Ruck vor dem Winterpalast. Alexej lebte in seinem kalten Glanz seit seiner Rückkehr aus Deutschland, während Peter und ich den schlichten Sommerpalast vorzogen. Inmitten der Delfter Kacheln, der niedrigen Decken und der farbigen Holzwände fühlte ich mich geborgen. Es war eigentlich ein Haus und kein Palast. Ganz anders präsentierte sich mir Trezzinis Fassade. Unzählige Lichter brannten hinter den Fenstern, ob die Gemächer nun benutzt wurden oder nicht. Lakeien eilten zu meiner Kutsche und hielten uns den Schlag auf. Von oben, aus einem der Festsäle, drangen Stimmen und Gesang zu uns herab. Plötzlich hatte ich eine Vorahnung, und mir prickelte die Haut.

»Gib mir deine Peitsche!«, befahl ich dem Kutscher. Er starrte mich verwirrt an, gehorchte jedoch ohne Widerspruch. Ich packte die Gerte am silbernen Knauf. »Komm, Marie! Zeig mir den Weg!«

Unsere Schritte hallten auf der geschwungenen Freitreppe aus grauweißem Marmor wider. Wir sahen unsere Gestalten in den goldumrahmten hohen Spiegeln an den Wänden. Wachsoldaten nahmen Haltung an, doch es waren keine Höflinge zu sehen. Entweder standen sie mit Peter im Feld, oder sie nutzten seine Abwesenheit, um endlich einmal bei ihren Familien in ihren eigenen Häusern zu sein.

»Sollen wir wirklich…?«, begann Marie, doch ich folgte den Stimmen und der Musik zum kleinen Speisesaal aus schwarzem Marmor. Eine Garde an der Tür kreuzte gebieterisch die Bajonette.

»Kein Durchgang! Auf Befehl des Zarewitsch!«, schnarrte ein Soldat, der eine eitrige Geschwulst im Gesicht hatte. Dem anderen fehlten mehrere Zähne. Ich drückte die Bajonette nach unten. »Wenn du morgen nicht nach Sibirien willst, Junge, oder gar aufs Rad, dann verschwinde! Hast du mich verstanden?«

»Die Zariza«, zischte Marie. Beide Männer sanken in die Knie und murmelten Ehrbezeugungen und Entschuldigungen. Als sie mit der Stirn noch den Boden berührten, betraten Marie und ich schon den Saal.

Die Erste, die ich in dem Raum voll sich tummelnder Menschen sah, war Sophie Charlotte. Die Frau des Zarewitsch von Russland schenkte gerade dem Trunkenbold Juri Trubezkoi seinen Humpen voll. Er schlug ihr auf den mageren Hintern. »Aua, was für ein knochiger Arsch! Aber Wodka ist ein Zaubertrank, und selbst dich kann man sich noch schöntrinken!«, johlte er und zwickte sie in den nackten Arm. Die Prinzessin kämpfte mit den Tränen, als sie sich umdrehte und floh. Vom anderen Ende des Saales hörte ich Jubel und Händeklatschen. Mir wurde kalt im Magen.

»Bring Sophie Charlotte in das Schlafgemach des Zarewitsch!«, befahl ich Marie. Sie kämpfte sich durch die Menge zu der weinenden Kronprinzessin durch. Ich selbst schlug meinen Mantelkragen hoch. Niemand beachtete mich. Alle waren zu betrunken und ihre Spiele zu toll.

Ich erreichte das andere Ende des Saales, wo Männer um einen Tisch standen und grölten.

»Ja! Ein Hoch auf unseren Kronprinzen!«

»Er nimmt alle Hürden wie kein anderer. Ein Reiter ohnegleichen!«

»Gib ihr die Sporen!«

Ich ging auf die Zehenspitzen und entdeckte Alexej. Das Haar hing ihm wirr auf den Schultern, und das Hemd klebte ihm verschwitzt am Körper. Er trug Reitstiefel, aber die Hose hing ihm in den Kniekehlen. Vor ihm lag ein Mädchen rücklings auf dem Tisch. Er hatte ihre strammen Schenkel gespreizt und grunzte, als er ihre prallen Brüste packte und sie auf die Schenkel schlug. »Ja, mein Pferdchen. Du musst zugeritten werden!«, schrie er.

Mir wurde schwindelig. Der Anblick versetzte mich um Jahre zurück. Ich war wieder eine Magd in Wassilis Haus, und er kam in jener abscheulichen ersten Nacht zu mir. Alexejs Kumpane pfiffen und ahmten Pferdewiehern und Hufeklappern nach. Das Mädchen selbst schrie vor Lachen. Ihre Haut war sehr hell, sie hatte eine dicke Stupsnase über einem sehr derben, breiten Mund, und ihr Haar war feuerrot. Ich wollte gerade gehen, als Alexej rief: »Jetzt zeuge ich einen Erben für das Zarenreich. Einen Sohn, nicht wie mein Vater und seine Hure, die nur Töchter gebiert. Nie wieder liege ich bei der deutschen Bohnenstange. Die stecke ich ins Kloster, wo sie hingehört.« Alexej rammte in das Mädchen, das aufstöhnte und den Rücken durchbog. Ihre weißen Brüste mit den großen rosigen Höfen tanzten. Ohne zu überlegen, zog ich dem Zarewitsch meine Peitsche rechts und links über den nackten Rücken.

Er bäumte sich auf. »Wer wagt es …?«

Bei meinem Anblick wurde ihm der Schwanz schlaff.

»Bedeck dich, Zarewitsch!«, befahl ich mit mühsam unterdrückter Wut.

Das Mädchen setzte sich auf, hielt sich das zerrissene Kleid vor den Busen und sah mich trotzig, ja geradezu herausfordernd an. Wer war sie? Die jungen Männer ringsum knieten mit gesenkten Köpfen nieder, doch ich hob drohend abermals die Gerte. Alexej zog sich, blass vor Wut, die Hose hoch und den Gürtel fest. Die Augen quollen ihm aus dem Kopf, und er presste die Lippen zu einem schmalen Strich zusammen.

Dann verneigte er sich. »Zariza, allergütigste Stiefmutter. Welch unerwartete Ehre!«, rief er frech. »Was führt Eure Majestät zu mir?«

»Dasselbe Verlangen wie deines. Der Wunsch nach einem Erben für das Zarenreich«, sagte ich nur. »Komm mit mir!«

Er folgte mir und sah dabei keinem seiner Kumpane in die Augen. Im Speisesaal herrschte Stille, und die Menge teilte sich vor uns.

»Wohin führst du mich?«, fragte er, als ich ihn an der Tür voranzugehen hieß und vorwärtsschob.

»Den Weg solltest du besser kennen als ich. Sophie Charlotte wartet in deinem Schlafgemach auf dich.« Ich stieß ihm mit dem Peitschenknauf in den Rücken.

»Ich will mit Sophie Charlotte nichts mehr zu tun haben. Ich liebe eine andere«, beschwerte er sich.

»So, wen denn?«, erkundigte ich mich spöttisch.

»Du hast Afrosinja eben gesehen. Sie war eine Wäscherin in Finnland.« Er musterte mich herausfordernd.

Ich lachte kurz auf. »Wie einfallsreich, Alexej! Soll ich mich ihr deshalb verbunden fühlen? Es ist bei Weitem ratsamer für dich, deine Frau zu lieben.«

»Du bist genauso wie mein Vater!« Er spuckte auf das Parkett aus Ebenholz, Elfenbein und Esche. »Ich liebe Afrosinja und keine andere.«

»Dein Vater hätte dich und Afrosinja totgeschlagen, wenn er dich gerade gehört und gesehen hätte.«

Ich trieb den Zarewitsch wie ein Hirte seine Schafherde vor mir her, und Alexej stolperte durch die Gänge zu seinem Appartement. Es war niemand zu sehen, doch die Wände hatten Ohren.

»Nur mutig!«, sagte ich, als wir vor seinem Schlafzimmer ankamen.

Marie Hamilton brachte die Glut im Kamin wieder zum Lodern, und Sophie Charlotte saß nackt und weinend im Bett. Ihr Haar war strähnig, ihre Brust flach, und an ihrem Arm brannte dort, wo der Prinz Trubezkoi sie gekniffen hatte, ein rotes Mal.

»Ich will nicht. Sie widert mich an.« Alexej wollte mir entkommen, doch ich hielt ihn mit der Peitsche in Schach. Da riss er sich herausfordernd die Hose auf. Sein Geschlecht hing schlaff wie ein Mehlwurm herunter. »Sieh, wie mich die deutsche Hexe erregt! Kein Wunder, dass wir so viele Kinder haben!«, schrie er, den Tränen nahe. »Außerdem stinkt sie wie eine Dienstmagd.«

Ich lachte höhnisch. »Wenn deine Afrosinja besser riecht…«

Sophie Charlotte schluchzte auf, und ich zögerte kurz. Nein, es gab keine andere Wahl. »Hör auf zu weinen! Es ist für Russland und damit zu deinem eigenen Besten«, sagte ich und rief: »Marie…«

Marie Hamilton knickste. Ihr Zustand war deutlich zu erkennen, doch ihre vollen Brüste quollen aus dem Ausschnitt ihres Seidenkleides hervor. Mit ihren hellbraunen Locken, den rosigen Lippen und den großen, lebhaften blauen Augen war sie eine echte Schönheit. Peter holte sie seit Jahren in sein Bett, was ja einen Grund haben musste. »Der Zarewitsch soll einen Erben mit seiner Frau zeugen. Hilf ihm!«, sagte ich knapp, um meine Scham zu überspielen.

Marie lächelte mit kleinen spitzen Zähnen. »Zu Diensten, Zariza.«

An der Tür drehte ich mich noch einmal um. Marie Hamiltons volle weiße Brüste lagen frei, als sie vor Alexej niederkniete. Als sie sein schlaffes Glied zwischen ihre rosigen Lippen nahm, seufzte der Prinz und legte ihr die Hände auf die Schultern. Ich hatte das Gefühl, dass sie dies bei Alexej nicht zum ersten Mal tat. War sie auch ihm schon zu Gefallen gewesen?

»Marie!«, mahnte ich an der offenen Tür. »Das Beste für die Kronprinzessin, denk daran!«

Draußen im Gang sank ich auf die Knie und wischte mir die Tränen von den Wangen. Ich hörte Marie lachen, Alexej stöhnen und Sophie Charlotte aufschreien. Es war zum Besten Russlands. Wenn sie einen Sohn bekam, so konnte auch ich wieder freier atmen. Peter, so war ich mir sicher, hätte an meiner Stelle nicht anders gehandelt.

Doch bei diesem Gedanken weinte ich noch heftiger.

58. Kapitel

Ich reiste zu Peter ins Feld nach Finnland. Von Alexej und dem Mädchen Afrosinja erzählte ich ihm nichts, denn ich hatte gute Nachrichten. Sophie Charlotte war endlich schwanger. Der Zarewitsch selbst war auf die Nachricht hin mit seinem Gefolge und Afrosinja nach Karlsbad gereist, um dort die Wasser zur Stärkung seiner Gesundheit zu nehmen. Peter sagte nur: »Mit welchem Sohn bin ich geschlagen! Möge seine schwache Gesundheit ihn doch von mir nehmen!« Menschikow und Schafirow lachten, aber Peter befahl knapp: »Ersetzt alle Ausländer im Hofstaat der Prinzessin mit Russen. Hofdamen, Ärzte und Hebammen, alle. Das Kind darf nach seiner Geburt auf keinen Fall heimlich ausgetauscht werden.«

Sophie Charlotte flehte ihn an, den Befehl rückgängig zu machen. Ihre Schriftzüge waren von Tränen verschmiert, so verzweifelt bat sie um ihre vertrauten Damen. Vergebens. Sie brachte ihre Tochter allein zur Welt, umgeben von Fremden, deren Sprache sie noch immer nicht richtig sprach. Hinterher blieb sie mit dem Säugling und Alexejs Hofstaat allein im Winterpalast zurück. Keiner setzte mehr eine Kopeke auf die Zukunft der zarten deutschen Prinzessin. Die Nachricht vom Wochenbett der Kronprinzessin erreichte uns in der Bucht von Hangö. Wir lagen in Rilax vor Anker, und Peters Haut hatte durch die Seeluft eine gesunde Farbe angenommen, seine blauen Augen glänzten, und sein dunkles, von wenigen grauen Strähnen durchzogenes Haar war vom Wind zerzaust. Der Zar sah wieder aus wie der junge starke Mann, den ich vor vielen Jahren in Menschikows Zelt vor Marienburg zum ersten Mal gesehen hatte.

»Eine Tochter!«, spuckte er aus und reichte den Brief an Makarow, der ihn beflissen in seiner Ledertasche verstaute. »Wisch dir den Arsch mit dem Brief! Töchter habe ich selbst genug. Bringt denn der Kerl gar nichts zustande?«

Die Wellen funkelten im scharfen Morgenlicht, und die finnische Küste lag als blauer Strich am Horizont, wo sich Wolken zusammenzogen. Eine Möwe tauchte im Sturzflug in die Wellen und ward nicht wieder gesehen. Bei Peters Worten legte ich schützend die Hände auf meinen Leib. Auch ich war wieder schwanger.

Zwei Wochen später umzingelten wir die schwedische Flotte in der Bucht von Hangö. Der Kanonendonner machte die Soldaten taub, und der Pulverstaub machte sie blind wie Maulwürfe. Nach der Schlacht trieben die traurigen Überreste der schwedischen Schiffe auf den Wellen, zerfetzte Körper, Segeltuch und Holzplanken. Zurück in Sankt Petersburg, brachte ich meine Tochter Marie zur Welt. *Ich habe einen Sohn namens Marie bekommen*, schrieb Peter an Menschikow, doch das kleine Mädchen überlebte nicht einmal den Tag ihrer Geburt. Peter verschwieg ihre Geburt wie auch ihren Tod in den wöchentlichen Depeschen an die Höfe Europas.

Die junge Frau lief im Garten des Sommerpalastes gedankenlos auf mich zu, so eilig hatte sie es. Sie rempelte mich an, und es fehlte nicht viel, dass sie mich mit sich zu Boden gerissen hätte. Gerade hatten Peter und ich seine neu gegründete Kunstkammer bestaunt. Er ließ in dieser Sammlung seiner Freude am Absonderlichen, Abscheulichen und allem Andersartigen freien Lauf.

»Seit meiner Kindheit habe ich Missgeschicke der Schöpfung, seltene Waffen, Mitbringsel von meinen Reisen und vielerlei Getier gesammelt. Jetzt sollen alle es sehen können, *matka*, und davon lernen.« Er fasste mich an der Hand und zog mich hinter sich her, zwischen den Regalen voller Gläser. Ich sah Lämmer mit drei Köpfen im Alkohol treiben, desgleichen einen Säugling mit vier Armen und ohne Beine, an der Brust zusammengewachsene Zwillinge – die mich an Meister Lamperts Zelt der Wunder vor so langer Zeit denken ließen! –, ein Kind mit Fischschwanz und zwei junge Hunde, die angeblich von einer sechzigjährigen Jungfrau geboren worden waren.

»Gefällt es dir?«, fragte Peter mich mit glänzenden Augen. Ich nickte, doch er runzelte die Stirn. »Was ist los? Bist du traurig?«

»Ja. Von hier aus haben wir unsere Stadt wachsen sehen. Der Sommerpalast war unser Heim. Wir haben den Garten zusammen geplant. Jetzt soll jedermann hier spazieren gehen, deine Sammlung besuchen und sich mit Wein und Wodka betrinken.«

»Warte nur ab! Ich baue dir einen Palast, der viel größer und prachtvoller ist, als du es dir vorstellen kannst«, versprach Peter und ließ mich allein.

Bedrückt stand ich da und starrte zu Boden. So hörte ich zwar hastige Schritte, aber erst als eine junge Frau mich anstieß und mit einem »Verdammt!« ihren Beutel fallen ließ, sah ich auf. Der Beutel hatte sich geöffnet und seinen goldglänzenden Inhalt ausgeschüttet. Meine Schulter schmerzte, als sie schimpfend am Boden kniete und die Münzen aufsammelte. Dann hob sie den Kopf und erschrak. »Zariza, Herrin, verzeiht!«

Sie errötete und berührte auf Knien mit der Stirn den Boden. Ihre hellen Augen und ihre dunkelblonden Locken kamen mir bekannt vor.

»Steh auf!« Ich überging den Rempler. »Haben wir uns nicht schon einmal gesehen?«

»Ja, Zariza. Ich bin Alice Kramer. Wir haben uns bei Boris Petrowitsch Scheremetew getroffen.«

»Natürlich! Bei *Bobuschka*!«, sagte ich scherzhaft. »Bist du noch in seinem Haushalt?«

Unglücklich schüttelte Alice den Kopf. »Nein. Boris Petrowitsch hat mich dem General Balk zum Geschenk gemacht. Seine Frau war so eifersüchtig auf mich, dass sie ihm keine Ruhe ließ.«

Ich schwieg kurz. Das arme Mädchen. Wie leicht hätte es mir genauso ergehen können.

»Aber der General ist doch mit Anna Mons' Schwester verheiratet. Duldet sie dich unter ihrem Dach?«

Alice zog das mit Sommersprossen übersäte Näschen kraus, um ihre Tränen zu unterdrücken. »Nein. Die Balks haben mich ohne Umschweife Marie Hamilton geschenkt, denn sie schuldeten ihr noch einen Gefallen. Ich bin jetzt ihre Kammerfrau.«

Ich nickte. Deshalb der Schleier von Schwermut über ihrer frischen Schönheit.

»Ach, du dienst Marie Hamilton? Hast du gerade eine Besorgung für sie erledigt?«

»Ja, ich habe für sie Geld beim Goldhändler Blumenthal abgeholt. Sie hat Juwelen bei ihm eingelöst«, sagte sie vorsichtig. Geldnöte waren am Hof von Sankt Petersburg nichts Ungewöhnliches, wo Peters Zwang zu immerwährenden Festen und Vergnügungen für hohe Ausgaben sorgte. Viele *damy* versetzten da hin und wieder den Familienschmuck.

»Ist Marie Hamilton nicht wieder schwanger?«, fragte ich und wechselte so das Thema, doch Alice Kramer wurde leichenblass. »Davon weiß ich nichts, so wahr mir Gott helfe«, flüsterte sie und presste den Beutel mit dem Geld unter den Arm. »Darf ich mich entfernen, Zariza? Meine Herrin ist eine strenge Frau.« Ich ließ sie weitereilen, sah ihren wirbelnden Röcken kurz nach und überlegte. Marie Hamilton war damals im Schlafgemach des Zarewitsch guter Hoffnung gewesen. Was mit jenem Kind geschehen war, wusste ich nicht. Vielleicht hatte sie es in ein Waisenhaus oder zu einer Familie auf dem Land gegeben. Nun war ich mir sicher, dass sie wieder schwanger war. Aber weshalb mit einem Mal diese Geheimnistuerei? Ich ging, wenn möglich, noch tiefer in Gedanken versunken weiter.

59. Kapitel

Peter und ich saßen vor dem Kamin in seinem großen Studierzimmer, während hinter uns zwei Kammerjunker auf seinem Schreibtisch Ordnung schufen.

»Ich will dir den Palast zeigen, den ich für uns in diesem Sommer bauen lasse«, sagte Peter. Er streichelte Lenta – er gab allen seinen Hunden denselben Namen, um sich immer daran erinnern zu können –, und die Hündin brummte vor Genuss. Als Peter ihr einen alten Lederhandschuh zum Kauen gab, ließ sie sich schwerfällig vor dem Feuer auf den abgestoßenen Spitzen seiner ausgetretenen Stiefel nieder. Er hatte ihr alle möglichen Kunststücke und Spielereien beigebracht – ihm den Hut abzunehmen, eine Rolle zu drehen, über einen Stock zu springen. Nun aber war sie, wo sie sein wollte, und wärmte sich genüsslich das Fell.

»Können wir nicht einfach wieder im Sommerpalast leben?« Ich hatte die Hoffnung noch nicht aufgegeben. »Nur wir und unsere Kinder? Wir können doch die Kunstkammer anderswo unterbringen.« Ich ließ mir von dem bitteren *tschai*, der in einem edelsteinbesetzten Samowar brodelte, nachschenken und hielt ihm den Becher für einen kräftigen Schuss Wodka hin. Mir war kalt in jenem Herbst. Meine letzte Schwangerschaft hatte mir viel Kraft geraubt.

»Nein. Es geht nicht mehr um uns, *matka*. Wir müssen Europa zeigen, dass Russland ihm ebenbürtig ist. Einem europäischen Prinzen erscheint selbst der Winterpalast klein und bescheiden. Aber er kann mein Louvre sein und Peterhof mein Versailles...«

»Peterhof? Versailles?« Ich musterte ihn verwirrt.

Er strich mir eine widerspenstige Locke hinters Ohr. »Wer nie Paris und den Hof des großen Louis gesehen hat, kann das nicht verstehen. Was der König von Frankreich kann, kann der Zar aller Reußen schon lange. Außerdem baut sich Menschikow gerade sein Schloss Oranienbaum. Sein Palast an der Strelka ist schon der schönste der Stadt, nun soll er mich nicht noch auf dem Land ausstechen.« Peter stand auf. »Warte! Ich arbeite seit fast zwei Jahren an dem Entwurf für Peterhof, wann immer ich gerade Zeit habe. Es soll in Kronstadt gebaut werden.« Er suchte auf seinem Schreibtisch herum und verpasste den beiden Kammerjunkern mehrere Fußtritte. »Verflucht! Wenn ihr hier Ordnung schafft, dann finde ich ja nie wieder etwas!«

Peter setzte sich neben mich auf den Teppich und ließ Papierrollen auf den Boden fallen. »Es gab einfach zu viel zu tun, als dass ich daran arbeiten konnte. Allein das Gesetz zum Erbrecht kostete mich Monate. Adlige wie Bauern weigern sich noch immer, ihr gesamtes Eigentum nur dem ältesten Sohn zu überlassen.«

»Kein Wunder. Das tust du doch auch!«, entfuhr es mir. Ich wollte mir auf die Lippen beißen vor Ärger über meine Dummheit. Wie konnte ich das nur sagen?

Peter zerrte an dem Handschuh in Lentas Maul, und sie schnappte danach. Dann beugte er sich vor und fasste meine Hand. »Schenk mir einen Sohn, Katerinuschka!

Nur dann kann ich wieder ruhig schlafen. Ich brauche nichts so sehr wie einen Sohn. Nur einen einzigen, um nicht vollkommen von Alexej abhängig zu sein. Es geht um mein schönes Russland. Bitte!« Seine Augen waren schwarz vor Sorge, und mein Herz zog sich vor Liebe und Mitleid zusammen. »Ich wollte dir zehn starke Söhne schenken, mein Zar«, flüsterte ich.

»Ich weiß, ich weiß ...«, murmelte er abwesend.

Da hörten wir im Gang Makarows Stimme sich überschlagen. »Der Zar und die Zariza dürfen nicht gestört werden.« Wir lauschten ... jemand widersprach Makarow, und dazwischen wimmerte ein Weib.

»Das ist Schafirow.« Peter ging mit langen Schritten zur Tür. Ich blickte auf die Pläne für das neue Schloss Peterhof. In diesem Garten, der in Terrassen bis hin zur Bucht von Finnland fiel, so schwor ich mir, sollte unser Sohn spielen.

Peter riss die Tür auf. Schafirow hatte ein gefesseltes Weib und einen weiteren Mann bei sich. Makarow hob entschuldigend die Schultern.

»Was gibt es, Schafirow? Kannst du mit dem Radau nicht bis zum Abendessen warten?«, scherzte Peter.

»Erlaubt uns, die Zariza zu sprechen!«, bat Schafirow, blass vor Aufregung, und schob seine Gefangenen vor.

Peter ließ sie mit ratlosem Gesicht eintreten. Den alten Mann an Schafirows Seite kannte ich nicht, aber der Vizekanzler zerrte auch eine gefesselte Frau mit sich. Sie jammerte, und ihre grauen Haare standen schmutzig und wirr in die Luft. Ihr einziges Auge versank in Tränensäcken und Falten, über das andere hatte sie eine fleckige dunkle Leinenbinde gewickelt. Ihre Fingernägel waren lang, schmutzig und gekrümmt. Sie stank nach

Schweiß und Wodka, und ich hielt mir das parfümierte Taschentusch vor die Nase. »Ja? Was gibt es?«

Schafirow drückte das Weib in die Knie. »Senk dein hässliches Gesicht vor der Zariza, alte Hexe!«

Ich erhob mich, und die Rollen mit den Plänen zu Peterhof glitten mir vom Schoß und fielen raschelnd zu Boden. »Schafirow, wer sind diese Leute?«

»Sprecht!«, befahl er. »Du zuerst, Blumenthal!«

Der Greis trug den flachen schwarzen Hut, den schwarzen Umhang und die Schläfenlocken der gläubigen Juden. Wie hatte Schafirow ihn genannt? Blumenthal? Wo hatte ich den Namen schon einmal gehört? Ich konnte mich nicht mehr erinnern, in welchem Zusammenhang.

Der Mann verneigte sich mit stiller Würde vor mir und zog aus seinem weiten Umhang eine flache Schatulle aus Samt. Die Alte bekam Schluckauf und hörte vor Entsetzen auf zu wimmern. Nur die Scheite im Kamin knackten, als Blumenthal die Kassette öffnete. Ich sah auf den dunklen Samt, ohne zu verstehen. Dort schimmerte die Kette aus Türkisen und Diamanten, die ich getragen hatte, als ich Alexej auf den Pfad der ehelichen Tugend zurückgezwungen hatte.

Peter packte das Collier mit der Faust. »Wo hast du denn die Kette her, Mann? Ich selbst habe sie der Zariza geschenkt.«

Demütig senkte der alte Juwelier den Kopf. »Ich habe wohl die edle Herkunft des Stückes erkannt und mich deshalb an meinen Neffen Peter Schafirow gewandt.«

»Wer hat ihm den Schmuck verkauft, Schafirow? Und wer ist das stinkende alte Weib?«

»Die Alte ist eine Engelmacherin. Sie nimmt den

Frauen von Sankt Petersburg die ungewollten Kinder«, erwiderte Schafirow.

Ich sah auf die ekelhaften Finger der Frau. Mir wurde übel. Sie wiegte sich in ihren Fesseln hin und her, und ihre Lippen über dem zahnlosen Gaumen zitterten.

»Und der Schmuck?«, fragte Peter. Mir wurde die Kehle eng. Wohin führte dies alles?

»Den Schmuck hat Marie Hamilton versetzt. Sie brauchte Geld, um sich ein Kind nehmen zu lassen. Oder mehrere Kinder, wenn man der Alten Glauben schenken darf.«

Ich wagte es nicht, Peter anzusehen.

»Mit Verlaub…«, sagte Schafirow und rammte der Alten ein Knie in den Rücken. »Sprich! Vielleicht kannst du dein stinkendes Fell noch retten«, zischte er. Sie sah auf. Ihr Auge glitzerte böse. »Die Hamilton ist eine Hure. Und jetzt darf ich arme *babuschka* für ihre Sünden bezahlen. Alle vier oder fünf Monate habe ich sie gesehen. Immer hat sie geweint und gejammert, sie könne das Kind nicht haben. Weiß Gott, mit wem sie es alles getrieben hat…«, kreischte sie. »Aber ich bin nicht billig.«

Ich mied weiter Peters Blick, als Schafirow die Alte noch einmal trat. »Marie Hamilton hat die Zariza bestohlen und die Juwelen bei meinem Onkel Blumenthal versetzt«, erklärte er. »Erst bei diesem Stück hat er Verdacht geschöpft.«

»Wie viele Stücke hat Marie Hamilton dir gebracht, Blumenthal?«, fragte ich.

Der wiegte bedächtig den Kopf hin und her. »Sie sandte meist ihr deutsches Dienstmädchen, Alice Kramer. Ein liebes kleines Ding. Sie kam oft, sehr oft. Einmal mit kleineren Stücken wie einem Ring, dann wieder mit Ketten oder Gürteln...«

Ich hob die Hand, denn ich wollte nichts mehr hören. Peter aber ging vor der Alten in die Knie, riss ihren Kopf hoch und starrte ihr in das eine Auge. »Sag mir, Alte, ehe ich dir die Zunge aus dem Rachen reißen lasse! Welches Geschlecht hatten die Kinder, die du in Marie Hamiltons Leib getötet hast?«

Ihr Auge glitzerte kalt, als sie auflachte. »Wenn ich sowieso sterben muss... Knaben, mein Zar. Alles prächtige Söhne. Bei jedem Leichnam hat sie gelacht, die Hamilton. Ich töte leichten Herzens, was die Zariza nicht zustande bringt«, hat sie ausgerufen.

Schafirow schlug ihr mit der geballten Faust ins Gesicht.

60. Kapitel

An einem wolkenverhangenen grauen Tag stieg Marie Hamilton auf das Schafott. Sowohl die Kronprinzessin als auch ich waren wieder schwanger, doch Peter hatte befohlen, dass wir an der Hinrichtung der Kindsmörderin teilzunehmen hatten.

Schon aus der Ferne hörten wir das Geschrei und Gejohle, als Marie aus dem Newator der Peter-und-Pauls-Festung auf einen Schlitten geladen wurde. Auf meine Bitten hin war sie nicht gefoltert worden, denn ich hatte ihr die Beleidigungen wie auch den Diebstahl verziehen. Ich bat sogar für ihr Leben. War sie durch die Dummheit ihres Handelns nicht genug bestraft? Peter aber war unerbittlich geblieben. Marie hatte mögliche Erben des Russischen Reiches umgebracht. Dafür musste sie bezahlen. Der mit Stroh ausgelegte Schlitten kam näher. Leichte Flocken fielen, und die langhaarigen niederen Pferde rutschten in dem Schneematsch aus. Die Menge, die seit dem Morgengrauen wartete, warf grölend und schreiend faules Gemüse. Marie duckte sich nicht, als die ersten Krautblätter sie im Gesicht trafen. Weinte sie? Ich entdeckte Spuren von Misshandlungen im Gesicht wie auch eines Brandeisens an der Schulter. Grobe Hände hatten ihr die hellbraunen Locken abgeschoren, und auf dem kahlen Schädel eiterten Schnittwunden.

»Gott sei ihrer armen Seele gnädig…« Die Zariza Praskowia bekreuzigte sich mit drei Fingern. Auch sie hatte Peter vergebens um Gnade für Marie Hamilton gebeten. Sophie Charlotte heftete den Blick auf die im Schoß verschränkten Finger, und Alexej, der neben ihr saß, hatte die Beine von sich gestreckt und biss krachend in einen Stockapfel. Er schmatzte und spuckte seiner Frau die Kerne vor die seidenen Schuhe.

Marie wurde vom Schlitten gehoben, und die Folterknechte lösten ihr die Fesseln von den Handgelenken. Sie hielt sich sehr gerade, als würde sie die Beleidigungen der Menge nicht hören. Eine Frau kämpfte sich durch die Reihen und spuckte ihr ins Gesicht. »Metze! Kindsmörderin! Hexe!«

Anmutig entfaltete Marie den weiten Rock des weißseidenen Kleides mit kleinen schwarzen Schleifen an Schultern und Taille. Peter selbst hatte ihr Todesgewand entworfen, und es hing schwer an ihrem schmächtigen Körper. Ihr Blick suchte und fand mich. Sie knickste tief, und ich neigte den Kopf. Dann schritt sie mit gesenktem Haupt zwischen den Henkersknechten auf das Schafott zu.

Als sie jedoch aufsah, stand dort hoch aufgerichtet Peter. Sie wollte entsetzt zurückweichen, doch ein Henkersknecht hielt sie. »Das hast du nicht erwartet, nicht wahr, mein Mädchen? Der Zar will selbst Hand anlegen.«

Die Menge johlte, als Marie die Stiege hinaufstolperte. Ich rutschte unruhig auf meinem rotsamtenen kleinen Thron hin und her. Was hatte Peter vor? Er reichte ihr nun den Arm, und ich sah Hoffnung in Maries Blick aufblitzen. Wollte er sie in letzter Minute begnadigen? Ja, so musste es sein. Der Zar aber führte sie zum Richtblock, und sie sank auf die Knie. Peters Lippen bewegten sich. Was sagte er zu ihr? Marie neigte den Kopf und beugte sich vor. Ihr schlanker weißer Hals leuchtete auf dem rauen Holz des Richtblocks. Der Henker rückte seine schwarze Kapuze zurecht und trat näher.

Peter wandte sich um. Die versammelte Menge schwieg. Sein Blick suchte den meinen, und ich zog mir den Pelz enger um die Schultern. »Ich kann nicht dieses strengste aller Urteile mildern, denn das hieße, göttliches und menschliches Recht zu brechen. Marie Hamilton, möge Gott dir verzeihen!«, rief Peter.

Sophie Charlotte schluchzte auf. Alexej musterte sie kurz und kalt. Er war übler Laune, denn Peter schrieb ihm jeden Tag vorwurfsvolle Briefe. Die Hinrichtung der Frau, die auch ihm Lust bereitet hatte, schien Alexej nicht weiter zu rühren. Hinter seinem Thron stand das dralle Mädchen mit dem roten Haar, Afrosinja. Sie knickste, doch ich sah wieder zum Schafott. Es war entsetzlich, und doch konnte ich den Blick nicht abwenden.

Der Henker hob auf Peters Zeichen hin sein Schwert. Mit einem einzigen Hieb enthauptete er Marie. Ein Blutstrahl schoss durch die Luft, und ihr Kopf rollte in einen strohgefüllten Korb. Die Menge schrie auf, und einige Weiber begannen zu heulen. Der Duft nach Bratspießen stieg mir in die Nase. Die Händler von Sankt Petersburg nutzten den Menschenauflauf, um gute Geschäfte zu machen. Peter hob den Kopf aus dem Korb. Ich hielt den Atem an, und die Menge seufzte. Sehr langsam und zart küsste er Marie Hamiltons toten Mund. Sophie Charlotte würgte. Ich gab Alice Kramer, die Marie Hamilton als meine Hofdame ersetzte, ein Zeichen, und sie sprach beruhigend und auf Deutsch auf die Kronprinzessin ein. Alexej musterte Alice Kramer mit gierigen Blicken, doch ich schlug ihm mit meinem Fächer aus Elfenbein und Seide mahnend auf den Arm. Alices Schicksal und ihre Vergangenheit waren meiner Geschichte teilweise ähnlich, und so wollte ich sie auch in Zukunft beschützen.

61. Kapitel

Ich saß unweit des Zaren, als er sich während eines Festessens zum Namenstag unserer Tochter Elisabeth Petrowna in Menschikows Palast an Peter Andrejewitsch Tolstoi wandte. »Du hast mir immer den rechten Rat gegeben. Hilf mir auch dieses Mal!«

»Worum geht es, mein Zar?« Tolstoi rückte vertraulich näher. Ich dagegen lehnte mich in meinem Kissen zurück. Meine Niederkunft war nur noch Wochen entfernt, so schwer und geschwollen, wie meine Glieder waren. Trotzdem hörte ich Peter flüstern. »Alexej. In England rief ein König in die Runde seiner Ritter: *Kann mich denn niemand von diesem lästigen Bischof befreien?*«, begann Peter.

»Und? Was dann? Was ist mit dem lästigen Bischof geschehen?«

Peter nahm einen tiefen Zug von seinem Tokaier. »Die Ritter gingen in die Kathedrale, in der er predigte, und erschlugen den Mann vor dem Altar…«

»Warten wir die Niederkunft der Zarewna Sophie Charlotte ab, wie auch die der Zariza«, entgegnete Tolstoi mit Bedacht. »Erst dann, mein Zar, müssen wir vielleicht wirklich handeln.«

»Aber ich halte diesen Nichtsnutz von einem Sohn nicht mehr aus!«, schrie Peter, senkte aber augenblicklich die Stimme, als einige der geladenen Gesandten aufsahen. Ihnen entging kein Wort, und sogar Elisabeth hielt im Spiel mit ihrem kleinen Hund inne und musterte ihren Vater fragend. Ich fächelte mir Luft zu, denn die warme Luft des frühen Herbstabends lag drückend über dem Saal in Menschikows Palast, und lächelte den Gesandten so lange freundlich zu, bis sie die Blicke senken und weiter speisen mussten. Dann schickte ich den Mundschenk mit dem Bottich Schnaps zu ihnen. De Campredon, der französische Gesandte, wurde blass und brach in Schweiß aus, als ihm die Adlertasse bis zum Rand gefüllt wurde. Strafe muss sein, dachte ich.

Nun flüsterte Peter. »Mich macht der Gedanke krank, ich könnte sterben und mein Reich fiele an ihn.«

»Bitte!«, beharrte Tolstoi. »Warte ab! Wie frech und fordernd kann Alexej sein, wenn er einen Sohn und einen Bruder hat?«

Wenn, dachte ich. Hatte ich mich bei dieser Schwangerschaft anders gefühlt, als wenn ich meine Töchter erwartete? War mein Bauch eher spitz als rund? War mir übler oder wohler als bei den Malen zuvor? War ich hübscher oder hässlicher? Jeden Altweiberrat, jede Volksweisheit, alle Fragen und den Zweifel im Herzen versuchte ich durch Gebete zu ersetzen.

Der Zar trank wieder aus seinem Humpen, der ihm im Sitzen beinahe bis zur Schulter reichte. Ich folgte seinem Blick zu Sophie Charlotte hinüber. Weder ihre Ehe noch ihr gesegneter Zustand bekamen ihr. Sie aß kaum, und ihre graue Haut war von unschönen Pickeln und Geschwüren übersät. Ihr Haar hatte allen Glanz und alle Fülle verloren. Die Kammerfrau hatte es wohl nur mühsam in weiche Locken gebrannt.

Ich dachte an ihren letzten Brief, der dank Peters Geheimdienst ihren elterlichen Hof von Braunschweig nie erreicht hatte. *Ich bin ein Opferlamm, das sinnlos auf dem Altar unseres Hauses geschlachtet wird, und sterbe einen langsamen Tod aus Kummer und Einsamkeit*, hatte Makarow vorgelesen.

»Schwägerin des Kaisers von Österreich oder nicht, ich weiß ja nicht, wie es meinem blöden Sohn gelungen ist, diese Heuschrecke noch einmal zu schwängern! Ich brächte ihn bei dieser hässlichen Hopfenstange nicht hoch«, murmelte Peter. Tolstoi lachte und lehnte sich vor. »Alexej soll seine Geliebte dabei zur Hand gegangen sein«, raunte er und machte eine eindeutige Handbewegung. Beide Männer verschluckten sich fast vor Lachen.

Ich sah mich nach Alice Kramer um. »Wo ist der Zarewitsch heute Abend?«

»Er kann den Anblick seiner Frau nicht ertragen und speist allein mit Afrosinja.«

»Ist Afrosinja stets bei ihm?«

Alice nickte. »Immer. Sie wollen keinen Augenblick getrennt sein. Der Prinz hat ihr ein Appartement glanzvoll einrichten lassen...«

Da hob Peter seinen Humpen und schrie: »Eine Runde auf das Wohl meines ungeborenen Sohnes. Und auf meinen Enkelsohn!«

Alle erhoben sich. Stimmen schrien Hochrufe, Pistolenschüsse knallten in die Decke, und ich lächelte der Kronprinzessin ermutigend zu, als sie höflich und mit blassen Lippen am Wein nippte.

Dann trank auch ich in tiefen Zügen. Der Tokaier vertrieb meine Sorgen.

Unruhig ging ich in meinem kleinen Studierzimmer auf und ab, dessen Wände mit Lackmalereien auf dunkelrotem Grund verziert waren. In Schalen aus chinesischem Porzellan brannte Räucherwerk aus Persien. Die Bewegung sollte mir die letzten Tage dieser Schwangerschaft erleichtern. Es war ein klammer, feuchter Oktobertag, und der kalte Wind zog selbst durch das bleigefasste doppelte Fenster und die schweren Vorhänge. Auch das flackernde Feuer im Kamin wärmte mich kaum. Zum ersten Mal hatte ich Angst vor einer Niederkunft. Mein Leib war so prall, erwartete ich Zwillinge? Zwei Söhne für Peter? Das Herz schlug mir schneller bei diesem Gedanken, doch ich verbot mir jegliche Tagträumerei.

»Hör zu, *matka*«, sagte Peter vom Kamin her und las mir vor, was er gerade an Alexej geschrieben hatte. »*Mein Sohn. Es schmerzt mich mit jedem Tag mehr, ein niederes Wesen wie Dich so anzureden. Ich habe weder je mein Leben noch je meine Kräfte für Russland und mein Volk geschont. Weshalb sollte ich also Dein Leben schonen? Ich gebe meinen Thron lieber einem würdigen Fremden als einem unwürdigen Sohn...*«

Ich hielt inne. Hatte ich richtig gehört? Mit schweren Schritten ging ich zu ihm und ließ mich in den Sessel neben ihm sinken. »Ist das nicht zu hart? Lass uns doch die Geburt von Sophie Charlottes Kind abwarten. Vielleicht bessert er sich ja«, bat ich gegen jede Vernunft. Ich wollte Alexej nicht so einfach aufgeben. Er war nicht von selbst so geworden, wie er war.

Peter zögerte. »Du mit deinem Herzen aus Gold! Niemand kann je so schlecht sein, dass du das Böse in ihm siehst. Wenn ich nur an Marie Hamilton denke... Selbst ihr hast du verziehen.«

Ich hob die Schultern. »Das Leben ist zu kurz, um rachsüchtig zu sein. Hass und Zorn stehlen einem nur die Herzensruhe.«

Da klopfte es an die Tür, und Alice Kramer trat ein. Sie knickste, und Peter musterte sie, als sähe er sie zum ersten Mal. »Peter Andrejewitsch Tolstoi bittet, vorgelassen zu werden. Die Zarewna Sophie Charlotte steht kurz vor der Niederkunft.«

»Ist es nicht zu bald?«, fragte ich.

»Herein mit ihm, worauf wartest du noch, Mädchen?«, befahl Peter knapp.

Hinter Tolstoi stand mit verschränkten Armen sein schöner schwarzer Sklave Abraham, den er aus Konstantinopel mitgebracht hatte. Tolstoi selbst lehnte den Stuhl am Feuer, den Peter ihm anbot, mit einem kurzen Kopfschütteln ab. »Ich kann nicht lange bleiben, mein Zar. Die Wehen der Kronprinzessin haben eingesetzt. Blumentrost sagt, es sei noch etwas früh dafür...«

Alice Kramer und ich tauschten einen raschen Blick, doch der Zar fragte: »Wie kann Blumentrost sich da so sicher sein? War er bei der Zeugung dabei?« Er lachte spöttisch und gab den Scheiten im Kamin einen Tritt, dass die Funken sprühten. Tolstoi trat unruhig von einem Fuß auf den anderen. »In den Gemächern des Kronprinzen gehen Gerüchte um...«, begann er.

Peter sah auf. »Welche Gerüchte?«

»Die Kronprinzessin soll die Treppen hinuntergefallen sein. Sie hat blaue Flecken am ganzen Körper. Eine Rippe ist gebrochen, sagt Blumentrost.«

Ich setzte mich auf, stopfte mir ein Kissen in den Rücken und legte die Füße auf Peters Schenkel. Sophie Charlotte sollte die Treppen hinuntergefallen sein? Sie tat kaum mehr einen Schritt vor den anderen so nahe am Ende ihrer Schwangerschaft. Mir schwante Übles. Peter knetete meine geschwollenen Knöchel. »Spuck es aus, Tolstoi!«, befahl er.

»Alexej hat Sophie Charlotte so verprügelt, dass sie sich selbst die Treppe hinuntergestürzt hat. Nun haben die Wehen um Wochen zu früh eingesetzt.«

»Mein Gott!«, rief ich aus. »Das kann doch nicht sein!« Was hatten wir zugelassen?

Peter schob meine Füße beiseite, stand auf und trat an das kleine Schreibpult. Er drückte sein Siegel in den weichen Klumpen Wachs am Ende des Briefes an Alexej. Er sah auf. Sein Blick glitt mit einer stummen Bitte über meinen runden Leib.

»Der Prinz muss sich entscheiden. Entweder er benimmt sich seinem Rang entsprechend. Oder er geht ins Kloster«, wies er Tolstoi an. »Oder…«

Er brach ab, und weder Tolstoi noch ich wagten den Zaren anzusehen.

Oder…?

Ich legte die Hände auf meinen Leib. Das Kind rührte sich viel weniger als zuvor, weil es kaum noch Platz hatte.

»Ruf den Boten herein!«, befahl Peter.

Ich wusste, dies war Alexejs letzte Bewährungsprobe.

62. Kapitel

An einem regnerischen Tag Ende Oktober brachte Sophie Charlotte einen gesunden Jungen zur Welt. Der Zar selbst war bei der Geburt anwesend und hielt den Säugling mit triumphierendem Lachen ans matte Tageslicht. »Seht ihn euch an, meinen Erben! Peter Alexejewitsch! Petruschka!«, rief er. Das Kind strampelte, schrie und war bei bester Gesundheit, gesünder, als meine Söhne es je gewesen waren.

Peter selbst badete ihn und gab ihn der Amme, die er in der deutschen Vorstadt von Moskau aufgrund ihrer schweren Brüste hatte auswählen lassen. Der kleine Prinz sollte das neue offene Russland mit der Muttermilch einsaugen. Sie drückte den Säugling zärtlich an sich. »Nun, dann wollen wir, mein Kleiner!« Petruschka schnappte gierig nach der tiefroten Brustwarze, und der Zar lachte vergnügt auf. »Wunderbar. Er ist schon jetzt stark wie ein Bär.«

Hinter uns murmelte Sophie Charlotte in ihrem Fieber. Blumentrost hatte sie nach der Geburt zur Ader gelassen und wollte ihr gerade wieder die heißen Gläser auf den Rücken setzen. »Schluss damit! Ihr blutet ihr ja das Leben aus dem Leib. Bringt ihr heiße Brühe mit Rotwein!«, verlangte ich und beugte mich zu ihr nieder, so gut ich es vermochte. »Sophie Charlotte?«

Ihre Stirn war von einem feuchten grauen Schleier überzogen, doch ihre Wangen glühten. Ich umfasste ihre Hand. Ihre Haut brannte, und ihre Finger schlossen sich kurz um die meinen, bevor sie kraftlos auf das Laken fielen. »Mutter...«, wisperte sie.

Eine Hofdame löffelte ihr Brühe in den Mund, doch die Prinzessin erbrach sich sofort. »Seht zu, dass sie nicht zu viele Decken hat und ordentlich Luft bekommt. Getrocknetes Obst in warmem Wein wird sie stärken. Öffnet das Fenster und verbrennt Kampfer in der Stube, das reinigt die Luft!«, befahl ich ihren Frauen, die nur gelangweilt nickten.

Sophie Charlotte hörte nicht auf zu bluten und schlotterte schon bald vor Fieber. Die sechs Ärzte, die Peter ihr schickte, schüttelten nur die Köpfe. Bei seinem letzten Besuch bei ihr im Gemach musste sich Peter von zwei seiner Kammerjunker stützen lassen, denn er konnte vor Blähungen kaum laufen und schrie bei jedem Schritt wie ein Tier. Er hatte in den vergangenen Tagen und Stunden die Geburt seines Enkelsohnes gefeiert.

Ich selbst besuchte Sophie Charlotte nicht mehr. Kein Fluch und kein böser Blick sollten über meiner eigenen schweren Stunde liegen. »Geh du!«, bat ich Alice Kramer. Als sie nach vielen Stunden wiederkam, waren ihre Augen rot geweint, und sie wirkte völlig verstört. Ich hieß meine Vorleserin innehalten. »Setz dich! Trink von dem heißen Wein und erzähl!«

»Ihr Ende ist nahe. Sophie Charlotte ist ein Engel. In ihrer Beichte hat sie Alexej von jeder Schuld reingewaschen. Sie...« Alice stockte, und ihre Stimme brach. Ich blickte in die Flammen des Kamins. Unsere Welt war kein Ort für Engel.

»Was hat sie genau gesagt?«, fragte ich. Alice schluckte, als stieße es ihr sauer auf. »Sie hat dem Pfarrer geschworen, dass Zar Peter immer die Güte selbst war und dass Alexej ihr stets ein liebevoller Ehemann gewesen sei.« Sie glitt auf die Knie, das Gesicht vor Tränen nass. »Ich flehe Euch an, Zariza, schick mich nicht wieder in das Gemach der Prinzessin. Was ich dort sehe und höre, ist einfach zu schrecklich!«

Ihr zarter Körper bebte vor Schluchzen. Ich strich ihr über das Haar. Arme Alice. Sie lebte seit langer Zeit nur noch zum Schein. Unter meiner Berührung hob sie den Kopf. »Die Zarewna küsste dem Zaren die Hände und nahm Abschied von unserer Welt. Dann kam Alexej in den Raum und warf sich ihr zu Füßen, küsste sie und fiel in Ohnmacht, bis der Zar ihn mit Füßen trat und hinausschleifen ließ...«

Da begann erst die Glocke der Sankt-Isaaks-Kirche eintönig und dumpf zu schlagen, ehe die anderen Glocken der Stadt den traurigen Ruf aufnahmen. Sie sollten die lange, dunkle Nacht hindurch schlagen. Sophie Charlotte war tot. Ich bekreuzigte mich. »Möge Gott ihrer Seele Frieden schenken«, murmelte ich. Meine Vorleserin weinte leise, und Alice verharrte reglos zu meinen Füßen, das Gesicht in die Hände vergraben. Das Kind in meinem Leib lag still, als lausche es mit uns den Glocken von Sankt Petersburg.

Peter schnitt persönlich den Leichnam Sophie Charlottes auf, um zu sehen, ob sie nicht vergiftet worden war, wie am Hof getuschelt wurde. Als die Leichenbestatter die Prinzessin wieder zugenäht und zum Putz fortgetragen hatten, hielt Peter eigenhändig seinen Enkelsohn über den Taufstein. Damit zeichnete er Petruschka öffentlich für die Nachfolge aus, aber er schenkte ihm keinen Titel, weder Zarewitsch noch Prinz von Russland. Ich wusste, dass er auf meine Niederkunft wartete und um einen eigenen Sohn betete.

An Sophie Charlottes Trauerzug nahm ich nicht teil. Als Schnee im späten Oktober jenes Jahres fiel, setzten bei mir die ersten Wehen ein. Zwei Tage später hielt ich selbst einen starken und gesunden Sohn im Arm. Ich weinte ihm vor Glück das Köpfchen nass. »Peter Petrowitsch!«, rief Peter, die Stimme heiser vor Triumph. Er schluchzte, als er den Buben ans Licht hielt. Er prüfte ihm die Glieder und küsste jeden kleinen Finger und Zeh einzeln, ehe er dem Kind tief in die Augen sah, die so blau waren wie die seinen. Er herzte seinen Sohn und weinte dabei, wenn möglich, noch mehr und hielt ihn so fest, dass die besorgte Hebamme ihm das Kind aus den Armen nehmen musste. Als der Kleine gestillt wurde und er sich zu mir niederbeugte, da schmeckten unsere Tränen süß und nicht nach Salz.

Der Kanonendonner zerriss hunderteinundzwanzigmal die Nacht von Sankt Petersburg, und die Glocken tanzten vor Freude in den Kirchtürmen, wie um Sophie Charlottes traurigen Tod so schnell wie möglich zu vergessen. Am nächsten Morgen schenkte Peter mir eine *parure* aus sibirischen Diamanten, deren Anblick mir den Atem nahm. Die Kette, Armbänder, Brosche und Ohrringe waren wie Schneekristalle geformt, und ich hatte noch nie ein so schönes Stück gesehen. Als ich ihm danken wollte, wehrte er ab. »Was sind diese Kiesel im Vergleich dazu, dass du mir alles gegeben hast, was ich je wollte?« Er verstummte, überwältigt von seinem Gefühl, und wir weinten einmal mehr zusammen vor Glück.

In der Nacht stand ich am offenen Fenster, sah in den Himmel, den Peter mit seinem Freudenfeuerwerk erhellte, und die Schläge seiner Trommel verhallten in den Straßen von Sankt Petersburg, wo er mit seinen Freunden feiern ging. Ich hatte einen Sohn. Endlich! Meinen eigenen, starken, gesunden Jungen, und das Reich hatte nicht einen, nicht zwei, sondern drei Erben.

»*Mein Vater*«, las Pawel Jaguschinski aus Alexejs Brief vor und runzelte die Stirn.

Ich saß an jenem Tag zum ersten Mal seit der Geburt meines Sohnes neben Peter im Senat und legte ihm die Hand auf die Beine, die bei der Anrede ungeduldig zuckten. Menschikow hob ebenfalls gespannt den Kopf.

»*Wenn Eure Majestät mich von der Nachfolge auf den russischen Thron ausschließen will, so soll Euer Wille geschehen. Nehmt dieses Joch von meinen Schultern. Mein Geist ist zu unstet, um zu herrschen. Mein Körper ist zu schwach, um Russland mit eiserner Hand zu lenken. Ich schwöre, nie nach der Krone Russlands zu trachten. Möge Gott meinen Bruder beschützen und Euch noch viele Jahre schenken. Das Wohl meiner Kinder liegt in Eurer Hand. Gebt mir nur das Nötigste, was ich zum Leben brauche...*«

Peter hob die Hand, und Pawel Jaguschinski hielt inne. Gespannte Stille lag über der kleinen Runde. »Gib mir den Wisch, Pawel Jaguschinski!«, befahl der Zar und überflog den Brief. Menschikow beobachtete Peter mit brennendem Blick. Verzichtete Alexej wirklich auf sein Erbe und den Titel des Zarewitsch? »Damit kann ich mich schnäuzen und sonst nichts. *Euer Wille soll geschehen*«, äffte Peter die Worte seines Sohnes nach, zerknüllte den Brief und warf die Papierkugel zu Makarow hinüber. »Für deine Archive, Makarow. Leere Sätze und dumme Wendungen. Daran soll die Nachwelt sich erfreuen.« Ich legte ihm die Hand auf den Arm. Schließlich litt Alexej wirklich unter der Schwindsucht. Er entzog sich meinem Griff, und Makarow strich das Papier mit beiden Händen wieder glatt. Der Zar stand auf und umkreiste seine Ratgeber wie ein Adler am Himmel eine Maus. »Die Zariza Katharina Alexejewna hat mir einen gesunden Sohn geboren, und wir planen eine lange Reise durch Europa. Bei meiner Rückkehr soll die Nachfolge bestimmt sein«, sagte er ruhig. »Bis dahin...«, schrie er dann plötzlich so laut, dass sich die Adern an seiner Stirn wölbten. »Bis dahin hat mein Sohn sich zu entscheiden. Entweder zeigt er sich der Nachfolge würdig, oder er verschwindet für immer in der Dunkelheit eines Klosters. *Für immer!*«

Seine letzten Worte gingen in einem Gurgeln unter. Er brach in die Knie, und sein Gesicht verzerrte sich. Ich sprang auf. »Mein Gott, Menschikow, halt ihm die Beine fest!«

Die Senatoren waren aufgesprungen und drängten sich gegen die Wand. Menschikow saß auf den Füßen des Zaren. Ich packte Peters Schultern und wich seinen schlagenden Armen aus. Er wischte mir das Diadem vom Kopf, doch es gelang mir, sein Gesicht in meinen Busen zu drücken, bis er sich beruhigte.

»Die Sitzung ist beendet. Der Zar braucht Ruhe. Ihr

werdet über das weitere Vorgehen unterrichtet«, sagte ich, und Menschikow und ich blieben allein zurück. Das einzige Geräusch im Raum war der schwere, unregelmäßige Atem des Zaren.

63. Kapitel

Zwanzig Jahre zuvor war Peter auf der Suche nach Offenheit und Fortschritt zu seiner ersten Reise durch Europa aufgebrochen. Damals, so sagte er, war er an den Höfen mit mehr Neugierde als Ehrerbietung begrüßt worden. Nun bereiteten wir unsere Reise zu den Fürsten Europas vor, um als ihresgleichen begrüßt zu werden. Die Zeichen für unser Vorhaben standen günstig. Holländische und englische Schiffe beschützten den Handel auf dem Baltischen Meer. Polen, Sachsen und Dänemark schlossen sich dem Verteidigungsgürtel gegen die Schweden an. Zudem gab es noch einen Anlass für Peters Aufbruch nach Westen: Seine Nichte, die Zarewna Jekaterina Iwanowna, sollte im April endlich den Herzog Karl Leopold von Mecklenburg heiraten.

Die Schlitten wurden beladen und mit Fellen ausgelegt, als Peter mit dem kleinen Peter Petrowitsch auf dem Arm auf dem Hof umherwanderte. Unser Sohn war damals vier Monate alt, stark und voller Leben. Die Schneeflocken umtanzten uns, und der Himmel war mit dicken Quellwolken bedeckt. Es war später Januar in Sankt Petersburg und so kalt, dass unsere Körper im Gehen eine warme Spur in der gläsernen Luft zogen. Der Atem hing uns in eisigen Tropfen an den Lippen, und

Peter zeigte seinem Sohn stolz seinen Haushalt, während die Amme wie ein kopfloses Huhn im Kreis um sie herumlief. »Mein Zar, lasst dem Prinzen doch die Fellkappe auf. Er holt sich ja sonst den Tod!«, rief sie besorgt.

Peter drückte den Kleinen an sich und schnupperte an seinem Nacken. »Ach, das hält ein russischer Prinz leicht aus. Nicht wahr, mein Kleiner? Jetzt gehen wir den schwedischen König in den Arsch treten und alle seine früheren Freunde besuchen. Merk dir, man muss seine Feindschaften besser pflegen als seine Freundschaften.«

Er küsste Peter Petrowitsch. Der Kleine gurgelte, als Peters Schnurrbart ihn kitzelte, und befreite seine kleinen Hände aus der Zobeldecke, in die er eingewickelt war. »Du musst nicht beleidigt sein. Beim nächsten Kampf nehme ich dich mit, ja? Sei nicht zornig mit deinem *batjuschka!* Nie würde ich dich allein lassen, wenn es nicht notwendig wäre. Sieh mal, deine Mutter kommt ja auch erst später nach, und sie halten sonst auch keine zehn Pferde vom Schlachtfeld ab. Also, ich schreibe dir, versprochen«, sagte Peter und küsste dem Kleinen die rosigen Finger. Dann schnupperte er und rümpfte die Nase. »Der Zarewitsch hat sich gerade erleichtert. Auf meinen Arm!« Er hielt den Kleinen anklagend der Amme hin. Sie knickste, nahm den Säugling entgegen und eilte mit ihm und zwei Kammerfrauen zurück in den Palast. Peter legte mir den Arm um die Schultern. »Es ist recht, dass du noch hierbleibst, bis unser kleiner Engel den ersten Winter überstanden hat. Außerdem glaube ich dir auch gern, dass dich Jekaterina Iwanownas Hochzeit nicht so recht begeistert«, neckte er mich und küsste mich auf die Stirn.

»Die Zarewna wollte ja so unbedingt heiraten«, lächelte ich. »Ich wünsche ihr viel Glück. Hoffentlich überlebt ihr Ehemann die Hochzeit länger als ihr Schwager, der Herzog von Kurland, Gott hab ihn selig!«

Peter sah mich ernst an. »*Matka*, bald müssen wir auch an einen Ehemann für unsere Töchter denken. Ich werde mich darum kümmern, wenn ich in Paris bin.«

Paris, wohin Peter mich nicht mitnehmen wollte. »Weshalb darf ich dich nicht begleiten?«, hatte ich gefragt, geweint und gefordert. »Oh, Katerinuschka, du würdest dich dort nur langweilen! Außerdem muss ich mich nicht um Russland sorgen, wenn du als meine Regentin hier bist«, hatte er mir geschmeichelt.

»Langweilen? Ich mich? In Paris?« Ich starrte ihn verständnislos an. Zwar kannte ich Europa nicht, aber ich wusste, dass eine Frau sich in Paris nicht langweilen konnte.

In Wahrheit schämte sich Peter meiner. Von allen Höfen Europas verspottete Versailles meine dicke Schminke, meinen übergroßen Schmuck und meine ikonenbesetzten Kleider am meisten, das wusste ich. Ich trug, was alle Damen in Sankt Petersburg trugen, und hier genügte und gefiel das Peter auch. Nun aber wollte er unbedingt mit allen Ehren in Paris empfangen werden. Der Regent und der kleine König Ludwig der Fünfzehnte persönlich sollten ihn willkommen heißen. Bei meinem Anblick aber würde der Hof vor Lachen schier ersticken, so viel ging aus De Campredons Briefen nach Versailles hervor. Als er Peter auf den Besuch in Paris vorbereitete, erwähnte er: »In Versailles wechselt man bis zu fünfmal am Tag die Kleidung.«

»Fünfmal? Warum wechseln die Franzosen denn

nicht den Schneider, wenn sie so unzufrieden mit ihm sind?«

»Keine Sorge, *matka*. Ich schreibe dir aus Paris und berichte dir alles«, versprach mir Peter.

»Weshalb suchst du in Paris nach Ehemännern? Ist das nicht zu ehrgeizig?«, fragte ich, um meine Demütigung zu vergessen. Peter lachte, zog mir die Hände aus dem Zobelmuff und drehte mich in wilden Tanzschritten unter den wirbelnden Schneeflocken. »Einen König will ich!«, rief er so laut, dass es von der glatten Fassade des Winterpalastes widerhallte. »Den König von Frankreich für eine meiner Töchter!«

Wir glitten auf dem vereisten Platz aus und fielen in den Schnee, wo wir lachend liegen blieben.

Zwei Wochen später schluckte eine Wand aus Nebel und Eisregen den lärmenden, lebhaften Zug des Zaren – an die fünfhundert Schlitten – nach Westen. Das Letzte, was ich von Peter sah, war die scharlachrote Fahne mit dem russischen Adler, die an seinem mit Samt und Pelzen ausgeschlagenen Schlitten wehte. Alexejs Miene bei der Verabschiedung war düster gewesen, sein Blick verhangen. Wollte er wirklich ins Kloster gehen, oder wollte er nur Zeit gewinnen? Ein Kloster war kein Grab, und so mancher Mann hatte die Kutte mit den Throngewändern vertauscht, das wusste auch er. Peter konnte nicht mehr ewig leben.

Kurz vor der Abreise hatte ich Peter in Alexejs Gemächer begleitet. Die dralle Afrosinja ruhte dort auf Kissen vor dem Feuer, sprang bei unserem Anblick aber überraschend behände auf und knickste tief. Peters Zwerg ahmte unter Grimassen ihre Bewegungen nach, und sie trat ärgerlich nach ihm, er aber entzog sich ihren Absätzen mit einer raschen Drehung. Peter tat, als sähe er das Mädchen nicht, und hielt Alexej seinen letzten Brief entgegen. »Meinst du das ernst? Du willst ins Kloster?«

Alexej kniete nieder. Als er den Kopf senkte, sah ich münzgroße kahle Stellen an seinem Kopf. »Ja. Bitte, glaubt mir, mein Vater!«

Peter jedoch schüttelte den Kopf, scheinbar besänftigt. »Du bist noch so jung. Denk noch einmal darüber nach und dann schreib mir!« War Peter trotz allem bereit, Alexej noch eine Gnadenfrist zu gewähren? Ich liebte ihn dafür. Alexej konnte nicht so schlecht sein, wie alle behaupteten. Ich glaubte an ihn.

»Wann?«, fragte Alexej hastig.

Peter, der sich schon zum Gehen gewandt hatte, drehte sich noch einmal um. »In sechs Monaten, mein Sohn. Dann will ich eine Antwort haben.«

Erleichterung und Freude huschten über Alexejs Gesicht. Afrosinja und er tauschten einen raschen Blick aus. In sechs Monaten, so wussten wir alle, konnte viel geschehen.

Einige Wochen vor meinem Aufbruch nach dem Westen klopfte es an die Tür meines Studierzimmers. Alice Kramer öffnete, und ich hörte, wie leise Worte gewechselt wurden.

»Wer ist es, Alice?«, fragte ich.

»Die Gräfin Keyserlingk«, sagte sie. Ich erhob mich erstaunt von meinem Schreibtisch, wo ich Entwürfe für neue Roben studierte. Was konnte die frühere Anna Mons, Peters erste große Liebe, von mir wollen? Ich warf einen raschen Blick in den venezianischen Spiegel, der über meinem zierlichen Studiertisch hing. Mein Gesicht war rosig, mein Hals mit Diamanten bedeckt, die mir auch von den Ohren hingen. Ich trug ein nach der letzten Mode geschnittenes Kleid aus burgunderrotem Samt, einer Farbe, die mir schmeichelte. Ja, so konnte ich Anna Mons empfangen, die Frau, die alle *damy* und Huren des Reiches einst noch mehr gefürchtet hatten als die Pocken.

Anna Mons war noch immer schön. Ihr aschblondes Haar schimmerte seidig, und das tiefe Blau ihres pelzverbrämten Umhangs brachte ihre Augen zum Funkeln. An ihren Ohren schimmerten Saphire, und die gleichen Steine glitzerten an ihrem Handgelenk, als sie tief knickste. »Zariza, habt Dank, dass Ihr mich empfangt.«

Innerlich seufzte ich. Seit meiner Heirat mit Peter sprach mich niemand mehr geradeheraus und ohne Umschweife an. Jeder Satz wurde zehnmal verdreht, jedes Anliegen hatte einen Hintergedanken. Der Zar kannte es nicht anders, doch mich ermüdete es.

»Gräfin, bitte, setz dich zu mir!« Ich klopfte auf das Polster des kleinen Sofas vor dem bullernden Delfter Kachelofen, als ich den jungen Mann bemerkte, der hinter ihr stand.

»Wer ist das?«, fragte ich.

»Mein jüngerer Bruder, Wilhelm Mons. Er kommt gerade aus Europa zurück und sucht eine Stellung. Gibt es im kaiserlichen Haushalt Verwendung für ihn?«

Der junge Mann erwiderte meinen Blick ohne Scheu, ehe er sich verneigte. Er war ebenso gut aussehend wie alle Sprösslinge der Familie Mons, und er schien frische Luft und das Abenteuer mit sich in den Raum zu bringen. Die Mons wirkten stets, als könne man mit ihnen barfuß im Gras tanzen oder nackt in den Fluss springen. Sein dunkelblondes Haar war dicht und wellig, und seine blauen Augen leuchteten dank der langen, fast schwarzen Wimpern noch heller. Er war groß und gut gewachsen, was durch seine enge Hose, die langen glänzenden Stiefel und den modisch schmal geschnittenen Rock betont wurde. Er verbeugte sich, sah auf... und lächelte mich an. Seinem Vorderzahn fehlte ein kleines Stück, und auf beiden sonnengebräunten Wangen bildeten sich Grübchen. Auf der Nase und zwischen den Augenbrauen sprenkelten einige Sommersprossen wie dunkle Sterne. Das Lächeln brachte den Raum zum Leuchten, ließ mit seinem Glanz alles andere darin verschwinden und versprach Trost in Zeiten des Leidens wie auch reine, ungezügelte Lebensfreude. Mir stieg das Blut in den Kopf, und ich hielt mich an einer Stuhllehne fest, doch dann fasste ich mich. War ich eine dumme Magd oder die Zariza von Russland? Ich sah auf Wilhelm Mons' Finger, wo er vier verschiedene Ringe trug. Er folgte meinem Blick. »Wenn Ihr erlaubt, dies sind meine Glücksbringer, Zariza«, sagte er. »Ein Ring aus Blei, um allen Handlungen Gewicht zu verleihen. Kupfer schenkt mir Herzenswärme, Eisen die Beständigkeit und...« Er brach ab.

»Und?«, fragte ich heiser.

»Der letzte Ring ist aus Gold«, antwortete er schlicht. »Er steht für die Liebe. Sehnen wir uns nicht alle danach? Nach echter, unendlicher Liebe?«

Eine unerklärliche Stille hing im Raum. Ich erhob mich, und die frühere Anna Mons knickste. Ich sah die Sorge in ihrem Gesicht. Hatten die beiden mich verärgert?

»Wilhelm Mons kann bei der Zarewna Elisabeth Petrowna als Kammerherr anfangen. Dann sehen wir weiter«, entschied ich, und er verneigte sich. Seine Schwester wollte meine Hand küssen, ich wandte mich aber rasch ab und glättete meinen mit Perlen und Gold bestickten Rock. »Lebt wohl«, sagte ich und verließ das Zimmer, ohne die Geschwister Mons noch eines Blickes zu würdigen.

In meinem Schlafgemach lehnte ich mich gegen die Wandpaneele und schöpfte Atem. Weshalb fühlte ich mich mit einem Mal so hilflos und verwirrt? Mein Herz raste, doch der Kopf war mir so leicht wie nach einer Adlertasse voll Wodka. Ich musste mich zwingen, nicht ans Fenster zu treten und meinen Besuchern nachzusehen. Wie sich dieser Wilhelm wohl bewegte? Echte, unendliche Liebe hatte er gesagt. Sehnten wir uns nicht alle danach?

Einige Wochen später verließ ich Sankt Petersburg. Darja Menschikowa kümmerte sich um meine beiden Töchter Anna und Elisabeth, wir alle umklammerten uns weinend, bevor ich in meinen Schlitten stieg. Sankt Petersburg verschwand hinter einer Wand aus frischem, schwerem Schneefall, der nachließ, je weiter wir nach Westen reisten. Im Baltikum versuchte ich Dörfer zu erkennen, vergeblich. Aber wie verwirrend das Europa jenseits meiner livländischen Heimat war, insbesondere Deutschland! Allein die Anzahl kleiner Herzogtümer und eigenständiger Kleinstaaten! Wie viel einfacher war es doch in Russland, wo es nur einen Herrscher gab. Schon bald zählte ich die Zollschranken und Grenzbalken nicht mehr, an denen wir hielten, und unsere

Geldtruhen leerten sich rasch angesichts der Zölle und Grenzsteuern. Aber die Gasthäuser waren sauber und bequem, und ich fühlte mich frisch und ausgeruht, als wir im Mai Hamburg erreichten. Der König von Dänemark, Frederik der Vierte, und Peter erwarteten dort meinen Tross aus fünfhundert Karossen und Wagen.

Hamburg lag nach dem letzten schwedischen Angriff noch immer in Trümmern, und in der Elbe trieben aufgeblähte Leichen. Die Einwohner hausten in den Ruinen und ernährten sich von Beeren, Wurzeln und, so hieß es, von streunenden Hunden. Unsere Zelte aber waren mit aller Pracht ausgestattet. Ihr gewachstes Leintuch zierten Goldquasten, und meine faltbaren Möbel waren aus vergoldetem Metall geschmiedet. Peter sandte mir jeden Tag den Putzmacher ins Lager, damit ich neben den anderen Damen ebenfalls glänzte. Der Mann benutzte mein Reisenecessaire aus Leder, Silber und Elfenbein. Während Peter und Frederik sich über einen entscheidenden, gemeinsamen Angriff gegen die Schweden zu einigen versuchten, besuchte ich mit meinen dreihundert *gofdamy* die Stadt und auch das erste Opernhaus Deutschlands. Was für ein Unterschied zum Kunst'schen Theater in Moskau, wo das Publikum klatschte, johlte und faules Gemüse warf, wann immer ihm danach zumute war. Im frühen Sommer erreichten wir Bad Pyrmont, wo Peter die Wasser nahm und sich mit einem Mann namens Gottfried Wilhelm von Leibniz zu Gesprächen traf. Leibniz jagte mir mit seiner hohen Stirn und seinen missbilligenden Augen eine heilige Angst ein, und Peter kam nach den Stunden mit ihm immer sehr erschöpft in mein Zelt. Dann konnte ich nichts tun, als ihm sanft den Kopf und die Schläfen mit Rosenöl zu massieren. »Dieser Leibniz ist schon ein erstaunlicher Mann.«

»Weshalb? Was ist sein Beruf oder seine Bedeutung?« Ich strich ihm mit meinen warmen, öligen Fingern durch das Haar.

»Er ist ein Philosoph«, sagte Peter und schloss wohlig die Augen. »Ein Freund der Weisheit. Leibniz denkt über das Leben, diese Welt und ihre Bedeutung nach und verharrt nicht auf einer ihm bequemen und bekannten Stelle. Er verkörpert alles das, was ich für Russland möchte. Leider will er nicht mit mir nach Sankt Petersburg kommen.«

»Und was sagt er über diese Welt?«, fragte ich lachend, als mir Peter kurzerhand mein Kleid von den Schultern und Brüsten zog und mit meinen Brustwarzen spielte. Er drückte mich ohne weitere Umstände auf unsere weich gepolsterte Ruhebank, zerrte an seinem Gürtel und schob meine Wäsche unter dem sommerlichen Leinenkleid beiseite. »Leibniz meint, dass dies die beste aller denkbaren Welten ist. Und ich meine, dass du das beste aller Weiber bist. Das kann Leibniz, der trockene Knochen, freilich nicht wissen.«

Als wir im Sommer bei Kopenhagen lagerten, war ich wieder schwanger und betete um einen gesunden Bruder für Peter Petrowitsch. Was mehr konnte ich erhoffen?

Der dänische König aber verbrachte seine Zeit lieber mit seiner teuren Geliebten Anna Sophie von Reventlow, statt mit Peter zu verhandeln. Peter schnaubte. »So teuer wie die Reventlow ist, kann ich mir noch eine zweite Flotte bauen.« Die Worte mussten ihr zu Ohren gekommen sein, denn die Gespräche gingen, sofern das möglich war, nun noch schleppender voran. Peter ließ von einem Tag auf den anderen unser Lager räumen, und wir brachen nach Mecklenburg auf, wo Jekaterina Iwanowna und ihr Mann unsere Truppen und unser Gefolge bei ihren Bürgern, Bauern und Gutsbesitzern unterbrachten. Sein Volk aber fürchtete die Kosten und floh schwimmend und auf Booten über die Elbe nach Niedersachsen oder suchte in den freien Reichsstädten Hamburg und Lübeck Schutz.

Bei unserem ersten Treffen seit ihrer Eheschließung küsste Peter Jekaterina Iwanowna vor aller Augen auf den Mund und strich ihr über den Busen. Ihr Mann, der junge Herzog, errötete vor Verlegenheit. Peter aber knuffte ihn in die Seite und tätschelte mir dann den Bauch. »Schau, Karl Leopold. Meine Zariza ist wieder schwanger. Da staunt ihr jungen Leute, was wir Alten noch so alles zustande bringen, was? Darauf bring mir einen Humpen Bier!« Er leerte das Glas, das ihm ein Page entgegenhielt, in einem Zug.

Seit meiner Abreise in den Westen hatten wir nichts mehr von Alexej gehört. Ich verzweifelte an ihm. War es nicht weiser, mit Peter in steter Verbindung zu bleiben? Das hätte dem Zaren die Ernsthaftigkeit seines Sohnes bewiesen. Ich dachte an den verschwörerischen Blick, den Afrosinja und er vor unserer Abreise ausgetauscht hatten, aber ich verdrängte alle Furcht und Vorahnung. Darja Menschikowa schrieb mir täglich. Sie erzählte vom kleinen Peter Petrowitsch und seinen Schwestern, schmuggelte aber auch Hinweise auf den Zarewitsch ein, die mich beunruhigten. Die Finnin

Afrosinja hatte die verstorbene Zarewna Sophie Charlotte in seinem Staat ersetzt und trug bei Banketten und Festen sogar deren Schmuck und Kleidung. Wusste er nicht, dass ihm nur wenige Monate blieben, um sich zu beweisen? Ich versuchte seine Unverschämtheit als Lebenslust abzutun. Doch dann, als die Frist der sechs Monate, die Peter ihm gestellt hatte, sich ihrem Ende zuneigte, schrieb Alexej doch an uns. Ich wünschte aber, der Brief hätte Mecklenburg nie erreicht. Seine Worte waren wie ein Felsbrocken, der von der Klippe bricht und in den Abgrund stürzt, unaufhaltsam, an Geschwindigkeit gewinnend und alles in seinem Weg mit sich reißend.

Ich war gerade bei meiner Morgentoilette im Schweriner Schloss, als Peter unangemeldet das Gemach betrat. Die hohen Fenster standen offen, die Luft im Raum roch frisch, und die zarten Vorhänge aus Seidenvoile blähten sich in der herbstlichen Brise. Auf der Newa lag jetzt wohl schon Eis, der Atem gefror einem an den Lippen, und die ersten bunt bemalten Schlitten zogen ihre Spuren über den Fontankakanal. In nur wenigen Tagen sollte mein kleiner Sohn, mein einziger überlebender Sohn, so weit weg von mir seinen ersten Geburtstag feiern. Ich hatte Heimweh und Sehnsucht nach ihm und seinen Schwestern, die so gut wie hinter meinem Rücken aufwuchsen, und wollte ihre vor Kälte rosigen Wangen küssen. Im Park hätten wir im Schnee Muster stampfen oder – noch lustiger – uns hinter den Statuen verstecken können, die mit ihren kleinen Schneekappen ganz anders aussahen als sonst. Wir hätten Schneebälle auf Diener werfen können, bevor wir ins Schloss zurückgelaufen wären und heiße Schokolade getrunken hätten. Was kümmerte mich da das goldene Laub in den Wäldern von Mecklenburg?

Beim Anblick des Zaren sprangen meine Damen auf wie Hühner, in deren Stall ein Fuchs einfällt. Peter beachtete sie nicht, sein Gesicht glänzte erhitzt, sein Haar war vom Wind zerzaust, und an seinen Stiefeln klebte der Matsch vom morgendlichen Exerzieren. Sein Gesichtsausdruck war jedoch undeutbar, doch als er mich küsste, schmeckte ich Bier.

Ich lachte. »Peter, du hast ohne mich getrunken! Das ist nicht nett. Oder willst du nur die Wasser von Bad Pyrmont vergessen?«

»Rutsch beiseite!«, forderte er mich auf und setzte sich neben mich auf die gepolsterte Bank vor meiner Spiegelkommode. Ich gehorchte, und er zog zwei Briefe aus seinem abgetragenen Rock, von denen das Siegelwachs bröckelte. Wie oft waren sie bereits geöffnet, gelesen und wieder gefaltet worden? Plötzlich schlug mir das Herz wie wild in der Brust, doch ich legte ruhig die silberbeschlagene Bürste nieder. Mein Haar konnte ich später noch bürsten.

»Was gibt es?«, fragte ich leise, doch mein Herz schien zerspringen zu wollen. War mein kleiner Peter Petrowitsch krank?

»Heute Morgen sind zwei Briefe aus Sankt Petersburg eingetroffen«, sagte Peter. »Einer ist von Menschikow. Der Zarewitsch hat sich bei ihm tausend Dukaten geliehen, um zusammen mit seiner finnischen Hure zu uns zu reisen. Zuvor hat er sich jedoch schon vom Senat zweitausend Rubel dafür bewilligen lassen.« Mit gerunzelter Stirn überflog Peter den Brief ein weiteres Mal.

»Viertausend Rubel sind besser als nur zwei, auch

wenn das für eine so kurze Reise noch viel zu viel ist. Aber hat er Sankt Petersburg denn überhaupt verlassen?«

Peter nagte an der Unterlippe. »Anscheinend ja. Er soll mit Afrosinja, ihrem Bruder und drei Dienern aufgebrochen sein.«

Ich lachte erstaunt. »Alexej reist mit einem so kleinen Staat? Er tut doch sonst keinen Schritt ohne seine Popen, Sänger, Bader und Narren. Unter hundert Schlitten tritt er eigentlich keine Reise an.«

Peter nickte. »Eben. Es gibt noch einen zweiten Brief meiner Halbschwester, der Zarewna Marie Alexejewna…«

Ich wartete gespannt. Marie Alexejewna war die eine der noch lebenden Halbschwestern Peters, der ich nicht vertrauen konnte und wollte.

»Sie will den Zarewitsch auf ihrem Rückweg von Karlsbad getroffen haben. Angeblich hat er sich nun für die Thronfolge entschieden und ist auf dem Weg zu uns.«

»Dann ist doch alles in bester Ordnung, *starik*. Komm, mach dich nützlich, anstatt dich zu grämen!« Auffordernd hielt ich Peter den Bürstengriff hin.

»An der Geschichte stimmt etwas nicht.« Er schüttelte den Kopf, bürstete mir aber kräftig die Haare. Die Kopfhaut kribbelte mir. Angenehme Schauer jagten mir den Nacken hinunter und verscheuchten alle dunklen Vorahnungen, die ich hätte haben sollen. Dann aber hielt Peter inne, und unsere Blicke begegneten sich im Spiegel. »Karlsbad liegt viel zu weit südlich«, sagte Peter. »Warum sollte Alexej einen solchen Umweg nehmen, um hierherzureisen?« Er legte meine Bürste in das

Futteral des Necessaires zurück. Seine Finger zitterten, und er sah mit Obsidianaugen in den Spiegel. »Nein. Der Zarewitsch ist geflohen.«

Im Winterpalast, 1725

Alexej. Ich zeichnete das weiche, verletzliche Gesicht meines Stiefsohnes in die Schatten der weichenden Nacht. Der blaue Tag hielt nur zaghaft am Himmel über Sankt Petersburg Einzug. Das erste Licht schlang sich wie ein silbernes Band um das Gebäude. Aus dem Korridor war kein Laut zu hören. Wo waren die Hunderte von Höflingen, die dort die Nacht über mit den Füßen gescharrt und geflüstert hatten? Eine erschrockene, angespannte Stille lag über dem Winterpalast, doch auf dem Vorplatz erkannte ich schemenhaft erste Menschen. Waren Ostermann und Tolstoi unter ihnen? Auf die Entfernung war ich in der Dämmerung so blind wie die Maulwürfe, die wir früher ausgeräuchert und denen wir das weiche Fell über die Ohren gezogen hatten. Fahrende Händler hatten uns damals einen guten Preis für die Felle gezahlt, aus denen sie Kappen nähten oder die Mäntel reicher Leute fütterten.

»Woran denkst du?«, fragte Menschikow.

Ich lehnte mich an die Fensterbank. Kalte Luft zog durch die Ritzen der Fenster und füllte nach und nach den Raum, denn das Feuer im Kamin war niedergebrannt. Elisabeth war über dem Warten auf den Geheimen Rat und eine Entscheidung eingeschlafen. Ihr Kopf war nach hinten gebeugt, und ihr rosiger Mund stand beim Atmen leicht offen. Ich beneidete sie um ihre Herzensruhe. Sie hatte sich entschlossen, im großen Spiel um die Macht eine Runde auszusetzen. Für mich dagegen war dies die letzte Möglichkeit, meine Karte auszuspielen.

»Woran denkst du, Zarina?« Menschikow verwendete die Anrede so natürlich wie Feofan Prokopowitsch nur einige Stunden zuvor. Seltsam, ich hatte ihn Hunderte… ach was, Tausende Male gesehen und hätte seine Züge doch nicht wirklich beschreiben können. Sein starkes Gesicht mit der großen Nase, den schmalen Lippen und den tief liegenden Augen, das mich einst an eine Schnitzerei meines Vaters erinnert hatte, war mit jedem Tag ein anderes, da es alle seine Sünden und Verfehlungen in sich aufnahm. Auf dem Weg vom Buben, der auf den Straßen von Preobrazenskoje an den Kind-Zaren Peter Piroggen verkauft hatte, bis hin zum reichsten und mächtigsten Mann Russlands war dem erstaunlichen Alexander Danilowitsch Menschikow sein eigenes Antlitz verloren gegangen. Er rann einem durch die Finger wie der matte Sand am Golf von Finnland. Und…Menschikow konnte warten. O ja, ich kannte seine endlose, gefährliche Geduld.

»Ich denke an den Zarewitsch.«

»An Peter Petrowitsch?« Menschikow sah zu dem Gemälde über dem Kamin hinüber, das meinen kleinen Sohn zeigte. Elisabeth seufzte leise im Schlaf. Ich ballte die Fäuste. Damals, als der kleine Prinz mit hohem Fieber im Bett lag, hatte ich Gott einen verwerflichen Handel vorgeschlagen. *Nimm Anna! Nimm Elisabeth! Lass mir meinen Sohn!* Angesichts meiner Verzweiflung hatte der Himmel nur gelacht, bevor er mich mit grausamer, schneller Hand strafte… Peter wie auch mich.

Er strafte uns dafür, was wir Alexej angetan hatten. Wir alle waren schuldig, wir alle büßten. Auch ich.

»Nein, an Alexej. War es nicht deine Aufgabe, einen Zaren aus ihm zu machen?«

Die letzten Scheite knackten im Kamin, und Elisabeth schmatzte leise mit den Lippen, drehte sich dann aber nur auf die andere Seite. Menschikow musterte sie nachdenklich. Was sah er in ihr? Den Thron von Russland? Kannte sein Ehrgeiz Grenzen? »War es nicht deine Aufgabe, aus ihm einen Zaren zu machen?«

Er trat gegen die verkohlten Scheite, die glühend zu Asche zerfielen.

»Einen Zaren! Alexej war ein Dummkopf, ein Feigling und ein Säufer«, entschied er. »Weißt du noch, als er damals aus Deutschland wiederkam und Peter zeigen sollte, dass er nun Landkarten zeichnen konnte?«

Ich nickte nur.

»Er hatte solche Angst zu versagen, dass er sich selbst in die Hand geschossen hat. Kannst du dir das vorstellen? Wir hörten nur den Knall, und dann taumelte er aus seinem Gemach, blutend und heulend wie ein Weib«, höhnte er.

»Vielleicht war er nur zu vertrauensvoll.«

Menschikow hob nur die Schultern, aber ich war noch nicht fertig mit ihm. Oder wollte ich nur mein eigenes Gewissen erleichtern? »Wem hätte Alexej schon trauen können, wenn nicht dir? Welchem Beispiel hätte er folgen sollen, wenn nicht dem deinen? Du hast ihn den schwachen, grausamen Erziehern überlassen. Nur die Popen haben ihm Wärme und Achtung entgegengebracht«, behauptete ich herausfordernd.

»Achtung?«, fauchte Menschikow. »Alexej war ein verdorbener und dem Rausch verfallener Lüstling. Und du denkst, man kann mir nicht vertrauen? Weißt du, zu wem Sophie Charlotte floh, als Alexej sie zum ersten Mal verdroschen hatte? Zu mir, dem bösen alten Onkel Menschikow.« Er klopfte sich auf die Brust. »Mein Arzt verband ihr die aufgeplatzten Brauen und schiente ihre gesplitterten Rippen. Bei Gott, es ist ein Wunder, dass ihre Kinder gesund zur Welt kamen, so oft, wie Alexej sie schlimmer als seine Hunde prügelte!«

Ich hob die Hand. »Das will ich nicht hören. Zumindest nicht jetzt.«

Menschikow neigte den Kopf. »Sehr wohl, Zarina. Du kennst ja schließlich selbst die verzweifelten Briefe, die das arme Kind nach Hause schrieb. Kein Wunder, dass ihre Eltern nicht darauf antworteten, denn sie kamen ja auch nie bei ihnen an. Dabei erwartete Sophie Charlotte den Boten aus dem Westen jeden Tag mit brennender Ungeduld, so wie ein Hafenmädchen ihren Liebsten. Und sie hat *dir* vertraut.«

»Das war etwas anderes. Wir mussten ihre Briefe abfangen. Wenn die Kronprinzessin von Russland nach Deutschland schreibt, wie schlecht es ihr ergeht, dann wirft das ein übles Licht auf das gesamte Reich. Die Frau des Zarewitsch ist niemands Tochter und niemands Schwester mehr, Menschikow. Sie gehört mit Leib und Seele Russland.«

»Wenn du das sagst, meine Zarina.«

Er wandte sich zum Fenster um. Im hellen Gegenlicht verschwammen seine Züge, sodass ich seinen Gesichtsausdruck nicht erkennen konnte, als er mürrisch an die Scheibe trat und hinaussah. Plötzlich aber wischte er die von unserem Atem beschlagene Scheibe sauber. »Katharina Alexejewna!«, rief er. »Sieh nur!«

Ich eilte zu ihm. Reiter stoben in den Innenhof des Winterpalastes. Ihre Hüte waren tief in die Gesichter gedrückt, die Fellkragen ihrer Mäntel hochgeschlagen. Gardesoldaten folgten ihnen. Das kaiserliche Grün der Uniformen und das Gold der Schulterklappen und der Knöpfe schimmerten im trägen Morgenlicht, und das Schlagen der Pferdehufe hallte an der Fassade des Palastes wider. Ich unterdrückte den kindischen Drang, mir die Fäuste auf die Ohren zu pressen. »Wer ist das?«, flüsterte ich.

Menschikow knirschte mit den Zähnen. »Sie haben kein Kind dabei. Petruschka ist nicht unter ihnen.«

»Muss er denn bei ihnen sein, um zum Zaren ausgerufen zu werden?«, fragte ich gespannt.

Menschikow zögerte. »Nein«, gab er schließlich zu. »Viel wichtiger ist, dass sie uns zu fassen bekommen.«

»Was sollen wir nur tun?«, raunte ich. »Was wird mit uns geschehen? Wird man uns nach Sibirien verbannen?«

Menschikow schüttelte den Kopf. »Sibirien? In der Steppe sind wir ihnen noch viel zu frei. Das Kloster, wenn sie gnädig sind. Die Festung, Folter und der Tod, wenn nicht...« Er biss sich auf die Knöchel.

Die Männer stiegen ab und warfen den Pferdeknechten die Zügel ihrer verschwitzten Tiere entgegen. Einige Männer der Garde sahen hoch zu Peters Totenzimmer. Eine Brise erfasste das glühend rote Tuch der Fahne mit dem Doppeladler, die noch ganz oben am Mast tanzte. Für alle sichtbar lebte der Zar also noch. Der Wind spielte mit unserer Lüge und unserer Hoffnung. Im grauen Morgendunst löste sich ein Mann aus der Gruppe und bedeutete den anderen mit herrischer Geste, ihm zu folgen. War das Prinz Dolgoruki? Alles Blut wich mir aus dem Kopf, und das Herz pochte mir schmerzhaft in der Brust. Dies war der Augenblick der Entscheidung. Menschikow und ich setzten uns wieder vor den Kamin mit der kalten Asche.

»Es tut mir leid«, sagte ich schließlich.

Menschikow winkte ab. »Du hast alles Menschenmögliche getan. Nun sind wir in der Hand Gottes. Wir können nur um seine Gnade bitten.«

Da schlug eine Faust an die Tür. Einmal, zweimal, dreimal. Es hallte wie Schüsse in meinen Ohren, und jemand rief barsch: »Öffnet, im Namen des Zaren!«

Welches Zaren?

Elisabeth erwachte, rieb sich die Augen, setzte sich auf, streckte sich wie eine Katze durch und sah fragend von mir zu Menschikow. »Was ist?«, wollte sie wissen. Menschikow aber erhob sich, klopfte sich den Rock ab, rückte sein Jabot zurecht und fuhr sich über das Haar. Er grinste schief. »Ich will nicht wie der Lump aussehen, der ich bin, wenn sie mich verhaften.« Mit langen Schritten ging er zur Tür und drehte den Schlüssel im Schloss, um zu öffnen.

64. Kapitel

Peter war nun außer sich. Sein Atem rasselte, und ich stand auf, wollte ihn halten und beruhigen. Erst nach einer Weile konnte er den Umschlag wieder in Händen halten. Er drehte ihn hin und her und schüttelte den Kopf. »Der Hund hat mich an der Nase herumgeführt!«, stieß er fassungslos hervor. »Wer hat diesen Brief für ihn abgesandt? Und wo ist Alexej jetzt?«

Ich wollte den Brief an mich nehmen, doch er ließ es nicht zu und faltete das Papier, um es wegzustecken. »Der Kronprinz von Russland ist geflohen und macht mich zum Gespött Europas. Seht, der Zar ist so furchtbar, dass der eigne Sohn um sein Leben fürchten muss und davonläuft wie ein Hase! Wie sie lachen werden in Paris, in London und in Madrid! Ich höre ihr Gelächter bis hierher nach Mecklenburg.« Er biss sich auf die Lippen. Dann ergriff er meine Hände mit solcher Kraft, dass sie schmerzten. »Niemand darf etwas davon erfahren, Katerinuschka. Höchste Geheimhaltung, ja? Diese Peinlichkeit! Wenn ich ihn zu fassen bekomme, dann werde ich ihn von meinem Herzen trennen wie ein eiterndes Glied von meinem Leib.«

»Sag das nicht!«, bat ich entsetzt.

Weißt du, was er an seine Mutter im Kloster schrieb? Dank Makarow weiß ich ja bestens Bescheid. Er sagte, als erste Tat als Zar werde er meine Flotte verbrennen und Sankt Petersburg schleifen.«

Ich schwieg voller Entsetzen angesichts des Wahnsinns in Alexejs Worten. Das konnte er ja denken... aber es niederschreiben? Hatte er in all den Jahren an Peters Seite nichts gesehen und nichts verstanden? Ruhelos lief Peter auf und ab. »Aber wo kann Alexej nur sein? Wer gewährt einem Feigling wie ihm Zuflucht?«

Ich versuchte ihn zu beruhigen. »Ich weiß es nicht, mein Zar. Freunde oder Verwandte...«

»Freunde? In Russland ist Alexej von Schmeichlern umgeben. Wer will solchen Auswurf seine Freunde nennen? Verwandte? Wir haben außer Jekaterina hier in Mecklenburg keine Familie in Europa.« Er schwieg, dachte nach und musterte mich mit brennendem Blick. »Oh, Katerinuschka, das ist ungeheuerlich! Verwandte, sagst du?« Eine fleckige Röte überzog sein Gesicht, und er riss die Tür zu meinem Vorzimmer auf. Der Diener, der sich dagegengelehnt hatte, rang um sein Gleichgewicht, doch Peter stieß ihn grob zur Seite. »Los, Mann, beweg dich, wenn du deinen dummen Kopf auf den Schultern behalten willst! Hol mir Peter Andrejewitsch Tolstoi und bring mir Feder, Papier und Tinte, und zwar schnell!«

Peter sah so grausam entschlossen aus, dass ich schwieg und mich nicht zu rühren wagte. Er ging in meinem Gemach auf und ab wie ein Tier in seinem Käfig, murmelte halbe, mir unverständliche Sätze, rang die Hände und trat nach den zierlichen Möbeln. Schließlich schwieg er nur unheilvoll.

»Weshalb lässt du nach Tolstoi schicken?«, wagte ich zu fragen.

»Weil er der beste meiner Spürhunde ist«, erwiderte Peter bitter. »Ihm ist noch keine Beute lebendig entkommen.«

Mich schauderte, doch er drehte mir den Rücken zu und starrte schweigend aus dem Fenster, bis es an der Tür klopfte. Als Peter öffnete, erkannte ich die vertraute breite Gestalt von Peter Andrejewitsch Tolstoi.

»Tolstoi, lass dein Pferd satteln! Du musst mir einen Flüchtling aufspüren. Ich werde dir einen Begleitbrief diktieren, der dir unbegrenzten Kredit und freie Passage gewährt. Du bist der Kurier des Zaren.«

Tolstoi lachte. »Unbegrenzter Kredit und freie Passage? Solche Worte lobe ich mir. In welche Richtung ist das Wild denn abgegangen, mein Zar?«

»Nach Wien, Tolstoi«, antwortete Peter, schob mich aus dem Zimmer und schloss die Tür vor meiner Nase. Gerade so eben aber sah ich noch, wie in Tolstois Miene erschrockenes Verstehen einer grausamen Entschlossenheit wich.

In meinem Schlafgemach schlugen erste schwere Regentropfen gegen die Fensterscheiben. Die Flammen der Kerzen flackerten unstet. Ich sah hinaus in den Schlosspark, wo Spaziergänger eilig Zuflucht vor dem Regen suchten. Junge Bäume beugten sich im aufkommenden Sturmwind. Ein Blitz zuckte über den Himmel und erleuchtete Schwerins Dächer hell wie an einem Sommertag. Nach Wien, hatte Peter gesagt. Was sollte geschehen?

Peter verabscheute die Jagd. Er hielt sich keine Hundemeute. Er verwendete Waffen nur in der Schlacht. Wildbret war ihm lediglich auf seinem Teller wichtig. Nun aber verfolgte er mit Eifer und Hingabe die Hatz auf den Zarewitsch, seinen Sohn. Mühelos nahm Tolstoi Alexejs Fährte auf. Er hatte als Oberstleutnant Kochanowski mit Frau und Diener in Frankfurt an der Oder übernachtet und kaufte Afrosinja Männerkleidung aus kaffeebraunem Samt, so schrieb er uns nach Mecklenburg. In Prag, erfuhr Tolstoi, gab er sich als ein polnischer Händler namens Krementsky aus. Dann erschien Alexej tatsächlich in Wien. Peter hatte auf einer Karte der europäischen Länder mit Siegelwachs den Weg des Zarewitsch markiert. Es sah aus wie eine Spur aus Blut, und er legte einen tabakbraunen Finger auf Wien. »Ich wusste es«, sagte er stolz. »Eine Schande, welchen Dummkopf ich gezeugt habe.«

»Wie hat Tolstoi ihn so schnell aufgestöbert?«, fragte ich.

Peter lachte. »Ganz einfach. Alexej betrinkt sich an jedem Abend so heftig, dass sich alle sowohl an seine Rechnungen als auch seine Untaten erinnern. Ein blinder Mann in der Nacht hätte den Nichtsnutz aufgespürt... immer der Nase nach.«

Wien! Alexej musste verzweifelter sein, als ich es angenommen hatte. Hoffte er auf die Gnade der Kaiserin, einer Schwester der armen Sophie Charlotte? Oder wusste diese nicht, was ihre kleine Schwester am Hof von Sankt Petersburg erduldet hatte? Niemals hätte ich einem Mann Obdach gewährt, der meine Schwester zu Tode geprügelt hatte. Aber die *isby* von Livland waren nicht die Hofburg von Wien.

Peter las mir von der nächtlichen Ankunft des Kronprinzen in Wien vor. »*Der Kanzler Schönborn wurde um Mitternacht aus dem Schlaf gerissen, als der Zare-*

witsch bei ihm um eine Audienz bat, sich vor dem Kanzler auf die Knie warf und um Schutz für sich und seine Begleitung flehte.« Hier musste ich Peter fest umarmen, ehe er sich beruhigte und weiterlesen konnte. Der Zarewitsch warf sich vor einem fremden Kanzler auf die Knie! Peter zitterte noch vor Zorn, als er mir weiter vorlas. *»Alexej Petrowitsch Romanow fleht den Kaiser um den Schutz seiner Thronrechte und auch der Rechte seiner Kinder an, aber Karl der Sechste will Frieden mit Russland und sich nicht in die Zwistigkeiten des Zaren einmischen. Wien befürchtet einen russischen Angriff auf Schlesien und Böhmen. Prinz Alexej und seine Begleitung warten in der Nähe der Stadt auf die Entscheidung des Kaisers aus Wien.«* Peters Faust schloss sich so fest um seine Knute, dass die Knöchel weiß hervortraten. »Die Entscheidung, mein Sohn, kommt aus Sankt Petersburg und nicht aus Wien. Wart's nur ab!«, schrie er und schlug mit seiner Knute so wütend über einen Stuhl, dass die geschnitzte Lehne zerbrach.

Der Winter kam, und Peter wartete. Ich hoffte nur, dass das Kind in meinem Leib von der Bitterkeit, die sein Vater seinem Halbbruder entgegenbrachte, keinen Schaden nahm. Peter wollte sich weiterhin als würdiger Herrscher eines westlichen Reiches erweisen und sandte in meinem Beisein seine Wünsche zum Julfest nach Wien. Nur in einem Nachsatz schrieb er mit eigener Hand noch unter Makarows förmliche Worte: *Bitte sendet Unseren Sohn unter sicherem Geleit zu Uns. Wir werden ihn mit väterlich liebendem Herzen auf den rechten Weg zurückführen. Euer Euch liebender Vetter Peter*

Als Peter jedoch die Antwort des Kaisers erhielt, war selbst ich über deren freche Gelassenheit erstaunt. Kaiser Karl erwiderte dem russischen Gesandten bei seinem Neujahrsempfang: »Nach unserem besten Wissen hat sich der Zarewitsch von Russland nie in unserem Reich befunden.«

Peter schickte dem Gesandten zwei Beutel Gold. Im kaiserlichen Haushalt in Wien lösten sich unter dem Glanz der Münzen die Zungen. Der Zarewitsch war unter größter Geheimhaltung nach Tirol gebracht worden, und Tolstoi brauchte nicht lange, um von drei Gefangenen in der Festung Ehrenberg zu hören. Die Burg lag wie ein Adlernest in den Bergen, und als Tolstoi noch über eine Entführung des Kronprinzen nachdachte, verschwand dieser bei Nacht und Nebel mit Afrosinja aus der Festung.

Niemand hatte etwas gesehen. Niemand hatte etwas gehört. Niemand wollte etwas sagen.

Tolstoi warf sich wieder in den Sattel. Nach Norden, seinem Vater entgegen, konnte der Kronprinz kaum gereist sein. Also richtete er sein Pferd nach Süden, nach Italien. Er wollte Alexej jagen, bis ihm statt Schweiß Blut aus den Poren trat.

65. Kapitel

Die feuchte Kälte Mecklenburgs kroch mir in die Knochen. Mir fehlte der trockene, geheimnisvolle Winter von Sankt Petersburg. Wo war die baltische Luft, die einen in ihrer klaren Kälte gefangen hielt? Ich roch den Schnee in der blauen Luft und sah das Eis auf der Newa gleißen. Das kurze Licht färbte die Wände der Paläste und Häuser umso bunter, und in Pelze gehüllte Gestalten nutzten die wenigen hellen Stunden für ihre Geschäfte, ehe sich die frühe Dunkelheit schützend wie ein Zauber über die Stadt legte. Hinter jedem ihrer geheimnisvollen Schleier formten sich – wie eine Puppe in der Puppe – eigene Welten aus den Rufen der Kastanienhändler, den Glocken an den Eingangstüren der *kabaki*, dem Knirschen der Schritte und der Schlittenkufen. Ihr scharfes Metall schlug Funken, die im unwirklichen Leuchten des Schnees in der Luft zu Sternen gefroren. Und Gott, wie fehlten mir meine Kinder! Peter Petrowitschs erste Schritte wie auch seine ersten Worte hatte ich schon lange verpasst, während Annas und Elisabeths treueste Spielgefährtin die Einsamkeit war. Ich hatte sie nie ins Feld mitnehmen können und wusste sie immer warm, geliebt und sicher. Erst in meinem eigenen Palast in Kolomenskoje, dann mit Darja Menschikowa und auch Praskowias wildem Haushalt.

Beide lebten, und ihre Gesundheit war ein Geschenk Gottes, an dem ich mich nicht genug erfreuen konnte. Nun sollte ich einmal mehr hier in der Fremde gebären. Ich hatte keine Wahl, aber alles in mir schmerzte.

In einem Gasthaus in Wesel brachte ich an einem feuchten Januarnachmittag einen Sohn zur Welt, Paul Petrowitsch Romanow. Dort wartete ich dann darauf, Peter nach Amsterdam folgen zu können. Es war eine einfache Geburt. Nach nur zwei Stunden Wehen lag der kräftige Säugling strampelnd auf den Laken meines Lagers. Eine Hebamme wusch ihn mit warmem Wasser, und der Prinz saugte kraftvoll an der Brust einer eilig herbeigeschafften Amme. Der Bote verließ Wesel umgehend in Richtung Holland, und Peter antwortete voll Stolz über die gesunde Geburt eines weiteren Rekruten. Gleichzeitig sandte er Briefe mit der frohen Botschaft an die Höfe von London, Paris und Madrid. Doch ehe die Briefe dort ankamen, war mein kleiner Paul schon in dem Durcheinander von Menschen, Gepäckstücken, nassen Umhängen, schwerer Kleidung, kalter Zugluft und überheizten Kachelöfen gestorben. Die zarten Züge meines kleinen Sohnes verfolgten mich noch lange, nachdem der Deckel auf seinen winzigen Sarg genagelt worden war.

Drei Monate später kehrte der Zar aus Frankreich zurück. Er hatte Paris besucht und in Spa die Wasser genommen. Er teilte seinen Frohsinn wie auch die Geheimnisse, die ihm die Seine ins Ohr gespült hatte, und die Geschichten der Pariser Kurtisanen mit mir. Bei unserem ersten gemeinsamen Essen stopfte er sich einen Hühnerflügel gleichzeitig mit einer gebratenen Kartoffel in den Mund und sagte: »Der kleine Louis ist ein süßer Junge. Vielleicht hat er ein bisschen zu viel Puder und Schminke im Gesicht, aber wenn er einmal ein Mann ist, dann wird er gerade recht für Elisabeth sein. Königin von Frankreich, unsere Tochter! Was sagst du dazu?« Er rülpste und fuhr fort. »Weißt du, ich sehne mich nach unserem Zuhause. Lass uns nicht zu lange fortbleiben. Sonst ist Peter Petrowitsch erwachsen, ehe wir ihn wiedersehen.« Er rief in die trunkene Runde: »Füllt die Tassen! Ein Hoch auf den Zarewitsch Peter Petrowitsch!«

Unsere Gäste tauschten verstohlene Blicke. Sie alle wussten, dass Alexej, der Zarewitsch und ein erwachsener Mann, sich auf der Flucht befand und in Todesangst vor seinem Vater lebte. Dennoch tranken sie gehorsam auf das Wohl eines Kindes, das gerade erst laufen lernte.

Wusste Alexej, welche Bluthunde sein Vater ihm auf die Fersen gesetzt hatte? Roch er den bitteren Schweiß auf Tolstois Stirn? Fühlte er dessen Pein in den vom Ritt schmerzenden Gliedern? Suchten ihn dessen hasserfüllte Gedanken nicht bis in die Träume heim? Trug ihm der Wind Tolstois Ehrgeiz und Eifer nicht als Pesthauch zu, wenn er auf den Zinnen von Sankt Elmo bei Neapel stand? Denn dort, in Sankt Elmos schattigem Garten voller Orangen- und Mandelbäume, hoch über der Bucht von Neapel, warteten Alexej und Afrosinja. Sie war mit dem Kind des Zarewitsch schwanger, und Alexej selbst, so schrieb Tolstoi, war halb wahnsinnig vor Furcht vor seinem Vater.

»Er hat ihn gefunden.« Peters Gesicht war weiß vor Anspannung, und er hatte die Fäuste im Triumph geballt. »Der Kaiser glaubt ihn sicher in seinem verfluchten Sankt Elmo. Dabei sitzt der Zarewitsch dort in der Falle wie eine dreckige Ratte.« Seine Augen leuchteten. »Ich schreibe sofort nach Wien. Dieser Krämer auf dem Kaiserthron wollte mich für dumm verkaufen. Dem zeige ich's. Ha! Ich wollte schon immer einmal nach Italien. Wenn es sein muss, begleiten mich vierzigtausend Soldaten.« Er riss die Tür auf. Am gegenüberliegenden Studierzimmer stand ob der Sommerhitze die Tür offen. »Makarow, beweg deinen faulen Arsch, sonst kommt er auf den Pfahl.« Sein letzter Satz klang nicht scherzhaft wie sonst bei solchen Drohungen. Mich fröstelte, und ich wollte gehen, doch Peter hielt mich auf. »Nein, bleib!«

Der Kabinettssekretär sichtete gerade die letzten Depeschen aus dem Großen Nordischen Krieg, der weiterhin tobte, und eilte herbei, eine leere Papierrolle in der einen Hand, Feder und Tinte in der anderen. Mir fielen zum ersten Mal die eisgrauen Haare an seinen Schläfen ebenso wie die Tränensäcke unter seinen dunklen Augen auf. Mit Peter zu leben, ohne seine Riesenkraft zu besitzen, war nicht sonderlich erholsam.

Peter wedelte ungeduldig in Richtung des Schreibpultes und diktierte. »Schreib! *Mein Vetter, welche Pein zu erfahren, dass mein geliebter Sohn, der Russland ohne meine Genehmigung verlassen hat, sich auf Eurem Gebiet aufhält. Wir bitten Euer Majestät um eine angemessene Erklärung und senden Peter Andrejewitsch Tolstoi zu Euch. Wir werden jede Begegnung mit dem Zarewitsch zu schätzen wissen. Weder nach jedem*

Gesetz Gottes noch der Natur können wir Widerspruch dulden. Das Handeln Russlands hängt von Eurer Entscheidung ab. Euer Majestät liebender Vetter Peter.«
Er machte eine kleine Pause. Durch die bunten Glasscheiben der Fenster fiel helles, freundliches Sonnenlicht, in dem die Staubkörner tanzten. Ich hörte nichts als das Kratzen von Makarows Feder auf dem Papier, ehe er Sand über den Brief stäubte und das Siegelwachs an einer Kerze schmolz.
»Ja, das ist gut. Der Hundsfott wird verstehen...«, murmelte Peter.
»Wer?«, fragte ich erstaunt. »Alexej?«
Peter lächelte. »Nein, Dummchen, du! Der Kaiser von Österreich natürlich.«

Der Kaiser in Wien verstand tatsächlich. Er wog Alexejs Wohl gegen einen russischen Angriff auf Schlesien und Böhmen ab. Nur Tage nach seiner Ankunft in Wien reiste Tolstoi erneut nach Süden, dieses Mal aber unter der kaiserlichen Flagge, und der Kaiser hatte um Milde mit dem Zarewitsch gebeten. Er traute Tolstoi zu Recht jede Untat zu. Auf Tolstois Reise nach Neapel regnete es wochenlang, so als weine der Himmel um die Seele des Zarewitsch. Alexej trat Tolstoi in Neapel mit zitterndem Herzen und mutigem Gesicht entgegen. Peters Mann hatte Milde auf den Lippen und Verrat im Herzen. Selbstverständlich liebte der Zar seinen Sohn und vergab ihm. Selbstverständlich konnte Alexej auf freies Geleit nach Sankt Petersburg hoffen. Selbstverständlich konnte der Zarewitsch seine Geliebte heiraten, sobald sie in Russland ankamen. Selbstverständlich konnte er in Ruhe und Frieden mit ihr leben, wo immer er es wollte.

Tolstoi schrieb an Peter: *Erstaunlich, wie viel Liebe und Achtung der Kronprinz diesem Mädchen erweist.* Peter schnaubte verächtlich, doch ich schwieg. Alexej war doch schließlich auch ein Mensch.

66. Kapitel

Wir erreichten Berlin im August. Die Landschaft war trotz der Hitze noch grün und fruchtbar. Dutzende von Seen glitzerten zwischen saftigen Wiesen und schattigen Wäldern. Die Dörfer lagen sauber und ordentlich inmitten von Kanälen und Flussläufen. Schnurgerade Straßen liefen gemeinsam mit anderen Wegen sternförmig auf die Stadt zu. Peter trabte neben meiner Kutsche her und spähte ab und an zu mir in das dämmrige, dampfende Innere. »Wie gefällt es dir in Preußen? Alles viel zu sauber, was?« Er warf mir eine Kusshand zu.

»Ja«, erwiderte ich. »So viel Ordnung würde mich wahnsinnig machen, glaube ich.«

»Stimmt. In Russland hätte diese satte Zufriedenheit schon zum Aufstand geführt.«

Die Bauern hielten bei der Ernte inne, als unsere über tausend Wagen und Kutschen mit noch einmal ebenso viel berittener Begleitung in einer Wolke aus Staub, Lärm und Leben an ihnen vorbeizogen. Das Land hinter uns war wie von Heuschrecken kahl gefressen, und Kinder aus den Dörfern begleiteten den Tross und gafften. Am meisten Aufsehen erregte dabei eine kleine Gruppe von Männern, deren Beine so lang waren, dass ihre Füße kaum in die Steigbügel passten. Peter hatte sie in ganz

Russland zusammensuchen lassen. Sie waren sein Geschenk an den König von Preußen, der hochgewachsene Soldaten liebte.

»Friedrich Wilhelm hält sein Land lutherisch und weltoffen«, sagte mir Peter. »Nach dem Edikt von Nantes des großen Louis nahm er Flüchtlinge aus der Pfalz, aus Franken, Thüringen und Österreich sowie jede Menge Hugenotten aus Frankreich auf. Kein Wunder, dass Berlin als Stadt ihresgleichen sucht, während ich jeden klugen Ausländer für teures Geld nach Russland locken muss.«

Als wir in Berlin einfuhren, dachte ich an den schönen Andreas Schlüter, den ich vor Jahren am Kai der Newa empfangen hatte. Er hatte unermüdlich für Preußen gebaut, bis er die Fundamente eines Turmes, der die Wolken durchbrechen sollte, falsch berechnete und in Ungnade fiel. Was hätte Schlüter noch schaffen können? Die Stadt, die sich aus dem Flickwerk von Städtchen und Dörfern um Alt-Berlin und Cölln schälte wie ein Schmetterling aus seinem Kokon, war geradlinig angelegt. Auf den Alleen warfen dicht belaubte Bäume Schatten, und Spaziergänger flanierten, saßen in Kaffeehäusern und erstanden allerlei hübsche Ware an den Buden fliegender Händler. Entlang der Spree ragten stattliche Adelspaläste auf, und sowohl das Stadtschloss als auch Schloss Charlottenburg waren in ihrer Pracht und Größe aufs Höchste beeindruckend.

»Peter, mein russischer Vetter! Endlich!«, rief der König aus, als er uns begrüßte. Die Männer umarmten sich und lösten sich dann wieder, nur um sich umso fester noch einmal an die Brust zu ziehen. Die Königin und ich tauschten Komplimente aus. »Schwester, willkommen in Berlin! Ihr habt nun fast ganz Europa gesehen. Wie gefällt es Eurer Nichte in Mecklenburg? Und habt Ihr auch Gemälde Eurer Töchter mitgebracht? Unser Friedrich ist fast heiratsfähig.« Sie sah erschöpft aus, denn der Soldatenkönig zwang seiner Frau ein Leben ohne sonderliche Bequemlichkeit auf. Ruhelos reiste er umher, um sein auch in Friedenszeiten stehendes Heer von fünfzigtausend Mann zu inspizieren.

»Sind das Eure Hofdamen?«, fragte die Königin vorsichtig und besah meinen dick geschminkten und schlecht gekleideten Tross. Zum Spaß hatte Peter meine vertrauten adligen russischen Hofdamen gegen grobe Bauerndirnen ausgetauscht. Als er die ungelenken Weiber zum ersten Mal in Schminke und teuren Kleidern sah, wollte er sich ausschütten vor Lachen. Meine Damen dagegen waren nun wohl schon daheim bei ihren Kindern. Bevor ich antworten konnte, knickste die kleine Prinzessin Wilhelmine vor mir und zupfte neugierig an den zahllosen im Wind klimpernden Ikonenbildern, die an meinem Gewand festgenäht waren.

»Weshalb hast du diese bunten Bilder am Kleid? *Les images font beaucoup de bruit*«, stellte sie fest.

»Das ist Mode in Sankt Petersburg, Wilhelmine. An einem jeden Ort kleidet man sich anders«, unterbrach die Königin ihre Tochter. Ich aber strich Wilhelmine über den Kopf. »Sie sollen mich vor Bosheit und Unglück bewahren, Prinzessin.« Sie konnte kaum älter sein als Elisabeth und schien hellwach und begabt.

Der König sprach seltsam abgehackt, als müsse er selbst an Zeit und Atem sparen, und lud uns für den folgenden Abend ein. »Wenn wir das leidliche Staatsfressen heute hinter uns haben, kommt in meine Gemächer. Keine Schneckedenzchen, sondern was Gescheites, ja? Schweinebraten mit fetter Kruste und unser gutes deutsches Bier. Nicht so ein laues Gesöff wie in Holland, diese Pferdepisse. Da welken ja die Blumen.«

Peter nickte erfreut, denn das endlose steife Zeremoniell in Paris hatte ihn ermüdet, und Friedrich Wilhelm musterte mich freundlich. »Weiß nicht, wie es der Zariza ergeht. Möchte all den wieselnden Höflingen am liebsten in den Arsch treten. Nichts besser als ein schlichter, aufrechter Junker, dem ich ins Herz sehen und vertrauen kann.«

Die Königin unterbrach sein Gepolter. »Mein Sohn Friedrich spielt allerliebst die Querflöte. Er kann uns morgen Abend ein kleines Konzert geben.«

»Weiberkram! Der Kronprinz Friedrich soll lieber exerzieren, statt Flöte zu spielen. Die Flausen werde ich ihm noch austreiben!«, polterte der König, und Wilhelmine musterte ihren Vater mit düsterem Blick. Peter aber deutete eine spaßhafte Verbeugung an. »Ich weiß, wovon du sprichst, mein königlicher Bruder. Kronprinzen sind ein Kreuz. Bis heute Abend.«

Peters Geschenk, die langen Kerls aus Russland, heulten wie die Hunde, als sie Abschied nehmen mussten von ihren russischen Freunden. Peter beachtete sie nicht, sondern sagte zu mir: »Die Enkel der Gründer sind das Beste, was einem Reich passieren kann. Danach ist alles verloren. Prinz Friedrich spielt die Flöte, und mein Sohn flieht volltrunken durch ganz Europa. Nun, das kann ja heiter werden.« Er schlug mit dem Silberknauf seines Stockes gegen das Kutschenfenster, um das Zeichen zur Abfahrt zu geben. Auf der Fahrt hinaus in das Schloss *Monbijou* versuchte ich umsonst, ihn aufzuheitern. Er entkorkte trotz dem Geruckel eine Flasche Rheinwein und leerte sie schweigend bis auf den letzten Tropfen.

Wo immer wir waren, Alexejs Schatten reiste mit uns.

»Bei Gott, noch nie in meinem Leben habe ich etwas so Schönes gesehen! Ist es wirklich von Menschenhand erschaffen worden?« Andächtig strich Peter über die vor Gold, Harz und Honig schimmernden Wände des Raumes. »Wie kann man etwas so Empfindliches wie Bernstein so bearbeiten? Schlüter war ein Meister«, murmelte er. Das gesamte Zimmer war mit Bernstein getäfelt, dergestalt, dass sich jede Wandtafel aus unzähligen, farblich genau abgestimmten Bernsteinen zusammensetzte. Die Einlegearbeit bildete vielfältige Muster und sogar plastischen Schmuck, Gesimse, Rahmen und Gehänge aus. Jeder Lichtstrahl brach die Farben in einen Fächer mit Dutzenden von Facetten.

Die Königin lachte stolz. »Wir sind auch immer wieder fassungslos, wenn wir Schlüters Bernsteinzimmer sehen. Nirgends auf der Welt gibt es etwas Vergleichbares.«

»Ach, wirklich? Nirgends?«, fragte Peter. Sein Blick flog mit neu erwachter Aufmerksamkeit über die goldfarbenen Wände. Ich konnte seine Gedanken lesen. Hoffentlich täuschte ich mich!

»Nirgends«, bestätigte die Königin. »Dieses Zimmer ist mein ganzer Stolz. Am liebsten wollte ich es in *Monbijou* einbauen lassen, denn dort habe ich alles, was mir am Herzen liegt. Deshalb habe ich es Euch als Lager angeboten.«

Wir spazierten durch das Potsdamer Schloss, bis der Schweinebraten heiß und fettig aus der Küche kommen und der junge Prinz Friedrich uns auf der Flöte vorspielen sollte.

»Was ist dort?«, fragte Peter, als wir im Halbdunklen zu einer mit einem Vorhang verhängten Wandnische kamen. Friedrich Wilhelm lachte wie ein Kind. »Mein Lieblingsstück.«

Er zog an einer Kordel, der Vorhang öffnete sich, und der König griff nach einem vielarmigen Leuchter. »Schaut!«, rief er, und als es in der Galerie heller wurde, entdeckte ich eine mittelhohe Statue auf einem Sockel. Peter lachte entzückt auf, die Königin kicherte hinter ihrem Fächer, doch mir trieb es die Schamesröte ins Gesicht. Ein widerlich hässlicher Götze reckte uns seinen nackten Hintern entgegen und hielt sein riesenhaftes erregtes Geschlecht in den Händen. Peter jubelte. »Das muss ein Fruchtbarkeitsgott sein. Küss ihn, Katharina Alexejewna!«, befahl er heiser.

»Wie bitte?«, fragte ich verblüfft.

»Küss ihn! Damit wir noch mehr Kinder bekommen. Söhne natürlich«, wiederholte er. Die Königin winkte ab, so als hätte Peter gescherzt. »Also wirklich, ich weiß nicht, ob da ein Kuss auf eine heidnische Statue hilft...«, meinte sie, und Friedrich Wilhelm zog an der Kordel: »Wollen wir wieder zu Tisch gehen?«

Peter fiel ihm bleiern in den Arm. »Warte! Ich habe gesagt: Küss ihn, Katharina!«, wiederholte er gefährlich ruhig. »Oder Kopf ab! Verstehen wir uns recht?« Er zog sich die flache Hand über den Hals. Unsere Gastgeber schwiegen bestürzt, und Peters Blick war dunkel und ohne seinen gewohnten Schalk. Er duldete keinen

Widerspruch, und ich küsste widerstrebend den kalten Stein der Figur.

»Nun, warum nicht gleich?«, lachte Peter und schlug Friedrich Wilhelm auf die Schulter. »Mein Bruder, wenn das hier in Berlin Euer Lieblingsstück ist, dann nehme ich es gern als Geschenk an.«

Der König war sprachlos, und ich fürchtete die nächsten Augenblicke. In Dänemark hatte König Frederik Peter einen seltenen einbalsamierten Krieger aus Afrika als Geschenk verwehrt. Daraufhin hatte Peter den Glasdeckel der schützenden Vitrine aufgerissen und der Mumie voller Zorn die Nase abgebrochen. Mit sonnigem Lächeln und der Nase in der Hand hatte er gesagt: »Jetzt kannst du deine Mumie behalten.«

Aber die Höflichkeit verbot dem preußischen König jeden Widerspruch. »Natürlich kannst du den Götzen nach Russland mitnehmen. Willst du noch ein anderes Andenken an Berlin?«, fragte Friedrich Wilhelm spaßhaft. »Porzellan vielleicht?«

»Nein, danke, Porzellan habe ich genug aus Sachsen.« Peter sah die Königin an, und seine Augen glitzerten wie die eines Raubvogels. »Aber wenn du schon fragst… sollte das Bernsteinzimmer nicht als Zeichen der preußisch-russischen Freundschaft in Sankt Petersburg eingebaut werden? Es kommt in mein schönstes Schloss, das verspreche ich euch.«

»Ich weiß nicht…«, begann die Königin und sah sich blass inmitten von Schlüters Wunderwerk um. Der König fasste sie am Ellbogen. »Oh, nicht doch! Es könnte beim Abbau und dem Transport zerbrechen, befürchte ich. Außerdem seid ihr doch auf Reisen. Das Zimmer nimmt gewiss vierzig Kisten in Anspruch.«

»Was sind schon einige Kutschen mehr oder weniger? Ich lasse einfach mehr Leute von meinem Staat hier«, entschied Peter. »Mehr als nur meine langen Kerls. Denn die waren schließlich *mein* großzügiges Geschenk an Euch.«

Wir verließen *Monbijou* zwei Tage später. Das Lieblingsschloss der Königin von Preußen war nicht wiederzuerkennen. Sie tat mir von Herzen leid, als ich durch die vollkommen geformten Räume ging, in die das Sommerlicht durch hohe geschliffene Fenster fiel. Die Scheiben waren eingeschlagen, die seidenen Perser zertreten und mit Brandlöchern durchsetzt. Die Vorhänge aus belgischem Damast hingen in Fetzen, ein goldverziertes Wandpaneel war heruntergerissen und die Planken dahinter als Zielscheibe verwendet worden. Sie waren komplett durchlöchert. Die Leuchter aus böhmischem Kristall und die Kerzenständer aus Elfenbein waren zerbrochen, die Delfter Kacheln an den Öfen zersplittert, Ruß überzog das feine Parkett. An den Möbeln hatte man das Schnitzen geübt, und die Ahnenbilder waren vom Messerwerfen zerfetzt. O ja, Peters Männer hatten sich in Berlin sehr wohlgefühlt, doch wir sollten gewiss nicht wieder eingeladen werden.

Unser Tross nach Russland führte nun sechs Wagen mehr. Das Bernsteinzimmer war eilig von den Wänden geschält und in vierzig schwere Kisten verpackt worden, ganz wie der König es vorhergesagt hatte. Peter hatte jede Kiste öffnen lassen, um ihren Inhalt zu überprüfen, ehe er sie selbst wieder zunagelte. Als wir in Russland ankamen, bat er seine Bildhauer, das Zimmer noch zu verbessern. Als diese ihre Unfähigkeit erklärten, kümmerte sich Peter nicht länger darum. Die vierzig Kisten wurden in das Arsenal des Winterpalastes gebracht. Der ekelerregende Götze aber reiste auf Peters Befehl in meiner Kutsche mit. Ich hängte meinen Umhang an seinen Schwanz, aber vielleicht tat er doch seine geheimnisvolle Wirkung. Als wir mit den ersten Herbststürmen Sankt Petersburg erreichten, war ich wieder schwanger. Wenn ich nachts wach lag und Peters lauten Träumen lauschte, dann dachte ich manchmal an Wilhelm Mons und seine Ringe. Echte, unendliche Liebe... sehnten wir uns nicht alle danach?

67. Kapitel

Alexej kehrte erst im tiefen Winter nach Moskau zurück. Auf seinem Weg warfen sich die Menschen vor ihm auf die Knie, beteten um sein Wohl und flehten um seinen Segen. Es war unmöglich gewesen, seine Flucht geheim zu halten, und der Zarewitsch war zu einem Sinnbild der Hoffnung geworden. Jemand wagte es, sich gegen den allmächtigen und ihnen oft so unverständlichen Herrscher aufzulehnen. Aber nicht irgendjemand – nein, sein eigener Sohn.

Peter lief ungeduldig auf den Mauern des Kreml auf und ab und sah immer wieder hinaus auf den Roten Platz. Von dort musste Alexej kommen. Er hatte ihm Vergebung und Milde geschworen. Er hatte geschworen, bei Gott, dem Christ und dem Heiligen Geist. Er hatte geschworen, bei seiner Seele.

Der gläserne Frost von Moskau legte sich auf Alexejs Herz, denn als ich ihn dort wiedersah, war er vor Furcht erstarrt und keines klaren Gedankens mehr fähig. Afrosinja war hochschwanger in Berlin geblieben und forderte gierig Sendungen von Lebensmitteln – frischen Kaviar, geräucherten Lachs und Säcke voller Maismehl für *kascha*.

Peter rief Alexej erst nach vier Tagen vor den eigens

einberufenen Rat. Mir verwehrte er die Teilnahme. Fürchtete er meine Milde? In Wahrheit war ich froh darüber. Tatjana Tolstaja kam an dem Abend der Verhandlung in meine Gemächer.

»Was hat der Zar gesagt?«, fragte ich sie.

»Gesagt? Du meinst geschrien. Den ganzen Nachmittag, den ganzen Abend, bis zum Einbruch der Nacht. Bis ihm die Stimme brach. Die Ratsmitglieder sind taub, und der Zarewitsch kniete vor ihnen, weinte und flehte um sein Leben.« Sie legte sich die Finger an die Schläfen, wie um den Kopfschmerz zu vertreiben.

»Was wird Alexej genau vorgeworfen?«, fragte ich.

»Alles«, sagte sie schlicht und nippte an ihrem *tschai* mit Wodka. »Seine schlechte Erziehung, seine schwache Gesundheit, seine Feigheit, Sophie Charlottes Tod, seine Unzucht mit der Finnin, seine Mutter …«

»Seine Mutter?«, unterbrach ich fassungslos.

»Ja. Verzeih. Nur mein Bruder weiß davon, und jetzt auch wir. Und hier haben die Wände ausnahmsweise einmal keine Ohren …«

»Erzähl!«, flüsterte ich. Mir war der Mund trocken. Was fiel Peter nun ein? Tränen der Furcht schimmerten in Tatjanas Augen. »Die Jagd hat begonnen, Zariza«, sagte sie heiser. »Alle, die je mit dem Kronprinzen in Verbindung standen, müssen um ihr Hab und Gut und ihr Leben fürchten.«

»Was hat Ewdokia damit zu tun?«, fragte ich verständnislos. »Sie ist seit Jahren eingesperrt und nun endlich auch Nonne geworden … Schwester Helene.«

»Der Zar spricht von der Susdal-Verschwörung, nach dem Kloster, in dem sie ihr Dasein fristet. Angeblich hatte sie dort einen Liebhaber, Stepan Glebow. Alexej soll ihr geschrieben und sie zusammen mit seiner Tante Marie Alexejewna besucht haben. Für den Zaren ist Ewdokia an der Flucht des Prinzen mitschuldig. Ich glaube, sie wird es bald bedauern, Alexej das Leben geschenkt zu haben.«

Ein Windstoß rüttelte an den geschlossenen Fensterläden, und die Flammen der Kerzen flackerten unruhig. »Was wirft man Alexej noch vor?«

»Hochverrat«, erwiderte Tatjana. Der Blick ihrer schwarzen Augen brannte.

»Hochverrat?« Ich rang nach Atem. »Das bedeutet…«

Sie nickte und weinte haltlos. »Sein eigener Sohn!«

Wir umarmten uns. »Gibt es denn keine Hoffnung?«, flüsterte ich. In den Schatten des Gemachs wirkte ihr feinknochiges Gesicht alt und müde. »Der Zar wird ihm nur unter einer Bedingung verzeihen«, flüsterte Tatjana.

»Und zwar?«

»Alexej muss jeden seiner Verbündeten nennen. Jeden einzelnen. Mein Bruder sagt, der Zar will sie alle töten. Alle.«

Nur wenige Tage später wurde mein Sohn Peter Petrowitsch, der gerade mit einer Erkältung und mit Fieber kämpfte, zum Thronfolger erklärt. Ich wollte nicht von seiner Seite weichen, nun, da ich endlich wieder mit ihm vereint war. Peter aber bestand trotz der bitteren Kälte darauf, ihn vor dem Gottesdienst über den Roten Platz seinen beiden Regimentern zu präsentieren.

»Können wir damit nicht warten?«, flehte ich.

»Nein, das können wir nicht«, widersprach Peter. »Jetzt oder nie.« Alexej war aschfahl, als er die pummelige Hand seines Halbbruders küsste, und die Knie zitterten ihm, als er meinem Sohn Treue und Ergebenheit schwor. Mich küsste er dreimal zum Zeichen des Friedens auf die Wangen, sah mir aber nicht in die Augen. Dachte er, dass ich genau dies immer gewollt hatte? In Wahrheit hoffte ich, dass es Peter genügen sollte, doch ich konnte Tatjana Tolstajas Worte nicht vergessen. *Glaub mir, es hat noch nicht einmal begonnen.* Der Hof bewegte sich wie eine farbige Flut in seinen Festtagsgewändern über den Roten Platz auf die Erlöserkathedrale zu. Feofan Prokopowitsch führte als Erzbischof von Pskow durch die Andacht, als sich an den vier Ecken des Roten Platzes Ausrufer aufstellten. Augenblicklich bildete sich eine Menschentraube um sie. Jeder wollte in diesen Tagen hören, sehen und wissen, was denn nun geschah, denn die wildesten Gerüchte kursierten an den Tresen der *kabaki*, in den Gängen des *gostiny dwor* und an den niedrigen Tischen der Kaffeehäuser. Ich verharrte, obwohl meine Schuhe sich mit Schnee und Eiswasser vollsogen. Die Ausrufer entrollten gleichzeitig ihre Papiere und riefen mit lauter Stimme: »Hört die Sünden des Zarewitsch Alexej, die er auf sich genommen und eingestanden hat! Die Sünden, die es ihm verbieten, seinem allergnädigsten Vater auf den Thron zu folgen. Selbst als sein tugendhaftes, liebevolles Weib noch am Leben war, trieb er Unzucht mit einem Geschöpf niedrigster Herkunft...«

Welch ein Hohn! Was dachte Peter sich nur? Sollte ich lachen oder weinen? Doch in meinem Leib verspürte ich die ersten Regungen des neuen Lebens. Einen Bruder für den Zarewitsch, meinen Sohn. Nie zuvor hatte ich mich an Peters Seite so sicher und gleichzeitig so bedroht gefühlt.

Während meiner Jahre an Peters Seite war ich Zeugin vieler Grausamkeiten geworden. Männern wurden die Mützen auf den Kopf genagelt, weil sie sie nicht schnell genug vor dem Zaren abnahmen. Mönche und Nonnen wurden aufgeschlitzt, weil sie es gewagt hatten, Peters Entscheidungen gotteslästerlich zu nennen. Altgläubige Moskowiter, die behaupteten, Peter sei ein deutscher Wechselbalg, wurden mit geschmolzenem Metall erstickt. Doch als Peter nach Alexejs Rückkehr das Grauen entfesselte wie ein Gott den Sturm, erteilte er die grausamste aller Strafen, das Pfählen, einem Mann allein. Nichts hatte mich auf die Qualen jenes Verurteilten vorbereitet. Seine Schreie zerrissen den warmen Moskauer Sommertag, ehe sie nachts nach endlosen Stunden des Schmerzes zu einem Wimmern absanken. Sein dunkles Blut wollte nicht gerinnen, sondern tropfte ihm immer wieder aus allen Poren auf die Steine des Platzes, die seine reiche Farbe annahmen. Der Rote Platz verdiente damals seinen Namen. Der Geruch seines Sterbens zog in den Kreml und würgte mir die Lust am Leben aus dem Leib.

Weshalb musste dieser eine Mann so leiden? Wer war der Gardeoffizier, dessen Namen ich nie zuvor gehört hatte? Stepan Glebow. In seiner Hexenjagd auf Verbündete des Zarewitsch erfuhr Peter, dass Ewdokia trotz ihrer klösterlichen Abgeschiedenheit nicht nur Alexej empfangen hatte. Nein, sie hatte sich verliebt. Stepan Glebow hatte zu ihrer Garde gehört, war aber bei ihrem armseligen Anblick von Mitleid ergriffen worden. Sie erwiderte seine Barmherzigkeit mit all jener Leidenschaft, die über die Jahre hinweg mit in ihrer Klosterzelle gefangen gehalten wurde. Ihr Feuer schwelte nur, es war nicht erstickt worden. Stepan belastete selbst unter der Folter Ewdokia nicht, doch Peter fand ihre zärtlichen Briefe an ihn. Sie nannte Glebow *lapuschka*, ihr Hasenpfötchen. Denselben Kosenamen hatte sie ihm in den wenigen gemeinsamen Nächten ihrer Ehe ins Ohr geflüstert. Dafür allein musste Glebow bezahlen. Als ihm unter der Folter schon alle Knochen gebrochen worden waren und man ihm das Fleisch mit glühenden Zangen vom Körper riss, da befahl Peter plötzlich: Auf den Pfahl mit ihm! Das spitze Holz wurde dem Mann durch die Eingeweide bis zur Brust hinauf getrieben. Ungefettet, wie Menschikow sagte. Ewdokia schrie bei der Nachricht, bis ihr die Stimme brach. Ihr Geist floh in ein Reich, das zwischen der grausigen Wirklichkeit, einem gnädigen Wahnsinn und dem endgültigen Vergessen lag. Um Milde zu bitten, war sinnlos, das wusste sie. Ihre Sünde war es gewesen, Peter nicht zu genügen... und ihm Alexej zu gebären.

Ich konnte nichts tun. Peter wollte in jenen Tagen nicht einmal mich sehen, geschweige denn auf mich hören. Peter raubten der Hass und der Wahnsinn ringsum den Verstand. Kein Schlaf war mehr frei von dunklen Träumen, kein Lachen mehr frei von Zwang, und jeder Rausch diente nur dem Vergessen.

In der Nacht von Glebows Urteil schlug ich mit den Fäusten an die verschlossene Tür seines Studierzimmers. Er war noch wach. Unter dem Spalt der Tür sah ich das flackernde, unstete Licht der Kerzenflammen. Peters Schritte näherten sich der Tür, doch er öffnete sie nicht. Drang sein kalter Herzschlag durch das Holz zu mir? Ich fröstelte.

»Was willst du?«, fragte er heiser.

Ich faltete die Hände, so als könne er mich sehen. »*Batjuschka*! Lass uns den Wahnsinn beenden, mein Liebster«, flüsterte ich. »Weshalb quälst du Ewdokia noch weiter? Sie hat doch schon genug dafür bezahlt, Alexej zur Welt gebracht zu haben. Du hast mich, unsere Kinder und die Liebe deines Volkes. Bitte, hab Gnade mit ihrer Liebe! Was kann sie dir und uns denn schon antun?«

Seine fiebrigen Gedanken glühten hinter dem Holz und versengten auch mir die Seele. Als Peter die Tür aufriss, wich ich dennoch entsetzt zurück. Der schiere Wahnsinn sprang mich aus seinen Zügen an. »Ach? Du bittest für Ewdokia, deine Vorgängerin? Nun, wenn dir ihr Los so viel bedeutet, dann teil es! Ich lasse dich noch heute kahl scheren und ins Kloster stecken. Aber nicht nach Susdal, wo die Luft lieblich und die Sonne warm ist!«, schrie er so laut, dass es durch die leeren Marmorgänge hallte. Von irgendwoher hörte ich Schritte kommen, verharren und sich mit eilig klappernden Absätzen entfernen. Ich wich zurück, drängte mich an die gegenüberliegende Wand und schüttelte stumm den Kopf. Auch ich hatte seit Nächten nicht geschlafen, denn jede Rast verwandelte meinen Kopf in ein Tollhaus der Angst. Ich konnte nur für das Seelenheil derer beten, die mir lieb und teuer waren. Der Zar hatte bereits seine Halbschwester Marie Alexejewna in die Schlüsselburg geschickt. Nun konnte es jeden treffen, auch mich und meine Kinder.

Peter aber kam mir nach und packte mich am Ellbogen. Sein verschwitztes Gesicht war dem meinen ganz nahe, und ich roch seinen sauren Atem. Es gab kein Entkommen. »Du bittest um Gnade für den Bock, der Ewdokia besprungen hat? Ich sage dir eins! Eine Zariza bleibt für immer und ewig, für jeden Tag und jede Stunde die Frau des Zaren, unantastbar für jeden anderen Mann. Soll ich da wirklich mein Urteil für Glebow noch einmal überdenken?«

Ich schluckte hart und rang um Fassung und Mut. »Ja. Sei ein Mensch! Bitte!« Mir brach die Stimme. Er zog mich näher heran, zögerte aber. In seiner Kleidung hing der Moder der Folterkammern und der dort durchwachten Nächte, der kalte Rauch und der Wodka, den er sich mit seinen Kumpanen literweise in den Rachen schüttete. Er packte mein Haar und riss meinen Kopf daran nach oben, bis ich ihm in die Augen sehen musste. Ich heulte auf, senkte den Blick aber nicht. Konnte ich auf seine Gnade für Glebow hoffen?

»Katerinuschka. Meine Milde, du. Nur dir zu Gefallen, mein Täubchen, habe ich gerade das Urteil für Glebow noch einmal überdacht. Weißt du was?«

Ich schüttelte den Kopf. Ich durfte meine Angst nicht zeigen, das wusste ich. Peter war in jenen Tagen wie ein Bluthund.

»Ich lasse ihn in einen Pelzmantel hüllen. An die Füße bekommt er Socken und auf den Kopf eine Mütze«, erklärte er grinsend.

»Weshalb das denn, um Himmels willen?« Ich wand mich in seinem schmerzhaften Griff, vergebens.

»Dummchen, du! Je wärmer der Mensch auf dem Pfahl ist, umso länger lebt er. Umso länger leidet er.« Er lachte teuflisch und versuchte, mich zu küssen, doch ich stieß ihn von mir. Er verschränkte die Arme und fragte spöttisch: »Was hast du denn? Du bist doch sonst nicht so zimperlich, meine Wäscherin.«

Ich zitterte, doch mit einem Mal kam mir der Schwur in den Sinn, den ich vor langer Zeit in jener Oktobernacht im Sommerpalast geleistet hatte. *Ich habe keine Angst.* »Du stinkst nach dem Blut an deinen Händen«, zischte ich. »Rühr mich nicht an!« Ich würgte und wischte mir seinen Geschmack von den Lippen.

Er musterte mich ausdruckslos, und sein Schweigen erschreckte mich mehr als sein Zorn. Er lehnte sich mit verschränkten Armen gegen den Türstock. »So mutig wie eh und je, was, Katharina Alexejewna? Aber weißt du was? Ich kann dich tiefer erniedrigen, als ich dich je erhoben habe.« Mit diesen Worten wandte er sich um und schlug mir die Tür seines Studierzimmers vor der Nase zu.

Es dauerte lange, bis ich die Kraft fand, mich von der Wand zu lösen. Ich ging in die Zimmer meines kleinen Peter Petrowitsch und sah in sein Bettchen. Seine Amme saß vollkommen übermüdet und zusammengekrümmt daneben, denn er hielt im Traum ihren Zeigefinger umklammert. »Geh und schlaf! Ich bin dran«, flüsterte ich und nahm ihren Platz ein. Ich konnte den Blick nicht von ihm lösen. Seine Wangen waren rosig, und sein Atem roch süß. Wenigstens bleibt er von diesem Wahnsinn verschont, dachte ich, als sich seine Hand in tiefem Schlaf öffnete. Was hatten wir verbrochen, um hier und so zu enden? Hatte ich selbst denn genug getan, um meinen Stiefsohn zu retten? Als ich Alexej das erste Mal sah, war er doch noch ein Kind gewesen.

Alexej überlegte nicht lange, wen er opfern konnte, um seine eigene Haut zu retten. Die Namen sprudelten ihm aus dem Mund wie das Wasser aus einem Quell. Die

Mehrzahl war mir vertraut. Peters Halbschwester, die Zarewna Marie Alexejewna, und seine Mutter Ewdokia. Der Bischof von Rostow, Dossifej, ein Freund der Zariza Praskowia. Der Pope gestand. Ja, er hoffte auf Peters Tod und sah in Alexej den rechtmäßigen Erben aus einer gottgewollten Ehe. Vor dem Rat der orthodoxen Kirche donnerte er seine Glaubensbrüder an. »Bin ich der einzige Zweifler? Seht in eure Herzen! Findet ihr dort den Namen, dem ihr Lippendienste erweist?« Die versammelten Bischöfe jedoch sprachen ihr Urteil über ihn wie mit einer Stimme. Es war wie immer – lieber er als sie selbst.

Die folgenden Wochen und Monate schlugen grausam, dunkel und eisig wie die Wellen der Newa über mir zusammen. Nur das Verdrängen schützte meine Seele vor allem, was geschah, und vielleicht würde eines fernen Tages das Vergessen daraus. Als dem Popen Dossifej auf dem Rad die Knochen gebrochen wurden, trat Peter zu ihm und ließ den Folterknecht in seinem Werk innehalten. »Weshalb hast du mich verraten, Großväterchen?«, weinte der Zar. Dossifej aber spuckte Peter mit letzter Kraft vor die Füße. »Despot! Der Geist braucht Freiheit, um sich zu entwickeln. Du erstickst ihn in Gefangenschaft und Schrecken.« Peter war fassungslos vor Zorn und befahl Antonio Devier: »Macht weiter, bis der Hund verreckt ist. Aber langsam, damit er leidet!« Doch Bischof Dossifej fand noch die Kraft, Peter zu verfluchen. »Ausgeburt des Teufels! Wenn du Hand an deinen Sohn legst, dann soll sein Blut über dich und die Deinen kommen bis hin zum letzten Zaren. Fluch den Romanows!«

Alexej musste den schlimmsten Bestrafungen zusehen und konnte weder essen noch trinken. Seit seiner Verurteilung hatte er kaum geschlafen. Auf den Piken, die vor Jahren auf dem Roten Platz die Köpfe der Strelitzen geziert hatten, steckten nun die Häupter anderer Unglückseliger. Sie starrten die Vorbeigehenden aus leeren, entsetzten Augen an. In ihrer Mitte lag auf einem viereckigen Schafott der gepfählte Körper von Stepan Glebow, Ewdokias Liebhaber, auf vielen anderen Leichnamen. Krähen pickten in seinen Augen, bis wilde Hunde ihn des Nachts davonzerrten.

Ich war gegen den Zauber des Bösen gefeit, musste aber hilflos zusehen, wie er von Peters Herz Besitz ergriff und es versteinerte.

Einige Tage nach Glebows Tod auf dem Pfahl verließ ich, nur von drei meiner Damen und einem jungen Pagen begleitet, den ehemaligen *terem*. Noch immer mochte ich die dunklen Gänge des Kreml mit seinen öligen Lichtern nicht. Die Schatten, die sich auf die Ikonen an den Wänden legten, machten mir Angst. Da kamen mir Schritte entgegen. Wer war das, so früh am Morgen? Klirrten da nicht Waffen? Wer wurde verhaftet und fortgeschleppt? Ich verharrte, und mein Herzschlag verlangsamte sich, doch das Blut pulsierte mir in den Adern. Wurde wieder jemand verhaftet? Ritt Menschikow auf Bärenjagd aus? Ich fasste mich, aber in jenen Tagen konnten einem jeder Laut, jede Bewegung Todesangst einjagen. Da kam Antonio Devier mit einem Trupp Soldaten um die Ecke. Er verneigte sich, und auch die Soldaten knieten trotz ihrer Waffen umständlich nieder. So entdeckte ich erst dann die schwarz gewandete kleine Frau, die sie zuvor verdeckt hatten. Sie stand aufrecht in ihrer Mitte, das Haar unter einem Schleier verborgen, den sie nun zurückschlug. Sofort erkannte ich die gerundete hohe Stirn und die Augen, die dunkel wie Kohlestücke waren und ungesund schimmerten. Wie bei Alexej endete ihre lange schmale Nase nur kurz über den blutleeren feinen Lippen. Wie lange hatte ihre wächserne Haut die Sonne nicht gesehen? Ihr kahl geschorener Kopf war von Wunden, Eiter- und Frostbeulen übersät. Ihre Finger umschlossen den Schleiersaum, so als wolle sie eigentlich etwas anderes oder jemanden anderen greifen und würgen. Sie trat einen Schritt auf mich zu. Ihre schmutzigen Füße steckten nackt in Ledersandalen, und ihre Zehennägel waren lang, gekrümmt und braun.

Ja, sie sah aus wie Alexej, oder Alexej sah aus wie sie. Ewdokias brennender Blick versengte mich. Ich las Wahnsinn, Hass und Furcht in ihrem Blick. Sie nahm alles an mir wahr – die grauen Perlen, die in mein dichtes, dunkel glänzendes Haar geflochten waren, den mit Zobel gefütterten blausamtenen Umhang sowie die warmen Stiefel aus besticktem Leder. Ich schämte mich. Diese Frau sollte meine Kleider tragen. Sie sollte Peter seine Kinder schenken und ihren Sohn den Thron besteigen sehen.

Die Stille im Korridor wurde zäh, die Luft suppig. Devier trat von einem Fuß auf den anderen. Sein Blick schweifte zwischen uns beiden Frauen hin und her. Gott hat es nicht gewollt, schoss es mir durch den Kopf. War sein Wille nicht die Antwort auf alles, was wir nicht verstanden? Meine Scham verflog, doch mein Mitleid blieb. Ich neigte den Kopf und sagte leise: »Sei gegrüßt und gesegnet, Schwester Helene.«

Sie stand reglos, doch ihr Blick ließ von mir ab und verlor sich im leeren Gang. In ihrem Herzen war kein Leben, in ihrem Geist kein Feuer mehr.

Devier räusperte sich. »Männer, lasst uns gehen!« Die Truppe setzte sich klirrend und im Gleichschritt in Bewegung, und ihrer aller Schritte verloren sich in der Kälte des Kreml. Die Dunkelheit und das Vergessen schluckten ihre Gestalt.

Peter verbannte Ewdokia vom warmen Susdal in ein Kloster nahe dem Ladogasee, wo sie die feuchte Zelle mit ihrer stummen Zwergin teilte. Jeder Besuch, jedes Gespräch und das Briefeschreiben waren ihr verboten. Sie war zu einem Dasein als Schatten verurteilt. Die Strafe, die Peter ihr zuteilte, war die Zeit, eine endlose, leere, tropfende Zeit. Jahre und Jahrzehnte davon. Zumindest, so dachte ich in den seltenen Augenblicken, in welchen ich an sie dachte, hatte sie mit Stepan Glebow noch einmal geliebt. Das schenkte mir einen gewissen Trost.

Doch was war mit meiner eigenen Liebe für Peter geschehen? Fiel auch sie der Hexenjagd auf Alexej und seine Verbündeten zum Opfer? Ich briet im Höllenfeuer und fühlte mich doch roh vor Schmerz. Wie sollte ich sein Leben noch teilen und ihn lieben, wie es meine Pflicht war? Ich konnte es versuchen, mehr nicht.

68. Kapitel

Wir blieben bis zum Osterfest in Moskau. Peter tauschte mit jedem Höfling bunt bemalte Eier und Segenswünsche aus, und die Tische bogen sich unter dem *kulitsch*, mit süßer Milch gebackenem Osterkuchen, und der köstlichen *pascha*, einer Nachspeise aus Schafskäse und gezuckerten Früchten. Alexej rührte keinen Bissen an. Die Kleider schlotterten ihm am mageren Leib, und er sah aus wie ein Mann aus Glas, durchsichtig und zerbrechlich. Wie nur wollte er die kommenden Monde durchstehen? Peter, so ahnte ich, war noch längst nicht fertig mit ihm. Der Zar küsste mich und fragte mit vollem Mund: »Wenn das ganze langweilige Zeremoniell vorbei ist, kann ich dann heute Nacht zu dir kommen?« Bei seinen Worten vergaß ich die Schrecken der vergangenen Wochen. Er schlief dicht an mich gedrängt, und am Morgen horchte er mit einem kleinen Rohr nach dem Leben in meinem Leib. Am folgenden Tag ließ Peter die gesamte Gesellschaft die Wege im Park des Kreml vom frisch gefallenen Schnee freischaufeln, damit wir dort nach einem erholsamen kleinen Schlaf spazieren gehen konnten. Wir lachten über die grünen Gesichter unserer übernächtigten Gäste, die nur mühsam beim Schaufeln mit unseren Schritten mithielten. Elisabeth und mein kleiner Peter Petrowitsch bewarfen sie mit Schneebällen und jubelten, als sie die alte Anastasia Golizyna mitten ins Gesicht trafen. »Treffer, versenkt!«, schrie Peter, packte Peter Petrowitsch und drehte sich wild mit ihm im Kreis. »Komm, flieg, mein Sohn! Flieg, Zarewitsch!« Ich klatschte mit meinen Damen im Takt, als die beiden sich immer schneller drehten. Schließlich fiel Peter mit dem Kleinen in den Schnee und bildete dort mit seinen langen Armen und Beinen einen Adler, bis ihm selbst schlecht wurde, er sich erbrach und ohnmächtig in seine Gemächer getragen werden musste.

Am Ostermontag regnete es in Strömen. Das Wasser reinigte die Luft von ihrem Verwesungsgeruch und wusch mit dem letzten Schnee auch das Blut von den Steinen des Roten Platzes. Vielleicht war das Grauen nun vorbei, so hoffte ich.
Doch das war weit gefehlt.

Der Große Nordische Krieg tobte nun seit beinahe zwanzig Jahren. Alle waren des Kampfes müde. Die Generäle, die seit Jahren kreuz und quer durch Russland und Europa hetzten, je nachdem, wohin Peter sie sandte. Die Soldaten, die die Gesichter ihrer Familien vergessen hatten. Das Volk, das seine Söhne entbehrte und das deren Eintritt in die Armee wie eine Beerdigung mit Tränen, Geschrei und Trauer beging. Die Adligen, die ihre Söhne auf die Flucht schickten, damit sie nicht lebenslang eingezogen wurden. Die kleinen Landbesitzer, die unter den Steuern litten, und die *Seelen*, die diese durch höhere Abgaben an ihre Herren ausgleichen mussten. Peter selbst, der endlich von Peterhof nahe Finnland bis nach Kronstadt blicken und sagen konnte: »Dies ist auf immer Russland.« Schweden, das keinen Kreuzer mehr in der Staatskasse hatte und das die unsinnige Kriegslust eines ihnen mittlerweile fremden Königs satthatte.

Alle wollten nur noch Frieden: Im Mai 1718 sandte Peter Boris Kurakin, Peter Schafirow, General James Bruce und den Baron Ostermann auf die Insel Åland, um über einen Frieden zu verhandeln. Aber der Krieg währte schon zu lange. Niemand wusste mehr, worum man noch kämpfte, und ein Frieden, bei dem niemand mehr die Ursache des Krieges kennt, ist schwer zu schließen. Kurakin und seine Begleiter kamen unverrichteter Dinge nach Sankt Petersburg zurück. Der Krieg ging nun einzig auf schwedischem Grund und Boden weiter.

Nach Peterhof, dem einstöckigen Schloss mit hellgelben Wänden und weißen Spalieren an der Bucht von Finnland, kam der Frühling erst im Mai. Das letzte Eis wie auch die Reste von schmutzigem, zertretenem Schnee schmolzen, und die milde Luft vertrieb die Erinnerung an die Kälte, die einem im Winter in die Lungen schnitt. Ein Wunderwerk aus Leitungen, Kanälen und Düsen pumpte das salzige Meerwasser aus der Bucht in den Garten und ließ es unter unserem Jubel in Brunnen und Fontänen tanzen. Die jungen Bäume, die in der Orangerie gezogen worden waren, trugen Blätter und Knospen, und vor der langen Terrasse schillerte die See. Treppen aus grauem Marmor führten hinunter in den Park. Zwischen dem Grün der Bäume schimmerten die Lustbauten und Pavillons, die Peter und ich am Wasser hatten anlegen lassen. *Marly*, der Pavillon mit seiner marmornen, geradlinigen, strengen Schönheit. *Mon Plaisir*, der schlichte Pavillon und unser erstes wahres Haus in Peterhof. Wie oft hatten wir dort auf den Hof gewartet, der mit dem Boot aus Sankt Petersburg kam. Meist waren die Leute dann bis auf die Knochen durchweicht, denn über der Bucht von Finnland gab es oft Wolkenbrüche. Den Damen verlief die Schminke, und den Musikanten verbogen sich die Instrumente. Peter und ich lachten bei ihrem Anblick Tränen, warm und trocken, wie wenn wir in *Mon Plaisir* saßen.

Diese frohen Tage schienen auf immer vergangen.

Denn dort, in *Mon Plaisir*, umgeben vom jungen Licht auf dem Wasser, den Wiesen und dem Wald, warteten wir an einem Morgen in jenem Mai auf Alexej.

69. Kapitel

Ich blickte hinaus auf das unruhige Meer, damit ich Afrosinjas Augen meiden konnte. Sie saß mit gleichmütigem Gesicht auf einem niedrigen Schemel. Nur das offene rote Haar loderte um ihren Kopf wie die Flammen der Hölle, in der sie brennen sollte. Sie hatte ihr Kind vor einigen Tagen in der Peter-und-Pauls-Festung auf die Welt gebracht, doch Peter hatte es sofort ertränken lassen. Wenn ich einen Menschen schlagen und strafen wollte, dann sie. Ich zwinkerte, immer wieder, und schmeckte Meersalz auf den Lippen.

Peter saß in einem Lehnstuhl, und sein Fuß schlug ungeduldig auf den schachbrettartig gemusterten Marmorboden. Lange musste er nicht warten. Die Soldaten marschierten auf *Mon Plaisir* zu, und der helle Kies knirschte unter ihren Schritten. Sie kamen. Afrosinja atmete scharf aus, schob die Lippen vor und stützte das Kinn in die plumpen Hände. Sie hatte Alexej seit ihrer Trennung in Bologna nicht wiedergesehen, und Peter hatte ihn in die Trubezkoi-Bastion der Peter-und-Pauls-Festung bringen lassen. Mir schauderte. Die vollkommene Dunkelheit ihrer Zellen legte sich auf den Geist der Insassen und zog sie in Todesangst und Wahnsinn. Ihre Folterkammern verließ ein Mensch nur selten in einem Stück, und wenn, dann nur, um das Schafott zu besteigen.

Die Hände hinter dem Rücken verschränkt, stellte sich Peter breitbeinig in der Raummitte auf, als es klopfte. Afrosinja richtete sich von ihrem Schemel auf, und ich sah zur Tür, blieb aber am Fenster stehen. Ich musste mich vergewissern, dass es noch Frische, Leben und Schönheit gab. Tat ich nur einen Schritt auf Peter zu, so verlor ich allen Halt.

»Kommt herein mit dem Verräter!«, rief Peter.

Soldaten postierten sich rechts und links vom Eingang, als zwei bullige Knechte Alexej hereinschleppten. Hinter ihnen entdeckte ich zwei weitere Soldaten. Alexej hielt den Kopf gesenkt. Er war, wenn möglich, noch magerer geworden. Konnte er sich noch auf den Beinen halten? Er hing in den Fäusten seiner Garde. Das Licht blendete ihn, und er hob schwach eine Hand vor die Augen. Peter kräuselte die Lippen, und Afrosinja musterte ihren Liebhaber mit einem kalten Blick.

»Ist mein Sohn so gefährlich, dass er sechs Mann Begleitung braucht? Schaut, er zittert ja wie Espenlaub! Lasst uns allein!«, befahl Peter. Alexej stand allein, gebeugt und hilflos im Raum und barg das Gesicht in den knochigen Händen. »Das Licht ... Ich ertrage das Licht nicht mehr. Vater, ich flehe Euch an!«, stieß er mir rauer Stimme hervor. So, als hätte er sich stumpf geschrien.

»Halt den Mund!«, herrschte Peter ihn an. »Ich bestimme, wann du sprechen darfst.«

Meine Finger krampften sich um das Fensterbrett. Schluchzer schüttelten Alexejs erschöpften Körper, ehe sie in ein gepeinigtes Husten übergingen.

»Sieh auf!«, donnerte Peter ihn an. »Schau, wer hier ist!«

Nun erst sah Alexej seine Geliebte. Er keuchte auf und wollte sie umarmen, doch Peter stieß ihn zurück. Alexej taumelte und fand gerade noch Halt an dem schweren Tisch, an dem Peter sonst seine Karten studierte. Der Zar packte ihn, so als fürchte er, der Zarewitsch könne ihm durch einen dummen Unfall noch entkommen. Afrosinja sah Alexej nur stumm an.

Weinend wand sich Alexej in Peters stählernem Griff. »Afrosinja! Geht es dir gut?« Er sah auf ihren zwar drallen, aber deutlich nicht mehr schwangeren Leib. »Was ist mit unserem Kind?«

Peter unterbrach Alexej. »Deine Liebesschwüre kannst du dir sparen. Euren Sohn habe ich wie einen Welpen ersaufen lassen. Afrosinja aber hat sich als aufrechte Untertanin des Russischen Reichs erwiesen.«

Hilflos musterte Alexej seine Geliebte, und das Verstehen über ihren Verrat in seinen dunklen Augen war entsetzlich anzusehen. Er brach in die Knie, und ich verschränkte die Arme, um nicht zu ihm zu eilen und ihn zu umarmen. »Nein!«, bat er. »Nicht du, Afrosinja!«

»Gib mir die Briefe, Afrosinja!«, forderte Peter mit ausgestreckter Hand. Afrosinja fischte in ihrem Ausschnitt nach einem Bündel Briefe und überreichte sie Peter mit keckem Lächeln. Ich hätte die Hure schlagen mögen, verschränkte aber die Arme vor der Brust.

»Katharina Alexejewna, liebe Stiefmutter…«, sagte Alexej da gerade. Ich drehte mich vollends zu ihm um. Im gnadenlos hellen Licht des Morgens sah er entsetzlich aus. Die durchscheinende gelbe Haut spannte sich über seinen Schädel, und an Kopf und Nacken trug er

Spuren von Knutenschlägen. Man hatte die Hand erhoben gegen den Zarewitsch! Er war so mager, dass seine Hüftknochen durch den Gefängniskittel hindurchstachen, und an den nackten Füßen war die Haut abgeschürft und gerissen. Ich wollte ihn ermutigend anlächeln, doch meine Lippen gehorchten mir nicht. Tränen rannen mir stumm über die Wangen.

Peter beobachtete uns aus den Augenwinkeln. »Alexej Petrowitsch Romanow, hast du diese Briefe geschrieben, und wolltest du, dass Afrosinja sie verbrennt?«, fragte er und zog das Bündel mit genießerischem Ausdruck unter der Nase durch. »Sie hat den Beweis deines Verrates an ihrem Busen aufbewahrt. An ihrem warmen, weichen Fleisch.« Er schnupperte an den Papieren, und ich ballte die Fäuste.

Alexej sah gepeinigt auf. »Weshalb seid Ihr so grausam, mein Vater? Was habe ich je getan, außer als Euer Sohn geboren zu sein?«, schluchzte er, das Gesicht in den Händen verborgen.

Afrosinja saß reglos, doch Peter fuhr Alexej an. »Halt den Mund! Ich werde ein gerechtes Urteil über dich fällen. Wage mir ja nichts anderes zu unterstellen!«

Alexej beugte sich wimmernd vor und wiegte sich wie ein Kind. »Ich bin verloren«, flüsterte er. Ich musste an mich halten, ihm nicht aufzuhelfen, und krallte die Finger um die Fensterriegel. Die Sonne schien warm auf meine Haut. Am Licht, ich muss am Licht bleiben, dachte ich verzweifelt und leckte mir die rissigen, salzigen Lippen.

Ich konnte ihm nicht helfen. Wollte ich es denn?

Peter umkreiste Alexej. Er entfaltete den ersten Brief, las einige Zeilen und schüttelte den Kopf. »Trotz all der

Mühe, die wir uns mit deiner Erziehung gegeben haben, hast du noch immer eine unmögliche Handschrift.«

Afrosinja lachte auf, doch Alexej liefen stumme Tränen über das Gesicht.

Peter blätterte in dem Bündel. »Ah. Hier ein Brief an den Kaiser in Wien. Wollen wir doch sehen, was du dem Trottel zu sagen hattest. *Wie Eure Majestät gehört haben, ist der Bastard meines Vaters von der Wäscherin krank. Mein Vater tut, was er möchte, und Gott tut, was er möchte.* Was hältst du von diesen Worten, meine Wäscherin?«, fragte mich Peter. »Was hat Gott wohl noch vor mit unserem Bastard?«

Ich wollte ruhig bleiben, aber es war unmöglich. Alexej hasste meinen Sohn. Er wünschte meinem Kind den Tod. Der Atem schmerzte mir, und der Gedanke mischte sich böse in mein Blut und bohrte sich mit giftigen Widerhaken in meine Seele. Ich vermied Alexejs Blick. Peter erwartete keine Antwort von mir. Er war wie ein Puppenspieler, der auch an meinen Fäden zog. Er entfaltete den nächsten Brief.

»Ah, dieser hier geht an deine Cousine Jekaterina Iwanowna in Mecklenburg. *Ich hoffe auf einen Aufstand der russischen Truppen in Mecklenburg, der allem Übel und damit meinem Vater ein Ende setzt...*'« Peter legte eine kurze Pause ein. Alexej krümmte sich auf dem kalten Boden und heulte. »Vater, bitte, ich habe keine Kraft...«

Peter fuhr ungerührt fort. »Und noch einer. Oh, an den Senat von Russland! Hör gut zu! *Die Grausamkeit und die Misswirtschaft meines Vaters haben mich aus dem Land vertrieben. Weshalb hasst mein Vater mich und liebt die Kinder seiner zweiten Frau von Herzen?*

Peter Petrowitsch ist ein schwacher, kränklicher Junge, der jederzeit sterben kann. Der Zar selbst kann bei seinem Lebenswandel jeden Augenblick von uns gehen. Ich bin vom Schicksal dazu ausersehen, über Russland zu herrschen. Gebt mich nicht der Vergessenheit anheim! Ich verspreche, das Althergebrachte wiederzubeleben. Es wird Euer Schaden nicht sein.«

Peter schöpfte Atem und las dann langsam und deutlich weiter. *»Wenn ich Zar bin, so soll Sankt Petersburg der Vergessenheit anheimfallen. Ich werde nach Moskau zurückkehren, die Flotte verbrennen, das Heer auflösen und alle Fremden verjagen lassen. Ich werde die Kirche und unseren Gott ehren…«*

Er verstummte. Die Stille in *Mon Plaisir* schluckte das Rauschen des Meeres, die Stimmen der Soldaten vor dem Haus, den Gesang der Vögel in den Bäumen, das Ticken der Uhren im Raum. Es gab nur noch die beiden Männer, verbissen in einem unsinnigen Kampf, den das Leben ihnen aufgezwungen hatte – Vater und Sohn. Alexej, der wie leblos am Boden lag, und Peter, der über ihm aufragte. Afrosinja hatte den Kopf in die Arme vergraben. Nach diesen Worten gab es für Alexej keine Rettung mehr.

»Setz dich auf, Alexej!«, befahl Peter ruhig.

Der Prinz zwang seine schwachen, zitternden Glieder auf. Peter sagte heiser: »Als Zar aller Reußen klage ich dich des Hochverrates an. Gestehst du?«

Ich hielt den Atem an. Alexej sah zu Afrosinja hinüber. In seinem Blick las ich weder Hass noch Zorn, sondern nur Schmerz und Verlorenheit. Sie weinte, wich seinem Blick aber nicht aus. Alexej seufzte, und die grauen Züge seines Gesichtes lösten sich vor Pein und Scham auf.

»Ich gestehe, mein Zar und Vater«, sagte er leise.
So leise, dass seine Worte sich fast in dem Lecken der Wellen über die Kiesel am Strand vor *Mon Plaisir* verloren.

An jenem Nachmittag teilte ich mich. Eine Frau blieb in *Mon Plaisir* bei dem hassenswerten Geschehen und seinen Zeugen. Sie gehörte auf immer zu Peter und liebte ihn aus einer langen, frohen Erinnerung heraus. Sie strahlte so hell im Abglanz seines Lichtes, dass sie alles und alle blendete. Niemand wagte es, ihr nahe zu kommen, niemand hörte den hohlen Klang, mit dem ihr Herz schlug. Eine andere Frau aber löste sich von diesem Schein und zog sich tief in sich zurück. Peter konnte ihrer nie mehr habhaft werden, dort, im kühlen Grund ihrer Seele. Lange Zeit trieb sie dort wie ein Boot ohne Ruder auf dem Strom des Lebens. Bis zu dem Tag, an dem der Blick eines anderen Menschen, eines anderen Mannes, sie in einen letzten, nie geahnten Hafen trug.

Ich schmecke den süßen Wind von *Mon Plaisir* noch immer auf meinen Lippen. Dann wird aus Zucker Salz, und ich erinnere mich an heiser geflüsterte Worte. Die Farbe von Schnee, der Geschmack von Tränen und die Weite der Ozeane.

70. Kapitel

Früh an jenem Morgen, an dem ein Gericht über Alexejs Schicksal entscheiden sollte, klopfte es an mein Schlafgemach. Ich rieb mir die Augen, mein Kopf drehte sich, und das Kind in meinem Leib regte sich empört ob der zeitigen Störung.

»Wer ist es?«, fragte ich überrascht Tatjana Tolstaja.

»Boris Petrowitsch Scheremetew. Ist es nicht zu früh, um ihn zu empfangen? Ihr seid nicht gekleidet und geschmückt.«

Ich kletterte aus dem Bett und lief barfuß über das warme Parkett. »Wenn es einen Mann auf der Welt gibt, der mich weder gekleidet noch geschmückt gesehen hat, dann ist es Scheremetew. Ich bin gleich bei ihm.«

Ich sah kurz nach draußen, über den Kai und den Fluss hinweg. Vor den Mauern der Peter-und-Pauls-Festung tanzten Boote auf den grünen Wellen, und die Sonne stand bereits leuchtend am Himmel. Es sollte ein schöner Junitag werden. Da öffnete sich das eiserne Gitter des Newators, und ein Tross Männer verteilte sich gleichmäßig auf den Barken. Ich runzelte die Stirn: »Sollte Boris Petrowitsch nicht schon seinen Sitz im Tribunal eingenommen haben?« Tatjana nickte stumm. Ich überlegte kurz. »Gib mir meinen Frisiermantel! Es eilt«, befahl ich, fuhr mir mit den Fingern rasch durch das Haar und betrat mein Vorzimmer.

Boris Petrowitsch drehte mir am Fenster den Rücken zu. Seine Schultern hingen, und sein Nacken war gebeugt. Er kniete umständlich nieder, als er mich sah, und keuchte leise vor Schmerz, denn er litt nach den kalten Nächten im Feld unter der Gicht. Mühsam wollte er wieder aufstehen, und ich half ihm sogleich auf die Beine. Wie schmächtig und ausgezehrt der Mann wirkte, der mich einst als Sieger von Marienburg auf sein Pferd gehoben hatte! Ich küsste ihn dreimal zum Zeichen des Friedens, und er errötete. »Zariza, danke, dass Ihr mich zu so früher Stunde empfangt …«

Ich schob Scheremetew zum Kamin, denn die Wärme milderte seine Beschwerden, ließ mich ebenfalls am Feuer nieder und klopfte mit der Hand auf den Sessel neben mir. »Ich weiß nicht, wie es dir geht, aber mir ist immer kalt. Komm, setz dich zu mir!«

Er lächelte dankbar. »Was gibt es, Boris Petrowitsch? Mein alter Freund kommt nur noch zu mir, wenn er eine große, große Bitte auf dem Herzen hat. Will dein Sohn sich einen Bart stehen lassen und Pope werden? Will deine Tochter Hosen tragen? Oder willst du Ländereien haben, die Menschikow gehören? Dann kann ich dir leider nicht helfen«, versuchte ich zu scherzen.

Scheremetew lächelte gequält. »Wenn es doch so leicht wäre …«

»Worum geht es dann?«, fragte ich und nahm seine Hand.

»Zariza«, sagte er, »ich habe mein Lebtag alles für meinen Herrscher getan. Alles. Bis zu meinem letzten Atemzug werde ich für Peter kämpfen, reiten, segeln, lernen ...« Er lächelte kurz bei den letzten Worten und sprach dann mit ernster Miene weiter. »Und für ihn tun, was ich noch lernte ... töten.« Er rang nach Atem. »Aber ich kann nicht dabei zusehen, wie ein Vater seinen Sohn richtet. Denn das Urteil, meine Fürstin, steht schon fest. Ich sage das nur dir. Außerhalb dieses Raumes wird man mir dafür das Fell über die alten Ohren ziehen.«

Die Kehle wurde mir eng. »Wie kann ich dir helfen? Gerade ich?«, fragte ich mit rauer Stimme.

»Ich habe um Befreiung vom Tribunal gebeten, aber der Zar hat meinen Boten mit seiner *dubina* verdroschen ...« Er barg das Gesicht in den Händen. »Es widerspricht jedem Gesetz Gottes und der Natur! Ein Vater, der sich an seinem Sohn vergreift und der dazu die Hilfe der Kirche und der Gerichte fordert ... Ich kann nicht in Ruhe sterben, wenn ich diese Taten bezeugen muss. Ich mag den Zarewitsch nicht. Ich kenne ihn ja von klein auf, und unter allen schlechten Menschen Russlands ist er der verworfenste. Dennoch ...«

Ich legte ihm meine zweite Hand auf den Arm. »Geh zurück in deinen Palast an der Moika, *otez!* Mir wird schon etwas einfallen, Boris Petrowitsch.«

Dann beugte ich mich dicht zu ihm. Seine Haut roch bitter und nach Alter. »Boris Petrowitsch, bist du sicher, dass das Urteil bereits feststeht?«, flüsterte ich. In jenen Tagen hatte jede Wand Ohren.

Er nickte und flüsterte mit brennendem Blick: »Vielleicht nicht für die Kirche oder das Tribunal. Aber im Herzen des Zaren ... ja.«

Als er gegangen war, trat ich wieder ans Fenster. Die Boote hatten mittlerweile von der Festung aus übergesetzt und legten vor der Admiralität an. Die Fuhrleute lehnten an den Laternenpfählen, kauten Tabak und sahen den Mädchen hinterher. Kinder versammelten sich am Kai und starrten die Festungsknechte an, die in den Booten Karten spielten. Der Atem schmerzte in meiner Brust. Solange Männer wie Boris Petrowitsch Scheremetew lebten, gab es noch Hoffnung für Russland.

Im Herzen des Zaren... ja. So hatte er gesagt.

Das Herz des Zaren aber ist in der Hand Gottes. So kann nur er die gerechte Antwort auf alle Fragen finden, schrieb das Kirchengericht, an das Peter sich gewandt hatte. Die Popen weigerten sich, ein Urteil über Alexej zu fällen. Ihren Beispielen aus dem Alten Testament, in denen ein Vater seinen irregeleiteten Sohn bestraft, standen jene aus dem Neuen Testament gegenüber. Dort lässt ein Vater Milde walten und verzeiht. Peter erhoffte sich von dem weltlichen Gericht aus über hundert Würdenträgern des Reiches eine klarere Antwort. Ich selbst sah ihn nur ein einziges Mal in der Zeit, als er über Alexej zu Gericht saß.

Er kam ganz überraschend in die Spielstube unseres Sohnes. Ich rutschte gerade auf den Knien mit einem kleinen Holzboot in der Hand durch den Raum. Peter Petrowitsch machte dazu die Geräusche von Wind, Wellen und Donner nach.

»Bumm!«, rief er und klatschte in die kleinen Hände. Ich umarmte ihn, und er roch nach der Junisonne und ersten Äpfeln. Wir waren viel zu selten allein miteinander, und die Zeit in Europa hatte mir entscheidende Monate seines Lebens gestohlen. Jetzt aber befreite er sich aus meinem Griff. »Vater!«, rief er. »*Batjuschka!*«

An der Tür standen Peter und Alexander Menschikow. Wohin wollten sie so früh am Morgen? Meine Haut prickelte, als Peter unseren Kleinen auf den Arm nahm, wo der blonde Knabe lächerlich zart wirkte. Hatte Peter Alexej je so gehalten?, fragte ich mich. Und was, wenn sich Peter eines Tages gegen unseren Sohn wandte, so wie jetzt gegen Alexej?

Die Antwort auf diese Frage machte mir so viel Angst, dass ich sie aus meinem Kopf vertrieb.

»Sehe ich recht, du hast eine Seeschlacht gewonnen, mein Prinz?«, fragte Peter den Zarewitsch. Der Kleine nickte mit glühenden Wangen und legte die Hände vertrauensvoll auf die Brust seines Vaters. »Ich bin sehr stolz auf dich. Bald nehme ich dich mit nach Kronstadt. Dort kannst du dir ein Boot aussuchen.«

Ich stand auf. »Wohin geht ihr so früh am Morgen?«

»In die Festung. Das Gericht braucht noch mehr Beweise für Alexejs Verrat«, erklärte Peter wie nebenbei.

»Noch mehr Beweise?« Ich legte die Hände auf meinen Leib. In einigen Wochen nur stand mir wieder eine Niederkunft bevor. Peter nickte mürrisch, doch Menschikow zwickte Peter Petrowitsch in die Wange. »Dreißig Schläge mit der Knute lösen noch jede Zunge.«

Mir drehte sich der Magen um, und ich suchte Halt an Peters Arm. Er strich mir über das Haar.

»Über solche Dinge sollte eine Frau in deinem Zustand nicht Bescheid wissen«, mahnte er mich. Ich fasste nach seiner Hand. Sie fühlte sich kalt an, doch ich wollte den Augenblick so seltener Vertraulichkeit nutzen. »Peter, ich flehe dich an«, flüsterte ich. »Töte ihn nicht, bitte! Beschmutz deinen Ruhm nicht mit Blut von deinem Blut! Quäl nicht das Fleisch von deinem Fleisch! Verbann ihn! Steck ihn in die Sägemühlen, oder wirf ihn in ein Kloster! Aber lass seinen Tod nicht über uns und unsere Kinder kommen!«

Peter musterte mich mit unergründlichem Blick. »Menschikow, ruf die Hofdamen der Zariza! Ihr ist nicht wohl, und sie braucht Ruhe«, befahl er. Im Hinausgehen drückte er unseren Sohn noch einmal an sich und küsste ihn zärtlich. Mich sah er nicht mehr an. Mein Herz krampfte sich in unbestimmter Furcht zusammen.

Nach der ersten Befragung durch den Zaren, so erzählte mir Tatjana Tolstaja weinend, musste Alexej drei Tage lang ruhen. Erst dann war er stark genug für die nächste Begegnung mit seinem Vater. Die Grausamkeit hielt Peter in ihrem schwarzen Netz gefangen, und er war trunken von Gestank nach Schweiß, Feuer und Blut in den Folterkammern. Macht über Leben und Tod war ihm nichts Neues, aber die Stunden des Verhörs benebelten ihm das Hirn. Er legte jedes der unsinnig hervorsprudelnden Worte seines gepeinigten Sohnes für seine Sache und gegen den Zarewitsch aus. Er sollte erst innehalten, wenn es nichts mehr zu gestehen gab, wenn nichts mehr gestanden werden konnte.

Nach weiteren Tagen und zahllosen Stunden der Qual für Alexej war es an einem sonnigen Junitag endlich so weit. Peter hatte die hundertsiebenundzwanzig Männer vom Hochverrat des Prinzen überzeugt. Nicht er fällte das Todesurteil, sondern das von ihm eingesetzte Gericht. Er wusch seine Hände in Unschuld. Der Prinz sollte hingerichtet werden, und Fürst Alexander Danilowitsch Menschikow war der Erste, der mit einem Kreuz neben seinem Namen das Urteil unterzeichnete.

Aber vielleicht gab es ja doch noch etwas zu erfahren. Vielleicht hatte Alexej trotz aller Torturen noch nicht alles gesagt. Vielleicht lauerte irgendwo in Peters riesigem Reich noch eine Verschwörerbande, die nur auf den rechten Augenblick wartete, um Alexej zu befreien.

Die Möwen schrien hell vor den Fenstern der Trubezkoibastion, ehe sie sich von der frischen Bö zum Meer hin tragen ließen, als am Nachmittag des Urteils an der Anlegestelle am Sommerpalast Peter und seine Männer in Boote stiegen. Ich kannte einige von ihnen. Mein *kum*, Fjodor Matwejewitsch Apraxin, stand am Bug des ersten Bootes. Der Minister Golowkin half gerade zwei Prinzen Dolgoruki auf die Planken, und Peter Schafirow saß bereits im Boot und sah auf das Wasser, während Fürst Trubezkoi auf ihn einsprach. Peter Andrejewitsch Tolstoi und Alexander Menschikow teilten sich eine Fähre mit dem Zaren, der breitbeinig sein Gleichgewicht auf dem Boot hielt. Peter spähte über das Wasser hinüber zur Festung.

Suchten sie Alexej noch einmal heim? Weshalb? Die Boote stießen vor dem Sommerpalast in Richtung Festung ab. Nur wenige Atemzüge später verschmolzen Peter und seine Männer mit der Finsternis des sternförmig hingebreiteten Bollwerks.

Schwerfällig kniete ich vor einer kleinen Ikone der Mutter Gottes nieder, und meine Finger zitterten, als ich sie zum Gebet faltete. Ich suchte in meiner Erinnerung nach Worten, als ich um Alexejs Seele betete. Dann mischte mir Alice Kramer einen Trank aus Johanniskraut und Laudanum, der mir einen unruhigen Schlummer schenkte.

In meinem Albtraum gebar ich dem Zaren ein Ungeheuer, das er ohne Zögern als sein Kind anerkannte.

71. Kapitel

Mitten in der Nacht hämmerten Fäuste gegen meine Schlafzimmertür. Ich schreckte auf. War ich noch berauscht, oder war dies ein Albtraum? Doch Alice stand an meinem Bett. Das Nachtlicht in ihrer Hand verzerrte ihre schmalen Züge zu einer unheimlichen Maske. »Wer kann das sein, Herrin?«, flüsterte sie ängstlich. »Holen sie uns nun auch?«

Es klopfte wieder, hart und fordernd. Mein Herz schlug wie rasend in der Brust, doch dann wich meine Furcht dem Zorn. Hatte ich dies alles überlebt, um mich vor einem Klopfen an der Tür zu fürchten? Wenn der Teufel selbst vor der Tür stand, so wollte ich ihm noch ein Gläschen Wodka anbieten, bevor er mich mitnahm. »Das werden wir gleich sehen!«, rief ich, rollte schwer aus dem Bett und riss die Tür auf. Menschikow lehnte am Türrahmen, so als trügen ihn die Beine nicht mehr. Hinter ihm kauerte ein in Lederfetzen gekleideter Krüppel, der ihm wohl den Weg geleuchtet hatte. Sein Gesicht konnte ich nicht erkennen, denn er trug eine Kapuze. Menschikow aber packte meine Handgelenke. »Alexander Danilowitsch, was ist in dich gefahren?«

»Katharina Alexejewna, komm mit mir! Jetzt, sofort. Er wird wahnsinnig«, stöhnte er. Menschikow stank nach Schweiß und Blut, und vor Erschöpfung lagen seine Augen tief in den Höhlen. Auf seinem Gesicht und den nackten Armen klebten dunkle Flecken. Ich löste die Hände aus seinem Griff und fuhr mit einem Finger darüber. Menschikow ließ es geschehen und schloss erschöpft die Augen. Ich schnupperte an meinem Finger.

»Das ist Blut. Habt ihr euch geschlagen? Ist dem Zaren etwas geschehen?«, fragte ich. Statt einer Antwort hob die zerlumpte, gebeugte Gestalt hinter ihm die Laterne höher. Ich unterdrückte einen Aufschrei. Menschikows gesamtes Gewand war von Blut durchtränkt. »Komm, ich flehe dich an«, wisperte er. »Komm schnell!«

»Nicht allein«, bestimmte ich. »Alice, zieh dir deinen Mantel über!«, befahl ich, während ich in meine Stiefel schlüpfte.

So folgten wir Menschikow und dem verkrüppelten Wärter der Peter-und-Pauls-Festung aus dem Sommerpalast hinunter an den Fluss. In der hellen Nacht lagen Nebelschleier über der Newa, die sich auf der anderen Seite des Flusses zu Nestern verdichteten. Auf der Barke wirbelten mir die Schwaden um die Knöchel und saugten sich gierig in den Saum meines Nachtgewandes, das mir feucht an den Waden klebte. In den Uferböschungen entdeckte ich Liebespaare, die die Wärme der hellen Nächte zu ihren Gunsten nutzten. Der Zauber der klaren Nachtstunden berührte mich nicht mehr: Eine Nacht, die nicht dunkel wurde, war wie ein Gleichnis des Wahns, der mitten unter uns herrschte.

Der Krüppel stieß unser Floß mit einem langen Stecken vom Ufer ab. Alice kauerte sich zu meinen Füßen auf die Planken, während er geduckt, aber mit gleichmäßigen Stößen das Boot auf dem stillen Fluss vorwärtstrieb. Menschikow und ich standen stumm und sehr dicht beieinander. Er schlang die Finger ineinander, damit sie nicht länger zitterten. Am Newator reichte mir Menschikow erst seinen Arm und hob Alice dann auf den Kai, ehe die Trubezkoibastion der Peter-und-Pauls-Festung uns schluckte. Ich folgte Menschikow durch die Gänge. Wasser rann an den grob behauenen Wänden herab und bildete Pfützen auf dem unebenen Steinboden. Wo der übel riechende Schein der zischenden Pechfackeln nicht hinreichte, flüchteten sich Ratten in die Schatten. Ich roch Moder, Erbrochenes, Auswurf und Tod. Nach den vielen Feldzügen an Peters Seite erkannte ich diesen Geruch vor allen anderen.

Alices Finger klammerten sich um meine Hand, als wir vor einer mit Eisenbändern verstärkten Tür aus Eichenholz innehielten. Das kleine Fenster daran war verriegelt. Was erwartete mich dahinter? Konnte ich denn selbst Menschikow noch trauen? Unwillkürlich zog ich den Umhang um meinen Hals zu.

Der Krüppel schloss die Tür auf. Die Wände der fensterlosen kleinen Zelle bestanden aus kaltem grauem Stein, und auf der Pritsche im Eck lag ein bis zum Kinn zugedeckter Körper. In den unsteten Flammen zweier Nachtlichter tanzten die Schatten wie die Geister der Unglückseligen, die diese Mauern verschluckt hatten. Ich wollte einen Schritt tun, als sich jemand auf mich warf. Ich taumelte, doch der Mann umklammerte mein Knie, sodass ich nicht stürzte.

»Menschikow, Hilfe!«, schrie ich, als ich Peters dunklen Schopf erkannte. Er krallte die Finger in meinen Umhang und mein feuchtes Nachthemd. Als er aufsah, fuhr ich zurück. Sein Gesicht zuckte, und Schaum stand ihm vor den blau gefärbten Lippen. Ich hob die Hand, brachte es aber nicht über mich, ihn zu berühren.

»Katerinuschka!«, stöhnte er. »Gott sei Dank! Ich habe nichts getan, hörst du? Ich weiß gar nicht, wie alles gekommen ist... Hilf mir! Es ist nicht meine Schuld«, schluchzte er so laut, dass es in der kahlen Zelle widerhallte. »Hilf mir! Hilf mir! Hilf mir!« Seine Stimme brach, und er heulte wie ein Tier.

»Hilf mir, Menschikow!«, sagte ich, und wir zogen Peter zu einem Schemel.

»Nun bist du da. Alles wird gut. Ich habe ja nichts getan. Es war ja nicht meine Schuld...«, murmelte er weiter. Alice kniete vor Peter nieder und nahm seine Hände in die ihren, als ich an die Pritsche und zu dem schlafenden Mann trat. Nun erst sah ich den Wächter neben ihm, der das Haupt in den Händen vergraben hatte. Schlief er? Ich berührte ihn an der Schulter, und er sah auf. Es war Peter Andrejewitsch Tolstoi. Das Blut in meinen Adern floss dick und schwer, und ich stählte mich innerlich, als ich mich zu der Pritsche niederbeugte. Es war Alexej und doch nicht Alexej, denn er war kaum mehr als dieser, als Mann, als Mensch zu erkennen. Sein Gesicht war schwarz angelaufen, und die Augen quollen ihm aus den Höhlen. Aus dem aufgerissenen Mund ragten noch wenige zerbrochene Zähne, und die zur Hälfte durchschnittene Zunge schwoll aus seinem Kiefer hervor. Die Nase war mehrfach gebrochen und eingedrückt, die Ohrläppchen waren beide zerrissen. Er schlief nicht, sondern seine Augen waren weit aufgerissen und tot.

»Alexej«, flüsterte ich, kämpfte gegen meine aufsteigende Übelkeit an und strich ihm über die Lider. Doch seine Augen ließen sich nicht schließen, sondern starrten mit einer schrecklichen Anklage ins Leere. Ich wollte die Decke von seinem Körper ziehen, doch Tolstoi hielt mich zurück.

»Um der Liebe Gottes willen, tut das nicht, meine Zariza!«, flehte er. »Ihr seid schwanger.«

Ich aber zog die zerschlissene Decke dennoch zurück. Bei Alexejs Anblick wich ich trotz Tolstois Warnung vor Entsetzen zurück. Menschikow hielt mich, bis meine Übelkeit schwand. Dann sah ich wieder auf die Pritsche hinunter. Man hatte dem Prinzen mit glühenden Zangen das Fleisch von den Gliedern gezogen und ihm alle Knochen gebrochen. Ihre Enden stachen ihm durch die Knie, die Hüften und die Brust. Wo ihm noch Haut am Körper geblieben war, war sie schwarz und striemig von Peitschenhieben. Auf keinem Schlachtfeld hatte ich je einen so gequälten Menschen gesehen. Kein wildes Tier misshandelte seine Beute auf diese Weise.

»Großer Gott!«, keuchte ich.

Peter hob den Kopf. »Ich bin unschuldig daran, glaub mir!« Alice umarmte ihn, und er schluchzte wie ein Kind an ihrer Brust.

Ich überwand meinen Ekel und streichelte Alexejs Haar. »Nun hast du Frieden«, murmelte ich. Da löste sich sein Kopf vom Rumpf und rollte wie ein Ball zur Seite. Ich schrie laut auf und wich zurück, die Hände vor den Mund gepresst, doch Menschikow hinderte mich am Davonlaufen. »Der Zar«, flüsterte er. »Der Zar war außer sich vor Zorn, als Alexej bei der zweiten Folter heute unter seinen Händen verstarb. Dass er überhaupt so lange gelebt hat, ist bei Gott oder dem Teufel ein Wunder. Vor Wut hat Peter mit meinem Schwert Alexejs toten Körper enthauptet. Nun ist er dem Wahnsinn nahe...«

Ich verstand Menschikow und verstand ihn doch nicht. Mir schlugen die Zähne aufeinander, und mein ganzer Körper war taub und schwer. Gleichzeitig schoss ein heißer Schmerz wie eine erste Wehe durch mich hindurch. Sollte ich hier, inmitten dieses Grauens, niederkommen?

»Was sollen wir tun?«, drängte Menschikow. »Alexej muss öffentlich aufgebahrt werden. Sonst werden alle sofort vermuten, dass der Zar ihn getötet hat.«

»Vermuten werden sie es. Was willst du denn sonst als Todesursache für den Prinzen angeben?«, keuchte ich.

Menschikow hob die Schultern. »Einen Schlaganfall vielleicht. Oder seine Schwindsucht. Alle wissen, dass er bei schwacher Gesundheit war...«, schlug er vor, aber es klang mutlos. Wenn er selbst nicht von seiner Erklärung überzeugt war, wie wollten sie da Russland und ganz Europa täuschen?

Ich biss mir auf die Lippen, bis ich Blut schmeckte.

»Alice«, sagte ich dann sanft.

Sie sah auf. Peter weinte noch immer an ihrer Schulter.

»Was ist mit ihr?«, fragte Menschikow.

»Du holst den Garnisonsarzt! Er soll seine Medikamente und auch sein Feldbesteck mitbringen«, befahl ich statt einer Antwort. Minuten später war der blasse kleine Mann aus dem Bett geholt worden, denn unter seinem Mantel sahen die nackten Beine und die Füße in Sandalen aus Holz und Bast hervor. Er verneigte sich und betrachtete unsicher und verängstigt den Leichnam auf der Pritsche.

»Lass uns alles da, was wir benötigen, um Wunden zu nähen!«, forderte ich und nahm ihm sein Feldbesteck ab. »Außerdem brauchen wir Alkohol. Sehr viel Alkohol.«

Er gehorchte, und Menschikow schob ihn aus der Zelle. »Vergiss, was du gesehen hast, wenn dir dein Leben lieb ist!«, drohte er noch, bevor er die Tür wieder verriegelte.

Ich schraubte die Flasche mit dem Alkohol auf und fädelte einen groben Faden in die weite Öse der Nadel. Dann kniete ich neben Alice nieder, nahm ihre Hände in die meinen und sah ihr in die Augen. »Alice, ich muss dich um etwas Großes, Ungeheuerliches bitten. Aber wir beide, der Zar und ich, werden es dir nie vergessen, wenn du die Aufgabe erfüllst.«

»Was ist es, Herrin?«, flüsterte sie, während sie weiterhin Peters Haar streichelte. Der Zar beruhigte sich ein wenig, wie es schien. Sein Atem ging ruhiger, der Schweiß auf seiner Stirn trocknete. Ich holte tief Atem. »Ich möchte, dass du den Zarewitsch wäschst und ihm die Knochen richtest. Er soll wieder wie ein Mensch aussehen.«

Sie nickte, doch ich ergriff ihre Handgelenke und zwang sie, mir in die Augen zu sehen. »Dazu, Alice, wird man ihm auch den Kopf wieder annähen müssen.« Ich sprach sehr leise, so als hoffte ich, die Worte selbst nicht hören zu müssen. Im Dämmer der Zelle war der Ausdruck ihrer Augen undeutbar, doch ich hielt ihr Nadel und Faden wie auch die Flasche Alkohol und das Feldbesteck entgegen. Ihr Nachtgewand raschelte, als sie an Alexejs Pritsche trat. Tolstoi überließ ihr stumm und mit einer kleinen Verneigung seinen Platz neben dem Leichnam. Er und Menschikow drehten Alexej so, dass seine Schultern auf Annas Knien ruhten. Den Kopf legten sie ihr lose in den Schoß. Er blickte Alice mit seinen toten, starren Augen an, als sie mit unsteten Fingern den ersten Stich durch die geschwärzte Haut an Hals und Rumpf vornahm, den Faden verknotete und ihn mit einem scharfen kleinen Messer abschnitt. Mit jedem Stich wurden ihre Finger ruhiger, doch große, stille Tränen flossen ihr über die Wangen und tropften heiß auf Alexejs starres, totes Antlitz.

Der Kerzenschein verlieh ihrem Anblick etwas so Weiches und Gütiges, dass die umstehenden Männer, Alexejs Mörder, die Augen niederschlugen.

Der Tag färbte den nachtweißen Himmel, als Peter und ich im Boot zum Sommerpalast zurückfuhren. Das Wasser schluckte dumpf die Ruderschläge unserer Barke. Peter schwieg während der Überfahrt, hielt meine Hände aber so fest umklammert, dass meine Finger erstarrten. Erst als wir am Steg vor dem Palast anlegten, hob er den Kopf, und das Morgenlicht fiel in seine rot geäderten, erschöpften Augen.

»Sag mir, dass ich ein Mensch bin, Katerinuschka!«, flüsterte er. »Sag mir, dass du bei mir bleibst.« Die Wellen schwappten gegen den Bug des Bootes, als Peter in den bleichen Himmel starrte, wo schwarze Vögel kreisten. »Weißt du, was die Folterknechte der Bastion mir geschworen haben?«, fragte er heiser. Ich schüttelte stumm den Kopf. »Sie sagten, dass Alexejs Seele ihm als Krähe aus dem Mund gefahren sei.« Er sprang auf, und das Boot schwankte so heftig, dass ich mich an den Seiten festhalten musste. Peter drohte dem Himmel mit der Faust. »Keiner dieser Vögel soll leben! Keiner!«, schrie er, und seine Worte mischten sich mit dem Wellenschlag gegen den Bug des Bootes. Ich sah der Newa nach, wie sie sich in der Bucht von Finnland verlor. Das blasse Licht der Nacht füllte sich rasch mit der Kraft des Tages. Ich half Peter aus dem Boot, und am Steg warteten bereits zwei Lakaien auf uns. Ich ließ sie den Zaren ins Bett bringen und bereitete ihm selbst einen schweren Schlaftrunk zu.

Am darauffolgenden Abend feierte Peter den Sieg von Poltawa, der sich zum neunten Male jährte. Er zwang mehr Menschen als je zuvor, durch ihre schiere Anwesenheit den Schlaf und die Geister von ihm fernzuhalten. Mir war heiß unter meinen Juwelen und der pastigen Schminke, die ich auf seinen Befehl hin aufgelegt hatte, und ich schüttete insgeheim jedes zweite Glas meines Tokaiers zu Boden. Beim Geschmack des süßen Weines musste ich würgen. Der Zar fütterte unseren kleinen Sohn mit kleinen Stücken von gebratenem Wildschwein und Pilzpasteten. Der junge Zarewitsch hatte Soße an der Wange kleben und klatschte bei jeder Salve in die Händchen, die die Luft vor dem Palast zerriss. »Seht ihr das? Ein echter kleiner Soldat. Nächsten Sommer bekommt er sein erstes Segelboot«, jubelte der Zar. Elisabeth und Anna wagten nicht, von ihren Tellern aufzusehen. Den ausländischen Würdenträgern war es verboten worden, Hoftrauer anzulegen. Alexej war als Hochverräter gestorben. Vor Sensationsgier vergaßen sie sogar ihre Pflicht, sich mit der Schöpfkelle aus den Kübeln mit Wodka zu bedienen. De Campredon schrieb mit fliegenden Fingern in sein kleines Tagebuch.

Alexejs Leichnam wurde gewaschen, reich gekleidet und unter einem weißen Baldachin in der Dreieinigkeitskirche aufgebahrt. Seinen Sarg bewachte eine Ehrengarde, die vor allem verhindern sollte, dass Neugierige dem Leichnam zu nahe kamen. Um den Hals des Toten war ein prachtvolles persisches Tuch geschlungen. Niemand sollte Alice Kramers feine Stiche sehen. In dumpfem, stummem Staunen zog das Volk an dem toten Prinzen und ehemaligen Zarewitsch vorbei. Der Hof selbst war noch trunken von den Feierlichkeiten der letzten Tage. Zwischen zwei Kirchenliedern beugte sich Menschikow zu mir herüber. »In meinem Kopf vermischen sich die Trinklieder mit den Hymnen, also halte ich lieber das Maul«, flüsterte er mir zu.

Während des Gottesdienstes weinte Peter Rotz und Wasser, ehe er Prokopowitschs Predigt über den verdorbenen und verlorenen Sohn Absalom lauschte. Dann trat er an Alexejs Sarg. Er strauchelte und hielt sich am Rand der Bahre fest, bis er sein Gleichgewicht wiederfand. De Campredon verzog den Mund, als der Zar Alexejs kalte Lippen küsste. Die Lippen, die niemanden mehr anklagen konnten, die Lippen, die das Werk seines Vaters nie wieder anzweifeln würden. Als Peter sich aufrichtete, waren seine Wangen gerötet und sein Blick frisch und wach. Er blickte über die Menge hinweg in die Zukunft.

72. Kapitel

Peter Andrejewitsch Tolstoi wurde zum Dank für seine Jagd auf Alexej zum Grafen ernannt, und der einzige Mensch, dem ich Peitsche und Folter gewünscht hätte, kam mit heiler Haut davon: Afrosinja heiratete einen Offizier und führte ein Leben in Frieden und Wohlstand. In der Hölle, so hoffte ich, sollte sie die Strafe für ihren Verrat erhalten. Zwei Monate nach Alexejs Tod gebar ich eine Tochter. Peter herzte sie und verbarg seine Enttäuschung darüber, dass ich ihm keinen Sohn geboren hatte. »Das nächste Mal, Katerinuschka. Das nächste Mal«, sagte er leichthin und lachte entzückt, als sich die kleine Hand der Zarewna Natalja Petrowna um seinen Finger schloss. »Sie ist stark wie eine Bärin.« Ich ernannte Alice Kramer zu ihrer ersten Oberhofdame, doch als sie den Säugling zum ersten Mal in die Arme schloss, entdeckte ich eisgraue Strähnen in ihrem aschblonden Haar. In der Nacht nach Alexejs Tod hatte sie ihre Jugend verloren.

Der erste Schnee fiel spät in jenem Jahr. Flocken tanzten durch die Nacht, als wir in Menschikows Palast den Namenstag des heiligen Andreas feierten. Die ersten Speisen wurden gerade aufgetragen, als die Doppeltüren des vergoldeten Saales sich öffneten und ein Bote hereinkam. Er war bis auf die Knochen nass und konnte sich vor Erschöpfung kaum aufrecht halten. Menschikow stand auf, während Peter entzückt mit Tolstois Mohr Abraham Petrowitsch Hannibal und dessen sprechenden farbigen Vögeln spielte. Der schwarze Mann war Peters Patensohn, und der Zar hatte ihn in Paris studieren lassen. Nun schrien die Vögel gerade wild durcheinander. »Gib mir zu saufen! Gib mir zu saufen!«, krähte der eine, der andere antwortete: »Dafür bezahlst du mit deinem Kopf, du Hundsfott.«

Peter füllte lachend Wodka in ihre Tränke. »Das macht sie noch geschwätziger!«, rief er. Der Mohr lachte ebenfalls mit großen weißen Zähnen. Stimmte es, dass er das Bett der Prinzessin Müssen-Puschkin teilte?

Menschikow ging dem Boten entgegen und stützte ihn, während er ihm lauschte. Dann wurde er blass und sah zu Peter hinüber, der gerade dem Vogel auf seiner Schulter die roten und blauen Schwanzfedern zupfte, ehe er Abraham umarmte und ihn auf den vollen Mund küsste. »Was für ein schönes Geschenk! Danke. Ich werde sie in *Mon Plaisir* halten«, jubelte er. Abraham umarmte Peter, und seine Muskeln spielten unter der samtig dunklen Haut. Einige Damen, so schien es mir, seufzten leise.

Der Bote sank erschöpft neben der Tür auf einen Stuhl, trank durstig aus einem Humpen Bier und kaute an einer Schweinshaxe. Der arme Mann war sicher seit einer Woche nicht aus dem Sattel gekommen. Menschikow aber bahnte sich langsam seinen Weg durch die Menge, hin zu Peter. Was war geschehen? Peter sah auf. »Warum so ein griesgrämiges Gesicht, *Alekascha*?«, grinste er. »Bist du etwa eifersüchtig auf meine Vögel?«

Alexander Danilowitsch verneigte sich. »Mein Zar, Euer Feind und Gegner, Karl der Zwölfte, König von Schweden, ist tot.«

Peter streichelte stumm die bunten Federn des Vogels, der an seiner Schulterklappe knabberte. Er zwinkerte verwirrt. »Tot?«, wiederholte er, wie ohne zu begreifen.

Menschikow nickte. »Er belagerte die Festung Frederiksten in Dänemark, als eine irregeleitete Kugel ihn in den Fuß traf. Seine Soldaten trugen ihn für Tage mit sich, aber die Wunde eiterte. Sein eigenes giftiges Blut hat ihn getötet.«

Peter reichte Abraham den Vogel auf seiner Schulter. Er klatschte in die Hände. Die Musik verstummte, und ringsum wurde es still. Alle sahen den Zaren an.

»Mein Vetter, der König der Schweden, ist einer heimtückischen Verwundung erlegen«, erklärte er, ehe er beide Fäuste ballte und damit triumphierend in die Luft stieß. »Karl der Zwölfte ist tot! Der Feind Russlands ist nicht mehr!«

Seine Worte fielen unter Menschikows Gäste wie Steine in ein tiefes Wasser. Sie schlugen keine Wellen, sondern zogen Kreise erstaunten Schweigens. Karl war so lange Teil unseres Lebens, unserer Furcht gewesen, dass wir uns eine Welt ohne ihn nicht vorstellen konnten. Peter packte seine Adlertasse mit beiden Händen. »Die dunklen Wolken haben sich verzogen. Es lebe das Licht!«, rief er und wollte trinken.

Doch bevor die Gäste in seinen Trinkspruch einfallen konnten, schluchzte jemand auf. Peter fuhr herum. Als ich seinem Blick folgte, stockte mir der Atem. Dort, an einem Tisch neben dem Vogelkäfig, saß die schönste junge Frau, die ich je gesehen hatte. Sie weinte hemmungslos, doch ihre Tränen trübten den Glanz ihrer hellgrünen Augen in keiner Weise. Sie wischte sich die rosigen Wangen und schob einige lose Strähnen ihres schweren goldblonden Haars hinter die Ohren. Nur ihre volle Brust hob und senkte sich noch vor unterdrückter Aufregung.

»Weshalb weinst du, Mädchen, wenn der größte Feind deiner Heimat stirbt?«, fuhr Peter sie an. Hatte er ihre außergewöhnliche Schönheit bemerkt? In Zeiten des Zorns verschloss er sich vor der Welt. Das Mädchen aber erwiderte ruhig: »Ich betrauere nicht unseren Feind. Im Gegenteil.« Ihre Stimme klang wie eine Bronzeglocke.

»Was bereitet dir dann Kummer?« Peter beugte sich drohend über sie. Sie aber wich seinem Blick nicht aus.

»Ich weine, weil der Frieden nun weiter von uns entfernt ist als je zuvor. Auf Karls Tod, mein Zar, können nur Wirren und Verzögerung folgen.«

Peters Augen wurden feucht. »Wie heißt du?«, fragte er die junge Frau, die ihm eine Träne von der Wange wischte. Ich wollte sie ohrfeigen, als sie sagte: »Ich bin Maria Kantemir, Prinzessin von Moldawien.«

Peter küsste ihre Finger. »Prinzessin. Übertrifft deine Schönheit deine Klugheit, oder ist es umgekehrt?«

Sie schlug die Augen nieder, und ihre langen schwarzen Wimpern warfen Schatten auf ihre Wangen. Ein feines Lächeln umspielte ihre vollen Lippen. Peter ließ ihre Hand nicht los, als er rief: »Trinken wir auf die Weisheit der Prinzessin von Moldawien! Und weinen wir über den verlorenen Frieden!«

Gehorsam schluchzten alle in ihre Tassen. Über den Rand meines Glases hinweg musterte ich Maria Kantemir. Ich erinnerte mich an sie, damals, als wir uns zum Feldzug an den Pruth sammelten. Sie war ein erstaunlich hübsches Kind gewesen, aber Versprechen dieser Art wurden leicht durch Krankheit oder frühen Tod gebrochen. An diesem Abend aber verloren im Vergleich zu ihrer Schönheit die bunten Federn der Vögel Farbe und Glanz. Sie führte ihr Glas zum Mund. Spielte da ein Lächeln um ihre Mundwinkel, oder hielt mich das unstete Licht der Kerzen zum Narren?

Die bunten Vögel krächzten, und ihr dummes Geplapper steigerte sich zu einem Sturm in meinen Ohren. Sein Tosen schluckte die heitere Musik und die frohen Worte der Runde und riss meine Gedanken mit sich fort. Der Wein rann rot durch Maria Kantemirs Kehle, und ihre Haut schimmerte wie der Honig wilder Bienen. Als sie Peter lächelnd ein weiteres Mal zutrank, wirkte sie im Kerzenlicht wie ein Standbild aus purem Gold. »Gott schütze uns und gebe uns Frieden!«, murmelte sie.

Wie hatte ich Peters andere Geliebte wie das Kind Jekaterina Iwanowna je fürchten können? Diese Frau, so wusste ich, sollte mir Leid bereiten.

73. Kapitel

Gott gab uns den Frieden, wenn auch erst nach den Wirren und Verzögerungen, die Maria Kantemir uns vorausgesagt hatte. Die neue schwedische Königin Ulrica Eleonora wandte sich zunächst an England und Wien um Hilfe. Pflichtschuldig griff der englische Admiral Norris russische Bastionen am Ufer von Skåne an. Menschikow lachte Tränen, als er uns berichtete, wie ein streunender Hund zu Tode getroffen wurde und eine *banja* in Flammen aufging. Dann, im ersten Frühjahr nach Alexejs Tod, begann der zweite Friedenskongress von Åland.

Im April, in der Zeit der *ottepel*, die sonst auch das Eis in unseren Herzen schmolz und unsere Seelen mit neuer Lebenslust füllte, bekam mein kleiner Sohn Fieber. Einen Tag nachdem sich erste tiefrote Flecken auf der Haut hinter den Ohren und an den Armen gezeigt hatten, verlor Peter Petrowitsch das Bewusstsein. In einem stillen, verzweifelten Handel bot ich Gott alles, aber auch alles an, was ich besaß und was er nur haben wollte. Nur meinen kleinen Sohn sollte er mir lassen. Ich hörte mich flüstern: »Nimm mir Anna, mein Gott. Nimm mir Elisabeth. Nimm mich. Nimm sie beide, nimm uns alle, aber ihn lass leben...«

Meine Ohren schämten sich nicht einmal der Worte, die sie hörten, so bitterernst war es mir mit einem solchen Tausch. Der Anblick des fieberheißen kleinen Körpers raubte mir den Verstand. Vor Angst versiegten selbst meine Tränen. Peter war auf seinem Weg zurück von Kronstadt nach Sankt Petersburg. Wenn er nur bald käme und bei mir wäre! In einer weiteren langen Nacht löste ich meine Finger nicht aus dem Gebet und wachte am Bett meines kleinen Peter. Am darauffolgenden Morgen konnte er mich nicht mehr hören, sondern sah mich nur stumm mit seinen gläsernen Augen an. Weder meine Worte noch meine Zärtlichkeiten erreichten ihn noch, und seine kleinen Finger lagen schlaff und heiß in den meinen. Blumentrost wollte ihn zur Ader lassen. Apraxin wie auch Menschikow hielten mich mit aller Kraft zurück, damit ich dem Arzt nicht die Haut am Körper striemig peitschte.

Am Abend desselben Tages tat mein kleiner Sohn seinen letzten gequälten Atemzug.

Peter Petrowitsch, der Zarewitsch, war tot.

Als seine zarte Brust sich nicht mehr hob und senkte, hörte ich jemanden schreien. Es klang wie ein Tier auf dem Schlachtblock. Erst später begriff ich, dass ich es selbst gewesen war. Ich spürte weder meine eigenen Fingernägel, die mir das Gesicht zerkratzten, noch die wahnsinnige Kraft, mit der ich mir Haarbüschel ausriss, nicht das Blut, das mir über Hände und Arme lief, weil ich mit den Fäusten gegen die Wände schlug, Spiegel zertrümmerte und mich an ihren Scherben schnitt.

Erst Peter brachte mich mit seinem eigenen Kummer wieder zur Besinnung. Diesmal konnte er sich nicht mit

Gottes Willen trösten, das wusste ich, denn Gottes Wille war überdeutlich. Er bestrafte Peter und mich für alles, was wir Alexej angetan hatten. Ich hatte mich über den kleinen Leichnam meines Sohnes geworfen, als er die Tür zum Sterbezimmer aufriss. Der Zar trug noch seine mit Matsch und Pferdedung verschmierten Stiefel, und sein Gesicht war dunkel vor Dreck nach dem verregneten Ritt. »Peter!«, schrie er. Seine Arme legten sich wie ein Schraubstock um uns und ließen mich unter meinen Tränen nach Luft ringen. Dann riss er unseren kleinen Sohn aus dem Bett und schüttelte ihn so heftig, dass dem Leichnam die Zähne aufeinanderschlugen.

»Sag mir, dass du lebst, mein Engelchen! Lass dein Väterchen hier nicht allein! Peter, Zarewitsch, sag doch etwas!« Peter betrachtete kurz und erstaunt das blasse Gesicht des Prinzen, der seinem Befehl nicht mehr gehorchen konnte, und presste ihn dann an sich. Er sah zum Himmel auf und schrie so laut, dass sich der Pope bekreuzigte, der schwarz wie eine Ackerkrähe in der Ecke kauerte. Peter wiegte den toten Sohn, und seine Schultern schüttelten sich vor Schluchzern. »Komm zurück, komm zurück!«, weinte er, als er in die Knie brach. Ich wischte mir das Blut und die Tränen vom Gesicht und kroch zu ihm hinüber. Sein Weinen wurde leiser und sein Atem ruhiger, je länger ich so bei ihm kauerte und ihn und unseren Sohn umarmte. So verharrten wir lange Zeit. Ich wagte nicht, mich zu regen, und sog sehnsuchtsvoll den Duft ein, der noch aus dem Haar des kleinen Peter strömte. Seine Haut war wächsern, doch ich presste verzweifelt seine Finger. Vielleicht wollte er ja doch den Druck erwidern?

Es war Menschikow, der uns als Einziger von unserem

toten Sohn zu lösen wagte. Ich fauchte wie eine Wildkatze und schlug nach ihm, kratzte und biss, aber er setzte sich nicht zur Wehr. Peter selbst war es, der mich letztendlich zum Aufstehen zwang und mich in meine Gemächer bringen ließ.

Wohin er selbst ging, das wusste ich nicht.

Alexander Danilowitsch Menschikow kümmerte sich um das Begräbnis des Zarewitsch. Peter, so verstand ich nur durch die Schleier meines kummerbetäubten Geistes, schloss sich auf Tage in sein Zimmer ein und verweigerte jede Nahrung. Was er jedoch annahm, waren die Flaschen mit Branntwein und Wodka, die ihm Pawel Jaguschinski vor die Tür stellte. Ich selbst lag über Wochen in meinem dunklen Zimmer. Die Sorgenvögel nisteten in jeden Winkel meiner Seele, krallten sich in mein Herz, und als ihre Jungen schlüpften, hatten sie statt Federn Stacheln an den Flügeln. Mehr als einmal überlegte ich, wie ich mir das Leben nehmen konnte. Gott hatte mir so viele Kinder genommen, weshalb konnte er mir nicht dieses eine lassen? Nur meinen Sohn, an dessen Leben für unzählige Menschen so Unermessliches hing.

Peter aber brauchte einen Sohn und Russland einen Erben.

Wochen später hörte ich mittags aus meinem Studierzimmer ein Geräusch, Schritte. Ich ging barfuß und im Nachtgewand in den Nebenraum. Dort hatte man die Fenster seit Wochen nicht geöffnet, und die Luft war heiß und stickig.

Zu meiner Überraschung stand Peter am Fenster. Mein Herz tat einen Sprung. Er hatte mir so gefehlt.

Konnten wir nicht zusammen trauern? »Mein Liebster«, sagte ich leise. Er drehte sich um, und bei seinem Anblick erschrak ich. Seine Gesichtszüge waren geschwollen, seine Augen blutunterlaufen, die Pupillen darin klein wie Nadelköpfe. Er musste berauscht sein und lachte bitter auf. »Keine Angst, Katerinuschka! Du siehst auch nicht viel besser aus. Wir sind beide hässlich wie die Nacht. Komm her!«

Er hatte recht, das wusste ich. Meine Sorgenvögel ließen sich nur mit Wodka im Zaum halten. Ich musste viel, ja sehr viel trinken, bis sie sich mürrisch krächzend in ihre Nester verzogen. Ich trat neben ihn. Wen beobachtete er? Dann umfasste ich seine Hand, und seine Finger umschlossen die meinen. Dort, zwischen den Rosenbüschen, spielte Alexejs Sohn Petruschka mit seiner älteren Schwester. Die Kinder hatten zwischen zwei Steinfiguren ein Seil gespannt, über das sie wiehernd wie kleine Pferde hinwegsprangen. Wie kräftig sie aussahen, Sophie Charlottes und Alexejs Nachkommen! Sie lachten, und ihre Wangen waren von der frischen Luft gerötet. Peter dachte sicher dasselbe wie ich. Unseren Sohn fraßen derweil die Maden.

»Weshalb ist er so stark, der Sohn meines Sohnes?«, murmelte er. Ich erschrak fast, ihn von Alexej sprechen zu hören. Seit seinem Tod hatte niemand mehr seinen Namen nennen dürfen. »Und sieh dir seine Schwester an! Sie ist recht hübsch, die Tochter der deutschen Bohnenstange. Ihre Haare glänzen, und sie ist wohlgestaltet«, sagte er bitter.

Ich legte einen Arm um ihn und roch seinen Schweiß und seine Schlaflosigkeit. Wie viele Wochen war er nicht mehr im Badehaus gewesen?

»Hass sie nicht, nur weil sie seine Kinder sind!«, flüsterte ich und legte ihm den Kopf an die Schulter. »Erzieh sie zu guten Kindern deines Hauses! Ihr Vater ist nicht ihre Schuld.«

In die Stille und in unseren Herzschlag hinein mischte sich das Lachen der beiden Kinder. Peter schüttelte den Kopf. »Ihre Geburtstage sollen nicht Teil des Hofkalenders sein. Sie soll unverheiratet bleiben und er nie Zarewitsch werden. Es langt, wenn er lesen und schreiben lernt. Mehr muss nicht sein. Alexejs Sohn soll nie herrschen«, entschied er, und seine Stimme klang nach Asche. Er ging zur Tür und wandte sich noch einmal um. »Gott hat mich zu sehr gestraft, als dass ich noch einen Handel mit ihm eingehen wollte«, sagte er heiser und strich sich das wirre Haar aus dem Gesicht. »Ich bin in Peterhof, solltest du mich suchen.«

Die Trauer in seiner Stimme hallte noch lange, nachdem er gegangen war, in meinem Herzen nach.

Ich zog die Vorhänge vor das Fenster, um das helle Frühlingslicht auszusperren, aber der Stoff erstickte nicht die Stimmen der beiden Kinder im Garten. Ich löste mir mehrere Löffel Laudanum in warmen Wein auf und ging mitten am Tag wieder zu Bett.

In meinen Träumen klang das Kreischen der Sorgenvögel wie Kinderlachen.

Peter verschwieg den Tod unseres Sohnes in den wöchentlichen Briefen nach Europa. Die Nachricht verbreitete sich dennoch in Windeseile. Natürlich wusste er… und wusste ich… und wussten alle, was man sagte. Auge um Auge, Zahn um Zahn, Sohn um Sohn. Auch in Russland betrachtete man insgeheim den Tod des kleinen Peter als die Strafe für Alexejs Tod, so wie wir selbst auch. Niemand wagte wohl, dies öffentlich auszusprechen. Ein Mönch, der Menschikow gehörte, wurde doch dabei belauscht, und Alexander Danilowitsch ließ den Gottesmann in einem großen Kessel zu Tode schmauchen. Die grausame Strafe tat der bitteren Wahrheit keinen Abbruch. Nach so vielen Jahren hatte der Zar aller Reußen keinen Thronfolger.

Nach dem Tod des Zarewitsch stürzte sich Peter in eine neue Geschäftigkeit, bei der ich die stumpfe Leere in meinem Innern noch schmerzlicher fühlte. Er gründete neue Schulen, überprüfte selbst den Druck der militärischen Schriften, weihte neue Schiffswerften ein, ließ Tausende von Kadetten ausheben, bestimmte neue Gesetze zum Verkauf von *Seelen*, schloss die Einteilung von Russland in fünfzig neue Provinzen ab, gab ein umfassendes neues Gesetzeswerk in Auftrag und teilte sein Volk in zweiundzwanzig neue Stände ein. Dann floh er aus Sankt Petersburg. Wer wärmte seinen Körper, wenn schon nicht sein Herz? Wer empfing seinen Samen?

Nie zuvor hatte ich solche Angst empfunden. Sollte ich alles verlieren, was mir lieb war?

Im Herbst scheiterte der Friedenskongress von Åland zum zweiten Mal. Alle Schuld gaben Pawel Jaguschinski, James Bruce und Ostermann der schwedischen Königin Ulrica Eleonora. »Sie will keinen Frieden und ist schlimmer, als es ihr Bruder war. Starrsinnig wie ein Bauernmädchen«, schimpfte Jaguschinski bei einem Abendessen nach seiner Rückkehr. »Eine Frau auf dem

Thron, welch aberwitzige Vorstellung! Sie sollte ihren Mann krönen lassen.«

Ich schlug ihm scherzhaft mit meinem Fächer auf den Arm. »Ich sehe nicht ein, weshalb eine Frau unbedingt schlechter herrschen sollte als ein Mann.«

»Weiber, mit Verlaub, meine Zariza, können ihren Verstand nicht zusammenhalten. Ihre Gedanken zerstreuen sich, hundert Aufgaben müssen gleichzeitig erledigt werden. Wie Hühner, die nicht wissen, welches Korn sie zuerst picken sollen, und die überall hinspringen.«

Spöttisch musterte mich Peter über seinen Löffel mit Lammeintopf hinweg und füllte sich den Humpen voll Bier. »Was meinst du dazu, Ostermann?«, fragte er dann.

»Frauen können nicht Wichtiges von Unwichtigem unterscheiden. Als Mann kann man sich auf nur eine Sache konzentrieren. Deshalb ist der Zar ein Zar«, erklärte der listige Deutsche.

Ich wollte es auf keinen Streit ankommen lassen, doch alle dachten in diesem Augenblick sicher dasselbe. Der Zar ist wohl ein Zar. Aber er hatte drei gesunde Töchter und keinen Sohn.

In Mecklenburg floh Peters Nichte, die Herzogin Jekaterina Iwanowna, mit ihrer kleinen Tochter Anna Leopoldowna vor den britischen Soldaten und nistete sich im Haus ihrer Mutter ein, der Zariza Praskowia. Ihr Mann blieb zurück, und ihr war es recht. »Karl Leopold hatte so klamme Hände, ekelhaft«, hörte ich sie zu ihrer Schwester Anna sagen, der verwitweten Herzogin von Kurland. Die kleine Prinzessin Anna Leopoldowna ließ ich zusammen mit meinen Töchtern aufziehen. Es war ein Dank an Praskowia, die sich stets um meine Kinder gekümmert hatte, wenn ich Peter ins Feld gefolgt war. Waren diese Tage nun vorbei? Kurz darauf verlieh Peter Elisabeth und Anna in einer sehr innigen kleinen Zeremonie den Titel Zarewna. Sie waren nun offiziell die Kronprinzessinnen aller Russen. Anna schüttelte die dunklen Locken, und ihre Augen waren so blau wie die ihres Vaters. Elisabeth lächelte mit Perlzähnen, und ihr Blick war so lebhaft wie der eines jungen Vogels, als Peter ihr mit seinem Messer den Schleier von den Schultern abschnitt und sie als Frau auszeichnete. Uns allen war klar, dass sie nur für einen Bruder die Stellung hielten, aber ihr Stolz und ihre Haltung bereiteten mir endlose Freude.

Im folgenden Mai zog sich England aus dem Baltischen Meer zurück, und im finnischen Nystad begannen zum dritten Mal Verhandlungen um den lang ersehnten Frieden.

Es gab keinen Zweifel – meine Blutung war bereits zum dritten Mal ausgeblieben. Sollten die hastigen Umarmungen, zu denen Peter gerade noch Zeit und Lust fand, mir noch einmal zu gesegneten Umständen verholfen haben? Ich zählte drei Male an meinen Fingern ab, bis ich mir sicher war. Das Kind, mein Sohn, konnte im Herbst auf die Welt kommen. Das musste ich Peter sogleich berichten. Ich griff zu der kleinen Glocke, die neben meinem Bett stand, und schwang die Beine über den Rand. »Agneta, du wirst faul. Wenn das deine tote Mutter sähe, dann ließe sie dich den Ofen ausfegen.« Agneta lachte und knickste, verbarg aber etwas in ihren Rockfalten.

»Was hast du da?«, fragte ich neugierig.

Sie errötete. »Nichts, Zariza. Nur ein kleines Buch.«

Ich lachte und streckte die Hand danach aus. »So rot, wie du wirst, kann es so harmlos nicht sein. Gib es mir, auch wenn ich nicht lesen kann!«

Sie reichte mir das in dunkle Seide eingeschlagene Buch. »Man muss dazu nicht lesen können. Es enthält jede Menge bunte Bilder.« Der Einband duftete nach Jasmin. Ich schlug es auf und gurrte erstaunt. Die Bilder waren eindeutig! Ich drehte das Buch hin und her und kicherte. »Ohhhhhh! Das sieht gewagt aus. Bei solchen Verrenkungen kann man sich ja die Knochen brechen. Woher hast du das?«

»Es kommt aus China«, lachte Agneta. »Im *gostiny dwor* wird es mit Gold aufgewogen. Sieh mal hier, Zariza!« Sie schlug das Buch auf einer Seite auf, auf der sich ein Mann mit zwei Mädchen vergnügte.

»Machst du das, Agneta?«, neckte ich sie.

Sie schlug die Augen nieder.

»Das muss ich dem Zaren zeigen. Er wird entzückt sein. Ich gebe es dir gleich wieder«, versprach ich.

Sie knickste. »Soll ich Euch ankleiden?«

Ich schüttelte den Kopf. »Bring mir nur meinen Umhang! Ich habe ihm sowieso etwas zu sagen.« Ihr Blick enthielt eine stumme Frage, und sie strahlte, als ich stumm und lächelnd nickte.

Ich flog geradezu durch den kleinen Gang, der von meinen Gemächern zu Peters Zimmern führte. Im Gehen sah ich mir noch andere Bilder in dem sündigen Buch an und verbiss mir ein kleines Lachen. Unglaublich, das musste ich mit ihm ausprobieren. Ich stieß die kleine

Geheimtür zu seinem Vorzimmer auf, und der Kammerherr, der schlafend auf der Schwelle des Zaren kauerte, schreckte bei meinem Anblick auf.

»Zariza! So früh. Ich denke nicht, dass der Zar schon bereit ist...«, stotterte er. Ich klopfte ihm lachend auf die Schulter. »Junge, ich habe den Zaren schon ganz anders als bereit zum Empfang gesehen, also rappel dich auf und hol dir *tschai* und *kascha* in der Küche!«

Er aber wich nicht von der Stelle. »Zariza, ich flehe Euch an! Kommt in einer Stunde wieder!«, bat er mich, und sein Gesicht wurde rot vor Scham.

Einen Augenblick lang herrschte ein erstauntes Schweigen zwischen uns, dann hörte ich einen Laut aus Peters Zimmer. Es klang wie ein Lachen. War das er oder jemand anders?

Mir wurde erst heiß und dann sehr kalt. »Geh beiseite! Ich höre doch, er ist wach«, befahl ich knapp.

Der junge Mann ließ die Schultern hängen und tat wie ihm befohlen. Was konnte er sonst schon tun? Ich stieß die in den Wandpaneelen verborgene kleine Tür auf. Der Raum lag noch im Halbdunkel, denn die dunkelgrünen Samtvorhänge mit den goldenen Stickereien vor den Fenstern dämpften das Licht. Es dauerte eine Weile, bis sich meine Augen an den Dämmer gewöhnt hatten. Der Zar murmelte etwas. Schrieb er einen Brief und sprach derweil vor sich hin, wie es seine Angewohnheit war? Ich ging auf Zehenspitzen zum Bett. Ein Paar goldene Schenkel schlangen sich um Peters Rücken, und ein Paar Hände umschlangen seinen Nacken. Sein gesamter Körper hob und senkte sich lustvoll. Er stöhnte, und die Frau, die ihn empfing, lachte leise.

»*Batjuschka!*«, rief ich. Am Abend zuvor noch war

er in meinem Bett gewesen, doch ich hatte seine Zerstreutheit auf seine viele Arbeit und seine Aufgaben zurückgeführt. In Wahrheit jedoch wollte er seine Kräfte für eine andere Frau aufsparen.

»Peter!«, entfuhr es mir nun umso heftiger. Er schnellte herum und erschlaffte bei meinem Anblick augenblicklich. Das geschah ihm und seiner Kebse recht!

»Katerinuschka! Wer hat dich eingelassen?«, fragte er hilflos.

Ich war Peters Untreue mit Hunderten namenloser Mädchen schon lange gewohnt – Mägde, Hofdamen, Gräfinnen und Prinzessinnen. Er schlief mit ihnen, wie er seine *kascha* aß oder an einen Baum pinkelte, ohne einen Gedanken über ihre Gefühle und ohne eine Erinnerung an ihr Gesicht. Nie hatte ich ihm daraus einen Vorwurf gemacht. So war es eben, und es konnte auch nicht anders sein.

Dies hier aber, das wusste ich augenblicklich, war etwas anderes. Während Peter sich verwirrt aufsetzte, ließ die Frau ihre straffen Schenkel herausfordernd auf dem Rücken des Zaren ruhen, und ihre schlanken Finger spielten mit seinem ergrauenden krausen Brusthaar. Sie lächelte mich mit vollen Lippen an, und ihre eigentümlichen goldgesprenkelten grünen Augen waren schmal wie die einer Katze. Das honigfarbene Haar lag wie ein Kranz aus Sonnenstrahlen auf dem Kissen. Sie machte keinerlei Anstalten, sich zu bedecken.

Es war Maria Kantemir. Sie stützte den Kopf auf den Ellbogen, neigte anmutig die Stirn und sagte doch frech: »Zariza, meine immerwährende Treue und Ergebenheit.«

Ihre Brüste waren voll, hoch und rund. Neid durchfuhr mich. Wie schön sie war! Mein eigener Körper glich nach elf Niederkünften und dem übermäßigen Genuss von *smetana, blintschiki* und Wodka einem nassen, schweren Sack voller Steine.

»*Batjuschka*, du Riesenmann! Du bist schwer, und ich kann mich gar nicht unter dir bewegen!«, gurrte sie, rekelte sich, schlug die langen Beine übereinander und kuschelte sich unter die Felle.

Peter errötete. »Natürlich, meine Prinzessin…«, stammelte er, stieg aus dem Bett und warf sich seinen alten grünen Hausmantel über.

»*Matka*, weshalb kommst du hier auch so einfach herein?«, fragte er, als er die Tränen in meinen Augen sah.

»Ich wollte dir etwas sagen, mein Zar«, sagte ich mit erstickter Stimme. Er führte mich sanft an eins der Fenster.

»Mir etwas sagen? Was denn?«, fragte er mit einem Seitenblick auf sein Bett. Maria Kantemir hatte sich auf den Bauch gedreht und beobachtete uns mit hochgezogenen Brauen.

Ich zwang mich zu einem Lächeln und beugte mich näher zu Peter. Leise sagte ich: »Ich bin wieder guter Hoffnung. Ein Zarewitsch für das Reich.«

Er drückte meinen Arm. »Das ist ganz wunderbar, Katerinuschka«, sagte er. »Lass uns das heute Abend feiern, ja?« Dann sah er mich abwartend an. »Wolltest du mir sonst noch etwas sagen?«

Vor Erstaunen schüttelte ich den Kopf. Peter sah zu Maria Kantemir hinüber, die ihre goldenen Waden wippen ließ. »Nun denn«, sagte er auffordernd. Ich verstand nicht sofort. »Ich sehe dich am Abend bei Tisch«, bestimmte er und schob mich zu den Seidentapeten und der Geheimtür.

Ich war verabschiedet. An der Tür drehte ich mich noch einmal um, gerade als Peter an sein Bett trat und Maria Kantemirs Hüften mit Schwung nach oben zog. »Ich sollte dich auspeitschen, frech, wie du bist, wenn das nicht zu schade um deine zarte Haut wäre«, knurrte er.

Sie lachte, rollte auf den Rücken und streckte die Arme nach ihm aus.

Die Tür schloss sich hinter mir. Der junge Kammerherr musterte mich mit betretenem Gesicht. Ehe ich ging, fragte ich ihn noch: »Wer hat dir den Befehl gegeben, mich nicht einzulassen? Der Zar oder Prinzessin Kantemir?«

Er zögerte mit seiner Antwort, murmelte dann jedoch: »Die Prinzessin Kantemir.«

»Und du hast ihr gehorcht?«, fragte ich erstaunt.

Er wagte nicht, mich anzusehen.

Erst als ich allein in dem kleinen Gang stand, merkte ich, dass ich noch immer das kleine chinesische Buch in den Fingern hielt. Die Knie gaben unter mir nach, und ich sank zu Boden. Es dauerte, bis ich mir die Tränen von den Wangen wischte. Ja, ich trug ein Hemd aus Seide statt aus härener Wolle, und der Boden unter meinen Füßen bestand aus edlem Holz statt aus festgetretener Erde. Sonst schien es, als hätte sich in den vergangenen zwanzig Jahren wenig geändert. Ich war dem Schicksal hilflos ausgeliefert. Mein Sohn war gestorben, und im Bett meines Mannes lag eine andere junge Frau. Meine Vergangenheit verschwand im Vergessen, und eine Zukunft gab es nicht. Die Schatten ringsum erweckten die bunten Bilder in dem Buch zum Leben. Die

Frau, die einem Mann mit den Lippen Lust schenkte, wirkte im Kerzenschein wie aus Gold gemeißelt. Langsam riss ich eine Seite des Buches nach der anderen in Fetzen.

74. Kapitel

Das sehr kalte Frühjahr ging in den ersten von vier Sommern voll Hagel und verheerenden Stürmen über. Aus dem Osten, von Samarkand her, zog eine Heuschreckenplage über das Land. Die Bestien fraßen an Stoppeln und noch stehendem Korn. Waldbrände entzündeten sich wie aus dem Nichts und legten das Land in Schutt Asche. Dörfer wurden von hungernden Wölfen und Bären heimgesucht, und Peter bereitete die Woiwoden auf einen strengen Herbst und Winter vor. Überall im Land wurde Alexejs Geist gesehen. Wo er ging, so hieß es, blühten bunte Blumen und spross frisches Korn. Peter ließ den Leuten, die solcherlei Unsinn verbreiteten, die Knute geben.

Das Kind unter meinem Herzen konnte ein Kind des Friedens von Nystad werden. Im September des Jahres 1721 gelang es Ostermann, den Frieden auszuhandeln. Schweden gab jeden Anspruch auf Livland, Estland, Ingermanland und das Gebiet um Wiborg für immer auf.

Als Peter nach den Verhandlungen Sankt Petersburg in den frühen Morgenstunden erreichte, stürmte er mein Schlafgemach und warf sich voll Freude auf mich. »Katerinuschka, wach auf! Weißt du, was geschehen ist?«, rief er und sprang wie ein Kind auf der Matratze auf und nieder. Ich setzte mich auf und rieb mir schlaftrunken die Augen. Die Nächte waren nun schon dunkel, und ich konnte Peter mehr hören, als dass ich ihn sah. Ich roch dennoch seine Aufregung, die See und den Wind, der in seinem Haar hing, ebenso wie seinen süßen Schweiß nach dem langen Ritt.

»Was denn, *starik*?«, fragte ich, glücklich darüber, dass er wieder eine Nachricht gleich mit mir teilen wollte. Er zog mich auf meine Knie, und ich saß neben ihm in den zerwühlten Laken.

»Hör doch...«, sagte er dann und hob den Finger.

Ich lauschte mit ihm in die Stille der Nacht, als die ersten Glocken der Stadt zu läuten begannen. Ihr dumpfes Dröhnen zerriss den dunklen Himmel über Sankt Petersburg und tönte in meinem Herz wider. Peter umarmte mich noch einmal. »Das sind die Glocken des Friedens, *matka*. So klingt der Friede von Nystad!«, jubelte er. Ich schluchzte unwillkürlich auf. Der Krieg hatte so gut wie mein ganzes Leben begleitet.

»Der Friede!«, schrie Peter, sprang aus dem Bett und riss die Tür auf. Der junge Soldat, der davor Wache hielt, wollte sich vor überraschter Ehrfurcht zu Boden werfen, als er Peter erkannte.

»Du, gib mir dein Gewehr, dann kannst du dich noch immer hinknien! Du brauchst es sowieso nicht mehr, denn wir haben Frieden.« Mit der Waffe in der Hand rannte Peter ans Fenster und kämpfte mit den schweren Vorhängen. Ich lachte, als sich sein großer Körper in den Stoffbahnen verfing, und kam ihm zu Hilfe. Gemeinsam lösten wir die Bleiverriegelung und stießen das Fenster auf. Peter prüfte die Waffe, spannte sie und schoss damit in den samtblauen Himmel seiner Stadt. Sofort liefen Menschen auf dem Kai vor dem Winterpalast zusammen und sahen erschrocken nach oben, als Peter schon über seine Schulter nach weiteren Kugeln und mehr Pulver schrie. Er lud die Waffe erneut durch und schoss ein zweites Mal in die Luft. Ich hielt seine Leibesmitte umfasst und milderte den Rückschlag der Waffe gegen seinen Körper ab.

»Erschreckt doch nicht, ihr Esel!«, lachte er nach unten. »Frieden! *Mir!* Wir haben Frieden. *Mir, mir!* Der Große Nordische Krieg ist vorbei. Dieses Land ist auf ewig unser!«, jubelte er.

Seine Worte mischten sich unter die Salven, die nun den seinen antworteten. Die Nachricht wurde von den Glocken über die Stadt hinaus ins Land getragen, und die Menschen liefen in ihren Nachtgewändern auf die Straße. Sie schlugen auf alles, was sie finden konnten, wenn es nur Lärm machte. Trommeln dröhnten dumpf neben dem Geklapper von Töpfen und Ascheladen und dem Klirren von Schwertern, Sicheln und Sensen. Nach nur wenigen Atemzügen erhellte ein Feuerwerk über Menschikows Palast den Himmel. »Mein *Alekascha!*«, rief Peter mit feuchten Augen. »Lass uns hinüberlaufen! Jetzt, sofort!«

Unten auf dem Kai küssten und umarmten sich die Menschen. Musikanten spielten auf, und diejenigen, die Peter erkannten, warfen sich vor ihm auf die Knie. So setzten wir durch das Läuten und das Schreien, das Tosen und das Toben mit einem Fährfloß auf die Wassiljewinsel über. Das Wasser der Newa glühte im Widerschein der Freudenfeuer, die an den Ufern aufloderten. Ein Russe nennt den Frieden und die Welt beim selben Wort – *mir*.

Die Freude über den Frieden von Nystad klang in jener Nacht lauter als jedes Schlachtgeheul, aber in unseren Ohren war es das süßeste Lied.

Es dauerte mehr als drei Tage, bis Peter wieder nüchtern genug war, um über eine passende Feier von Nystad in den Städten von Sankt Petersburg und Moskau nachzudenken. Seine Finger waren schwarz vom Pulver, mit dem er Feuerwerke zusammengestellt hatte, und seine Arme schmerzten von den Trommeln, die er vergnügt selbst geschlagen hatte. Obwohl sich ihm der Kopf vor Wodka drehte und die blutunterlaufenen Augen vor Müdigkeit brannten, so griff er doch selbst zu Papier und Tinte. »Also, los geht es! Ich will nur große, einmalige Vorschläge hören. Dies ist schließlich das Ende des Großen Nordischen Krieges!«, befahl er.

Da glitt Maria Kantemir in den Raum und ließ sich wie selbstverständlich nieder. Sie war nach Art ihres Landes gekleidet, und die schmalen Tuniken, die bestickten Kleider über engen Beinkleidern und der schwere Silberschmuck standen ihr fabelhaft. Ihr Duft nach Moschus und Patschuli war betörend. Meine Damen flüsterten, dass sie angeblich auch einige Tropfen ihrer eigenen Feuchtigkeit daruntermischen ließ, um den Zaren zu betören. Ich senkte den Blick, als Peter ihr vor aller Augen eine Hand aufs Knie legte und ihr stolz die Liste mit seinen Vorschlägen vorlas.

»Das alles klingt ganz nett, mehr aber auch nicht. Ein Herrscher wie du muss das Fest gleich recht beginnen. Du benötigst eine starke, fast göttliche Note.« Ihre mit

Goldtropfen gesprenkelten Augen blickten nachdenklich.

»Was rätst du mir?« Peter lauschte ihr, als tropften ihr Perlen der Weisheit von den Lippen.

Ich beobachtete unauffällig die Männer ringsum – *Alekascha* Menschikow, meinen Retter Scheremetew wie auch den Prinzen Trubezkoi, dessen Name für immer mit der grausamen Bastion in der Peter-und-Pauls-Festung verbunden war. Der nun weißhaarige Graf Peter Andrejewitsch Tolstoi, mit dem ich vor vielen Jahren, als Mann verkleidet, meinem Schicksal entgegengeritten war. Wie verhielten sie sich Maria Kantemir gegenüber? Wir alle hatten gemeinsam gefeiert und gemeinsam gelitten. Ich hatte sie viele Male vor den unmäßigen Strafen bewahrt, die Peter in seinem Zorn so leicht aussprach. So waren ihr Gut der Beschlagnahmung, ihre Gesundheit der Verbannung nach Sibirien und ihr Leben dem Gang aufs Schafott entgangen. Doch selbst der stärkste Wall aus Dank und Treue wird von der ersten Welle der Ungnade hinweggewaschen. Liefen sie wie die Hasen über in das Lager jener Frau, die das Hirn des Zaren ganz offensichtlich zwischen ihren Schenkeln gefangen hielt? Die Männer nickten zu den Worten der Kantemir. Geschah es aus Furcht, aus Höflichkeit oder aus Diplomatie?

Sie wölbte den Mund. »Komm an wie der Gott des Meeres; auf der Flotte, die du gebaut hast, auf dem Wasser, das nun auf immer dir gehört, und in die Stadt, die du gegründet hast! An Moskau können wir später denken«, sagte sie leichthin.

Peters Augen leuchteten auf. »Meine Marie, wie klug du bist!« Er küsste sie auf den Mund, und sie biss ihm spielerisch in die Lippen. Seine Hand glitt über ihre Brüste, und sie schob ihn mit einem Lächeln von sich. »Später, mein Zar«, murmelte sie und schlug die dunklen Wimpern nieder. Meine Fingernägel krallten sich in die Handflächen, als ich zustimmend lächelte. Diese Frau war gefährlicher als jeder Hagel, jeder Brand und jede Plage. Ich legte die Hände um meinen vollen Leib, und mein Kind antwortete mir mit einem kleinen Stoß der Ermutigung. Ich schwieg zustimmend, denn jedes Wort hätte wie bittere Eifersucht ausgesehen. Umso süßer sollte meine Freude sein, wenn ich dem Zarewitsch das Leben schenkte, so hoffte ich.

Wir segelten wie ein Bild aus einem Traum die Newa hinauf. Die Wellen schäumten grün und grau hoch am Bug der Boote, und die Luft fing sich in den bunten Flaggen und Wimpeln an den Masten und Wanten. Trompetenschall hallte von den Fassaden der Häuser wider und mischte sich mit dem Trommelschlag an Deck. Die Kanonen gaben eine Breitseite nach der anderen ab, und ihr Rauch nahm uns den Atem und die Sicht.

Die Ufer waren schwarz von Menschen, als es Peter der gesetzten Feierlichkeit zu viel wurde. Er riss sich das schmutzige Taschentuch aus dem Rock und wedelte wie wild damit. »*Mir! Mir!*«, schrie er aus vollem Hals. Auch ich griff zum Spitzentuch und rief mit ihm den Frieden in die Welt hinaus, bis mir die Kehle schmerzte. In meinem Kleid aus blaugrün schillernder Seide und mit meinem glänzenden, geschmückten Haar sah ich aus wie eine echte Zariza, und unter meinem Busen lenkte ein Gurt aus Smaragden und Saphiren die Blicke von meinem bereits schweren Bauch ab.

»Du glänzt so, Katerinuschka. Kein Wunder, dass selbst die Elstern auf dem Dach mitfeiern«, meinte Peter nach der Messe und küsste meine Finger, ehe er in die Luft schoss und weiß gekleidete Boten mit frischen Zweigen im Haar durch die Straßen liefen, wo die Menge sich an Freibier und Wodka betrank, bis sie vergaß, was sie eigentlich feierte. Den gesamten Abend tollten wir durch die Straßen, bevor wir uns zu einem Kostümfest in den Palast zurückzogen.

Ich fühlte mich glücklich, stark und sicher, als Peter Maria Kantemir zum Morgen hin dicht neben meinem Thron auf einen Diwan zwang. Er schob ihr das Gewand bis über die nackten Hüften und spreizte ihre Schenkel. Dabei klirrten die kleinen Schellen leise, die sie an Fuß- und Handgelenken trug. Zu meinem Erstaunen jedoch bestieg er sie nicht, sondern glitt nach unten, beugte demütig sein Haupt und begann sie zu lecken. Das zarte Haar zwischen ihren Schenkeln sah aus wie der goldene Flaum frisch geschlüpfter Küken. Ihre langen Finger wanden sich durch sein grau gesträhntes, dichtes Haar wie Giftschlangen im hohen Gras. Sie legte den Kopf in den Nacken und ließ es mit geschlossenen Augen genussvoll geschehen. Als sie sich aufbäumte und erschauerte, wollte Peter in sie eindringen. Sie aber schloss lachend die Schenkel, griff nach seinem Kopf und küsste ihn. Da packte er mit einer Hand eine Flasche Wodka. Mit der anderen Hand legte er sie sich über die Schulter, wo sie schlaff wie eine junge Katze hing. So verschwanden die beiden in den Gängen des Palastes.

Immer wieder schenkte ich mir die Adlertasse voll Branntwein ein, und seine warme Schärfe schenkte mir Vergessen.

Eine Woche nach den Feiern von Nystad begann ich in den frühen Morgenstunden zu bluten. Die Geburt setzte um Wochen zu früh ein. Mein kleiner Sohn kam in den Morgenstunden eines der ersten Oktobertage leblos zur Welt. Peters Gesicht war grau vor Verzweiflung, als er mich besuchte. Nach meinem Leib zerriss es mir nun noch mein Herz, als ich ihn so sah.

»Was ist geschehen, Blumentrost?«, fragte Peter mit dumpfer Stimme. Hilflos hob der Arzt die Schultern. »Ich weiß es nicht, mein Zar. Ich habe getan, was ich konnte. Es war ein gesunder und starker Junge. Aber die Nabelschnur hatte sich um seinen Hals geschlungen. Er ist wohl schon im Mutterleib erstickt. Deshalb hat wohl auch die Geburt zu früh eingesetzt.«

Peter barg das Gesicht in den Händen. Ich hörte ihn um Atem ringen und die Tränen mit aller Macht zurückzwingen. Dann wollte er aufstehen, als habe er genug gehört. Blumentrost aber hielt ihn zurück. »Mein Zar, auch wenn dies eine heikle Angelegenheit ist...«

»Ja, was?«, fragte Peter ungeduldig. Wohin wollte er so eilig? Hatte Marie nach ihm gesandt, und er wollte mich alleinlassen, blutend und schwach? Ich spürte die Sorgenvögel kreisen.

Blumentrost seufzte. »Die Geburt war schwer, mein Zar. Die Zariza hat viel Blut verloren. Ich kann noch nicht sagen, wie es um sie steht.« Ich wollte seine Worte nicht hören, doch ich war zu schwach, um mir die Hände auf die Ohren zu legen. »Es ist es besser, wenn die Zariza keine Kinder mehr bekommt.«

Die Ungeheuerlichkeit des Gesagten türmte sich zwischen Peter und mir auf. Jedes Wort war ein Stein, der eine unüberwindbar hohe Mauer zwischen uns errichtete. Zwölfmal hatte Gott mir die Gelegenheit gegeben, dem Reich einen Erben zu schenken. Zwölfmal hatte ich versagt.

Peter, so hörte ich, ging noch an demselben Abend mit Maria Kantemir zu einem Festessen in Menschikows Palast, wo dieser für die beiden ein kleines Zelt hatte aufschlagen lassen. Sie trank aus seinem Glas, und er fütterte sie mit Happen von seinem Teller.

75. Kapitel

Einige Tage später kannten wir den vollen Wortlaut des Friedensvertrags von Nystad. Ich kleidete mich für das *Te Deum* in der Dreieinigkeitskirche, als Peter in meine Gemächer kam. Ich war noch immer schwach und benötigte für die einfachsten Handgriffe die Hilfe meiner Hofdamen. Agneta und ihre Gehilfinnen knicksten, doch Peter hob die Hand. »Macht weiter, meine *damy*! Ich will nur sehen, dass ihr die Zariza so schön macht, wie es der heutige Anlass erfordert.«

»Bin ich nicht schön genug?«, fragte ich und zwang mich zu einem Lächeln, als der *parikmacher* mir das Haar in dicken Zöpfen um den Kopf auftürmte. Dabei zuckerte ich meine Stimme, denn nichts verjagt einen Mann schneller als Essig in den Worten einer Frau. Er küsste mich leicht in den Nacken, und meine jüngeren Damen kicherten verlegen.

»Man weiß ja nie, was der Tag noch bringt«, meinte er. »Agneta, bring mir die Halskette, die ich der Zariza zur Hochzeit geschenkt habe!«

Peter selbst legte mir das schwere Halsband um. Die Perlen lagen kühl auf meiner Haut, und die bunten Edelsteine in Form der Schwingen des russischen Doppeladlers funkelten herausfordernd. Peter legte den Kopf schief. »Jetzt das Kleid aus rotem Samt mit den

Ranken aus Silber!«, befahl er. Ich wollte protestieren, da ich die kaiserlich grüne Seide tragen wollte, doch er wehrte ab. »Ich weiß, was ich tue, *matka*. Widersprich mir nicht vor deinen Damen, sonst muss ich dich peitschen lassen!«, sagte er freundlich und musterte mich. »Gut. Lass uns gehen!«

Er reichte mir den Arm, und als er in seinen geschmückten Schlitten stieg, fragte er noch: »Meinst du, ich muss meine Perücke aufbehalten?« Sein von grauen Strähnen durchzogenes Haar lugte hier und dort unter der Perücke hervor, da er sie schon mehrmals auf- und wieder abgesetzt hatte. Ich nickte lachend. Er hob die Schultern. »Wenn es sein muss … Aber ich komme mir vor wie ein Affe«, brummte er und verschob die falsche Haartracht, bis sie schief auf dem Kopf saß.

Dem langen *Te Deum* schenkte Peter kaum Aufmerksamkeit. Seine Füße stampften ungeduldig auf den Boden, und sein Blick schweifte durch die Kirche. Fragend linste ich zu Alexander Menschikow hinüber, doch der zog nur die Schultern hoch. So richtete ich meine Gedanken auf die Messe und schloss die übrige Welt aus. Feofan Prokopowitschs Worte reihten sich wie eine Perle an die andere. Seine Sätze waren eine vollkommene Kette von Sinn und Schönheit. Seine Stimme hallte von der goldenen Kuppel der Dreieinigkeitskirche wider.

»Wir sollten uns vergegenwärtigen, was Gott der Herr und unser Zar für uns getan haben. Der Friede ist ein zerbrechliches Gut. In unseren Bemühungen um ihn dürfen wir nicht nachlassen. Denn wollen wir, dass Russland dasselbe Schicksal erleidet wie die Griechen und die römischen Kaiser?«

Ich schüttelte den Kopf, ohne zu wissen, welches denn ihr Schicksal gewesen war. Als Alexander Danilowitsch dasselbe tat, musste ich mir ein Lachen verbeißen. Wir waren beide so unwissend. Gerade als die Menge sich zu einem Gebet auf den Knien niederlassen sollte, gab Feofan Prokopowitsch Peter Schafirow ein Zeichen und berührte sein schweres Brustkreuz, die *panagia*. Ich setzte mich auf.

Schafirow erhob sich mit Mühe, denn aus dem spindeldürren kleinen Mann war ein fetter, selbstgefälliger Prinz geworden. Seine blauseidene Jacke betonte seine Leibesfülle, und die helle enge Hose spannte sich um die wasserschweren Beine. Auch wenn er mit den Schleifen auf den Schuhen wie ein Narr aussah, war Peter Schafirow doch gefährlich und machte selbst mit Menschikow Geschäfte, doch die beiden waren auch eifersüchtige Rivalen. Stimmte es, dass er Maria Kantemir eine Kette aus kieselgroßen Saphiren geschenkt hatte?

Peter zog mich auf die Füße, als Schafirow ächzend vor uns niederkniete und ein Papier entrollte. »Dank der ruhmhaften Taten des Zaren feiern wir heute den Frieden von Nystad. Dank seinem unermüdlichen Schaffen haben wir die Dunkelheit und das Unwissen hinter uns gelassen. Russland hat die Bühne der Ehre betreten und dort für immer seinen Platz gefunden. Mein Zar hat aus dem Nichts eine Welt geschaffen.«

Peters Finger umklammerten meine schweißfeuchten Finger. Ich sah zu Menschikow hinüber. Der verstand nicht nur, dass hier etwas sehr Wichtiges geschah, sondern auch, dass Peter Schafirow ihn in der Gunst des Zaren ausgestochen hatte. Seine Blicke bohrten sich in Schafirows Rücken. Einige Schritte hinter ihm sah ich

Maria Kantemir in einem Kleid aus tiefblauer Seide. Um ihren Hals schimmerte eine Reihe von Saphiren, jeder so groß wie ein Taubenei. Ich drückte den Rücken durch, der noch immer von der Geburt schmerzte.

Schafirow räusperte sich. »Deshalb bittet der Senat den Zaren, den Kaisertitel anzunehmen. Zar Peter, werde Peter der Erste. Zar Peter, werde Peter der Große, Vater deines Landes, Kaiser Aller Reußen!« Seine letzten Worte wurden vom Jubel verschluckt, die Musik brauste auf, und Feofan schlug das Kreuz über Peter, der mit Schafirow den Friedenskuss tauschte.

Peter bemühte sich, überrascht und beschämt zu wirken. Schließlich aber hob er die Hand. Schweigen senkte sich wieder über die Kirche. »Ich kann nicht anders, als die Ehre anzunehmen, die Land und Senat mir antragen. Danke, meine Untertanen, dass ihr mich in allen meinen Werken und Plänen unterstützt habt!«, rief er.

Schafirows Stimme füllte die Kirche. »Der Kaiser und die Kaiserin von Russland, sie leben hoch, hoch, hoch!« Die Hochrufe gellten durch die Kirche, hinaus und über den Platz hinweg bis hin zu den Wellen der Newa, wo sie sich zwischen den Freudenböllern der Peter-und-Pauls-Festung und den Salven von Hunderten von Schiffskanonen verloren, ehe die Wasser sie weit, weit in die Welt hinaustrugen. Ich war Zarin von Russland, *Imperatriza*.

In den Wochen nach den Feiern von Nystad stieg die Newa unmerklich an. Erst reichten ihre Wasser nur bis an die Stufen der Anlegestellen. Dann schluckten sie die ersten Ufersteine. Am folgenden Morgen konnten Karossen, Pferde und Lastkarren die Uferstraßen nicht mehr passieren. In der Nacht darauf standen der Hof des Winterpalastes und das Erdgeschoss des Schlosses unter Wasser. Die Lakaien und Kammerherren stakten mit nassen Strümpfen durch das Gebäude, und der Geruch nach Moder machte sich bereits nach wenigen Stunden bemerkbar. Dunkle Wolken ballten sich am Himmel zusammen, und es regnete, als sollte es eine zweite Sintflut geben. Der Fluss türmte sich zornig auf, seine Wellen brachen die Türen der Häuser ein und rissen Mauern mit sich fort. Die Newa schoss aus Fenstern und Kaminen. In den überfluteten Straßen trieben die aufgequollenen toten Leiber von Tieren und Menschen. Mehr als hundert Leute ertranken, Krankheit und Seuche brachen in der Stadt aus. Peter ließ Deiche bauen, und die Menschen schöpften in langen Ketten das Wasser mit allen möglichen Geräten aus ihren Häusern und klammerten sich in ihrem Unglück an eine wirre Alltäglichkeit. Sie spielten Karten auf den Dächern ihrer Häuser und wateten bis zu den Oberschenkeln in den Fluten zu ihrem überschwemmten *kabak*.

Dennoch feierte Peter an dem Tag, als in jenem Jahr der erste Schnee fiel, wiederum mit allem Glanz den Namenstag des Sankt Andreas. Zu Peters Freude hatte Menschikow in seinen Palast geladen, und unsere Schlitten bahnten sich ihren Weg durch das Wunderland, das er geschaffen hatte. Die Pferde schnaubten, und silberne Glöckchen klangen an ihrem Zaumzeug. Im eisigen Abendwind fiel der Schnee schräg und stetig vor den Laternen, und alles, was sich Peter je für seine Stadt – sein neues Jerusalem – erhofft und erträumt hatte, war Wirklichkeit geworden. Schäbige erste Bauten aus Holz und Matsch waren den Palästen mit ihren ebenen, steinernen Fassaden gewichen, die drei oder vier Stockwerke in die Höhe ragten. Ihre Fenster leuchteten hell in die Dunkelheit. Kirchtürme stachen in den Himmel, der so wechselhaft sein konnte, von klarstem Blau bis zu einer Bühne der Wolkenfestspiele. Die Bäume und Büsche der Gärten trugen ebenso Kappen aus Schnee wie auch die Pfosten und Säulen des Kais und der Brücken, wo die Fährleute ihre Flöße nun bald gegen Schlitten tauschen würden, obwohl gerade stolze Fregatten auf den stahlfarbenen Wellen der Newa rollten, umgeben von breiten Barken und kleineren Booten, die zum Hafen hin ruderten. Waren wurden abgeladen, andere mitgenommen und an Bord gehievt. Anweisungen, Scherze und Beleidigungen schwirrten in allen Sprachen von Peters Kaiserreich durch die Luft, was uns den Wert eines eisfreien Hafens in Erinnerung rief. Der Handel florierte. Die Schlagbäume standen offen, und überall flanierten in Pelze gehüllte Menschen. Es roch nach heißen Maroni, gegrilltem Fleisch und gewürztem Wein. Der Zar saß neben mir in unserem Schlitten. Ein Bärenfell, das der Lakai rechts und links an den Türen festgehakt hatte, lag über unseren Schenkeln. Peters Gesicht leuchtete, als er alles dies ebenso wie ich in sich aufnahm, denn sein schierer Wille hatte diesen Zauber ins Leben gerufen. Ich war dabei an seiner Seite gewesen, fuhr es mir durch den Kopf. Von Anfang an. Ich und niemand sonst und schon gar nicht Maria Kantemir. Ich fasste unter dem Bärenfell nach seiner Hand, und er ergriff wie selbstverständlich die meine. Niemand konnte uns das je nehmen. Ich sollte nichts befürchten.

In Menschikows Palast aber verflog dieses Gefühl wie der Atem und der Dunst, der in der Wärme und im

Schein Tausender Kerzen aus Gesichtern, feuchten Pelzen und Mänteln dampfte. Marie beugte sich während des Essens zu Peter hinüber und erzählte ihm mit leiser Stimme heitere Geschichten über das Malheur der Flutopfer. Er lachte so laut, dass er sein Essen ausspuckte. Während er noch hustete, nahm die Prinzessin von Moldawien ihre Gerte und fuhr Peters Narren D'Acosta und Balakirew damit über die Beine. »Hört ihr denn nicht? Der Zar will über die Flut lachen. Los, in euer Boot, ihr Faulpelze, oder ich lasse euch kielholen!«

Peter lachte weiter so heftig, dass ihm die Tränen in die Augen stiegen, als die Narren hastig einen kleinen Tisch umdrehten und hineinsprangen. Sie sahen so wirklich aus wie zwei Schiffbrüchige auf der Newa und führten zur Musik allerlei Verrenkungen auf. Maria Kantemir strich mit ihrer Gerte um die beiden herum und wirkte dabei so gefährlich wie eine Wildkatze in den Bergen ihrer Heimat. Sobald sie sich dem Boot näherte, überschlugen sich die beiden Narren blass vor Angst und gestikulierten noch aufgeregter. »Genug, genug, ich kann nicht mehr!«, keuchte Peter schließlich, und Marie ließ von den Narren ab. Beide krochen aus dem Tisch, und ich sah ihre Hände zittern, als sie eine Adlertasse Branntwein in Empfang nahmen.

Ehe Marie an ihren Platz zurückkehrte, küsste Menschikow ihr die Hand.

Als ich am Abend in meine Gemächer zurückkehrte, wartete dort Agneta auf mich. Sie half mir aus dem schweren Kleid, meinem Unterrock und meiner Leibwäsche. Als sie noch meinen Schmuck löste, atmete ich erleichtert auf und ließ mich nackt vor dem Spiegel nieder. Der Kachelofen wärmte den Raum aufs Angenehmste. Agneta öffnete das Necessaire, in dem Kämme und Bürsten aus Elfenbein, Silber und Rosshaar lagen. Sie wusch mir das Gesicht mit Rosenwasser, ließ mir das Haar lose über die matten Schultern und die Brüste fallen und rieb mir die Schläfen sanft mit einer Paste aus Minze und Nussöl ein.

Im Spiegel sah ich mein Bett, auch wenn das Kaminfeuer den Raum in flackernde Schatten tauchte. Das Bett, dem Peter seit meiner letzten Geburt fernblieb. Man tuschelte am Hof von den Liebeskünsten der Kantemir. Die Rede ging von Tränken, die sie Peter mischte. Angeblich streute sie ihm auch Pulver über seine Mahlzeiten. Darja Menschikowa sagte, es handele sich dabei entweder um das gemahlene Horn eines afrikanischen Panzertieres oder um das getrocknete und zerstoßene Geschlecht eines indischen Tigers.

Es hieß, dass er sie dann in derselben Nacht drei- oder viermal nehmen konnte.

Es hieß auch, dass ihre Blutung schon dreimal ausgeblieben war.

Ich schloss die Augen. Das Mondlicht der Novembernacht floss in mein Herz. Agnetas Lippen näherten sich meinem Ohr. »Es heißt«, wisperte sie, als könne sie meine Gedanken lesen, »an dem Hochwasser sei diese Hexe schuld. Die Kantemir soll die Flut auf dem Gewissen haben. Als sie sich in einer Barke zum Winterpalast bringen ließ, bewarfen sie die Leute mit Pferdescheiße.«

Ich musste lachen, und Agneta fiel in meine Heiterkeit ein. Der Augenblick verlieh mir Kraft. Hatte ich meinen Platz in Peters Bett verloren… in seinem Bett, in seinem Herzen? Das wollte und konnte ich nicht erlauben.

76. Kapitel

Mit Ausnahme von Österreich erkannte ganz Europa Peters Kaisertitel an. Der Kaiser in Wien hatte nicht vergessen, wie Peter ihm in der Sache Alexej die Hand gezwungen hatte. Doch der Blick des Zaren wandte sich nach Osten, und ich saß neben ihm im Senat, als Peters Gesandter in Isfahan, Prinz Artjomi Petrowitsch Wolynski, vor die Runde trat. Er lebte schon seit Jahren in Persien, was man deutlich sah. Sein dunkles Haar fiel ihm gepflegt in geölten Wellen bis auf die Schultern. Er war glatt rasiert, und seine Fingernägel waren rein und sauber gefeilt. Im Vergleich zu ihm sahen die Mitglieder des Senats aus wie Wilde. Das fettige Haar quoll ihnen unter den Perücken hervor, ihre Haut war vom Trinken und der Kälte rot geädert, und sie popelten in der Nase, bevor sie die Fundstücke in die Runde schnippten.

»Willkommen daheim, Wolynski! Du siehst selbst aus wie ein Perser. Isst du noch Schwein? Wenn nicht, werde ich ernsthaft böse mit dir.« Peter scherzte nur halb, das war deutlich zu hören. »Wie ist die Lage in Persien? Berichte mir aus Isfahan!«, verlangte er dann.

Wolynski zögerte. »Es gibt einige gute Nachrichten. Immer mehr Handel geht durch Russland, und wir konnten die Angriffe der Kosakenstämme an den Flussufern weitgehend abwehren. Damit sind das Fischen nach Stör und auch die Sicherheit der Kaviarlieferungen gewährleistet.«

Peter unterbrach ihn. »Und die schlechten Nachrichten, Wolynski? Oder willst du noch lange von Fischeiern schwatzen? Ich kenne dich doch... immer um den heißen Brei herum. Ein echter Diplomat.«

Wolynskis Gesicht wurde ernst. »Russische Handelsstationen werden überfallen und gebrandschatzt. Das gesamte Land ist in Aufruhr. Ich bin froh, mit heiler Haut über die Grenze gekommen zu sein. Der Schah von Persien wurde gestürzt...«

Peter sprang auf. »Und weshalb sagst du das nicht gleich?«, schrie er und fuhr Wolynski zweimal mit seiner Knute über die Arme. Die Seide an dessen persischem Übermantel riss, und Blut tropfte rot über seine schneeweiße Haut, doch Wolynski zuckte nicht unter den Schlägen.

»Wer hat ihn gestürzt? Und wann? Was weißt du?«, fragte Peter.

»Afghanische Rebellen haben Isfahan besetzt und führen dort ein Regiment des Schreckens. Sie brandschatzen, plündern, schänden und morden. Ihre Sitten breiten sich über das Land aus, und niemand weiß mehr, was Recht oder Unrecht ist.«

Peters Finger trommelten auf die Armlehne. Durch Persien gelangte man nach Indien und damit an unbegrenzten Reichtum, so hatte er mir einst erklärt. Gold, Silber, Kupfer, Blei, Öle, Farben, Kaschmirwolle, Seide, Früchte und Gewürze wurden auf lange Barken verladen und im Westen mit Gold aufgewogen. Wolynski wartete ab, bis Peter zu Ende gedacht hatte. Er war kein schlechter, fauler Gesandter. Im Gegenteil – auf welchen besseren Augenblick konnte Russland hoffen, um das Nachbarreich im Osten anzugreifen?

Das verstand sogar ich.

Peter strich sich über den Schnurrbart. »Du hast die Schläge wirklich nicht verdient, Wolynski. Nimm sie als Zeichen meiner Liebe! Das nächste Mal, wenn du Unsinn machst und ich dich züchtigen will, sag mir einfach, dies sei schon geschehen.« Dann runzelte er die Stirn. »Wie unruhig ist die Lage? Wo liegen die Rebellen? Nur in Isfahan oder über das ganze Land verteilt?«

Einen Monat nachdem Wolynski vor dem Senat gesprochen hatte, erklärte Russland Persien den Krieg. Das Land war vom Großen Nordischen Krieg noch erschöpft, und die Prinzen und Offiziere fluchten, ihre Landgüter wieder verlassen zu müssen. Die Vorzeichen waren nicht gut, denn seit Wochen ruhte der Wind über der Stadt, und die Newa wies eine schlickige, mürrische Farbe auf. Diese Hitze der frühen Sommermonate bedeutete nach den starken Regenfällen des Frühjahrs eine weitere Missernte, eine weitere Hungersnot. Das Korn faulte auf den Feldern. Die Sonne darbte die Teiche und Flüsse trocken und brannte das Moos von den Steinen in den kahlen Wäldern.

Ich aber war erleichtert. Der Feldzug würde mir nicht nur erlauben, der von Geheimnissen und Gerüchten vergifteten Luft von Sankt Petersburg zu entkommen, vielmehr hatten Peter und ich noch jedes Mal auf den harten Pritschen der kleinen Zelte wieder zueinandergefunden. Im Feld konnte mir die verwöhnte Kantemir nicht gefährlich werden, entschied ich. Blumentrosts Warnung hin oder her – ich wollte ein dreizehntes Mal schwanger werden. Ich war bester Laune, als ich meine Truhen packen ließ. Außerdem ließ ich dieses Mal keinen Säugling zurück, an dessen Leben das Wohlergehen des Reiches hing. Meine Töchter Anna und Elisabeth waren fast schon erwachsene Frauen, und die kleine Natalja erfreute sich bester Gesundheit.

Auf der Newa lagen die Schiffe schon fest vertäut, bereit für den Aufbruch am kommenden Morgen, und auf den Kais stauten sich die Lastkarren und die Träger mit den Waren, die noch geladen werden mussten. Anna und Elisabeth besuchte ich unangekündigt, um ihnen Auf Wiedersehen zu sagen. Hatte ich die Worte des Abschiedes häufiger zu ihnen gesprochen als alle anderen? Agneta begleitete mich, und unser schweigendes Einverständnis tat mir gut.

Mir bot sich ein Bild des Friedens. Natalja Petrowna saugte mit rosigen Wangen und dichtem, vollem Haar an der Brust ihrer Amme. Sie war bald drei Jahre alt. Neben ihr spielte die kleine Anna Leopoldowna, die Tochter der Herzogin von Mecklenburg. Allerdings sah sie ihrem Vater überhaupt nicht ähnlich. Mit wem hatte sich Jekaterina Iwanowna wirklich vergnügt? Anna saß mit einer Stickerei auf dem Schoß neben einem geöffneten Fenster und verglich ihre eigenen Stiche mit der feinen Arbeit ihrer Hofdame. Als sie mich sah, sprang sie auf und breitete die Arme aus. »Mutter, wie schön, dich zu sehen! Ich habe mir bereits Sorgen gemacht. Seitdem alle von dem Feldzug nach Persien sprechen, wusste ich nicht, ob ich dich noch sähe.« Sie errötete leicht. »Es gibt doch so viel zu besprechen.«

Ich umarmte sie. Warum wurden Kinder so schnell

erwachsen? Hatte ich Anna nicht gerade erst das Leben geschenkt, ein Jahr vor der Schlacht von Poltawa? Nun war sie vierzehn Jahre alt. Ihre Haut war rein und strahlend, und sie hatte die ausdrucksvollen blauen Augen ihres Vaters wie auch seine helle Haut und das dunkle Haar geerbt.

»Lass mich dich ansehen«, neckte ich sie, denn ich wusste, was sie so dringlich besprechen wollte. Der junge Herzog von Holstein hatte bei Peter um die Hand einer seiner Töchter angehalten. Anna nahm als die Ältere ganz selbstverständlich an, dass die Anfrage ihr galt, obwohl ich wusste, dass der junge Herzog sich nach Elisabeth verzehrte. Im vergangenen Jahr war er auf der Newa auf und ab gesegelt, nur um einen Blick auf sie werfen zu können. Ich aber hatte immer nur Anna auf den Balkon geschickt, bis er verschnupft abgereist war. Seine Werbung hatte er dennoch aufrechterhalten.

Anna lachte und drehte sich in ihrem Kleid aus rosafarbenem Seidenmusselin lachend wie eine Tanzpuppe auf der Stelle, und ihre Damen klatschten dazu in die Hände.

Da hörte ich Elisabeths schneidende Stimme. »Wirklich, Anna, so albern, wie du dich aufführst, will kein Bauer in seiner *isba* dich heiraten, geschweige denn ein Herzog.« Sie spielte Schach mit Wilhelm Mons. Er saß ihr an einem kleinen Tisch gegenüber, und die Steine lagen lose auf dem Brett aus Elfenbein und Ebenholz. Ehe ich sie für ihre hässliche Bemerkung zurechtweisen konnte, mischte sich Wilhelm Mons ein. »Wirklich, Zarewna, gibt es für eine junge Frau denn Freudigeres, als einen jungen Mann aus gutem Hause zu heiraten?«

Neckte er sie? Mein Herzschlag stolperte, als ich ihn

so sah, lächelnd und selbstbewusst in der Gesellschaft der *Zarewny* von Russland. Wegen des steten Wirbels, meiner Furcht und des Ärgers um die Prinzessin Kantemir hatte ich ihn schon lange nicht mehr gesehen. Er hatte noch immer diese Frische und Unbefangenheit an sich, die keine noch so auserlesenen Manieren und kein Protokoll zerstören konnten. Zu meinem Erstaunen nahm Elisabeth – meine stolze, störrische Elisabeth – seine Rüge ohne Widerspruch hin, aber sie klapperte missmutig mit einem Bauern auf dem Spielbrett. Ihre runden Wangen brannten, und sie schnitt eine Grimasse. Ich ließ sie nicht aus dem Blick, was mir bei Wilhelm eine Freude war. Dennoch, bei Hof scherzte man über die Vorliebe meiner Tochter für die Gesellschaft des jungen Mons. Bisher hatte ich nichts auf das Gerede gegeben. Doch wo Rauch war, war auch Feuer.

»Willst du mir nicht Guten Tag sagen und dich von mir verabschieden, ehe ich mit deinem Vater nach Persien aufbreche?«, fragte ich und wandte Wilhelm den Rücken zu.

Elisabeth knickste halbherzig. »Ich grüße dich gern, Mutter. Aber weshalb soll ich mich von dir verabschieden? Es heißt, du bleibst hier in Sankt Petersburg.«

Die Worte trafen mich so überraschend und schmerzlich wie ein Pfeil aus einem Hinterhalt der Kosaken. Ich war froh, Agneta bei mir zu haben. Ihre Finger schlossen sich um meine Hand.

»Wer sagt das?«, fragte ich.

Elisabeth hob die Schultern. »Der Hof. Alle Welt.« Plötzlich sah sie erschrocken zur Tür und knickste tief. Auch Wilhelm Mons kniete, den Blick gesenkt. Ich wandte mich erstaunt um. Auf der Schwelle standen

Peter, Maria Kantemir und seine beiden neuen Zwerge. Er musste gerade aus Peterhof zurückgekommen sein, wo sie die letzten Tage mit Wolynski verbracht hatten. Maria Kantemir deutete einen Knicks an, eine höfische Geste, die im Gegensatz zu ihrem Aussehen stand. Hier, in den Räumen meiner Töchter, sah sie aus wie eine Wilde, aber die schönste nur vorstellbare Wilde. Über ihrer eng anliegenden Hose aus bestickter Seide trug sie eine eng anliegende Tunika, die sich unter ihrem Busen öffnete und den silbernen Gürtel um ihre nackte Mitte zeigte. Auch in ihr honigfarbenes Haar waren Silberschnüre geflochten, und ihre Handgelenke wirkten zerbrechlich unter den dicken Armreifen. Auf ihrer Schulter saß ein kleiner Affe, den sie mit Nüssen und getrocknetem Obst fütterte. Statt sich das Gesicht kalkweiß zu schminken, war ihre Haut leicht von der Sonne Peterhofs gebräunt. Man flüsterte, dass sie nackt in der Bucht von Finnland badete und sich auf den Kieselsteinen vor *Mon Bijou* – meinem *Mon Bijou*! – trocknen ließ. Das Wasser, dieser Spiegel des wilden grauen Himmels, war zahm in ihrer Gegenwart, und die Wellen leckten ihr gehorsam die Zehen.

»Meine Zariza«, sagte Peter leichthin, »gut, dass du auch hier bist! So kann ich mich auch gleich von dir verabschieden.«

Elisabeth senkte die Augen. Wilhelm Mons hatte sich erhoben und stand ganz dicht hinter mir, wie ein Wall. Nur ein Herzschlag trennte mich von ihm. Ich spürte ihn mit jeder Faser meines Wesens und war ihm dankbar für die Stärke, die, von ihm ausgehend, in mich hineinfloss. Anna zog sich in ihre Ecke zurück. Sie litt mit mir, das spürte ich.

»Dich von mir verabschieden? Aber weshalb? Ich habe bereits packen lassen...«, begann ich.

Peter hinderte mich am Weitersprechen. »In deinem Alter ist eine solche Reise nichts mehr für eine Frau. Du sollst hierbleiben und dich um die Eheschließung einer unserer Töchter kümmern. Du bist mein würdiger Statthalter hier.« Er küsste mich, doch seine Lippen und sein Schnurrbart streiften gleichgültig meine Stirn. Dann umarmte er seine Töchter. Elisabeth drückte sich an ihn, und Anna knickste, ehe er Natalja hochhob und an sich drückte. »Auf Wiedersehen, meine Große«, sagte er und kitzelte ihr den Bauch. Mir fehlten die Worte vor Hilflosigkeit. Mein Leben und meine Liebe entglitten mir, so wie der silberne Sand der Vaïna mir früher zwischen den Finger zerronnen war.

»Ich werde lange weg sein. Bewahr mich in deinem Herzen, meine Kaiserin!«, sagte Peter, verneigte sich und küsste mir noch einmal formell die Finger. Er wandte sich zum Gehen, als Maries Affe von ihrer Schulter sprang und einige der Schachstücke stibitzte. Das Tier knabberte an der Königin, denn es hielt sie wohl für Nüsse. Es kreischte vor Enttäuschung und warf damit um sich. Die Königin klapperte auf dem Parkett, und die Hofdamen warfen sich auf die Knie, um sie aufzuklauben. Maria Kantemirs Gerte pfiff durch die Luft. »Hierher!« Ihre Stimme gellte durch den Raum. Der Affe duckte sich und gehorchte. Peter aber küsste Maria Kantemir vor unseren Augen auf den Mund. »Schon ganz kaiserlich, meine Herrin«, sagte er bewundernd.

Ihre Augen leuchteten auf wie die eines Tieres, das im nächtlichen Wald in den Schein eines Lagerfeuers blickt. Die Drohung war eindeutig. Peter, so wusste ich, sollte von diesem Feldzug nicht als mein Ehemann zurückkehren. Marie lachte, und es klang wie das Schlagen einer Tür im Ostwind. Es gab keine Zeit mehr zu verlieren.

77. Kapitel

Meine Magd, die Tscherkessin Jakowlewna, verstand meinen Auftrag. Ich hatte sie zu später Stunde aus Feltens Küche, wo sie seit Jahren arbeitete, in meine Gemächer rufen lassen. Ihr graues Haar war zerwühlt vom Schlaf vor dem großen Kamin, ihre Haut aber leuchtete zart und weiß in die Stunden der Nacht – die alte Erbschaft der Tscherkessentöchter, für die der Hof in Konstantinopel bekanntlich höchste Preise zahlte. Ihr Stamm hatte die Pocken besiegt. Väter ritzten den weiblichen Säuglingen die Haut und tropften ihnen mit Kuhblattern verseuchtes Blut in die Venen. Die Krankheit, die dann bei den kleinen Mädchen ausbrach, war viel milder als die menschlichen Blattern und schützte sie lebenslang vor den entstellenden und oft tödlichen Folgen der Krankheit. Jakowlewna war alt geworden, seit ich sie zum letzten Mal gesehen hatte, obwohl ich sie für ihre vielen Dienste über die Jahre hinweg reich belohnt hatte. Sie hatte sich ein Haus aus Stein in einer dritten Querstraße hinter der Moika bauen lassen. Ihre Tochter hatte eine Erziehung und ein gutes Nadelgeld bekommen. Ihre beiden Söhne waren Offiziere des Preobrazenskoje-Regimentes.

»Persien?«, fragte Jakowlewna. »Also gut, wie Ihr befehlt, meine Herrin.« Sie wollte noch in dieser Nacht ihr weniges Hab und Gut packen. Sie ging, ein weiterer fahler Schatten in der schimmernden Nacht meiner Stadt, der sich so mühelos wie ein Geheimnis zwischen den Welten hin und her bewegte.

Als mir mein Stallmeister den Steigbügel hielt und zwei Stalljungen mich in den Sattel hievten, als meine Stute mit gezügelter Kraft durch das Tor des Winterpalastes trabte, da drehte ich mich nicht mehr um.

Wie würde Peter mein Erscheinen aufnehmen? Würde er mich augenblicklich in ein Kloster stecken lassen, mich mit Schimpf und Schande in meine Gemächer zurückjagen? Oder würde er mich vor Zorn mit seiner Knute schlagen? Alles war an jenem Morgen möglich. Doch ich saß stolz hoch zu Ross, so als hätte ich nichts zu befürchten.

Der Tag lag klar und blau über dem Wasser, und Möwen schwirrten in der Hoffnung auf fette Beute durch die Luft, die erfüllt war vom Gewirr aller Sprachen des riesigen Reiches, das Peter beherrschte. Unzählige Schiffe schaukelten nahe der Anlegestelle auf den Wellen – Dreimaster mit langem Rumpf, aber nur wenigen *arschin* Tiefgang. Laut Apraxin erlaubte dies die Fahrt auf den seichteren Flüssen wie dem Kaspisee, ohne dass uns die zahlreichen Untiefen und Sandbänke der Ströme zum Verhängnis würden. Flaggen tanzten im Wind. Nicht alle Boote hatten am Kai anlegen können, und zu den Fregatten und Kähnen draußen auf dem Wasser ruderten kleinere Boote, die mit ihrer Last tief im Wasser lagen. Aufseher wachten über die Ladung, und überall wimmelte es von Menschen. Ich sah die Matrosen, die sich von Mast zu Mast schwangen, ihre klagenden Weiber und blassen Kinder, Schiffsjungen, die alle Hände voll zu tun hatten, Gaukler mit bunten Vögeln und Affen auf der Schulter wie auch fliegende Händler mit Bauchläden, die als letzte Gelegenheit Waren für den Bedarf auf See feilhielten: Stoffe, Teller, Töpfe, Messer, Seile, Werkzeug, Geräte, die man für die Schifffahrt brauchte, Glücksbringer, Ikonen, Tränke gegen Seekrankheit und andere Wehwehchen, Krummdolche und Säbel persischer Herkunft. Maultiere und Pferde versperrten sich gegenseitig wie auch den Lastkarren den Weg. Die Kutscher fluchten und spuckten Tabaksaft aus. Durch den bunten Trubel streifte eine bewaffnete Garde.

Ich sah Peters Rappen schon aus der Ferne. Er selbst saß mit seinem Kosakenführer über eine Karte gebeugt im Sattel. Menschikow neben ihm brüllte Anweisungen in die schäumende Menschenmenge.

Erst als ich ihm schon ganz nahe war, sah Peter auf. Die Zeit stand still, als er mich musterte. Es zuckte ein-, zweimal in seinem Gesicht. Dies konnte jede seiner Gemütsregungen andeuten, entweder Zorn oder Gelächter. Luden plötzlich selbst die Seeleute die Waren, Waffen und Kanonen langsamer ein? In wessen Adern rotes Blut rann und wessen Herz warm schlug, der hielt den Atem an. Ich aber führte mein Pferd mit ruhiger Hand ganz dicht an Peters Hengst heran. Unsere Rosse kauten einander friedlich am Zaumzeug. Menschikow verbarg sein Lächeln hinter einem Hustenanfall und der rasch zum Mund geführten Hand. Peter legte schweigend die Hand um seine *dubina*. Ich fasste die Zügel fester, straffte mich und bedachte ihn mit einem langen Blick, bevor ich ihn ansprach, so leise, dass nur er es hören konnte. »Glaubst du im Ernst, dass ich dich allein nach Persien ziehen lasse?«

Seine Hand glitt von der Knute, als er seufzte und den Kopf schüttelte. »Nein. Wenn ich ehrlich bin, habe ich das nicht geglaubt, *matka*. Eher fällt das Osterfest auf den Dreikönigstag.«

Ich neigte mein Haupt und zwinkerte ihm zu. »Mein Zar, verzeiht meine Verspätung! Ich freue mich so sehr, den Feldzug zu begleiten, und will die Abreise nicht aufhalten. Wohin soll ich mein Gepäck laden lassen?«, rief ich laut.

Peter machte dem Gesandten Wolynski, der an den Schiffen entlang auf und ab ritt, ein Zeichen. Wolynskis zierlichem Araberhengst stand in der stickigen Luft unseres Augustmorgens der Schaum vor den Nüstern, Mücken hingen an seinen Augen, und er tänzelte unruhig.

»Wolynski, lass die Kisten der Kaiserin auf meine Fregatte laden! Und sieh zu, dass ihre Kajüte alles enthält, was sie benötigt!«, befahl Peter.

Wolynski war klug genug, seine Verwirrung zu verbergen. Er nickte und trabte in Richtung von Peters Galeone davon. Mein Lastführer wies meinen Maultieren, den Trägern und Karren mit einem Zungenschnalzen den Weg zu Wolynski und zum Schiff.

Gerade als ich noch mit Peter scherzen wollte, hielt eine hölzerne Sänfte neben uns an. Sie war bunt bemalt, und auf dem Dach wehte die Fahne von Moldawien. Ich runzelte die Stirn, als eine schmale Hand die Vorhänge zurückschob. Peter spielte mit seinem Schnurrbart und räusperte sich, als Maria Kantemir erst mich und dann den Zaren fragend musterte. Peter beugte sich zu ihr hinunter und küsste sie. »Gib gut acht auf dich, meine

Liebste!«, murmelte er. Dann wandte er sich zu mir um. »*Matka*, wir sehen uns an Bord.« Gleich darauf stob er davon. Menschikow zwinkerte mir zu, neigte den Kopf vor uns beiden Damen und folgte Peter mit fliegenden Hufen.

Maria Kantemir und ich blieben allein in der Menschenmenge zurück. Ich setzte mich in meinem Sattel zurecht. »Seit wann kommt Ihr in einer Sänfte? Habt Ihr das Reiten verlernt? Selbst Eure Kaiserin kommt hoch zu Ross«, bemerkte ich spöttisch.

Ihr Blick war satt, als sie lächelte und sich die offenen honigfarbenen Haare aus der Stirn strich. »Meine Kaiserin, wisst Ihr denn nicht Bescheid? Sträflich.« Sie schüttelte den Kopf in gespielter Entrüstung. Trotz der sommerlichen Wärme zog sich der Frost wie das Netz der Vogelfänger um mein Herz.

»Ich bin mit dem Sohn des Zaren Aller Reußen schwanger«, lachte sie, mir geradewegs ins Gesicht.

Der Wind blies uns frisch in den Rücken, und wir erreichten Moskau ohne weitere Vorfälle. Ich achtete darauf, von den Soldaten und Matrosen stets auf Deck gesehen zu werden, richtete immer ein freundliches Wort an sie und nahm wie selbstverständlich meinen Platz bei den Beratungen Peters mit Wolynski und den anderen Männern ein. Ich folgte unserem Kurs auf den Karten. Die Moskwa mündete in die Oka, einen Strom, so breit wie das Meer. Seine Ufer waren dicht besiedelt und seine Weiten eigentlich fruchtbar, doch auch hier litt man unter dem zweiten Sommer der Dürre. Doch wo immer wir anlegten, kamen die Woiwoden und die Dorfbewohner mit Musikanten und Geschenken an die

Schiffe. Es gab frisch geschlachtetes Vieh, Fässer mit Bier, Wodka und Branntwein sowie Schläuche mit saurer Milch, noch ofenwarme Brotlaibe, Eier, Sauerkraut, gesalzenen Fisch und eingelegte Zwiebeln, Rote Bete und Paprika. Peter standen vor Dankbarkeit und Rührung die Tränen in den Augen, und er versicherte die Menschen seiner Gnade. Die hungrigen Blicke der viel zu dünnen, blassen Kinder folgten den bunten Fahnen unserer Schiffe, bis wir den Fluss hinauf verschwanden.

Wir erreichten Nischni Nowgorod und saßen trotz der *ottepel* des Nordens immer wieder auf Sandbänken in der Wolga fest. Es herrschte Windstille, und die heiße Sommerluft stockte über den schlammigen Wellen. An den Ufern sichteten Peters Späher Tataren. Sie sahen grimmig aus mit ihren tief liegenden Augen über den hohen Wangenknochen, den langen Haaren, die an schwarze Rabenschwingen erinnerten, und den Fellen, die sie sich um den Körper banden. Es hieß, dass sie ihre Pferde weich ritten, bevor sie sie verspeisten, und sie waren ein faules und räuberisches Volk. Wolynski ließ die Wachen an Bord verdoppeln.

Maria Kantemir machte ein unglaubliches Aufheben um ihre Schwangerschaft und ließ sich blass und nur unter Wehklagen von zwei ihrer Damen über Deck führen. Ihr Anblick erschreckte mich, denn ihr schwangerer Leib war unter den bunt bestickten Tuniken eher spitz als rund. Zudem wurde ihre sonst so vollkommene Haut unrein. Dies bedeutete, dass sie wirklich einen Jungen erwartete. Sie übergab sich unter großem Geheul und heftigem Würgen, und die Seefahrt machte sie doppelt krank. Ich betete um einen Sturm, der sie ihre schwarze Seele aus dem Leib speien ließ. Peter aber war unendlich besorgt um sie, und ich erkundigte mich fürsorglich tagtäglich nach ihrem Wohlergehen. »Wie geht es der Prinzessin von Moldawien? Erlaub mir, ihr meine Tscherkessin Jakowlewna zu schicken! Sie kennt allerlei heilende Kräuter und Aufgüsse.«

Peter stimmte zu, doch laut Jakowlewna zog Maria Kantemir bei ihrem ersten Besuch bei ihr die Nase kraus. »Du glaubst doch nicht, dass ich einen Sud trinke, den die Zariza mir sendet!«, keifte sie und schüttete den heißen Trank Jakowlewna auf die nackten Füße, ehe sie sich wieder übergab. Schließlich nahm sie meine Gaben doch an, so schlecht war ihr. Nach einiger Zeit dann fragte sie sogar danach.

Hinter Kasan gewann das Wasser an Geschwindigkeit. Die Stromschnellen rissen unsere Boote mit sich. Das Land beiderseits des Stroms war eine Ödnis, denn die Kosaken und Kalmücken waren hier wild und ruchlos, und wir legten an einem dürren Landstrich hinter der Stadt Zayzin an.

Ich saß bereits am Tisch und ließ mir mein Glas bis zum Rand füllen, als Peter aus Maria Kantemirs Kajüte trat. Die Nachtluft war so heiß wie der Wüstenwind der brennenden Tage, und ich hatte mich mit lauwarmem Wasser waschen lassen. Meine Haut duftete nach der Salbe, mit der Jakowlewna mich eingerieben hatte. Peter zog sich den Gürtel zu und fuhr sich durch das verschwitzte Haar, als sie ihm auch schon an Deck folgte. Es war Marie offensichtlich zuwider, ihm noch zu Willen zu sein. Im fahlen Licht des Vollmondes lagen ihre Augen tief in ihren Höhlen. Sie setzte sich, lehnte aber das frische Obst mit einem mürrischen Kopfschütteln ab. Peter aber zwang ihr eine walnussgroße Weintraube in die Finger.

»Iss!«, drohte er. »Ich will einen gesunden Sohn. Kinder werden stark geboren, wenn ihre Mutter gut im Futter steht«, scherzte er und zwickte mich in die Wange. »Als du mit Elisabeth schwanger warst, hast du gefuttert wie ein Pferd, nicht wahr, Katerinuschka? Also, lass uns auf den Rekruten trinken, den unsere schöne Marie erwartet. Einen Sohn für Russland!« Er trank das frische, schäumende Bier und rülpste. Marie presste sich blass wie ein Leintuch die Hand vor den Mund.

»Prinzessin, hat dir der Trank, den ich dir durch Jakowlewna habe senden lassen, nicht geholfen?«, fragte ich mitleidig. Sie nickte und würgte wieder.

»Du schickst ihr immer noch durch eine deiner Damen Heilmittel?«, fragte Peter erstaunt.

»Aber ja, mein Zar. Niemand weiß mehr um eine gesunde Geburt als meine Tscherkessin Jakowlewna.« Ich prostete ihm zu. »Und bei dieser beschwerlichen Reise muss man doppelt achtgeben.«

»Ach!« Peter zog eine Gräte zwischen den Zähnen hervor und reinigte sich damit die von Schießpulver und Tabak schwarzen Fingernägel. Maria Kantemir stocherte lustlos in dem Fisch, den Feltens Männer am Nachmittag gefangen hatten. »Du meinst, die Reise tut der Schwangerschaft der Prinzessin nicht gut?«, fragte er dann.

Meine Augen füllten sich mühelos mit Tränen. »Nach meinem eigenen vielfältigen Leid weiß ich, wie anstrengend ein Feldzug für eine Schwangere sein kann. Deshalb soll sich Jakowlewna um die Prinzessin Kantemir kümmern. Es geht um Russland.«

Peter küsste mir die Hand. »Weine nicht, wunderbare Katerinuschka! Mach dir keine Sorgen! Dieses Kind wird gesund zur Welt kommen«, tröstete er mich. Maria Kantemir sah mich stumm an. Ihre Augen glitzerten im Mondschein, aber Peter sagte liebevoll: »Liebste, sobald wir Astrachan erreichen, wirst du dort ein Lager beziehen. Diese Jakowlewna wird dich begleiten.«

Sie wollte ihm widersprechen, doch ich kam ihr zuvor. »Aber nein, mein Zar! Ich brauche Jakowlewna. Niemand sonst bereitet meine Pulver und Tränke so zu wie sie. Ohne ihren Aufguss kann ich nicht schlafen. Nimm sie mir nicht einfach weg, bitte!«, klagte ich.

Peter zögerte, doch nun sagte Maria Kantemir: »Ohne die Alte bleibe ich nicht in Astrachan. Ihre Tränke tun mir gut, also will ich sie in meinem Gefolge haben.« Ihre Worte mischten sich in das Zischen des Pechs, das von den Fackeln tropfte und auf die schwarze Oberfläche des Wassers traf. Peter tätschelte mir die Hand. »Ein Schlaftrunk, was für ein Weiberkram! Wenn wir erst im Feld stehen, werden dir die Knochen müde genug. Jetzt geht es um die gesunde Geburt des Zarewitsch.«

Der Zarewitsch. Mein Herzschlag stolperte, als Marie dem Zaren lächelnd die Hand küsste. »Gestattet, dass ich mich zurückziehe. Der Prinz braucht Ruhe«, sagte sie und legte die schmale Hand auf ihren Leib. Wie weit war sie? Im fünften oder sechsten Monat?

Peter und ich schwiegen eine Weile miteinander. Das Fackellicht spielte auf meiner Haut, und ich rückte näher, damit er meinen Duft nach Jasmin und Sandelholz erahnte. Als ich ihm den Humpen nachfüllte, streifte mein offenes Haar über seinen nackten Arm. Seine Augen glitzerten im Mondlicht. »Wer hätte das gedacht,

Katerinuschka, dass wir noch einmal gemeinsam ins Feld ziehen? Keins meiner Lager wäre ohne dich dasselbe gewesen«, lachte er trunken. Seine Hand strich meine vollen Locken zurück und glitt über meinen Hals auf meinen Busen, dessen Fleisch durch das duftige Linnen meiner Korsage schimmerte. Ich glitt vom Stuhl und kniete vor ihm nieder. Er seufzte, als ich ihn küsste und koste und ihn in meinem Mund wachsen ließ. Dann setzte ich mich rittlings auf ihn und führte ihn in mich ein. Ich ritt ihn erst langsam und dann immer schneller. Er kam mit einem Schrei und warf den Kopf nach hinten, den Blick beim Mond und bei den Sternen.

Hinterher hob er seinen Krug. »Es wird ein Sohn, nicht wahr, Katerinuschka?«

»Aber ja, mein Zar. Auf den Zarewitsch!« Ich prostete ihm zu und legte die Hand auf meinen Leib. Eine Wolke vor dem Mond verbarg den Ausdruck meiner Augen.

Die Tscherkessin Jakowlewna blieb mit Maria Kantemir in Astrachan zurück, der Stadt der tausend leuchtenden Türme und Zinnen, der süßen Früchte und des tanzenden Mondlichts. Ich küsste die Alte dreimal zum Abschied. »Der Friede sei mit dir, Mütterchen«, wiederholte ich die Grußformel, die mir der Gesandte Wolynski beigebracht hatte.

»Und mit dir«, erwiderte sie. »Gott behüte dich und die Deinen, meine Fürstin. Du bist eine gute Frau.« Die Satteltaschen, die sie sich im Fortgehen über die Schultern legte, waren schwer von Gold. Jakowlewna drehte sich nicht mehr nach mir um, und ich wusste, ich sollte sie nie wiedersehen.

78. Kapitel

Wir schlachteten, buken und brauten vor Astrachan. Die russischen Händler, die sich durch unsere Anwesenheit wieder sicher fühlten, sandten uns Melonen, Äpfel, Pfirsiche, Aprikosen und Weintrauben. In der glühenden Julihitze wurden wir von beinahe dreiundzwanzigtausend Fußsoldaten nach Derbent am Kaspischen Meer begleitet. Mehr als hunderttausend Mann folgten uns über Land, doch als wir Derbent endlich erreichten, raubten die Müdigkeit, die Hitze, der Hunger und der Durst ihnen die Sinne. Selbst viergeteilt waren unsere Vorräte zu gering, und unser Nachschub sank in einem Sturm im Kaspischen Meer. Tausende von Pferden verhungerten, und Felten und ich überwachten das Schlachten der restlichen schwachen Klepper. Der Gestank des vor Hitze auf den Steinen kochenden Blutes drehte mir den Magen um. Die Männer aßen nur widerwillig davon, doch sie brauchten Kraft, um nach Baku vorzustoßen. Dort war der Khan uns freundlich gesinnt, obwohl Peter sich eine Scheibe von seinem Wohlstand abschneiden wollte. Baku besaß das geheimnisvolle Naphtha, das selbst im Wasser brennen sollte.

Am Abend ließ ich Peters italienischen Bader in mein Zelt rufen, und wir tranken kalte saure Milch zusammen, ehe er mich mit seinem starken Akzent fragte:

»Was kann ich für Euch tun, meine Kaiserin? Braucht Ihr Körperpuder aus frischem Talkum? Eure Tinktur aus Grasse ist leider eingetrocknet.«

Ich lächelte. »Nichts von alledem, Meister. Schneid mir die Haare!«

»Wie bitte, meine Kaiserin?« Er starrte mich an. Ohne lange, volle Flechten war eine Frau für ihn ganz offensichtlich keine Frau.

»Meine Haare stören mich in der Hitze. In der Sonne dampft mir die Kopfhaut. Ab damit!«, bestimmte ich. Er wollte zu dem Krug mit Wasser greifen. »Nein«, entschied ich. »Das Wasser ist dafür zu wertvoll. Schneid sie mir trocken ab!«

Seine Finger strichen mir über die Kopfhaut. Er hob meine Flechten und setzte die Klinge an. Ich spürte das scharfe Metall kühl am Nacken, und Locke um Locke fiel zu Boden. »Gut«, sagte ich, als ich in den Spiegel sah. Der Bader aber wickelte schweigend seine Klinge zurück in das Leder.

Ich schlang mir wie die Frauen der Bergvölker um Derbent Tücher um den Kopf und verbrachte den ganzen Tag bei den Truppen. Peter musterte mich am Abend mit leerem Blick über den Tisch hinweg. »Wir schaffen es nicht mehr bis nach Baku, *matka*. Die Männer würden die dreißig Tage Fußmarsch nicht überleben. Wir kehren nach Astrachan zurück«, bestimmte er. »So kann ich rechtzeitig zur Geburt des Zarewitsch bei der Prinzessin von Moldawien sein.«

»Auf den Zarewitsch und die Prinzessin Kantemir! Auf unsere Rückkehr nach Astrachan!«, rief ich und leerte mein Glas in einem Zug.

Das Haus, das Peter für Maria Kantemir in Astrachan hatte einrichten lassen, lag still und verlassen. Keine Kinder spielten Fangen auf dem flachen Dach, keine Frauen saßen schwatzend auf den weichen Kissen, keine Bediensteten liefen eilig mit nackten Füßen und klirrenden Schellen über die kalten Steine. Auch von ihrer treuen Garde an moldawischen Soldaten fehlte jede Spur. Das doppeltürige hohe Tor zum schattigen Innenhof stand angelehnt. Peter und ich ritten zusammen mit mehreren Soldaten, dem Koch Felten und zwei Zwergen auf ihren Eseln hinein. Vögel schwirrten durch die Luft. Sie nisteten im Mauerwerk, und ihr Flug ließ die Blätter der Maulbeerbäume rauschen. In die marmorne graue Wand eingelassen, sprudelte ein Brunnen, in dem mit glänzenden bunten Steinen eingelegten Becken schwammen Goldfische, doch das Wasser roch sauer und war mit Algen überzogen. Fragend sah ich Peter an. Es roch brandig, und in Pfannen in den Ecken des Hofes lag kalt und vergessen Räucherwerk.

»Hallo? Marie!«, rief Peter. Alles blieb stumm. Ich stieg ab und schöpfte trotz der Algen Wasser aus dem Brunnen. Es tat so gut, mir nach dem langen Ritt den Staub und die Hitze vom Gesicht zu waschen. Plötzlich hatte ich das Gefühl, beobachtet zu werden, und sah hoch zur Galerie. Eine verschleierte Gestalt huschte hinter die Säulen des offenen Ganges.

»Marie!«, rief Peter wieder. Er stieg ab und ging voran. Ich folgte ihm durch das abgedunkelte Haus. Seine Schritte hallten in meinem Herzen wider, als er die Tür zu dem Gemach aufstieß, in dem er sich vor einigen Wochen von Maria Kantemir verabschiedet hatte. Ein beißender Gestank nach Schweiß, Kampfer und Sandelholz verschlug mir den Atem, und als ich den sauren Geruch wahrnahm, der mir schon im Hof aufgefallen war, bekam ich keine Luft mehr.

Peter keuchte und legte sich den Arm vor Mund und Nase. Ich sah mich um. Ein mit Kelimteppichen und Kissen bedeckter Diwan war von Sitzkissen umgeben, und auf einem elfenbeinverzierten niedrigen Tisch stand ein Silbertablett mit einer Tasse Minztee. Ich steckte prüfend meinen Finger in das Getränk, auf dem ein öliger Film lag – kalt. Seidenteppiche bedeckten den Marmorboden, und vor einem Wandschirm aus geschnitztem und kunstvoll durchbrochenem Ebenholz stand eine chinesische Schale, die bis zum Rand mit einer schleimigen gelben Flüssigkeit gefüllt war. Von einer leeren Bettstatt waren die schmutzigen, stinkenden Laken nachlässig zurückgeschlagen worden, so als ob jemand eilig aufgestanden wäre.

Peter rang nach Atem. »Marie!«, rief er. »Wo bist du, mein Herz?« Seine Stimme hallte unter dem hohen Gewölbe. Mir prickelte die Haut im Nacken, als wir ein Geräusch hörten und herumfuhren. Hinter dem Wandschirm trat eine schmale Gestalt hervor. Sie war dicht verschleiert und sagte rau: »Ich bin hier, mein Zar.« Der Schleier erstickte ihre Stimme. Peter trat auf sie zu und wollte ihn heben. Sie aber hob abwehrend die Hand und sagte bitter: »Lass! Das kann ich selbst. So etwas bin ich nun schon gewohnt.«

Ich lauerte im gnädigen Halbdunkel. Mein Herz raste, und der Mund wurde mir trocken, als Maria Kantemir ihre Schleier abwarf und nackt und bloß in das gnadenlose Licht des persischen Morgens trat. Peter schluchzte auf und wich vor Entsetzen zurück. Auch ich unterdrückte nur mit Mühe einen Aufschrei des Ekels, als ich sah, was Jakowlewna und die Krankheit ihrer tscherkessischen Kindheit angerichtet hatten.

Die Blattern hatten ein Fest mit der außergewöhnlichen Schönheit der Prinzessin von Moldawien gefeiert. Ihr Haar war bis auf wenige stumpfe Strähnen ausgefallen, die ihr wirr von einer mit Beulen und Krätze übersäten Kopfhaut herabhingen. Ihre Haut war nicht mehr rosig frisch und golden, sondern grau und fahl. Ihre makellosen Züge waren von kraterförmigen tiefen Narben zerstört, und ihre nun schmalen blutleeren Lippen konnten kaum die gelben Zähne verdecken. Auch vor ihrem Körper hatte die Krankheit nicht haltgemacht. Ihre Brüste hingen flach und welk über den scharf hervortretenden Rippen. An den Armen eiterten noch frische Blattern, an denen sie kratzte, und an den Beinen spannte sich wund gekratzte und trockene Haut über ihre langen Knochen. Sie war vollkommen entstellt.

»Was ist geschehen, Marie? Unser Kind…«, begann Peter und blickte auf ihren Leib. Ich ballte die Fäuste. Ihre Leibesmitte war flach und eingefallen. Maria Kantemir hatte das Kind verloren, das sie von meinem Mann erwartete, den Sohn, der das Ende meines Glücks und des Glücks meiner Kinder bedeutet hätte. Peter stand wie angewurzelt, als sie sich mit einem Mal wie eine Wildkatze auf mich warf. Ich schrie laut, und einer unserer Soldaten packte sie mit knapper Not. Sie zappelte in seinem Griff, spie und biss vor Zorn. Ich sprang auf meine von der Hitze geschwollenen Füße. »Bringt den Zaren in Sicherheit!«, befahl ich barsch. »Die Blattern sind im Haus.«

Felten und die Soldaten zogen Peter nach draußen. Er widersprach nicht, aber wandte sich in der Tür noch einmal um. Dabei aber sah er mit namenlosem Entsetzen nicht Maria Kantemir, sondern mich an. Was erblickte er? Eine große, starke Frau mit Haaren, so kurz wie die Stacheln der Disteln in der Wüste von Derbent. Die Mutter seiner Kinder, die Gefährtin seiner Jahre, die Kaiserin seines Reiches. Er überließ mich meinem Tun.

»Halt sie fest!«, befahl ich dem Soldaten. Er packte sie durch eines der Laken hindurch, und ich trat ganz dicht an sie heran. Ich hatte das Spiel gewonnen, in dem sie sich so sicher gefühlt hatte.

»Prinzessin«, fragte ich, »was ist mit deiner Schönheit geschehen? Und was mit dem Zarewitsch, auf den wir solche Hoffnungen gesetzt hatten? Wer hätte ahnen können, dass die Blattern gerade hier in Astrachan wüten? Welch entsetzliches Unglück!«

»Unglück?« Sie spuckte aus, und ich wich dem vergifteten Strahl gerade noch aus. »Teufelin! Ich weiß, dass deine Alte die Krankheit in mir entfacht hat. Sie hat mich zur Ader gelassen, und danach bekam ich das Fieber. Sie ist an allem schuld!«, kreischte sie. »Ich wollte Kaiserin sein, und mein Sohn sollte Russland regieren, als Entschädigung für mein verlorenes Reich!«

»Spar dir deinen Atem!«, zischte ich. »Dein Schicksal ist noch viel zu gut für dich. Wo steckt die Alte denn? Wir werden sie natürlich foltern lassen, bis sie gesteht.«

Maria Kantemir heulte auf und wollte wieder nach mir schlagen, doch der Soldat packte sie so hart, dass sie vor Schmerz aufschrie. »Sie ist fort. Fort wie alle anderen auch, als ich krank wurde. Ich habe mein Kind allein verloren. Niemand wollte mir helfen. Es liegt im Garten verscharrt. Es war ein Junge...«, weinte sie. »O Gott, sieh mich doch an!«

»Ich sehe dich ja an«, sagte ich. »Soll ich Mitleid mit dir haben? Das hast du mir doch gewünscht. Allein und vergessen zu sein.«

Der Soldat stieß sie von sich, und wir eilten hinaus. Maria Kantemirs Weinen und Schreien hallten geisterhaft durch die Galerie und den Innenhof. Peter war schon mit seiner Eskorte zu den Schiffen zurückgeritten. Ich selbst drehte den großen Schlüssel in dem Tor zu Maries Haus in seinem Schloss um und steckte ihn in meine Tasche, wo er vergessen würde. Wolynski bezahlte in meinem Namen eine alte Frau, die von nun an durch eine Klappe im Eingangstor Brot und Wasser in das Haus schob. Mein Befehl blieb bestehen. Wenn das Essen an der Pforte mehrere Tage lang unberührt bliebe, dann sollte das Haus in Astrachan in Brand gesteckt werden.

Ich hoffte aber, dass Maria Kantemir noch lange dort lebte.

79. Kapitel

Der Krieg gegen Persien endete erst im darauffolgenden Herbst. Ein Bote unterbrach das prächtige Kostümfest, das Alexander Danilowitsch Menschikow in seinem Palast gab. Er verkündete den Sieg, und zahllose Säbel schlugen die Korken von den Flaschen französischen Perlweins. Noch vor Mitternacht waren über tausend Flaschen geleert. Alle Glocken der Stadt läuteten, und Peter schlug die Trommel bis zum Morgengrauen.

Mir. Das einzige friedvolle Jahr unter Peters Herrschaft brach an.

Ich wollte den Mann unbedingt erkennen, sah aber nur seinen krummen Buckel und die groben, rot gearbeiteten Hände, die er flehentlich auf dem Marmorboden des kleinen Empfangssaales ausstreckte. Sein Hemd war an vielen Stellen geflickt, und am Kopf hatte er die Krätze, seine Füße steckten in Lederlappen, die mit Stroh ausgestopft waren.

Peters Finger trommelten auf seine Armlehne. »Und? Kennst du ihn? Oder hat der Hund gelogen? Wenn ja, dann lasse ich ihm für seine Frechheit die Zunge herausreißen.«

Der Mann heulte auf und krümmte sich noch mehr zusammen.

»Lass mich dich ansehen!«, sagte ich, stand von meinem Thron auf und kniete neben ihm nieder. Weder die Garde noch Elisabeth, Anna und Wilhelm Mons – ohne ihren Kammerherrn tat meine Tochter kaum noch einen Schritt – ließen uns aus dem Blick.

Der Mann zitterte wie Schweinssülze, doch er hielt meinem Blick stand. Sein dünnes blondes Haar erinnerte mich an meinen Vater, die tief liegenden Augen und der volle, mürrische Mund an Tanja. Ja, es war möglich oder eben auch nicht. »Sagst du die Wahrheit, Mann?« Meine Stimme zitterte. Als er mir antwortete, hatte er statt Zähnen nur faule gelbe Stummel im Mund: »Ich schwöre es bei dem Allmächtigen, Zariza: Ich bin dein Bruder Fjodor.«

Der Mann arbeitete als Postkutscher zwischen Sankt Petersburg und Riga, wo er als junger Mann mit dem Gepäck auf das Dach der Kutschen geschnallt worden war, um auf die Ladung achtzugeben oder nach Halunken und Hindernissen Ausschau zu halten. Dort war er im Sommer der gnadenlosen Sonne und dem heißen Wind ausgesetzt; im Frühjahr und im Herbst dem Sturmregen. Im Winter fror er an seinem Sitzplatz fest.

Als es vor Wochen zu einem Streit mit einem Reisenden kam und der zu seiner Peitsche griff, hatte er geschrien: »Ich bin der Bruder unserer *imperatriza*. Wenn du mich schlägst, so wirst du dafür bezahlen!« Weil er aber besoffen war wie ein Vieh, wurde er erst einmal eingesperrt, ehe man ihn nach Sankt Petersburg brachte. Aber wie ich schon bemerkt hatte, erinnerte mich sein dünnes blondes Haar an das meines Vaters, und er hatte Tanjas tief fliegende Augen wie auch ihre mürrischen Lippen.

»Wie geht es Christina?«, fragte ich. Die Frage schmeckte nach längst vergangenen Tagen, doch es schmerzte nicht.

»Oh, sie hat uns nur Schande gemacht! Mutter hatte sie mit einem Burschen im Weizen entdeckt und sie grün und blau geschlagen. Nun ist sie eine Hure in Riga.« Er wollte ausspucken, überlegte es sich aber angesichts des Marmorbodens im Winterpalast dann aber anders.

»Was ist mit dem Rest der Familie geschehen?«

Fjodor hob die Schultern. »Der große Hunger hat uns in alle Winde zerstreut. Marie hat einen Schuhmacher in Riga geheiratet. Der Mann hat Geld wie Heu. Trotzdem hetzt er die Hunde auf mich, wenn er mich sieht.« Lautstark zog er den Rotz hoch.

»Und wie ist Vater gestorben?«

»Unser neuer Herr hat ihn totgeschlagen.«

»Und Tanja?« Ich konnte nur noch flüstern. Fjodor grinste und machte eine eindeutige Geste mit seinen Fingern. »Sie ist zu unserem neuen Herrn gezogen, denn trotz ihrer Jahre hat sie ihm noch gefallen.«

»Ich bin mir nicht sicher, ob du wirklich mein Bruder bist«, sagte ich zögernd, ließ ihn aber nicht aus den Augen. Eine Frage musste ich noch stellen, um die Zweifel für immer auszuräumen. »Welches Tier griff uns im Garten der *isba* an, dem du den Schädel zertrümmert hast?«

Die Stirn in Falten gelegt, dacht er lange nach. Stille lag über dem kleinen Thronsaal. Dann löste sich sein Gesicht in einem Lächeln auf. »Es war eine Schlange, Schwester.«

Peter zeigte sich großzügig. Meine Geschwister Fjodor und Marie bekamen eine Leibrente von ihm ausgesetzt und erhielten den Titel der Grafen Skawronski. Meine Bitten für Christina aber stießen auf taube Ohren. »Eine Hure in Riga. Nein, also wirklich, Katerinuschka!«, rief er mit gespielter Entrüstung. »Ich lasse sie in ein Kloster stecken. Dann ist sie versorgt.« Er drückte mir einen Kuss zwischen die zahlreichen Ringe an meinen Fingern. »Jetzt verzeih, ich muss in den Senat.« Aus Zorn über die Nutzlosigkeit der Senatoren hatte er die Treffen auf eine halbe Stunde begrenzt und schlug zudem den Männern oft die Schädel aneinander, um ihnen zu schnellerem Denken zu verhelfen. »Außerdem muss diesem Dieb und Betrüger von Menschikow eine Lehre erteilt werden. Anscheinend versucht er wieder, die kaiserlichen Käufer übers Ohr zu hauen.« Als er davonging, schlug seine *dubina* einen frohen Takt an seine hohen Stiefel, so als ob sie sich schon auf Menschikows Rücken vorbereitete.

Auch Anna wollte gehen, und mein Blick begegnete den blauen Augen von Wilhelm Mons, der sich verneigte und Elisabeth aus dem Thronsaal folgte, doch ich sah beiseite. Als sie gegangen waren, wandte ich mich an Pawel Jaguschinski. »Pawel Iwanowitsch, ist es recht, dass die Zarewna Elisabeth auf Schritt und Tritt von Wilhelm Mons begleitet wird? Wirkt das nicht anrüchig?«

»Es *wirkt* nicht nur anrüchig, es *ist* anrüchig, meine Kaiserin«, sagte Jaguschinski vorsichtig.

Ich überlegte. Die Verhandlungen um eine Eheschließung Elisabeths mit dem König von Frankreich waren im Gange. »Ich danke dem jungen Mons für seine Dienste«, entschied ich. »Aber sie braucht einen Staat, der einer erwachsenen Zarewna, die bald heiraten soll, würdig ist. Wilhelm Mons wird als Belohnung für seine Treue mein eigener Kammerherr. In meinem Alter bin ich über jeden Verdacht erhaben«, scherzte ich. »Geh, der Zar wartet auf dich! Keine Sorge, die *dubina* ist heute schon beschäftigt genug.«

Ich sah ihm nach, und mein Herz schlug Purzelbäume. Wilhelm Mons sollte jeden Tag bei mir sein. Forderte ich das Schicksal heraus? Mitnichten!, schalt ich mich selbst. Er hätte mein Sohn sein können, mein schöner, gesunder Sohn.

Man hörte das Geschrei schon fünfzig Schritte von Peters Gemächern entfernt. Wer war das? Ich erkannte Menschikows tiefe Stimme und dazwischen den hohen, kreischenden Ton von Peter Schafirow. Im Zorn klang der mächtige Mann wie ein aufgebrachtes Marktweib. Ich verbiss mir das Lachen, als auch Peter schrie. Hatte es *Alekascha* diesmal wirklich zu weit getrieben? Die Garde gab mir hastig den Weg frei. Im Zimmer wälzten sich Prinz Menschikow und der Baron Schafirow auf dem Boden und schlugen wie zwei Trunkenbolde im *kabak* aufeinander ein. Fäuste flogen, und Knochen schienen zu krachen. Peter umkreiste die beiden Männer, als wären sie Kampfhähne auf einem Marktplatz, und peitschte beide mit seiner *dubina*. »Auseinander, Lumpenpack! Was fällt euch ein, euch vor eurem Zaren zu schlagen wie vor euren Liebchen? Auseinander, sage ich! Na wartet, euch stäupe ich grün und blau!«, brüllte er und drosch auf seine beiden Freunde und Berater ein. Menschikow riss Schafirow derweil an den Haaren, und der biss ihm dafür in die Hand. Ich warf mich Peter in den Arm. »*Starik*! Worum geht es hier?«

Menschikow setzte sich keuchend auf. Schafirow greinte und besah den Schaden an seinem reich bestickten Gewand. Ein Ärmel war zerrissen, die Perlen und Silberfäden lagen ringsum auf dem Boden verstreut, und seine Perücke hatte sich in wollige Flocken aufgelöst. Peter vergrub den Kopf an meiner Brust, wo er seufzte und schluchzte. »Beide sind Lügner und Betrüger, Katerinuschka. Gott sei Dank bist du bei mir. Dir und deiner Ehrlichkeit kann ich immer vertrauen. Für alle seine Lügen und Betrügereien gehört Menschikow dreimal aufs Rad geflochten.«

Menschikow, der Peters Reich von Riga bis nach Derbent durchreiste und dabei jede Nacht auf einem eigenen Gut übernachtete, suchte nach Gleichgewicht und zog sich auf die zitternden Beine. O ja, jeder Russe kannte eine andere Geschichte über seine Gier. Er ließ sich jeden Dienst und jeden Handgriff für andere vergüten, sei es durch Rubel, ein edles Pferd oder ein schönes Mädchen für eine Nacht. Er hatte mehr Titel und Ehren als Haare auf dem Kopf. Seine Speisen wurden von französischen Köchen zubereitet. Er fuhr zehnspännig aus. Auf dem Dach seiner Kutsche prunkte eine Fürstenkrone, und seine Pferde trugen Decken aus purpurnem Samt, in die mit Goldfäden sein Wappen eingestickt war. Manchmal trug Darja Menschikowa prachtvollere Juwelen als ich selbst.

Dennoch, in Sankt Petersburg konnte man nur Kläger oder Angeklagter sein, und ich wollte dafür sorgen, dass mein alter Freund nicht auf die Schattenseite des Lebens wechselte. Wenn Menschikow in Ungnade fiel, so war niemand seines Lebens mehr sicher.

»Was gibt es?«, fragte ich.

»Alexander Danilowitsch Menschikow hat unser Vertrauen missbraucht und den russischen Truppen verschimmeltes Brot und dünne Suppe verkauft. Das Geld für ordentlichen Proviant hängt in Juwelen um den fetten Hals seiner Gattin. Außerdem hat er den Kosaken fünfzehntausend *Seelen* gestohlen, und jetzt habe ich den Aufstand am Hals!«, schrie Peter.

Ich schüttelte den Kopf. »Bleibt Menschikow denn nicht immer Menschikow?«, drängte ich.

Menschikow wagte ein Lächeln, doch Peter wies zur Tür. »Hinaus! Alle beide!« Dann besann er sich. »Schafirow, du sollst befragt werden. Wenn du die Stadt ohne meine Erlaubnis verlässt, lasse ich dich und deine Familie ohne Verfahren hinrichten. Und du …« Er deutete mit seiner *dubina* drohend auf Alexander Danilowitsch. »Menschikow! Deine Mutter hat dich in Sünde und Schande wie eine läufige Hündin geworfen. Du lebst in Sünde und Schande, und du sollst in Sünde und Schande sterben. Du sollst da enden, wo du begonnen hast.«

80. Kapitel

Darja Menschikowa kam am selben Abend zu mir, als meine Hofdamen und Wilhelm Mons am Kamin meiner Vorleserin lauschten. Das Buch war reichlich schlüpfrig, und meine jüngeren Damen kicherten verlegen, während sie Wilhelm Mons unter gesenkten Lidern auffordernde Blicke zuwarfen. Peters Krankheit hinderte ihn nun daran, diese Mädchen in die Geheimnisse des Lebens einzuweihen. Er konnte nicht mehr Wasser lassen, und wenn ihn sein gequollener Leib quälte, schrie er vor Schmerzen.

Gegen meinen Willen linste ich immer wieder zu Wilhelm Mons hinüber. Er lag auf einem Kissen vor dem Kamin, hatte die wohlgeformten langen Beine entspannt ausgestreckt und blickte mit verträumten Augen in die Flammen, die seine Haut golden färbten. Hörte er der Vorleserin zu? Floss ihm das Blut bei ihren Worten schneller durch die Adern, so wie es bei mir geschah? Was forderten seine Lippen, die so leicht lächelten, wenn sie eine Frau küssten? Er faltete die Arme hinter dem Kopf und seufzte. Wie fühlte sich eine Berührung dieser Hände an? Es war einfach, ihn sich unter freiem Himmel am Lagerfeuer vorzustellen, den weiten Sternenhimmel als Dach und die wilde, freie Liebe als Decke. Ich musste mich zwingen, den Blick von ihm zu lösen, als Agneta mir ins Ohr flüsterte: »Darja Menschikowa erwartet dich im chinesischen Kabinett, meine Fürstin.« Ich zögerte kurz. Menschikow setzte in seinem Kampf ums Überleben seine stärkste Waffe ein – die Erinnerung an meine Jugend und an die Freundschaft mit Darja. Wenn wir uns trafen, dann naschten wir gezuckerte Veilchen und schmiedeten Heiratspläne für unsere Kinder. Unter ihrem Fett und ihrer Faulheit war Darja ihr altes Feuer verloren gegangen.

Ich stand auf, und Wilhelm Mons setzte sich auf. »Komm mit!«, befahl ich ihm und spürte ihn bei jedem Schritt dicht hinter mir, als wir meine matt erleuchtete Zimmerflucht durchquerten, hinüber ins chinesische Kabinett. Dort erweckte das unstete Kerzenlicht die Vögel auf den mit bunter Seide bespannten Wänden zum Leben, und Darja lief verzweifelt weinend auf und ab. Als sie mich sah, warf sie sich auf die Knie und umklammerte meine Knöchel. Ihre Schultern bebten. Ich zog sie hoch und umarmte sie.

»Wilhelm, reich der Prinzessin Menschikowa dein Taschentuch! Man lässt keine Frau so weinen«, tadelte ich ihn freundlich. Darja schnäuzte sich laut wie eine Bauersfrau in das Seidentuch. Ihr Haar war zerrauft, und die Tränen hatten hässliche Spuren in die bleiche Schminke gezogen, die sie sich noch immer aus Venedig kommen ließ. Ich zog sie zu einem der seidenbezogenen Stühle, die viel zu zierlich für sie schienen.

»Setz dich und erzähl mir, warum du weinst!«, forderte ich sie auf und ergriff ihre Hand.

Darja wühlte in ihrem ausladenden Ausschnitt und hielt mir eine kleine Rolle Papier entgegen. »*Alekascha* hat heute den Grünen Salon kurz und klein geschlagen.

Die Küche ist auch schon Kleinholz, und so furchtbar, wie er den Koch verdroschen hat, sehen wir ihn nicht wieder. Nun schlägt er gerade die Kacheln in seinem Studierzimmer von der Wand. Was ist denn geschehen?«, fragte sie flehentlich. »Er schickt dir diesen Brief.«

Ich entrollte das Papier, auf dem nur ein Satz stand. Die Schrift war fahrig und die Tinte von Tränen verschmiert. »Lies mir vor!«, befahl ich Wilhelm, der an den Kamin trat, um die Worte im Schein der Flammen zu lesen.

»*Was soll ich nur tun?*«, las er, und ich hörte das Erstaunen aus seiner Stimme heraus.

»Ist das alles?«

»Ja.«

Ich schwieg. Wilhelm verstand die Dringlichkeit der Nachricht nicht. Wie konnte er auch? Anders jedoch Darja und ich. Ihre Fassungslosigkeit sprach Bände. Der mächtige Menschikow wusste nicht mehr weiter. Sie umschlang meine Finger. »Bitte, Katharina Alexejewna, um alles, was uns einst so lieb war!«, raunte sie.

»Was dein Mann tun soll, Darja?«, fragte ich. Wilhelm sah mich an. Er lehnte so gelassen an der teuren Seide, als wäre sie eine Stallwand, und ein leises Lächeln umspielte seine Lippen. Seine Anwesenheit machte mir den Kopf so leicht wie ein Humpen Schnaps, und so klatschte ich in die Hände. »Nun, ganz einfach – dem Befehl seines Herrn folgen und das tun, was er früher auch getan hat. Und zwar gleich morgen Abend bei einem Nachtmahl in meinen Gemächern. Sag ihm, wir speisen in kleiner Runde.«

Darja blickte hilflos von Wilhelm zu mir, bevor sie die Nachricht mit sich in die frostige Winternacht meiner Stadt forttrug.

Unser Mahl war schlicht – dicke Hühnersuppe, in der mit Kraut gefüllte *pelmeni* und saure Gurken schwammen, gefolgt von einem mit Zwiebeln gefüllten Lamm. Peter aß mürrisch. Er brauchte mehr Geld, doch alles, aber auch alles im Reich war bereits besteuert. Der Zar nahm selbst seinen Anteil an einem zehnfach geflickten Netz, das der ärmste seiner Untertanen durch die Wasser Russlands zog und mit Fischen füllte.

»Fällt dir vielleicht etwas ein, was ich noch besteuern könnte?«, fragte er mich.

»Nein. Haus, Vieh, Holz und Ziegel, Hauswaren, Geschirr, Besteck, Schlitten, Karren, Bienenhäuser, Teiche, Flüsse, Mühlen, ja selbst *banjas* sind schon besteuert.«

»Alles, was ich sehe, wenn ich durch mein Land reite«, gab er mürrisch zu.

Ich löffelte meine Suppe und förderte neben einem *pelmeni* etwas Kraut und eine saure Gurke zutage. »Wie wäre es mit Gemüse? Kraut und Gurken?«, fragte ich.

»Schon geschehen, Katerinuschka. Ich zehnte jedes Gemüse in meinem Reich. Das Einzige, was nicht versteuert wird, ist die Luft zum Atmen.«

»Nun, dann...«, sagte ich und hielt die Luft an.

Peter lachte und hob seinen Humpen Bier. »Auf dich und deine Kunst, mich immer wieder zum Lachen zu bringen! Über all die Jahre.« Seine Augen glänzten feucht. Das Kerzenlicht milderte die eisgrauen Strähnen in seinem Haar und glättete die tiefen Falten, die sich durch sein aufgedunsenes Gesicht zogen. Wilhelm, der hinter meinem Stuhl stand, füllte meinen Krug nach, damit ich mit Peter anstoßen konnte, doch da hörten wir von draußen Geklapper und Gedröhn. Dazu rief eine uns bekannte Stimme rau: »*Piroschki!* Heiße frische *piroschki!* Frisch aus dem Ofen!«

Peter sah auf, und ich lächelte in mein Glas, als die Türen aufsprangen. Herein kam Menschikow, aber nicht so, wie man ihn heute kannte. Alexander Danilowitsch war in Lumpen gekleidet und trotz der Kälte barfuß. Er trug eine schmutzige Bäckermütze und hielt ein großes Tablett vor dem Bauch. »*Piroschki! Piroschki!* Die besten von ganz Preobrazenskoje. Nur bei mir, dem Bäckerburschen Menschikow.«

Auffordernd streckte er Peter seinen Bauchladen entgegen.

»Iss dich satt, kleiner dürrer Prinz! Jeder weiß doch, dass deine Hexe von Halbschwester dir nichts zu essen gibt«, sagte er.

Ich hielt den Atem an. Peters Augen schweiften vom Gesicht seines Freundes zu den goldbraunen, duftenden Piroggen und wieder zurück. Dann nahm er eine Pirogge und biss hinein. »Hmm, immer noch so gut wie damals, Menschikow, du Lump!«

Menschikow setzte den Bauchladen ab, kniete vor Peter nieder und presste dessen Finger an seine Brust.

»Verzeihst du mir, Herr meines Herzens?«, fragte er.

Peter zögerte noch, aber Menschikow sah ihn treuherzig an. »Ich habe gefehlt. Aber wenn du jeden Lumpen in deinem Reich hinrichten lassen willst, stehst du bald ohne Untertanen da.«

Peter warf das angebissene Gebäck seinen Hunden hin, als er Menschikow umarmte. Er lachte und weinte gleichzeitig. »Verrat mich nie wieder, *Alekascha*, denn sonst muss ich dir wirklich den Kopf abschlagen lassen, so leid mir das täte!«, schluchzte er.

Menschikow aß an jenem Abend mit uns, als wäre nie etwas geschehen. Ich aber spürte mit einem Mal Wilhelm nahe, ganz nahe bei mir und atmete seinen Duft nach Moschus und Sandelholz ein. Ich fühlte mich wie ein Reh, das auf der Lichtung den Jäger im Dickicht spürt und doch nicht zu fliehen vermag. So hörte ich nur mit halbem Ohr, wie Menschikow leise zu Peter sagte: »Auf den Lumpen Schafirow aber musst du ein Auge halten...«

Am folgenden Morgen kam ein Mohrenknabe in meine Gemächer. Seine Augen glänzten wie Kohlestücke, seine Haut war weich wie dunkler Samt, und auf seinem purpurnen Mantel war Menschikows Wappen eingestickt. Er verneigte sich und schlug stumm eine schwere Schmuckschatulle auf, in der ein Diadem, eine Kette und Ohrgehänge aus lupenreinen Diamanten funkelten. Ich seufzte vor Vergnügen, und der Junge zirpte in gebrochenem Russisch: »Mit Dank und Verehrung von Alexander Danilowitsch Menschikow.«
Ich sandte den Knaben zu Abraham Petrowitsch, Peters Mohren, wo es ihm an nichts fehlen sollte.

Einige Wochen später, als wir in Peterhof waren, ließ Peter mich zu sich rufen.
Wir hatten den Morgen gemeinsam verbracht. Die fette gestreifte Stallkatze, deren Fell am Bauch die Farbe von Feltens Karamell aufwies, hatte geworfen, und Natalja Petrowna konnte sich vor Entzücken über die blinden, tapsigen Kätzchen nicht beruhigen. Sie saß auf Peters Knien und drückte sich die Fellbündel ins Gesicht, bis sie niesen musste. »Welches willst du für dich,

meine Große?«, fragte Peter. Das Licht fiel durch die Stallfenster auf Nataljas hellbraune Locken, und mein Herz zog sich vor Liebe zusammen. Im Herbst bereits sollte sie ersten Unterricht erhalten.

»Kann ich nicht alle haben?«, fragte sie erstaunt, und Peter schaufelte alle fünf Kätzchen in seine großen Hände. »Natürlich, mein Engelchen, du kannst sie alle haben. Und schau, es sind fünf Stück. Vielleicht will deine Cousine Anna Leopoldowna auch eins haben.«

Natalja dachte kurz nach und meinte dann friedfertig: »Gut. Eins kann sie haben.«

»Halt deinen Rock auf, dann können wir sie hineintun! Ich nehme die alte Katze mit, denn die Kleinen brauchen ja ihre Mutter noch«, sagte Peter. Die Stallkatze schlug ihm die Krallen in die Hände, aber er achtete nicht darauf und wandte sich mit Natalja zum Gehen. »Kommst du?«, fragte er mich noch.

»Nein. Elisabeth reitet den Hengst zu, den der König von Frankreich ihr geschenkt hat. Da möchte ich zusehen.«

Peter lachte. »Hoffentlich bricht sie sich nicht den Hals, bevor wir sie nach Paris verheiraten.« Natalja und er traten aus dem Dunkel der Ställe in die hellen Sonnenstrahlen des Frühlings, wo Alice Kramer im Hof auf sie wartete. Schützend ergriff sie Nataljas andere freie Hand. Ich sah ihnen nach, wie sie in einem Kranz aus Licht verschwanden.

Elisabeth nahm meine Anwesenheit in der Reithalle mit einem höflichen Nicken zur Kenntnis. Sie zwang dem Hengst, einem glänzenden Braunen, mit fester Hand ihren Willen auf. Wenn sie ihre Kraft nur je in richtige Bahnen lenkt, dachte ich, so kann sie Frankreich eine gute Königin werden. Wenn sie nur je die wird, die sie ist.

Wie ich wusste, hatte sie mir nicht verziehen, dass ich Wilhelm Mons aus ihrem Staat genommen hatte.

In Peters Studierzimmer wartete bereits Feofan Prokopowitsch auf uns. Er lehnte an einem der hohen Fensterbretter, wo seine dunkle Mönchskutte mit dem matten Holz der Wandvertäfelung verschmolz. Die Fenster des Eckzimmers standen offen. Sonnenstrahlen fielen auf die persischen Teppiche, und die salzige Luft der Bucht von Finnland mischte sich mit dem Geruch nach Staub, Papier, Tinte und Tabak. Es roch nach Peters Wesen. In Peterhof atmete unser Herz.

Ich küsste ehrerbietig den Stein in der Mitte von Feofans *panagia*, und er schlug segnend ein Kreuz über mich. Über die Jahre war Peter der Pope, vor dem er mir vor langer Zeit das Eheversprechen gegeben hatte, unentbehrlich geworden. Die Vielfalt seiner Begabungen erstaunte mich immer wieder. Er schrieb Theaterstücke, genauso wie er an jedem Sonnabend gemeinsam mit Peter die Geschichte des Großen Nordischen Krieges bewahrte. Er las die Werke von Gelehrten, deren Namen ich kaum aussprechen konnte, in ihrer eigenen Sprache – Spinoza, Descartes, Bacon und auch Leibniz, an den ich mich aus Deutschland erinnerte. Kein Wunder, dass Peter ihn zum *Vater des Vaterlandes* ernannte. Meist aber zog er das Dunkel seiner Bibliothek der Helle unseres Sommerpalastes vor. Was wollte Feofan hier in Peterhof?

Ich bezähmte meine Neugierde. Peter sah von dem Papier auf, das er gerade mit gerunzelter Stirn las. »*Matka*, da bist du ja. Komm, setz dich zu uns beiden alten Männern! Wir hecken wieder einmal Unsinn aus.« Feofans Blick ließ mich nicht los, und ich setzte mich in einen Lehnstuhl vor Peters Schreibtisch. Mein Gesicht verschloss sich, wie nur wir *Seelen* es können.

»Wo waren wir stehen geblieben? Ach ja, bei der Freiheit...«, sagte Peter.

»Darüber spreche ich gern. *Wolja!* Tun und lassen, was man gerade mag, das ist der Traum aller *Seelen*«, lachte ich.

Feofan schüttelte den Kopf. »Meine Fürstin, aus dir spricht die Seele Russlands. Aber echte Freiheit bedeutet nicht, frei von Gehorsam oder Gesetzen zu sein. Echte Freiheit bedeutet Freiheit von allem, was unser Seelenheil behindert.«

Peter legte seine dreckverkrusteten Stiefel auf den Tisch. Ich zog die Stirn kraus. Worauf wollte Feofan hinaus? »Es gibt Gesetze des Herzens und der Natur. Über sie entscheidet Gott... oder an seiner Stelle der Zar als Vater seines Volks. Er trifft so auch Entscheidungen, deren Weisheit nicht sofort jeder erkennen mag.«

»Komm zur Sache, ehrenwerter Feofan!«, unterbrach ihn Peter. Er nahm die Füße wieder vom Tisch. Weshalb war er so erregt?

»Der Zar hat keinen Sohn. So muss und will er allein entscheiden, wer seine Nachfolge antreten soll an dem Tag, an dem der Herr ihn zu sich ruft, möge dieser fern von uns sein«, erklärte Feofan.

Peter stand auf. »Danke. Du kannst gehen, Feofan Prokopowitsch. Was ich der Kaiserin sagen will, soll unter uns bleiben. Aber du hast mir den Weg dorthin gewiesen. Hab Dank, Vater!« Feofan lächelte mich an, als er das Gemach verließ.

Was wollte er mir sagen? Meine Finger krampften sich um die Enden der Armlehnen meines Stuhles mit den eingeschnitzten Löwenköpfen. Peter musterte mich schweigend, aber auch prüfend. Ich spürte Zorn aufsteigen. Welchen seiner Bastarde wollte er zum Erben Russlands ernennen? Genug Auswahl an unehelichen Söhnen hatte er ja. Ich konnte nicht mehr sitzen und warten, sondern trat ans Fenster. Nur das Ticken der Uhr war noch zu hören.

Auf den Terrassen stieg das Wasser der Brunnen hoch in die Luft, um dann plätschernd in die marmornen Becken zu fallen. Auf dem hellen Kies des Weges stand Elisabeth gemeinsam mit Wilhelm Mons. Ihre Wangen waren vom Ritt erhitzt, als sie vertraulich zu ihm aufsah. Er lachte höflich, hielt jedoch Abstand zu ihr. Mein Blick schweifte weiter, über die Baumwipfel des Parks, die Fontänen, deren Wasser in allen Farben des Regenbogens im Sonnenlicht sprühten, hinaus auf die bleierne See des Finnischen Meerbusens.

Peter umarmte mich von hinten und küsste meinen Nacken. »Katharina Alexejewna. Ich habe gelernt, dass ich nicht über den Leib einer Frau befehlen kann«, sagte er so traurig, dass es mir ins Herz schnitt. »Gott hat mir einen starken, gesunden Sohn von dir verwehrt. Ich mag nicht zürnen, denn das verbittert mir nur das Herz auf meine alten Tage. Aber du und ich, wir haben immer zusammengehalten. Du bist mir treu gewesen, immer. Du hattest stets einen guten Rat für mich – zur Milde, zur Gnade. Du hast mir so viele Male zur Seite gestanden.« Seine Stimme brach, und er räusperte sich. »Ich will dir danken.«

Ich legte den Kopf nach hinten an seine Schulter und

schloss die Augen, in denen sich Tränen sammelten. Schöne Worte, die die bittere Pille versüßen sollten.

»Bist du bereit?«, fragte er mich.

Mit einem Schlag war ich wieder hellwach. Ich riss die Augen auf, und das Licht strömte schmerzhaft in meinen Kopf. Ich fuhr herum. »Bereit? Wozu?«

»Dich von mir krönen zu lassen. Im kommenden Jahr, sobald es warm und sonnig in Moskau ist. Sollte ich vor meiner Zeit sterben, so kannst du mein Werk weiterführen«, sagte er leise. »Wir sind beide alt. Nimm es an, als Dank für all die Jahre«, wiederholte er dringlich.

Wir sind beide alt, tanzten seine Worte in meinen Gedanken. *Alt, alt, alt.* Doch ehe sie schmerzen konnten, nickte ich. Er lachte, als er mir spielerisch in die entblößte Schulter biss.

»Ich wusste es. Nichts schreckt meine Martha! Wie stolz bin ich auf dich!«

Die Worte hallten in meinem Kopf wider, bis sie Elisabeths Lachen, die Gischt der Brunnen und auch den Tanz der Sonnenstrahlen schluckten und jeden anderen Gedanken übertönten. Gerade da sah Wilhelm Mons zu uns hoch und neigte den Kopf. Ich fühlte seinen Blick wie eine Liebkosung und trat vom Fenster weg. So alt bin ich doch noch nicht, dachte ich, als Peter mich küsste. Wilhelm beobachtete uns mit brennendem Blick.

81. Kapitel

Peter Schafirow zitterte am ganzen Leib, als er das Schafott bestieg, in ein grobes Leinenhemd gewandet und barfuß. Im Gefängnis war er abgemagert, und in seinen Zügen fand ich den jungen hellwachen Mann wieder, der er gewesen war, bevor Ehrgeiz und Gier ihn unter sich aufteilten und schluckten. Neben mir drehte Alexander Danilowitsch gleichgültig am diamantenen Knauf seines Spazierstockes. Zur Feier des Tages, an dem er seinen ehemaligen Freund und Verbündeten aufs Schafott gebracht hatte, hatte er sich eine neue blonde Perücke knüpfen lassen. Ich fächelte mir träge Luft zu, denn für April war die Moskauer Luft ungewöhnlich stickig. Eine überschaubare, eher gleichgültige Menge hatte sich um den Richtblock auf dem Roten Platz versammelt. Wie mager die Menschen waren! Ihre Augen lagen tief in den Höhlen, und sie hatten fast keine Köpfe mehr, sondern nur noch Schädel. Die Hungersnot währte nun schon das dritte Jahr. Ich wusste, was man im Volk flüsterte: Gott straft Russland. Gott straft den Sohnesmörder auf dem Thron. Die Moskwa führte selbst jetzt, kurz nach der *ottepel*, kaum Wasser. In manchen Gegenden Russlands wurde Reisenden geraten, nicht allein in einem Gasthaus zu übernachten, denn sonst endeten sie als saftiger Eintopf im Kochtopf.

Schafirow schluchzte, und sein wässerig blauer Blick hing an seinen fünf Töchtern, allesamt Prinzessinnen, die ihre Spitzentaschentücher nass weinten. Schafirow war vor drei Tagen des Verrats und der Bestechlichkeit für schuldig befunden worden. Ich suchte Peters Blick, doch er wich mir aus.

Am Abend zuvor hatte ich in meinen Schubladen nach einem kleinen Beutel aus Leder gesucht. Das letzte Mal hatte ich ihn während des Feldzugs von Pruth am Gürtel getragen, und darin lag noch der Ring, den Peter mir damals gegeben hatte. »Lass uns nie vergessen, was heute geschehen ist!« Waren das nicht seine Worte gewesen, als Schafirow an jenem Morgen sein Leben für Peter und für Russland aufs Spiel gesetzt und sich mit meinem Schmuck in das Lager des Sultans gewagt hatte?

Als ich den Ring schweigend auf seinen Schreibtisch legte, hatte Peter unwillig von einem *ukas* aufgesehen.

»Was ist das?«

»Der Ring, den du mir am Pruth vor zwölf Jahren gegeben hast.«

»Und?« Er hatte ihn hin und her gedreht. Die Kerzenflamme hatte sich in dem Feuer des Rubins gebrochen, in den der russische Doppeladler eingeschnitten war.

»Nun, wir wollten nie vergessen, was Schafirow in jenen Tagen für Russland getan hatte«, erinnerte ich ihn.

Peter hatte mich einen Augenblick lang schweigend angesehen, bevor er den Ring in seine Tasche steckte. »Geh zu Bett, Katerinuschka!«

Peter stand mit undurchdringlicher Miene auf dem Schafott, als die Folterknechte Schafirow zum Richtblock schleiften. Der Verurteilte bekreuzigte sich, doch als er niederknien wollte, zogen ihm die groben Gesellen lachend die Beine weg, sodass er wie eins von Nataljas Spielzeugen auf dem Bauch wippte.

Die Menge grölte nun doch vor Vergnügen. So viel Unterhaltung hatte sie nicht erwartet. Der Henker rückte seine rote Kapuze zurecht, um besser aus den schmalen Augenschlitzen sehen zu können. Dann holte er zum Schlag aus. Die Axt blitzte in der Frühjahrssonne. Schafirow flüsterte ein stummes Gebet. Seine Frau, die schmale, sanftmütige Baronin Schafirow, verlor die Besinnung, als die Klinge niedersauste, und ich hörte die Menge jubeln. Der Stahl bebte im Holz, aber knapp neben Schafirows Kopf.

Vor Entsetzen, noch am Leben zu sein, schrie Schafirow laut auf. Menschikow grunzte ärgerlich neben mir. »Wirklich, kann man sich bei einem Mann wie Schafirow denn keinen guten Henker leisten? Er hat doch genug Geld. Diese Stümperei!« Geräuschvoll zog er eine Prise Schnupftabak durch die Nase und rotzte zweimal hintereinander.

Da trat Makarow zu Peter, und die Worte des *ukas* hallten von den Mauern des Kreml wider. Ein Seufzer lief durch die Menge, der selbst die Baronin Schafirow wieder zum Leben erweckte. Ihr verehrter Zar hatte Schafirows Todesstrafe in die Verbannung nach Sibirien umgewandelt.

Als ich Schafirow Stunden später im Senat sah, war er so weiß wie ein Leintuch, und seine Augen hatten den Tod gesehen. Sein Leibarzt Sergej Kowi musste ihn zweimal zur Ader lassen, bis er sich ein wenig erholte.

Am Abend fand ich den Ring von Pruth neben meinen Pasten, der Schminke und den Bürsten und Kämmen auf meiner Kommode liegen. Peter aber verlor nie ein Wort darüber, was ich getan hatte.

Der Sommer kam und mit ihm die Vergnügungen der langen, lichten Tage. Peter wollte in Sankt Petersburg den Empfang eines Holzbootes vorbereiten, das Arbeiter beim Bau einer Kirche an einem See nahe Ismailow gefunden hatten. Feofan Prokopowitsch nannte es den *Großvater der russischen Flotte*, und nun sollte es in Sankt Petersburg ausgestellt werden. Ich selbst zog nach Peterhof, und mein Gemahl half mir auf meine Barke, nannte mich bei alten Spitznamen, zwickte mich in den Hintern und küsste mich lange und zärtlich. Wir winkten uns zu, bis er mit dem grauen Stein der Anlegestelle vor dem Sommerpalast verschmolz. Der Friede und die Sicherheit, nach der ich mich so lange gesehnt hatte, legten sich auf mich, doch ich spürte auch ziehende Sehnsucht nach etwas, das noch kommen mochte. Wann immer sich die andere Frau in mir regte, so hieß ich sie schweigen und drängte sie in den Grund meiner Seele zurück.

Ich war froh, der stickigen Hitze der Stadt zu entfliehen, und zu Wasser blieb mir der Anblick des verbrannten Landes erspart, das den vierten Sommer in Folge hungerte. Die Heuschober der Dörfer standen offen und waren leer. An den Wegen lagen die Leichen von Menschen, die im Gehen verhungert waren.

Niemand hatte noch die Kraft, sie zu beerdigen.

Peterhof hingegen war ein stilles grünes Paradies. Als meine Barke sich der Anlegestelle näherte, schillerten die Fontänen der Brunnen hoch über den Kaskaden und Kanälen bis hinunter zur See im Sonnenlicht. Die Wipfel der Bäume verdeckten mittlerweile das Dach des Schlosses. Bunte Vögel schwirrten in der Luft, Schmetterlinge tanzten wie toll um das Boot, und ich hörte meine kleinen Affen in der Voliere neben dem Pavillon *Marly* kreischen.

Am Kai wartete Wilhelm Mons auf mich. Je näher mein Boot der Anlegestelle kam, umso heftiger schlug mir das Herz. Was tat ich hier, wo er war? Als ich aus dem Boot stieg, strauchelte ich auf dem feuchten Landungssteg, und sein starker Arm fing mich auf. Die Berührung traf mich wie ein Blitz, ich keuchte, und seine Hand schloss sich so fest um meine Finger, dass mir seine vier Ringe ins Fleisch schnitten.

Als ich aufsah, da war sein Blick tiefer als die See, die uns umgab. Der Dank erstarb mir auf den Lippen, und etwas längst Vergessenes regte sich in meinem Herzen. Ein Leben, dessen schiere Kraft mich schluckte. Die andere Frau in meinem Innern, die sich damals bei Alexejs Befragung in Peterhof verborgen hatte, erhob sich aus dem kühlen Grund meiner Seele, in dem sie so lange Schutz gesucht hatte. Bevor ich es verhindern konnte, tauchte sie durch meine Augen in Wilhelm Mons' Blick und erwiderte ihn mit dem Herzen.

Mehr geschah nicht, doch mehr musste auch nicht geschehen. Unsere Fingerspitzen wollten nicht voneinander lassen. Leicht wie Schmetterlingsflügel, und doch brannten mir die Kuppen. Ich ging hinauf zum Palast und drehte mich nicht mehr nach ihm um, nein, damals noch nicht.

Am selben Abend noch erreichte mich der erste von vielen Boten aus Sankt Petersburg, denn Peter schrieb mir Briefe wie schon seit Jahren nicht mehr. *Matka, wo bist Du nur? Der Palast ist so leer ohne Dich, niemand bringt mich mehr zum Lachen. Ich spiele jeden Tag mit Natalja, denn von allen unseren Töchtern finde ich in ihr Dein Wesen und Deine Schönheit am meisten wieder. Welcher Prinz wird eines Tages gut genug für sie sein? Ansonsten gehe ich von Raum zu Raum und finde Dich doch nirgends. Aber Du hast die Ruhe wohl verdient. Es ist so schön, mit einem geliebten Menschen alt zu werden...*

Ich unterbrach den Kurier beim Vorlesen. »Genug! Du hast einen langen Ritt hinter dir. Geh in die Küche. Der Wildhüter hat Auerhähne gebracht, lass dir einen ordentlichen Teller voll auftragen. Den Brief gib mir!«, verlangte ich.

Er reichte mir den zerknitterten Bogen. »Haben Euer Ehren eine Antwort an Seine Majestät?«

»Morgen vielleicht. Jetzt geh und iss!«, befahl ich und wartete, bis sein Schritt verhallte, ehe ich vor dem Kamin der kleinen Bibliothek in die Knie ging. Ich hielt Peters Brief an die Flammen. Sie leckten über das trockene Papier, und die ersten Worte, die sie verschlangen, waren die von Peters letztem Satz... *alt zu werden*. Seine schwarze Schrift krümmte sich unter der Hitze des Feuers. Ich hockte wie eine Bäuerin und sah gelassen zu, wie das Papier zu Asche zerfiel. Plötzlich musste ich lachen. Ich lachte und lachte, dass es einem gesunden Menschen Angst einjagen konnte. Katharina Alexejewna war nicht *alt*, Peter. Sie war jung. Sie lebte, und wie, denn sie liebte! Wer liebt, der lebt, mein Herr

Gemahl! Mein Lachen wurde zum Weinen, und ich weinte hemmungslos. Meine Finger krallten sich in den Flor der Teppiche, als mich der Schrecken und die Furcht der Vergangenheit einholten. Ich weinte, bis ich mich wie eins von Nataljas Kätzchen in den weichen Teppich einrollte. Dort vor dem Kamin schlief ich tief und traumlos bis zum Morgengrauen.

Als ich erwachte, fröstelte ich. Ein Sturm hatte über Nacht die Fenster aufgerissen, und auf dem Parkett breiteten sich Pfützen aus Regenwasser aus. Kalte, salzige Luft füllte das Gemach. Auch mein Teppich war durchweicht, und die helle Seide meines Kleides klebte mir feucht am Leib. Ich wollte mich am Sessel vor dem Kamin auf meine Beine ziehen, aber er fiel mit Gepolter um.

Da öffnete sich die Tür. Der Mensch, den ich am meisten zu sehen hoffte und am meisten zu sehen fürchtete, streckte den Kopf zur Tür hinein. »Meine Kaiserin«, sagte Wilhelm Mons heiser, »ich habe ein Geräusch gehört. Habt Ihr Euch wehgetan, meine Herrin?« Hatte er vor der Tür Wache gestanden und auf mich gewartet? Wie sonst konnte er so schnell bei mir sein? Er zögerte. Ich saß noch immer am Boden. Das Haar fiel mir lose auf die nackten Schultern, und mein Kleid war vom unruhigen Schlaf verrutscht. Ehe er wusste, was er da tat, war er in zwei Schritten bei mir, auf den Knien. Seine Finger strichen mir über die Wangen, leicht und flüchtig, hin zu meinem Mund. Gierig schloss ich die Lippen um seine Fingerkuppen und schmeckte das Salz des Meeres, das Salz meiner Tränen. Er küsste die Feuchtigkeit von meinen Wangen und murmelte: »Die Farbe von Schnee, der Geschmack von Tränen, die Weite der Ozeane.«

Ich ertrug seinen Blick nicht länger, schloss die Augen und schluchzte wie erstickt. Alles in mir war roh vor Empfindung. Seine Seufzer klangen leise, als er mich endlich, endlich in die Arme schloss. Wie viele Jahre sehnte ich mich schon danach? Wie lange wünschte ich mir das so sehr? Seitdem ich ihn das erste Mal gesehen hatte? »Dies darf nicht sein«, murmelte ich und wollte ihn von mir schieben, zog ihn stattdessen näher. »Ich weiß«, flüsterte er an meine Lippen, ehe er mich küsste, immer wieder. Seine forschende Zunge in meinem Mund schmeckte süß. Die gelbe Seide meines Kleides riss wie dünnes Papier, und seine Hände waren groß genug, um meine schweren Brüste zu wiegen, und kühn genug, um meine Korsage aufzuschnüren und meine Wäsche abzustreifen. Unter seinen feuchten Lippen richteten sich meine Brustwarzen auf und schmerzten vor Verlangen nach seiner Liebkosung. Als er sanft an mir saugte, seufzte ich laut auf. Er zwang mich nach hinten, nackt ausgestreckt in das helle Tageslicht. Ich wollte mich bedecken, doch er ließ es nicht zu. »Welch schöne Frau du bist, Katharina Alexejewna! Die schönste Frau unter der Sonne, so weich und warm.« Ich entspannte mich unter seinen Worten und bog mich durch vor Lust, die Beine weit geöffnet. Er küsste jede üppige Falte meines Fleisches und ließ sich keinen Teil meiner Haut entgehen, von den Brüsten über den Bauch bis zu meiner geheimsten Stelle. Seine Zunge suchte in meiner Feuchtigkeit, weich und fordernd. Seine Finger waren geschickt, seine Hände stark, als er mich noch weiter öffnete. Meine Hüften kamen ihm entgegen. Er drang in mich ein und füllte mich aus, sodass er mir die Hand auf den Mund legen musste, als ich vor Lust aufschrie. Er zog mich auf sich, kniend, und ich spürte ihn tiefer, als ich es für möglich gehalten hatte. »Beweg dich!«, flüsterte er. »Nimm dir, was du willst…«

»Ich kann nicht«, keuchte ich, doch er zog mich noch enger an sich. Ich rieb mich an ihm, jedes Mal, als er in mich stieß, und biss ihm vor Begehren und blinder Lust die Finger mit den vier Ringen blutig, bevor ich ihm die rote Süße vom Fleisch leckte wie eine Katze die Sahne. Als ich mit einem erstickten Schrei kam, war ich wund vor Lust und wollte nur immer mehr. In seinen Armen war ich eine Frau und keine Kaiserin. Ich streckte alle Waffen, doch diese Niederlage war süßer als jeder Sieg.

Am späten Nachmittag trat ich barfuß ans Fenster, um es zu schließen. Es regnete wieder, und die offene Tür schlug im Wind auf und zu. Wie leichtsinnig wir waren, wir hatten sie nicht einmal verschlossen! War ich denn wahnsinnig geworden? Wenn Peter davon erfuhr, war dies unser aller Ende. Er folterte, verstümmelte und tötete für geringere Vergehen als diesen Verrat, den ich gerade begangen hatte. Mein Körper schmerzte, ich spürte Wilhelms Lippen und Zähne noch an meinen Brüsten, ihn selbst noch zwischen meinen Schenkeln, die brannten. Und doch wollte ich schon mehr von ihm, hier, jetzt. Ich gehörte zu ihm und er zu mir. Er schlief dort auf dem Teppich… mein Mann, mein Sohn, meine Jugend, meine Liebe, mit leisem Atem, die Augen geschlossen, die Wangen rosig, die Lippen feucht von mir. Ich nahm Kleinholz aus dem Korb neben dem Kamin und stapelte es auf, ganz so, wie ich es als Mädchen gelernt hatte, um Feuer zu machen. Die Funken sprangen vom Feuerstein in das trockene Stroh und den Zunder, den ich zwischen das Holz gestopft hatte. Ich saß auf den Fersen und summte ein kleines Lied, als die Flammen tanzten. Wie gut das Leben sein konnte. Ich wollte nicht schlafen, mich nicht bedecken oder gar essen. Meine Liebe erfrischte, wärmte und nährte mich. Doch natürlich durfte sich dies nie wiederholen.

Die folgenden Monate meines Lebens gehörten auf immer ihm. Wie es uns gelang, unsere Liebe so zu leben, wie wir es taten, das weiß ich nicht mehr. Ein besonderer Gott schützt die Liebenden. Wir teilten jeden Herzschlag, jeden Gedanken, jede Hoffnung und auch jede Furcht. Wir liefen im himmlischen Morgengrauen von Peterhof durch den Park hinunter ans Meer und tanzten durch die Bäume, bis sie uns umtanzten. Der scharfe Meereswind buk das Salz des Meeres auf unserer Haut zu einer beißenden Kruste. Blaue Wolken türmten sich in den Schleiern der Dämmerung, als wir am süßen Sommerregen nippten. Dort, zwischen den grünen Bäumen und der satten, feuchten Erde, hielt Wilhelm mich, bis wir ein Wesen mit zwei Köpfen, vier Armen und vier Beinen wurden. Was wie ein Ungeheuer aus Peters Kunstkammer klang, war doch das schönste Sein, das ich je kennen sollte. Der Sommer in Peterhof war unsere Welt, und diese Welt war gut und groß.

Elisabeth mied mich. Sie aß mit ihren Schwestern in ihren Gemächern, und sah ich sie aus der Entfernung im Park, so lenkte sie ihre Schritte in eine andere Richtung. Der Wind, der von der See her blies, jagte die Wassertropfen der Fontänen wie einen Schleier vor ihre bunten Röcke, die zwischen den Bäumen verschwanden.

Eines Morgens betrat ich allein und unangemeldet

ihr Schulzimmer. Die Vorhänge aus blauer Seide waren zurückgezogen, und die Ledereinbände der Bücher auf den Regalen entlang der Wand glänzten im Sonnenlicht. In einer Ecke stand ein Mensch aus Glas, an dem die Mädchen die Geheimnisse des Körpers studierten. Seine Augen sahen starr in zwei unterschiedliche Richtungen – eins her zu mir, eins zu dem Globus zu seinen Füßen. Das eine Auge hatte ihm Elisabeth einmal ausgerissen, und Madame de la Tour, der Erzieherin, war es nicht gelungen, es wieder gerade einzusetzen. Neben dem Klavier aus Deutschland stand ein silberner Notenständer, denn Anna erhielt Gesangsunterricht, um dem jungen Herzog von Holstein zu gefallen. Die Notenblätter flatterten trotz der Haken aus Elfenbein im Wind. Dieses Geräusch störte Elisabeth dennoch nicht. An ihrem Pult hatte sie den Kopf über ein Blatt Papier gebeugt. Ich schlich von hinten an sie heran. Einige dunkle Locken hatten sich aus ihrer Frisur gelöst, und die rosige Haut im Nacken wirkte rührend kindlich. Bevor ich wusste, was ich tat, strich ich ihr mit größerer Zärtlichkeit, als ich je für sie empfunden hatte, über den Kopf. Sie zuckte zusammen und fuhr herum.

»Du bist es!«, zischte sie, und ihre Augen, die so lebhaft wie die eines kleinen Vogels waren, musterten mich zornig. Ich aber blieb freundlich. »Was tust du gerade, Elisabeth? Wie fleißig von dir, nach den Stunden mit Madame de la Tour hier noch allein zu sitzen!«

Sie zuckte missmutig mit den Schultern. »Nichts Bestimmtes. Aber ich habe schon so lange nicht mehr in mein Tagebuch geschrieben, das hole ich jetzt nach. Das Wetter ist sowieso nicht schön genug, um auszureiten.«

Ich sah aus dem Fenster. Draußen herrschte strahlender Sonnenschein, und ein leichter Wind bog die Baumwipfel. Was sollte ich ihr entgegnen? Sie sah mich abwartend an. Es war deutlich, dass ich gehen sollte. Ich warf einen Blick auf das Blatt Papier, konnte ihre Worte aber nicht lesen. Trotzdem fiel mir auf, wie ausgeprägt und schwungvoll ihre Schriftzüge aussahen. Hier schrieb kein Kind mehr, sondern eine Frau.

82. Kapitel

Peter sandte mir Brief um Brief hinaus nach Peterhof, und aus jeder Zeile sprachen Liebe und Sehnsucht. *Leider kann ich nicht bei Dir sein, Katerinuschka. Mein altes Leiden plagt mich mehr denn je, und ich bin froh, Dir meinen Anblick zu ersparen. Mein Bauch ist so aufgebläht wie bei einem Gaul, der Schmerz presst mir die Brust mit Eisenbändern zusammen, und die Geschwüre an den Beinen machen jeden Schritt zur Qual. Wenigstens hat* Alekascha *mir einen prachtvollen Hengst geschenkt. So trinke ich den Schmerz hinweg und reite aus, auch wenn drei Kammerjunker mich in den Sattel heben müssen.*

Als der Sommer in einen stürmischen, feuchten Herbst überging, kehrte ich schweren Herzens nach Sankt Petersburg zurück. Wilhelm war bei mir, und ich ließ die Matrosen meine Barke an einer Biegung weit vor der Stadt vertäuen und gab ihnen zwei Stunden Landgang. Nur Wilhelm war bei mir, und ich sagte: »Dies ist das letzte Mal. Es muss das letzte Mal sein.«

»Gewiss«, sagte er, als seine Finger schon in mich glitten, ehe ich mich ausziehen konnte. »Ja, gewiss, das letzte Mal...« Er drängte mich zum Bett, warf mich darauf und drehte mich um. Ich keuchte, als er meine Röcke wegschob, mir die Hüften anhob und mich in die Kissen drückte. Ich konnte kaum atmen, doch dies erhöhte meine Lust, und ich schrie auf, als er meine Beine schloss und immer wieder in meine enge, heiße Feuchtigkeit stieß, heftiger und immer heftiger. So unterworfen, fühlte ich mich stärker denn je zuvor. Ich biss in die Kissen, um jeden Laut zu ersticken, und wollte doch nach immer mehr flehen, mehr und mehr, solange ich lebte.

Gerade als ich ebenso glücklich mit Wilhelm Mons in einer kleinen *isba* gewesen wäre, musste ich meine Krönung planen. Meine *Krönung*! Mir wurde heiß vor Angst. War und blieb ich eine *Seele*? Die Krönung einer Zariza. Nie zuvor hatte ein Zar sich zu diesem Schritt entschieden. Die Feier in Moskau sollte die Bedeutung und Größe seiner Entscheidung noch dem Ärmsten der Armen deutlich machen. Mein Geist, mein Körper und meine Seele fürchteten das Gewicht der Krone und der Schleppe.

Peter fühlte wohl meine Unruhe, als er mich an seinem Arbeitstisch an sich zog. Fast wollte ich ausweichen, so sehr sehnte ich mich nach Wilhelm, doch dann gab ich nach, lehnte mich aus Gewohnheit an ihn und strich ihm durch das wirre Haar. Der Tisch war über und über mit Entwürfen für Roben, Uniformen und Juwelen bedeckt.

»Schau! Wir fahren von Menschikows Haus über den Roten Platz in den Kreml. Der ganze Platz soll voller Fahnen sein, was meinst du? Der Weg zur Uspenskikathedrale ist nicht lang, aber das Volk soll dich sehen, und es soll deinen Anblick nie im Leben mehr vergessen.« Vergnügt raschelte er mit tabakbraunen Fingern in anderen Papieren. »Hier ist eine Schrift über deine Schleppenträger. Ich habe natürlich an Menschikow gedacht.« Er kaute nachdenklich an seinem Schnurrbart und redete mehr mit sich selbst als mit mir.

»Und wer, mein Zar, wird mich krönen? Feofan Prokopowitsch?«

Peter legte mir die Hände auf die nackten Schultern und küsste mich auf die Stirn. Seine Stimme bebte vor Rührung, als er sagte: »Nein, Katerinuschka. Ich werde dich krönen, niemand sonst.«

Am selben Abend hielt Peter eine Siegesparade für die Soldaten des persischen Feldzugs ab. Ihre Uniformen leuchteten bunt in den geschmückten Schlitten, die sie über die Newa zogen, und schon am Nachmittag erhellten Raketen und anderes Feuerwerk den Himmel. Aber statt hinauszusehen auf meine prachtvolle Stadt aus gleißendem Schnee, saß ich auf dem breiten Fensterbrett, das kalte Glas im Rücken. Wilhelm streifte mir den bodenlangen Zobelmantel ab, sodass er meinen nackten Körper rahmte. Er öffnete mir die Schenkel und kostete meine geheime Perle, als wäre sie frischer Kaviar, bevor er in mich hineinglitt. Meine Waden waren an seinen Schultern, und ich bog mich vor Lust gegen die Fensterscheibe, die unter unserem Atem und unserem Schweiß beschlug. Er zwang mich in die Samtvorhänge, die mein Seufzen und dann meinen Schrei erstickten. Seine Arme hielten mich, als mein Herzschlag mit dem seinen um die Wette raste, doch sein Mund lachte, als ich ihn küsste und meinen eigenen Geschmack auf seinen Lippen kostete. Wir lebten unsere Liebe weiter, als sollte es kein Morgen geben. Doch der Rausch an Leben und Lust schmeckte so süß, wie kein dauerhaftes Glück es bewirken konnte.

Peter setzte meine Krönung für Ende Mai an. »Kein anderer Monat ist golden genug, um diesen Tag zu feiern«, sagte er bei einem Mahl, während seine beiden Zwerge mit dem Mohr Abraham Petrowitsch als Schiedsrichter rangen. Ich bediente mich aus den flachen Silberschalen mit Kaviar und nahm noch *blintschiki* und *smetana*. Als ich aufsah, begegnete ich Abrahams Blick und errötete. Peter sah von ihm zu mir und fragte leichthin: »Wie macht sich der junge Mons in deinem Staat?«

»Gut. Ich habe keine Klagen«, erwiderte ich ebenso nebensächlich und fütterte Peter mit *blintschiki* voll geräuchertem Stör.

»Mhmmm, schmeckt das gut!«, schmatzte er und saugte an meinen Fingerkuppen. Dann träufelte er mir Zitrone über den Hals und leckte über meine Haut. »Fast so gut wie du«, sagte er, doch als er meine Halskette sah, stutzte er. Es war das prachtvolle Stück, das Menschikow mir geschenkt hatte. »Woher hast du die Kette? Solche Steine gibt es nur selten in meinem Reich. Wer hat sie dir geschenkt?«

»*Alekascha*, damals, als du ihn wieder in Gnade aufgenommen hast. Er war mir so dankbar für meine Vermittlung«, gab ich zu.

Peter strich sich das Haar nach hinten. »*Matka*. Du vor allen anderen solltest keine Geschenke annehmen, nicht einmal von Menschikow... vor allem nicht von ihm. Kein Vorwurf, den man gegen ihn erheben kann, soll dich beschmutzen, begreifst du das? Es muss eine

Person in meinem Reich geben, die unantastbar ist. Und die sollst du sein.« Er klang aufgebracht, sodass ich ihn küsste. »Natürlich. Wie gedankenlos von mir! Komm jetzt, *starik*, dies ist kein Abend für harsche Lehren. Trink mit mir!« Meine Zärtlichkeit beruhigte ihn, und ich schenkte ihm seine Adlertasse so voll, dass das gute deutsche Bier überschäumte. Mein Körper verlangte nach Wilhelm, der sehnsüchtig im Vorzimmer saß, doch in jener Nacht hatte ich Peters Frau zu sein.

Die Roben und die Ausstattung für meine Krönung wurden aus Paris geliefert. Meine Krone aber wurde in Sankt Petersburg angefertigt. Die Schlittenkufen knirschten auf dem festgetretenen Schnee des Newskiprospekts, als wir den Juwelier besuchten, denn Peter wollte ihn mit seiner wertvollen Last nicht in den Palast kommen lassen.

Der Mann und seine Gesellen verneigten sich zahllose Male, als wir sein Kabinett betraten. Die Garde bewachte die Ladentür, und Peter und ich schlürften heißen *tschai* mit Wodka, während man eine Kassette vor uns auf den Tisch stellte.

»Stell die Tasse nieder, sonst verschüttest du noch alles vor Entzücken«, warnte Peter mich zärtlich, doch ich lachte nur, als der Juwelier mit vor Stolz heiserer Stimme fragte: »Sind die allergnädigsten Majestäten bereit?«

Peter nickte, und der Juwelier fasste die Verschlüsse der Kassette, ehe er noch seinen Gehilfen anwies: »Zünde noch mehr Kerzen an! Es soll funkeln wie toll.« Fast musste ich lachen, so begeistert war er selbst von seinem Werk.

»Sieh! Beinahe dreitausend Edelsteine und mehr als eineinhalb Millionen Rubel, nur für deine Krone...«, murmelte Peter. Eine Gänsehaut überzog meine Arme, und ich stellte tatsächlich die Tasse ab. Eineinhalb Millionen Rubel. Das war eine unvorstellbare Summe. Wie viele Leben waren das für einen gewöhnlichen Russen, von einer *Seele* ganz zu schweigen, in seiner dreckigen, stinkenden *isba*? Ich zwinkerte die Tränen weg, die mir vor Staunen und Rührung in die Augen stiegen, und der Juwelier ließ die Kassette aufschnappen. Meine Krone glich in keiner Weise den juwelenbesetzten Hauben früherer Zarizas. Im Dämmer des Gemachs und im Geflacker der Kerzen funkelte eine Borte aus haselnussgroßen Diamanten an ihrem unteren Rand. Jeder Stein ruhte auf einem Sattel aus Hermelin, um meine Stirn nicht zu drücken, und auf Bogen zur Spitze der Krone hin wechselten sich graue, rosafarbene und weiße Perlen wiederum mit Diamanten ab, hin zu einem Kreuz. Der Rubin in seiner Mitte war groß wie ein Taubenei, und sein Schnitt spie Feuer und Blut. Zwischen den Bogen glitzerten Fächer mit Saphiren, Smaragden und wieder Diamanten.

»Ich habe sie aus meiner eigenen Krone gegeben«, sagte Peter und küsste meine Finger.

»Darf ich sie anprobieren?«, fragte ich heiser.

Peter schüttelte den Kopf, entsetzt über meine Ungeduld, aber erheitert von meiner schlichten Freude. »Eine Krone ist doch keine Mütze oder ein Hut, Katharina, die du dir nach Belieben aufsetzt. Sie ist ein geweihtes Zeichen der Macht, die Gott in seiner Gnade verleiht. Du darfst sie erst tragen, nachdem du gesalbt worden bist. Kein Wasser dieser Welt kann das heilige Salböl von deiner Stirn waschen: Erst dann bist du bereit dafür. Du musst schon warten.«

Im Schlitten, in der anbrechenden Dunkelheit des späten Nachmittags, schob Peter seine Hände in meinen Muff aus Zobelfell. »Danke. Danke, dass du immer bei mir warst. Ich will dir alles, alles vergelten.« In den Fenstern der Häuser um den Newskiprospekt tanzten Lichter. Der Schnee leuchtete unwirklich unter dem sternübersäten klaren Himmel, dessen Glanz mich an Wilhelms Augen nach der Liebe erinnerte. Durfte ich wirklich hoffen, ihn für den Rest meines Lebens zu genießen? Die Frau des Zaren wurde tausendfach bewacht und beobachtet. Stepan Glebow hatte den höchsten, grausigsten Preis für seine Liebe zu Ewdokia gezahlt, die doch nur eine ehemalige und der Vergessenheit überlassene Ehefrau gewesen war. Mich dagegen ehrte er, wie Peter nie zuvor jemanden geehrt hatte. Ich wollte nicht daran denken, was geschah, wenn er die Wahrheit über Wilhelm und mich erfuhr. Dennoch konnte und wollte ich nicht von ihm lassen.

Am selben Abend noch bestellte ich Maître Duval aus dem *gostiny dwor* in den Palast. Er hatte neben Moskau nun auch einen stattlichen Laden in Sankt Petersburg eröffnet. Ich wollte Peters Gewand selbst nähen, Stich für Stich. Ich bestellte viele *arschin* himmelblauen Taft aus seinem Musterbuch, und aus Koketterie entschied ich mich für flammend roten Seidenzwirn für die Strümpfe. Der Preis dafür war ungeheuer. Einige Rollen des Silberfadens, den ich in das Gewand unter Hunderten von anderen einsticken sollte, konnte einem Dragoner zwei

Jahre Sold bezahlen. Ich jedoch zögerte nicht, und als Maître Duval mir die fertige Bestellung vorlegte, sagte ich, ohne nachzudenken, zu Wilhelm: »Unterzeichne in meinem Namen!«

Ende März mussten die vornehmen Familien aus Sankt Petersburg sich auf die Reise nach Moskau vorbereiten. In den Bäumen entlang des Newskiprospekts hingen noch letzte Eistropfen, doch mildere Luft und erste Sonnenstrahlen kündigten einen zeitigen Frühling an. Ein endloser Tross von Karossen und Wagen zog über Land nach Moskau – an die dreißigtausend Menschen waren unterwegs. Boote nutzten die frühe Ankunft der *ottepel*, um nach Moskau zu segeln. Kinder liefen mit den Schiffen mit, schreiend und winkend, bis sie nicht mehr mithalten konnten. Die Wolken rollten über unsere Köpfe hinweg, und der Wind blies mir die Sorgen und auch die Scham, die ich manchmal empfand, aus meinem Herzen. Dennoch, oft musste ich mich in meine Kabine zurückziehen. Alles war so unwirklich. Vor fünfundzwanzig Jahren, in einem anderen Leben, hatte ein Mann mich für ein Silberstück erstanden. Nun sollte ich zur Zariza aller Russen gekrönt werden. Manchmal gelang es Wilhelm, unter einem Vorwand in meine Kabine zu schlüpfen. Dann hielt er mich umschlungen und fest an sich gedrückt, bis ich wieder ruhig atmen konnte. Meine Angst spiegelte sich in seinem Blick, doch er küsste mich, bis sein Mund auf meinen Lippen alle Bedenken verstreute. Wie sollte ich ohne ihn leben? Er half mir, wie mir nie zuvor ein Mann geholfen hatte. Konnten wir je miteinander glücklich sein?, wunderte ich mich, als die tausend Zinnen und Türme von

Moskau auftauchten. Es war nicht meine Stadt, aber der Ort meiner glanzvollsten Stunde. Doch das hellste Licht wirft den dunkelsten Schatten.

Am siebten Tag des Mai bestieg ich in Moskau im innersten Hof des Hauses von Alexander Danilowitsch Menschikow meine goldene Kutsche. Peter selbst stützte mich, damit ich in meinem schweren Kleid das Gleichgewicht bewahren konnte. Meine Hand zitterte, als ich sie in seine legte. Die Finger schlossen sich warm um die meinen.

»Immer schön aufrecht, Katerinuschka. Hab keine Angst! Nie hat dir so wenig Schlechtes passieren können wie heute und hier«, beruhigte er mich.

Ich nickte wie betäubt und hob den Rock meines purpurfarbenen Kleides. Der Samt war viel zu warm für den Mai, aber Peter hatte nicht mit sich reden lassen. Die Robe war mit einem hohen Spitzenkragen nach spanischer Art geschnitten und vor Goldstickerei steif wie ein Brett. Vier der zwölf Pagen, die meine Schleppe trugen, eilten herbei und nahmen sie auf, damit ich in die Kutsche steigen konnte. Die Knaben, allesamt Söhne von Peters treuen Helfern, sahen allerliebst aus in ihren Westen aus grünem Samt und passenden Mützen, auf denen weiße Straußenfedern wippten. Als Ostermann und ein Prinz Gallitzin meine Schleppe hoben, rang ich unter dem Druck der Diamantschließen am Hals nach Atem.

Kanonenböller zerrissen die Luft, und die Glocken der Stadt läuteten. Man verstand kein Wort mehr. Die Tore öffneten sich, und sobald meine kaiserliche Kutsche auf den Roten Platz rollte, brandete Jubel auf. Die

Garde stieß in die Trompeten, und Trommler schlugen einen raschen, dumpfen Rhythmus. Die Musiker von Peters beiden Regimentern spielten auf. Zwei Schwalben schwirrten vorbei, und mit einem fremden Glanz funkelten mich ihre Augen an. Die zwölf Schimmel vor unserer Kutsche bäumten sich auf, und dem Kutscher in seiner engen Livree brach der Schweiß aus. Ich lächelte, meine Hand hob sich wie von selbst und winkte.

Es gab kein Zurück mehr.

Vor der Uspenskikathedrale wartete die neu geschaffene Kavalleriegarde mit ihrem Hauptmann Menschikow, während mir zwei Helfer die Hände reichten.

»Ich freue mich so, meine Herrin, ich könnte sterben«, murmelte Menschikow.

»Bist du nüchtern, Alexander *Danilowitsch*?«, fragte ich mit gespielter Strenge.

Er grinste schief. »Nun ja, fast. Ich habe nur ein kleines Glas gekippt... oder zwei. Meine Keller hier in Moskau sind leer. Das müssen meine Diener gewesen sein. Aber ich kann zu deiner Krönung doch nicht nüchtern erscheinen. Was wären denn das für Sitten?«

Ich musste lachen. Plötzlich leuchteten alle Farben noch bunter, die Musik klang noch fröhlicher. Dann betraten wir die Kathedrale. Peter und Menschikow gingen voran, bevor ich meinen langen Weg durch das Kirchenschiff begann. Der Hof hatte Karten für das Ereignis erstehen müssen, und in der Kathedrale erwartete mich ein Meer aus Gesichtern. Viele von ihnen waren mir vertraut, und doch vergaß ich sie sogleich, so starr richtete ich meinen Blick auf den Baldachin, der vor der Ikonostase hing. Die auf der Bilderwand dargestellten

Heiligen bewachten das Paradies und verschlossen es. Unter ihren strengen Blicken hielt der General James Bruce meine Krone auf einem Samtkissen bereit. Als ich näher kam, sah ich den Schweiß auf seiner Oberlippe stehen. Mit meinem steifen, schweren Kleid dauerte es eine Weile, bis ich neben Peter auf einem Thron unter dem roten Samtbaldachin Platz nehmen konnte. Mein Atem ging ruhiger, und ich versuchte Peters Ruhe und Würde nachzuahmen. Er zwinkerte mir zwar zu, gleich darauf wirkte er aber wieder wie aus Stein gemeißelt.

Feofan Prokopowitsch stimmte den Anbetungshymnus an, und so endlos zäh mir am Eingang der Kathedrale die Minuten erschienen waren, so rasch verflog nun die Zeit. Prinz Wassili Dolgoruki sank in einer Fürbitte auf die Knie, und mit ihm alle Menschen in der Kathedrale. Peter sah auf die gebeugten Rücken und gab mir ein Zeichen. Mithilfe meiner Kavaliere trat ich vor ihn hin, und mein Blick kreuzte sich mit dem seinen.

»Knie nieder, Katharina Alexejewna!« Seine Stimme hallte durch die still gewordene Kathedrale. Eben war mir noch unerträglich warm in meinem Gewand gewesen, doch nun jagten mir Kälteschauer über den Rücken. Meine vier Begleiter halfen mir beim Niederknien. Die zwölf kleinen Pagen drückten die Stirn auf den kalten Stein der Kathedrale. Vollkommene Stille herrschte im Gotteshaus, und selbst das Volk vor seinen Toren war verstummt.

Feofan Prokopowitsch zeichnete mit warmem, duftendem Öl ein Kreuz auf meine Stirn und murmelte seinen Segen. Ringsum drehte sich alles. Nur ein Mensch stand unendlich still – Peter. Er nahm die Krone, in die der Juwelier aus Sankt Petersburg sein Herzblut geschmiedet hatte. Ich fühlte eher, dass er sich näherte, als dass ich ihn sah. Das Blut rauschte mir in den Ohren, als er sprach, und ich schloss die Augen. Alles, woran ich mich erinnerte, war das Gewicht der Krone auf meinem Kopf. Ein scharfer Schmerz schoss mir durch den Nacken bis in die starren Schultern, als ich die Finger in Peters offene Hände legte. Ich wollte seine Knie umfassen und ihm die Füße küssen, doch er zog mich hoch.

»*Starik*«, schluchzte ich, und der Schmerz wurde zu Schönheit, als der Chor seinen Lobgesang erschallen ließ und mir Prinz Dolgoruki den Reichsapfel in die Hand legte. Das Zepter ließ sich Peter von Prinz Mussin-Puschkin reichen und hielt es an die Brust gedrückt. Wir waren ein Herrscherpaar. Der Hof erhob sich zum Gebet, zum Gesang und zum Segen. Vielleicht begriff ich erst in diesem Augenblick, welchen Reichtum und welche Last er an diesem Tag mit mir zu teilen bereit war. Mir strömten Tränen über die Wangen und zogen Spuren in die dicke weiße Schminke. Sänger trugen mein Dankgebet hinaus in die Marschmusik, die auf den Plätzen der Stadt gespielt wurde, in das Klimpern der Goldmünzen, die der Minister Golowkin unter das Volk werfen ließ, das sich darum balgte, hinein in das Gurgeln der Brunnen, die Rot- und Weißwein spien, bis es sich in den Wind mischten, der sie mit sich in die endlose Weite meines Landes nahm.

Die Feiern dauerten eine Woche, ehe der gesamte Hof mit seinem Gesinde und Gepäck unverzüglich wieder nach Sankt Petersburg reiste, denn es galt, zu den Seespielen und Feiern für Peters Namenstag wieder an der Newa zu sein.

83. Kapitel

Die Syphilis ließ Peter keinen Tag mehr ohne Schmerzen. »Jetzt habe ich es doch zu toll getrieben«, klagte er, als ich ihn in seinem Krankenzimmer besuchte. »Kaum habe ich einen Schmerz besiegt, so spüre ich hundert neue in meinem Körper.« Sein Gesicht war aschfahl, und er blieb vier Monate lang an sein Lager gefesselt, bis Blumentrost andere Ärzte um Rat fragte. Aus Moskau reiste Doktor Bidloo an, doch letztendlich war es der Arzt Horn, der fast einen Liter Blut, Urin und Eiter aus Peters Blase holte.

Ich dagegen holte verlorene Stunden mit Wilhelm nach, nachdem er vom Landgut mit den fünftausend *Seelen* zurückgekehrt war, das ich ihm geschenkt hatte. Er hatte den Wind im Haar und zahllose Abenteuer auf den Lippen. Die wenigen Tage, die er dort gewesen war, genügten ihm, um Geschichten für ein ganzes Leben zu sammeln.

»Eines Tages leben wir dort zusammen, nur du und ich«, sagte er. »Aber nur wenn du noch weißt, wie man einem Huhn das Ei unter dem Hintern hervorholt. Oder bist du vollkommen faul und nutzlos geworden?«, neckte er mich.

»Ich habe alles vergessen«, gab ich zu.

»Dann müssen wir beide ganz von vorn anfangen, im

Stall«, sagte er, als ich schon auf die Knie glitt und ihm die Hose aufknöpfte. Ich spürte sein Zögern, ließ es aber nicht gelten. »Komm! Ich befehle es dir.« Seine Augen glänzten wie Juwelen, als ich, die gekrönte Kaiserin von Russland, ihn in den Mund nahm, erst langsam kostend, dann immer tiefer, so als wäre ich wirklich eine Kuhmagd. Sein Begehren war das einzige Reich, über das ich je herrschen wollte.

Nach den ersten Herbststürmen lud Peter sich zu einem Abendessen in meinen Gemächern ein, und ich bestellte bei Felten seine Lieblingsspeisen, gefüllten Schweinemagen mit Sauerkraut, frische Brotfladen und kaltes Bier, und schmückte den Tisch mit Immergrün aus dem Garten des Sommerpalastes. Da Peter mit Jaguschinski, Makarow und Menschikow kam, bat ich Wilhelm, mir aufzuwarten und dann mit uns zu speisen. Agneta legte mir zu einem grünen Kleid Menschikows Kette um den Hals. Der Gegensatz zwischen dem schlichten Kleid und den unschätzbar wertvollen Diamanten gefiel mir. Peter kam verspätet und grüßte knapp.

»Was ist mit dir? Hast du Schmerzen?«, fragte ich, füllte seinen Teller bis zum Rand und brach ihm das Brot. Er bedankte sich nicht einmal, aber ich plauderte dafür umso mehr. Nach einer Zeit stummen Kauens und düsterer Blicke knurrte er plötzlich: »Zariza, wie viel Uhr ist es?«

Ich griff nach der zarten Uhr, die an einer Goldkette ebenfalls um meinen Hals hing. Peter hatte sie mir in Berlin geschenkt. »Erst neun Uhr, also noch viel Zeit für Freude.«

Peter jedoch lehnte sich über den Tisch und riss mir

mit einem Aufschrei die Kette vom Hals. Ihre Glieder zersprangen, und ich keuchte vor Schmerz und Überraschung auf. Was war in ihn gefahren? Wilhelm, der zwischen uns saß, erstarrte vor Entsetzen. Peter stieß auf dem Zifferblatt den diamantenen Zeiger grob nach vorn, bis er brach. »Du täuschst dich, Katharina Alexejewna. Es ist bereits Mitternacht, und alle außer dir, mir und ihm« – er wies auf Wilhelm Mons – »werden nun zu Bett gehen.«

Mir stockte der Atem, doch ich neigte den Kopf. »Dein Wunsch ist uns Befehl. Gute Nacht, meine Freunde«, sagte ich so leicht, wie es mir nur möglich war. Unsere Gäste erhoben sich, doch ich las keine Überraschung in ihren Gesichtern. Waren sie Komparsen in einem von Peters Spielen? Wilhelm blieb mit aschfahlem Gesicht sitzen. Ich aber lehnte mich gleichmütig zurück, und für einen Augenblick war nur das Knacken der Scheite im Kamin zu hören. Peter sah von mir zu Wilhelm und von Wilhelm zu mir. Ich fächelte mir Luft zu, als Peter einen Brief aus der Brusttasche zog. Wie oft war er gelesen und wieder gefaltet worden? Die Brüche im Papier waren dunkel und einige der weiten, geschwungenen Schriftzüge wie von Tränen verschmiert. Peter musterte mich verächtlich und warf das Schreiben Wilhelm hin.

»Ich habe leider Gottes eine ungebildete Magd geheiratet. Lies, du Laffe!«, zischte er. Wilhelm las und bewegte dabei tonlos die Lippen. Dann stammelte er: »Mein Zar, das ist eine Lüge. Eine schamlose, gemeine Lüge!«

Peter aber ließ ihm keine Zeit, sondern schlug ihm mit der geballten Faust ins Gesicht. Wilhelm fiel mitsamt seinem Stuhl hintenüber zu Boden. Ich schrie vor

Schreck und wollte aufspringen, um ihm zu helfen, aber Peter war schneller. Er packte mich bei den Handgelenken und schüttelte mich. Ich heulte vor Schmerz laut auf. »Dich habe ich geheiratet und zur Kaiserin gemacht, dich gekrönt, und du hurst wie eine gewöhnliche Magd. Widerliche Kebse! Und bestechlich bist du auch noch«, spuckte er aus und riss mir Menschikows Kette vom Hals. Die Diamanten regneten als glitzernder Schauer zu Boden, als Peter mich gegen die Wand warf. Ich keuchte auf, als Wilhelm auf allen vieren zu Peter kroch, seine Stiefel umfasste und das raue Leder schluchzend und flehend mit Küssen bedeckte. »Mein Zar, bei all der Liebe und all der Ehre, die Ihr meiner Familie habt zugutekommen lassen, glaubt nicht, dass ich das Ansehen der Zariza beschmutzen oder Euch gar verraten könnte«, stammelte er.

»Hundsfott!« Peter trat Wilhelm mehrere Male, und unter den Stahlkappen seiner Stiefel hörte ich Rippen krachen und Zähne wie auch Backenknochen brechen. Wilhelm krümmte sich stöhnend und hustete Blut auf den Teppich. Ich presste mich gegen die Wand und wagte mich nicht zu rühren. »Wage es nicht, die Zariza im selben Atemzug mit deiner verfluchten Sippe zu nennen. Ihr Mons werdet alle bezahlen!«, schrie Peter, packte außer sich vor Wut den Delfter Wasserkrug und schleuderte ihn gegen den venezianischen Spiegel. Der zersprang in tausend Splitter. »Das, Katharina Alexejewna, soll mit dir und den Deinen geschehen!«, drohte er mir mit ausgestrecktem Zeigefinger.

»Fabelhaft. Du hast gerade eins der schönsten Stücke in deinem Haushalt zerstört. Fühlst du dich jetzt besser?«, fragte ich kalt. Jedes Zeichen von Furcht wäre für ihn ein Eingeständnis meiner Schuld gewesen. So gut kannte ich ihn. Er packte wieder mein Handgelenk, und meine Knochen wollten schier zerspringen, doch ich bohrte nur stumm meinen Blick in den seinen. Ich sah Zweifel in seinen Augen, Zweifel, die mich retten konnte, wenn schon nicht Wilhelm.

»Verdammtes, mutiges Weib, du!« Peter rief zur Tür hin: »Wache! Sofort zu mir!«

Eine Garde aus vier baumlangen Soldaten stürmte den Raum. Hatten sie nur auf ein Zeichen gewartet? Mit zitterndem Finger deutete Peter auf Wilhelm. »Verhaftet den Mann!«, befahl er atemlos. »In die Trubezkoibastion mit ihm! Dunkelhaft, Schläge und hochnotpeinliches Verhör, bis er gesteht. Brecht ihm alle Knochen! Zieht ihm die Haut ab! Bratet ihm die Eingeweide zum Abendessen! Die Anklage lautet auf Veruntreuung und Beleidigung der Kaiserin.«

»Nein…«, keuchte ich, und Peter fing mich auf, als ich ohnmächtig wurde.

84. Kapitel

Am Tag von Wilhelm Mons' Hinrichtung rief ich morgens meine Töchter und den neuen Tanzmeister aus Paris zu mir. Ich überschminkte meine Blässe mit zinnoberroten Wangen, malte mir ein karmesinrotes Lächeln auf die Lippen, glitzerte nur so vor Juwelen und befahl: »Ich habe von einem neuen Tanz aus Paris gehört, einem Menuett. Bring ihn uns bei!« Er begann uns die schwierigen Schritte zu zeigen. Beobachtete mich Elisabeth mehrmals verstohlen von der Seite? Ich dachte wieder an die geschwungenen Schriftzüge auf dem Papier, welches Wilhelms Schicksal besiegelt hatte. Aber nein, sagte ich mir, das war unmöglich. Sie war doch meine Tochter. Die Musiker auf der Galerie spielten auf, gerade als Wilhelm aus dem Newator der Trubezkoibastion zu einem mit Stroh ausgelegten Schlitten geschleift wurde. Ich tanzte zu den leichten, perlenden Klängen, tanzte über die Splitter meines gebrochenen Herzens, als sich die Türen öffneten und Peters Garde den Saal betrat. Ich hatte Wilhelm Mons' Hinrichtung beizuwohnen. Sofort.

Die Menge schwieg, als die gesamte Familie Mons das Schafott betrat. Öffentliche Ausrufer hatten in den Straßen von Sankt Petersburg jeden eingeladen, noch weitere ihrer Verbrechen anzuzeigen. Ich hatte Gott um Stärke für diesen Augenblick gebeten. Meine fingerdicke Schminke bedeckte die Schatten unter meinen Augen und die Falten, die die schlaflosen Nächte in mein Gesicht gelegt hatten, und ich naschte unentwegt gezuckerte Veilchen, die Felten so stark gesüßt hatte, dass mein Mund sich wie zu einem Lächeln verzog. Wilhelm selbst konnte nicht mehr gehen. Die Knechte luden ihn sich auf die breiten Schultern und warfen ihn auf die Bretter des Schafotts, dem Henker vor die Füße. Peter, der neben mir saß, ließ mich nicht aus den Augen, und ich lächelte mit meinen gezuckerten Lippen.

»Und, Katharina Alexejewna, was fühlst du jetzt?«, fragte er rau, seine Augen vom Trunk und vom Mangel an Schlaf gerötet. Ich zog mir den Pelzkragen dichter um den Hals.

»Er war ein treuer Kammerherr. Aber wenn er wirklich meine Juwelen gestohlen und mein Gut veruntreut hat, dann verdient er eine gerechte Strafe«, sagte ich und kämpfte gegen den Schwindel an. Wie sollte ich diese Augenblicke überstehen?

»O ja. Er hat sich sogar an den Kronjuwelen vergriffen, wie du weißt«, knurrte Peter.

Ich hatte Gott umsonst um Stärke für diesen Augenblick gebeten. Peters Folterknechte hatten ganze Arbeit geleistet. Wilhelm war kein Mensch mehr, sondern ein jämmerlicher, blutender Klumpen Fleisch. Er wimmerte nur noch, wollte sich aber hochziehen. Meine Finger krampften sich ineinander, als ein Knecht ihn mit der Knute niederschlug und sein Blut frisch zu fließen begann. Er hatte weder mich noch unsere Liebe verraten. Ich liebte ihn, liebte ihn viel zu sehr. Doch liebte ich ihn wirklich genug? Ich dachte an Afrosinja und meine Verachtung für sie, damals, als sie Alexej preisgegeben hatte. War ich viel besser als sie? Wäre es ein Zeichen wahrer Liebe, wenn ich nun alles gestände und dort neben ihm auf das Schafott und in den Tod ginge? Ich tat es nicht, und damit musste ich leben.

»Zweifelst du etwa an meiner Gerechtigkeit? Sieh, hier!«, sagte Peter und zwang ein Papier in meine Finger. Ich zwinkerte die Tränen weg. Es war die Bestellung für den Stoff für Peters Kleidung anlässlich meiner Krönung. Wilhelm hatte in meinem Auftrag den Betrag abgezeichnet. Die Kleider hatte ich als Zeichen meiner Liebe und Dankbarkeit genäht.

»Der junge Mons hat damit sein eigenes Todesurteil unterzeichnet«, sagte Peter. »Sieh nur hin, Katharina Alexejewna!« Als ich schwieg und den Blick senkte, riss Peter mich auf die Füße. »Von hier siehst du nicht gut genug. Komm mit mir!«, forderte er und zog mich mit sich zum Schafott.

»Nein, Peter, bitte...« Blind vor Tränen, stolperte ich die Stufen hinauf, hin zum Rad. Er konnte den Kopf nicht mehr heben, sondern lag bereits wie tot auf dem Rad, und ich war froh darum.

Peter küsste mich und rief laut: »Die Zariza wünscht genau zu sehen, wie der Dieb Wilhelm Mons, Verräter an ihrer Treue, gerichtet wird. Los!«

Ein Murmeln stieg aus der Menge auf. Jeder Einzelne unter ihnen wusste genau, weshalb Wilhelm wirklich so leiden musste. Auf Peters Kommando begannen die Knechte ihr letztes grausiges Handwerk. Meine Tränen flossen frei und ließen mich gnädig davor erblinden, was ich hätte sehen sollen. Ich weiß, dass sie Wilhelm auf das Rad flochten. Ich weiß, dass sie ihn vierteilten, ihm die Eingeweide aus dem Leib zogen und sie den wartenden Hunden zuwarfen. Ich weiß, dass sie ihm letztendlich den Kopf abschlugen. Peter hielt mich in eisernem Griff und ließ mich weinen, weinen, weinen, bis Wilhelm, mein schöner, starker Wilhelm voller Leben und Kraft, endlich tot war.

85. Kapitel

O ja, Peter wusste. In den folgenden Tagen zwang er mich immer wieder zum Schafott. Unser Schlitten hielt dort, wo Wilhelms lebloser Rumpf noch immer hing. Seine zerschlagenen Glieder waren den wilden Hunden zum Fraß vorgeworfen worden. »Komm, Katerinuschka, wir vertreten uns die Beine!«, sagte Peter heiter und führte mich so nahe an Wilhelm vorbei, dass meine Röcke seinen Leichnam streiften.

Mir brach das Herz, und sein Anblick brannte sich für immer in meine Seele ein, doch ich plauderte hartnäckig über Belanglosigkeiten, bis es Peter zu viel wurde. »Du und dein verdammter Mut! Wenn meine Generäle sich davon eine Scheibe abschneiden könnten, hätte ich mehr Kriege gewonnen«, fuhr er mich an, als wir wieder in den Schlitten stiegen. Ich warf einen letzten Blick auf Wilhelm und nahm Abschied von aller Liebe in meinem Herzen. Die Pferde zogen an, und die silbernen Glocken an den Seiten des Schlittens klirrten heiter, als das Schafott hinter einer Wolke von Pulverschnee verschwand.

Am Abend desselben Tages verabschiedete ich mich früh vom Abendessen in Peters Gemächern. In meiner Trauer, die ich nicht teilen oder zeigen durfte, sehnte ich mich nach der Stille der Nacht und musste meine Kräfte sammeln, um über meine nächsten Schritte nachzudenken. Peter hatte schnell gehandelt und seinen Ministern verboten, meine Befehle zu befolgen. Zudem hatte er das Büro meines Schatzmeisters versiegeln lassen. Ich hatte bereits bei meinen Damen Schulden machen müssen. Alles war nun möglich. Würde er mich so wie Wilhelm Mons den Folterknechten übergeben? Mich wie Alexej mit eigenen Händen hinrichten? Oder wollte er mich wie Ewdokia Lopukina ins Kloster stecken?

Tatjana Tolstaja löste mein Haar, nahm mir den Schmuck ab und half mir, die Verschnürung im Rücken meines Kleides zu lösen, bevor ich mein Schlafzimmer betrat. Einige Kerzen an den Wänden brannten bereits. War schon jemand in meinem Gemach gewesen? Ich schlüpfte aus meinen Pantoffeln und stellte mein Nachtlicht auf dem zierlich gearbeiteten Nachttisch neben meinem Bett ab. Meine Hand berührte Glas. Was war das… ein Nachttrunk? Ich hob mein Licht und hörte mich schreien. Schreien, wie ich noch nie in meinem Leben geschrien hatte. Ich wich zurück. Das Nachtlicht entglitt meinem Griff und fiel zu Boden. Das Fett floss heiß, die Flamme der umgestürzten Kerze leckte daran und ergriff meine Laken.

Tatjana Tolstaja stürzte herein. »Herrin, was ist geschehen?« Sie trat die Flammen aus, doch ich deutete nur stumm auf den Nachttisch.

»O mein Gott, dieses Tier!«, flüsterte sie, denn auf meinem Nachttisch stand ein hohes Glas, in dem man sonst Äpfel über den Winter in Wodka aufbewahrte. In Sankt Petersburg gab es diese Gläser in jedem *kabak* zu kaufen. Doch in dem Alkohol trieb kein Obst, sondern der Kopf meines Geliebten. Seine blauen Augen waren weit aufgerissen und die Lippen im Todesschmerz über dem Zahnfleisch zurückgezogen. Wilhelms Blick ruhte flehentlich, aber ohne jede Anklage auf mir. Ich würgte vor Ekel.

»Bring das weg, Tatjana!«, weinte ich.

Sie gehorchte widerstrebend, doch als sie sich umdrehte, stand Peter hinter uns. Er schwankte, als er einen kräftigen Schluck aus einer Flasche nahm. »Dein Raum ist so kahl, Katerinuschka. Da dachte ich, etwas Tand neben deinem Bett kann nicht schaden«, sagte er trunken. »Tatjana Tolstaja, jeder, der dieses Glas anrührt, soll bei Gott mit seinem Leben dafür bezahlen. Angesichts deiner treuen Dienste empfehle ich dir, es wieder an seinen Platz zu stellen.«

Tatjana sah sich Hilfe suchend zu mir um.

»Stell es hin, Tatjana!«, sagte ich und knickste. »Wie gütig von dem Zaren, an den Schmuck meines Zimmers zu denken«, murmelte ich. War es damit getan?

Peter streckte den Zeigefinger nach mir aus. »Und jetzt, Katharina Alexejewna, werde ich mir überlegen, was mit dir geschehen soll.« Unter seinem Blick schauderte mir. Was noch? Er hatte doch bereits gewonnen und ich alles verloren. Tatjana mischte mir einen Schlaftrunk, und irgendwann, unter dem starren Blick meines Geliebten, fand ein tiefer, erschöpfter Schlaf den Weg zu mir.

Der Hof hielt mein Schicksal für besiegelt. Man rätselte nur, was genau mit mir geschehen sollte. In welches Kloster wollte man mich senden? Oder war in der Peter-und-Pauls-Festung eine Zelle für mich vorbereitet worden? Ich hoffte nicht! Unter dem ersten Schlag der Knute wollte ich alles gestehen, was auch immer man mir vorwarf. Ich hatte meine Niederkünfte durchgestanden, aber meine Tapferkeit endete bei mutwilliger Quälerei. Ich erinnerte mich, wie ich mich Wassili ergeben hatte. Nur Menschikow steckte mir noch heimlich Briefe und kleine Geschenke zu, um mich zu ermutigen. Agneta erzählte mir mit Tränen in den Augen, was Peter im Senat gerufen hatte: »Ich werde mit ihr tun, was Englands König Heinrich mit Anne Boleyn getan hat!«

»Was hat er mit dieser Anne getan?«, fragte ich sie. »Und was war ihr Vergehen?«

»Ehebruch, Herrin«, murmelte sie und zog sich die flache Hand über den Hals.

Es war fast Mitternacht, als ich das Ohr gegen die kleine Tapetentür drückte, die an Peters Vorzimmer angrenzte. Der geheime Gang, in dem ich kauerte, war dunkel. Ein Nachtlicht glomm gerade hell genug, um mir den Weg zu weisen. Peter sprach dort drinnen mit Peter Andrejewitsch Tolstoi und dem Baron Ostermann. Sprach er mit ihnen über mich? Ihre Stimmen klangen gedämpft durch die Tür zu mir. Ostermann nuschelte wie immer. »Mein Zar, handle nicht voreilig! Denk an das Verlöbnis der Zarewna Anna mit dem Herzog von Holstein!«

»Was hat das mit der Zariza zu tun?«, fragte Peter ärgerlich. »Unfug. Ich frage euch: Kloster, Verbannung oder Tod?«

Ich biss mir auf die Finger vor Angst. Das Licht zu meinen Füßen flackerte.

»Der Herzog könnte die Verlobung auflösen, wenn

die Mutter seiner Braut einen schlechten Ruf hat. Bei aller Ehrerbietung, Europa redet genug über die Zariza, die als *Seele* geboren wurde, als Wäschemagd arbeitete und nun gekrönte Kaiserin ist. Was, wenn sie jetzt noch des Ehebruchs angeklagt wird? Was, wenn Ihr sie hinrichten lasst?«, beharrte Ostermann. Ich hätte den dürren Deutschen, der sonst niemands Freund war, küssen können.

»Ostermann hat recht«, erwiderte Tolstoi mit tiefer Stimme. »Nicht nur kann die Verlobung von Anna Petrowna aufgelöst werden, sondern wir finden dann auch für Prinzessin Elisabeth keinen Freier.«

Ich hörte Holz splittern und Peter fluchen. »Was ist mit dem König von Frankreich?«, fragte er dann.

»Der Duc de Chartres, der ja ebenfalls um ihre Hand angehalten hatte, hat sich vor einigen Wochen mit einer deutschen Prinzessin vermählt«, erklärte Tolstoi. »Er hat uns trotz der langen Verhandlungen, die wir geführt haben, nicht einmal von seiner Entscheidung in Kenntnis gesetzt. Wird ein König nehmen, was ein Herzog verschmäht?«

Stille. Ich drückte das Ohr so fest an das Holz, dass es brannte.

»Gut. Ich warte. Aber ihre Zeit wird kommen«, sagte Peter, und in seiner Stimme hörte ich die kalte Wut darüber, so schachmatt gesetzt worden zu sein. Ich bückte mich und nahm leise mein Nachtlicht auf. Es war fast ganz heruntergebrannt, und ich spürte den kalten Schweiß im Nacken, als ich in mein Zimmer zurückschlich. Ich ballte die Fäuste. Ich sollte mich nicht fürchten.

Zwei Wochen nach der Hinrichtung von Wilhelm Mons verlobte sich meine älteste Tochter Anna Petrowna mit dem jungen Herzog von Holstein. Er gab ein Konzert unter den Fenstern des Winterpalastes, und den Musikanten froren die Fingerspitzen und Lippen an ihren Instrumenten fest. Am folgenden Tag überquerten wir die Newa in Schlitten und feierten einen Gottesdienst in der Kirche der Dreieinigkeit. Peter streifte dem jungen Paar die von Feofan Prokopowitsch gesegneten Ringe über. Während des Festessens, des Balls und des Feuerwerks hielt ich mit letzter Kraft noch das Bild der strahlenden Zariza aufrecht. Doch ich konnte weder den Anblick von Wilhelms Körper noch Ewdokias armseliges Dasein aus meinen Gedanken verbannen.

Der Palast lag verräterisch still in den frühen Morgenstunden. Wie lange hatte ich dort im zugigen Gang auf dem Boden gekniet? Der Morgen graute bereits, und meine Fäuste waren vom Schlagen gegen die verschlossene Tür aufgeschürft. Ich hatte mir das Haar zerrauft und das Gesicht mit den eigenen Nägeln blutig gekratzt. Vom Rufen und Flehen war meine Stimme heiser geworden. Dann, endlich, hörte ich, dass er sich auf der anderen Seite der Tür bewegte.

»Was willst du, Katerinuschka?«, fragte er müde. Ich setzte mich auf und wischte mir Rotz und Tränen vom Gesicht. Wenigstens rief er mich bei meinem alten Kosenamen.

»Verzeih mir, mein Zar, *batjuschka*!«, weinte ich. »Ich flehe dich auf Knien an. *Starik*, Liebster, bitte! Um alles, was uns lieb ist. Um alles, was wir gemeinsam durchlitten haben!« Ich schlug schluchzend gegen die

Tür. Sie öffnete sich einen Spaltbreit, und eins seiner rot geäderten Augen starrte misstrauisch auf mich herab.

»Du hast mich betrogen«, sagte er bitter.

»Ja. Verzeih mir. Aber ich will nicht mit dir kämpfen, mein Geliebter. Ich will dich glücklich machen, wie früher auch. Ich habe gefehlt. Nimm mich wieder auf in dein Leben, in dein Herz! Nur dort habe ich doch ein Zuhause. Du bist mein Mann, mein Bruder, mein Vater, meine Heimat! Verzeih mir, bitte!«

Er öffnete die Tür noch einen Spalt weiter. Er war blass, und seine Augen waren geschwollen. »Ich weiß nicht, Katerinuschka«, seufzte er. Dieses Zögern machte mir bei ihm mehr Angst als jede Entscheidung, die er in rasendem Zorn treffen konnte. Er schleuderte Blitze, aber wenn es brannte, bereute er seine Heftigkeit und löschte die Flammen. Ich legte mir verzweifelt die Hände vor den Mund. Rotz und Wasser liefen mir über das Gesicht.

»Komm herein, Katerinuschka!«, seufzte er, stellte mich auf die Füße und zog mich in sein Zimmer. Die Vorhänge waren vorgezogen, und es roch nach Schweiß, Schnaps und Rauch. Sein Lieblingssessel stand vor dem Kamin. Hatte er dort gesessen, die Füße dicht am Feuer, und meinen Klagen gelauscht? Er setzte sich wieder, und ich kauerte mich auf ein Kissen zu seinen Füßen. Peter musterte mich, und ich hütete mich, seine Gedanken zu unterbrechen. Die Schatten des Morgengrauens machten seinen Gesichtsausdruck undeutbar. »Was ist es nur mit euch Frauen?«, fragte er und schüttelte den Kopf. »Anna Mons hat mich zum Narren gehalten. Ewdokia hat mich sogar in dem Kloster betrogen, in das ich sie gesteckt hatte. Zuvor bestürmte sie mich jahrelang mit Briefen. Wenigstens kannst du nicht schreiben, Katerinuschka. Vor dir hätte ich dann meine Ruhe.« Ich teilte seine bittere Heiterkeit nicht. Er beugte sich vor, tauchte seine Hände in meine dunkel glänzenden Locken und wickelte sich eine Strähne um den Finger.

»Selbst Maria Kantemir hat ihr vollmundiges Versprechen von einem Dutzend Söhne für mich nicht gehalten. Aber du, Katharina, du bist die Einzige, die mich im Augenblick vollkommener Einigkeit verraten hat. Und ich habe mein höchstes Gut mit dir geteilt, als Dank für alles, was du mir gegeben hattest. Weshalb also?« Er schnupperte nach alter Gewohnheit an meinem Haar. »Du bist noch immer schön. Wie viele Male warst du von mir schwanger? Zwölfmal oder dreizehnmal, wenn ich mich nicht täusche.«

Er entkorkte die Flasche Branntwein, die neben ihm auf dem Boden stand. »Zwölf Kinder und noch immer schön. Aber was wird die Kälte des Klosters aus dir machen? Und wie du wohl kahl geschoren aussiehst?« Er nahm einen tiefen Schluck. »Am tiefsten aber trifft es mich, dass auch du mich letztendlich nicht wirklich verstanden hast. Weißt du, wie einsam ein Herrscher ist? Weißt du, wie kalt mir das Gold des Zarenthrons am Arsch ist? Weißt du, wie weit entfernt jeder Mensch von mir ist, der mir noch so nahesteht?«

»Ich war immer bei dir. Ich bin immer bei dir«, schwor ich. Er trank noch einmal und schluckte schwer. Die Wärme des Feuers kroch mir über die nackten Arme. »Hast du dich denn entschieden, Peter? Kannst du mir nicht verzeihen?«, flüsterte ich. Ich hatte einmal getan, was er Tausende von Malen getan hatte. In den russischen Märchen ruhten Häuser auf drei Säulen. Der Palast unserer Liebe aber war, wie es schien, auf einer einzigen gebaut – meiner Liebe und Treue.

Er blickte in den Kamin. »Nein. Verzeihen kann ich nicht. Aber ich habe noch nicht entschieden, was mit dir geschehen soll. Geh zu Bett, *matka!*«

Ich erhob mich, nahm seine kalten Finger in meine Hand und flüsterte: »Zwölf Kinder, Peter. Kannst du dir vorstellen, was es bedeutet, zwölfmal für einen Mann niederzukommen? Kein einziger deiner Soldaten hat sein Leben so oft für dich aufs Spiel gesetzt. Und weißt du auch, weshalb ich das getan habe? Nur aus Liebe, mein Zar.«

Hatte Peter mich gehört? Er sah nur stumm in die Flammen, und ich ließ seine schlaffe Hand in seinen Schoß gleiten. Dann ging ich zu Bett und konnte zum ersten Mal seit langen Nächten wieder ruhig schlafen. Am Mittag desselben Tages ließ er Wilhelm Mons' Kopf von Pawel Jaguschinski abholen und auf ein Regal in seiner Kunstkammer stellen.

Peter briet im Feuer seiner Pein, seiner Eifersucht und seiner Unruhe, und er jagte rastlos und seiner Krankheit zum Trotz durch sein Reich. Jeder Tag, der verstrich, war mir Hoffnung, aber in seiner Ungewissheit auch Strafe für mich. Jeden Tag hörte ich neue, wilde Geschichten.

»Stellt euch vor, der Zar ging an einem Haus vorbei, in welchem gerade Hochzeit gefeiert wurde! Also klopfte er an die Tür, setzte sich zu der Runde um den Brauttisch und trank mehr als jeder andere.«

»Gestern ist der Zar zum Ladogakanal aufgebrochen.

Er will sehen, wie die Arbeit vorangeht, und das bei dieser Kälte.«

»Aber er war doch gerade noch in den Eisenwerken von Olonez! Er hat dort selbst sechshundert Pfund Eisen geschlagen, und vom Lohn dafür kaufte er sich ein Paar langer Socken auf dem Markt.«

Er war überall zugleich, nur nicht in Sankt Petersburg, bei mir.

Peter kehrte zum Julfest zurück. Die Syphilis ergriff ihn im ersten Augenblick der Ruhe, den er sich gönnte. Ich besuchte ihn am Krankenbett, doch er erkannte nicht einmal mehr mich. Ich ließ kaum jemanden zu ihm vor, und selbst der kleine Petruschka, Alexejs Sohn, erhielt keinen Zutritt zum Bett seines Großvaters. Ich kniete dort Stunde um Stunde oder legte mich neben ihn und flüsterte ihm unsere Erinnerungen ins Ohr. Dann atmete er ruhiger. Ich umarmte ihn und schlief ebenfalls ein.

Menschikow kam in den frühen Morgenstunden ins Krankenzimmer und riss das Fenster auf. Winterluft strömte in den stickigen Raum. Peter warf sich im Fieber hin und her, doch mein Gewicht hielt ihn nieder.

»Was ist geschehen, dass er mit einem Mal in Fieber ausbricht?«, fragte ich. Menschikow stopfte sich seine lange Pfeife und schmauchte daran. »Es stürmte wie wahnsinnig, als wir die Eisenwerke von Olonez verließen. Dem Zaren war schon kalt, trotz der neuen Socken, die er sich erarbeitet hatte, aber er bestand darauf, trotz des Sauwetters bis nach Sankt Petersburg zu reiten. Wir folgten dem Ufer, um uns nicht zu verirren. In Ljachta hörten wir Schreie vom Wasser her...«

»Was war geschehen?«

»Soldaten aus Kronstadt waren in Seenot geraten. Bevor ich den Zaren zurückhalten konnte, war er schon vom Pferd gestiegen, in das eisige Wasser gesprungen und schwamm zu dem Boot, um die Männer zu retten.«

»Und, gelang es ihm?«

»Ja, jeden einzelnen von ihnen hat der Zar gerettet. Er trank Humpen um Humpen von heißem Branntwein mit ihnen und stieg dann wieder aufs Pferd. Wir ritten durch den Sturm weiter nach Sankt Petersburg. Als wir die Stadtgrenze erreichten, war er fieberheiß.«

Blumentrost betrat den Raum. »Meine Kaiserin, es ist besser, wenn Ihr den Raum für einen Augenblick verlasst. Die Quecksilberkur ist kein schöner Anblick...«

Ich schüttelte den Kopf. »Ich bleibe, Blumentrost. Jemand muss ihm doch die Hand halten bei dieser schrecklichen Behandlung.«

»Eine echte Kaiserin«, lobte Menschikow. Blumentrost schlug Peters Bettdecke zurück. Ekel stieg in mir auf. Ich presste mir die Hand vor den Mund. Sein Leib war aufgequollen, die Haut schwarz vor Fäule. Als Blumentrost ihm leicht in die Seite drückte, schrie Peter im Fieberschlaf vor Schmerz auf. Um seine Leisten bildeten sich weitere Geschwülste. »Nierensteine, Euer Majestät«, raunte Blumentrost. »Gemeinsam mit Paulsen und Horn werde ich operieren müssen. Der Zar kann sich nicht mehr auf natürliche Art erleichtern, also müssen wir ihm noch einmal die Blase aufschneiden.«

Beim Anblick von Peters aufgeblähtem Leib und beim Gestank der Krankheit musste ich würgen, doch ich nahm Peters Kopf und hob ihn an. »Ich bin bereit.«

Blumentrost griff zur Quecksilberpaste.

»Wie ist sein Befinden?«, flüsterte *Alekascha*, als er nach einigen Stunden Schlaf erfrischt wieder ins Zimmer huschte. Was sollte ich sagen? Seit Wochen hatte sich Peters Zustand nicht verändert. Er schwebte zwischen Leben und Tod. Sein riesenhafter Körper bäumte sich gegen die Krankheit und das Fieber auf, doch er war schon durch allzu viele Kämpfe geschwächt. Peter, unser Leben und unser Tod, ganz wie es ihm gefiel. In seinem schwarzen Rock wirkte Makarow wie geschrumpft, als ich ihn zu mir heranwinkte. »Makarow, Blumentrost tötet den Zaren noch«, flüsterte ich besorgt. »Sende nach Berlin! Der König von Preußen hat einen fabelhaften Leibarzt. Sein Name ist Herr von Stahl. Bring ihn her, koste es, was es wolle!«

Es wurde Nacht. Diener zogen die Vorhänge zu und schlossen Peters Stadt von seinem Leid aus. Sie steckten Kerzen an, und der süße Duft nach Bienenwachs mischte sich in den eitrigen Geruch der Krankheit, des Kampfers und des persischen Rauchwerks, das in den Ecken schmorte. Die Schatten dort wurden zu den Menschen, die uns auf unserem Weg begleitet hatten und die uns schon in den Tod vorangegangen waren.

Der fiebernde Zar erkannte sie zuerst. »Sophia, lass mich in Ruhe! Und Alexej, du Nichtsnutz, geh mir aus dem Weg!« Er stöhnte und wollte sich umdrehen, doch Blumentrost ließ es nicht zu. Peter kniff die Augen zusammen. »Scheremetew! Da bist du ja. Eigentlich ist ja alles deine Schuld...«

Ich schluchzte auf, um seine Worte zu übertönen und sie aus meinem Geist zu vertreiben. Feofan Prokopowitsch betrat zusammen mit einem schlichten Popen den Raum. Peter legte zum dritten Mal in jenen

Tagen seine Beichte ab. Ich weinte so heftig, dass ich vor Furcht und Trauer mehrere Male in Ohnmacht fiel.

Als Peter zu schwach war, um noch zu sprechen, schlossen Feofan Prokopowitsch, Menschikow und ich einen Kreis um das Bett. Peters Blick entglitt uns, doch ich hielt seine Hand. Die Glocken läuteten. Menschen strömten über den Kai und den Newskiprospekt zum Gebet. Wofür beteten sie? Für Peters Tod oder für seine Genesung? Und ich, worauf hoffte ich? Einen Augenblick lang schlug er die Augen auf. »Du liebst mich, nicht wahr?«, flüsterte er. Seine Lippen waren trocken und aufgesprungen.

»Mehr als mein Leben!« Mir liefen die Tränen in Strömen über das Gesicht.

»Das solltest du auch...«

Ich legte ihm einen Finger auf die Lippen. »Sprich nicht, Liebster! Du musst dich schonen.« Meine Knie waren wund, doch das störte mich nicht. Ich sah auf, als Blumentrost, Paulsen und Horn sich mit Blicken verständigten.

Peter hob eine Hand. Er flüsterte etwas. Feofan Prokopowitsch beugte sich zu Peters Lippen hinunter.

»Was will der Zar?«, fragte ich mit bebender Stimme.

»Papier und Feder«, antwortete Feofan mit unergründlicher Miene.

Menschikow raschelte an dem Schreibtisch des Zaren herum. Irrte ich mich, oder ließ er sich damit mehr Zeit als nötig? Hier ging es auch um seine Zukunft. Schließlich faltete Prokopowitsch Peters schlaffe Finger um die Feder, von der die schwarze Tinte tropfte. Sie kratzte schwach über das Papier. Ich hörte seine

Stimme. »Anna Petrowna. Bringt meine Anuschka zu mir, meine Älteste...«

Anna? Wie sollte sie in dieser Lage mit ihrem Erbe umgehen und Petruschka und seine Freunde abwehren? Wenn ein Zar starb, so hingen die Vergangenheit und die Zukunft in der Waage. Der Wind heulte um die Mauern des Winterpalastes. Wer hatte Peters Worte gehört? Niemand befolgte seinen Befehl. Die Finger seiner so zierlichen Hände krampften sich um das Papier. Das Land hielt den Atem an.

»O mein Gott!« Seine letzten Worte sprachen wir gemeinsam.

Im Winterpalast, 1725

Als Menschikow die Tür öffnet, ist der Gang vor dem kleinen Studierzimmer voller Männer. Ich erkenne die Abgeordneten der Synode, des Senats und der Admiralität. Sie warten. Warten auf eine Nachricht, auf eine Entscheidung. Eine Nacht lang haben wir sie und ganz Russland zum Narren gehalten. Ich ziehe mich an dem von Peter geschnitzten Lehnstuhl hoch und stähle mich für die nasale Stimme des Prinzen Dolgoruki. Er wird im Namen des neuen Zaren Peter Alexejewitsch, Peter des Zweiten, unsere Verhaftung verlesen. Ich falte die Hände zu einem stummen Gebet und schließe die Augen. Doch es ist so hell, dass das Licht durch die geschlossenen Lider dringt. Bin ich bereits tot?

»Zarina«, sagt Menschikow sanft, und ich sehe auf.

Die Männer des Geheimen Rates knien mit mehrarmigen Kerzenleuchtern in der Hand vor mir. Ostermann,

Tolstoi, Jaguschinski, sie alle sind da. Menschikow sieht mich aus seinen blutunterlaufenen Augen an und sieht nun doch aus wie der Lump, der er ist. Ehe er etwas sagen kann, stehe ich auf. Die Ikonen an meinem Kleid klirren wie ein Windspiel, und mein Schmuck funkelt im Kerzenlicht.

»Der große und gnädige Zar Peter der Erste von Russland ist von uns gegangen. Wir sind zerrissen von Trauer und vor Schmerz betäubt. Denn wir, Katharina Alexejewna, Kaiserin und Zarin von Russland, sind uns der Verantwortung bewusst, die Gott auf unsere Schultern legt.« Meine Stimme klingt fest, als ich die rechte Hand hebe. »Wir schwören, uns der von Gott verliehenen Gnade gerecht zu erweisen und alle Russen wie unsere eigenen Kinder zu lieben. Wir werden gerecht herrschen und vertrauen dabei auf Euren erfahrenen Rat.«

Es herrscht Stille, als ich einem nach dem anderen in die Augen sehe. Es heißt, mit mir herrschen oder mit mir untergehen.

Menschikow fasst sich als Erster. »Heil dir, Katharina, Herrscherin aller Russen! Heil dir, der Zarin!«, donnert er. Sollte es Unfrieden zwischen den Fürsten, den Bojaren und vor allem der Kirche geben, so wird er an den Brandherden des Widerstandes seine Soldaten aufmarschieren lassen. Vor ihren aufgepflanzten Bajonetten werden Zweifler rasch zu Anhängern. Der Rat und der Hof fallen in seinen Ruf ein, und Lärm brandet auf, im Gang, auf dem Schlossplatz, in den Straßen unserer Stadt. Über dem Tor wird die Fahne mit dem Doppeladler der Zaren auf halbmast gesetzt. Hundertundein Böller lösen sich aus den Kanonen der Peter-und-Pauls-Festung. Die Glocke der Dreieinigkeitskathedrale schlägt dumpf, und alle Glocken der Stadt fallen in ihr Dröhnen ein. Der Zar ist tot. Lang lebe die Zarina!

Feofan Prokopowitsch ist zurückgekehrt, er küsst mir die Hand und schwört mir seine Treue. Tolstoi entrollt den hastig verfassten *ukas*, der mich zur Zarin ausruft. Die Prinzen Dolgoruki, die nun den Raum zusammen mit dem kleinen Peter Alexejewitsch betreten, wollen aufbegehren. Sie müssen ihn aus dem Schlaf gerissen haben, denn sein Haar ist zerrauft, seine Füße sind nackt, und er blinzelt nur verwirrt in die vielen Kerzen. Ich fühle keine Reue. Alexejs Sohn ist noch so jung. Seine Zeit wird kommen.

Die Garde sichert Gänge und Treppen, ehe es aus vielen hundert Kehlen ruft: »Heil Katharina! Heil der Zarin!« Ich erkenne die Generäle, als auch sie auf die Knie sinken. Unzählige Male saßen sie mir am Lagerfeuer gegenüber. Ich habe die Siege mit ihnen gefeiert und die Niederlagen mit ihnen beweint. Ich habe ihre Wunden nach der Schlacht von Poltawa verbunden und ihnen in der Gluthitze der persischen Sonne dünne Suppe in die Schalen geschöpft. Ich bin immer für sie da gewesen, die Mutter Russlands. An Peters Seite hatte ich gelernt, was es hieß, Russland zu beherrschen. So war es, so soll es sein, so wird es bleiben.

Peter ist tot. Mein geliebter Mann, der mächtige Zar aller Russen, ist gestorben, und das gerade zur rechten Zeit. Für einen Augenblick steht dort in seinem Schlafzimmer in den oberen Räumen des Winterpalastes die Zeit still.

Aus dem Tagebuch des Jean Jacques De Campredon, französischer Gesandter am Hof von Sankt Petersburg

Sankt Petersburg, 16. Mai im Jahre des Herrn 1727

Zur Nacht
Ich kehre gerade von der Abendaudienz aus dem Palast zurück, wo Fürst Menschikow uns Auskunft über den Zustand der Zarin gab. In all den Jahren, in denen ich für den König von Frankreich hier in Sankt Petersburg lebe, habe ich noch nicht so viel Trauer in den Gesichtern der Menschen gesehen.

Selbst Menschikow scheint traurig, dass das Leben dieser erstaunlichen Fürstin zu Ende geht, obwohl er besser sehr genau über seine Zukunft nachdenken sollte. Denn was wird mit ihm geschehen, wenn die Zarina stirbt, nur zwei Jahre nach dem Tod Peters des Ersten? Menschikow hat mehr Feinde als Haare auf dem Kopf und lässt dies in seinem Größenwahn und seinem Ehrgeiz völlig außer Acht. Sicher, er hat seine Tochter Marie Menschikowa mit dem jungen Petruschka verlobt, dem Zarewitsch Peter Alexejewitsch, aber eine solche Verlobung ist auch schnell wieder gelöst. Oh, in den kommenden Wochen gibt es viel zu berichten, da bin ich mir sicher!

Die Zarin liegt im Sterben, und man kann bis zu ihrer letzten Stunde nur über die göttliche Vorsehung staunen, die sie so unvorstellbar weit über den Stand ihrer Geburt hinaus erhoben hat. Selbst meine Königin, die als Prinzessin Marie Leszczynskaja aus Polen kam, ist von ihr beeindruckt, auch wenn das anders herum nicht so ist. Die Zarin wollte den König von Frankreich schließlich als Ehemann für ihre eigene Tochter, die Zarewna Elisabeth. Aber die Tochter einer Wäscherin auf dem Thron von Frankreich? *Mon dieu.*

Bei der Beerdigung Peters des Ersten bezeugte sie dem Volk ihren Anspruch auf Peters Erbe durch ihre Trauer und Verzweiflung. Dass ein einziges Weib so viele Tränen vergießen kann! Oder kennen wir keine anständigen Weiber mehr? Wenn man bedenkt, dass Wilhelm Mons da erst einige Monde tot war, bestürzte ihr Unglück noch mehr. Denn über die Art der Verbrechen des jungen Mons besteht ja wohl kein Zweifel. Ihre Damen, deren Gesichter je nach Rang von schwarzen Schleiern in verschiedener Länge verdeckt waren, versuchten sie zu stützen. Sie aber krallte sich in die beiden Särge und heulte wie ein verwundetes Tier. Der Zar Peter hatte sie geliebt. Aber hatte sie ihn geliebt, sodass man ihren Tränen bei der Totenwache glauben konnte? Dazu war er zu furchtbar.

Nach seinem Tod dauerte es Wochen, bis Feofan Prokopowitsch den Sarg des toten Zaren überhaupt schließen durfte. Er lag entgegen den russischen Sitten in aller Pracht und mit allen Zeichen seiner Größe aufgebahrt. Dann, fünf Wochen nach dem Tod des Zaren, starb auch die kleine Zarewna Natalja Petrowna Romanow mit nur sieben Jahren. Der Herr gibt, und der Herr nimmt. Die Hofdame Alice Kramer verfiel über Nataljas Tod in Schwermut und nahm ihren Abschied. Sie bekam eine so hohe Leibrente ausgesetzt, dass alle sich über die wahre Natur ihres Dienstes wunderten.

Am zehnten Tag des März 1725 wurden beide – der Zar und die kleine Natalja – in der Peter-und-Pauls-

Kathedrale zur letzten Ruhe gebettet. Auf dem Eis der Newa zogen im Morgengrauen schon Zehntausende von Soldaten aller Regimenter auf. Peters Sarg ruhte auf den Schultern von zwölf Offizieren, und acht Generalmajore hielten den Baldachin aus grünem Samt mit den goldenen Quasten, der den Sarg vor dem Schnee und dem Hagel bewahren sollte. Zweiunddreißig edle Rosse trabten voran, und die Federbüsche auf ihrem Zaumzeug wippten. Um den Sarg standen Peters engste Freunde und die hohen Würdenträger des Reiches. Jeder von ihnen nahm ein Stück der Sargdecke auf. Die Schneeflocken mischten sich in ihre Tränen.

Dann jedoch kehrte alles recht schnell zum Alltag zurück. Die Zarin durchbrach die Hoftrauer nach nur vier Monaten und vermählte ihre Tochter Anna mit dem Herzog von Holstein. Die Zarewna Elisabeth dagegen ist noch unverheiratet und trägt auch nach Herzenslust dazu bei, dass es so bleibt. Sie ist eine Schönheit – *parbleu*, so einen Ausschnitt habe ich selbst in Versailles noch nicht gesehen. Ihre einzigen Fehler indes liegen in ihrem Benehmen und ihrem Wesen. Leider bin ich zu alt und auch kein Gardesoldat, als dass sie mich eines Blickes würdigen würde. Ich habe recht daran getan, meinem König von der Heirat mit dieser Prinzessin abzuraten. Bei ihr hätte selbst Versailles noch das Staunen gelernt!

Es heißt, die Lungen der Zarin seien geschwollen und sie könne sich nicht mehr bewegen. Dabei habe ich sie vor zwei Wochen noch gesehen. Als der Schnee schmolz, musste ich mit ihr ausreiten. Ich konnte ihr kaum folgen, so wild galoppierte sie durch die Wälder um die

Stadt. An einem Fluss ließ sie anhalten, zog sich die Strümpfe und die Schuhe aus und watete wie ein Bauernmädchen ins Wasser. Dann sah sie auf und lauschte mit gerunzelter Stirn. »Die Pferde! Hört ihr denn die Pferde nicht, und den Karren? Was können die Männer hier nur wollen?«, fragte sie uns. Ich wandte mich um und folgte ihrem Blick, aber sah und hörte nichts. Lief sie einem Gespenst davon, oder jagte sie einem hinterher? Wer weiß das schon?

Sie ist noch immer ein ausgezeichnet schönes Weib mit sehr anmutigen Bewegungen, mit einem hellen, klaren Verstand und immer bester Laune. Kein Wunder, dass die Menschen sie lieben. Ich habe sie nie anders als zuvorkommend und freundlich erlebt. Die Zarin hat nie vergessen, dass sie einmal eine Leibeigene, eine *Seele* gewesen war.

Ja, sie ist sehr krank, aber sie langweilt sich auch ohne den Zaren von Herzen. Schon morgens stippt sie sich fünf warme Brezeln in einen Humpen Burgunder, sodass der Rausch ihr schneller zu Kopf steigt. Vor einigen Wochen ließ sie am ersten Tag des Aprilmondes die Feuerglocken läuten. Alle stürzten in ihren Nachthemden auf die Straße und guckten dumm, als sie weder Feuer noch Flut entdeckten. Die Zarin aber wollte sich an ihren Fenstern ausschütten vor Lachen. Zum Trost ließ sie Freibier ausschenken, und niemand durfte vor der Mittagsstunde zu Bett gehen. Als ob der Zar Peter noch am Leben wäre! Was habe ich seine Feiern gefürchtet und gehasst. Manchmal hatte ich das Gefühl, Wodka statt Blut in den Adern zu haben, und die Adlertassen erschienen mir im Traum. Viele Male habe ich gebetet, dass Seine Majestät mein König Louis mich nach

Paris zurückbeordern sollte. Weshalb habe ich je Russisch gelernt?

Wenn ich aus dem Fenster sehe, dann wandern unruhige Lichter hinter den Fenstern des Winterpalastes umher. Es kann eine lange Nacht werden. Menschikow, der zu säen und zu ernten versteht, kann jederzeit wieder nach uns schicken. Eine *Seele* aus Livland ist Zarin, und die Tochter eines ehemaligen Piroggenbäckers, Marie Menschikowa, ist dem nächsten Zaren verlobt. Wirklich, nicht besser als bei Schaustellern. Da lobe ich mir meine Bourbonen in Paris!

Reiter preschen aus dem Tor. Was geht im Palast vor sich? Was wird bleiben von der Zarin Katharina Alexejewna? Sie hat keine Kriege geführt, sie hat nicht geplündert und nicht gebrandschatzt. Es waren zwei gute Jahre in Russland, in denen wir zufrieden leben und schufen. Sie wollte eine Erziehung für alle Bürger. Blumentrost, der Quacksalber, lehrt nun an der Akademie der Wissenschaften, und das Sankt Petersburger Gymnasium steht begabten Kindern aus allen Volksschichten offen. Im vergangenen Jahr konnte auch Vitus Bering seine Reisen fortführen. Selbst hat sie allerdings nicht mehr lesen oder schreiben gelernt. »Ein altes Maultier verwandelt sich nicht in ein Pferd, Campredon«, sagte sie einmal zu mir.

Durch das Tor des Winterpalastes fährt gerade die Kutsche mit dem Wappen der Grafen Skawronski. Sind sie wahrhaftig die verloren gegangene Familie der Zarin? Jeder Mensch braucht Wurzeln, und auch eine Zarin will nicht allein sterben. Nach zwölf Niederkünften halten eine Tochter und ein vermeintlicher Bruder ihre

Hand in ihrer letzten Stunde. Mich überrascht in diesem Land nichts mehr.

Ihr Schmerz kommt in Wellen, so heißt es. Manchmal sei er so heftig, dass sie nicht mehr atmen kann.

Nach meinem Souper.

Der Mai bringt die ersten lauen, langen Nächte nach Sankt Petersburg, deren Dunkelheit sich milchig erhellt. Dieser Zauber verwirrt mich zeitlebens. Ringsum ist die Stadt noch lebendig. Die Paläste, die Kirchen, die *kabaki* und die lebensfrohen Einwohner erscheinen mir unwirklich. Ich weiß doch, wie es hier vor zwanzig Jahren ausgesehen hat. Wenn ich an meinen Umzug von Moskau an die Newa denke. *Ciel, quel horreur!*

Nun gehen im Palast die Lichter an. Ich brauche neues Siegelwachs für meinen Bericht nach Paris, wenn die Zarin heute Nacht stirbt. Dann werden wir wieder einen Zar Peter haben, den kleinen Sohn des armen Alexej. Ich suchte in meinen Laden nach dem Klumpen Wachs und fand dabei ein altes Flugblatt. Wie kommt es auf meinen Schreibtisch? Ich hefte es hier bei.

Man könnte für immer und ewig die Verdienste des toten Zaren Peter rühmen – die Größe, die Einmaligkeit, die Weisheit seiner Entscheidungen. Aber in seinem Schaffen zerstörte er und fügte allen Menschen, die je mit ihm in Berührung kamen, Schmerz zu. Er störte den Frieden, den Wohlstand, die Stärke seines Reiches. Er verletzte willentlich die Würde, die Rechte und das Wohlergehen seiner Untertanen. Er mischte sich beleidigend in alle Angelegenheiten, von der Religion über die Familie bis hin zur heiligen Kirche. Kann man einen solchen Herrscher lieben? Nein, nie. Ein solcher Herrscher ist nichts als verhasst.

Nun klopft es an die Tür. Es wird ein Bote des Zarenhofes sein. Eine Zarin stirbt nicht als Frau, sondern als Herrscherin. Auch wenn sie immer mehr Frau als Herrscherin war. Mir ist noch nie der zarte blaue Streifen aufgefallen, der sich mit der lichten Nacht über die Newa legt. Die Irrlichter tanzen für sie allein. Meine Pflicht ruft mich, aber bevor ich gehe, lese ich noch einmal das Flugblatt durch.
    Kann man einen solchen Herrscher lieben? Nein.
    Aber einen Menschen auf dem Zarenthron? Ja.

Die Zarin hat ihre Wahl getroffen.

Jeffrey Archer

Die große *Clifton-Saga*

978-3-453-47134-4

978-3-453-47135-1

978-3-453-47136-8

978-3-453-41991-9

978-3-453-41992-6

978-3-453-42167-7

978-3-453-42177-6

Leseproben unter **www.heyne.de**

HEYNE ❮

Jan Guillou

Bildgewaltig und faszinierend – das große Jahrhundertabenteuer

»Eine bezaubernde Familiensaga«
Hörzu

978-3-453-41077-0

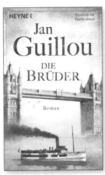
978-3-453-41813-4

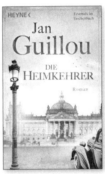
978-3-453-41920-9

978-3-453-47139-9

978-3-453-47159-7

978-3-453-47167-2

Leseproben unter **www.heyne.de**

HEYNE <

Gisbert Haefs

»Gisbert Haefs bietet eine rechte Labsal auf der Wanderung durch die Berge historischer Romane.« *Die Zeit*

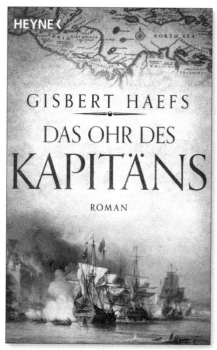

978-3-453-42184-4

Hannibal
978-3-453-06132-3

Das Schwert von Karthago
978-3-453-47070-5

Caesar
978-3-453-47086-6

Die Mörder von Karthago
978-3-453-47114-6

Troja
978-3-453-47107-8

Alexander der Große –
ein unsterblicher Mythos

Alexander
978-3-453-47116-0

Alexander in Asien
978-3-453-47122-1

Alexanders Erben
978-3-453-47129-0

Das Ohr des Kapitäns
978-3-453-42184-4

Leseproben unter **www.heyne.de**

HEYNE ‹

Minette Walters

England 1348:
An den Küsten Englands ist die Pest ins Land gekrochen und breitet sich unaufhaltsam aus

25 Millionen verkaufte Bücher in 36 Sprachen – Minette Walters ist eine der bekanntesten und größten Spannungsautorinnen weltweit

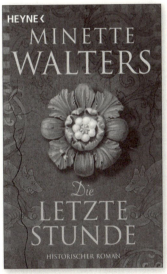

978-3-453-42329-9

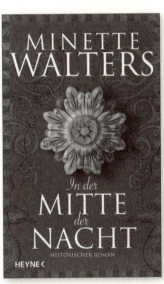

978-3-453-27172-2

»Hochspannung mit einer starken Heldin, die ihrer Zeit weit voraus ist.« *Für Sie*

Leseproben unter www.heyne.de

HEYNE